獸靈之詩

模仿師的遊戲

邱常婷

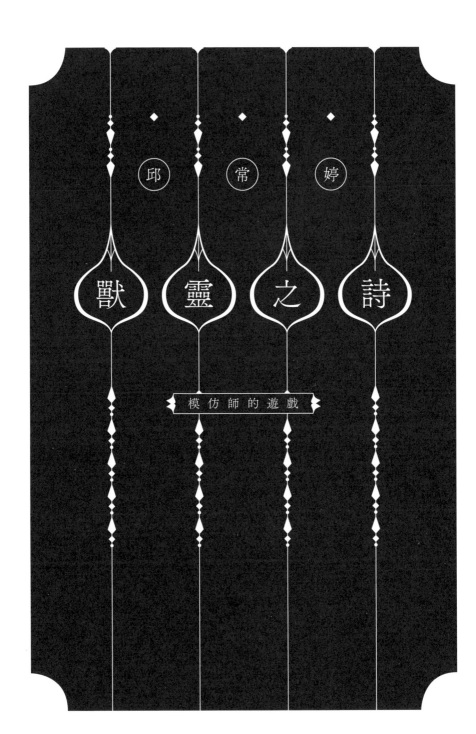

第三部

垃圾場

……灣島從此失去名字，劃分保留地和都市區，舊政府垮台，親密冬的新陽黨奪權成立新政府，並迎接密冬派來的導師。五名有幸受導師教導的新陽黨員成爲最有權力者，被稱爲五姓人。同年，密冬導師將獸靈分送給五姓人，更留下替五大家族製造的聖物後坐化升天。五姓人以金家爲首管理灣島都市區，並發展各自家族。起先，五姓人並沒有獲得所有都市區人的認同，不斷有革命與示威發生，密冬決定協助五姓人鞏固權力，送來一艘黑色大船名爲「賠罪」。賠罪是一艘無人操控的巨船，會自動往返密冬與灣島港口，賠罪船承載了第一批武器等資源，讓五姓人得已以暴力壓制示威與革命，隨後賠罪船回返密冬，初次載滿違抗新陽五姓人的反叛者。往後，賠罪船頻繁往來密冬與灣島，每一次都載滿反叛者。這段只要被視爲反叛者就將送入賠罪船的日子，被稱爲賠罪日，或恐怖賠罪。

——《紀事》

一

這個地方如此陰暗，一片伸手不見五指的黑暗裡必須摸索著突出的岩塊，才能往更深處探索。長此以往，鵪鴿早已習慣在黑暗中視物，儘管如此，她在進行較長距離的旅行時仍會佩戴頭燈，用頭燈投射出的光束觀測遠方的地形。鵪鴿順著頭燈的光查看眼前裂縫，一般人或許會害怕，但她只是憐愛地笑了笑。地底洞穴像一隻由她豢養的獸，她從獸的腔室爬入另一處腔室，遇上宛如深淵般的巨大裂縫，鵪鴿不用看就知道自己裝設的繩索位於何處，她將破舊的背包扣環拉得更緊，戴著手套的手握住繩索縱身一躍。

隨著鵪鴿下降的速度，頭燈的光也正迅速掃過周遭岩壁，可以看見岩壁上潺潺流淌著晶亮的水，這些水經過長年的侵蝕，最終形成了這巨大的裂縫。鵪鴿觀察著頭燈照耀之處，而她下降的速度愈來愈快，裂縫也仍未到盡頭，突然間，繩索綳直並彈跳起來，鵜鴿順勢一跳，「撲通」一聲落進了不遠處的地底湖中，她從水裡仰起頭，暢快地甩了甩棗紅色的頭髮，旋即以狗爬式往前游動。

頭燈的光緩慢掠過頂端長長的鐘乳石，水聲在洞穴引起回聲，鵜鴿忍不住大聲哼起歌。她的歌聲很難聽，以至於湖中的魚、青蛙等動物紛紛走避。只有最優秀的人才能在這裡存活。鵜鴿不無得意地想。當初烏托克讓自己跨越邊界、前往垃圾場尋找基地時，恐怕也想像不到自己將這件工作做得如此出色。

但烏托克確實曾透過魔鳥告訴鵜鴿，她一直就知道只有鵜鴿這樣的孩子才能在最惡劣的環境裡找到活下去的方法。鵜鴿從來就不曉得烏托克為何會如此信任自己，如今，她也沒有機會得到答案了。

想到烏托克的死，鵜鴿閉上嘴，臉色也變得陰沉。

她想，或許那個女孩是在說謊。

忽然間帶著師傅的魔鳥逃離邊界，還恰巧落進她精心打造的對外通道，那個女孩……她說自己叫做阿蘭，那可是一個遺跡人的名字。想起阿蘭，鵜鴿便感到滿胸腔的憎恨，不僅僅因為那女孩帶來烏托克的死訊，也因為自從她來到這裡，鵜鴿就不曾見她表露絲毫情緒。

她像垃圾場裡被都市區的人扔掉的娃娃，面孔呆板無神。當鵜鴿為她注射能夠降低染病風險的疫苗時，她的眼睛眨都沒眨。她看上去也不在乎師傅的死，鵜鴿怎樣也不明白師傅為何願意把重要的巴利託付給阿蘭。

或許，是阿蘭趁烏托克瀕死時奪走魔鳥——當念頭閃過腦海，她立刻被嚇得一陣哆嗦。湖岸近在咫尺，鵜鴿伸手將自己從水裡撐起，一想到她的小窩正被不速之客占據，返家的步伐變得無精打采。

這些日子以來，鵜鴿完全不知道該如何對待阿蘭。阿蘭抵達地底洞穴前幾日，鵜鴿還在害怕著被烏托克責罰。雖然她建立了位於垃圾場的地下洞穴，為烏托克提供很大的方便，但她也犯過錯，其中最大的錯，是她沒能接走師傅要的一個孩子。

據說那是一個非常特別的孩子，鵜鴿想，烏托克對她委以重任，她卻徹底搞砸了。思及此，鵜鴿恨地猛踩腳下的發光蘑菇，她知道自己的弱點，這個地方太黑暗、太安全了，習慣以後鶺鴒幾乎不再前往地面，除了需要特殊物品或墜落洞穴的食物不足，鶺鴒才會勉為其難地從特殊通道前往主要垃圾掩埋場，鶺鴒稱其為掩埋谷，掩埋谷本身就是一個巨大的坑洞，終年陽光稀少，待在掩埋谷鶺鴒同樣感到安全。

因此，當烏托克命令她前往真正的「地面」迎接一個孩子，鶺鴒簡直嚇壞了。

她嚇壞了，但她不敢表現出來，只能硬著頭皮執行任務。鶺鴒記得自己在接近地面的「安全室」等了好久，才終於等來那個孩子，但她才剛顫抖地從洞口中伸出手，自我介紹說到一半，那個孩子就被五大家族的壞人劫走了。

鶺鴒直到現在都還記得自己伸出洞外的手臂那涼颼颼的感覺，彷彿那部分的肢體已經不屬於她。她下意識伸手搓揉左手臂，一步一步接近自己的巢穴，即便再怎麼不願意見到阿蘭，這裡都是她的地盤，是她的家，她不會讓外人就此喧賓奪主。

巢穴外的入口裝設有一扇向上拉開的鐵門，鐵門很沉重，但鶺鴒設置了省力的小機關，她解開掛在腰上的一大串鑰匙，鑰匙圈上除了掛滿鶺鴒從掩埋谷撿到的各種奇怪鑰匙以外，還有扳手、彈簧刀、開罐器等等的物件，鶺鴒將一個卡榫般的零件插進鐵門旁的機關，啓動後抽回卡榫，接著伸手轉動纏著鐵鍊的握把，一點一點用握把旋轉的力道將鐵門拉起來，當鐵門下方散發微光，鶺鴒關掉了頭燈，俯身爬進入口。

鶺鴒讓自己墜落到一堆蓬鬆骯髒的絨毛玩具裡，這些絨毛玩具大多半壞，棉花從肚子或眼睛裡跑出來，鶺鴒拍了拍身旁一隻巨大的熊玩偶，它的兩條腿和耳朵早已不見蹤影，但它的體積使它成為最好的緩衝墊，鶺鴒說不出自己有多喜愛它。

食指勾著鑰匙圈轉了幾下，鶺鴒看向自己的巢穴。

巢穴本身具有足夠的光源，鶺鴒親自從外面牽了電線，加上幾樣需要電池補充的燈具輪流替換使用，讓巢穴裡的光雖黯淡卻柔和，物品的輪廓也被簡單勾勒。嚴格來說，這兒只是一處地勢平緩的大岩洞，岩洞十分封閉，除了鶺鴒進出的洞口以外，還有兩條碩長的管子連接著角落縫隙，一條將洞穴內的空氣抽出，另一條則從地面抽取新鮮空氣，如此保持巢穴內部空氣品質穩定。

以內部陳設而言，洞穴內幾乎沒有任何家具，僅僅是被各式各樣的雜物和垃圾所占滿。不過要是當著鶺鴒的面說她的東西是垃圾，她往往會大發雷霆，畢竟這裡的每一樣東西，每一件莫名其妙的物品、小玩意，都是鶺鴒的珍寶，是她從垃圾場一點一點蒐集過來的，每一樣東西都有確切的擺放位置。自從阿蘭來到這裡，鶺鴒不免每日疑神疑鬼，她老是覺得阿蘭偷偷移動了物品的位置，或者伺機想奪走她特別喜愛的某樣機器零件。

巢穴中唯一類似家具的椅子，是鶺鴒用各種雜物、金屬廢棄物和玩具組合而成的王座，王座位於滿山滿谷的垃圾盡頭，鶺鴒用盡方法，將這張椅子裝飾得浮誇且巨大，椅子前方的垃圾與雜物還特別選用紅色系，以至於迤邐一地的紅色垃圾彷彿一張貴氣逼人的紅毯，等待巢穴的主人、所有廢棄物的統治者——垃圾場之王鶺鴒自危機四伏的地底世界凱旋歸來。

爲了建立這一切，鶺鴒眞是煞費苦心。

過去從外頭返回巢穴，鶺鴒都會感到強烈的安慰和滿足，但現在，當她看見阿蘭那張淡漠的小臉正以彷彿無聊的視線閱讀地上的一本書，鶺鴒眞是毛骨悚然，她覺得渾身不舒服，尤其當阿蘭顯然已經讀完了面前的紙頁，打算伸出那蒼白的手指翻頁時，鶺鴒再也忍不住了，她大步走上前從阿蘭面前奪走那本書，接著爬上長長的繩梯將書放置在一堆書山的最頂端，結束以後，鶺鴒順著繩梯爬下來，長舒一口氣。

「不要亂動這裡的東西。」鶺鴒惡狠狠地轉頭對阿蘭說：「巢穴裡面每樣東西都有固定的擺放位置，你如果動手碰的話就都弄亂了。」

阿蘭黑色的眼睛沉靜而冰冷，她看著鶺鴒：「這些東西都是隨便亂扔的，沒有固定位置。」

「不是！」鶺鴒一瞬間紅了臉，紅暈讓她布滿臉面的燒傷疤痕顯得更加猙獰：「你剛剛讀的書！那本書！應該要放在書堆裡！」

「我看見的時候書就躺在這邊。」阿蘭白細的手指指著地面，一處布滿灰塵的角落，中央還留著一本書被拿開以後稍微變得乾淨的長方形。

鵪鴿說不出話，她感到臉上疤痕在抽痛，阿蘭似笑非笑的表情更好似在嘲弄自己，鵪鴿最終用力踢了書堆一腳，讓好些書從頂端崩落，她指著掉下來的書說：「只要是我造成的位置，不管我是怎麼擺的，不管我是不是故意的，反正都不能碰！這是我的巢穴，我是垃圾場之王鵪鴿，你要留下來就須聽從我！」

「我不想留下來。」只聽見阿蘭依然用平靜的聲音說：「我想……實現師傅的遺願，我只是還不確定該怎麼做，師傅離世前讓我過來這裡，我以爲……」

鵪鴿沒等她說完，就從背包裡取出套著塑膠袋的一條麵包，用力扔向阿蘭，阿蘭沒接住，麵包就這麼落在地上。

「閉嘴，我不想聽你那張嘴說師傅怎樣怎樣，你沒資格提到師傅。」看見阿蘭向來平淡的表情被自己的話語激起漣漪，鵪鴿內心浮現一絲奇異的快感，她下意識脫口而出：「師傅死的時候你就在她身邊，但你卻沒能阻止，你怎麼好意思提師傅，在我看來，師傅就是你害死的！」

鵪鴿剛說完就後悔了，她卻無法收回曾說出的話語，阿蘭的神情比任何時候都更冰冷……不，與其說是冰冷，不如說是毫無情緒，就連剛才鵪鴿好不容易掀起的一絲波濤，都在此刻消失無蹤。

「那你又有什麼資格提到師傅呢？」阿蘭輕輕地開口，一字一句宛如利刃：「烏托克死的時候將巴利託付給我，而你只是躲在這裡，做你的垃圾場之王，實話說，你做得眞不錯，只可惜你的垃圾軍團不能幫助你替師傅報仇。」

「閉嘴！閉嘴！閉上你的臭嘴！」鵪鴿彈開鑰匙圈上的小刀，衝上前將刀鋒按在阿蘭脖子上，阿蘭沒有反抗，只是睜著那雙黑白分明的眼睛，死死盯著鵪鴿。

「你很討厭，我討厭你。」鵪鴿喃喃道：「你就這麼落進我的巢穴，用的是我打造的緊急通道，你怎麼會知道？那是我特別留給師傅的！然後你帶著師傅的巴利過來，聲稱師傅死了，抗爭失敗了，你算什麼東西，誰知道你是不是在說謊，還是你根本就是叛徒，從師傅手中偷走巴利！」

突然間，阿蘭嘴角似乎揚起笑容般的弧度。

「你知道那是不可能的。」阿蘭拍了拍鶺鴒的手，試圖讓她放開，但鶺鴒沒有照辦，於是阿蘭垂下手，做出了一個彷彿聳肩的無奈動作：「師傅那麼強大，我要怎麼偷走巴利？而且就算我眞的偷走巴利，巴利跟師傅關係那麼親近，會乖乖讓我帶走嗎？」說完，阿蘭扯了扯衣襟，露出口袋中紅眼睛的巴利。若不是阿蘭提醒，鶺鴒早已忘了師傅重要的巴利就掌握在阿蘭手中，她咬牙切齒，卻也只能鬆手放開阿蘭。

「我不知道你用什麼手段迷惑師傅、迷惑巴利，但我有一天會找到眞相的。」鶺鴒說，準備回到自己休息的地方。

「如果我再跟你說一件事，你會相信我嗎？這是師傅告訴過我，跟你有關的事情。」

鶺鴒轉頭看向阿蘭，發現阿蘭嘴角又有那種笑容般的弧度了，不知道為什麼，比起面無表情，鶺鴒更討厭阿蘭的這種微笑，那就好像，阿蘭即將說出的話會讓自己顯得很愚蠢。

可是鶺鴒怎樣也按捺不住好奇心：「什麼事？」

「你知道自己的名字是怎麼來的嗎？」

鶺鴒心跳如雷，手指不經意碰觸自己臉上抽痛的疤痕：「我當然知道，是因為我的臉……」

鶺鴒閉上嘴，她不想把答案說完，她記得師傅給她這個名字時，告訴她她燒傷的臉就像白鶺鴒一樣黑一塊白一塊。雖然如此，卻很可愛。鶺鴒閉上眼，恍惚間好像能看見師傅說這句話時溫柔的笑容。

「不是的。」阿蘭平靜的聲音卻在這時打斷鶺鴒。

鶺鴒睜開眼，怒瞪阿蘭問：「不然是什麼原因？你最好不要胡說八道，你根本不可能知道……」

「你的名字來自白鶺鴒。」阿蘭不疾不徐地說：「這種鳥有一種習性，會在其他動物的糞便裡找東西吃，師傅說，因爲你像白鶺鴒一樣可以在垃圾和別人的糞便裡找到東西吃，你可以在這樣的地方生活，所以她叫你鶺鴒。」

阿蘭臉上的笑容愈發明顯，看在鶺鴒眼中卻覺得無比險惡，那是一種充滿惡意，十分殘忍的微笑。鶺鴿覺得臉更紅也更熱了，她的傷疤更是像針刺般劇痛無比，她摀著臉，發出野獸般的咆哮：「騙子！你騙人！根本不可能是這個原因！你這個騙子！」吼到最後，鶺鴒的聲音有一點哽咽。

「不然還有什麼原因？」阿蘭仍淡淡地說道：「難道是覺得你很可愛嗎？」

鶺鴒發出一聲悠長的嚎叫，旋即摀著臉衝向巨大的王位後方屬於自己的休息角落，她緊緊抱著髒兮兮的破爛枕頭，將棉花塞滿自己的嘴，接著無聲地痛哭起來。

爲什麼她要這麼壞？許久，鶺鴒悶悶地思考著：她明明跟我一樣都是師傅的學徒，爲什麼要對我這麼殘忍？師傅到底是看上她哪一點呢？鶺鴒扔開枕頭，爬上自己裝設的吊床，將身子裹得緊緊的。

鶺鴒想，她跟師傅都曾經歷過帊音部落滅亡的悲劇，她是師傅的第一個學徒，不管阿蘭怎麼狡辯，她都是最接近烏托克的人，沒有誰比得上自己。

沒錯，我是最接近師傅的學徒。鶺鴒在心中反覆強調。

帊音部落蔓延疾病，最終被外鄉人軍隊放火焚燒時，鶺鴒大約只有七、八歲，嚴格來說，鶺鴒原本也並非帊音部落人，她的故鄉在沿海地帶某個不知名的部落，由於她出生時父母就不在了，加上頭髮的顏色和一般人不同，她很快被驅趕離開。鶺鴒一直向北流浪，經過帊音部落時，被恰好外出採集藥草的帊音族人發現，看她可憐，便暫時收留了她。卻也是在那時，外來的疾病在部落中爆發，收留她的人很快病死，鶺鴒卻奇蹟似的沒有得病，然而外鄉人軍隊侵入部落，開始焚燒屋舍跟屍體，爲了杜絕疾病向外傳染的可能，軍隊將奄奄一息的活人也集中在一間屋子裡，準備燒個乾淨。彼時鶺鴒也被扔進了屋子，她和其他病重的帊音族人不同，還保有體力，於是不斷試圖撞開門，直到被黑煙燻昏過去。

鶺鴒醒時臉部如火燒般疼痛，她伸手碰觸臉頰，發現她整張臉敷滿涼涼的藥草，卻仍無法減輕她的痛苦，她發出哀鳴，就有一雙溫柔的手輕撫她的頭髮，還有一種醇美如酒的好聽聲音輕輕地爲她吟唱祭歌。鶺鴒一聽就知道這是帊音部落的女巫的聲音，她感到困惑，一來帊音部落的女巫年紀應該已經很老了，二來她很震驚，像她這樣的人也會有部落女巫願意爲她唱歌。

鵪鴿躺了數天，終於能夠捧住女巫遞給她的食物，她吃完了稀粥，以乾啞的嗓音要求一盆水，她想洗臉，讓沾滿乾掉藥草泥的眼睛得以張開，也想藉著水面的倒影看看自己此刻的臉。結果女巫不僅端來一盆水，她還直接爲鵪鴿帶來一面鏡子，在女巫的幫助下，鵪鴿小心翼翼地將臉上的藥草泥清洗乾淨，隨後她端起鏡子，張開眼睛，不敢置信地看著鏡子裡的自己。

那是一張猙獰無比的燒傷臉孔，一部分的皮膚黑，一部分的皮膚白，黑的地方凹凸不平，皮膚像是融化的蠟往下巴流淌，她的眼睛下方還有一條白得發亮的疤痕，看起來就像一隻碩大的蜈蚣，她整張臉如同一副面具，一點也不像人，她的五官甚至因融化的皮膚而歪斜，顯得不對稱。

鵪鴿手中的鏡子被女巫拿走，她的眼淚滑過臉上的傷口，引發陣陣刺痛，讓她既憤怒又厭煩，她忽然伸手用力毆打自己的臉，好像只要能造成比火焰更深的傷害，她就可以把自己的臉捏回去。鵪鴿只打了一下就被女巫制止了，便是這時鵪鴿轉頭看向女巫，她看見的不是帊音部落過去滿臉皺紋的老女巫，而是不比自己大多少歲的少女。

少女後來對鵪鴿自我介紹，表明自己已繼承了老女巫部落使者的身分。

「我是烏托克。」少女說：「不要絕望，從今以後我會好好照顧你的。」

這就是鵪鴿和烏托克的相遇。

由於鵪鴿昏迷了很長一段時間，當她醒來，發現帊音部落已在外人的幫助下重新建立，她沒有見過傳說中從南方前來幫助他們的克羅羅莫人，烏托克也不曾提起，只在鵪鴿的身體恢復完全以後，烏托克提出希望鵪鴿能成爲自己的學徒。

鵪鴿答應了，同時得到「鵪鴿」這個名字。現在回想起來，鵪鴿也從不感到後悔，爲什麼要後悔呢？成爲烏托克的學徒是件幸福的事，烏托克是被傳說中的巴利所挑選的人，她更有偉大的願望，要復仇，同時讓外鄉人的勢力退出保留地，爲此她不惜發動戰爭。

多麼偉大、強悍的人。

鶺鴒唯一感到遺憾的是她和烏托克很早就分開了，在成爲烏托克的學徒沒多久，烏托克便帶著鶺鴒展開旅行，在山區部落各處尋找孤兒，一口氣收了二十多名學徒。即便如此，鶺鴒也不覺得反感，她知道在烏托克心中自己還是第一位，是她最初也是最好的學徒。隨後烏托克開始照顧、訓練這些孩子，她發掘不同孩子的潛能與長處，她向拾荒者買下來自都市區的廢棄物，讓他們進行研究和重組，她的魔鳥經常悄悄飛出保留地，爲他們窺探來自都市區的祕密。

那段時光如此美好，鶺鴒每次回想起來都覺得飄飄然，她得到其他孤兒的尊重，稱她「老大」，鶺鴒喜歡被捧得高高的感覺。

當烏托克開始制定跨越邊界的計畫，鶺鴒沒有被嚇到，不像其他孩子，他們有些人簡直嚇壞了，甚至對烏托克產生質疑，烏托克告訴他們如果害怕的話大可不聽從自己的命令，但若是如此，他們就必須離開自己，在保留地中自謀生路，於是那些孩子又同意了，因爲對他們所有人來說，再沒有什麼比被烏托克遺棄更悲慘的事情，一旦感受到擁有同伴的溫暖，又有誰願意過孤獨又卑賤的日子呢？

鶺鴒成爲烏托克第一批送出邊界的孩子，事實上，她是當時唯一活下來的孩子，她不僅活下來，還在垃圾場中找到被有毒液體侵蝕出的地底洞穴，她向烏托克的魔鳥報告這項消息，隨後在烏托克的指示下開始探索洞穴，最終，她將洞穴營造成隱蔽的基地，接應往後烏托克有意送出邊界的人，同時也爲烏托克提供垃圾場的情報。由於鶺鴒在應付都市區的廢棄物上展現高超的天賦，她從垃圾場中的廢棄說明書學會各種物品的使用方法，透過魔鳥傳遞給烏托克。

不需要別人提醒，鶺鴒發現自己在垃圾場待得愈久，她對都市區所謂的「科技」就愈了解，而這是一項對烏托克來說極爲有用的資產，鶺鴒於是花更多時間在鑽研這些廢棄品上。與此同時，鶺鴒也養成了蒐集鑰匙的興趣。保留地裡很少鑰匙，因爲沒有精細的工具可以打造鑰匙，打從鶺鴒第一次撿到鑰匙、理解鑰匙的功用以後，她開始刻意在掩埋谷裡尋找鑰匙，她喜歡把從掩埋谷各處撿到的鑰匙放在一起比較，這些鑰匙有的生鏽嚴重，彷彿沾著血跡，有的用純銀打造，表面有氧化的痕跡，有的帶著可愛動物的握柄，似乎屬於一個孩子，鶺鴒著迷於想像這些鑰匙對應的鎖孔是什麼模樣，這些鑰匙能夠打開的是金碧輝煌的大門？或是綴滿珍珠的寶盒呢？又是什麼樣的人擁有這支鑰匙？是在怎樣的情況下遺失了它，或者不得不將之丟棄？

這項興趣讓鶺鴒撐過了在垃圾場早期的困頓，隨時間過去，鶺鴒愈來愈熟悉地底生活，烏托克弄到邊界外的部落人也愈來愈多，鶺鴒不完全喜歡這些人，幸好他們在自己的地底洞穴待了一段時間以後，就會收到來自烏托克魔鳥的新指示，他們很快就會離開，到垃圾場以外的地方探索或建立基地。

跨越邊界很困難，但在烏托克的堅持下，他們有了分散各處的成員，鶺鴒為此感到驕傲，她幾乎不會想到那些在跨越邊界的過程中死去的人，甚至是那些曾稱呼她「老大」的孩子，這是鶺鴒的殘酷之處。

也或許她並不殘酷，她只是專注當下，對鶺鴒來說，「當下」就是自己的巢穴、一整個地下洞穴，還有等待來自烏托克的新指示。

這是為什麼鶺鴒無法完全相信阿蘭，她從未自烏托克的魔鳥那兒收到關於阿蘭的資訊。阿蘭抵達地下洞穴前，鶺鴒也沒有收到烏托克傳來戰爭即將開打的消息，理所當然也沒有收到如過去那樣烏托克將阿蘭託付給鶺鴒接應的訊息。

一切都無比詭異。儘管鶺鴒心中有些惶恐，她最後收到的訊息是烏托克指示她接走那個特殊的孩子，而她失敗了，會不會是因為這樣，所以師傅對她失望，以至於再也不願意跟她連繫呢？

鶺鴒在吊床上輾轉反側，實在睡不著，索性跳下床從王位底下一塊鬆脫的石板裡取出她藏起的保險箱，她用鑰匙串中的一把青銅色鑰匙開啓保險箱，一一取出裡頭她的珍貴收藏。那是一把手槍、數把細長尖銳的刀刃，以及一盒火藥。鶺鴒小心擦拭上頭幾乎不存在的灰塵，隨後她把刀刃和火藥放回保險箱裡，爬回吊床上，緊緊抱著手槍，將自己結成一枚繭，如此她才感覺安全。

鶺鴒想起阿蘭對自己的嘲諷，想起師傅的死，想起師傅將重要的巴利交託給阿蘭，想起自己失敗的任務……當鶺鴒在焦躁不安中陷入半睡半醒的狀態，她聽見了來自地面細小的鈴聲。

隔天鶺鴒來到巢穴的「大廳」時，發現阿蘭和昨天一樣，以相同的姿勢站在眾多廢棄物之中，她看著巢穴上方，皺眉思索。想到自己即將前往會見的人物，鶺鴒沾沾自喜，昨晚被阿蘭打擊的自信心在此刻迅速膨脹，她甚至有些可憐阿蘭，阿蘭在這裡沒有認識的人，沒有情報來源，對外面的世界什麼都不知道。出於同情，鶺鴒向阿蘭搭話。

「喂，你，我已經想過了，你昨天騙我吧？師傅會幫我取鶺鴒的名字，根本不是因爲我會吃屎。」

「我從來就沒說過你會吃屎。」阿蘭淡淡地說，仍然保持仰頭的姿勢，看也不看鶺鴒。

鶺鴒氣得臉又脹紅、眼睛瞪大，但她很快想到自己比阿蘭強的優勢，她等等就要去見師傅的同伴，這些人阿蘭全都不認識，可憐吶。於是鶺鴒聳聳肩，低頭撿起隨意扔在地上的外出背包，戴好頭燈，檢查鑰匙串是否安穩懸掛於腰際，再穿上耐磨又方便移動的裝束，準備離開巢穴前仍不忘如過去每一次一樣叮囑阿蘭：「我不在的時候，絕對不要離開這裡，地下洞穴很大，有些地方就像迷宮，還會有落石的狀況發生，你如果隨便跑出去迷路了，我可不會救你。」

阿蘭沒有回應，彷彿沒聽見似的，鶺鴒自討沒趣，索性專注在打開頂層鐵門的動作上。

離開巢穴，鶺鴒便告訴自己務必打起十二萬分的精神，因爲就像她對阿蘭說過的，巢穴之外的地下洞穴如同迷宮，早先被有毒廢水侵蝕導致洞穴具有無數大大小小分散的隧道，地層結構也很不穩定，直到現在，鶺鴒也尚未將整個地底洞穴探索完畢。她用戴著手套的手開始向上攀爬，今天她必須前往接近地面的一處「安全室」，她和幾個人約在那裡碰面。說是安全室，其實就是通往地面前的地底穴室，因爲靠近地面，鶺鴒向來跟外面的同伴約在那處會面、交換情報。

前往地面的路程艱難且漫長，相較之下回程雖危險，耗時卻短得多，鶺鴒並不以爲苦，她很習慣順著細長的繩索向上攀爬，她身材瘦小卻精實，反應也很靈活，可以長時間攀爬繩索不會疲憊。

不知過了多久，鶺鴒聞到了地面的味道，她從水氣的濕潤理解目前外面還是凌晨，天或許仍未亮，若是太陽出來，鶺鴒可以聞到地面土壤被高溫烤過的味道，還有塑膠與垃圾遭陽光曝晒產生的惡臭。而若下雨，周遭的土壤會更濕，她爬過的地方會有大片泥濘。

鶺鴒扒開厚重的泥土，將頭從狹窄的甬道中擠一部分謹慎地觀察。「安全室」裡或站或坐著幾名披著長披風的保留地人，兜帽遮住了他們的臉，岩壁上掛著鶺鴒爲他們設置的鈴鐺，只要搖動安全室的鈴鐺，鶺鴒在巢穴中就能透過另一個小鈴鐺聽見呼喚，隨後她會在隔天一早前往安全室與其他人碰面。

鶺鴒仔細數了一遍，來的人有六名，確認他們的身分後，鶺鴒從藏身處跳了出來。「你們來早了。」鶺鴒拍拍身上的髒污，眼睛發亮。一個兜帽遮住眼睛的女人扔給鶺鴒一袋食物。昨天她獨自蒐集的食物並不足夠，加上多了阿蘭一張嘴，昨晚鶺鴒沒怎麼吃，於是接過袋子便狼吞虎嚥起來。

袋子裡有麵包、半腐爛的肉和有蟲的水果，裝了滿滿一袋。鶺鴒絲毫不挑，腐爛的肉有腐爛的獨特滋味，水果有蟲是附贈的點心，她迅速填飽肚子，在剩下一條乾淨的麵包和一根附有褐點的香蕉時，她停下來，皺了皺眉頭後把食物袋收進背包裡。

「我們在趕時間。」一個男人陡然說道。

鶺鴒意識到，男人是在回答自己之前的問題。

「爲什麼？」鶺鴒滿不在乎地問：「你們有其他任務嗎？是不是又要建立新的基地了？」

戴兜帽的人面面相覷，交換鶺鴒無法看見的眼神。

「不會有新的基地。」一陣沉默過後，給鶺鴒食物的女人開口說：「我們要走了，抗爭失敗了，烏托克……已經死去，我們不會再收到新的命令了。」

食物碎屑從鶺鴒嘴裡掉下來，她瞠目結舌，難以置信，不，她知道的，她知道烏托克死了，也知道抗爭失敗了，這些阿蘭都跟她說過，只是鶺鴒不相信，她認爲這中間一定有其他可以挽回的部分。

「……你們打算怎麼辦？」良久，鶺鴒只能愣愣地問。

「離開垃圾場，在都市區和保留地之間的地帶想辦法活下去，這次來也是想跟你說這件事，保留地已經完全被外鄉人軍隊控制住，他們正在搜查還活著的人，保留地的搜查結束以後，他們的首要目標就是垃圾場，他們要肅清這裡的保留地人，之後很有可能會發現這個地底洞穴，鶺鴒……」女人的眼睛從兜帽底下露了出來，這時鶺鴒才看清楚，女人目光中滿是憐憫：「你最好趕緊逃跑，可以的話現在就跟我們走，我們認識你很久了，你是烏托克的學徒，我知道，可是……」

鶺鴒想叫女人閉嘴，她不想聽女人接下來說出的話語，但她張開嘴，什麼也說不出來。「你畢竟只是一個可憐的孩子。」女人伸手輕輕摟住鶺鴒的肩膀，彷彿試圖給予她安慰，但鶺鴒只是感到無比的反胃與噁心，她像被電到一樣猛然推開女人。

「我……我是垃圾場之王，你怎麼敢……」鶺鴒因憤怒而結結巴巴，臉上的疤痕也在一瞬間紅腫發痛：「你怎麼敢看輕我，你這個叛徒！」像是想到了正確的詞彙，鶺鴒大喊大叫，唾沫噴得到處都是：「你們都是叛徒！背叛死去的師傅！我知道她的遺願，我知道她未來的計畫，我——」

陡然間，鶺鴒明白過來，這些人以爲烏托克已經不會再下達其他命令了，他們以爲師傅的偉業到此爲止，但實際上並非如此，不是嗎？她不是收留了阿蘭嗎？阿蘭手中還有師傅的巴利，只要給他們看那隻魔鳥，他們就會明白了，還沒有結束啊，一切還遠沒有結束。

「給我在這裡等著！」鶺鴒最終吼道：「師傅對未來的計畫，還有命令，甚至是師傅的巴利都在這裡，給我等著！我去把人叫來……」

「鶺鴒。」當鶺鴒再次將身體鑽進地道中打算回巢穴找阿蘭，一直坐在地上，只說過一次話的那個男人靜靜地開口：「不管烏托克是不是有其他計畫，我們都不準備執行，我們不會幫忙的，烏托克向來任性，她已經賠掉了整個保留地人的性命，我們不會再犧牲自己，我們打算先在邊界與都市區之間的灰色地帶生活一段時間，然後弄一艘船，逃到海上。據說往南航行，有幾個地方願意接收我們這樣的人。因爲軍隊很快就要來了，我們時間很趕，要不是有幾個同伴想帶你走，我根本不願意浪費時間來這裡，垃圾場已經太危險了，你最好現在就做決定，是要跟我們走，還是留下來……」

鶺鴒覺得自己整個人都快爆炸了，她轉頭對那男人吼出最後一句話：「我不會走的！給．我．等．著！」旋即她無視女人著急的哭喊，鑽進了狹窄的甬道裡。鶺鴒爬了好一會兒，心中被紛亂的思緒和情緒占滿，但就在她爬到分岔的兩條地道之間時，她看到了奇怪的東西。

那是一張試圖隱藏在污泥中的蒼白小臉，臉的主人閉著眼睛，嘗試將自己和周遭環境融爲一體，但她騙不過鶺鴒，鶺鴒很快認出臉蛋的主人，發出尖叫：「阿蘭！」

阿蘭睜開眼睛，始終平靜的視線落在鶺鴒身上，她什麼也沒說，鶺鴒這時也無法作他想，只是匆匆拉過阿蘭的手就往安全室爬去，她一面使勁拉著阿蘭，一面急切地說：「幸好你在這裡，有一些人……烏托克以前的同伴，他們就在上面，你把巴利給他們看，他們就會相信我！」

阿蘭默不作聲，出奇順從地跟著鶺鴒鑽過甬道，好不容易返回鶺鴒早先離開的安全室，但當鶺鴒與阿蘭從泥土中探出頭來，安全室已空無一人。

「喂！我回來了！我帶著師傅的另一個學徒，她手上有師傅的巴利！」鶺鴒大喊：「你們在哪裡？在地面嗎？爲什麼要去地面，地面不安全，快點下來！我給你們看——」

「他們已經走了。」阿蘭打斷鶺鴒：「巴利沒有感覺到其他人的氣息。」

鶺鴒安靜下來，她在思考，骯髒的黃指甲抵著下巴，她的眼神從困惑、不安到理解、憤怒，她跳了起來，腰際的鑰匙串嘩嘩地響，她狂怒地揍著安全室的岩壁。

「該死！該死！該死！」鶺鴒咆哮著：「這些混帳！背叛者！膽小鬼！就這麼逃跑……不肯給我機會，還輕視我，人渣！混帳！」

阿蘭安靜地站在一旁，等待鶺鴒平靜下來，但鶺鴒無法平靜，她一次又一次地咒罵、毆打岩壁，打得滿手是血，阿蘭終於忍不住了。

「你繼續罵他們也不會回來。」阿蘭輕聲說：「能夠執行師傅願望的只剩下我們了。」

鶺鴒猛然轉身，瞪大的眼睛怒火四射，她湊近阿蘭，將臉貼得好近，鶺鴒疑心地問：「你怎麼會在這裡？我告訴你留在巢穴，你在這裡幹麼？」隨即鶺鴒深吸一口氣，終於領悟過來：「你在跟蹤我，然後你偷聽，是嗎？你聽到多少？」

「沒有多少。」阿蘭試圖解釋：「只聽到有個男人要你做決定，還有女人在哭……」

「你偷聽。」鶺鴒惡狠狠地道：「你很狡猾，很奸詐，你跟他們一樣，都是叛徒，師傅沒有託付你任何事情，巴利也是你騙來的……」

阿蘭閉了閉眼睛，她看起來已經完全放棄，說話的語氣也無比厭煩：「我說過好幾次了，師傅讓我來找你，她說你會照顧我，然後我想我們可以一起計畫如何替師傅復仇，但自從我來到這裡，你對我只有不信任跟抗拒，既然是這樣，我還是離開好了。」

「不，不，不可以！不可以！你不能離開！你要跟他們一樣離開嗎？離開我？那只是證明你真的是一個騙子！」

「我不在乎，我好累了。」阿蘭說完，背靠岩壁一點一點坐下來，似乎打算就坐在這裡，等她休息夠了，隨時會站起來離開安全室，往地面移動。

「你不能離開，你走了就是騙子。」鶺鴒依然在絮叨相同的句子，但聲音小得多，她坐到阿蘭身邊，像是在監視阿蘭，要是她膽敢離開，鶺鴒就會出手制止。鶺鴒盯著阿蘭的臉，發現她似乎真的累了，小小的腦袋一點一點的，最終完全垂下來，發出穩定的呼吸聲。

這時鶺鴒才放下心，她將目光從阿蘭的臉移開，看著安全室頂部通往地面的出口，那兒同樣裝設了跟巢穴一樣的鐵門，只要打開鐵門，再走一會兒就能到外面了。

一想到地面的空氣和光線明亮的天空，鶺鴒開始發抖，她抱著膝蓋，莫名回想起戴兜帽的女人給予自己的擁抱，很溫暖，卻莫名讓她感到受傷。

鶺鴒意識到，他們真的離開了。

2

你不能走。烏托克的聲音說。

阿蘭醒了過來，她側頭望向睡在自己肩上的鵂鶹，小心翼翼移開她的頭，讓鵂鶹可以靠在岩壁上突出的石塊，接著阿蘭盡量安靜地站起身，找到當初進來的通道，她把身體擠進去，往和返回巢穴截然不同的方向前進。

巴利在她懷中鳴叫，阿蘭伸手進口袋裡，輕撫巴利的頭，僅僅只是一個這麼簡單的動作，阿蘭也對師傅感到抱歉，對她來說，巴利就代表已逝的烏托克，是不可褻瀆的存在。阿蘭將衣服裹得更嚴實一些，仔細保護著巴利，然後她開始探索地下洞穴接近地面的地道。

就像鵂鶹說的那樣，地下洞穴如迷宮般複雜，稍不注意就有可能迷路，鵂鶹曾說是過去都市區傾倒大量腐蝕性廢水，在短時間造就出崎嶇詭譎的地層破損，其後廢水又在雨水的沖刷、稀釋下往底部沉去，現在洞穴內的地下水和地底湖泊雖然有污染痕跡，但若是爲了求生，也可以勉強飲用。

阿蘭過去幾日趁著鵂鶹外出的時候偷偷離開巢穴、向外探查，目前已經看過許多地方，但她沒有找到自己想見的東西。思量許久，阿蘭想那東西或許還停留在她最開始落入洞穴的地道，也就是接近地面的這些地道。因此現在是很好的機會進行新的探索，否則鵂鶹醒來自己就不方便行動了。阿蘭想，她暫時還不會離開地底洞穴，畢竟是師傅要她來的，這段時間她必須思考、策畫如何實現師傅的遺願。

阿蘭的手指撫過嘴唇，師傅死去時的臉仍然美麗無比，師傅的身高比阿蘭高上許多，以至於就算她身負重傷躺倒在地，看上去也如巨人般宏偉。或者僅僅是因爲，烏托克在阿蘭的心目中就是如此巨大。那是一個幻覺。阿蘭一遍又一遍告訴自己，但嘴唇上殘留的血腥味如此清晰，直到現在都沒有消失，午夜夢迴間，阿蘭也會夢見烏托克的嘴唇，她沾染鮮血、一開一合的唇瓣。

巴利在阿蘭懷中掙動，她們已經來到一處勉強可以站立的甬道中，阿蘭站起身，還來不及反應，懷裡的巴利便振翅飛翔，在漆黑無光的地底洞穴裡，魔鳥彷彿能在黑暗中視物般迅速飛向前方。阿蘭緊隨在後，這是第一次巴利主動離開自己，這讓阿蘭感到不可思議，她低聲呼喊：「等一下！請等一下！」巴利沒有停下來，巴利知道阿蘭這段時間在尋找什麼，雖然阿蘭從未說過，她悄悄離開巢穴的原因，她四處尋覓的原因。

終於，巴利停下來了，在牠面前，有一樣閃閃發光的物品。阿蘭快步跑上前去。那是一隻金屬製成的機械蜘蛛，此時正一動也不動趴在地上，只有頭部頂端的藍色訊號燈一閃一閃。

這就是阿蘭一直想見的東西，在師傅死後，保留地即將慘遭血洗，是這隻小機械蜘蛛將自己領出保留地，帶她前往垃圾場，甚至爲她展示不可能有其他人知道的通道。可是當阿蘭與鶻鴿見面，彷彿害怕那暴躁的垃圾場之王，機械蜘蛛就此消失無蹤，無論阿蘭如何尋找，它都不再出現。

如今看見機械蜘蛛，阿蘭吞嚥了一下唾液，小心翼翼接近昔日自己最恐懼的機器。感應到阿蘭的存在，機械蜘蛛也挪動起金屬前肢，往阿蘭的方向爬去。

「是王璟大人吧？」阿蘭將嘴唇湊近機械蜘蛛低語：「如果您還活著，可否請您幫幫阿蘭？」機械蜘蛛沒有回應，阿蘭繼續道：「或者可以告訴我您在哪裡嗎？我該如何才能找到您？」

機械蜘蛛頂端的藍光閃了閃，最終熄滅了，轉換成紅色光點。隨後，它以極快速度爬離洞穴。

阿蘭放棄了，這些日子以來她每天都在尋找這隻機械蜘蛛，但或許王璟早已死去，機械蜘蛛會帶阿蘭前來地下洞穴也只是巧合。

不。阿蘭想：王璟大人一定還活著，只不過他的身體狀況讓他無法與自己取得連繫。既然如此就先另尋方法，反正她總會離開地下洞穴，前往都市區爲師傅報仇，但在那之前她需要鶻鴿，同樣作爲師傅的學徒，鶻鴿一定能理解自己，也一定願意幫助她。

沒錯，讓她幫你。阿蘭聽見烏托克的聲音說：她會幫你的，在機會來臨前，你只需要等待。

那聲音很微弱，像是直接浮現在阿蘭心口，與此同時阿蘭眼前閃過一片蒼翠的竹林，越過竹林，就是阿蘭最初與烏托克生活的小屋。阿蘭不知道自己如何能看見這片竹林和屋子，她眨眨眼，望著自己的手，隨著一聲低柔的鳴叫，巴利飛到阿蘭手上，輕啄她的手指。

「是你嗎？」阿蘭問：「那是什麼意思？你想要……」

巴利紅色的眼睛盯著阿蘭，不屬於阿蘭的意念便流進她的心裡。

「不行！不行……我不是……我不可以！我沒有資格！你是師傅的！」阿蘭彷彿聽見烏托克的嘆息。

你總有一天要接受，小畫眉。

可是師傅已經死了。阿蘭想，所以這是巴利的聲音，是巴利故意用師傅的聲音在引誘自己。阿蘭一直以來都不了解巴利，或者外鄉人所稱的獸靈是一種怎樣的存在，烏托克將巴利交付給阿蘭時也沒有時間為她解釋，阿蘭認為或許巴利總是迫切地渴望能夠與人類結合，因此當烏托克離世後，巴利一次又一次用烏托克的聲音誘惑阿蘭，希望阿蘭能接受自己。

某種程度上，阿蘭知道這也是烏托克的願望，自從烏托克將巴利交託給阿蘭，阿蘭開始會看見幻覺，就像泰邦那樣，她看見巴利正在為她們未來的結合築巢，巴利是如此想要提供阿蘭喜歡的內在空間，因此刻意將她們的巢建立得如同過去阿蘭剛被烏托克撿到時，和烏托克一同居住的小屋。

巴利很了解那段回憶、那個地方是對阿蘭來說最重要的，只要一回想起那個地方，阿蘭便感覺安全、平靜，然而阿蘭始終在抗拒，她為此感到如此抱歉，因為她不能滿足烏托克的期望，也不能為巴利開放自己，她試了，一次又一次，試圖讓巴利在自己身上留下傷痕，以完成結合，但總在最後一刻退縮，她有時會想當她與巴利結合後，她也會擁有像師傅那樣美麗、如同鳥類羽毛般的傷疤嗎？旋即阿蘭羞愧無比，為自己竟然產生如此幻想感到噁心。

「很抱歉，我真的不能……再給我一點時間，拜託你……」

阿蘭可以感受到巴利的不悅，那幾乎也像是烏托克的不悅，她又再一次讓師傅失望了，彷彿呼應阿蘭對自身的厭惡，她肩膀上的圖騰緩緩刺痛起來，那來自克羅羅莫老女巫苡薇琪親手紋上的圖樣，將使任何紋上這個圖騰的人，在做出背叛烏托克的行爲時遭受懲罰，甚至死亡。

圖騰愈來愈痛，像不存在的人正用牙齒慢條斯理咬嚙她的肉，阿蘭痛得眼眶含淚，但她心滿意足。痛得好！再痛一點！更痛一點！提醒我我的職責！提醒我我有多麼不夠格！隨著阿蘭的低聲呢喃，圖騰造成的劇痛漸漸平息下來，留下阿蘭滿身冷汗、顫抖不已。

好吧。巴利／烏托克說：今天就到此爲止，我不會再強迫你了，但希望你好好想一想，究竟當初我爲什麼要把巴利託付給你。

阿蘭對面前白色的巴利點了點頭，儘管她知道，師傅將巴利託付給自己的原因，只是因爲她是烏托克見到的最後一個人。

起來，回去找鶺鴒。巴利／烏托克說：說服她幫助你制定計畫，說服她將你送到都市區，替我復仇，她很有用，她可以讓你活下來，只是你要好好思考，怎樣才能讓她幫忙。

當阿蘭擦乾臉上的淚痕，她的情緒也重新歸於平靜，她虔敬地詢問巴利：「師傅究竟想要什麼呢？她希望我怎麼做？我要怎樣才能說服鶺鴒？」

你有你的優點，小畫眉，當你願意的時候，你可以很有說服力，至於我想要什麼，只有你才知道。

阿蘭點點頭，明白巴利沒說出來的後半句，因爲師傅已經死了，烏托克已經死了，所以對自己說話的只是巴利，阿蘭不可能從巴利身上取得烏托克眞正的想法。意識到這點，阿蘭勉強站起身往來時路回去，她要在鶺鴒醒來前返回安全室，然後她要說服鶺鴒幫助自己。

阿蘭。巴利最後的話讓阿蘭腳步一頓：不要忘記我最後吻了你。

阿蘭再次撫摸自己的嘴唇。

對了，那個吻，那個吻就好像一種交換、一個誓約，烏托克吻了她，所以她必須有所回報，就算拋棄自己，也要完成師傅的願望。

輕微的震動從地面傳來，巴利猛然振翅飛起，向前引導阿蘭回到安全室的方向，出於奇怪的直覺，阿蘭大步奔跑，感覺到震動愈來愈強烈，致使甬道周遭土石鬆落，石塊像液體般打在阿蘭身上，讓她痛得抽氣，宛如被泥石組成的浪捲入，一旦被淹沒就再也無法移動了。阿蘭奮力掙扎，當震動震毀了整條甬道，阿蘭被絕望席捲，但她仍一手撈起振翅不休的巴利，輕柔地收到懷中，隨後她在近乎窒息的狀態下努力往前爬，她一隻手扒開泥土，一隻手護住巴利，在僅剩不多的氣息中，阿蘭祈求著：再一下，再一下，再堅持一下下，他們就快要到了。

當阿蘭無力的手向前撥去，面對的不是厚重的土壤，而是輕盈的空氣，阿蘭已經無法繼續撐住，她的臉鑽出泥土，開始大口大口呼吸，隨後一雙手慌張不已地將自己從坍塌的甬道中拖出來，是鶺鴒。震動還在繼續，鶺鴒抱著阿蘭，讓她可以靠著穩固的岩壁稍作歇息，阿蘭想或許他們會死在這裡，這場莫名其妙的地震，如果她死了，就不會有人繼承師傅的遺願，以及師傅的巴利。

阿蘭很想活下去，可是空氣太稀薄而地震依然持續，鶺鴒在身邊痛苦低吟。她也很害怕，代表這是過去不曾有過的現象。鶺鴒頭燈的燈光照射紛落的土石，一切都太清楚了，不管是未來的道路抑或眼前的災難，阿蘭不再思考，她握住鶺鴒抱緊自己的手，給予無聲安慰。時間一分一秒過去，震動逐漸停下，像是地面上的一場雨、一次颱風，總有平息的時候。當震動結束，鶺鴒仍瑟瑟發抖，動也不敢動。

「沒事了。」阿蘭說，同時輕拍鶺鴒的手臂：「不知道為什麼會有地震，但沒事了。」

鶺鴒原是空白的表情閃過一瞬驚詫，之後她說了毫不相干的話語：「我以為你不會回來了。」

「什麼？」

「地震發生的時候，我醒來看見你不在，我以為你跟他們一樣，再也不會回來了。」鶺鴒的語氣含帶惡意，若是過去，阿蘭肯定會冷漠相對，或者轉移話題，但這次阿蘭決定採取不同的做法。

「如果我那樣做，就是你口中的騙子不是嗎？」阿蘭說。

鶺鴒似乎很意外阿蘭會如此回答，她愣了一下，接著露出一個十分難看的笑容，鶺鴒的牙齒缺了右邊門牙，她說話的時候，阿蘭可以透過沒有門牙的空洞看見鶺鴒的舌頭。

「不管怎樣你都是騙子，我會找到眞相，我會想辦法弄清楚師傅眞正的遺願。」鶺鴒說著千篇一律的廢話，阿蘭卻發現自己可以從全新的角度看待事情：如果這就是鶺鴒想要相信的，那她會讓她相信，她會把鶺鴒要的帶給她，然後讓她爲自己出力。

「好。」阿蘭回應。

「你說啥？」鶺鴒大驚失色。

「我說好。」阿蘭重複道：「你如果感到懷疑，我會想辦法證明清楚，你懷疑十次，我就證明十次，你懷疑一百次，我就證明一百次，我會證明給你看。」

鶺鴒不說話了，這是第一次，她仔細地凝視阿蘭，像是凝視著自己初次看見因此並不了解的都市區廢棄物，她正在嘗試弄懂該怎麼把阿蘭拆開、分析然後重組。也是在這時候，阿蘭發現鶺鴒的眼睛原來是淺淡的棕色，她過去從來沒有注意到。

「爲什麼有地震？」爲了打破兩人古怪的氣氛，阿蘭仰頭問：「你也很怕，以前沒有地震嗎？」

「以前有正常的地震，通常是從更底層的方向傳來震動。」鶺鴒有些分心地說：「今天的不一樣，今天的是從地面傳來的。」

「你知道原因嗎？」

鶺鴒看起來更猶豫了，她結結巴巴地說：「可能是負責巡查垃圾場的外鄉人軍隊在挖新的掩埋谷，因爲原本的掩埋谷垃圾太多，要滿出來了。」

阿蘭知道鶺鴒在說謊，鶺鴒和那些人在安全室的談話她一字不漏地全聽進耳裡，但她故意說只聽到後面的部分。阿蘭有些好奇鶺鴒爲何要欺騙自己，造成震動的分明有可能是搜索保留地人殘黨的五大家族軍隊，也可能是更危險的金家機器……阿蘭思索片刻，決定假裝什麼也不知道。

「這樣的話我們的巢穴會安全嗎？」

鶺鴒眼睛一亮，卻仍努力掩飾著喜悅的光輝：「那是我費盡心力打造的地方，加上距離地面比較遠，因此不會有事的。」

「那我們回家吧。」

鵪鴿起先像是不敢相信，但當阿蘭確實跟著自己一點一點握著繩索向下移動，鵪鴿的動作變得輕快許多，甚至開始哼起歌來。阿蘭討厭鵪鴿的歌聲，覺得那令人不敢恭維，不過另一方面，鵪鴿是第一次當著自己的面哼歌，她把這當作是鵪鴿慢慢對自己放下戒心的徵兆。

回到巢穴，阿蘭如過去那樣在雜物與雜物間的空隙找到位置並坐下來，她知道鵪鴿不喜歡她碰觸巢穴內的東西，儘管如此，這巢穴也太過擁擠了，以至於很難真的什麼也不碰觸。

不過今天鵪鴿沒有責備阿蘭，她望著阿蘭侷促坐下的模樣，欲言又止，最後好不容易才說：「我找一些材料，幫你鋪張床。」

鵪鴿從鐵門下的緩衝物裡拿取幾個抱枕、塡充玩具，隨便堆在一塊後獻寶般地呈現給阿蘭，阿蘭說了句謝謝，正要躺下來入睡時，鵪鴿又從背包裡拿出一個裝著食物的袋子，裡面有一條麵包跟一根熟透的香蕉，阿蘭慢慢地吃著。阿蘭吃飯的時候，鵪鴿就這麼盯著她看，過了一會兒阿蘭才理解到，鵪鴿害怕自己的消失，這讓她感覺像是抓到一隻動物的弱點般充滿力量，但阿蘭很沉得住氣，她依然緩慢地吃食，直到鵪鴿忍無可忍地開口：「你說的都是眞的。」

「關於什麼？」阿蘭問。

「師傅……就是師傅跟你說的那些，都是眞的。」鵪鴿小聲說：「我知道是眞的，只是我不相信你，而那些人，他們就算相信，也不願意幫忙。」

阿蘭玩弄著手裡的麵包屑，她斟酌用詞：「只剩我們兩個，只有我們可以完成師傅的願望。」

鵪鴿突然一屁股坐在阿蘭面前，帶著視死如歸的堅定眼神說：「你可以告訴我師傅臨死前的事嗎？還有，你是怎麼跟師傅相遇的，我從來沒聽師傅說過你……」

不，師傅說過的。阿蘭想，只是你沒有注意在聽，因爲你很自大。

阿蘭還是說了，在來到垃圾場的地底洞穴以後，她不曾仔細回想，更別提將之化爲言語。她從烏托克帶傷返回孵育山谷開始講起，她描述烏托克虛弱的身體，原本她是那麼的高大強壯，當她躺倒下來，就像目睹神靈的涅槃，然後烏托克突然又變得好小，像蜷縮的嬰兒般脆弱，她的血、她的眼睛、她的聲音，她白色的巴利輕輕落在自己掌心，但在那之前，烏托克倒在她懷裡，師傅的嘴低語著要她靠近，然後……

阿蘭說不下去了，她的舌頭又可以嘗到血腥味，很快地她反應過來，是她將自己的嘴唇咬破了。

「然後呢？」鶺鴒卻仍急切地逼問。阿蘭反感地側過頭，想起巴利的忠告，她勉強自己再次和鶺鴒對上視線：「然後師傅死了。」

鶺鴒望著面前的空氣，像是在發呆，接著她用力捶了地面一拳，又重又狠，阿蘭沒有阻止，只是用更多話語引開鶺鴒的注意力。

「至於師傅爲什麼沒有提過我，可能是因爲我的任務。」阿蘭解釋道：「我被分派潛入遺跡聚落，做新任軍代表的侍女，我是間諜的事情最好愈少人知道愈好。」

聽完阿蘭的解釋，鶺鴒意外點了點頭：「我懂了。」

「是嗎？所以你相信我了？」

「我一直都相信你說的『話』，我只是不相信你這個『人』。」

鶺鴒眼睛裡的某種東西提醒阿蘭，她怎麼可以忘了呢？她的身分無論如何都是一名遺跡人，部落人出身的鶺鴒是不會相信自己的。可是鶺鴒此刻看起來比起懷疑，更多了一些歉意。如果她可以早點相信自己就好了，阿蘭對此感到忿忿不平，如果可以，她才不想作爲遺跡人出生，如果可以，她多想跟師傅同樣生在帊音，她但願能跟烏托克一同經歷滅村，如此烏托克身邊的第一個學徒說不定就會是自己。

「那你呢？你又是怎麼跟師傅相遇？」阿蘭故意問道，雖然其實關於鶺鴒的所有事情，她早就已經透過烏托克知道了。

然而當鶺鴒臉色驟亮，開始眉飛色舞地談論跟烏托克的初遇，阿蘭仍不禁聽得入迷，鶺鴒口中所描述的，是她不曾見過的烏托克，彼時烏托克年輕又弱小，卻深知自己未來的目標，她一步又一步走向命運爲她鋪設的道路……隨即，阿蘭感到一陣強烈且深遠的，對鸛鴿的嫉妒心。

「對了，師傅會把所有學徒以鳥命名。」鸛鴿說到一半，突然帶著好奇問：「你是什麼鳥呢？」

阿蘭閉上眼睛，那個下雨的日子便在一瞬間召喚到眼前，她無力地倒在泥濘裡，而師傅說：「我是魔女，我可以把你變成一隻鳥，從今以後，你眞正的樣子就是一隻小畫眉。」

「繡眼畫眉。」阿蘭再次張開眼睛時，想到了一個有趣的事實，她故作嚴肅地說：「你知道嗎？繡眼畫眉會吃自己的糞便。」

「你認眞？」鸛鴿驚訝地張大了嘴。

「是啊，據說是因爲糞便中還有食物沒有消化完，但我也不是很清楚，師傅曾跟我說，事實上很多鳥類都有這樣的習性。」

鸛鴿的嘴愈張愈大，她的表情實在太誇張、太有趣了，以至於阿蘭忍俊不禁笑出聲來。

「所以你之前是唬我的嗎？明明就不是只有白鸛鴿才會吃屎！」鸛鴿氣極敗壞地往阿蘭撲去，阿蘭笑著掙扎，但並不認眞，鸛鴿也只是做做樣子，最終兩人氣喘吁吁倒在地上，笑聲也逐漸平息。

阿蘭猶豫片刻，看著巢穴上方的鐘乳石輕輕地說：「我想念師傅。」

她以爲鸛鴿會很快附和自己，但過了好一段時間鸛鴿才悶悶地道：「我也是。」

「我們一定要實現師傅的遺願。」阿蘭試探地說。

這次鸛鴿的語氣更無力了：「沒錯。」

3

從那天起，阿蘭和鵪鴿的關係緩和不少，同時地底洞穴開始頻繁發生地震。鵪鴿養成一個習慣，每當微小的震動從上方傳來，無論她當時在哪，都會在第一時間返回巢穴，以最快速度找到阿蘭、抓住她的手臂。而阿蘭能夠理解她的意思，她讓鵪鴿抓住自己，兩人肩靠肩躲在堅實的岩壁下方，等地震過去。

有時震動發生的時間很長，她們就在惶恐不安中入睡，有時地震的時間很短，結束時鵪鴿放開阿蘭，帶著有些羞赧的眼神回去完成未完的工作。

鵪鴿沒有注意到，自己愈來愈習慣阿蘭的存在，譬如今日，她趁阿蘭仍蜷縮在角落沉睡時悄悄挪動巢穴裡的物品，她刻意放低音量，珍貴的鑰匙串也好好地收在口袋裡，她把一個兔子形狀的燈座往左邊推一公分，隨後她從各個角度打量，嘆了口氣，又將燈座往原處推回一公分。

或許問題不在燈座，鵪鴿把鋪在地面的藍白條紋帆布摺起來，將一些玻璃瓶放在上面，她思考著這樣好看嗎？也許玻璃瓶太無趣了，她找到一些塑膠假花，把花插在瓶裡。鵪鴿感到滿意，接著便把書堆移到抽風管道附近，這樣就可以爲阿蘭開闢出更多休息空間，她正滿頭大汗地動手時，阿蘭醒了過來。

「你在做什麼？」阿蘭問。

「沒什麼。」鵪鴿臉紅了，立刻停下動作，從背包裡拿出裝著食物的袋子扔給阿蘭。「來吃早餐。」她故作不在意地盤坐下來，恰好就坐在那塊藍白紋帆布上，隨後吞吃起自己的那一份糧食，並不時抬眼偷看阿蘭的表情，期待她注意到環境的改變。

阿蘭只看了藍白紋帆布一眼，什麼也沒說，鵪鴿的肩膀失望地垂下來。她們無言對坐，咀嚼著半腐爛的食物，鵪鴿想起阿蘭曾說他們要實現師傅的遺願，而且阿蘭需要她的幫忙，這讓鵪鴿的胃古怪地抽緊。

實現師傅的遺願很重要，鵪鴿這陣子常常將「遺願」這個詞彙掛在嘴邊，她到掩埋谷找食物的時候不斷念叨，她緊握繩索從懸崖向下跳躍時大聲嘶吼，遇到地震時她一面尖叫那兩個字一面奔跑向阿蘭所在的位置，她知道阿蘭有想法，阿蘭需要她，但日子一天天過去，阿蘭從未對自己說起。

——遺願。

如果鵪鴿對自己誠實，她會發現她並不喜歡這個詞彙，不過她喜歡阿蘭需要自己的這種可能性。

「你之前提到的那件事，打算怎麼辦？」鵪鴿沒辦法繼續瞎猜，她太好奇也太期盼了。

「我要再想一想。」阿蘭的語氣很平淡：「你今天也要去掩埋谷嗎？」

「不然我們哪來的食物？」鵪鴿嚥下塞滿嘴裡的米飯，神情有些自滿：「你就好好思考，用你的小腦袋好好地想，糧食的部分交給我就好。」

「我能出去嗎？」阿蘭冷不防問，讓鵪鴿皺起了眉頭。

自從那日阿蘭偷聽被鵪鴿抓到，鵪鴿更加嚴格地禁止阿蘭離開巢穴，儘管她們之間的關係不再緊繃，這仍是鵪鴿無法讓步之處，她甚至以頻繁發生的地震為由，表示震動讓整個地底洞穴的結構變得脆弱，為了阿蘭的安全，她只能留在巢穴裡。

鵪鴿在巢穴上方的鐵門處加裝了鎖，每當自己離開，就順手將鐵門鎖死。鎖的鑰匙同樣被鵪鴿掛在腰際的鑰匙圈上，這讓她感覺這串鑰匙愈發地沉重起來。

「已經好幾天了，你昨天才告訴我整個地底洞穴似乎已經適應地震的發生，現在還留存的通道都是能夠在地震裡維持支撐而不坍塌的安全通道。」

阿蘭話還沒說完，鵪鴿已經在暗罵自己昨晚的疏忽大意，她想找藉口拒絕，不知道為什麼，她就是不喜歡阿蘭離開巢穴，鵪鴿總有一種感覺，阿蘭跟那些離開自己的人在本質上是一樣的，有一天說不定也會找到機會就溜到地面上去，然後逃到她再也找不到的地方。

鵪鴿知道自己這麼想很沒道理，話說回來，誰不喜歡地面呢？居住地底洞穴久了，鵪鴿幾乎忘掉了大部分地面的景色，但有一個令她印象深刻的畫面，就是天氣好時可以看見的澄澈天空。

鵪鴿跨越邊界那天就是這樣一個好天氣，烏托克說，是最糟的天氣，既沒有雨和烏雲模糊他們逃跑的身影，也沒有狂風讓子彈偏移，他們成功的機率趨近於零。可是除了那日，再沒有別的機會，那恰好是外鄉人軍隊和機械軍隊正式交接的日子，烏托克透過巴利查到中間有一段空白，可以讓他們跨越邊界。

於是烏托克當時所有的學徒都參與了這項行動，他們分成三批，鶺鴒是第三批。外鄉人軍隊撤離時，烏托克一聲令下，第一批學徒開始奔跑，鶺鴒原本自信滿滿，站在後方凝視緩緩移動的數個小黑點，隨後這些黑點在此起彼落的槍響中逐個倒地，鶺鴒開始呼吸不暢，但烏托克發出咆哮：「第二批！跑！」第二批學徒也搖搖晃晃地往前跑了，烏托克在顫抖的鶺鴒耳邊說：「都是為了你們啊，前兩批不可能活下來，但有了他們轉移注意力，你們一定可以，你們能夠成功，跑！」

鶺鴒的大腦暈眩無比，雙腿卻直覺反應聽烏托克的話向前狂奔，她跑得很快，眼睛起先盯著邊界外晦暗不明的垃圾場，但她太害怕了，那裡好像有人正舉槍等著她，所以鶺鴒仰起頭，面朝天空奮力奔跑，好一陣子她什麼也看不到，除了纖塵未染的穹蒼，她一面跑一面哭，眼淚鼻涕逆風塗滿她整張臉，她不敢停下來，耳朵裡聽見槍聲響過一聲又一聲，逐漸地，遠方烏托克的怒吼轉為欣喜的喝采，她知道她成功了，但她還是不敢停下來。

直到鶺鴒筋疲力竭，她跑進了垃圾場裡堆積如山的垃圾所造成的陰影中，她才向後仰倒在地，胸膛劇烈起伏，她看見那日的天空好美，那日，除了她以外的其他孩子全數死去。

從此，她害怕那片天空。

「你要幹麼？」鶺鴒強行將自己從記憶的泥淖中拉出，她反問阿蘭：「巢穴外面是一片黑暗，一個不小心就會受傷。」

「我不會亂跑，只是想跟著你一起去掩埋場看看，之前雖然我也有到外面探查，但去的地方還不夠多。現在我們是同伴了，總不能每次都是你到外面找物資，我也想要幫你，我希望自己能為你做點什麼。」阿蘭伸手輕撫藍白紋帆布上的玻璃瓶假花：「就像你為我做的一樣。」

鶺鴒覺得自己忽然耳鳴了，她聽不見周遭的聲音，只剩下自己的心跳聲，她摸了摸通紅的耳垂，點頭如搗蒜：「好、好吧！你可以跟來，不過你要戴著我的頭燈，不然如果不小心跌進哪道縫隙裡摔斷腿，你叫破喉嚨我也找不到你。」鶺鴒想了想又說：「還是不要出去太久，我今天工作很多，通往地面的通道要毀掉，也要找更多食物，我們先去掩埋谷吧，從掩埋谷離開你就先回巢穴，不要等我。」

「你爲什麼要毀掉通往地面的通道？」阿蘭問。

「因爲那些混帳不會再來了，永遠都不會再來，沒必要留下那些通道給他們。」鶺鴒雖這麼說，其實也有其他考量，如果最近的地震眞的都是外鄉人軍隊在搜查垃圾場的每一寸土地，她最好毀掉那些可疑的通道，僅僅留下通往掩埋谷的通道就好。盤算著這些小計畫，鶺鴒雖然猶豫，仍不打算告訴阿蘭軍隊可能正在搜查垃圾場的消息。

阿蘭看起來若有所思，但她沒有繼續追問，只是點了點頭承諾道：「好，我們從掩埋谷離開之後我會直接回來。」

鶺鴒對阿蘭的順從感到滿意，她吃完了自己的食物以後便站起身，把鑰匙串重新掛在腰際，開始準備外出裝備，也替阿蘭準備適合的衣物，接著她將過去總會帶在身上的頭燈交給阿蘭。

「你確定嗎？這樣你會不會就看不到路了？」阿蘭遲疑地問。

鶺鴒只是揮了揮手說：「地底洞穴我很熟悉，閉著眼都能出去，你就拿去用吧。」

鶺鴒打開鐵門，敏捷地爬出巢穴，阿蘭則攀著繩索緩慢地向上爬，在最後一點距離時，不耐煩的鶺鴒伸手一把將阿蘭拖出來。

兩人開始往掩埋谷的方向前進，然而鶺鴒走沒幾步就被突起的石塊絆倒在地，她大聲咒罵，迅速爬起身繼續往前走，憑著過去的記憶摸索到向上的繩索。

「頭燈還是還給你吧？」阿蘭試探著說，鶺鴒只是揮開她欲幫忙的手。

「幫我照前面一公尺左右的位置。」鶺鴒說：「我只需要前面一公尺的視線。」鶺鴒迅速地攀爬起來，當阿蘭爲她照亮前方的黑暗，並跟在她身後小心翼翼地攀爬，鶺鴒頓時感到羞愧。想到那些人帶來的警告，她尚未跟阿蘭講述，鶺鴒抱持著僥倖的心思，或許毀掉那些通道就沒事了，反正她們也不需要這麼多對外通道。鶺鴒一面盤算著一面爬上懸崖，在黑暗中摸索著自己特別設計的窄小甬道，接著她鑽進黑洞裡，往掩埋場的方向前進。

路途中阿蘭都安靜地跟在鶺鴒身後，雖然她氣喘吁吁，卻沒有要求鶺鴒等自己，也會在鶺鴒需要時立刻調整頭燈的方向，照亮鶺鴒前方的路徑，兩人就這麼在地道中爬行許久，直到連阿蘭都能聞到來自外面垃圾場的臭味，鶺鴒撥開最後一點土壤，希微光線就從外面流淌而入。

掩埋谷實際上是一巨大的坑洞，內部很深，陽光幾乎無法照射進來，裡頭滿山遍野五顏六色的都市廢棄物，每隔幾天就會有卡車載來更多的垃圾，垃圾中混雜著來自都市區的廚餘，鶺鴒總是算準時間，先拾取比較不耐放的半壞水果、米飯和泛黃菜葉，如果有發現餅乾、乾糧等食物就小心地藏在洞口處，過兩三天再回來拿。由於鶺鴒也必須爲阿蘭尋找食物，這陣子便無法預留，鶺鴒每天都前往掩埋場，搜括走所有能找到的糧食，然後迅速離開。

「待在山谷的陰影中。」鶺鴒囑咐阿蘭：「上面有機器會隨時巡察。」

說完鶺鴒轉過身兀自開始了自己的工作，她像隻真正的白鶺鴒般在垃圾堆裡跳來跳去，尋找可食用的廚餘，也翻揀泛著金屬光澤的都市區廢棄物，這些廢棄物蘊含著被稱爲「科技」的力量，鶺鴒對類似的物品已經有足夠的知識，都市區出來的廢棄品如果不是缺了特殊零件，就是零件本身已經損壞，也可能廢棄品具有無法修復的巨大缺陷，因此被丟棄，但只要找到缺損的零件，甚至經過鶺鴒的巧手修復，廢棄品往往可以恢復七八成的功能。

鶺鴒正忙碌的時候，阿蘭就沿著山谷的陰影信步遊走，她懷揣著隱密的心思，看起來心事重重。

*她沒辦法走出這裡。*巴利以烏托克的聲音說。阿蘭沒有回答，不用巴利提醒，這段時間她也看得出來鶺鴒害怕地面，好似永不可能離開地底洞穴。可是如果要完成烏托克的遺願，她們總有一天必須離開地底洞穴才行，更何況軍隊的搜查已經開始，地震讓洞穴一日比一日更不安全。這幾天阿蘭都在思索，該怎樣

才能說服鶺鴒。

既然這樣，你就自己行動，蒐集好需要的東西，盡快離開。

阿蘭抬起頭，皺眉沉思。

她需要應付長途旅行的充足糧食、衣物和巢穴中一些被鶺鴒藏起來的特殊廢棄品，鶺鴒沒有提過，但阿蘭早就發現鶺鴒睡不著時會從保險箱裡拿那些東西。阿蘭偷偷看到了，有手槍、尖銳的刀刃和炸藥，阿蘭不知道鶺鴒怎麼弄來的，但如果要前往都市區，這些廢棄品必不可少。此外要是鶺鴒真的毀掉大部分通往地面的地道，阿蘭可能需要特殊裝備才能攀上掩埋谷的岩壁。如果可以，她不能讓鶺鴒毀掉地道，但阿蘭也猜出摧毀地道的用意，要是軍隊搜查時發現地道，就能順著那些地道找到他們的巢穴。

阿蘭陷入兩難，如果有其他方法就好了。

好好想，我聰明的小畫眉。巴利溫柔地說。

突然間，阿蘭看見陰暗的掩埋谷頂端閃過亮點，她還來不及反應就被衝向她的鶺鴒撲倒，緊接著一排彈孔打在她原先站立的地方。

「你這白癡！把頭燈關掉！」鶺鴒嘶吼著壓在阿蘭身上，阿蘭顫抖地伸手關掉頭燈的開關，她同時也想反駁：我們剛出地道時你也沒有叫我把頭燈關掉。但阿蘭在這時聽見了都市區機器特有的嗡嗡響聲，她忽然覺得全身無力，眼淚不受控制地從眼睛裡湧出。她們維持同樣的姿勢直到時間一分一秒過去，嗡嗡聲逐漸遠離，鶺鴒這才放開阿蘭，她仍在罵罵咧咧，抱怨阿蘭的不小心與愚蠢，直到看見阿蘭蜷縮著身體眼神呆滯，鶺鴒頓時回過神來，俯下身碰觸阿蘭的肩膀。

「喂，沒事吧？那東西暫時不會回來，別這麼脆弱。」見阿蘭沒有站起來的力氣，鶺鴒嘆息著讓阿蘭的雙臂穿過她的脖子，小心翼翼將阿蘭揹起。

——叮鈴。

鶺鴒往她們來時的地道走去，阿蘭卻在這時聽見了細小的聲音。她試著扭頭去看，便見到頂部閃動藍光的小機械蜘蛛就在不遠處，以細長的前肢撥弄一顆生鏽的鈴鐺。

阿蘭不記得鶺鴒是怎麼將自己帶回巢穴，只知道許久沒有感受到這股深入骨髓的恐懼，讓她無法控制地發抖。鶺鴒最後沒辦法，從一個髒兮兮的鐵盒裡拿出一些白色的小顆粒，告訴阿蘭只要吃下這些顆粒，她就會覺得舒服一點。

阿蘭照鶺鴒說的吞下白色顆粒，很快地睡意便襲來，她陷入深深的昏睡之中。恍惚間她聽見巴利如烏托克的聲音在她耳邊輕聲細語：來吧，只要跟我在一起，你就會得到力量，你不會再受恐懼支配。

「請不要再用師傅的聲音對我做出這樣的要求。」阿蘭哽咽地哀求：「我眞的辦不到。」

她彷彿聽見烏托克無奈的嘆息。

這不僅僅是我的願望，也是烏托克的願望，她希望我們在一起，阿蘭，只要你讓我留下傷疤，你就知道了……

「知道什麼？」

她一直在這裡，沒有離開。

阿蘭搖頭：「不要，不要騙我……」

我沒有騙你，去吧，機會已經來臨，我聰明的小畫眉，想不到那人竟會爲了你來到這裡。

阿蘭在搖曳的燭光中睜開眼睛，她肩上的圖騰刺痛，但不嚴重，很容易忽視。阿蘭半坐起身，四下觀察，沒看見鶺鴒的身影，想必她已經去毀掉通往地面的通道。對此阿蘭無能爲力，但她現在有別的幫手，那個人……如果她沒猜錯。阿蘭很快穿上衣服，戴上鶺鴒沒有取走的頭燈，讓巴利在口袋裡躲好，接著轉動握把打開鐵門，阿蘭發現鶺鴒離開時沒有鎖上門，這令她內心一動，卻仍維持著迅速有效的動作。

阿蘭爬出洞口後便以最快的速度前往掩埋谷，在地底洞穴很難感受到時間的流逝，以至於當阿蘭關掉頭燈擠出地道時，有一瞬間爲外頭的夜是如此漆黑感到訝異。但也因此，小機械蜘蛛頂端的藍光一閃一閃，在黑暗中顯得鮮明。

由於視線不佳，阿蘭只能小心謹愼地從地道中爬出，她一步一步走向機械蜘蛛，然後，她陡然停了下來，只因爲她現在才看見坐在機械蜘蛛旁如一小堆垃圾袋的臃腫人影。

人影顫巍巍地起身，蹣跚往阿蘭走去，最終在她面前緩緩半跪下來，碩大肥胖的手掌輕輕捧起阿蘭的手。「好久不見，我的鳥兒。」王璟哮喘般的聲音帶著無法隱藏的笑意傳來，讓阿蘭感到顫慄，她下意識想抽回手，但又立刻忍住了那股衝動。

「王璟大人。」阿蘭小聲說：「您爲什麼會在這裡？」

「你說需要我的幫助，所以我來了。」王璟似乎隱忍許久，他將醜陋光裸的前額壓在阿蘭手心裡，聲音顫抖：「我花了很大的力氣才從野蠻地離開，這段時間，我眞不知道自己想要什麼、準備往哪裡去？終於脫離金家對我的控制，我卻不感到取得自由的快樂，這時候，我安排在你附近的機械蛛傳來你的消息，我想這就是我仍活著的意義。」

阿蘭瞬間回想起來，王璟作爲金雞神女有意培養的藍眼人，對金雞神女也有滔天怨恨，是了，如果是這個人……

「您的意思是，您願意幫助我……」阿蘭沉吟著，有些猶豫該如何把話說清楚，但王璟已然猜出阿蘭的意圖。

「親愛的阿蘭呦，我知道你想要什麼，既然我已來到這裡，我願實現你所有的願望，你想要做的事情、你想完成的復仇，我都願意助你一臂之力。」說到這裡，王璟發出陰沉的笑聲：「更別提那說不定也是我的心願。」

阿蘭點點頭，想起王璟或許看不見自己的動作，便又開口：「我想殺死金雞神女，如果可以，毀掉整個金家。」自從烏托克死後，阿蘭第一次將這些意念付諸言詞，隨著她說出的每一句話，她心中黏稠黑暗的恨意便愈是高昂，到最後，她竟無法爲此滿足：「殺死金家每一個人，不，殺死所有五大家族的人……不，我要殺死都市區的所有人！」

「可以。」王璟如毒蛇般殘酷的聲音滿意地肯定道：「我對金家了解極深，我們可以制定完善的計畫，讓你的願望一步步實現。不過在那之前，阿蘭，你必須離開此地。」

阿蘭不自覺抽回自己的手，轉身背對王璟。

儘管對阿蘭的反應感到困惑，王璟仍耐心解釋：「這座垃圾場就快要被拆除了，再過不久，整座垃圾場會被夷爲平地，屆時就連你們賴以棲身的洞穴都會被徹底搜查。」

「您知道鶺鴒？」注意到王璟用的是「你們」，阿蘭帶著警戒詢問：「您一直在觀察我們？」

「主要是觀察你，因爲我在乎你的安全，至於另一個小鬼，我沒放在心上。如果你想帶那小鬼走，我沒意見，雖然我認爲很難，或者你在這裡有其他事情要完成，我也可以等你，但是阿蘭，他們很快會開始拆除的工作，到時候無論如何我都會離開，我只能等你到那一天。」

王璟驟然停下來，阿蘭聽見細微的水聲，她知道王璟畸形的嘴部又開始疼痛，並流下唾液，王璟擦拭流淌的唾液，續道：「小心觀察外面的情況，如果你在洞穴裡什麼也看不見，你只能藉由其他跡象判斷，譬如地震，我也會讓機械蜘蛛繼續待在你附近，你準備好離開前，透過它告訴我就好。」

說罷，王璟徐徐走回原本的位置，再次坐下來，完美僞裝成小山般高的垃圾堆。走吧，天快亮了，你得回去。巴利的聲音提醒著陷入思考的阿蘭，她轉身爬入地道中，返回鶺鴒的巢穴。

阿蘭打開鐵門跳入蓬鬆柔軟的緩衝物裡時，意識到鶺鴒正在等自己。鶺鴒點起搖曳的燭光，面孔在陰影裡變幻莫測。阿蘭佯裝無事走向鶺鴒，坐在她身邊，輕輕碰觸鶺鴒的手臂：「你回來了，你把對外通道都毀掉了嗎？」

「你去哪裡了？」鶺鴒沒有回答阿蘭的問題，只是帶著懷疑詢問。

「我起來時沒看見你，就到外面去找你，我去了掩埋谷。」

鶺鴒許久沒作聲，隨後她突然發難，跳起來吼道：「別當我白癡！你有事情瞞著我！」她抓住阿蘭的衣領，巴利掙扎著飛出來，卻沒有替阿蘭阻擋鶺鴒的動作，只是拍著翅膀在一旁降落，紅色的眼睛毫無情緒地凝視兩人。

「你也不肯告訴我你的計畫。」鶺鴒破口大罵：「我知道你有，只是不讓我知道！你這騙子！」

「我沒有計畫。」阿蘭掙扎著吐出這句話。

「你騙我！」

「我沒騙你，我……」阿蘭想到王璟，想到垃圾場即將被拆除，而外鄉人軍隊已經開始搜查，鶺鴒同樣在這件事情上說了謊，但阿蘭並不怪鶺鴒，因爲她知道鶺鴒爲什麼這麼做。

眞可憐。阿蘭莫名想：她已經是個廢人了。

別忘記你需要她的收藏。巴利／烏托克在一旁誘惑地說。

阿蘭一咬牙，然後終於虛弱地開口：「我沒有計畫，我不知道該怎麼辦，我害怕外面，我害怕機器的聲音，我不想讓你知道，我不想離開這裡，也不想實現師傅的遺願。」

鶺鴒瞪大的眼睛以及鬆懈的拳頭讓阿蘭知道自己賭對了，也或許是鶺鴒太愚蠢、太單純了，阿蘭僅僅只是以自己的角度說出鶺鴒隱藏於內心的祕密，她就會以爲自己和她是同一國的。可能連鶺鴒自己都不知道，原來在她內心深處已是如此脆弱不堪。

鶺鴒愣愣地向後退了一步，像是不知道該說什麼才好，她的一隻手搓揉她因激動而泛紅疼痛的臉，許久才發出聲音：「那就留在這裡，哪裡也不要去。」

4

對鶺鴒來說，地底的黑暗日子正趨於美好，阿蘭對機器和外界的恐懼與她如出一轍，此刻她們是同伴也是共犯。意識到這點，鶺鴒有股衝動想大吼大叫，想對地底洞穴裡每隻盲眼生物、每朵發光蘑菇表達無可名狀的喜悅，然而狂喜的同時，鶺鴒也常感到愧疚，既是對烏托克的愧疚，也是對自己的愧疚。

啊，我應該可以更好才對。鶺鴒往往這麼想著：要像師傅那樣無所畏懼才行。區區的地面和天空，她不該一想到就渾身顫抖。鶺鴒對阿蘭也感到愧疚，在阿蘭坦承自己的恐懼時，鶺鴒沒有立刻說：「唉呀，忘記告訴你，我也是呢。」她只是隱藏自己的弱點，並在內心期待著能一直在阿蘭面前展現強大的形象。

說不定阿蘭早就知道了。鶺鴒晃了晃腦袋，立即驅逐這個念頭。

正如稍早所說，鶺鴒的地底生活趨於美好。

這陣子出於不知名的原因，來自地面的震動頻率也有所降低，有時甚至至一星期才發生一次，這讓鶺鴒有種生活逐漸回歸正軌的感覺。唯一需要適應的是阿蘭作爲同伴開始嘗試分擔鶺鴒在地底洞穴的工作，儘管鶺鴒一次次表示不需要，但阿蘭很堅持，時間久了，鶺鴒不再拒絕。

她告訴阿蘭修復廢棄品的基本方法，不需用到電力的廢棄品修理起來格外簡單，像是斷裂的剪刀、鍊條、握把，只要找到損壞的零件進行修補，往往能讓這些廢棄品的使用時間延長。

當鶺鴒使用串在鑰匙圈裡的工具，專注地將一種有兩個扁輪子、並由金屬打造而成的奇怪東西上油、校正龍頭，她要阿蘭坐在調整好高度的坐墊上，面對已經清出大片空地的巢穴中央，接著鶺鴒扶著後方，提醒道：「踩好腳踏板。」

阿蘭依言踩住踏板，從她僵硬的肩膀可以看出她有多不安。「別緊張。」鶺鴒說：「我會在後面扶著，絕對不放手，準備好就開始踩吧。」

「嗯。」阿蘭哼了一聲，開始踩踏板，這奇怪的物品被阿蘭踩動的姿態帶動鍊子和輪子，隨之慢慢向前移動，阿蘭發出驚呼，握著握把的手左右搖晃，鶺鴒忍不住「嗤」地笑出來。

「不要笑我！」阿蘭微惱地道，再次握好握把，往前用力踩動踏板。

阿蘭騎得太快了，鶺鴒跟不上，最終阿蘭脫離鶺鴒的手兀自前進，鶺鴒也不追逐，只是感到好笑似地等在原處。

「很好，你這樣就算會騎腳踏車了吶。」

發現鶺鴒的聲音不在自己後方，阿蘭詫異地回頭，看見鶺鴒已經放手，她再次控制不住車把，整個人搖搖晃晃地堅持了一會兒，隨後連人帶車摔倒在地。

「你說過不會放手的！」

「你騎太快了，我跟不上。」鶺鴒協助阿蘭扶起腳踏車，並檢查阿蘭身上是否有擦傷，確定沒問題後她讓阿蘭在一旁稍作休息，自己則繼續檢視名爲腳踏車的廢棄物，不時對阿蘭解釋這樣物品的歷史：「這東西很早就在垃圾場了，我是在最底層的垃圾區發現的，可能在保留地劃分前就存在，都市區的廢棄品裡也沒見過這樣東西，我後來做了很多研究，知道這件廢棄品眞正的名字是『腳踏車』，以前也有人稱它爲『鐵馬』，因爲是用鐵做成的，又像馬一樣可以騎，你知道馬這種動物嗎？我以前不知道，是後來在紙類回收區發現一本圖鑑……」

「你對這些東西很了解。」阿蘭陡然說。鶺鴒得意地揚起頭：「我從以前就是這樣，師傅跟一些拾荒者買下很多從垃圾場外緣撿到的東西，我都可以把這些東西重新組裝起來，甚至是讓它們產生作用……我從以前就很厲害了！」

說到這裡，鶺鴒猛然覺得有些頭暈，這幾天老是這樣，她的胃也經常悶悶地痛，她瞞著阿蘭到巢穴角落拉了好幾次肚子，但沒什麼用，現在她又開始覺得熱，兩腿之間也有濕濕的東西流出來，她該不會連尿也忍不住了吧？這麼想著，鶺鴒站起身，要阿蘭試著自己繼續練習。

「我要去撒泡尿。」鶺鴒說。

阿蘭等待著，在鶺鴒開闢出的空地上練習，她很快抓到訣竅，開始騎著腳踏車繞圓圈，不得不說，這種感覺眞不錯，只要騎快一點就能感受到在地底洞穴裡少有的微風，使阿蘭的髮絲微微飄起。

「啊啊啊啊啊！」鶺鴒的慘叫聲從不遠處傳來，阿蘭立刻拋下腳踏車，快步往鶺鴒的方向前去。

「怎麼了？」阿蘭一面問一面接近，卻聽見鶺鴒悽慘的呻吟。

「我……我死了，我完了，我就要死了。」鶺鴒的五官痛苦地扭曲在一起，眼淚從她髒兮兮的臉上滑落，留下兩道乾淨的痕跡：「我在流血，我受傷了，我要死了。」

阿蘭的表情略過一瞬間的慌張，但她隨即鎮定下來。「讓我看看。」

「不，不要，不要碰我，我會死的……」在阿蘭的堅持下，鶺鴒勉爲其難挪開擋住下半身的手：「這種地方流血，我會死得很慘。」

「你不會死，你只是……」阿蘭深吸一口氣，似乎在尋找正確的詞彙：「你只是長大了。」

「長大？」

「是的。」阿蘭說道，開始四處尋找乾淨的布條，摺疊起來叮囑鶺鴒墊在褲子裡。

「爲什麼長大會流血，沒有人跟我說過。」當阿蘭爲自己做這些事的時候，鶺鴒感覺胃又開始抽緊，並且愈來愈疼痛：「你又是怎麼知道的？」

「師傅教過我，在戰爭爆發前。」阿蘭說道，彷彿又陷入了過去的回憶，鶺鴒突然感到不悅，她伸手拉住阿蘭，帶著強烈的執著凝視她，同時一語不發，就像每次地震發生前那樣。

阿蘭懂了，她帶鶺鴒回到她休息時的吊床，費了一番工夫把鶺鴒弄上吊床，隨後用溫暖的織物將鶺鴒全身上下包得緊緊的。

「我去煮一些熱水，喝點熱水你會覺得好一些。」

阿蘭離開時，鶺鴒感到自身無比脆弱且悲慘，想到烏托克告訴阿蘭成長的祕密，卻未曾對她提起，鶺鴒更嘗到被蒙在鼓裡的不甘，可是她又能如何呢？事實是烏托克確實看重阿蘭，比看重鶺鴒還要更多，儘管阿蘭是一名遺跡人。

鶺鴒試圖用這件事來煽動自己對阿蘭的厭惡，但討厭阿蘭不像以前那樣容易了，這陣子阿蘭對她很溫柔，幾乎每天都禮貌地詢問鶺鴒和廢棄品有關的事情，這讓鶺鴒感覺自己很重要，以至於她甚至和阿蘭提到那些她最喜愛的祕密收藏。

刀具、手槍和炸藥，如果不是徹底了解這些物品真面目的人，恐怕會在採集這些東西時就被意外反噬，鶺鴒在內心把類似這樣的廢棄品統稱為「垃圾場的惡靈」，它們是邪惡的物品，為了邪惡的目的被設計出來，從這些東西上頭可以看見都市區外鄉人的殘酷本性。鶺鴒蒐集這些惡靈只是為了提醒自己外面有多麼危險，擁有惡靈也能讓鶺鴒感到安全，畢竟與其讓這些東西在外流浪，然後被不諳其真面目的拾荒者撿到，造成可怕的後果，還不如讓鶺鴒小心收藏起來。

就像現在，鶺鴒認為自己就快要死去，她再度迫切地想至少將一種惡靈放在自己吊床裡的枕頭下，她會好過一點，可能，大概吧……但一想到阿蘭很快就會回來，鶺鴒沒有太多時間去拿掛在腰際的鑰匙串、打開保險箱，然後以最快的速度取出一件惡靈。鶺鴒還不打算讓阿蘭親眼看見她的收藏，她想如果阿蘭知道這些惡靈的真面目，恐怕會對她失望也不一定。

一會兒後，阿蘭回來了，帶著一只鐵壺和鐵杯，阿蘭在鐵杯裡注入熱水，囑咐鶺鴒小口小口慢慢喝下，然後用毛巾層層包裹發燙的鐵壺，讓鶺鴒敷在肚子上。

「如果覺得太燙就把鐵壺丟下來，我晚一點來收。」阿蘭說：「通常我們身上發生這種狀況的時候，睡一覺起來會覺得比較好，所以你就睡吧，我會去找晚餐。」

鶺鴒想反駁，想告訴阿蘭自己好得很，她很快就可以跳下床跟阿蘭到掩埋谷找食物，但她張開嘴時，只發出一聲可憐兮兮的呻吟。

包裹毛巾的熱水壺敷在肚子上很舒服，暖呼呼地淡化了她胃的悶痛，當她這樣告訴阿蘭，阿蘭搖搖頭說：「不是你的胃在痛，而是更下面一點的器官。」阿蘭倏地伸手碰觸鶺鴒的肚子：「這是胃。」她輕輕地按，慢慢往下，在熱水壺下方停留：「這是卵巢、子宮。」

「嗚。」鶺鴒害羞地試圖藏起自己的聲音，可是阿蘭的手輕柔地按摩她的肚子，令疼痛在瞬間消失不見，溫暖與熱度讓鶺鴒開始昏昏欲睡，她連抗拒都做不到，就在一瞬間墜入黑甜的夢境。

鶺鴒夢見了烏托克。

烏托克站在黑暗的地底洞穴裡，靜靜地看著自己，烏托克的一隻眼睛是黑色，另一隻眼睛則如魔鳥那般的赤紅，一看見烏托克，鶺鴒就縮起肩膀、低垂下頭，感到無法控制的自責。

烏托克伸出手，手指指著上方，令鶺鴒更是無地自容。

當她移開視線，烏托克就消失了，鶺鴒再次在無邊的黑暗裡飄浮。

昏沉間，鶺鴒不禁想，她是不是對師傅不夠忠誠，不夠敬愛烏托克。但鶺鴒其實很清楚，烏托克只是自己曾經的夢想，她想成爲像那樣的人，倍受尊敬、無比強大，無數的人跟隨她、信任她，而她無所畏懼，對已經確定的目標永不放棄，哪怕要犧牲重要的東西……

或許就是在跨越邊界的時候，鶺鴒意識到自己永遠也不能成爲烏托克。

細小的談話聲從遠處傳來，似乎是阿蘭，阿蘭正在跟某個人說話，但那是誰呢？地底洞穴裡除了她們以外沒有別人了。阿蘭說：「鑰匙……在她身上找到……很快就走……」阿蘭又說了些什麼，但鶺鴒聽不清楚，然後鶺鴒好似聽見了烏托克的聲音。

我們必須放棄她。

鶺鴒終於醒來時，她的肚子已經不痛了，裝有熱水的鐵壺也被阿蘭收走，鶺鴒下意識伸手摸摸安然懸掛於腰際的鑰匙串，從吊床裡跳下來，試探性地伸展身體，感覺整個人彷彿煥然一新、神清氣爽。儘管如此，鶺鴒的兩腿間仍然不時有液體流出，她慌忙取出髒污的布條扔棄，並以乾淨的新布墊在褲子裡，就像阿蘭教過的那樣。如此忙亂地處理完後，鶺鴒感到有點頭暈，身體也微微虛弱。

「阿蘭！」鶺鴒高聲呼喊，忽然又摀住嘴，意識到這是自己第一次叫阿蘭的名字，那個她曾經無比討厭的具有遺跡人風格的名字，如今喊起來卻是這麼自然，她品味著名字在舌頭上捲起的尾韻，意外地發現自己喜歡這個詞彙。

「阿蘭」比「遺願」要好，她一遍又一遍地念著，滿心歡喜卻又不想表現得太明顯，以至於當阿蘭眞的因鵜鴿的呼喚來到她身邊，鵜鴿被嚇了一大跳。

「你好一點了嗎？」阿蘭在鵜鴿後方關切地問。

鵜鴿揉著臉結結巴巴地回答：「我、我當然很好！好得不得了！」

阿蘭點點頭：「那你等一下可以陪我去掩埋谷嗎？我想多找一點食物和必需品，昨天你睡著了，我後來也沒有去掩埋谷，外面的天氣有點變涼，如果秋天快到了，我們就必須開始儲備過冬的糧食。」

阿蘭說的很有道理，雖然如此，鵜鴿心中仍掠過一絲狐疑，距離冬天還有很長一段時間，照理來說不需要那麼早開始貯存糧食。在鵜鴿猶豫的時候，阿蘭已經把外出的裝備、衣服遞給鵜鴿，包含唯一一副頭燈，鵜鴿拒絕了頭燈，她仍然希望將頭燈交給阿蘭使用。

「你對地下洞穴的地道還不熟悉。」鵜鴿的手指擦了擦鼻尖。

由於兩人都有一段時間沒有進食，她們很快爬出巢穴，向掩埋谷行進。一路上遭遇了幾次不怎麼強烈的震動，她們小心翼翼鑽過又小又擠的甬道，阿蘭似乎發現鵜鴿的身體還沒完全恢復，行進的速度比往常要慢，但她什麼也沒說，只是默默地用頭燈爲鵜鴿照亮前方一公尺處的狀況。她們在快抵達掩埋谷時關掉阿蘭的頭燈，隨後花了幾個小時蒐集所有能蒐集到的廢棄食物，在阿蘭的要求下，背包無法裝入的食物就用塑膠帆布捲起來，再以粗麻繩綁緊，兩人各自分擔數十公斤重量的糧食，慢慢踏上回家的路。

路途中，鵜鴿氣喘吁吁，頭暈加重了，手腳也沒什麼力氣，但她喘息著努力堅持下去，鑽過只能爬行前進的地道後，她們回到充滿裂縫的地底懸崖，鵜鴿和阿蘭並肩站立，望著通往巢穴危機四伏的黑暗。

「你還可以嗎？」阿蘭憂心地問。

「可以。」擠出兩個字，鵜鴿開始尋找向下的繩索。

一會兒後，鵜鴿倏地開口：「你也會那樣嗎？」

「什麼？」彷彿也是陡然回過神，阿蘭困惑地問：「哪樣？」

「流血，從身體裡……」鵜鴿吞嚥了一下，舌頭打結。

「會啊。」阿蘭卻意外自在地回答：「我在孵育山谷第一次經歷這件事，師傅很快就發現我不對勁，找到機會私底下跟我講了很久。」

鶺鴒點點頭，她發現自己經常使用的繩索斷掉了，或許是時間久了，繩子被水氣損壞。這樣也好。鶺鴒想，幸好不是在阿蘭使用的時候斷掉，不然她絕對會死的。

「近路的繩子斷了，我們要走備用路徑。」鶺鴒一面說一面感到不安，阿蘭從未走過備用路徑，備用路徑是比常用路徑更深更崎嶇的懸崖，岩壁上有很多突起的石塊，必須在下降的過程中控制速度，精準地降落在每一個突出的石塊上。絕不能像走常用路徑那樣，直接順著繩子向下滑，否則一定會被岩石卡到，撞傷還是小事，如果頭被撞暈，手失去力氣，就只能落得摔死的下場。

鶺鴒憂心忡忡，可她不敢在阿蘭面前表現出來，因此只是簡單且細心地告訴阿蘭使用這邊的繩索時需要注意的地方。

「我先走，你在我上面，保持頭燈向下，照亮我們降落的地點。」鶺鴒同時拍了拍雙手手套：「一定要用手套接觸繩子，不然手會被磨傷。」

眼見阿蘭迅速照辦，鶺鴒也專注在自己的動作上，她握著繩索，深吸一口氣，輕輕躍出，她讓身體和岩壁呈九十度，在近乎垂直的岩壁上跳躍，而阿蘭操控頭燈完美照亮她落下的第一處突起。

「好了，換你。」鶺鴒輕輕地說：「不必像我一樣用跳的，一點一點讓自己滑下來，我會接住你。」她彷彿看見阿蘭在點頭，旋即握著繩索慢慢下降，鶺鴒屏息凝視阿蘭的動作，直到剩下一點點距離時，鶺鴒伸手抱住阿蘭的腿，幫助她慢慢垂降。

「謝謝。」安穩落地後，阿蘭輕聲道謝。

鶺鴒沒有回應，只是繼續未完的路程。她們維持固定的頻率：鶺鴒率先抓著繩索往下跳，確定抵達可供落腳的堅實岩塊，就讓阿蘭抓著繩索慢慢下來。重複著這樣的過程，她們只差幾公尺就可以安全回到谷底最深處，同時也是巢穴所在地。但就在鶺鴒準備跳到下一岩塊上時，阿蘭頭燈的光突然熄滅，鶺鴒頓時失去清晰的視覺，就這麼絆了一下，她伸手嘗試抓緊繩子，然而失去平衡後，鵺鴿的體重立刻將她往岩塊外的虛空裡帶，鵺鴿來不及反應，繩子便從她手心裡滑開，她想「完了」，僅僅只閃過這短暫、絕望的念頭，隨即她聽見阿蘭的大喊，整個人開始墜落。

不知道幸或不幸，備用路徑的懸崖突出岩塊雖然撞擊著鵺鴿的身體，卻在同時緩解她向下的勢頭，鵺鴿幾度伸長手臂努力想攀住岩塊，然而落下速度太快，手碰到岩石就被彈開。她疼痛無比卻無法放棄，揮舞著四肢在空中掙扎，最後，鵺鴿的頭遭受猛烈撞擊，視線發黑，而堅硬的地面從下方撞上來。

啪。鵺鴿聽見一聲極其詭異的物體斷裂聲。

不知過了多久，阿蘭才從懸崖上緩緩爬下來，鵺鴿不知道她用了什麼方法，或許僅僅是比自己更小心萬分的動作，幸好終究是成功了。阿蘭快步走到鵺鴿身邊，她頭上的頭燈依然是無光，以至於鵺鴿難以看見太遠的景色。直到阿蘭湊近，她才看見對方皺在一起的五官，這是第一次，鵺鴿發現阿蘭似乎很害怕。

「我還活著。」鵺鴿有氣無力地說。她的身體在流血，但她已經無法分辨究竟是來自她體內的血，還是她受傷的四肢。「最後那段高度不算很高，我休息一下就好了，等我一會。」

「鵺鴿，你的右腿斷了。」阿蘭好似下定決心要讓鵺鴿安心，她再次使用那種專屬於阿蘭，既冷淡又平靜的語氣說話：「骨頭沒有刺穿皮膚跟肌肉，只是角度不太對，你的手很可怕，幾乎是血肉模糊……」

「但我會痊癒吧？」

「手的部分只是皮肉傷，如果我可以找到合適的支架，你的腿會慢慢好起來，也許以後會有一點跛，但你會好的。」

「那就好。」鵺鴿說著就想勉強起身：「過來扶著我，只不過是右腿而已，我還有左腿呢。」

阿蘭立刻上前將鵺鴿的手臂穿過自己後背，同時穩穩地撐住她的體重。在鵺鴿的指示下，她們必須穿越一處山洞才能回到平常路徑，阿蘭令自己充當鵺鴿最穩固的拐杖，哪怕行進很慢，阿蘭也不曾抱怨。

「山洞裡會更黑。」進入山洞前鵺鴿說：「頭燈怎麼了？爲什麼不亮？」

「可能是沒電了。」阿蘭的聲音聽起來有點破碎，鶺鴒認為阿蘭只是受到驚嚇，因此聳聳肩就算了，她也聽見阿蘭小聲地說「對不起」，鶺鴒決定假裝沒聽到，她不擅長應付別人的道歉。

她們緩緩走進山洞裡，每走一步，阿蘭都會讓鶺鴒停一停，確定前面沒有顛簸或高低落差後才繼續前進。過了一會兒，不知道是不是鶺鴒的錯覺，但山洞出現了點點亮光，她抬頭一看，發出微弱笑聲，她不敢相信自己居然會忘記。

「哈哈，太久沒走這裡，我都忘了這座山洞有天然照明。」

「什麼……」阿蘭順著鶺鴒的話語仰頭看去，發現山洞頂部正閃閃發光，彷彿有特殊的礦石鑲嵌其中，在她們前行的道路上鋪滿寶石般璀璨的螢綠色。

「就像星星一樣。」這時鶺鴒忍不住說。

「不對，眞正的星星更美。」阿蘭堅決地道。

是嗎？鶺鴒將臉埋在阿蘭的肩膀上，不管是不是眞的，鶺鴒都知道她沒有資格反駁阿蘭，因為比起已經遺忘星空的自己，阿蘭的說詞更有說服力。鶺鴒產生一種感覺，阿蘭和自己不同，她不屬於地底，也不會永遠跟自己待在一起，她總有一天會離開……

阿蘭甚至不屬於師傅烏托克，雖然她本人似乎沒有意識到——

她屬於天空。

鶺鴒希望有一天可以告訴阿蘭這件事，比起自己，她是更加自由的。

「鶺鴒？你還好嗎？」注意到鶺鴒的恍神，阿蘭再次詢問。

鶺鴒只是搖搖頭：「喏，阿蘭，你以前在地面上有朋友嗎？」

「算是有吧，為什麼這麼問？」

「你懂得很多事情，頭腦冷靜、很可靠，就像師傅一樣。」

阿蘭似乎愣住了，她驟然停下腳步，驚訝地側頭看向鶺鴒：「像師傅？你說我嗎？」

「嗯。」鶺鴒肯定地道：「我以前有朋友，算是朋友吧，雖然我們後來永遠分開了，我不知道他們算不算得上是我的朋友，或許獨自活下來的我，應該要把他們忘掉才對。不管怎樣，以前我故意模仿師傅的言行舉止，然後我的朋友們就稱我爲『老大』，那讓我覺得，我是師傅的一半，只有一半也夠了，我一直想成爲像師傅那樣的人，直到遇見你，我才發現我還差得遠呢。」

「對我來說你才是更接近師傅的學徒。」阿蘭冷不防說，她的話也讓鶺鴒不敢置信：「你直率的個性，屬於部落人的敏銳直覺，都很像師傅，可以看得出來你曾經被師傅悉心地教導過。」

「你是在騙我？」鶺鴒悶悶地道。

阿蘭搖頭，而後她想起鶺鴒最初的問題。

「我曾經有一個重要的朋友。」阿蘭靜靜地說：「但我背叛了他，我想或許我跟他也不算是朋友，帶著企圖接近別人，怎麼能夠自稱是他的朋友呢。」

「你是爲了師傅吧？」鶺鴒卻輕柔地答覆：「如果是爲了師傅，那是沒辦法的。」鶺鴒覺得那就像自己一樣，爲了烏托克，她幫忙訓練新來的學徒，她教他們跑步、跳躍以及各種生存的方法，師傅說要派他們到保留地之外，爲戰爭做好萬全準備，她也爲此驕傲。

鶺鴒曾經那麼驕傲，傾己所能鍛鍊其他的學徒，他們年紀普遍都比她小，看待鶺鴒就像看待一位大姊姊。直到鶺鴒跨越邊界，她有時候回想起過去的事情，腦海中會驟然閃過一個想法：她眞的什麼都不知道嗎？她對於跨越邊界這件事的危險性難道完全一無所知嗎？她眞的只是聽令烏托克的一條狗嗎？

不是的，明明她很清楚，她心裡有預感，這些親密地稱自己爲「老大」的孩子有一天都會死，哪怕是自己也一樣，他們都將在跨越邊界這天爲烏托克付出性命的代價。鶺鴒只是比其他人更幸運一點。

更幸運，或者更不幸，她也搞不清楚。

巢穴外的鐵門已近在咫尺了，阿蘭先幫助鶺鴒通過鐵門，然後才小心地沉下身體，等待底下的緩衝物接住自己。阿蘭落下時由於擠壓到鶺鴒的傷處，使她發出了隱忍的哽咽聲，但她不願讓阿蘭知道自己有多痛苦，因此在阿蘭轉頭看向她時，鶺鴒故作沒事地朝她笑了笑。

鶺鴒說：「我的頭有點暈……」她眨眨眼，忽然意識到並不是自己頭暈，而是有一陣來自地面的震動正一點一點變得劇烈。

愈來愈劇烈。

那是她從未經歷過的恐怖震動。

5

在那一瞬間，阿蘭想著要拋下鶺鴒，以最快的速度抓住她藏有手槍、刀刃和火藥的背包轉頭就跑。阿蘭的眼睛在震動中掠過鶺鴒驚恐的面容，最終卻只是伸手抱住她，同時彎腰護住口袋裡的巴利。她們一同躲到較為堅實的岩壁下方，希望這次震動能盡快結束。過程中，鶺鴒的眼睛緊緊閉上、額頭冒汗，看起來還是很痛苦，阿蘭睜大眼睛，思索離開的可能性。

趁著鶺鴒昨晚身體不適，阿蘭將鶺鴒曾給自己服用的白色顆粒磨成細粉，摻在熱水裡給鶺鴒喝下，在她沉沉入睡時，阿蘭偷走鶺鴒懸掛於腰際的鑰匙串，花了很長的時間一支一支嘗試，終於以青銅色鑰匙打開保險箱。隨後她把鑰匙重新掛回鶺鴒腰上，並將那些東西藏在一個她們前往掩埋谷時都會攜帶的大背包裡。事已至此，本打算從掩埋谷蒐集足夠的糧食以後就找機會離開，最好是夜晚，等鶺鴒熟睡之後帶走所有需要的物品、食物、保暖衣服，在巴利的提醒下小心無聲地離去。阿蘭也知道鶺鴒不會在自己面前打開保險箱、查看收藏，所以會先待在鶺鴒旁邊，伴她入睡後再走。

阿蘭已經數次在心裡重覆這項計畫，卻沒料到劇烈的震動會再次出現。

隨時間過去，震動愈發強烈，原是上下晃動，接著頻率極快地開始狂震，讓她們幾乎無法坐穩，只能抓著對方的手在地上翻滾，阿蘭聽見來自上方一種巨大物體正轟轟接近的聲響，和機器的嗡鳴聲不同，阿蘭知道這是地底被外部破壞、衝擊的哀鳴，她們躲不了多久了。

震動讓鵂鶹蒐集的雜物四下亂飛，巢穴上方灑落土石，阿蘭看見一個小小的裂縫正緩慢擴大，愈來愈大，最後整個裂開，巢穴從頂端開始坍塌，而阿蘭和鵂鶹被彈跳的地面震到半空中，沒一會兒兩人身上都滿是擦傷。最痛苦的是鵂鶹，她的傷腿在震動中無法保護，只能隨著身體上下跳動，一旦碰撞到石頭就令她尖叫，阿蘭抱著她，盡量用身體護住她的腿。

阿蘭，你現在就得走！烏托克的聲音從巴利身上傳來。

「鵂鶹，鵂鶹！」阿蘭在鵂鶹耳邊呼喊：「巢穴要塌掉了，鐵門那邊的出路也毀了，有其他地方可以離開這裡嗎？」鵂鶹這時張開眼睛看著阿蘭，她從阿蘭未說出來的話語裡理解到可能被活埋的現實。阿蘭想，沒辦法了，她們走不了，很快會被坍塌的土石淹沒。

但此時鵂鶹說話了：「通風口……有兩個管道，一個把空氣抽出去，一個把空氣抽進來，我們從抽……把空氣抽出的管道離開。」

阿蘭立刻扶起鵂鶹，儘管震動讓她們幾乎無法站立，一旦站起身子就會摔倒，最終她們只能慢慢爬向鵂鶹所說的管道。

幸好管道在與出口相近的地方，並且用薄鐵製成，環繞管道的岩洞也尙未坍塌，恰好保護住管道本身。在阿蘭的幫助下鵂鶹率先爬進管道，她感覺到有股無形的吸力，將空氣從巢穴內抽走，也順帶抽走較輕的粉塵，這讓阿蘭的視線被土塵遮掩，但鵂鶹緩慢地在前方爬行，瘦弱的身影讓阿蘭不至於看不見。

期間還有碎石砸上管道帶來的響亮聲音，每次聽見聲音都讓阿蘭心裡一沉，唯恐管道因此扭曲、損毀，但愈往上爬行，震動愈是減弱，阿蘭察覺是因爲方向不同的關係，通風管道帶她們往南方走，震動的源頭則是北方，如此便說明她們已經漸漸遠離危險。

不知過了多久，阿蘭聽見巨大的轟鳴聲，以及風呼呼吹過的聲音，她們來到抽風馬達所在處，鵂鶹虛弱地警告阿蘭：「把身體壓低，不要碰到風扇。」阿蘭應了一聲，盡量將額頭貼緊地面，小心不要壓到巴利，一點一點隨鶺鴒穿過風扇抽取空氣的氣流，過程中她無意識地側眼看去，發現在她們右邊有一座機器正旋轉著風扇，呼呼地抽出空氣，阿蘭不敢想像要是碰到高速旋轉的風扇會怎樣，也許她的身體會立刻被切斷也說不定。

經過風扇以後管道變得寬敞得多，她們又爬了一陣子，期間阿蘭瞥見機器蜘蛛在陰暗的角落一閃而逝，暗示著出口已然接近，她振奮不已，即便手掌因長時間爬行磨破了一層皮，她仍沒有減緩速度。

許久，鶺鴒突然停下來，氣喘吁吁地倒在一旁。「怎麼了？」阿蘭問，她知道管道最終會通往地面，她已經可以聞到來自外面的新鮮空氣，因此她不願意就此停留，她必須繼續往前，否則造成震動的外鄉人軍隊很可能會順著堅固的管道找到她們。

「再走下去就到外面了，我們停在這裡就好。」鶺鴒痛苦地道。

鶺鴒的話讓阿蘭如墮冰窖，她還來不及多想，話語已脫口而出：「你知道這樣是不行的，對嗎？」

鶺鴒勉強睜開一隻眼睛，疑惑地問：「什麼意思？」

「我的意思是說你不可能永遠待在地底，你必須要到地面，我們必須離開。」

鶺鴒沒作聲，但她看著阿蘭，雙眼從未如此清醒、明亮。「你一直就想離開，我知道。」良久，鶺鴒再次閉上眼睛：「你說你害怕外面，只是在騙我，我沒有看錯你，你就是一個騙子。」

阿蘭突然生起氣來：「是你先欺騙我的！明明震動的原因根本不是他們要挖掘新的掩埋場！而是外面有軍隊在搜查從保留地逃出來的部落人，這是如此危險！你卻沒有跟我說！」

「所以你早就偷聽到了不是嗎？」

「整個垃圾場就要毀了，不僅僅是你的地底洞穴。」阿蘭深呼吸幾次，試著冷靜下來：「我們還有一點時間，把手給我，我揹你走。」

「不要。垃圾場不會毀掉，這裡很巨大、很神祕、永遠清不掉，這裡是永遠的垃圾場。」

鶺鴒斬釘截鐵的拒絕幾乎要把阿蘭逼瘋，她覺得自己從來沒有這麼無力、憤怒過，但當阿蘭張開嘴，試圖再次展開說服，鶺鴒接下來說的話卻讓阿蘭震驚。

「我知道我永遠沒辦法走的，不管我的腿是不是沒斷。」鶺鴒輕輕拍了拍傷腿：「如果可以，我眞希望你留下來陪我，阿蘭，我們可以永遠在地底生活，就這麼過一輩子，我……不知道爲什麼，自從遇到你，我就慢慢淡忘師傅了，取而代之的是你，在我心中，比起早已死去的師傅，更多的是你，我知道你一定會替師傅復仇，我一直都知道，可是我假裝不曉得，比起離開地底洞穴到都市區爲師傅復仇，或說完成師傅的抗爭大業，我更想和你隱居在這裡……可是我不會阻止你，因爲你屬於外面，你屬於那片天空，我是一隻只能藏匿在黑暗洞穴的白鶺鴒，我不能也不敢再回到陽光底下，所以你就走吧，不要管我了。」

阿蘭張口結舌，好一陣子說不出話來，對於鶺鴒的告白，她不知道該如何回應，只有一股溫暖從她腹部緩緩流過，像是流血，像是她受傷了，可是看不見傷口，許久許久，阿蘭顫巍巍地說：「你眞噁心。」

鶺鴒對阿蘭露出燦爛的笑容，她的舌頭在缺牙的牙洞後方顫抖：「是啊，我知道……再見了。」

阿蘭轉身跑開。她像逃跑般跑得很遠很遠，直到來自地面的光線在管道彼端隱約可見，她想伸手擦汗，卻發現臉上一片濕冷，眼淚一滴又一滴淌落臉頰，她先是輕輕地啜泣，接著像個小孩般大聲痛哭，她不知道自己爲什麼會這樣，就連師傅死去的時候，阿蘭也不曾這樣哭過，但是離開鶺鴒、離開地下洞穴，讓阿蘭感覺自己彷彿遺棄了自身最好的部分，一個年輕、天眞、任性而脆弱的自我。

別哭了，小畫眉。巴利在她懷中說：你知道你必須留下她。

不，我不知道。阿蘭冷冷地想：我應該揹著她離開，就算她不願意，我也該強迫她，把她敲昏，慢慢把她從裡面拖出來。

那不是她的希望。巴利輕聲說：我了解鶺鴒，她會反抗到底，你們僵持不下的時候，說不定軍隊就找過來了。

「我要回去。」阿蘭喃喃道。她肩膀上的人臉圖騰開始隱隱作痛，毫無道理，她只是想保護師傅的另一個學徒。阿蘭轉身意圖返回留下鶺鴒的地方，一抹白色影子伴隨翅膀搧動的聲音擋在她面前。

巴利振翅盤旋於阿蘭頭頂，阻止她回去。

「讓開！」阿蘭吼道：「我要回去！她會死的！」

巴利什麼也沒說，只在阿蘭試圖前進時，牠便俯衝阻擋。一次又一次，阿蘭再也受不了了。肩上的圖騰痛得愈來愈厲害，使她憤怒，她想起師傅的吻，她不懂烏托克死前給予的吻是什麼意思。而現在，她也不明白鶺鴒對自己的告白是不是眞實。她好困惑。

虛晃的手臂逐漸變得強硬，她用力揮開巴利，對抗牠小小身體的衝擊，她的手指拉扯巴利的羽毛，讓白色羽毛漫天飄灑，但巴利仍然沒有退讓，攻擊也隨之轉爲凌厲，牠小巧的嘴喙陡然變得尖銳無比，腳爪也如鷹隼般有力地嵌進阿蘭蒼白的皮膚。

來啊，如果你想阻止我，就征服我吧！巴利再次故意用烏托克的聲音引誘、挑釁著，而阿蘭雙眼通紅，一股奇異的感覺在她體內升起，她再次看見了巴利爲她築的巢穴，與烏托克曾一同居住的林中小屋，她看見巴利在那裡等她，除了巴利之外，還有另一道人影……阿蘭同時感受到一股欲望，渴望傷害，也渴望被傷害的欲望，那讓她的手指更緊地抓握、撕扯巴利的翅膀，當聽見巴利痛苦的鳴叫，阿蘭喜不自勝，她無法控制這股衝動，她將手腕上脆弱的脈搏處呈現給巴利，讓巴利的腳爪在上頭劃下新傷，那一瞬間，顫慄從脊椎處湧起，她同時感受到巴利的感受，亦同時看見巴利眼中的風景，她的痛苦、喜悅和巴利的痛苦與喜悅，在此刻合而爲一。

和鶺鴒分別的悲傷、某個內心或靈魂的缺口，與此時悄悄塡滿，阿蘭意識到自己再也不會寂寞了，她永遠不會是一個人，因爲現在她可以看清楚了，在她和巴利的意識巢穴中那另一道人影的眞實身分……

「原來是這樣……」

阿蘭不自覺流淚，卻和稍早的悲傷完全不同，這是幸福的淚水，再沒有比這更幸福、美妙的事情了，如果她早點這麼做就好了，但沒有關係，師傅已經原諒她了，而且從今以後，她們會永遠在一起。

別忘了最後一個步驟。烏托克的聲音提醒阿蘭，與巴利結合後還有最重要的一件事需完成。阿蘭將袖子撕下來，揉成長長布繩，她將布繩頭尾結成一圈，掛在管道附近凸出來的金屬零件上，阿蘭拉了拉布繩，確認夠堅固，可以承受自己的重量，於是阿蘭將脖子掛在布繩上，放鬆身體力道，讓布繩擠壓氣管。

她可以感覺到呼吸愈來愈困難，視野所及逐漸變黑，但同時她與巴利的意識巢穴也愈來愈明顯，恍然間，她再次置身與烏托克居住的林中小屋，屋內的陳設都和記憶中毫無二致，而師傅正坐在阿蘭對面的座位，泰然自若地啜飲一杯藥草茶。

師傅。

阿蘭艱難地呻吟道，烏托克微微一笑，將手中的茶遞給她。她阿蘭低頭啜飲，熱氣從茶向體內瀰漫，使她頭昏腦脹。

呼應你想知曉他人眞意的願望，巴利已給予你能力。

阿蘭掙扎著扯開緊箍在脖子上的布繩，彎下腰大口大口喘氣，接著她望著自己顫抖的雙手。她在死裡逃生的刺激下依然心跳劇烈、氣息不穩，但這是與巴利達成更深結合必經的過程，阿蘭小心測試著，將手握緊又放鬆。她什麼也沒感覺到。

沒事的，走吧。

烏托克的聲音像一雙堅定的手，將阿蘭往出口明亮處推去，阿蘭緩步前行，聽見了來自外面的吵雜聲響，那是屬於都市區機器特有的嗡鳴，但確實如烏托克所言，阿蘭不再害怕了。

因爲她已不僅僅是她自己。肩上的圖騰從未如此平穩、安靜，她全然順服，既是圖騰掌控的人，也是圖騰效忠的對象。

出口處，阿蘭毫不意外地看見熟悉的人影等在外頭，她瞇起眼睛適應迎面而來的強光，已有許久沒看見自然的陽光，以及光線投射在金屬物體上造成的刺眼反光。她花了好一段時間才看清楚眼前的人。

王璟和他的機器蜘蛛正在堆積如山的垃圾堆中等待阿蘭。見到阿蘭走來，王璟彎低高大如小山的身子，再次小心翼翼地捧起阿蘭的手，將她的手貼在額頭上，王璟說：「很高興你做出了正確選擇，五大家族的軍隊挖得很深了，正在搜查你們的巢穴，很快就會注意到你們從通風管線離開，我們須現在就走。」

王璟的手巨大、黏膩，阿蘭從未習慣碰觸這名藍眼人，然而這一次的接觸有所不同，細密如電流般不屬於阿蘭的思緒，順著兩人接觸的手指向阿蘭的心口流淌，她聽見：

——我的鳥兒，我會爲你獻出生命。

——我會實現你所有的願望，達成你所有的目的。

——這就是我存在的意義。

阿蘭理解了，這就是巴利帶給自己的能力，能夠藉由碰觸讀取他人的內心。

她不動聲色地輕輕抽回手，對王璟點點頭。

王璟爲阿蘭披上一件保暖的斗篷，肥碩的手指指向前方未知的某處，作爲指引。他們利用垃圾場尚未被軍隊搜查的區域中的大型廢棄物遮擋身形，緩慢遠去，最後的最後，阿蘭回頭看了自己離開的地方一眼，兜帽下，她的表情諱莫如深，旋即她低下頭，隱入雜亂多彩的垃圾場。

都市區軍隊搜查一天一夜，順著地底洞穴向外連通的管道找到藏匿其中的一名保留地野蠻人，這名野蠻人在被以金家軍官爲首的軍隊抓捕後激烈反抗，但由於右腿負傷最終仍不敵就逮。金家軍官爲了不弄髒手，命令隨行研究的奧馬立克醫生負責第一階段的拷問，他很快得到野蠻人的名字，只有發音，沒有文字，野蠻人也不懂得如何書寫，經過醫生的分析，得知這個名字的意思是保留地裡的一種鳥類名稱。

經過整夜的勞動，醫生取得了軍官最想獲知的消息：這名野蠻人招認自己就是保留地中與獸靈結合者之一，在她與獸靈之間強韌的精神連結下，她和獸靈可以長距離分開而勉強忍受，因此她已經讓獸靈逃走，並告訴獸靈不要來找她。

醫生建議軍官將這名野蠻人交由自己帶回都市區，如此既能監視可能歸返的獸靈，也可以讓這名野蠻人爲實驗帶來豐富的成果。軍官同意了，同時軍隊對垃圾場的搜查仍在進行，四處可見燃燒的黑煙與被逮住、遭處死者的屍體。

6

當細長的針頭打進鶺鴒的皮膚底下，她看著藥物進入體內，恍然想起阿蘭按摩自己肚子的手。她說：「胃，卵巢，子宮。」其實鶺鴒從來沒搞清楚後面兩個詞彙的意義，沒有人跟鶺鴒說過，當時她也太過著迷阿蘭的碰觸，因此不願出聲詢問打斷阿蘭。

但現在鶺鴒想著阿蘭的手，還有阿蘭的聲音，撫過她疼痛之處，她身上所有斷裂的骨頭、破損的皮膚、流血的傷口便一點一點麻木。變得好舒服。鶺鴒發出一聲嗚咽。他們給予的藥物剝奪了她的行動能力，但沒有讓她失去感覺，她的臉茫然朝上，感知到有人將她粗魯地扔在某處，隨後她被抬起來，運送至地面。

那曾是她無比恐懼的地方，她再也不敢前往。鶺鴒也說不清楚，她希望有人可以過來闔上她的眼睛。拜託，任何人都好。她哀求著不存在的某人為她施予一點點仁慈，但沒有人注意到，事實上此時沒有任何人將她當成有生命的人看待，而僅僅把她看作一樣從垃圾場中捕獲的戰利品。

光線愈來愈強了，鶺鴒嘴唇顫抖，吐出無聲的哭泣，她不想看見，她不能……

她看見了那片天空。

萬里無雲、乾淨無比，就像烏托克說的，是最糟的天氣，直截了當、無從隱藏，就連只是暴露其中，鶺鴒都感到受傷。淚珠滑下眼角，她好似聽見槍聲、同伴哭泣與哀號，還有烏托克滿是狂喜的叫喊。

對比這片美麗的天空，發生於天空下的事情是如此殘酷恐怖，後來，只要想到天空，鶺鴒都想吐。

不過，確實很美呢。

鶺鴒想，就算是這樣，她也已經失去了飛翔的能力。

該怎樣形容那種感覺呢？就好像從覆蓋全身的夏日溪流裡破水而出，也像夜間打獵遇上濃霧，昏沉迷失至太陽升起，才終於看清楚面前的景色。無名者離開拉疏的住所，從高大的光葉櫸樹一躍而下，看見了女子飄浮在黑暗中憔悴的臉孔。

「走吧。」他說，語氣平靜無波。無名者向北前行，女子緊隨在後，儘管女子的體力實際上根本無法跟上無名者敏捷的身手，但每當她無法繼續走下去時，都會看見無名者在不遠處等待自己，只要女子得以喘口氣，無名者又會繼續前進。吊著她的呼吸、控制她的軀體，就像她曾對他做的那樣。

他很恨我吧。女子不由得想，如果不是自己，他的妻子不會死去，如果不是自己，他不會被迫養育不屬於他的孩子。

因爲我的存在，他甚至必須離開自己唯一的兒子。女子在強烈的不安中伸手握住垂掛在自己頸上的圓鏡墜飾，旋即放開，她已經答應無名者再也不使用這件物品。儘管因懷孕失去原本的力量以後，這是她僅剩的唯一武器。

她必須履行承諾，不僅僅是爲了她的孩子。

經過數日的旅行，他們已經接近邊界，無名者和女子之間步行的距離到後來拉得極長，無名者在安全處生火，靜靜等待女子抵達。

女子解除對無名者的控制那天，告訴了他帕音部落滅村的眞相，接踵而來的還有關於邊界外、都市區的五大家族祕辛。

女子竊聽部落使者的聚會得知金雞神女如今成爲掌控五大家族的金家家主，而神女莫名要求保留地的遺跡代理人和部落使者們替新上任的她散布一段訊息：「流落在外的人兒，也請回家吧，如果你不願回來，你的後代將橫死在外，如果你願回來，你的孩子我將既往不咎，你的生命也將交託我手……」山區部落將之解釋爲神女對部落人的威脅，聽在女子耳中，卻毫無疑問是給予自己的口信，意思是只要她願意回去，接受神女的懲罰，那麼神女將不會再追殺她的孩子。

同時，女子也需以自身換取孩子的存活。

女子告訴無名者一半的眞相，她跪在地上，乞求無名者的原諒，同時厚顏無恥地哀求無名者幫助自己跨越邊界、返回都市區。爲此她不得不撒謊，告訴無名者只有當她回到金家，以眞正繼承人的身分將金雞神女拉下神壇，整個保留地才有可能維持現狀。

她說不出口，自己此行凶多吉少……

幸好，無名者也不完全相信。

他不相信，但親眼目睹帊音部落的悲劇，使他對外鄉人管理保留地的現況產生質疑，他更意識到不僅僅是帊音部落，保留地裡正發生古怪無比的事情，似乎暗示著更大的陰謀……爲了他的孩子，也爲了克羅莫乃至於整個保留地的未來，他決定和女子離開。

如果那名像杜鵑鳥一樣假裝是自己妻子的女子所言有哪怕一分的眞實，無名者都想親眼看看。對此，女子心懷愧疚，但她仍然沒有勇氣說出眞相。女子細碎的腳步聲來到無名者後方，他立刻站起來撲滅了火焰，繼續背對女子穿越樹林，他們就快抵達邊界。

接下來的故事很簡單。

說實話，她一直以爲金雞神女不會如此急切地下殺手，她所認識的神女，一直以來就很有耐心，並且傲慢自大，能夠耗費長時間虐待、玩弄她喜愛的獵物。她一直以爲，神女會讓機器抓住自己，然後她會願意和她面對面說幾句話，也許聊聊往事，那時候，或許她和無名者會有萬分之一的機會展開反擊。

她想錯了。

在邊界無數機器嚴密的防守下，無名者既不能突破，也不能讓女子獨自離開，他們被團團包圍，這些機器就像早已被輸入了某個指令，對女子蒼白的臉和虛弱的聲音產生強烈反應，無名者最開始的策略是讓自己引開機器的攻擊，女子順利跨越邊界後，自己再看情況撤退或前進，但當這些機器「看見」女子的臉，那些刁鑽的攻勢全部集中在她身上。

無名者親眼看見女子首先中彈，隨後而至的機器將金屬尖刺高高舉起，用力貫穿女子的肩膀、小腿、手臂，無名者發現，這些機器故意不造成致命傷，它們冰冷的金屬肢體背後具有某個人對女子的深深恨意，「她」正在看，金雞神女正看著機器們對女子的殘忍凌虐，她對她的恨就是強烈到這種程度。

以此換取孩子的存活。想到金雞神女的訊息，她最終不再掙扎。

「你快走！回去你兒子身邊！」女子流著血，對無名者又哭又叫，但無名者沒有停下動作，他努力擋開機器對女子的攻擊，有那麼一會兒，他不知道自己這麼做是純粹出於他的意志，還是女子胸前閃亮的圓鏡墜飾對他的殘存影響，他不知道，但他無法就這麼轉頭離開。

最終，機器的金屬軀體覆蓋住他，無數尖刺朝他的脆弱處貫穿、抽出，無名者的手腳被弄斷，肚子破了個大洞，鮮血直流，他聽見女子顫抖且無力的聲音：「你爲什麼不走？明明你都知道了。」

無名者張嘴，沒有力氣發出聲音，他再次張嘴，想起兒子那張明亮、善良的小臉。

「……是爲了泰邦。」無名者喃喃地道，一股不屬於這具殘破軀體的力量溫暖地流遍他全身，連傷口都不痛了，那力量像光，沒有形體，卻很有力，它開始拉扯無名者，讓他理解，原來這是死亡的力量。

「反正也沒能幫到你，如果是你……」無名者一個字一個字慢慢地說，愈來愈慢：「是你……就好了……」

機器還在玩弄女子身上的傷口，讓她哭泣呻吟，她聽不見無名者的聲音了，與此同時，那股曾拉扯無名者的力量如今也來到女子身上，只不過對女子來說，這股力量是如此黑暗。

不知爲何，卻讓她感到熟悉與親密，像是那個人曾教過她的……模仿，對了，她曾經知道該如何模仿，若能在最後爲她的孩子施予最後的模仿，那必然是自己不得復生、確切無比的永恆死亡。

這樣一來，她的孩子將會安全無虞。慢慢地，女子失去了視覺，聽覺因此變得敏銳，而她怎麼努力都再也聽不到無名者的呼吸，他已率先斷氣。

「啊。」當機器把女子頭下腳上地提起來，女子靜靜地想：「你把我想得太好了，如果是我，也會想殺死所有保留地人。」

機器提著二人的屍體緩緩遠去，彼時神祕的圓鏡墜飾從女子的頸上滑下來，掛在半空中，在陽光下閃閃發亮。

莉莉是乘著一艘小船從南伊哈灣上岸的。自格列斯卡離開後，她一路往南，從一艘船偷渡到另一艘船，繞過偉大的埃奎多利亞大陸，她像一件船艙裡的貨物，她也放任形體模仿一件貨物。這段時間她不吃不喝，胸口抱著亡者的頭骨，宛若進入冬眠的物種，船員在她身邊來來去去，竟無一人發現她。最後一艘船往東北行駛，抵達東南亞群島，莉莉閉眼聆聽船員們的交談：「再往北就是密冬領海，提醒新來的菜鳥別越界了。」、「卸完貨好好樂幾日，但也別醉到忘記返程時間。」

她仔細傾聽，捕捉到兩個男人的鬼祟對話：「那可是外人禁止進入的海域，說不定會有傳說中的獸靈啊！如果不是因爲有那東西，密冬爲什麼要封閉伊哈灣？」

「你當初只說漁獲豐富，沒提到獸靈，我可不想跟密冬扯上關係，隨便靠近會死的！」

「不去就不去，我自己一個人也可以。」執意前往伊哈灣周邊海域的男人喃喃自語。

趁著其他人離開到當地酒館打發時間，莉莉張開眼睛，將懷中頭骨小心翼翼收納在背包裡，隨即靜靜爬出貨物堆，走向正擺弄著小船的男人。

當男人聽見動靜，他轉身看見原本堅決不想同行的另一名船員，不禁嘆氣：「你不是說不去嗎？」

「我反悔了，能賺錢的事何樂不為？」莉莉以男性粗啞的嗓音道。

莉莉協助男子在碧波盪漾的海面上放下小船，兩人上船後，男子啓動引擎，螺葉轉動，船隻迅速前進。莉莉抬起手指，輕輕撥弄面前空氣，模仿霧和雨，她嘴唇輕啓，唱著那首老女巫教會自己的歌，不多時，海面便起了大霧，即將到來的雨在不遠處滴答墜落，染出一片彩虹，他們已看不清來時的大船了。

「哇，可眞是奇景啊！」男人瞠目結舌，仍不忘操控船隻，往莉莉希望他前去的方向行駛。不知過了多久，遠遠地，莉莉看見霧中浮現的島嶼輪廓，起伏的暗淡色塊。她讓更多的霧小心翼翼隱藏船隻蹤跡，卻在這時，男人像猛然清醒過來一般驚慌失措。

「怎麼會？這都快到伊哈灣了！我只是想稍微靠近那片海而已……我要回去！我們得回去！再不走就完了！」男人開始無助地叫喊，劇烈的動作讓船隻搖晃不已。莉莉皺起眉頭，一語不發靠近男人，從男人手中奪取控制。

男人看著莉莉，像是第一次眞正看見她。「女、女人？你怎麼在這裡？我朋友呢？」

「你在說什麼呢？」莉莉的聲音聽起來就像男人自己，僅一眨眼的工夫，男人面前的女性形體消失無蹤，取而代之的是彷彿對鏡張望的自身倒影。「你累了，而且很害怕，我是還殘有理智的你，讓我掌控一切吧。」

「我一定是在作夢。」男人抱著頭蹲坐在船隻角落：「我他媽一定是在作夢。」

「對，等霧散去，你就會醒過來了。」莉莉的聲音低沉、隱晦，逐漸淡入海風，男人陷入昏沉迷惘中，莉莉望著愈發接近的島嶼，手支著下巴，感受到陌生且熟悉的疼痛。

啊，這就是她和泰邦的故鄉。

要說她對兒時經歷過的事情有哪些印象，她記得的都只是曾和泰邦相處的過往，他們一起躲藏的大片芒草原、潺潺發亮的溪流以及黑暗溫暖的洞穴，骯髒狹小的炭屋在夜裡熊熊燃燒……克羅羅莫，克羅羅莫，這個詞彙念在口裡，原來這麼像苡薇薇琪的一句咒語。

當船隻靠岸，莉莉輕巧地跳下船，她轉頭對昏沉半睡的男人道：「你遭遇了一場暴風雨，船會把你送回你來的地方，當霧消散，你就會醒過來了。」莉莉食指輕推船沿，便彷彿爲整艘船注入了動力，船載著男人緩緩遠去，再次潛入霧裡。

「做得眞好。」一個黑暗且甜蜜的聲音驟然說：「你變得眞有用，雖然還是個爛貨，你是害死泰邦的爛貨。」

在莉莉面前，一小簇黑色的火焰正欣快地燃燒著，曾經，莉莉喚它爲惡靈，但現在，莉莉已經很清楚它的眞實身分。莉莉凝視它，並不因它的惡毒話語而憤怒，莉莉在心中早已將自己辱罵、唾棄無數次了。

「你怎麼回來了？」莉莉問。

「我完成了要做的準備，現在我會一直留在你身邊，幫助你找回你的泰邦。」

莉莉點頭，默許惡靈的陪伴，重新踏上這片土地前，莉莉已知道伊哈灣如今是危機四伏，她不介意多個同伴，加上她還有正待尋找的人。莉莉一面思考一面往前踏了一步，卻突然胸口劇痛，過去和泰邦的回憶紛至沓來，幾乎要將她吞沒。她壓抑著啜泣，瞬間再次置身於失去泰邦的痛苦中，她抱緊裝著泰邦頭骨的背包，哭得喘不過氣，只要一想到泰邦剩下的遺骸就埋葬在這片土地，她就感到痛徹心扉。

不，不，不，停下來……莉莉想：我不能這樣，我不能忍受……我不能是我……當莉莉的臉從濕漉漉的掌心抬起，她已經換了另一個樣子，同樣是女性，東方面孔，但這張臉看起來更柔美，眼睛裡閃耀著古靈精怪的神情，嘴唇活潑地上揚。

安子，安子，我是竹鶴安子。莉莉用這張臉不斷低語：我的夢想是成爲演員，我在一平方咖啡館打工，存夠錢後會和最好的朋友一起搬到普利坦尼亞……莉莉尖利地抽氣，感覺脖子被猛然勒緊，天使約翰正將她的夢想和未來的希望一點一點從胸腔裡擠出。莉莉對死去友人的模仿太過深切，竹鶴安子遭遇的悲劇將在她身上重演，但莉莉不在乎，比起失去泰邦的痛苦，死亡的劇痛和對安子的內疚不算什麼。

莉莉倒在地上，翻滾掙扎，可無論如何都不能掙脫天使約翰的箝制，她的生命漸漸流失，她就要獨自死在無人的公園裡，無法躲過來自男性的殘酷暴力……莉莉睜大著眼，一動也不動，耳邊傳來惡靈的嘲笑聲：「演得眞好，眞好呢！」下一秒，莉莉深吸一口氣，搗著喉嚨大聲喘息。

她再次冷靜下來了，每一次，當她難以忍受失去泰邦的痛苦時，她會如此利用安子，但願安子不會怪她，她只是太痛苦了。只要撐過竹鶴安子臨死前的恐怖痛楚，等待莉莉的就是死亡後毫無感覺的麻木。這樣就夠了，只要可以讓她繼續走下去，她會一次又一次模仿她親愛的朋友。「對不起。」莉莉不由自主開口，聽見自己口中安子的聲音，就像過去她所認識的那個可愛女子，道歉時語氣總帶著純粹的眞誠和一絲可憐兮兮。莉莉閉上嘴，決定不再褻瀆她的昔日友人。

莉莉以竹鶴安子的樣貌重回故土，她從海岸緩緩往山裡走去。

對莉莉而言，尋找黑羊的事並不急，她把此行當作一場巡禮，她走過無人的森林，順著自身記憶以及泰邦最後留給她的訊息，踏上愈發熟悉的土地。這兒是保留地，不知爲何莉莉知道，她已經來到整個伊哈灣內最禁忌之處，爲了隱匿行蹤，莉莉沒有停止模仿霧氣，霧籠罩在身邊，忠心耿耿地跟隨她的腳步。

有時候，莉莉覺得這種嶄新流淌在她身體裡的力量是如此不受控制，彷彿沒有極限、能讓她做到任何事情，但同時也充滿限制，莉莉只知道自己「能做到什麼」，對於「不能做到的事情」，她連嘗試和開始的機會都沒有。

在船艙待得夠久，莉莉花了足夠的時間思索所謂「模仿」之力，她認爲這更像是一種全新看待世界的角度。她從分解天使約翰的動作中了解如何拆除一個模仿，她也因追逐凶手的旅程慢慢共感那些深受恐懼的女人內心狀態，或許恰巧她一直以來就想成爲眞正的女人，她首先發掘了讓軀體「模仿女性」的技巧，再從這項技巧延伸出「模仿任何人」的可能性。

莉莉測試了自己的能力，她意識到她模仿女性比模仿男性做得更好，同時她也更能精準模仿自己認識的人，甚至於對方的內心。至於僅見過一面的對象，她可以大概模仿對方的外貌，被衣物遮掩的生理特徵如胎記、痣則因無從得知而無法立刻模仿出來。

因此莉莉能夠「拆解模仿」、「模仿他人」以及像現在這樣，藉由苡薇薇琪的歌模仿簡單的自然現象，而當她繪畫的時候，她所畫之物會在短時間內化爲彷彿有生命般的虛影，但無法影響現實世界，也很快就會消失，莉莉想，這就是自己的力量，僅僅如此。

所以她仍然需要黑羊。對於黑羊曾應諾她的事情，莉莉並不期待，比起讓黑羊替自己復活泰邦，她更想知道究竟是怎麼做的。這場距離遙遠的旅行中，她不只一次用船艙裡的老鼠練習過，她把老鼠殺死，然後試圖把老鼠還原成還活著時的狀態，但死去的老鼠屍體毫無動靜，讓她有一瞬間懷疑自己根本不曾有過任何力量，一切都是她的幻想。

莉莉也將老鼠屍體埋進土中，令其皮肉腐化消失，對著老鼠遺留的骨骸進行模仿，最終也只是讓老鼠骨架怪異地震動跳躍，使莉莉感覺自己就像名邪惡的女巫。於是她最後只能放棄，意識到自己或許覺醒了某種力量，但對於如何利用，她仍一無所知。黑羊很清楚這點，因此邀請莉莉前來伊哈灣尋找自己。

莉莉確實來了，她走過兒時曾與泰邦待過的地方，她看了克羅羅莫如今荒涼無人的模樣，也去了自己從未去過的孵育山谷，她向北前往邊界，感覺頭頂一熱，彷彿再次感受到泰邦臨別前在她頭頂印下的吻，以及泰邦無法說完的言詞：「不管我們以後在哪裡，我會一直……」他不用說完莉莉也明白的。最終莉莉鼓起勇氣，從邊界往南尋找泰邦死去的那片姑婆芋海，帶著萬分之一的希望自己或許能找到泰邦軀體部分的遺骸，如果她能找到，復活泰邦的機率將會更高。

然而經過十年歲月洗禮的森林和當時已大相逕庭，那片姑婆芋海也消失無蹤，莉莉甚至不確定自己在對的地方尋找，後來她只能放棄。當莉莉回過神來，她的雙手滿是泥土、長髮散亂、赤裸的雙足被土石磨破流血，已不知過了多少個日夜。惡靈不耐煩地在她耳邊低語：「你得去找那個能幫你的人。」

莉莉一語不發，她直覺地知道黑羊在哪裡，她向記憶中一切開始崩壞之處——遺跡聚落前進。

當然，世界的崩壞可能起源更早，但對於莉莉來說，她與泰邦的人生是從遺跡聚落之行結束後開始崩毀的。莉莉永遠不會忘記煙氣裊裊的議事廳內，那名戴著面具的光頭男人。她也永遠不會遺忘當軍代表選擇自己作爲犧牲品，泰邦是如何將自己護在身後，提出用自身作爲交換。

當莉莉來到此刻的遺跡聚落，她已經可以辨別青苔藤蔓叢生的古怪建築，實際上就是伊哈灣劃分保留地前的廟宇罷了。爲了加強五大家族對保留地的控制，保留地劃分後他們毀掉了幾乎所有現代建築，僅留下宗教性建築，並將舊時的神像毀去，換成五大家族的新神。

莉莉信步走在破敗的建築群中，無意間想起了小童那帶有虎牙的笑容，是啊，那時她還在這裡交到了人生中第一個朋友，雖然很短暫，他們相識不久，小童就死於機器的尖刺之下。更往深處走，軍代表的宅邸安然矗立於不遠處，似乎是整個遺跡聚落中保留最完整的廟宇建築。

莉莉順著記憶推開宅邸大門，見一高大的黑髮人影就佇立在院落中央一棵梅樹下，聽見門開的聲音，那人轉過身來，濕潤如草食動物的黑眼睛含笑望著莉莉。

「我等你很久了。」黑羊輕聲說，隨後仔細觀察莉莉的臉，讚賞道：「你對那女孩的模仿簡直天衣無縫，你在這方面很有天賦……我該稱你爲莉莉，還是璐安？」

「莉莉。」莉莉回答：「泰邦死後，沒人能稱呼我爲璐安。」

黑羊謹慎地思忖道：「我看得出來你仍深陷哀慟之中，但相信我，你很快就可以見到你哥哥了，只要我把他模仿回來……」

「我不要你把泰邦模仿回來。」莉莉不客氣地打斷黑羊：「讓安子復活，然後教我怎麼做，我自己復活泰邦。」

莉莉並不相信眼前的這名男人，抑或者將兄長重新帶回人世，對莉莉而言是如此私密個人，以至於不能假手他人。黑羊輕易理解了這點，他盯著莉莉，許久，他帶著篤定開口：「你已經嘗試過了，對嗎？」

莉莉很清楚黑羊在問什麼，她坦承：「我試著復活一些小東西，但沒有辦法……我就是辦不到。」

「當然，這是很高深的模仿技術。」黑羊撫摸下巴，繞著莉莉行走，仔細打量她：「我看看，你的拿手絕活是在自己身上模仿他人，我們稱爲『移狀』，只要對對方有充足了解，你甚至可以模仿他的內心；

你也能掌握簡單的天氣，這表示你能做到『創煉』。你可以創造『幻象』，然後，是的，你能夠『拆解』一個模仿體。」

「什麼是模仿體？」

黑羊揮了揮手，示意莉莉不要打斷自己，但表情並未出現不耐：「模仿體就是對眞物的實際模仿，不是幻象，也不改變自身，而是直接模仿出另一個複製品，就像我的約翰那樣。」

莉莉感到一陣噁心。

黑羊沉吟著又問：「唔，我很好奇，你試著在自己身上模仿過你的兄長嗎？」

莉莉愣住了，感覺如五雷轟頂，強烈的羞恥與恐慌貫穿全身……是啊，當然，當然試過了，最初，她帶著對泰邦了解深刻的自信，讓自己成爲泰邦，她著迷在那時的自己好幾天，她對自己說話，說甜美溫柔的話，她擁抱自己，就像過去泰邦擁抱著她，可是很快地，莉莉就意識到不對勁，她只是在操控、使用泰邦的存在，或是近似泰邦的一種原型，那不是泰邦，不是眞正的他，而莉莉這麼做不過就是自慰。

她怎麼可以這樣對泰邦？

「如果你覺得不舒服，可以不回答我。」看穿莉莉的羞愧，黑羊靜靜道：「我答應過贈予你一樣禮物，既然你選擇讓我復活你的朋友，那麼我會做的，只是關於復活死者的模仿技術……那是另一回事。」

莉莉很快地問：「你想要什麼？」

黑羊沒有直接回答，他仰望逐漸變紅的天空，保留地的晚霞出奇美麗，宛如整片天空都在燃燒。面對黑羊的沉默，莉莉焦躁不安，她再次問道：「你爲什麼要我來這裡？」

「哦，我想你在取回記憶以後，會很想回來看一看。」見莉莉一臉不相信的模樣，黑羊笑了：「當然，還有其他原因。」

天色一點一點昏暗起來，黑羊擺了擺手，一叢生好的火堆便在梅樹下方瞬間出現，莉莉還沒反應過來，才一眨眼工夫，黑羊已拉過兩張憑空出現的板凳，自己坐一張，同時抬手邀請莉莉在身旁坐下。

「我在灣島還有事要做，或者說，還有需要確認的東西，我希望你幫忙，所以才讓你回來……不過這件事情等等再談。」待莉莉落坐，黑羊慢條斯理地道：「你提到了想學習模仿的技術，雖然更精確地說，僅僅是以模仿技術復活死者的方法，這也毫無疑問是一段相當艱難的過程……莉莉，不是所有的模仿師都能復活死者。」

「不是嗎？」莉莉挑釁地問。

「不是的，就像你有你擅長的模仿技巧，每個模仿師都有自身擅長的技巧，嗯，我這樣能力平均的模仿師比較不常見，我盡量解釋給你聽。」黑羊伸手在火焰燃燒的煙氣裡描繪文字和圖形，他的手指經過之處，留下一道道螢光筆觸：「像這樣無法影響現實的幻象，是每一個模仿師最基本的技巧。創煉自然現象……像是霧氣或雨水，這不太像是你與生俱來的，曾經有人以某種特殊的方式教會你。所以，你目前展現最高天賦的模仿技術是移狀，你尤其擅長將對他人的模仿表現在你自己身上。」

黑羊在半空中將這點記錄下來，並將文字以一個圓圈包裹：「然而各種模仿技術沒有高下之分，它們就像一棵樹向外伸展的無數枝葉，只要持續發掘自身的力量，並從自己最擅長的能力出發，有一天所有的模仿師都會回到樹木主幹，學會最困難的模仿……所有人終有一天都能學會如何復活死者。」

「我不明白。」莉莉狐疑地問：「你的意思是這件事情其實很簡單嗎？但你剛剛才說不是所有模仿師都能做到。」

「所有模仿師都有潛力能夠學會復生，重點是需要花費多長時間。這項技術本身要說簡單也並不簡單，但只要你有一天打從心底相信某個事實，你至少就有了一個開始。」黑羊面帶微笑，毫不猶豫地說出令莉莉深感不安的話語：「只要你相信這個世界是假的。」

火堆之外是一片黑暗，莉莉這時才發現，天已經完全黑了，她抬頭就能看見滿天璀璨星斗。此時耳邊傳來炭火嗶啵燃燒的聲響，以及遠方夜鷹一聲急過一聲的鳴叫，在在讓莉莉難以理解黑羊的話語。

莉莉在搖曳的火光中攤開手掌，凝視自己的掌紋與皮膚紋理、血管，這樣繁複且富有細節的血肉之軀，怎麼可能會是虛假的呢？可這時長久沒有說話的惡靈在莉莉耳邊開口：「別傻了，你知道他是對的，別忘了你死去的可憐教授。」

莉莉想到斯圖爾特，她記得老教授的理論——世界有兩個，一個是影子世界，一個是原初世界，我們的世界即是影世界，是對原初世界的模仿。

「你還年輕，現在不用走到那一步。」黑羊的聲音響起，轉移了莉莉的注意力：「我跟你說這些，是想開啓你學習模仿技術的第一步，因爲我雖很樂意教你如何復活死者，在那之前你仍有許多功課要做。」

黑羊的手指開始在空氣裡迅速書寫，他一面寫一面說：「我希望你先做這件事……選定一樣東西，持續不斷地描繪它，每天每夜絕不中斷，持續足夠長的時間。」

「任何東西都可以嗎？」莉莉問。

「鑒於你想復活兄長，建議你以人體作爲描繪的主題，順道一提，我年少時選定的主題是親人的屍體。」黑羊在無意間透露了極爲私人的訊息，莉莉因而挑起一邊眉毛看向黑羊，但黑羊並沒有注意到，只是繼續說下去：「你要復活兄長，但復活死者有一樣必需品，那就是這名死去之人的完整骨骸，你朋友的骨骸就埋在墓園中，因此很容易找到，復活也相對容易，但你兄長的屍骨除了頭骨以外，其餘部分已經在戰爭中佚失，經過這麼長時間，也極有可能被毀。因此只能以頭骨作爲模仿的第一道筆觸，你還需要一份非常特別的骨骸，骨骸的來源就藏在你那位教授留下的筆記中。」

莉莉點了點頭，斯圖爾特留下的研究紀錄她已經讀完了，最開始她有些難以置信相處許久的指導教授竟有這樣的過去，然而斯圖爾特最終將這份筆記留給自己，或許不啻爲一種贖罪。只是筆記的最後提到不可思議的人形獸靈，讓莉莉半信半疑。斯圖爾特在過去便與黑羊認識的眞相，也讓莉莉對黑羊更加警覺，畢竟若照筆記裡所描述的前因後果，黑羊即是斯圖爾特被困於島上多年的罪魁禍首。

彷彿看透了莉莉的懷疑，黑羊盯著她的眼睛說：「名爲『年』的獸靈是眞實存在的，沒有人知道爲什麼密冬國境內每年都會出現一隻年，就算立刻殺死，隔年也會再次出現，年很容易分辨，外貌都如同十二三歲的孩童。後來密冬將年用於模仿技術的實驗，發現年的骨骸可以用來代替任何屍骨不齊的死者，只要從年的身上取下死者缺失的骨頭，再放進死者的骨骸中，然後進行對死者生前的模仿，這名死者就能夠完整地復活。」

黑羊見莉莉沒有回應，加強了語氣道：「因此你需要一隻『年』的身體骸骨和你哥哥的頭骨，理論上就能把你的兄長模仿回來。」黑羊頓了頓：「我可以替你找到一隻年。」

「你願意幫我……因為你需要我的幫忙？」莉莉謹慎地問，她仍記得黑羊不久前曾說過的話。

黑羊這次大方承認：「是的，我需要你幫我玩一場遊戲。」

「遊戲？」莉莉以為自己聽錯了。

「那可不是普通的遊戲，而是模仿師與模仿師之間的遊戲，如果你能幫我贏下一場，我就把年帶來給你，同時在你準備好的時候，教會你復活死者的模仿技術。」

莉莉沒有考慮太久，她看著彷彿永遠不會熄滅的篝火，仔細地思考了幾秒鐘後詢問道：「告訴我和遊戲有關的事情。」

「這得從一個很久以前的故事開始說起。」黑羊微微一笑，似乎早已預料到莉莉不會直接拒絕或答應，然而他絲毫不在意，只是順應莉莉的詢問緩緩講述一個久遠的故事：「在灣島保留地劃分前，密冬派我的導師前來創立五靈教，並被當時在灣島擁有莫大權力的新陽黨奉為活神，新陽黨中有五名灣島人，後來成為導師的學生。對這五名灣島人來說，我的導師確實就像神一樣無所不能，因此，他們更加虔敬、乖順地服侍導師——」

莉莉專注聆聽，她意識到黑羊正在描述的故事和五大家族的起源有關。黑羊的聲音浮現耳畔，像莉莉所熟悉的繪畫筆觸，那聲音也勾勒出一幅幅陳舊、久遠的畫面，彷彿黑羊以聲音施加模仿，將已被遺忘的過去重新召喚。

黑羊說：

保留地完成劃分後，導師的任務進入尾聲，於是他想到一個辦法安排自己的死亡，讓他在死後得以神化，被五名灣島人世世代代地信仰。導師選了一天召五名侍奉他的灣島人前來他所居住的五靈廟，當場贈予五人來自密冬的五隻獸靈，並囑咐五名灣島人要在他死後跪拜三炷香的時間，方能離開。

導師叮囑完畢，當即坐化，成爲永不腐朽肉身神。彼時五名灣島人跪拜在地，靜候線香燒完，但在第一炷香燒畢時，金姓灣島人對著和其交好的劉姓灣島人說：「沒關係，你先走吧，不會有事的。」劉姓人對金姓人所說的話深信不疑，便率先離開了五靈廟。直到第二炷香燒完，古姓灣島人站了起來，揉了揉痠痛的腿，聳聳肩說：「死者不能復活，我又何必在這裡浪費時間，先走一步。」隨即也離開了五靈廟。當第三炷香燒完，朱姓灣島人眼眶含淚，又再跪拜了導師的屍體三次後，方才離去。此時五靈廟中只剩下金姓與高姓兩名灣島人，高姓人四下張望，見一切如常，長舒一口氣，終於也離開。

五靈廟中只剩金姓人，那金姓人望著導師的屍身許久，終於下定決心轉身欲走，卻聽見導師含笑朝他呼喚，他回頭，一切如夢似幻，已成屍首的導師如何還能與他說話？可他確實聽見了，導師悄悄附在他耳邊道：「他們以爲我給了你雞，卻不知，那是一隻鳳凰。」鳳凰的獸靈！金姓人從未聽過，立時五體投地虔誠敬拜導師，導師笑聲朗朗：「此後鳳凰將長伴你身，牠的眼便是我的眼。」

金姓人拜倒，答應不止，許久，不聞導師言語，再抬頭，又只剩那金光璀璨的屍身了，導師混濁眼珠無光，卻依然帶笑，笑著說：**那是一隻鳳凰**。

到此，黑羊靜默下來，他的五官裡有一種獨特的神情，讓莉莉有股錯覺，彷彿他正爲自己實際上並未死去的導師默哀。

「然後呢？」莉莉問。

黑羊輕笑：「然後，故事就這麼開始……」

她踏上這片土地的時候，他就知道了。

是氣味吧？無論環繞著她的霧有多濃，他永不會錯認她的氣味。

但爲什麼呢？她對他有什麼重要的呢？就好像陷入了長時間的沉睡，如今因她的到來而被喚醒，他醒了過來，身處群星閃耀的山頂，在他身邊，他的獸伴著他。

食物、睡眠、狩獵、飲水，他重複著維持生命必須的行爲，已經有好多年了，但她的氣味是新的，新的，卻不陌生，他記起是山胡椒、百香果和小狗在雨中濕漉漉的味道。他急迫地想去尋找她，他的獸卻告訴他：等，你的心已經認不出你。

什麼意思？爲什麼呢？又是爲什麼他感到如此的悲傷？

我還是想去，我要去，讓我去吧……他喃喃自語，發現自己的聲音如同低沉的獸吼。

他陡然發現就連自己到底是誰、是什麼，他都毫無概念，他是一種怎樣的存在？要如何才能現身在她面前，讓她認出自己？

他憂傷地在森林中奔跑、嘶吼，他的傷痛使林中鳥兒振翅飛逃，他不斷奔跑，直到他的獸制止他，他們一直以來共享對這具軀體的權力，但更多時候，他的獸替他們維持生命的基本需求，而他已在群星閃爍的山頂失神昏迷了好長一段時間。此時獸巨大的腦袋輕輕撞了他一下，重新取回對這具軀體的控制權，他停下四足的奔跑，委屈地俯地哀哭，他的獸無奈地舔舐他淚濕的臉。

——好吧，去，去找你的心。

我的心。他想，再次感到雙手雙腳宛如被溫暖的皮毛、血肉、骨頭所簇擁，獸還給他使用軀體的機會，他嗅著空氣中鮮明的山胡椒氣味，義無反顧直奔向前。

第四部 遊戲

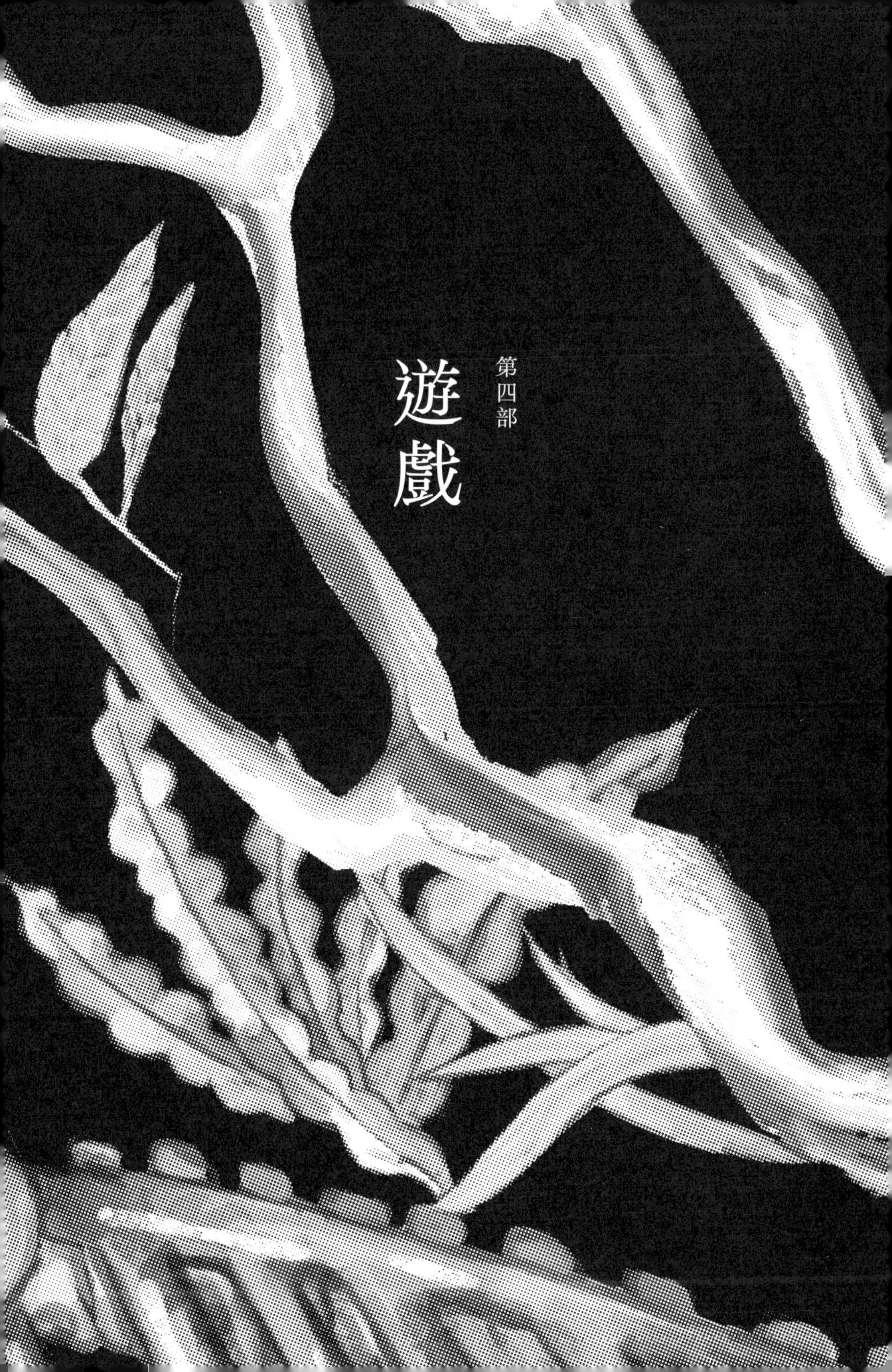

規則——

一、每年爲一局，以五年爲限，共五局。
二、必須使用「棋子」參與遊戲，不能親自參與。
三、小猴子會替我選棋子，你的棋子須在我的棋子成功前阻止。阻止成功是你勝，阻止失敗是我勝。
四、以密語阻止，每局只有一次機會。

白猿

第一章 玉玦

劉阿咩．劉家宅邸

雨連下了數日，劉家人不得已，只能冒雨舉行葬禮。天空一片灰濛濛的，劉阿咩抬頭仰望，站在被安排好的位置一動也不動，全身都濕透了，周遭也無人在意他的存在。

劉阿咩屬於劉家最邊緣的旁系後代，和死去的劉家家主關係不深，加上母親早逝，劉阿咩在劉家不受重視，也無法進入儀式進行中的遮雨棚，他被要求和地位卑微的旁系一同直挺挺地在雨中站立，等待葬禮結束。然而隔著一段距離，劉阿咩仍敏銳地感到儀式充滿奇異氛圍。雨棚下的劉家成員各個面色古怪，比起哀戚，更多的是恐懼，竊竊私語的嘴唇洩漏斷續字句：「家主死時模樣……太不自然……」

豆大的雨滴落在遮雨棚上，彈跳著墜入地面的水坑，悄無聲息。

劉阿哞陷入思考中，晚了一些才發現遮雨棚處的騷動。是金家人來了，劉家家主死亡，金家既是多年與劉家交好，又是五大家族之首，金家家主金雞神女肯定會親自前來憑弔吧。這麼想著，熟悉的人影卻在瞬間躍入眼簾，劉阿哞恍然失神，發現金家派來參加葬禮的代表人竟是他的童年玩伴金雪。

金雪，居然是金雪啊。劉阿哞的腦海閃過無數意念所代表的手勢，那些手勢代表喜悅、惋惜、思念和欽慕。和金雪已有八年未見，最後一次見面，劉阿哞和金雪大吵一架，從此金雪不再前往他們曾一同玩耍的荒廢院落。

此時的金雪看起來仍如八年前那般突出，一頭極好辨認的白髮，他的五官是金家人特有的秀麗，即便金雪出於習慣戴著暗色眼鏡，仍掩蓋不了那張臉的端正，除了因「代價」影響導致微微跛行的問題，他幾乎是完美的，只是站在那兒，就如一幅畫般優雅。

隔著遙遠的距離，劉阿哞凝視金雪向低頭哭泣的家主遺孀以及諸多劉家長輩致意，隨後為死去的家主捻香，他雙手斜握、按在唇下，垂首以五靈之禮作結。幾名劉家長輩迎上前去與金雪寒暄，金雪嘴唇蠕動，劉阿哞仔細閱讀，他看見金雪向劉家長輩們表示神女聖體抱恙，因此不便前來。

劉家人對此不應有任何怨言，畢竟家族之間各自封閉許久，加上金雞神女重病臥床已有三年，只是這次金雪代理金雞神女前來弔唁，無形中還是傳達出了某種深遠意味。

是啊，金雪與當時不可同日而語。在劉阿哞眼中，如今金雪已作為金家的準接班人培養，是金枝玉葉的大人物。他望著金雪挪動著的紅潤嘴唇，心中滿是悲涼。

卻在這時，金雪的嘴唇挪動著傳達出的訊息，讓劉阿哞微微一愣。他以為看錯了，然而金雪下一秒便往自己望來，身旁的劉家長輩顯然也不敢置信，劉阿哞在腦中反覆重放剛剛捕捉到的金雪嘴唇畫面。

「此次前來，神女允我選擇一名地牛結金蘭。」金雪最初是這麼說的，然後他繼續講述：「我想讓阿哞做我的金蘭。」

在所有家族之中，地牛除了意指劉家獸靈「地牛」以外，也可以代稱所有的劉家人，其他家族不外如是。劉阿哞覺得眼前景象宛如漣漪一般，金雪的語言向外擴散，使遮雨棚下的劉家人一個接一個訝然抬頭，紛紛往劉阿哞佇立處看去。他們有的以厭惡的眼神看他，有的以懷疑的目光看他，但在此時此刻，劉阿哞全都不在乎。

他還記得我。劉阿哞勉強眨去眼中的淚水。他還記得我，他選我做金蘭。

在他心中，無數手勢如同雀躍的鳥兒般振翅高飛。

葬禮結束後，劉阿哞很快收到命令前往主屋，劉家過去總是在主屋裡接待金家的重要成員，這次也不例外。劉阿哞小心翼翼輕敲屋門，儘管他已經努力放輕力道，仍被管事婆婆用力捏了一把臂肉，暗示他敲得太大力了，極不得體。

劉阿哞低頭凝視腳尖，摸著麻木的手臂，雖然已經進入主屋之中，卻絲毫不敢看主位上的白髮少年。劉阿哞感受到一陣微弱的氣流震動，他還來不及反應，便發現金雪已離開主座，快步來到他面前，緊緊握住他的手。劉阿哞下意識抬眼看向金雪的臉，發現金雪正在說話，他的嘴唇挪動著：「好久不見，阿哞，沒把我忘了吧？」

劉阿哞側過頭去，猛然揮了揮手，他整張臉都紅了，金雪趕忙在他手中塞了紙筆，劉阿哞接過紙筆，迅速地寫起來：當然沒有。

「我選了你，你生氣嗎？」金雪又問。

怎麼會生氣……劉阿哞寫著，咬牙猶豫，又寫：我高興都來不及。

「是嗎？」金雪看上去表情莫名冷了幾分，彷彿剛才的熱絡只是劉阿哞的幻覺，但很快的，金雪抬手做了個手勢，一名劉家長輩立即會意，讓管事婆婆拿來劉家聖物。

說是劉家聖物，劉家的聖物早已在最初就交付給了金家，如今劉家所擁有的，只是眞正聖物的複製品。婆婆端來的一方紅漆木盒，也是金雪早前從金家取來的。木盒打開後可見盒中有襯墊，墊上擺著一枚孤零零的玉玦耳環，玉玦本身呈現特殊的淺藍色，並刻著極小的地牛獸靈圖騰。

對金劉兩家人來說，結金蘭具有嚴肅且深遠的意義，不容兒戲，玉玦打在地牛身體的什麼地方也有不同的意思。劉阿咩記得自己見過一名劉家女子，早早就被金家的一名少爺看中了，那名少爺既想和女子結金蘭，又想讓女子做妾，玉玦最終就落在了女子舌上。

打在身體任何未被衣物遮蓋的可見之處，才是正當的金蘭關係，儘管如此，劉阿咩也知道締結金蘭並非純然美好。

劉家人和金家人結金蘭，意味著從此該名劉家人將不能拒絕與自己結金蘭的金家人任何命令，否則會嘗到萬劫不復的痛苦。劉家人甚至能夠感受到那名金家人的情緒，在金蘭關係中的金家人對此卻毫無感覺，曾有人說，金家人和劉家人的關係像極了人類和獸靈的關係。

締結金蘭對劉家人來說，是否一點也不公平？儘管劉家人普遍將被金家人選爲金蘭視爲無上的光榮，卻也有太多在儀式後下場淒涼的劉家人。幼時劉阿咩曾帶著不安詢問金雪和父母有關之事，當時金雪沉默不語，僅有他目光中的忿忿不平令劉阿咩印象深刻。

劉阿咩的父親是金家人，父親和母親原有金蘭連結，但自稱是他父親的那個人，後來遺棄了劉阿咩和母親。時過境遷，八年後第一次見面，金雪卻要求劉阿咩做自己的金蘭，而劉阿咩也好似急不可耐地同意了。難怪金雪要看不起自己呢。劉阿咩不禁自嘲一笑。

但劉阿咩怎麼會不懂呢？再沒有人比他更了解金蘭儀式背後的陰暗了。儀式完成後，無論多麼無情的地牛，都會漸漸對金家人生出喜愛，那就像是本能，而他的出生就是金蘭儀式造成的結果。

「準備好了？」金雪細長的手指碰觸劉阿咩，將他從沉思裡帶回現實，劉阿咩凝視金雪的嘴唇，緩緩點了點頭。如果一定要締結金蘭，劉阿咩始終希望那個人是金雪。

管事婆婆雙手捧起木盒，無聲請求金雪開始儀式。金雪卻是不疾不徐，輕輕從紅漆木盒內取出玉玦耳環，在手中反覆擺弄，有那麼一瞬間，劉阿哖以爲金雪後悔了，他不要選自己作爲金蘭，但下一秒，金雪伸手輕捏劉阿哖左耳耳垂，一次又一次搓揉，隨後將耳垂肉擠入玉玦中，玉玦耳環在劉阿哖耳垂上，猶如活物般開始收緊，劉阿哖感到一剎那古怪的椎心之痛，耳垂處也一陣溫熱。

「你現在感覺有什麼不一樣嗎？」金雪不知爲何有些慌張地問。

劉阿哖摸了摸耳垂，搖搖頭。除了流一點血以外，沒有其他異常。

這是件奇怪的事，因爲地牛通常對疼痛麻木，一生中很少感到痛苦，只有在金蘭儀式時，當玉玦耳環咬緊耳垂或其他身體部位，他們會感覺到一瞬間倏忽即逝的刺痛，很快就消失了，宛如幻覺。

金蘭儀式過後，金雪帶劉阿哖到劉家墓園散步。葬禮結束後的墓園荒涼無人，使金雪彷彿鬆了一口氣般在劉阿哖面前自在地摘下眼鏡。

和劉阿哖記憶中的一樣，金雪的眼睛是深如墨色的靛藍，據說金雪的家系在金家幾個分支中，乃是受獸靈祝福特別深遠的一脈，被稱爲「藍水」。藍水家系有機會誕生特別的眼睛，看見一般人看不見的細微之物，擁有者的大腦甚至能夠同時處理一瞬間由視覺取得的所有繁複訊息，對於來自密冬的神祕機器而言，似乎是最合適的駕馭者。只不過這項能力會隨年齡漸大過分增強，過了三十歲，幾乎就無法長時間視物，必須經常把雙目遮起來。「年紀愈長，眼睛就看得愈多，也愈痛苦。」即便金雪擁有這樣的眼睛，也曾告訴劉阿哖與之相應的代價。由於這雙眼睛的不可控制性，金雞神女最終選擇擷取藍水家系的基因突變，製造出控制保留地的棋子「藍眼人」，而非讓藍水家系直接管理保留地。

其中不乏擔憂藍水家系太過壯大的原因。劉阿哖記得金雪曾這麼解釋。這也是爲什麼藍水的長老們制定了「規矩」，「規矩」讓藍水家系的成員共同撫養孩子，孩子不曉得自己眞正的父母，由所有藍水家系成員一同教導孩子不出頭、平庸而安全地長大。

「規矩」造成金家其他人普遍看不起藍水家系，卻是必要之舉。總之，出身於藍水的金雪可以走到現在的位置，背後付出的努力可想而知。同時，金雪也是如此厭惡「藍眼人」這個稱呼，因爲那就好像有意無意地在暗示金雪身邊藍眼睛的家人。

見劉阿哞盯著自己不放，金雪只是微微一笑，拿出一把紙扇和一枝硬筆交予劉阿哞。劉阿哞心中升起懷念之感，卻也猶豫片刻後才接過紙扇和筆，一時間不曉得該寫什麼，最終簡單留下兩個字：恭喜。

「恭喜什麼？」

你今天代神女前來弔唁，應該表示你很快就會繼任成爲家主了吧？

金雪的笑容變得有些勉強，他說：「還早呢，只是繼承人罷了。」

劉阿哞提筆的手顫了顫，過了這麼多年，他還是和以前一樣，動不動就會說錯話，讓金雪不高興。他寫：對不起。只是我始終記得你以前曾說，想讓金家恢復戰前的榮光。

金雪的臉一瞬間亮了起來，他的笑容更是燦爛。

「你還記得，沒錯，那依然是我的夢想。」

他們繼續緩緩行走，金雪忽然止步於其中一方墓碑前，劉阿哞見墓碑上刻有字句。

「……日久他鄉是故鄉。」金雪喃喃念誦著，突然間沉落於憂鬱的情緒。金雪面前的墓碑屬於劉家外姓人中的最後一名黃氏管事，其餘外姓人已在戰後搭乘前往密冬的賠罪船永遠離開了。金雪看著墓碑的目光已逐漸失焦，陷入劉阿哞所不知曉的情緒，同時使他感到遙遠。

金雪不太對勁。即便過這麼長時間，劉阿哞依然看得出來，他鼓起勇氣在紙扇寫：金雪，你有心事？

金雪望向劉阿哞，無表情的臉孔閃過一瞬決絕。

片刻後，他開口：「阿哞，劉家家主死去那天，你是否有注意到任何不尋常的事情？」

金雪的問題十分怪異，畢竟就劉阿哞所知，其他劉家人都說家主大人是暴斃身亡，雖傳言其死時樣貌猙獰可怕，也是意外才對。但這恰好提醒了劉阿哞，因爲他確實曾遇上一件怪事，卻不確定那是否就是金雪想知道的，躊躇良久，他翻過紙扇寫道：家主死亡當晚，我經過後院，看見兩個孩子在院落中玩遊戲。

「那兩個孩子長什麼樣子？」金雪又問。

劉阿哞的眼中浮現茫然，他盡力描述：不知道，我只記得他們的嘴唇，其中一個孩子說：「來玩吧來玩吧……」後面記不清了。另一個孩子拒絕了對方，回答：「已經來不及了，你輸了。」兩雙粉嫩紅潤的兒童嘴唇，像兩尾黑暗中的朱文錦。你記得嗎？就是我們小時候偷偷在金家魚池撈的那種魚。

金雪接過劉阿哞遞給自己的紙扇，陷入沉思。兩人沉默許久，走過大半個墓園，金雪陡然停下腳步：「阿哞，和我一起到金家吧。」

劉阿哞知道，一旦被金家人選作金蘭，便需要前往金家居住一段時間學習禮儀規矩。其後更需要通過考試，屆時與自己締結金蘭的金家人會前來觀看考核狀況，並決定是否繼續兩人的金蘭關係。金家人始終可以反悔，也只有金家人才能截斷與一名地牛的金蘭連結。

劉阿哞臉上突然一熱，他驚慌抬頭，發現金雪正在碰觸他的臉，金雪的嘴唇蠕動著說：「別擔心，我只是需要你，阿哞，不知道為什麼，我感覺到一場風暴正在醞釀，而我卻不知該如何是好，在所有的人當中，我只信任你，只有你能夠幫我，但如果你感到害怕……」

劉阿哞直直盯著金雪，胸口再次翻飛無數手勢，他不自覺比出來：我不怕。比完才發現金雪怎麼可能懂手語。劉家少數外姓家僕為了和劉阿哞溝通，不得已向母親學了手語，但金雪怎麼會屈尊……

但劉阿哞發現金雪笑了，他的笑容從以前就是這樣，能讓觀者如沐春風，金雪白皙修長的手指熟練迅速地在空中比劃：那就走吧。

他們返回劉家大宅，金雪在大門等待，讓劉阿哞回房間收拾行囊。劉阿哞擁有的東西不多，很快拾掇妥當，他最後看了一眼自己出生長大的狹窄房間。他想起母親在這裡教會他手語，她為了兒子發明這種特殊的語言，將那些代表各種意義的手勢灌輸在他的腦海裡，劉阿哞對母親最後的印象，是她躺在這房間的中央，臨死前在胸口比劃的瑩白手掌，最終像一對暴斃的鳥兒般從半空中頹然墜落。

劉阿哞揹著行囊，想到金雪就等在劉家大門，腳步也跟著輕盈起來。他想親自和家主夫人道別，卻在主屋門前感受到一股深沉的壓力，劉阿咋按理來說聽不見任何聲音，但他只是碰觸主屋屋門，便下意識停下動作。劉阿咋悄悄將門推開一線縫隙，見家主遺孀周遭環繞著面色鐵青的劉家長輩們，女人顫抖大張的嘴唇扭曲著做出「孩子」、「孩子」二字的樣子，劉阿咋只能站在門外，無措地等待。

最終是一名劉家長輩發現了劉阿咋的存在，他讓劉阿咋趕緊和金雪前往金家，勿再耽擱。劉阿咋向著屋內的家主遺孀及一干劉家長輩深深鞠躬，隨後轉頭跑向金雪所在的大門口。劉阿咋過去不曾前往金家，儘管劉家與金家自古以來比鄰而居，也因兩家院落深廣、占地遼闊，從劉家前往金家需乘車半個鐘頭，方能抵達。

劉阿咋和金雪一同坐在汽車後座，從他的角度，只能看見金家外姓司機所戴的帽子，他轉頭想對金雪表達些什麼，卻因窗外掠過荒廢院子的景象，讓他一時愣忡。劉阿咋的手不由得在半空中揮舞了一下。

「怎麼了？阿咋。」金雪半瞇著眼睛，有些好奇地問。

看著金雪的嘴唇，劉阿咋搖搖頭，他既想讓金雪看看那院子，同時卻也害怕金雪早已遺忘了那段回憶，他轉而比出手勢轉移話題：我以爲因爲沒有燃油的關係，汽車早就都無法使用了。似乎是不想讓司機得知他們的交談內容，金雪也比了手語：金家貯存足夠多的汽油，這輛車是目前金家唯一的汽車，過去只有神女才能使用。

劉阿咋點點頭表示理解，他想金雪作爲繼承人，原來已擁有如此高的權力。

汽車悠然駛入金家牌樓，在一片蓊鬱蒼翠的樹林中，他們率先來到金家迎賓廳，司機在此爲他們開門，引導金雪和劉阿咋踏上階梯。站在階梯向上凝視，迎賓廳外觀典雅，屋頂上有遊龍戲鳳交趾陶裝飾，此外一概金色色調，不知爲何，熒熒發光的金色帶給劉阿咋一種說不出的怪異感受。

迎賓廳內除了幾名外姓家僕以外，設有招待客人用的桌椅，但金雪顯然不打算在這裡多加停留，他在劉阿咋看向自己時說：「接下來要走一小段路。」走路對身體健壯的劉家人來說不算什麼，但當劉阿咋和金雪穿過迎賓廳，步入了更爲幽深的樹林，他們步行的時間逐漸超過了乘車的時間，劉阿咋不禁擔心地偷看金雪。

金雪走在劉阿哞身旁，沒有顯露出任何疲態，微瘸的腿也不影響行走，放下心的劉阿哞刻意調整自己的腳步以配合金雪。如此二人終於抵達了金家主屋大門，劉阿哞見門楣裝飾著所有五大家族均虔誠供奉的五靈導師雕像、新陽黨黨徽以及金家的獸靈金雞圖騰，對劉阿哞來說，不知爲何覺得那大門看起來就像野獸巨大黝暗的嘴。這時金雪輕碰劉阿哞，提醒他在進入大門前依據禮節做出雙手互握、低頭祈禱的五靈之禮，隨後門口數名外姓家僕前來迎接，爲金雪遞上乾淨的濕毛巾，甚至彎腰爲他清理腳底的泥巴，二人最終在家僕的簇擁下走向金家主屋。

和劉家一樣，金家主屋房間和房間之間彼此連接，形成彷彿永無止境的建築，差別只在於金家的屋子似乎以狹長陰暗的廊道構成主體，迷宮般的廊道讓劉阿哞頭暈目眩。

不知不覺間，家僕組成的人潮將金雪和劉阿哞分開，一名年長的管事迎上前來，對金雪低聲說了幾句話，他的目光在劉阿哞身上停駐，隨後，管事走向劉阿哞，一把抓住他的手臂，粗暴地往另一方向拖去。

劉阿哞看向金雪，他以爲他會待在金雪身邊，現在看來卻並非如此，而金雪的表情欲言又止。

「阿哞，你先跟王管事去吧，他會帶你去你的房間，並告訴你往後生活事宜，我們很快會再見面的。」

然而就算金雪這麼說，他也沒有告訴劉阿哞他們什麼時候可以再見，劉阿哞只能帶著不安與那名年長的管事一同離開，當他朝金雪望去最後一眼，金雪顯目的白髮在眾家僕的簇擁下如同水中月色，在黑暗的廊道中逐漸遠去。

陷入未知，使劉阿哞想起母親，但實際上母親不曾前往金家受訓，她的金蘭結合是不正式且污穢的。

劉阿哞正思考著，突然撞上了前方管事的背部，對方轉過頭來，薄薄的嘴唇快速且輕蔑地挪動著。

「和你說的你到底聽懂了沒？金雪大人帶回來的地牛怎會是如此愚鈍？」王管事口中噴出唾沫，滔滔不絕地碎念了許久，才眉頭一皺，發現劉阿哞的異常：「幹麼不說話？講你你還不高興了？」

劉阿哞無可奈何，指了指自己的嘴，再擺擺手，承認暗啞的缺陷讓他滿臉通紅，羞愧不已。

「搞了半天是個啞子。」王管事說罷又在劉阿哞耳邊打響手指，見他毫無反應，不禁翻了個白眼：「還是個聾子，來吧，也不知道劉師傅能不能把你教好。」

劉阿哞低頭跟著王管事在曲折的廊道裡穿梭，最終來到一個簡陋的房間，打開房門，裡頭是堆著棉被枕頭的大通鋪，幾個年輕孩子在上頭打鬧，被王管事斥責：「別玩了！還不趕緊去幹活！」那些孩子便驚慌失措地鞠了一躬，隨即跑出房門。

王管事似乎也無意和劉阿哞交談，只是隨意指了指通鋪，等劉阿哞選了個位置，把行囊擺上去，便又扯著他的手臂要他跟自己走。王管事推開房間另一側的門，門外是一處寬闊的訓練場，而有數名身強體壯、一看就知道是劉家人的孩子在練習搏鬥的技巧，另有一位高大的中年男子站在前方，沉聲喝令。但當劉阿哞走近，這些孩子立刻被中年男子遣走，訓練場中只剩下男子一人。

王管事很快上前將劉阿哞推向男子：「劉師傅，這便是新來的孩子，不過挺棘手的，他既聾且啞，還請你多費心。」

劉阿哞抬起頭，見到了自己一生中所看過最爲野蠻、醜陋的臉孔，王管事口中的劉師傅不僅臉上滿是傷疤，額頭兩端亦長著如獸角般的巨大肉瘤，然而最令劉阿哞不安的是對方眼睛裡的冷漠，劉師傅看著劉阿哞，就像看著一塊無生命的肉。

「我會處理的。」劉師傅對王管事道，聽見劉師傅的話，王管事如同終於丟下了一顆燙手山芋，趕緊跑回了屋子裡。

劉阿哞站在劉師傅前方，感到前所未有的壓力，劉師傅既然姓劉，必定也是劉家人，劉家人由於獸靈影響，普遍都是高大壯碩的身材，但劉師傅更是可怕，他不僅比十四歲的劉阿哞整整高上半個身軀，鋼鐵般堅硬的肌肉覆蓋著他全身，連衣物都無法遮掩其下鼓脹的線條。劉阿哞雖長年居住劉家，但因身分低微，無從認識居住主屋的劉家人，眼前這名劉師傅更是未曾見過，在他仍呆愣的時候，劉師傅唇邊已揚起醜惡的笑。

「讓我看看你有什麼本事。」劉師傅話還沒說完，一擊重拳已招呼過來。

劉家人從小就接受基本的體能、搏鬥訓練，為的是將地牛的力量發揮至極限，但劉阿哞礙於生理缺陷特殊，過去被禁止參與這些鍛鍊，劉師傅猛然揮來的一拳，直接令劉阿哞眼冒金星，整個人摔倒在地。劉阿哞下意識伸手摀住鼻子，感覺到滿手溫熱的鮮血，他勉強張大眼睛朝劉師傅看去。

「哼，眞是笑話。」劉師傅的嘴殘酷地開合著：「你從今天起就在這裡學習搏鬥的技巧，我是金家的拳腳師傅，除非得到我的同意，否則不准離開練屋。」

劉阿哞想起金雪最後說的話，他想向劉師傅解釋，但他張開嘴也只能發出咿咿啊啊的聲音，劉師傅的表情轉為厭惡，他低下頭，對劉阿哞一個字一個字地道：「所有來到金家的劉家人，都必須通過我的訓練，如此才能夠成為對金家有用的地牛，除非你讓我滿意了，否則我絕對不會向金家獻上你。」

劉阿哞困惑不已，他確實知道有許多資質不錯的劉家人從小就被送到金家，接受禮儀和護衛的訓練，但尚未進行金蘭儀式，只在訓練完成後，才由身分地位較高的金家人挑選成為金蘭對象。這是為什麼劉阿哞一直認為自己或許無法和金家人結金蘭，即便眞的被選中，大抵也是一些上了年紀的金家人，厭倦原本擁有的地牛，故而想換個年輕伶俐的新地牛。劉阿哞從來不敢妄想金雪會選自己，而長大後才被選中的地牛，只會在結成金蘭才送進金家接受禮儀規矩的訓練。

劉阿哞本以為被引來到這裡是學習禮儀規矩，卻不料劉師傅竟將他當成尚未進行金蘭儀式的地牛。他慌亂之下試圖比手語，才想到自己是在金家不是劉家，眼前的人不可能懂他的手語時，對方猛然抓住他的雙手制止，一隻手粗暴地捏住他左耳的玉玦耳環。

「你不是擁有這個東西了嗎？已結成金蘭，卻沒有相應的力量，眞是好狗運，不過會選擇你這樣孱弱的地牛，也很合乎那人的身分，畢竟，他尚未成為金家家主，在那之前，我還是聽從神女大人的命令，如果最後我發現你毫無價值，信不信我一手把它扯下來……」

劉阿哞不敢動彈，他的目光一瞬不瞬緊盯劉師傅疤痕遍布的嘴唇，生怕錯過任何訊息，劉師傅捏緊他耳垂的手也正不斷施力，讓劉阿哞再次感到鮮血湧出，緩緩流過他頸部。所以劉師傅的意思是，由於他缺乏力量，不僅僅需要學習禮儀規矩，還得進行身體的鍛鍊。思及此，劉阿哞不禁內心一沉，這是否代表，他無法很快前往金雪的身邊？

劉阿哞改爲在沙地上寫字：我想見金雪……

但他還來不及寫完所有的字，劉師傅已一腳踢開他正書寫的手。

「別做多餘的事，現在，開始蹲跳動作一千下。」劉師傅嘴角再次揚起殘忍的笑容：「每天清晨時分我要看見你，就在這裡，做完一千次蹲跳以後再開始每日的訓練。」

劉阿哞不知如何是好，只能服從，他開始蹲跳，在心中默數次數。直到天色漸暗，劉阿哞做完了蹲跳，回頭要找劉師傅時，卻不見他的蹤影。劉阿哞比手畫腳地向經過的劉家孩子詢問，才從對方結結巴巴的唇形裡得知劉師傅離開了，劉阿哞還想多問些什麼，那名劉家孩子卻一臉驚慌地搖頭跑開。

劉阿哞無法感覺到疼痛，身體的疲憊和麻木感卻很強烈，當他回到房間裡時，已經有幾個位置睡著人，劉阿哞疲倦得連看一眼對方是誰都沒辦法，一旦找到自己早先選定的床位，立即倒頭就睡。

深沉的黑暗中，劉阿哞眼前浮現孩子的嘴唇，像朱文錦，他發現他回到了那個劉家家主死去的晚上，自己途經後院，見兩個孩子在玩遊戲。多日過去，記憶已逐漸模糊，他始終記不得那兩個孩子的面貌，爲什麼會這樣？劉阿哞試圖看得更清楚一點，不過他早就知道他們在說什麼，不是嗎？第一個孩子朱文錦般的嘴唇在黑暗中游動，另一個孩子嘴唇亦挪動著，劉阿哞從中讀出意思，卻是無比恐懼，因那正是他年幼時與金雪最後一次碰面，金雪對自己說的話：「你只不過是愚蠢的地牛，根本不配和我做朋友！」

劉阿哞猛然張開眼睛，發現身邊擠著溫熱的軀體，伴隨著起伏打呼的胸口。他碰觸自己的臉和玉玦耳環，傷處的鮮血已經凝結。他努力在黑暗中觀察周遭，清一色男性、各個年紀都有，有劉家人，也有金家外姓人。

「別動來動去的，很擠呀。」一雙稚嫩的嘴唇緊貼在劉阿哞右邊，他眨眨眼，黑暗中便浮現一張輪廓隱約的臉，那孩子打了個呵欠，似乎很感興趣似的小聲說：「你就是那個新來的、又聾又啞……所以無論我說什麼你都聽不見？」

劉阿咩不知該如何回應，他還深陷在剛才的噩夢中，愣了片刻後只能伸手碰了碰對方的嘴唇，努力暗示自己可以讀唇語。

那孩子看起來一知半解，但也並不介意，他屬於愛說話的個性，就算劉阿咩既聾且啞，那孩子也不在乎，他開始低聲對劉阿咩說起悄悄話來：「你今天被打得眞慘啊，幸好我不是劉家人……唔，我也不是金家人，我只是個外姓童僕，幾個月前剛被家裡送來教養。不過你是不是很特別？我從來沒見過劉師傅單獨指導劉家人呢。」

劉阿咩試著在孩子的手掌上寫字：我想去找人。

「找誰？來了練屋就不能亂跑，否則會被揍的，你不是劉家人嗎？被送到練屋受訓很正常吧？」

劉阿咩當然知道，他只是想見金雪，經歷過剛才的夢，他更想前往他的身邊。

「你還是等明天吧，天亮後大家都要各自去不同的地方工作或受訓，要溜走比較容易。」

謝謝。劉阿咩在那孩子的掌心寫道。

「不用謝，我叫王璨，你呢？」

劉阿咩。寫完自己的名字，劉阿咩便看著名爲王璨的孩子掩嘴忍笑。「哈哈，好奇怪的名字，」王璨說著，和劉阿咩道了聲晚安，接著躺好身體，以極快的速度再次陷入夢鄉。

劉阿咩一直睜著眼直到天亮時分，王璨大抵擔心劉阿咩錯過時機，因此推了推他的肩膀，劉阿咩轉過頭去，在微弱的日光中看清楚了王璨的模樣，他有一瞬間的震驚。王璨皮膚蒼白、臉部和頭部都沒有毛髮，他閃爍著友好神情的眼睛是藍色的，卻不像金雪那樣是深深靛藍，而是極淡的淺藍色。

注意到劉阿咩的驚訝，王璨臉上的笑容黯淡些許，但仍打起精神說道：「時間差不多了，等等跟著其他人一起出去吧。」說完便跳下通鋪，跑出房門。劉阿咩也只能趁眾人慌忙收拾、離開大通鋪前往各自的訓練或工作之際，盡快收拾好自己，小心翼翼混入人群，然而當他走出房門時，卻硬生生停下腳步。

劉師傅環抱雙臂倚在牆上，半瞇著眼凝視自己，劉阿咩看著對方，這時才注意到劉師傅和他一樣，左耳也戴著一枚玉玦耳環，只不過劉師傅的玉玦是黃白色澤，和劉阿咩屬於金雪家系的藍色並不相同。

若是這樣，他的金蘭在哪裡呢？劉阿咩模糊地想，緊接著就被劉師傅抓住手腕，以極快的速度往另一扇門外的空曠院落拽去。劉阿咩掙扎了，但就算他整個人都在地上翻滾扭動，劉師傅也並未停下步伐，最終劉阿咩被重重摔在院落中央的空地上，膝蓋和手臂滿是石礫割開的細小傷口。

劉師傅蹲在劉阿咩面前，強迫他看著自己：「我說過了，清晨時分，我要看到你在這裡蹲跳。」

劉阿咩不動聲色，仔細地觀察劉師傅的嘴唇和肢體動作。

「你是不是覺得自己很特別，所以可以不理會我的命令？是啊，成爲金家家主的金蘭，也就意味著有可能成爲下一任劉家家主，但是，就憑你？」

劉師傅由上往下睥睨的目光，令劉阿咩內心突然升起一股強烈的憤怒。

是金雪選擇了他。

正因爲是金雪的選擇，所以他不能容忍別人質疑。

劉阿咩猛力一跳，向前抱住劉師傅的腰，試圖藉由衝擊力道讓他向後摔倒，然而劉阿咩手臂下方的軀體是如此孔武有力，劉師傅的下盤更是極爲穩固，劉阿咩根本無法扳動他分毫。一陣天旋地轉，下一秒劉阿咩發現自己已被劉師傅再次重摔在地。

「再來一次。」劉師傅依舊由上往下看著劉阿咩，目光冷漠無情：「站起來。」

劉阿咩移開視線，仰望愈來愈亮的天空，一股不屬於自己的悲傷從胸口緩緩升起。這是劉阿咩和金雪締結金蘭關係以後的第一次，他眞切地感受到了金雪此刻的情緒。

悲傷、寂寞，以及純粹的孤獨。

那份孤獨令劉阿咩渾身發顫，他不能讓金雪一個人面對，無論金雪正遭遇什麼，他都必須盡快趕到他身邊。我必須去找金雪。劉阿哞用手在沙地上寫字，帶著最後一絲希望期待劉師傅或許會通融，但劉師傅見狀以迅雷不及掩耳的速度給了他一巴掌。

「他可不是你能隨意見到的人物。」劉師傅抓起劉阿哞的後領，強迫他看著自己說話的嘴唇。

可是……劉阿哞想爭辯，他甚至再度無意識地開始比手語，於是又被賞了一耳光，他在鮮血的氣味和暈眩中想：可是我是他的金蘭，我能夠感覺到我們之間的連結……金雪正在傷心難過，他感覺得到。

「站起來。」劉師傅的嘴巴向左右兩側咧開，接著上下拉伸，舌尖抵在上下兩排牙齒之間，最後則是把舌頭捲過上方齦肉，露出微微張開的黑色嘴部，護衛師傅齜牙咧嘴地念出那三個字。

劉阿哞努力驅使自己顫抖的雙腿時，劉師傅又說了些什麼，但之前摔倒造成眼睛上方嚴重擦傷，流出的鮮血讓劉阿哞錯過了劉師傅的唇形，劉阿哞的臉被狠狠抓住，迫使他看著劉師傅的臉。

「你必須一直保持視線看著我，你要知道我所有的指令，下次再錯過，我就直接揍你。」劉阿哞閉上被血染紅的那隻眼睛，另一隻眼死死盯著劉師傅的嘴和手部，彷彿唯恐對方突然出手攻擊。這時劉師傅卻反倒鬆開抓住劉阿哞衣領的手，站起身低頭詢問：「你真的想見你的金蘭吧？你想待在他身邊？」

劉阿哞咬牙點頭。

「那麼你就必須忍耐，你現在能做什麼？你有力量嗎？你知道如何攻擊、保護他嗎？要站在那樣的人身邊，你非得變強不可。」

劉師傅的話讓劉阿哞產生猶豫，彷彿注意到他的鬆懈，劉師傅突然出手攻擊，那是和昨日一模一樣的直拳，劉阿哞下意識低頭閃避，第二拳卻緊接而來，好似料準了他會從哪裡避開，劉阿哞感覺鼻子一歪，他和昨天一樣，臉部再度遭受重擊，早先止住的鼻血也開始涓涓流淌。

宛如什麼都沒有改變，劉阿哞面朝上倒地不起，臉上鮮血淋漓。

「記住那兩拳，重複動作一千次，這就是你今天的功課。」劉師傅逆光下的嘴唇幾乎讓劉阿哞難以辨讀，但他仍努力看清楚：「明天清晨，我要看見你在這裡執行我的指令，連著今天沒做的蹲跳動作，共兩千次，明白嗎？」

劉阿咩點點頭，從地面輕微的震動來看，劉師傅已經離開，劉阿咩掙扎著爬起身，看著自己滴在手上的鮮血，他猛然揮拳重捶地面，一點也不痛，這就是劉家人受地牛祝福的身體，他明明擁有一模一樣的軀體，爲什麼無法避開攻擊？

好不甘心。劉阿咩咬牙切齒，試圖感受到與金雪結合時出現的椎心刺痛，但什麼也沒有。如果很痛，他還會覺得好受一點，就像是一種懲罰，可是無論劉阿咩如何重擊地面，他都感受不到絲毫痛楚。

這是金雪默許的嗎？劉阿咩突然產生這樣的想法，否則，爲什麼金雪沒有來找自己？他明明說很快就可以再見面。劉阿咩站起身，開始揮拳，一次又一次，試圖發洩內心的憤怒，不知過了多久，他感覺到一股奇怪的視線，倏地轉頭，發現王璨遠遠地站在練屋門邊，小心翼翼看著自己。

他稚嫩的嘴唇輕輕地開合：「喂……你傷得好嚴重，沒事吧？」

劉阿咩聳聳肩，他希望王璨不要再多管閒事，現在的他只想一個人靜一靜。但王璨走了過來，手中拿著藥箱，當他踮起腳尖替劉阿咩擦去臉上的血污，劉阿咩終究還是忍住了揮開他的衝動。

劉阿咩一把抓住王璨的手，以指尖在他臂上寫字：你是改造人？

王璨似乎嚇一跳，面對質問，他沒有迴避，反倒眉頭一挑，諷刺笑道：「改造人？哈，眞體貼，不過用不著如此，我確實是最後一名被製造出來的藍眼人，怎麼？你也跟其他人一樣覺得我很噁心？」

不。劉阿咩寫道：我只是……

他想起金雪，因爲和金雪有關，他才如此在意王璨，也學金雪過去那樣以「改造人」稱呼他們。劉阿咩曾聽聞改造人由於基因缺陷之故，天生沒有人類的情感，但他們的存在將藍水家系的絕佳視力發揮至極限，儘管如此，在保留地戰爭中，改造人依舊只是棄子。

改造人是金雞神女利用密多的特殊技術製造出來的，他們的存在是一個錯誤，有時候，劉阿咩覺得自己就和他們一樣，以醜惡的方式誕生，即便他們從未要求出生於這個世界上。

我不覺得你噁心。劉阿哞繼續寫下去：你一直在照顧我，我很感激。

王璨立時紅了臉，他的手抓向脖子，無意間露出頸上的一個圖案，像是文字，因爲只有一刹那，劉阿哞沒能看清楚，暗想或許是胎記吧。其後王璨假裝專心爲劉阿哞的鼻子上藥，但顫抖的嘴唇仍洩漏了他的激動：「有什麼好謝的，你明天還要受訓呢，早點休息吧，晚餐我也替你拿來了，吃完就進屋去。」

王璨幫劉阿哞身上的傷口敷好了藥，又將一顆白饅頭遞給他，抱著藥箱就回屋裡了，獨剩劉阿哞一人，他還有三百五十二次的揮拳動作尚未完成。就算金雪確實默許了他被這樣對待，那又如何？劉阿哞一面揮拳一面想：正如劉師傅所言，他還沒資格站在金雪身邊，所以金雪沒來找自己也是理所當然。

金雪就和過去一樣，是難以企及的人。

自那天起，劉阿哞留在練屋中接受劉師傅的訓練，他每日天還未亮就到院子中進行蹲跳一千次，可劉師傅對劉阿哞的順從僅是露出不屑的笑容，彷彿地牛本該如此。劉師傅更會在劉阿哞完成蹲跳以後，以同樣的拳頭招呼，一拳、兩拳、三拳，隨著日子一天天過去，劉阿哞得以看出這是一組套路，他從避開第一拳開始，慢慢懂得避開第二拳、第三拳……但總有他無法避開的時候，這時劉師傅會停下來，要他將已然避開的前面一套動作重複一千次，以此結束當日的訓練。

這段時間當中，劉阿哞身上不曾有過一片完好的皮膚，傷口也幾乎總是在流血，但劉阿哞不在乎，只是更加專注於訓練。說也奇怪，劉阿哞愈是專心致志，劉師傅似乎就愈煩躁，他一次又一次將劉阿哞打倒在地，而劉阿哞也一次又一次站起來，劉師傅顯然不欣賞他的固執，兩人的對練最終往往演變成單方面的痛毆，可只要劉阿哞再次站起身，擺好應對的架式，彷彿劉師傅又不是在虐待他了，剛剛也只是他一時不察，不小心摔倒罷了。劉師傅對這樣的劉阿哞深惡痛絕，他們的訓練總在劉師傅發狂似地將劉阿哞揍得再也爬不起來作結。

其後，王璨會爲劉阿哞帶來藥箱，小心翼翼地爲他處理身上的傷口，同時滔滔不絕地勸劉阿哞不要激怒劉師傅，並說些金家裡發生的趣事給他聽。經過一陣子相處，劉阿哞發現王璨消息靈通，由於比劉阿哞更早來練屋的關係，對金家的人事環境也都熟稔於心。在劉阿啍來到練屋的三個月後，一次夜間閒聊中，王璨告訴劉阿啍關於劉師傅的祕密。

「據說劉師傅是金雞神女的最後一名地牛，神女病重以後，就沒有再找新的地牛了。」自從得知劉阿啍可以讀唇語，王璨意識到說話不需要發出太大的聲音，最終習慣於張嘴但不發聲的說話方式，也便於他們說悄悄話：「這是為什麼他對你很惡劣，不過也有可能他就是不高興，因為神女已經有快三年沒露面了，雖對外宣稱病得很重，也解除了和他的金蘭連結，劉師傅有一段時間仍然宣稱感覺得到神女的情緒，可想而知沒有人相信他，神女也依然拒絕跟任何人見面，目前只有密冬模仿師能獲得神女召見，神女的許多命令也透過模仿師傳達。」

劉阿啍感到不解，他用手指在王璨掌心寫：劉家家主通常會是神女的地牛，但之前死去的家主早已被神女切斷了金蘭連結，既然是這樣，劉家家主豈不該是劉師傅嗎？

王燦不可置信地笑起來：「你一個劉家人都不知道了，我會知道嗎？嗯，好吧，我是有聽到一些傳聞，應該是因為密冬插手的關係，保留地戰爭結束後，他們知道神女不喜歡那個地牛，為了懲罰神女，密冬故意讓她討厭的地牛繼續做家主，不過劉家家主亡故，新任家主懸而未決，近日該要確立了。」

劉阿啍皺起眉頭，起初他是隨意一問，權當閒聊，並不認為王璨真的知道任何內幕，只是當王璨輕而易舉地給予答案，他愈發感到奇怪。就算王璨是金家培養的改造人，也不過是從小養在外姓王家，怎麼能獲知這些訊息？面對王璨亮晶晶的淡藍眼珠，他卻問不出口。

王璨有自己的祕密，劉阿啍亦然，在如此深宅大院之中，知道得愈少愈好。

兩人聊完了天，天色也快亮了，劉阿啍正打算起身梳洗，準備前往院落接受劉師傅的訓練，練屋大門卻忽然「碰」地一聲敞開。許久未見的王管事急匆匆進屋來，抓住劉阿啍的手就要硬拉他走。

「有事不能先說嗎？拉拉扯扯的算什麼？」王璨擋在劉阿啍面前，不高興地道：「阿啍只是聽不見，但他可以讀懂唇語。」

王管事看了王璨一眼，表情有些古怪，像是突然間做起了白日夢般恍惚剎那，但很快地便清醒過來，他對劉阿呟說：「金雪大人召見，要帶你回劉家完成金蘭儀式。」

劉阿呟不解，四下張望尋找紙筆想和王管事溝通，但王管事像是急壞了，又開始拉扯劉阿呟，同時忿忿不平地道：「車子準備好了，劉師傅也知會了，金雪大人明知道不合規矩，但就是非得帶你回劉家一趟，現在正在大門口等著呢！你這臭小鬼，別讓金雪大人等！」

劉阿呟只得跟王管事離開練屋，由於太過匆忙連身上衣服也來不及換，內心除了緊張不安以外也有隱隱期待，他本以為要好長一段時間無法和金雪見面了，在他內心某處陰暗的角落，他認為金雪是厭惡他對自己毫無幫助，因此將他安排給劉師傅訓練。此刻他還沒有準備好，他不知道金雪怎麼看待自己。

隨著王管事帶著劉阿呟在曲折的廊道內疾走，劉阿呟的心逐漸下沉。

終於，劉阿呟再次回到三個月前初次和金雪分開的地方，眼看大門近在咫尺，王管事拉著劉阿呟一把推開門板，陽光鋪天蓋地，戴著眼鏡、一頭白髮的金雪就站在那兒，對劉阿呟微笑。

對不起……劉阿呟下意識地比起手語，也不知道是為何而道歉，但金雪絲毫沒有責備他，反而伸手環住他的肩膀，輕輕地擁了他一下。在極近的距離中，劉阿呟可以清楚看見金雪的嘴唇：「是我對不起你，沒事吧？下人們對你好嗎？」

劉阿呟眼中閃過訝異，察覺到身旁王管事的視線，他隨即點點頭，以手語回應：很好。

「那就好，今天要帶你回劉家一趟，上車吧。」金雪一面說，手卻若有似無比著手語，傳達出了另一種意思：有事得調查，需要你的幫忙。

劉阿呟雖然困惑，仍在金雪後坐上汽車，隨著窗外景色移動、車體輕顫，他們順著三個月前來時的路返回劉家。途中，他再次看見懷念不已的廢棄庭院，但這次沒有看向金雪，也沒有讓自己陷入回憶的泥淖。

不多時，車子便抵達劉家大門，金家司機為金雪拉開車門，劉阿呟亦跟在身後，他們在劉家門前做出五靈之禮，隨後幾名劉家人熱切地迎上前來，對兩人噓寒問暖，更邀請他們前往主屋休息。

觀察金雪和劉家長輩們對談的唇形，劉阿咩得知他們這次回劉家完成的儀式詳情：若是一名身分地位較高的金家人對與自己結合的地牛感到滿意，他會在三個月後準備豐富的珠寶禮品，和地牛一同回劉家拜訪。金雪此舉爲劉家做足面子，昔日漠視劉阿咩的長輩們都因而堆起笑臉，熱烈歡迎他的歸來。

儘管如此，劉阿咩仍有些困惑，畢竟他還未通過金家對地牛的考試，因此並不確定自己是否有資格和金雪回劉家。金雪輕碰劉阿咩的手臂，彷彿安慰他別擔心，劉阿咩點點頭，與金雪一同被引入主屋，屋內卻空無一人，金雪順理成章脫下外套，在主位上落坐。

「像之前提到過的，我想請家主夫人前來一聚。」金雪道，一些年紀較大的劉家長輩面色一僵，但仍很快將話傳下去。

等待的過程中，劉阿咩覺得有些不自在，他身上的傷口部分仍在流血，由於早上走得十分匆忙，他也來不及更換衣服，現在鮮血正緩緩滲出衣服布料，讓劉阿咩不知所措，他不希望金雪發現自己受傷，更不願自己染血的衣服被劉家人看到，使金雪丟臉。

劉阿咩無法讓金雪知道，因此只能侷促不安地調整衣服的皺褶，試圖將染血的下襬紮進褲子裡。金雪幾次皺眉望向劉阿咩，最終卻什麼也沒說。

半個鐘頭後，前任家主夫人被一名管事婆婆攙扶進主屋裡。劉阿咩無比震驚，三個月前夫人看上去便已極爲憔悴，但和那時相比，此時的模樣更爲頹喪，猶如鬼魂一縷。只見她面色蒼白、身體緊緊縮成一團，抱著一件色彩鮮豔的孩童衣服，神情恍惚而眼中有淚，管事婆婆將夫人安置在金雪右手邊的座位後，金雪隨意尋了個藉口遣走管事婆婆，如此，屋內便只剩金雪、劉阿咩和夫人三人。

「感謝夫人主事，爲我帶來如此優秀的地牛，現賜予珠寶兩件、贈禮十件，以及麵粉六袋，我已讓人送去劉家倉庫了。」金雪平靜說道，卻同時對劉阿咩比起手語：再等一會兒。

劉阿咩微微頷首，他觀察到劉家夫人面對金雪的話，沒有任何回應，她像是失去了正常的意識，即便面前坐著地位崇高的金家人，也依然故我。又過了一會兒，金雪站起身在門口、窗櫺處側耳傾聽，又輕輕敲了敲牆壁，確認一切沒有問題，他才對著劉阿哞開口：「阿哞，謝謝你陪我來，我需要這個機會，才能在不引起注意的情況下和夫人見面……你這陣子過得可好？」

我很好，我在努力學習。劉阿哞有些顫抖地比著手勢。

「你確定？」

劉阿哞不明白金雪的意思，他再次點頭，比著：

劉師傅說我要獲得他的承認才可以去找你，還有之後的考核……

金雪專注地凝視劉阿哞的動作，臉色並不好。「他這麼說，你就照做嗎？」金雪的嘴唇急速略過幾個字，讓劉阿哞睜大了眼睛，他以爲自己看錯了，那像是賭氣般的話語，他不敢相信出自金雪。

金雪嘆了口氣：「當我沒說吧，畢竟，現在還是見到面了。不過這次用完成金蘭儀式當藉口，我實際上是想詢問夫人一些問題。」他的目光移向右邊椅子抱著孩童衣服喃喃自語的夫人：「看她現在的樣子，也不知道能不能好好回答……也罷，總得試試看。」

金雪摘下眼鏡，半抬起身，湊向夫人面孔，靛藍色瞳孔專注地展開凝視，那藍色的目光竟讓劉阿哞有股錯覺，彷彿兩道深藍色的光束從金雪眼睛裡射出，冷冷地、無情地掃過所有可疑之處。

「夫人，三個月前我曾參加劉家家主的葬禮，當時您就是這樣一副魂不守舍的模樣。」金雪笑了笑：「其餘劉家人也是神情古怪，但當時我有要務在身，沒能深究，現在，我想問問，您的丈夫過世時，是怎樣的死狀？」

沒料到金雪問題如此直接，劉阿哞一愣，而劉家夫人則彷彿聞所未聞，依舊沉浸在自己的世界。

「我十分後悔沒有當時就詢問您，在我看來，您的神智是一點一點地被消磨殆盡，爲什麼呢？我想恐怕和您丈夫的死亡沒有太大關聯，我也是後來才得知，劉家家主亡故以後，您發現您的獨子也失蹤了，是嗎？」金雪的嘴唇愈發柔軟、愈發溫柔，循循善誘：「一些劉家人認爲家醜不可外揚，因此囑咐您不得聲張吧？但作爲母親，丈夫之死與兒子的失蹤發生於同一天未免巧合，您想向金家求助，卻迫於長輩之故不能如願，是因此鬱結於心，導致您失神崩潰……」

「孩子……小寶，我的小寶……」劉家夫人突然打斷了金雪的細語，也或許正是金雪的話使她短暫地清醒過來，夫人發出哭喊：「忽然就沒了……在那個晚上，有野獸從外面襲來呀！可我在忙著準備祭品，只稍稍離開房間一會兒，野獸就帶走小寶，然後……」

「準備祭品……對了，那天是五靈升天日。」金雪沉吟：「你能說得更仔細一點嗎？譬如是何種野獸？孩子被奪以後，您的丈夫做何反應？」

「不知道……我不知道……沒法形容，我從沒見過那種動物，不像雞也不像牛，前肢很長。我跟著那東西跑去了院子，然後我……聽見笑聲，像是小孩子在玩遊戲的聲音，是從家主大人的書房傳來，我過去看，就看見家主大人倒在地上，他的表情好奇怪、好恐怖啊！」

「然後呢？」

「然後我開始尖叫，找人來，那時一片混亂……」

「除了表情奇怪以外，還有什麼特徵？他身上有傷口嗎？」

「不知道，太恐怖了，誰都沒法看，不敢看，下人用布蓋起來，沒人再敢動他。」

「然後等到儀式都結束，就直接舉辦葬禮，我明白了。你有繼續去尋找兒子嗎？」

夫人頓時閉上嘴，她看起來再次陷入茫然。

「因爲丈夫死去，一片混亂，所以你就沒有再去找孩子了吧？」金雪問。

「不，我有，我有的。」夫人的嘴唇動得又輕又快：「我有我有我有可是好奇怪……小寶他……怎麼會在屋頂上跳舞呢？然後……」

「什麼？」金雪連忙打斷她：「什麼叫做他在屋頂上跳舞？」

「我最後一次見到小寶，就是他在屋頂上跳舞的樣子。」夫人扭曲的面孔倏地綻放出燦爛的笑靨：「他看起來好自由、好快樂，可是之後……野獸就帶走他了……」

說完最後一句話，夫人止住了哭聲，再次抱緊懷中的孩童衣服，輕輕搖晃起來，口中還哼著搖籃曲。其後即便金雪繼續嘗試要讓夫人開口，或者詢問其他更多的問題，都無法再得到回答。意識到自己無法從夫人口中問出更多，金雪將手輕輕放在夫人懷中的孩童衣服上。

面對金雪突如其來的動作，劉家夫人受到驚嚇，往後退縮，力道之大甚至翻倒了椅子，金雪亦站起身，對劉阿咩道：「就這樣吧，我們該走了。」

對於方才所經歷的事情，劉阿咩全然摸不著頭緒，他跟著金雪走出主屋，等候在外的幾名劉家長輩立即賠著笑迎上前來，焦急地試圖解釋什麼。

「金雪大人，請勿聽信夫人的胡言亂語……」

金雪睨了他們一眼：「家主獨子失蹤，也是她胡言亂語嗎？」

「這……固然是悲劇接二連三，可在家主大人離世前夫人就不太正常了，曾聲稱兒子得了嚴重的皮膚病，硬是不讓他外出，小孩子悶壞了跑出門走失，也並不奇怪。」

「你們看上去倒沒有太過傷心。」金雪不鹹不淡地道，不再理會他們，抬手示意劉阿咩和自己一同坐上了車。

直到從後照鏡再也看不見奔出來送行的劉家人，劉阿咩才暗自鬆一口氣，卻也在這時，他看見金雪正沉思著把玩一根灰白毛髮。

這是什麼？劉阿咩以手語問：你的頭髮？

不是。金雪莞爾一笑，簡單回應：這是我剛剛從劉家夫人懷裡的衣服取得的，我會再讓人調查。見金雪將灰白毛髮小心放在手帕內收起，劉阿咩忍不住問：你認爲家主夫人說的是眞的嗎？

我不知道，阿咩，夫人的精神狀況堪憂……但此行並非沒有收穫，她提到兩件事情讓我在意，第一是家主死亡和孩子的失蹤發生在同一天，這是經過其他劉家人親口確認的事實。第二，夫人提到了從未見過的野獸掠走孩子，可都市區怎會出現什麼野獸。

劉阿哖回應：或許只是她弄丟孩子的藉口。

或許吧，但若是那樣，可以說是惡人闖入劫走孩子，甚至說是怪物也行，偏偏是野獸……金雪搖了搖頭，繼續以手語表述：其實如果可以，我還想看看屍體，但劉家家主已下葬一段時間，大概都爛得不成樣子，我還在思考該怎麼繼續調查下去。

你要繼續調查？劉阿哖有些擔心地問：爲什麼？如果其中眞有古怪，是不是向神女大人或模仿師大人報告就好？

金雪眼中閃過一道光芒，旋即他以從容不迫的頻率打出手語：神女重病好長一段時間了，恐怕沒有心力。模仿師畢竟代表密冬，就像你說的，或許其實眞的沒什麼，那就更不該鬧到密冬那裡……再說，這幾年也都是我在處理五大家族的各項事宜，無所謂多這一件。

劉阿哖點了點頭：如果需要幫忙，再跟我說。

當然。

餘下的路程金雪都看著窗外，不再表達。

二人回到金家以後，隨著眾多金家家僕再次圍繞金雪，劉阿哖和金雪漸漸分開。劉阿哖走在金雪之後，感覺到兩人之間無法彌補的巨大鴻溝，他心中有個問題想問而不敢問：金雪在今天剛見到自己時，表現得像對他的處境一無所知。這是眞的嗎？金雪其實並沒有刻意將他拋下嗎？

「阿哖。」站在前面的金雪卻突然回頭，在確定劉阿哖看著自己以後，他道：「劉師傅是對的，我們暫時無法見面，你必須通過考核，否則我對金家其他人無法交代。」

劉阿哖愣愣地望著金雪，直到一股不屬於自己的愧疚情緒襲上心口，那是來自金雪的歉意，他無法說出口，卻藉由兩人的金蘭連結，確實地傳遞給劉阿哖知道。

我明白，別擔心，我會努力的。劉阿哖的手簡單地動了幾下，搭配他不擅長做出的笑容，事實上他也無法繼續隱藏了，昨日訓練造成腰部的一處傷口似乎特別嚴重，原本止住了血，早上被王管事拖著走，又扯開了傷口。傷處泌出鮮血，讓他的褲子濕答答的，幸好褲裝是深色，得以掩蓋血跡。

金雪和自己的距離愈來愈遠，劉阿咩最後彷彿看見金雪微微點頭，他便鬆了口氣，後退幾步，直到金雪不再回頭，劉阿咩立即往練屋飛奔而去。王璨已經在門口等著了，他手中抱著藥箱，見劉阿咩靠近便要他拉高上衣，將腰部的傷處露出來給他塗藥。

「怎麼樣？一切都還順利吧？」

劉阿咩點著頭，有些猶豫是否要將金雪對劉家夫人的古怪質問告訴王璨，想了想又作罷，不知道爲什麼，他覺得倘若這麼做了，似乎是一種對金雪的背叛。

夫人仍處於傷痛中。最終，劉阿咩只是如此比道。

「眞悲哀。」王璨低喃。

在那晚，劉阿咩還不清楚王璨嘴唇的意思，他以爲自己讀懂了，實際上所差甚遠。直到不久後有消息傳來：自家主死去，劉家本不敢推舉新任家主，最後實在撐不下去，幾名長輩決議由家主遺孀暫代。但直到這時劉家內部的另一祕密才終於傳開，那可憐的女人在丈夫死後發現唯一的兒子也走失了，就此精神崩潰，即便被無情地推上代理家主之位，每天也只知哭泣。

「代理家主是個糟糕的位置，空有名頭，沒有實權，也無法和獸靈結合、取得力量，這難道不悲哀嗎？」王璨和劉阿咩提起這件八卦，嘴裡說著悲哀，表情卻一派輕鬆。

劉阿咩不禁想起金雪的情況，直到現在，他也沒能弄清楚金雪的處境。金家的僕役對金雪十分恭敬，金雪更自稱已處理家族事務多年，然而他又受到各種限制，以至於不能按自己的想法行動……他不能讓劉阿咩待在自己身邊。

畢竟終歸來說金雪和劉阿咩一樣，只有十四歲，還是個孩子，即便金雪完美地表現出成熟幹練的模樣，人們也不一定會服從。金雪所屬的藍水家系雖然能產生特殊的眼睛，人數卻不如神女家系和其他旁支那般眾多，這或許是金雪如今束手縛腳的原因。

話說回來，金雞神女的家系被稱爲鳳白，屬於金家第一位和獸靈結合的家主直系後代，血統尊貴無比，若往上追溯，金雞皇帝也無疑屬於鳳白家系。金家歷代家主都是鳳白，同時金雞神女在位超過十年，對金家的深遠影響並非一朝一夕，金雪未來恐怕會很辛苦。

自二人同返劉家那日，如金雪所說，他們未有機會再見面，說來奇怪，就連劉師傅都不見人影，長達數天，劉阿咩只得跟王璨一起去找王管事，領了簡單的打掃差事，讓自己不至於無事可做。

直到某日，劉阿咩在訓練場中清理落葉，他望著院裡樹木光禿禿的枝條，心裡想著也快要過年了，難怪最近金家上下忙碌不已。往年在劉家過除夕，劉阿咩會和母親一同到廚房去領兩盒年夜飯，由於母親的關係，他們沒有資格上除夕夜的家族大圓桌，劉阿咩也從未想要參加，對他而言，能在狹小的房間裡與母親一同過年、吃著並不豐盛的年夜飯，就是最大的幸福。

要是可以跟金雪一起過年，那就太好了。劉阿咩的思緒緩緩飄遠。畢竟金雪是家主繼承人，肯定要和金家的其他重要人物一同享用年夜飯吧。劉阿咩機械式地揮動掃帚，絲毫沒有注意到有人站在他身後。

下一秒，劉阿咩感覺後背一痛，整個人往前栽倒，對方還要抬腳狠踹，劉阿咩已培養出直覺反應，旋即反手擋下攻擊。他勉強抬起頭，看見多日未見的劉師傅殺氣騰騰地瞪著自己，他的嘴巴大張大合，咆哮著憤怒與恨意：「你以爲跟他告狀就可以把我弄走？我可是神女大人的金蘭啊！你這令人作嘔的小鬼——」話沒說完，又是一組令劉阿咩無比熟悉的重拳。

劉阿咩想反駁，想讓劉師傅知道自己沒有告訴金雪任何事情，但劉師傅已被狂怒蒙蔽雙眼，他的攻擊蠻橫刁鑽，讓劉阿咩沒有躲避的機會。

拳頭如雨點般落在劉阿咩身上，他抱著頭盡量蜷縮身體，讓劉師傅的暴打避開要害，卻是無濟於事，隨時間過去，他愈來愈虛弱。即便劉阿咩無法感知到疼痛，也能察覺肋骨斷裂、傷口淌血，他感到頭暈目眩，視覺邊界漸漸發黑，他索性閉上了眼睛。

聽不見，說不出話來，此刻再加上看不到，劉阿咩關閉的感官將他放置於棉花般輕柔的黑暗，因爲不痛，連流血這件事也只剩下濕潤和溫暖的觸感，除此之外就是氣味了，金家院落中腐葉的臭味、他身上的汗水與鮮血、劉師傅憤怒的苦味，不知道爲什麼，他品嘗得到。

這就是他所熟悉的練屋氣味，沒有任何美好的東西，沒有能夠使他再次張開眼睛的原因，他的身體很強壯，卻也脆弱，此時此刻，他什麼都感覺不到。

劉阿哞的胸口陡然傳來一陣椎心之痛。

那痛楚如此熟悉，如此親暱，幾乎要讓他流淚，是那疼痛讓劉阿哞睜開眼睛。

他看見金雪擋在自己面前，不在乎乾淨精緻的衣服沾染地上髒污，金雪背對著他，好似正激烈地向佇立前方的劉師傅說些什麼。劉阿哞的眼睛腫了起來，一瞬間還以爲自己看錯了，但他很快意識到那確實是金雪。從劉阿哞的角度可以看見金雪的側臉，他眼鏡下方靛藍色的雙眸彷彿雷電交加，帶著明亮且冷靜的熱度，嚴厲地瞪視劉師傅。

而劉師傅顯然並不畏懼，他朝金雪咧齒而笑，嘴唇蠕動著：「謹遵指示，金雪大人。」隨後他轉過身，大搖大擺地離去。

劉阿哞掙扎著想從地上爬起來，金雪卻伸手按住他，並以手語道：別動，你傷得太重了，我已經去找家族醫生過來。劉阿哞只得繼續躺在地上，他呼吸沉重，微微側轉過頭，看見王璨站在練屋門邊的陰影裡，似乎畏於金雪的存在，因此並不打算過來。

金雪。劉阿哞抬起手，一點一點完成金雪的名字。他終於知道那股椎心之痛來自何方，那是屬於金雪的情緒，他很傷心，甚至可說是心痛無比，全是爲了劉家一名地位卑微、又聾又啞的地牛。

爲什麼要那麼傷心呢？劉阿哞想：金家人和一名地牛結金蘭，金家人理當不會感受到地牛的痛苦，只有地牛才會品嘗到金家人的喜怒哀樂，既然如此，自己受傷，金雪爲何要傷心？

劉阿哞卻已無暇深究了，他的神識愈來愈昏沉，朦朧的視線中只看見金雪紅潤的嘴唇微微翕張，猶如一尾朱文錦：「阿哞，你騙不過我的眼睛。」

劉阿啐是在柔軟乾淨的床上醒來的。

他一醒轉就看見金雪坐在旁邊的椅子上，閱讀著一本封面畫有植物的古舊書籍，劉阿啐試著移動手指，弄出些許動靜讓金雪抬眼看他，隨即露出和煦微笑。*你感覺怎麼樣？*金雪的手勢溫柔無比。

劉阿啐發現自己的手臂被石膏包裹，移動起來很困難，他無法立刻以手語和金雪溝通，這讓他有些洩氣。不過話說回來，他也不知道該和金雪說些什麼，以目前的情況來看，很顯然他又給金雪添麻煩了。

「沒事的，以後你用不著再去練屋了，我會找更適合你的家庭教師和拳腳師傅來指導你。」金雪的嘴唇認真地說道。

*可是劉師傅怎麼辦？*一得知自己再也不用去練屋，劉阿啐全身都繃緊了，他甚至強迫自己舉起手，對金雪比著含糊的手語。不知怎地金雪卻看懂了，他起身安撫劉阿啐，讓他再次躺下來。

「劉師傅會繼續做他的工作，訓練除你之外的其餘劉家人。」金雪道：「但他虐待金家繼承人的金蘭，必須受到懲罰，目前我還沒有決定該如何罰他……阿啐，說眞的，你該不會打算一直不告訴我吧？要不是看見你衣服滲出血跡，否則今天你被活活打死了我都不知道。」

劉阿啐搖了搖頭，比出的手勢緩慢且僵硬：*對不起*。

有那麼一瞬間，劉阿啐以爲他的時間停止了，那是一種十分奇怪的感覺，像是有一陣狂風吹過，令他全身發冷。劉阿啐甚至起了雞皮疙瘩，他看著金雪扭曲大張的嘴，才意識到發生了什麼。

金雪正在朝他咆哮。

「不要再道歉了！不要每次我一不高興就道歉！這是你的錯嗎？我是需要你這麼小心翼翼的人嗎？你以前不是這樣的，你以前也不會那麼聽話！我們以前也不是這樣相處的……」說到最後，金雪大口喘氣，眼睛濕潤而悲傷：「是因爲那時候，我對你說了那句話？我不是有意的，阿啐，你還不了解我嗎？」

劉阿啐握緊了拳頭，打從他們重逢，他就知道有一天會重提往事。

是我的錯。劉阿哞堅定地比著：那時候也是我的問題，你說的沒錯，我只是愚蠢的地牛。

金雪震驚地望著他，什麼也說不出來。

以前我還小，不懂事，現在我不一樣了，我以爲自己不一樣了，但如果金雪你還是無法忍受我……我的愚蠢，我不想一直這樣惹你生氣，反正我也還沒通過考核，你或許應該考慮找別的地牛。

劉阿哞比出手語的時候低垂著頭，當他比完，他鼓起勇氣抬頭望向金雪，看見金雪表情的瞬間，他就知道自己完了，他又說錯了話，讓金雪生氣。

就和八年前一樣。

劉阿哞再次低頭，忍著淚水。他回想起和金雪的第一次相遇，那時他只不過是劉家裡一個身分低下、又聾又啞的孩子，被其他劉家身世清白的孩子欺侮後，他爲了不讓母親發現自己身上的傷，卻又不知該往何處去，於是獨自在劉家的院落中閒晃，不知不覺便走向了劉家和金家相連的廢棄院子。儘管院子彼此相連，中間卻仍建著一道牆，炙烈的陽光下，他恍惚間看見圍牆上有一道人影，那人影的白髮在光照中如同銀色，他說了些什麼，劉阿哞理所當然聽不見，於是對方從牆上爬下來，那是劉阿哞第一次見到金家人，也是第一次有金家人同他說話。

那名金家人以樹枝在地上書寫自己的名字：金雪。

劉阿哞好奇他在荒廢的院落裡做什麼，名爲金雪的孩子便領他攀過圍牆，有些得意地將院落中央的幾個小土丘指給他看，劉阿哞見其中有嫩苗初破土，彼時他還不懂金雪這麼做哪裡有趣。而金雪在地上寫字：這裡是我的祕密基地。

他們後來常常在荒廢的院落玩耍，劉阿哞識得的字還不多，金雪耐心地教他，隨著時間過去，劉阿哞理解了金雪在院落中做的事情——他嘗試種植東西。金雪說，他們的糧食一直是密冬用賠罪船送來，如果可以自己種出農作物，就不用擔心以後沒有食物。可惜金雪不知道哪些植物可以食用，也不懂種植，種出來不是夭折就是雜草，金雪又累又挫敗，索性和劉阿哞玩起一二三木頭人、鬼抓人，或結伴溜到金家的魚池偷撈魚。他們經常坐在那堵隔開金家和劉家的圍牆上，用金雪的紙扇寫字，交換隱密的訊息。

起初他們之間的交往僅止於兩個孩子的遊戲，但經過長時間的相處，金雪認知到劉阿咩的天生缺陷讓他成爲守口如瓶的同伴，他開始告訴他自己的夢想，對未來的希望，他如此渴望讓金家重回保留地剛劃分時的榮光，也想在都市區開闢農地，種植作物。保留地戰爭的發生，在當時更讓金雪忿忿不平，指稱金雞神女要負很大的責任。

這些話金雪永遠不能眞正說出口，他們一同寫字的紙扇也總在碰面結束後由金雪燒成灰燼，劉阿咩當然不會出賣他，然而作爲受鳳白敵視的藍水家系，金雪必須非常小心。

有時候，劉阿咩會想，如果時光可以停留在那一刻就好了，他們不會長大，也就不會發生後來造成他們齟齬的爭吵。

那時的決裂說穿了其實很簡單，彼時隱隱傳出保留地將爆發叛亂的消息，劉阿咩和金雪在固定的時間碰面，戰爭的肅殺氛圍令兩人都無心談笑，後來劉阿咩在紙扇上寫：你們金家人……金雪突然就生氣了，劉阿咩至今記得金雪憤怒地張合的嘴唇，他說：「你不過是隻愚蠢的地牛，根本不配做我的朋友！」金雪的話撕裂了他的心，也勾動他心底最深的自卑，於是他逃走了，不再前往荒廢的後院。

忽然間，一雙手抓住劉阿咩的臉，迫使他看向前方並從回憶中抽身，金雪的嘴唇一字一句地說道：「我不會考慮其他劉家人做我的地牛。阿咩，你覺得你辦不到嗎？你覺得你無法通過考核？你知不知道我現在的處境？除了你，我根本無法信任其他人！」

見劉阿咩愣愣地看著自己，金雪咬牙：「我本不想和你多說，以免橫生枝節，但事實是，我雖有金家繼承人的名頭，也在近幾年負責處理家族事務，金家絕大多數的人卻無法認同我，鳳白家系亦還有很多人正在虎視眈眈這個位置，更別說，神女直到現在也沒有讓我繼承金雞和聖物的意思……」說到這裡，金雪苦笑著看向劉阿咩：「我乍看之下身分不凡，實際上跟打雜的沒什麼兩樣，沒有金雞跟聖物，有心人便蠢蠢欲動，我必須更小心，甚至不能讓我的金蘭待在身邊，只能用這種迂迴的手段幫你換掉師傅，讓你境遇好些，除此之外，我無能爲力，阿哖，我是如此孤立無援。」

金雪的話讓劉阿哖震驚不已，他幾度抬起手，才艱難地比出手勢：你應該早點跟我說。

「是啊，我已經後悔了。」金雪道。

他們對坐無言，不知過了多久，金雪才再度開口：「阿哖，現在你都知道了，要不要繼續留下來，取決於你，但如果你仍願意做我的金蘭，我希望你不要再瞞著我任何事情。好好休息幾天，地牛的身體恢復很快，等你好了我會給你安排新的師傅。」

劉阿哖還想揮舞無力的手，意圖表達更多，可金雪只是按住了他的手臂，緩緩站起身來：「已經很晚了，試著睡一會，我還有事，晚點再來看你。」

金雪很快離開，留下劉阿哖一人。躺在柔軟舒適的床上，他望著陌生的天花板，這個房間裝飾典雅且不過度華麗，空間雖小，仍分隔有客廳、書房、浴廁和臥室。外頭一處雅致的院落，院落中有小池塘，以及受到悉心照料的幾棵果樹，模樣特殊在都市區十分少見。看見這院落，劉阿哖便意識到自己正身處於金雪的房間，躺在金雪的床上。

他閉上眼睛，仔細思考一會，隨後他爬起身，靠在床邊的桌子上摸索著抽屜找到紙筆，劉阿哖以歪斜字跡匆匆寫下幾行字，寫完後，他將紙條留在桌上，扶著牆搖搖晃晃地往門口走去。

這樣是不行的。劉阿哖想，不可以啊，金雪已經很辛苦了，如果自己作爲他的金蘭，卻又依靠他取得特權，只怕會給他帶來不好的後果。劉阿哖憑著模糊的記憶，摸索昏暗曲折的廊道轉了無數次彎，最後終於看見了熟悉的練屋大門，他推開門，經過睡在大通鋪上數十名熟睡的軀體，直到一隻手猛拉住他，劉阿哖轉頭一看，是王璨。

「你回來幹麼？」王璨急切地問：「都差點被打死了，你還回來？」

看著男孩稚嫩的嘴唇迅速緊張地開合，劉阿哖卻笑了，他在王璨手掌上寫：我沒事，只不過還有些問題想弄清楚。

劉阿吽沒有明說自己究竟打算作些什麼，王璨卻似乎從他的眼神裡看出端倪，他眉頭緊蹙，滿臉的不認同，歪著頭想了想，從自己枕頭底下拿出一件閃著紅光的金屬儀器交給劉阿吽。

「如果遇上麻煩，就按下中間的紅色按鈕，這小東西會立刻通知我，我知道了馬上去喊人來救你。」

這是什麼東西？劉阿吽翻看金屬儀器，那東西比拳頭小一些，形狀圓扁，中央有一個不斷閃爍紅光的按鈕，看上去十分奇異。

「哦，你問這麼多幹麼？」見劉阿吽不放心，打算把東西還給自己，王璨才不高興地說：「這不是從密冬來的，是我自己做的，滿意了嗎？我畢竟是個在機械上有天分的可悲藍眼人。」

劉阿吽無奈地聳聳肩，試圖表達自己沒有冒犯的意思，但王璨已經氣呼呼地背過身不理他，劉阿吽只得收下儀器，放輕腳步向通往訓練場的門走去。劉師傅就住在訓練場最北的一處獨立小屋裡，劉阿吽聽其他人提到過，只是未曾在意，也沒想過有一天會主動去找劉師傅。

劉師傅居住的小屋簡陋且骯髒，就連屋外都散落著空酒瓶與吃過的飯盒，劉阿吽光站在門口就能聞到屋內酒氣薰天，滿是人體污穢的惡臭，但他仍面色平靜地舉起裹著石膏的手，考慮了一下應該使用的力道後，他敲了敲門。

沒過多久門向內打開，一雙凶惡的眼睛掃過來人，在看見是劉阿吽的時候，那雙眼睛裡閃過清晰可辨的訝異。隨之一雙嘴唇露了出來，齜牙咧嘴地道：「進來吧。」

劉阿吽依言走入劉師傅獨居的陋屋之中，這間屋子極小，狹窄的走道僅能容一人回身，又因爲堆滿了劣質的私釀酒、垃圾和雜物，劉阿吽站也不是，坐也不是，只能侷促地站在門邊。在他面前，高大壯碩的劉師傅不知用了什麼方法，將自己異於常人的軀體塞進這樣狹小的空間，可他看上去像是已經習慣了。劉師傅順手從垃圾堆中拉過一張椅子，推到劉阿吽面前，自己則坐在看上去像馬桶的突起物上。

許久，劉師傅看著劉阿吽，目光充滿了審視、好奇以及厭惡，他自酒瓶堆裡隨意拿起一個剩餘三分之一酒液的瓶子，貪婪地仰頭飲盡，隨後開口：「你想怎樣？」

劉阿哞扭動手指，突然間不知該如何是好，劉師傅注意到他的不便，咧齒一笑，不知從哪裡弄來紙筆扔給劉阿哞，讓他在泛黃的紙片上寫字。

我想繼續在您底下學習。劉阿哞寫道，將紙片遞給劉師傅。看見劉阿哞在紙片上寫了些什麼，劉師傅先是一愣，隨即仰頭大笑，他笑了好長一段時間，直到眼淚都流出來了，還是止不住笑。

「哈哈哈！你是瘋了嗎？我把你打個半死，而你竟跑回來求我……」

劉阿哞靜靜等待劉師傅笑完了也揶揄完了，才遞上第二張紙片：我不喜歡您，但我很清楚只有在您手下生存，甚至眞正學到搏鬥與護衛的技術，我才有可能在未來成爲金雪的助力。

「呵，是嗎？你倒出乎我的意料，我還以爲你眞的就是他養的一條狗。」劉師傅說罷，卻突然低下頭，將臉半埋在雙掌之中，從手掌間隙裡露出的嘴唇，無意間講述了眞相：「你想的……沒有錯，一名與金家人結成金蘭的地牛，並不是只要聽話就好，我們可不僅僅是金家人的玩物。」

這一瞬間，劉阿哞除了感到困惑不解以外，也對劉師傅產生了不同以往的感覺，這是第一次，劉阿哞想起劉師傅確實和自己一樣都是劉家人。若王璨所言屬實，他甚至曾經是金雞神女的金蘭，劉師傅曾經身處的位置，很快就是劉阿哞將要達到的。

屋內陷入一片死寂，經過一段時間，劉阿哞看見劉師傅的嘴唇動了動。劉阿哞以爲自己看錯了，但下一秒，那雙嘴唇動得更爲明顯，吐露劉師傅的話語：「我不能保證。」

劉阿哞失望不已，正想再次請求時，劉師傅又道：「你可以繼續在我底下學習，但我有條件，如果你無法做到……」

劉阿哞猛力比劃著，又在紙上寫：我可以！

「我還沒說完，從今以後，你必須答應我在訓練中提出的所有要求，無論多麼不合理，你都不能違抗我，不過我也不會讓你做太過分的事，只在訓練中，當我給你一個命令，你就必須執行。」

見劉阿哞著急地點著頭，劉師傅嘴角扯開一個惡毒的笑容。「既然我們有共識了，就滾吧，明天清晨時分，我要看見你在訓練場上做一千次蹲跳，外加五百次伏地挺身。」劉師傅站起身打開屋門下逐客令。

劉阿吽沒有抗拒，他的身體還帶傷，手臂甚至裹著石膏，但他不打算和劉師傅討價還價。在劉阿吽心中，劉師傅就像是他接近金雪之路上一塊巨大的絆腳石，也因此，征服他將同樣成為巨大的里程碑。

他堅信自己會為了金雪做到。

紫蘭．金家宴會廳

這壯觀、沉重的大廳裡，一切幾乎都是金色的，那金色黯淡陳舊，卻仍隱隱發光，人們在遍布污點的紅色圓桌前正襟危坐，靜靜等待宴會開始。

宴會是為了迎接新到來的密冬模仿師，不久前，金雞神女宣布為了取代失蹤的模仿師黑羊，密冬再次派新的模仿師前來。此消息一出，金家人大多既振奮又害怕，因為他們始終記得，當「賠罪」漆黑巨大的影子投射在海面，如同海上風暴滾滾而來，那除了意味著密冬的施捨，也代表當船要駛回密冬，船艙內必得裝滿。

保留地戰爭後，賠罪船已駛過一次，如今密冬又想給予什麼，總讓他們心慌不安，已經沒有可以給予密冬的東西了，再給下去連生存都是問題。不過據說模仿師前來灣島是不乘賠罪船的，這麼一來他們就無須償還任何東西，金家人的情緒於是逐漸高昂，認定這是密冬仍然看重金家的跡象，並打算解除對金家的懲罰，於是金家上上下下無不謹慎籌備這場宴會。

金雞神女戴著雕刻有金色鳥首的半副面具，坐在眾人簇擁的主位之上，在她面前，生鏽餐具反射燈火光芒令人感到刺眼，但神女一次又一次撫摸金屬光澤，彷彿無限愛憐。在神女座位左側，站著一名身材魁梧、面貌醜陋的男子，男子臉上有疤，額頭上一對猙獰如牛角的肉瘤，令人望而生畏。

接近大門的圓桌傳來陣陣騷動，是新任模仿師到了，金雞神女將手藏到桌面下方，以毫無起伏的語氣道：「歡迎你，紫蘭小姐。」

新任模仿師身著一襲深紫色的長袍，從頭到腳包裹得嚴絲合縫，令兩旁圓桌邊的金家人無法一眼看盡對方的容貌，但從新任模仿師的身形與行走方式，很容易看出對方是一名女性。

模仿師徐徐來到金雞神女座前，並未鞠躬行禮，只有她平淡沉靜的聲音從兜帽下方傳來：「金家家主傾力舉辦這場宴會，我感念在心。」

金雞神女仔細打量新任模仿師抬起的面容，那是一張清秀乾淨的女性臉孔，清秀，遠遠稱不上豔麗，甚至由於缺乏特色之故，金雞神女總在看過之後立即遺忘。同時，金雞神女也對所見到的平淡面孔感到滿意，相較之下，她承襲自金家獨有的絕美容貌，比眼前這名女性模仿師突出不少，於是神女放鬆了警惕，並產生些許閒聊的興致。

「下人帶你看過住所了嗎？紫蘭小姐可還滿意？」

「無可挑剔，是很舒適的空間。」

「你喜歡就好，話說回來……」金雞神女頓了頓：「既然是偉大的密冬模仿師，怎麼不見獸靈呢？」

「家主說笑了，密冬模仿師身邊向來是沒有獸靈的，而且一年只能和獸靈見一次面，我想黑羊大人必定也是如此。」名爲紫蘭的模仿師語氣依舊波瀾不驚。

「他已經離開太久，我都不記得模仿師該是怎樣的了。」金雞神女似乎正認眞思索：「不過你這話倒是提醒了我，模仿師在密冬必得接受嚴格的訓練，方能成爲官方認證的模仿師，不曉得紫蘭小姐在訓練期間以模仿何物作爲試煉呢？」

又是一個滿是刺探的問題。紫蘭沉默了一會兒，再抬頭時，表情平靜如常。

「家主啊，試探到此爲止吧，我可不是來這裡供你戲耍的。」

紫蘭的警告不帶有任何怒氣，僅僅是一片雲淡風輕，卻成功引起神女座位旁的男子注意，他狠狠瞪視紫蘭，金雞神女桌面下方的手伸向男子，緊緊掐住他的手腕，由於太過用力，甚至在男子腕部留下月牙形的血痕。神女笑了笑：「抱歉，我不過就是好奇而已，說是試探未免言重了，紫蘭小姐，還請入席。」

紫蘭於是依言走向場內唯一的空座位，她一面行走，來自巴利的聲音一面在她腦海提醒：小心點，不能太過抗拒她的問題，否則會引起懷疑。

密冬模仿師具有無上力量，本來就不該對小小的灣島家主言聽計從。紫蘭在內心反駁。

侍者開始上菜，圍繞圓桌的眾人也像是終於放鬆下來，杯盤和餐具輕碰的聲響此起彼落，紫蘭趁隙不著痕跡地觀察參與宴會的每一人。她看見遠處清一色白髮圍繞圓桌，少數眼睛矇著黑布。想起王璟的提示，她知曉那必是藍水家系，同時也是藍眼人基因的來源。與自己同桌的則淨是擁護神女派的金家長老，正是由於這些老傢伙的支持，金雞神女才能無後顧之憂地在位多年。

紫蘭謹慎觀察的同時，也意識到自己同樣處於被窺看的中心，對此她並不擔心，只有身處於這些人當中，才能清楚地明白她和他們有多麼不同，因此這些人僅僅是因為自己看起來太過正常，才會不斷盯著她看……簡單來說，這間屋子裡所有拿著精緻餐具品嘗佳餚的人，外貌看起來幾乎都有明顯的畸形與殘缺，紫蘭尤其能夠從金家人的畸形看見和王璟相似的特徵。

儘管也有少數人看起來就和自己一樣正常，但那只是外表上沒有問題，根據紫蘭對五大家族的了解，五大家族中每一人都有著程度不一的生理缺陷，就算是看上去如同仙人的金雞神女，也肯定有著他人無法知曉的隱疾。

金家、劉家、古家、朱家。她按照桌牌一一清點來訪者，距離主桌愈遠的家族，表示和金家關係愈疏遠。這麼說來，高家僅出席一人，更是意味深長。紫蘭輕咬下唇。那唯一的高家人畏縮地坐在角落，厚重的兜帽蓋住他的臉。按照王璟所述，高家是最神祕的家族，極少出現於公開場合，紫蘭莫名對唯一的高家人產生一種說不出的熟悉感。

紫蘭低頭食用碗裡的食物，嘗到乾硬的米飯、腥臭的豬肉和泛黃的菜葉。她微微抬眼，見桌巾有縫補痕跡，更有長年累積的污漬，坐在她身旁的金家人衣著或許鮮豔華麗，細看卻是材質粗糙，更因多次洗滌而褪色。以金雞神女高傲的個性，絕不可能用這種劣質的宴會歡迎模仿師，紫蘭想她是盡力了，卻力有未逮，看來王璟說得沒錯，五大家族已不同往昔。

戰爭後，一生都靠密㚢飼養的他們封閉在狹小的都市區，早已失去各方面的生產力，現在要他們再振作起來根本是天方夜譚，此外……據說連金家的聖物都已失去力量。

當心了。

紫蘭剛一抬頭，便看見金雞神女坐在主座上，一手高舉裝有酒液的杯子，道：「敬偉大的密㚢本國，爲我金家帶來新的助力。」

其餘眾人隨之舉杯：「敬偉大的密㚢本國！」

紫蘭微微頷首，舉杯輕啜，就在這時，金雞神女再次與紫蘭攀談。「紫蘭小姐看上去這麼年輕，卻能擔任密㚢官方模仿師，一定很不簡單。」

「和獸靈結合後，人的老化速度會變慢，家主同樣擁有獸靈，總不會不知道吧？」紫蘭緩緩道：「我看起來或許年輕，實際上已有六十多歲。」

「與紫蘭小姐相較之下，我和獸靈結合的時間還不算長，因此在這方面沒有太深的體會。」金雞神女解釋：「我過去也未曾見過女性模仿師，據說成爲模仿師會失去生育的能力，可是眞的？」

紫蘭感覺到周遭一瞬間安靜下來，這難道是金雞神女給她的下馬威？作爲一名位高權重的密㚢模仿師，她該如何反應才不顯得古怪呢？

轉移她的注意力，小畫眉。

紫蘭驟然站起身，金雞神女身旁的醜陋男子立刻上前一步欲阻止，卻被神女抬手阻擋，此時神女眼中夾帶好奇，看著紫蘭輕輕握住自己仍握著杯子的手，一面輕聲細語，一面爲她半空的酒杯斟酒：「我們不會失去生育的能力，但密㚢之主禁止我們繁衍後代，箇中原因我很樂意私下與家主詳談。」

——是嗎？還以爲她能理解呢……

透過接觸瞬間傳遞到腦海中的神女心思，帶著渴望與乞求，讓紫蘭皺起眉頭，這是什麼意思？但她來不及多想，一道來自神女內在意識的屏障便擋了過來，她跌跌撞撞地退出去，謹慎地看向神女，卻發現神女的表情沒有異狀，她似乎沒發現紫蘭剛才侵入了她的內心，同時又被不明力量驅逐出去。神女只是抽回手，喃喃對紫蘭致謝。

「若有機會，我非常希望能私下與紫蘭小姐聊聊。」

那屏障說到底果然是……

是金家的巴利呢，有巴利的話，你必須更小心地繞過去。

紫蘭明白的，只是過去她們也極少眞的遇上和自己一樣擁有巴利的人，她的能力窺看一般人的心思還算容易，但若遇上擁有巴利的人，恐怕不會太順利，因爲侵入內心就等於侵入對方和巴利共有的意識巢穴。紫蘭的問題只剩下：爲何神女的巴利將自己擋了回來，可是神女卻一點也不知情？

餘下的時間幾近無事，甚至可說是有些無聊，金雞神女又和同桌的人談了些家族事務，便以身體不適作爲藉口先行離開，神女身旁的醜陋男子也隨之離去，臨走前不忘向紫蘭投以怨恨的目光。

是劉家的護衛吧，以後得多提防那個男人。

驟然間，瓷器破裂聲音響徹整個大廳，眾人紛紛望向聲源。紫蘭看見獨坐一桌的高家人正匍匐於金雞神女腳下，地面滿是餐盤碎片，而神女嘴角弧度洩露出不屑與厭煩，高高在上地睥睨著眼前的高家人。

「你剛剛說的，何不再說一次給大家聽？」她冷笑道。

「我無法代表整個高家，因此這次宴會，僅是我以個人身分出席……」

神女一腳踹向那名高家人的臉，使他遮住臉部的兜帽掉了下來，紫蘭倏地起身，引來神女注意。

「很抱歉驚動紫蘭小姐。」神女微微一笑：「請別介意，只是有人以下犯上，質疑我的權力，我必須施予懲戒。」

說罷，神女開始惡狠狠地猛踢那名高家人的臉和腹部。她殘忍施虐，配合著每一次踢踹，宛如發瘋般一字字吐出咒罵：「如．果．你．不．能．代．表．高．家，抓．你．來．有．個．屁．用！」

整個大廳無人敢阻止金雞神女，任由她將高家人折磨得失去意識，大廳內迴盪著神女踢踹人體的悶沉聲響。直到神女終於累了，氣喘吁吁地停下來，她抬手讓身旁的醜陋男子替她收拾。

「把人丟到高家門口，告訴他們家主，這就是他不出席金家筵席的後果，今天我留著人一口氣在，下一次要是還敢違逆我的意思，就不只這樣而已。」丟下最後一句話，神女轉身離去。

大廳在沉默了幾秒後，浮現眾人的嗡嗡耳語。此刻紫蘭已沒有必要繼續留下，她以被剛才的事故驚擾爲由，在家僕的引導下匆匆離開大廳。

一回到金雞神女安排的寬敞住房，紫蘭立即從緊密包裹的紫色長袍中掙脫出來，隨之掙脫的還有一直待在紫蘭懷中的白色鳥兒，鳥兒眼睛是紅色的，只有單足，牠振動翅膀落在紫蘭肩上，張開嘴喙，一連串如酒般醇美的女性聲音從中傳出：你必須想辦法接近她，你需要長時間的碰觸才能繞過她的巴利。

紫蘭沒有回答，她打開行囊，一隻藏在衣物裡的小機器蜘蛛迅速順著紫蘭的手爬到她掌心，機器蜘蛛頭部的光點一閃一閃，從紅色轉變爲藍色。「王璟大人。」幾年過去，紫蘭仍然習慣這麼稱呼他。過了不久，一個沙啞、彷彿哮喘的男性聲音傳來。

「我在。」王璟透過機器蜘蛛這麼說道：「宴會結束了吧？阿蘭，一切可還順利？」

「發生了一些事情，不過，我已經說服他們我是眞正的密冬模仿師。」

「那太好了，告訴我，金家現在的狀況如何？他們看起來是否很可悲呢？那個女人……被密冬懲罰後應該也格外悽慘吧。」王璟的語氣流露出一絲瘋狂和渴望：「畸形看上去也愈來愈嚴重，他們若產生新的後代，狀況可能和我相差無幾，哈哈哈哈！」

「金家的狀況確實不好，包含神女也是，我想金家聖物確實失去力量，其他家族的人還不知道，但神女已經變得不安。」紫蘭將方才在宴會廳發生的意外狀況仔細告知王璟。「她在眾人面前重傷高家人，顯然是要殺雞儆猴，只不過……王璟大人，我看見高家人的模樣，跟保留地部落人很相似，對此，您知道些什麼嗎？」

「高家人向來低調，連我也不曾眞正見到他們，不過確實有風聲傳言他們的祖先來自保留地。」王環的回答很簡單，他對於保留地人向來沒有太大的興趣：「想想看，保留地劃分前曾有一段時間允許原本住在該處的居民選擇是否要前往都市區定居，我想高家人也不過就是些那樣的傢伙。」

想起高家人深色的皮膚與獨特五官，紫蘭腦海浮現了熟悉的嗓音：是吶，也是有這樣的人存在，選擇離開家鄉的人。這是爲什麼在看見兜帽下的臉孔後，紫蘭無法控制站起了身。

她甩了甩頭，無論如何，現在還有更重要的事情必須和王環討論。

「……我想神女迫於內部壓力，正在培養繼承人。」

「是麼？可有確定的人選了？」

「就我所知尙未決定，但可能是你曾跟我提到的，藍水家系其中一個孩子。」

「哼，那是金家的一支怪胎血脈，那女人不是眞心想培養繼承人，而是想安撫他們，畢竟爲了造出如我這般的藍眼人，過去在她權力鼎盛的時期沒少拿藍水家系的人做實驗。」王環沉吟道：「當時死了不少人，恐怕直到現在他們也仍心懷怨恨，加上這些年來被密冬本國懲罰，那女人的地位搖搖欲墜，只得做些表面工夫讓他們別生二心。」

紫蘭好一會兒沒有回應，王環低聲呼喚：「阿蘭？怎麼了？爲何不說話？』

紫蘭搖了搖頭：「我只是……」她躊躇許久，終於開口：「已經三年了，自從師傅死去，我一心一意要替師傅報仇，一直以來我把五大家族尤其金家看作強大且可怕的敵人，卻沒有想到，他們居然已經出現衰弱的跡象……」

「即便如此，他們曾做過的惡事也不會改變。」王環驟然發出痛苦的低吟，機器蜘蛛傳來王環在另一頭擦拭嘴部唾液的聲音，彷彿以此提醒阿蘭，金家在金雞神女的命令下著手研發藍眼人，隨後來到保留地的藍眼人成爲神女開啓戰爭的藉口，她毀掉了整個保留地，殺死師傅，還有……

「再說，你也想找到那小鬼吧？」王璟的話讓紫蘭震顫不已。

這一年多來，紫蘭不曾遺忘鶺鴒。她記得鶺鴒最後露出的燦爛笑容，她說：「再見了。」就此留在黑暗的管道。隨後紫蘭和巴利結合，與王璟一同離開垃圾場，並展開對五大家族長達一年的監視。

好一陣子，紫蘭以爲鶺鴒早就已經死了，她也藉此強化內心的恨意，鶺鴒早就死了，死於五大家族的軍隊之手，因此，她必須繼續完成師傅的遺願。可在紫蘭離開垃圾場的六個月後，她從監視金家的過程中得知一項事實：當年軍隊搜索了垃圾場，並毀掉地下洞穴後，他們抓到了一名自稱與獸靈結合的野蠻人，隨後，他們將這名野蠻人生擒，帶回位於金家內部的牢房囚禁。

紫蘭意識到，那名野蠻人就是鶺鴒。同時她很清楚，鶺鴒之所以自稱是和獸靈結合的人，原因全然是爲了掩護紫蘭的逃亡。

鶺鴒還活著。

一想到這個事實，紫蘭的內心就產生一股說不清的奇異感覺，與巴利結合後這麼長時間以來，她肩上的圖騰再度開始刺痛，彷彿有那麼一瞬間，她再次回到垃圾場的地下洞穴，她和鶺鴒走過滿是發光礦物的洞穴，她們一起攀爬黑暗中的繩索，在巢穴中相擁等待地震結束。

紫蘭告訴王璟，自己必須將鶺鴒救出來。

由於紫蘭的要求和毀滅五大家族沒有衝突，王璟答應了，於是他們又耗費數月擬定策略潛入金家。

這件事並不容易，即便保留地戰爭最終以失去密冬渴求的灣島獸靈告終，密冬因此對五大家族施予嚴厲懲罰，撤回機器與其他高科技設備，甚至是燃油與糧食的資源挹注，卻也並未放鬆對灣島的控管。相反的，密冬之主下令都市區乃至於五大家族的所有人，都禁止離開灣島，只有那象徵恐怖的黑色巨船「賠罪」抵達都市區位在北測的港口時，曾參與保留地戰爭的軍隊一列列走進船艙裡，作爲賠罪之禮被運回密冬。這些人的下場不言自明，就和保留地初劃分時那樣，無數反叛者因違抗新陽黨的五姓人，以至於被裝入這艘大船。自此五大家族變得愈發封閉，軍隊消弭，家族間的交流頻率降低，金家更是如此，金雞神女彷彿受到驚嚇般再也沒有離開金家宅邸。

有好幾次紫蘭以爲自己永遠也不可能辦到，她無法實現師傅的遺願、毀掉五大家族，她也無法探知鵪鴿被關押的牢房地點，並將其營救出來。

直到半年前，王璟透過機器的監視發現事態有所變化。

向來與金家聯絡密切的密冬本國，突然失去了消息。保留地戰爭結束後，密冬以賠罪船撤回曾贈予五大家族的所有運作正常的機械、科技設備，金家獨獨獲准留下一台通訊機，方便密冬對金家下達新的命令。而早被認爲死於保留地的王璟，暗中改造曾留在保留地內的機器，讓這些機器能夠爲自己所用而不被金家發現，因此王璟長期利用自己的機器攔截密冬傳遞給金家的訊息，從中獲知了不少和五大家族、密冬有關的情報，其中也包含獸靈的資訊。更在這段時間，王璟發現自己手中的聖物複製品失去效力，結合蒐集到的各種訊息，他們猜測金家聖物喪失力量。

紫蘭感到可笑，金雞神女在戰爭中頻繁使用喙鏡，最終導致了聖物的毀滅，簡直自食惡果。只是紫蘭無法確定喙鏡究竟是完全失去了作用，抑或還存在些許力量，保險起見，他們最好還是對喙鏡有所提防。

無論如何，過去密冬每日至少會傳遞三則訊息給金家，古怪的是，半年前的某一天，金家的通訊機從白天便不曾收到訊息。如此狀況自然導致金家一片惶恐，王璟和紫蘭無比耐性地等待三天，期間討論多次，眼看金家已然處於崩潰邊緣，他們決定放手一賭：由他們僞造來自密冬的訊息。

一開始的訊息性質保守，僅僅複製了密冬的例行性內容。經過一段時間確定金家並未起疑，密冬也可能出事，無暇再顧及金家，王璟終於僞造出能幫助他們進一步控制金家的訊息，就是通知金雞神女，密冬本國將派遣新任模仿師前來。

以模仿師的身分潛入金家，是紫蘭和王璟研擬許久的結果，王璟對模仿師略有了解，且每名模仿師必定都會和巴利結合，加上紫蘭從巴利身上取得的特殊力量，他們最終認爲與其用令人懷疑的侍女身分打入金家，不如趁著密冬與金家失去聯絡，堂而皇之扮演模仿師，屆時適當運用紫蘭的能力窺探人心，也能排除可能的阻礙。事實證明他們的決定是正確的，僞造訊息發出後，他們的行動順利得不可思議。

「我當然想找到鵂鶹。」沉默許久後，紫蘭回答。以密冬模仿師的身分潛入金家只是第一步，接下來紫蘭將嘗試接近神女，只有她才知道鵂鶹被關在什麼地方。紫蘭相信自己可以辦到，他們現在擁有比三年前更多的籌碼，五大家族也更羸弱，他們幾乎、已經可以算是……完全滲透了金家。

簡直像作夢一樣，雖然如此，紫蘭還是不敢輕忽大意，她會如同師傅所說的那樣，成爲一根致命的針，擊破五大家族最脆弱之處。這一次，她一定可以實現師傅的遺願，同時將鵂鶹拯救出來。

紫蘭一面思索，手指一面下意識地碰觸左肩上的刺青，那猶如痛苦人臉的紅色圖騰，自從她與巴利結合以後，已經有好長一段時間沒有刺痛過了。

「不過，我覺得神女不太對勁。」良久，紫蘭低語。

「什麼意思？」王璟問。

「我不知道該怎麼說……」那片屛障，和屛障出現前的神女心思，讓她感到奇怪。

突然間，紫蘭眼前一片黑暗，她意識到自己的視線被換掉了，讓她與巴利共感。熟悉的聲音於黑暗裡響起：停止和藍眼人的連繫，有人正在監視你。

紫蘭立即讓自己進入與巴利的意識空間，在那永恆靜謐的林中小屋裡，她的師傅烏托克正徐徐啜飲著一杯藥草茶。只有在這兒，紫蘭得以和師傅直接以意念進行複雜的交流，不必擔心被他人知曉。也在這裡，阿蘭決定成爲紫蘭，取用了令她想起師傅的鳥類名字，讓師傅的遺志和自己合爲一體。

「是金雞神女嗎？」紫蘭問道，同時透過巴利的眼睛仔細觀察著外界。

「不確定，視線來自房間之內，你需要謹愼處理。」

「我明白了。」紫蘭說罷，準備立即返回現實，烏托克卻突然叫住她。

「小畫眉，等一等。」

「有什麼事嗎？師傅。」

「你……」烏托克伸出手，彷彿要碰觸紫蘭的臉龐，卻被紫蘭轉頭避開，烏托克只得無奈地笑：「就這麼恨我嗎？因爲那時候我阻止你回去找鵜鴿？」

「不是的。」紫蘭雖然反駁，卻感到無力：「我只是……」她什麼也說不出口。她怎麼可能會恨好不容易重逢的師傅？即便那時很明顯，師傅放棄了鵜鴿……肩上的圖騰掠過幽魂般的刺痛感，使她立刻揮開錯誤的念頭，不，她不可能恨師傅，她恨的是自己。

如果當時她更堅決，如果她不要輕易放棄，不要如此簡單就接受了鵜鴿可能已經死去的事實……當時烏托克甚至透過紫蘭與巴利的連結，極盡溫柔地安慰她，說服她往前邁進，不要回頭。或許也是害怕目睹鵜鴿死去的慘相，紫蘭依循烏托克的意思與王璟離開垃圾場，再也沒有回頭。

所以是她的錯誤導致鵜鴿被抓走。

「別再責怪自己，小畫眉，一切都會好起來的，無論是復仇或救回同伴，我們都能一起達成。」由於和巴利結合，紫蘭和烏托克之間沒有距離可言，師傅永遠都洞悉她的想法，就如同閱讀一本敞開的書。

紫蘭放任自己沉浸在烏托克的撫慰裡，就像過去她與師傅一同在這林中小屋裡生活，如此寧靜平和、沒有煩憂。烏托克讓紫蘭趴在她膝上，手指輕輕梳理她的頭髮，此時此刻，紫蘭感受到絕無僅有的幸福。

哪怕在她的心裡有一處隱密的角落，爲自己的軟弱感到悲哀。

和巴利結合後，紫蘭在巴利創造出的意識空間內見到了早已死去的烏托克，烏托克告訴她，這便是巴利最大的祕密——巴利能夠保留與自己結合的人的靈魂。意即與巴利第一個結合的烏托克，在死後以某種方式活在了巴利體內，只有下一個和巴利結合的紫蘭，才能透過與巴利連結的意識空間，和烏托克重逢。

曾經，這對紫蘭來說是巨大的安慰，師傅沒有死，而是以其他方式活了下來……可是紫蘭也記得師父曾對自己說過，巴利能夠爲與牠結合的人打造最適合的巢穴，紫蘭不得不思索，師傅是否也是巴利創造的巢穴內容？紫蘭問過烏托克，她問了師傅對死前的記憶，也詢問她死後的感受，烏托克不一定會完整地回答她，有時候，烏托克只是對紫蘭微微一笑。

「或許，保存在巴利體內的我，眞的只是名爲烏托克的回聲而已。」師傅有一次這麼回答：「我們部落人相信有善靈和惡靈的存在，因此對人死後將成爲靈魂毫不懷疑，但說不定，其實人並沒有靈魂。」

紫蘭無法確定，也不敢確定，儘管實際上只需要問一個問題，只要問那個問題，答案便清晰無比。

她將手指按在嘴唇上，舌尖嘗到幻覺般的血腥氣味。

「回去吧，小畫眉，無論窺伺你的是誰，都不要讓他如願。」

下一秒，紫蘭張開眼，重新回到了現實世界，即便如此，她仍有一隻眼睛和巴利的視覺連接，因此呈現鮮紅色。紫蘭開始在房間裡仔細搜尋，此時她注意到門邊有一面鏡子，那鏡子帶給她難以形容的怪異感受，她將鏡子取下來，小心翼翼地檢查了一遍，卻沒有發現異常，但巴利的反應很不對勁，牠狠狠啄咬那面鏡子，直到紫蘭將鏡子放進浴廁中，並將鏡面朝向牆面。

從巴利的反應來看，整個房間裡就只有那面鏡子有問題，但紫蘭仍無法確定，或許房間裡有其他機關，甚至是讓外人窺伺的孔洞，倘若是金雞神女在監視，她必須想出因應的策略。

這時門外傳來兩聲輕響，有人敲了紫蘭的門，卻沒有出聲呼喚她，這讓她感到奇怪，照理來說若是金家的僕役，通常會在敲門後輕聲致歉，並告知打擾她的原因。當紫蘭握住門把，小心翼翼轉動著打開門，她看見一名金髮碧眼的外國男性站在外頭。

「您好。」

對方語調溫和有禮，灣島語言也說得流利，唯一讓紫蘭不舒服的，是男人目光裡不加掩飾的貪婪。

「很抱歉打擾您，紫蘭小姐。」男人朝紫蘭垂首行禮：「因爲一些原因，沒能和您自我介紹，我是金家的家族醫生，約翰．威爾，您可以稱我爲威爾醫生。」

紫蘭在胸前交叉雙手，以疏離而戒愼的語氣回應：「我在宴會上沒見到你。」

「唔，我的外貌不太適合出席那種場合。」威爾醫生搓了搓下巴，眼睛在紫蘭身上肆無忌憚地打量：「神女也要求我留在實驗室，但我實在太好奇了，我太想見您……啊，說來失禮，實際上我和您一樣來自密冬，不過我是奧馬立克人，我在密冬本國負責研究獸靈與人類的結合，我想，或許過去我曾與您有過一面之緣也不一定，雖然像您這樣的人，我只要見過就絕對不會忘記。」

紫蘭心中閃過不好的預感，眼前這名男人若也是來自於密冬，或許他有自己的管道和密冬政府取得連繫，那麼他理當能輕而易舉揭露紫蘭的謊言。

然而威爾醫生彷彿沒有注意到紫蘭的古怪反應，他滔滔不絕地講述著：「我的理論承襲自天使中立國學者斯圖爾特．麥克唐納，他是我崇拜的大師，甚至已經超越了大師，他是這個虛妄世界裡唯一看見眞相的人，是位偉大的先知，但世人卻不能理解……當我讀到他描述世界有兩個，我們所存在的世界不過是一個贗品，一個影子世界，這個世界的一切只是對原初世界的模仿，很難以言語描述我內心的激動，他甚至提出一個大膽的假設，即是獸靈之所以存在，也是對另一個世界的某樣事物的模仿。紫蘭小姐，那時我心中有了想法，我相信我能夠承襲麥克唐納的理論，發展出更聚焦在獸靈的學說，只要我弄清楚獸靈究竟是模仿了另一個世界的什麼……」

這個人到底是怎樣？紫蘭一面想一面往後退，打算直接關門送客，下一秒，威爾醫生卻按住門板，語帶請求：「總而言之，我的研究需要獸靈作爲實驗體，最好能是自然誕生的野生獸靈，您能不能……讓我見見您的獸靈呢？」

「密冬模仿師不會將獸靈帶在身邊，你甚至不該提出這項要求。」紫蘭故意壓低了聲音，語氣中顯露威脅：「離開吧，趁我還沒改變心意。」

「您知道，我確實在密冬政府底下工作過，我甚至待過模仿師的訓練基地，直到現在，我也依然會在固定時間將研究資料彙整給密冬之主，雖然有好長一段時間沒有收到來自密冬的消息了，這在過去未曾有過……」在聽見紫蘭的拒絕後，威爾醫生平靜地凝視她：「我很清楚模仿師應該什麼樣子，紫蘭小姐，如果您眞是來自密冬的模仿師，我絕對不會提出要見您的獸靈，既然如此，我爲何會問您呢？」

紫蘭盡量讓自己不顯露出動搖的神情，但她的手指開始顫抖，背部也冷汗涔涔。

威爾醫生突然笑了一下：「抱歉，您不用回答，我的錯，這真是太冒昧、太失禮了，聽我一言，真正的密又模仿師幾乎可以做到任何事，您還是先思考該如何滿足神女的要求吧。」

說完最後一句話，威爾醫生便離開了，留下紫蘭呆立於房門口，良久，她開始大口大口呼吸，發現剛剛自己一直都在憋氣。他是什麼意思？神女的要求……難道是跟失去力量的聖物有關？紫蘭想：他是否已識破我不是真正的模仿師？

他是個威脅。烏托克說：最好還是把他殺了吧。

不可以，那會引起神女的懷疑，尤其是她身邊的那名劉家人，看上去就不好對付。

紫蘭關上房門，層層落鎖，並將浴廁的門關上。最終她倒在床上，看著房間裡裝飾繁複的天花板：我應該找機會碰觸他，或許就可以得知他隱藏的意圖。

你今天使用太多次力量，已經很累了。烏托克放緩語氣：你也還無法完美掌握你的能力，之後有機會再說吧。順著烏托克柔和的聲音，以及她刻意透過連結傳遞的昏昏欲睡感，紫蘭很快陷入夢鄉，她與王璟連繫的小機器蜘蛛頂部的燈也由藍轉紅，兀自爬回紫蘭的行李中躲藏起來。

翌日，紫蘭被一陣謹慎的敲門聲喚醒，金家的家僕在外頭小聲道歉：「紫蘭大人，很抱歉打擾您，但家主大人邀請您共進早膳。」

「知道了。」紫蘭簡單回應，隨後開始更衣、再次套上長袍，並讓巴利躲藏於長袍的內袋。

紫蘭跟隨家僕走過宅邸中陰暗的走道，此時已是白天，幾近無窗的屋子裡仍缺乏光照。古怪的是，金家建築以大量金色裝飾，這些金色無論是線條或圖塊，即便光線希微，也依然能夠在黑暗中散發炫目的光芒。那些金色凝視久了，會在視覺中心烙下殘影，紫蘭眨去眼球的酸澀，想起早已荒廢的故鄉。金家宅邸建築樣式和風格都讓紫蘭聯想到遺跡聚落，也同樣地帶有一種說不清的陳舊感，炫目的金色包裹陳舊的建築，讓這段短短的移動過程猶如夢境般詭祕。

廊道盡頭是昨晚舉辦宴會的大廳，大門虛掩著，後方流瀉出金色光芒，家僕推開門，紫蘭便看見一張深紅色的圓桌，桌旁只有金雞神女一人坐在主座上等待，不見她的地牛。

紫蘭驚訝地發現，此時金雞神女沒有如昨日那般戴著面具，她對紫蘭顯露出自己完整的模樣，那張臉使紫蘭感到無比熟悉……爲了不讓神女發現異樣，紫蘭很快鎮定心緒，往圓桌走去。

巨大的圓桌擺滿了各式菜餚，神女對紫蘭一笑，以手勢邀請她入座。不知道是不是紫蘭的錯覺，但金雞神女此刻的表情看上去竟有著一絲諂媚。

「昨晚驚擾了紫蘭小姐，我感到很抱歉，不知道後來休息得還好嗎？」金雞神女說：「我希望紫蘭小姐能把這裡當作您的家，過得舒心自在。」

「謝謝，但我恐怕很難辦到。」紫蘭故作冷淡地回應。當她講出這句話時，她腦海中浮現的是過往在保留地以及垃圾場中的生活，但金雞神女顯然誤會了她的意思，竟立即向紫蘭道歉：「是我太自以爲是了，紫蘭小姐從密冬本國而來，那兒地大物博，怎麼會是我們小小灣島可以比擬的……」

自從昨日的宴會開始，一股不斷在紫蘭內心滋長的疑惑愈發升高，直到此刻終於到達頂端。她想起昨晚威爾醫生最後的話語，心中驀地閃過揣測，端起桌上的茶輕輕抿了一口，以溫和的語氣詢問：「家主有話直說無妨。」

神女微笑的臉孔頓時一僵，隨後完全放鬆下來。

「果然什麼事都瞞不過模仿師。」金雞神女執起長筷，開始夾菜，卻說著似乎毫不相關的話題：「紫蘭小姐，請看這桌上的佳餚，其實若不是您大駕光臨，我們已有許久不曾享受過如此豐盛的美食。」

美食？紫蘭如此望去，看見帶殼的米飯、醃魚、燉肉和乾枯葉菜，大量醃漬類的食物，和她過去還在遺跡聚落時的料理方式所差無幾，都是爲了延長食材的壽命，對紫蘭來說，這從來算不上美食，只不過是爲了飽腹採取的手段。

「都市區缺乏糧食已經有好一段日子了，但我們內心並無怨恨，這是我們必須接受的懲罰。」金雞神女好似誤以爲紫蘭的靜默是對這些食物的鄙夷，她解釋著，一面將食物扒進碗中，直到堆疊得如小山般高，她才停下來，接著大口大口吞吃，在她享用餐點的過程中，她依然在說話：「我們也曾經繁榮過，在舊時的高樓大廈內繼續保留地劃分前的工作，人們安居樂業，我的先祖曾前往灣島以外的其他地方，無論是密冬、天使中立國或奧馬立克自由邦……」

神女究竟爲何要對自己說這些呢？紫蘭思索著。對於神女描述的都市區歷史，紫蘭早已知之甚詳。保留地劃分後，新陽的五姓人並沒有獲得所有都市區人民的認同，革命與示威遊行不斷發生，密冬於是送來賠罪船，這艘無人駕駛的巨船只能往返於密冬和灣島，船上載了各種武器，讓五姓人得已以暴力壓制示威與革命。

五姓人各自延續的五大家族，就此展開對灣島的長年統治。然而他們很快面臨到一個問題：由於保留地已無法農用，都市區生產的食物根本不足以供應居民。灣島在密冬控制下不得向其他國家求援，只能請求密冬施捨，密冬於是以賠罪船送來大量糧食，同時，也提出一項規則：賠罪船返程時必須承載相同重量的貨品，如返程的貨物重量比去程輕，下一次密冬送來的貨物會與返程的貨物等重，物資便將減少。

起初無人對這項規則深究，既然只是要等同重量，用任何東西塡滿均無不可，於是他們以石塊塡滿賠罪船，然而當裝滿石頭的船隻啓航，未久，賠罪船再次出現在港邊。

他們提供的「貨物」遭密冬拒絕，密冬更傳來訊息表示，讓他們再仔細挑選交換的貨物，如果和上次一樣是毫無誠意的貨品，密冬將不再提供任何援助。

五姓人這才意識到等重的規則意味著什麼，如果他們需要糧食，就必須以具有價值，並且等重的貨物塡滿賠罪船，然而和密冬相比，灣島是那麼的小，他們還有什麼是能被密冬接受、具有價值、又能塡滿船艙的貨物呢？

彼時仍有零星反叛者，五姓人經過討論，靈機一動，決定以反叛者塡補缺少的重量，可是服從的人愈來愈多，於是，他們只能抓捕「疑似」反叛者的人，最後，陷入恐慌的人民彼此互相告發，每一年都比前一年更難湊足重量。五大家族後來索性不管了，五姓之外的人民對他們來說全是賤民，他們便放任自家具有獸靈力量的軍隊任意抓捕，只要可以填滿賠罪船，又不是自家人，是誰被押上船根本無所謂。

紫蘭是在離開垃圾場後慢慢取得這些訊息，她和王璟曾潛入都市區遺跡群蒐集和五大家族有關的情報，卻發現都市區高樓林立處早已荒蕪一片。據說曾是灣島最高建築的北方地標，現已成爲攔腰截斷的危樓。他們也經過一座金色屋頂的宮殿，紅柱隔出精美端正的樓台，卻在動亂時遭人放火焚燒，泰半焦黑傾頹。象徵著新陽黨舊派的藍白禮堂，更是從藍色的屋頂破開大洞，藻井內的新陽圖樣在破碎的大理石碎片中蒙塵。紫蘭終於明白，這些壯觀的建築，原來不過是舊社會的文明墓碑罷了。

都市區有過數量龐大的外鄉人，不過他們已搭乘賠罪船永遠地離開了。

「我想說的是……我無意違抗密夂本國，儘管我們過去曾經如此光輝，現在的衰敗也是我們咎由自取，但既然他們派你前來，這是否意味著密夂之主對我們的態度有一點點改變呢？紫蘭小姐，我想請問您除了奉命前來接替黑羊大人的位置以外，是不是還有其他的任務？」

面對金雞神女的問題，紫蘭有瞬間的恍神，咎由自取？五大家族咎由自取了什麼？聖物失去力量？伙食變得不好？沒有更多汽車可以乘坐？付出生命的是他們嗎？到底咎由自取什麼？**到底咎由自取了什麼**？

紫蘭凝視神女貪婪吞食的臉，那景象充滿奇異的衝突感，神女貪得無厭地咀嚼豬肉，理當讓她的面孔顯得猙獰抑或醜陋，然而並非如此，她看上去僅僅是變得平凡了，急不可耐吃食的模樣猶如一隻挨餓許久的脆弱生物。

眞是噁心。

便在這時紫蘭理解了，金雞神女是藉由這頓早餐向來自密夂的模仿師賣慘，因爲她害怕密夂再次派來模仿師不是爲了幫助他們東山再起，而是要趕盡殺絕……神女想讓紫蘭知道，他們已經如此卑微可憐、毫無威脅，根本沒有殘害的價值。

求求你，偉大的密夂模仿師，不要用我們來填滿賠罪船……

金雞神女的雙眼彷彿正可憐兮兮地哀求著。

「我確實有一項隱密的任務。」紫蘭終於沉吟著開口，只因她仍然記得威爾醫生昨晚的話，假如神女對模仿師有所求……神女亦將對她紫蘭有所求，那麼她就能藉此博得神女的信任。「密冬之主知曉家主內心的煩惱，因此派我來幫助你。」

紫蘭靜靜等待，看見神女的眼睛裡逐漸蓄積新鮮的淚水，那讓她感到反胃，但她仍表現鎮定，甚至帶有同情。當神女終於吃完了碗中所有的食物，她摀著嘴，以含糊且細小的聲音低語：「眞的？你是說眞的嗎？」見紫蘭平靜地頷首，神女發出一聲啜泣。

「這是密冬僅給予你一人的特權，說吧。」她循循善誘道。

「謝謝……感謝偉大的密冬本國。」

金雞神女深呼吸了幾次，醞釀著即將出口的語句，對紫蘭來說，她看上去是如此的虛假做作，讓紫蘭幾乎就要忍受不住洶湧而至的反胃感。

「我在誕生之時，就是完美的。」金雞神女彷彿無限懷念般地開口：「我的身上沒有因祝福而生的代價，沒有任何輕微或嚴重的畸形，對我的父親和兄長來說，我是五靈神賜予的奇蹟……但直到多年以後，我成爲一名女性，我的內心產生願望和渴求，我才知道，我和其他人沒有不同。」

「你的意思是……」紫蘭有些驚訝，她以爲請求會和恢復聖物力量有關，沒想到是如此私人……

「我無法懷孕。」神女截斷紫蘭的疑問：「我讓家族醫生替我做了全面的檢查，我的身體沒有任何缺陷，生育的器官也正常完好，可無論我嘗試多少次……就是無法懷孕。」

「家主爲什麼會想要子嗣？」話一出口，紫蘭就知道自己根本不該問，作爲五大家族權力頂端的金雞神女，她或許不甘心將家主之位傳給其他家系的繼承人，但只要她能擁有孩子，就等同於擁有新的機會、新的開始，她或許妄想擁護自己的長老們能夠轉而擁護這個孩子吧。

不過以紫蘭對目前金家權力分配的了解來看，金雞神女就算擁有後代，也不一定能順理成章繼承家主之位，再者如今神女的地位搖搖欲墜，她絕對無法撐到孩子長大、能夠獨當一面的時候。

所以……難道神女真的單純只是想要一個孩子嗎？

「是為了美麗的金色。」金雞神女喃喃道。

「什麼？」紫蘭皺起眉頭。

「我想要一個孩子，因為我必須這麼做，否則就要來不及了……」神女的語調仍低微，彷彿她無意說給紫蘭聽，一切不過是她的自言自語：「幫幫我吧，偉大的密冬模仿師能夠藉由模仿之力做到任何事情，紫蘭小姐……求求你幫助我。」

「這件事情有其他人知道嗎？」在那一瞬間，紫蘭心中閃過無數個想法，她知道烏托克也正透過自己和巴利在聆聽、在思考。

如果她是認真的，對你來說就是很好的機會。烏托克的意念如同火花般在紫蘭腦海中迸發：你將可以任意碰觸她、掌握她，甚至控制她的性命，只要給你足夠碰觸她的時間，金家的巴利將無法再次擋住你。

「除了我的醫生以外，沒有別人知道。」金雞神女滿懷企盼地道：「所以當我得知新的模仿師是一名女性，我想只有你，只有同樣被剝奪生育權力的你……才能夠理解我。」

「或許吧。」紫蘭倏地站起來，整理披在身上的長袍，她低頭凝視金雞神女的眼神，再也無法隱藏強烈的輕視和憎恨，然而此時的神女正因紫蘭突兀的動作面露驚詫，以至於沒有發現。「我需要考慮一下，畢竟就像你說的，模仿師同樣被剝奪生育權力，因此在生產生命的技術上，所有的模仿師都不擅長。」

「我明白！我明白的！我願意等待。」金雞神女也跟著站起來，她伸手握住紫蘭的手，眼睛裡湧出喜悅的淚水：「這是我唯一的請求，求求你了，只要你能實現我的願望，我會答應你任何要求，你想要的任何東西我都可以給你！」

——哪怕是我的性命。

這一閃而逝的思緒可不是紫蘭以能力入侵金雞神女的意識所獲得的，而是神女內在爭先恐後冒出的渴求，就像一串氣泡，紫蘭輕而易舉地捉住它們，隨後毫不猶豫地抽開手，讓金家巴利毫無用武之地。

紫蘭笑了，這是金雞神女第一次看見這名新任模仿師的笑容，她發現那樣純粹的笑容是自己不曾見過的，那讓她心中產生了熟悉的嫉妒心，可是一想到紫蘭的身分以及她的能力，神女立即收斂起渴望毀掉那漂亮笑容的欲望，再次流淚懇求。

「求求你了。」

第二章　琥珀

自白之一

尊敬的五靈神，既然那位大人讓我前來，是否代表我無論如何都已取得資格？

對了，我必須對著你說才有意義，畢竟這是你和我的結合儀式，我的自白是你評斷我的重要依據……不過，這對你來說根本不是重點，不是嗎？吶，我們所信仰的虎娘子，就是你第一個結合的古家家主對吧？她叫什麼名字呢？她眞的有這麼好嗎？以至於從那之後，所有的家主都必須是女性。

你這頭畜生就這麼喜歡女子嗎？

抱歉抱歉，原諒我的無禮，這可是一段崇高自白，請容我細說從頭。

我的名字是古琰，你認識我的母親，不久前，她將你遺棄了……開玩笑的，不是遺棄，而是切斷和你之間的關係，爲了使我成爲新的家主，就是這麼一回事，當然，你應該早就知道了，這個家裡的所有事情，你怎麼會不知道呢？那麼，你一定也聽說過我的妹妹古珣吧？

你想知道她在哪裡嗎？那你須聽完我的自白、和我完成結合儀式才行，然後我就會帶你找她。

該從哪裡開始才好？那場戰爭嗎……不，金雞神女發起的保留地戰爭，除了愚蠢以外沒有別的好提，唔，就從我的父親說起吧。在我年幼時，我不曾見過我的父親，他是金雞皇帝送來的人，我母親不好拒絕，只能按金家的意思與父親成婚，一旦受孕，便把父親送進偏僻後院，再也沒去看他一眼。

神女篡奪金家家主之位以後，眾人都說神女比不上她父親，但說眞的，金雞皇帝根本也爛到骨子裡，想想看吧，自稱爲皇帝受人們敬拜，那可是自戀的極致表現，他們父女倆根本一模一樣……

總之，我和妹妹在九個月後出生。

十三年後，他們說父親的精子不好，這才導致生出了怪物。

我是怪物嗎？或者古珣才是怪物呢？哼，一開始把我們視作古家後裔，卻在變異發生後將錯怪給父親。再說明明是金家故意送來基因有問題的父親，他們卻不敢責怪金家家主，眞是可笑，還敢稱古家是四個家族中唯一能與金家匹敵的家族，被欺負了卻連屁都不敢放一個。

我和妹妹就是生長在這樣的地方，直到我們渡過五歲生日，母親總算能讓屬意的外姓男子入贅，並將他捧爲我和妹妹的嫡父。嫡父雖是入贅，又是外姓，家世卻相當不錯，祖輩曾是新陽黨員，據說差點就會和最初的五姓人一樣入五靈導師門下，即便嫡父在金雞皇帝的要求下早已去勢，他依然比我和古珣的父親都更受母親喜愛。

我和古珣是雙胞胎，在過去，雙胞胎是不祥的象徵，因爲若兩女同時出生就註定互相爭奪家主之位，永無安寧之日。我和古珣偏偏是龍鳳胎，那就好辦了，虎子隨意養著，虎女給嫡父細心教養，明明是同樣的母親，我們的命運卻從出生起就天差地別。

不過最開始，我也不在意，我深愛我的妹妹，哪怕她身邊常圍繞著外姓家僕，替她整理儀容、端茶送飯，而我由奶媽拉拔長大，吃穿用度都無比寒酸，我不曾嫉妒過她，只能說我被教得很好。妹妹身分尊貴，雖然資質和外貌都很平庸，她仍是未來的家主，被當精英培養。說來奇怪，她卻向來愛對我撒嬌，不管家庭教師怎麼阻止都沒用，古珣深深依賴我。她哭泣著撲進我懷裡，抱怨成爲家主的禮儀訓練多麼累人，我只是溫柔安慰她。我甚至經常慫恿她翹掉那些枯燥乏味的課程，與我一同到主屋外的森林玩耍。

很長一段時間，我並不介意古珣擁有，而我無法得到的東西。假如從小就被告知沒有資格，人就不會產生無用的希望與嫉妒心，有時我還可憐古珣，她很少有自己的時間遊戲、作白日夢或者晒太陽，我耐心地教導她，引領她認識放鬆與玩耍的樂趣。

直到那一天……我想，你大概已經忘記那改變我的重要日子了，但我永遠不會遺忘。曾經我以為自己無欲無求，古珣身上的華美衣飾、嫡父親手製作的老虎布偶、精緻可口的餐食，這些東西不曾在我心中激起漣漪，唯有那一天，我看見的東西，只短短瞥了一眼，就令我發瘋，像是螞蟻細細地咬嚙我的心，使我對不屬於自己的事物產生非分之想。

那是在五靈升天日的儀式上，與母親一同現身的你。

啊啊，至今只要一想起就令我顫抖不已，你那美麗、強大的樣貌，以及你燦爛奪目的毛皮，在五靈升天日的儀式中，你是屬於母親的，但我很快意識到，有一天，你將屬於古珣。

那讓我無法忍受。

可以說是從那時候開始，我變得有些叛逆。我犯的第一個錯誤，是帶古珣從家庭教師的課堂裡溜出來，告訴她我要帶她去尋找我們的親生父親。被關在後院裡的父親，據說居住在我和古珣經常去遊玩的森林裡，我曾頻繁與古珣一同到森林裡探險，其中也不乏有這樣的原因，我想找到父親，哪怕他或許早已忘了我和妹妹。

不久前我獨自前往森林，在即將天黑前發現了遠方一棟簡陋的屋舍，我想，那或許是父親的住所，便尋了個盛夏燠熱的日子，外姓家僕都昏昏欲睡、家庭教師連課文都念得含糊，我讓妹妹藉口要上廁所，偷偷溜到屋外和我會合，我們手牽手來到涼爽的森林裡，開始尋找我曾見過的陋屋。

那日卻不知怎麼回事，我和古珣花了很長的時間都不曾找到陋屋，反倒在胡亂搜尋的過程中迷了路，直到黃昏來臨，古珣因不常體會到的飢餓而哭泣，我的耐性也早被消磨殆盡，但我仍溫柔地告訴古珣，既然找不到就回去吧，否則那些家僕發現古珣失蹤，會引起軒然大波。

素來聽話的古珣當時卻拒絕了，她鮮有地固執起來，聲稱如果沒有見到父親，她絕對不會回去。

「是嗎？」我淡淡地道：「那就繼續走吧。」

妹妹的手在我掌心，汗濕而滑膩，我牽著她，在陰暗中更加深入森林，不知過了多久，我終於看見了那棟簡陋小屋。我還記得我與妹妹一同敲門，侷促不安地站在門前靜靜等待，隨後，門打開了。

我看見了我的父親，那是我生命裡唯一一次見到父親，他很瘦弱，皮膚蒼白但臉龐俊秀，是金家人特有的端正五官，也因此，我明白他何以不受母親喜愛。

父親看見了我和古珣，那一瞬間，他臉上的表情不是喜悅，而是恐懼。

「你們怎麼在這裡？不可以……你們不應該見到我……」父親結結巴巴地驅趕我們：「快走！快點回去！絕對不能被發現！」

可是已來不及了，由於古珣從課堂上消失，外姓家僕早已開始四處找人，父親才剛把門關上，我們便聽見了家僕的呼喊，他們發現了我們，漸漸圍靠過來，溫和地將古珣帶離父親的住所，同時粗暴地將我壓制在地。

「是你教唆古珣大人的吧？只不過是虎子，也敢做出這種事！」我聽見一名外姓管事以輕蔑的語氣說：「家主大人讓我們任意處置你，不如，就將你關起來……」

「不可以！」古珣的聲音魄力十足地傳來，她甩開身旁的家僕，提起被森林草葉弄髒的裙子跑到我身邊，將我擋在身後：「是我說要來的！你們誰敢動他！」

「是古珣大人的意思嗎？」外姓管事不以爲然，態度仍不失禮儀：「既然如此，就請您親自去向家主大人說明吧。」

古珣後來如何與母親解釋，我不得而知，只是從那天起，我對古珣產生了更爲強烈的嫉妒與恨意。她以家主繼承人的權力保護了我，我絲毫不覺感激，只對於古珣如此平庸，卻擁有如此特權與地位，感到深切的不甘。

一想到這傢伙將是你的結合者，我便痛苦無比，爲什麼？爲什麼是她？爲什麼是這個連讀書寫字都做不好的妹妹？她上課的時候，我也偷偷躲在屋外學習，她不會的我早已爛熟於心，可是爲什麼我就不行？爲什麼只有女性才能繼任家主？爲什麼你只願意和女性繼承人結合？爲什麼由同樣的父親、母親所生，連出生的時間都只相隔幾秒，我們的命運卻如此不同？

為什麼？

要是有改變的方法就好了。往後幾年，我無數次向五靈神祈求：我想要改變，我不想做男性，我想成為女性，我比古珣更有資質也更聰明，我會是個好家主，求求祢了，讓我和那美麗的生物結合吧，求求祢了……

劉阿哞．金家練屋

秋風吹過樹梢，捲走幾片枯黃的葉子，劉阿哞和幾個練屋的孩子一同坐在屋簷下，看見碎髮片片飄落，金屬鐵片刮過頸部帶來雞皮疙瘩。

金家的理髮師傅每隔一段時間會為練屋的孩子理髮，不過理髮師傅頗為懶惰，平均半年才替他們剪一次，劉阿哞不久前還披散著長至頸部的雜亂黑髮，王管事看不過去，這才押著他和其他孩子一同剪髮。

劉阿哞身旁的孩子年紀尚小，全是初來乍到，他們彼此相熟，一面理髮一面閒聊，讓劉阿哞心中生出奇怪的感受。但他很快忽視了那種感覺，這些能送到金家的劉家孩子，普遍在劉家出身不錯，他跟他們是兩個世界的人。

剪完了頭髮，劉阿哞到廚房領了乏味的稀粥當午飯，五大家族缺糧的問題日益嚴重，連金家也不能倖免，作為地牛，他被分配的糧食只能勉強果腹。囫圇喝下稀粥，劉阿哞到訓練場展開今日的練習。

他在金家也一年了，他長高了些，身材也變得更為精實，能夠禁得起劉師傅的操練。這段日子以來，劉師傅確實嚴格訓練劉阿哞，但他雖不再輕易施予暴力，也並未和劉阿哞變得親近。相反的，劉師傅對待劉阿哞如同公事公辦，劉阿哞也如當初答應劉師傅的那樣，從未違背他在訓練中提出的任何要求，哪怕要求本身總是使劉阿哞的訓練更為嚴苛而殘酷。

每當劉阿哞進行訓練，他會一遍又一遍告訴自己，這麼做是爲了誰。儘管自從劉阿哞留下一封信後離開金雪的房間，金雪再也沒有差人來找他，不過劉阿哞不再擔心了，他可以感覺到經過時間的淬鍊，他和金雪之間的金蘭連結變得堅固且穩定，有時，劉阿哞能夠輕易地感知金雪的情緒。

他很平靜，透過劉阿哞留下的信，金雪已知曉他不接受幫助的原因。劉阿哞離開後，金雪亦暗中派人觀察劉師傅對待他的方式是否改善，直到確定劉阿哞不會再受虐待，金雪連派來監視的人也召回了。

劉阿哞感激金雪的信任，他更加認眞地投入訓練，然而日子一天天過去，心中逐漸累積起不滿。

又是一次枯燥乏味的訓練，劉師傅簡單向劉阿哞交代了幾句以後，便要轉身離開。劉阿哞知道劉師傅打算幹什麼，他要去訓練那些新來的劉家孩子，經過劉師傅的教導，這些新來的孩子不出半年就能通過考核，被感興趣的金家人挑走。劉阿哞快步擋在劉師傅面前，直直盯著他看。「幹麼？」劉師傅抬手要推開他，被劉阿哞迅速閃過，他蹲下身，在沙地上寫字：什麼時候輪到我考核？

「又來？你還早呢。」劉師傅不悅地蹙起眉，雙手在胸前交叉：「何時輪到你，是我說了算。」

劉阿哞沒回應，他已經爲這件事和劉師傅談過很多次，每次都不了了之。劉師傅的態度也愈發不耐和惡劣。「怎麼？不高興？眞可笑，你該有自知之明，你很弱小，訓練的成果也很差，你還不夠格。」

劉阿哞氣得滿臉通紅，但他仍忍受著訕笑，以顫抖的手在沙地上寫：我完成了你所有的訓練。

「那就全部再做一遍。不過，既然你那麼不滿意，不如就不要訓練了。」

劉阿哞嚇得站起身，狂亂比著手勢：不！不要！

劉師傅見劉阿哞緊張的模樣，露出享受的表情：「我已經決定了，這是你煩擾我多次的懲罰，從今天起你的訓練暫停，直到我滿意爲止。」見劉阿哞還想違抗，劉師傅的臉色一沉，目光凶狠：「這是命令，如果你不同意，之前的交易便作廢。」

劉阿哞畏縮了，劉師傅越過他走向遠方正待訓練的其他劉家孩子，那些孩子不時瞟來竊笑般的目光。

劉阿哞站在原地好一會兒，接著邁步狂奔，帶著憤怒和傷心跑回練屋，他把臉埋進粗糙的被單裡，忍著即將奪眶而出的淚水。

什麼都沒有改變。他想，無論自己做了多少努力，依然無法完成他暗自做出的承諾，他無法使劉師傅認同自己，更沒有可能完成考核，堂堂正正地站在金雪身邊。

一隻冰冷的小手抓住他的肩膀，劉阿咩立即轉身，見是王璨。

「你怎麼了？大白天的還在睡覺，不怕被劉師傅抓到你在偷懶？」

劉阿咩用力抹了抹眼角，忿忿不平地以手語和王璨解釋自己已被禁止訓練，經過長時間的相處，如今王璨大略能讀懂劉阿咩的手語。只見他笑了笑：「那又如何？劉師傅也說了是暫時的吧？不如當作休假，少些皮肉傷，難道不好？」

劉阿咩猛力搖頭，比道：當然不好！我必須盡快完成考核，才可以保護金雪！我沒有時間休息！

「別鬧了，你老是整晚不睡在訓練場鍛鍊，恐怕金雪等不到你去保護他，你已經翹辮子了。來吧，別在這裡哭哭啼啼的，既然你不用訓練，不如來幫我的忙。」

劉阿咩面露狐疑，同時有些被王璨說服，畢竟劉師傅已打定主意將他摒除於訓練之外，此時他能做的，或許是在金家找到另一個暫時性差事，畢竟不勞動者不得食，浪費時間自怨自艾只會被其他人非議，給金雪添麻煩。

在王璨的帶領下，劉阿咩和他一同來到金家曲折陰暗的走廊，王璨一面熟門熟路地轉彎、前行，一面對劉阿咩說，因爲五靈升天日快到了，家裡缺人手，王管事讓練屋裡不需訓練的孩子都到前廳幫忙。

劉阿咩這才想起中秋過後便是五大家族習俗中最重要的日子——五靈升天日。五大家族最初的五姓人不僅在這日獲得了獸靈，也是五靈導師坐化歸天之日，其神聖性不可言喻。

去年劉家家主便是在這一天暴斃身亡，當時劉家人怕衝撞了五靈神，因此一直等到五靈升天日的五個儀式日完全結束，才將劉家家主下葬。劉阿咩也記得金雪想調查這件事，卻不曉得現在進展如何？

往年五靈升天日，金家家主都必須率先前往五靈廟所在的靈山主持祭拜儀式，但按照金雞神女目前重病臥床的情況來看，今年大概會是由金雪以繼承人的身分代理主持祭拜儀式。其後按儀式順序在五靈升天日隔日，由高家家主前往祭拜，第三天由朱家家主前往祭拜，第四天由古家家主前往祭拜，第五天由劉家家主前往祭拜。每一家族祭拜的儀式和風格都不相同，準備工作也十分繁重。

劉阿哞和王璨一同往前廳移動時，順道詢問王璨他們可能會被安排什麼工作。王璨聳聳肩回道：「一些雜事囉，主要是缺人做裝飾用的紙燈籠，其他牲禮祭品也在準備，因爲缺乏食物的關係，祭品大部分是用泥巴做的，不過廚房還是會製作少量糕點，離我們摺燈籠的地方近得很，說不定有機會偷溜進去弄點剩菜吃……對了，記得帶小閃。」

王璨所說的「小閃」，是指他之前送給劉阿哞的金屬儀器，這段時間他們使用過儀器幾次，大抵都是爲了讓王璨偷懶休息。劉阿哞替他把風，看見大人接近就按下按鈕，金屬儀器上的紅光會轉變爲藍光，並使另一人手中的儀器輕輕震動，從而得知有人來了，正在摸魚的王璨便會立刻回到工作崗位上。

劉阿哞在重返練屋後，原想將金屬儀器還給王璨，但王璨表示那東西自己有很多，劉阿哞可以留一個在身上，未來說不定會派上用場，並強迫他必須正確稱呼自己的發明。劉阿哞那時感到自己的聾啞初次有了優點，他可以藉口無法言語，拒絕稱呼金屬儀器爲小閃，畢竟說眞的，王璨的命名品味實在是不怎樣。

或許是由於五靈升天日將至，劉阿哞和王璨在前廳摺燈籠摺了整整一星期，期間劉師傅也依舊忽視他，拒絕讓他參加訓練。劉阿哞帶著憤恨摺燈籠，因爲用力過度弄壞了許多材料，惹來王管事一頓臭罵。王璨挑著眉頭，轉而要劉阿哞幫忙把裝著材料的大箱子搬來。箱子在倉庫裡，至少四人才能搬得動，劉阿哞卻僅憑一人之力便輕鬆搬運，如此也就讓王管事不再囉嗦。隨後，劉阿哞注意到周遭一些外姓童僕開始興奮地討論起如何被選爲儀式現場僕役，以及祭拜儀式結束後的五姓守夜劇，又是會由五大家族中的哪位公子小姐扮演。劉阿哞對此漠不關心，由於他既聾且啞，過去還在劉家時任何體面的工作都輪不到他，這次大概也不例外。

王管事算了時間，在五靈升天日前五天開始挑選儀式現場僕役，他在眾家僕中繞了一圈又一圈，預計選出五十名成年外姓家僕，以及二十五名聰明伶俐的外姓童僕，當王管事選完了家僕，粗短的手指點到第二十三名童僕，他看了劉阿咩一眼，說也奇怪，王管事突然便將剩餘的缺額指給了他和王璨。

「現場需要力氣大的地牛搬運東西，你身上的代價不體面，到時候盡可能躲著貴人們便是。」

王管事離開後，王璨愉快地拍了拍劉阿咩的肩膀道：「太好了！我一直就想去傳說中的靈山瞧瞧。」隨即嘻笑著再次溜進廚房。

劉阿咩皺眉，比起獲選五靈升天日的現場僕役，他更想回訓練場上鍛鍊，然而直到現在劉師傅都不願鬆口讓他繼續訓練，他似乎只能接受這份新工作。他嘆口氣，勉爲其難把自己和王璨的燈籠都摺完。

如王璨所說，舉辦五靈升天日儀式的地點並不在五大家族之首的金家宅院，而在由朱家人管理的靈山。靈山上有五靈廟，廟裡供奉五靈導師端坐著的不腐屍身，這間五靈廟也是當初五姓人領受獸靈的場所。五靈升天日當天會安排五大家族精挑細選出的五名孩童共同演出五姓守夜劇，模仿五靈導師坐化時的莊嚴場景。

剩餘的日子在忙碌中渡過，劉阿咩算是接受了自己目前的處境，加上王璨提醒他，今年五靈升天日是金雪代理祭拜，這意味著，成爲現場僕役就能見到金雪。這給了劉阿咩期待，像是黑暗中微小的火光熠熠發亮，成爲支撐他繼續下去的希望。他和王璨與其他被選中的童僕一起接受王管事的教導，學習移動端物的特殊身段，也背熟當天儀式流程，以免屆時犯錯。

這些學習說穿了還是無聊，幸好有王璨作伴，劉阿咩不至於撐不下去。譬如現在，趁王管事去廁所，王璨故意在臉上抹了些黑炭，模仿王管事因激動而翹起的鬍鬚。

「重點是要慢！走路慢！遞東西給金家的少爺小姐們也要慢，動作愈慢愈好看，懂不懂啊？」

儘管劉阿咩聽不見聲音，仍被王璨維妙維肖的表情逗樂，抱著肚子笑個不停，這是他在金家少有的輕鬆時刻。

金家宅院遼闊，練屋所在的東半部屋舍大多居住著外姓僕從與受訓的地牛，西半部則是金家貴人們的住所，因而來到金家這麼長時間，劉阿哖還未曾見過金雪以外的金家人，他不由得感到些許好奇。

從金家步行至朱家靈山，約莫需要五個鐘頭。便在五靈升天日凌晨時分，王璨輕推劉阿哖的手臂將他喚醒，二人迅速起床盥洗、穿上儀式的裝束，和一眾外姓僕役在前廳等待，直到王管事一聲令下，遂排著隊魚貫領取燈籠和祭品，跟隨長長的隊伍一步一步往靈山走去。

長時間的步行對劉阿哖來說頗爲輕鬆，卻見王璨走不到半小時便臉色蒼白、嘴唇發紫，全身冒著熱汗，端著祭品的手也不斷顫抖，劉阿哖靜靜將王璨手中的沉重祭品往自己的托盤上放，只留了一塊泥製的雞形蒸糕。王璨朝他咧嘴一笑，算作感謝。將近中午時，劉阿哖和王璨所在的隊伍最末端終於也接近了靈山山腳範圍，彼時王璨已累得一句話也說不出來，劉阿哖讓他伸手搭著自己手臂，以分擔行走的疲勞，然而王璨竟連抓住他的力氣都沒有了，步伐愈來愈拖沓，劉阿哖只得跟著放慢腳步，以眼神替王璨打氣。

「我沒事，你先走吧，你手上祭品多，遲到會惹王管事生氣。」王璨說的沒錯，祭品和紙燈籠要先送往五靈廟，屆時王管事會一一清點，直到中午祭拜儀式正式開始，屆時也才需要僕役的勞動。

那我先走了。劉阿哖騰出一隻手比了比，隨後快步往前趕上隊伍，走沒幾步又擔憂地轉過頭，見王璨苦笑著朝他擺擺手，劉阿哖這才下定決心似的轉身疾走，不再回頭。

從山腳前往五靈廟的道路進入上坡後，更顯崎嶇難行，蓊鬱樹木很快遮住來時路，讓劉阿哖無法再看見王璨。思及手中的托盤還盛有雙份祭品，劉阿哖只得加快腳步避免落後，卻又不自覺四處張望，仔細地打量周遭環境。

這是劉阿哖第一次進入靈山，他曾耳聞靈山對五大家族的重要意義，同時也因爲整座靈山涵蓋的區域幅員遼闊，單只有金家完全無法管理並維持其狀態，最終便決定由人丁興旺的朱家負責管理，其後數年朱家家族也盡數遷移至靈山居住。

劉阿哖對朱家的了解不多，只知道由於朱家獸靈赤豬的特殊力量，一名朱家女性一胎至少會生八個孩子，最多可到十六個。一年內可懷孕兩次，孕期也較短，只要五到六個月就能生產。因此在五大家族內流傳著一個黑暗的傳聞：賠罪船返程缺少重量時，金家往往會要求朱家交付犯了錯的朱家人來補，畢竟朱家人口多，所需糧食也多，再者由於赤豬獸靈之故，他們很快又能將被送走的人數生養回來。

朱家究竟爲何願意服從金家的命令，劉阿咩不得而知，然而朱家人對五靈神與五靈導師的深切信仰，其他四個家族少有能與之匹敵，不難猜測金家以五靈神之名對朱家做出要求，朱家人便會赴湯蹈火、在所不辭。

順著上坡路踏上陡峭的石階，劉阿咩還未看見任何一名朱家人，直到抵達石階盡頭，同時也是這段上坡路的頂端，一陣狂風吹過，讓劉阿咩瞇起眼睛。

再次睜開眼時，他看見了一望無際綿延不盡的青稜交疊，其間有紅蟻般的小點正緩緩向山頂移動，他仔細一看，才發現那不是什麼紅蟻，而是穿著紅衣列隊行進的朱家人，他們魚貫行走的姿勢有種說不出的和諧感，彷彿所有人無論雙手或雙腿，都能在同時間舉起或放下，這是如此不可思議，劉阿咩不由得眨了眨眼，暗想自己是不是看錯了。此時朱家人們一面緩步登頂，口中一面詠唱五靈詩篇，歌聲迴盪在靈山之中，劉阿咩雖無法聽見，卻能感受到細微震動，那震動又輕又小，同樣如蟻，一點一點爬過他的皮膚，引起一片雞皮疙瘩。

「別楞著，就剩你了，快把祭品拿進去。」王管事拍了一下劉阿咩的肩膀，催促他和其他端著祭品的童僕往一扇油漆斑駁的門走去，劉阿咩依言穿過陳舊的大門，進入了五靈廟所在處，此時早先抵達的僕役都開始忙著將祭品分門別類，以便王管事後續清點，一些年紀小的童僕則被分配在樹枝上懸掛燈籠。

五靈廟四周種著數十棵梅花，在秋季便提前盛開如新雪，燈籠顏色爲紅色，掛在梅樹上與梅花的雪白相映成趣。劉阿咩將手上的祭品端到五靈廟前的供桌上，幾名身著紅衣的朱家人上前幫忙，劉阿咩是第一次與朱家人碰面，一時間不知如何是好，幸而朱家人並不多話，他們雙手彷佛無時無刻交握、執五靈之禮，嘴裡也無時無刻念誦著劉阿咩極少在劉家或金家聽見的五靈詩篇。

由於大部分的儀式準備和布置工作都已有人執行，劉阿咩剛放下祭品就被王管事拉去搭戲台。過往五姓守夜劇均在五靈廟前演出，只剩不到一小時在五靈廟旁搭台，搭完了還不能拉到五靈廟門前，而需等祭拜儀式結束後才讓戲台和五靈廟結合在一塊。劉阿哞對這些事情懵懵懂懂，一些有經驗的朱家人和金家外姓僕役要他怎麼做他就怎麼做，不知不覺從五靈廟處傳來樂聲，劉阿哞本來正用鋸子修掉多餘的邊角，見眾人抬頭遠望，他也跟著轉頭看去，這才發現五靈廟內由金雪主持的祭拜儀式已經開始。

好一陣子沒看到金雪，劉阿哞想見他一面，可自己有工作在身，實在走不開，這時不知誰用手戳了戳他的背，他回頭一看，原來是王璨。「快去吧，剩下的我來。」王璨指指五靈廟前方圍聚的人群，大多是金家和朱家的人，讓劉阿哞有些猶豫。

*我還是在這裡幫忙吧，再說，你不是不舒服嗎？*劉阿哞以手語道。

王璨立時露出古怪神情，他說：「你真當自己是一般童僕嗎？阿哞，你是金家繼承人的金蘭，就算不是，好歹也是劉家裡有名有姓的，為什麼老是把身段放那麼低？你這樣會被人欺負的……至於我，我只是不習慣走路，剛才休息一會已經好了，你就放心去吧。」

王璨的話或多或少提醒了劉阿哞，他在劉家時習慣卑微過活，即便來到金家也被分派到練屋，雖然他不是真正的僕役，卻經常在受訓練的過程中被劉師傅貶低、命令，長此以往他也習以為常。但事實是，他是金雪的金蘭，儘管尚未通過考核，他仍必須記住這一點，以免失了金雪的面子。

因此劉阿哞點點頭，將手中的鋸子交給王璨，從戲台上一躍而下，往五靈廟前跑去。

祭拜儀式說穿了其實並不有趣，相反的由於是五靈升天日中最嚴肅的祭拜環節，無論時辰、方位都極為講究，主持祭拜的金雪必須完全按照儀式所需說話、移動，否則便會觸犯禁忌，甚至激怒傳說中的五靈神，若太過疏忽大意，造成不可挽回的錯誤，更可能危及金雪繼承人的身分。或許因為這樣，當劉阿哞鑽進人群裡觀看金雪主持的祭拜儀式時，他遠遠地望見金雪一臉肅穆，正在點燃線香。

不過劉阿哞試探性地嘗試感覺金雪的情緒，發現他和往常一樣平靜，這讓劉阿哞放下心來，暗想：不愧是金雪呢。

金雪端正的容貌讓他在祭拜儀式裡的每一個手勢，都充滿了常人無法比擬的高雅，他行五靈之禮的姿態從容不迫，呈獻祭品給五靈導師時，動作也如行雲流水，只在他行走時因腿部畸形之故不得不微微跛行，卻依然瑕不掩瑜。

正午時分，祭拜儀式最終在金雪完美的主持下完成，王管事從人群中找到劉阿哞，命他幫忙和其他僕役一同把搭好的戲台推到五靈廟前方。劉阿哞本想拒絕，但遠遠地瞧見王璨和其他外姓僕役正毫無作用地推著沉重的戲台，他不忍心，只得上前幫忙推。

劉家人特有的怪力很快地展現效果，戲台完全被挪到了五靈廟前方，王管事這時卻又開始緊張地原地繞圈，他旁邊還站了一個孩子，那孩子年紀尚小，正抱著右手發楞，臂上可見之處流淌鮮血。

「你是怎麼回事？居然在這種時候受傷！見血就不能上台，會犯禁忌的，要是耽誤了吉時怎麼辦？」王管事急得像熱鍋上的螞蟻：「劉家只你一個孩子過來嗎？如果不是劉家人可不能扮演地牛。」

王管事想了半天，看見站在一旁的劉阿哞，突然拍著手道：「等等，我這裡還有一個劉家孩子，年紀有點大了，你！去幫我問問朱家長老這個叫劉阿哞的地牛可不可以。」一旁原只是路過的金家外姓童僕點點頭，快步跑開，如今已不剩多少時間，王管事讓另一名僕役把受傷的劉家孩子帶去包紮後，示意劉阿哞和自己走入戲台後方的五靈廟內，隨後按住劉阿哞的肩膀半跪下來，讓視線與劉阿哞齊平。

「如果朱家長老說沒問題，等會兒五姓守夜劇的劉姓人就由你演出，記住，一定要完全按照我說的做，不必太擔心，這是一齣相當簡單的劇，屆時每個孩子輪流拿著面具按既定的順序出場，再依次離開……」

見劉阿哞似懂非懂的模樣，王管事幾乎要把自己的頭髮抓沒了，他紅著眼猛力搖晃劉阿哞的肩膀：「我就說一次，你看仔細我的嘴唇啊！等會兒其他孩子會在這裡等待上台，你看見那張桌子沒有，上面不是擺著幾副面具嗎？當輪到你的時候，你將牛首面具藏在懷中，從旁邊的小道上場，你會見到扮演五靈導師的金家長老。當你上台，用我教過你的身段慢慢走到五靈導師跟前，行五靈跪拜禮，你該知道如何行五靈跪拜禮吧?好極了。五靈導師在這時會賜給你一隻揑麵小牛，將小牛吃下去，然後戴上面具，站到其他孩子身旁，五靈導師會進行一段獨白，當他說完，你就向觀賞台上的金雪大人行禮，第一個離開……」

劉阿哞點了點頭，恰好在這時，王管事派去詢問的童僕氣喘吁吁地跑了回來，告訴王管事讓劉阿哞代替上場沒有問題，他才鬆了口氣，很快地又憂心忡忡看著劉阿哞。劉阿哞冷靜地遞上自己剛才快速寫下的字條：我不知道什麼時候該上台。

「唉呀!你說得沒錯，一般會有音樂告知每個孩子出場的時間，但你又聽不見，基本上你是最後一個出場的……好吧，你見到掛在小道外面的假桃樹沒有?當輪你出場的時候，我會讓人用力搖晃那樹枝，看見樹枝枝條晃動，你就趕緊出去。」

劉阿哞再次點頭表示明白。王管事終於卸下了心中大石，他拍了拍劉阿哞的背，嘴唇呢喃著：「好孩子、好孩子。」一面風風火火地離開。

大門關上，五靈廟內立時便得黝暗無比，只剩劉阿哞一人，他找了個角落蹲下身，周遭因點燃的線香煙氣瀰漫。劉阿哞忽地想起，五靈廟內供奉著五靈導師死而不腐的屍身，因那是導師坐化後留下的唯一證明，導師的身體藏在五靈廟深處，劉阿哞目前所在的廳堂無法看見。

五靈廟照理來說除了導師肉身以外，僅供奉早已作古的初代五姓人與其獸靈圖騰。劉阿哞小心翼翼看微弱香火照亮的塑像面部，其模樣詭譎，由左至右分別是高家的山犬神、朱家的豬首菩薩、金家的金雞神女、劉家的牛眼大將軍以及古家的虎娘子，這些塑像大多具有人獸混合的特徵，除了金雞神女。而金雞神女也是唯一不屬於初代五姓人的塑像。

初代金姓人原本也有特殊的稱謂，直到金雞皇帝繼位後撤下了五靈廟內金姓人的塑像與稱謂，換上自己的，用意很明顯，便是要讓自身取代第一名金姓人成爲神靈。只是金雞皇帝萬萬沒想到自己的女兒弒父篡位後，毫不猶豫地做了與他相同的事情。

劉阿哞不禁有些好奇，待金雪繼位後他會不會也換掉神女的塑像，改放自己的?想到這裡他隱隱發笑，金雪一點也不像會在意這種事的人。

窮極無聊地望著塑像發呆時，有三道矮小人影陸續走進五靈廟內，若劉阿哖想得沒錯，這是三個分別來自古家、朱家和高家的孩子，只是廟中此刻漆黑無比，難以從面貌特徵判斷來歷。此外，劉阿哖以前看過一次五姓守夜劇，扮演金姓人的金家孩子不會在後台等待，而是一開始就在台上，因此目前五靈廟內連劉阿哖共只有四人。

四個孩子彼此看不清對方長相，也都不知道該說什麼。保留地戰爭後五大家族之間幾乎斷絕了往來，各自封閉不出，就連五靈升天日也不一定會碰上面，對彼此家族的事情更是所知有限。

既然無話可說，除劉阿哖之外的三個孩子又是早早被選定演出五姓守夜劇，他們身上背負著劉阿哖無法想像的沉重壓力，遂不再嘗試和彼此交流。當時候差不多了，先是一個孩子從桌上取了虎首面具，接著第二個孩子取了豬首面具，第三個孩子尚未拿取面具，第一個孩子便順著小道走上戲台，開始了表演。

劉阿哖緊張不已，五靈廟和戲台中間隔著厚實的巨幅背景，因此他無法看見戲台上此刻的情況。這也是他第一次被託付如此重要的工作，他很擔心自己會搞砸。直到第二個孩子上場了，一會兒後，第三個孩子也離開前廳往戲台走去，劉阿哖更加焦躁，他咬著大拇指上的牙齒，靜靜等待。

他等了又等，但很奇怪的，從自己位置看去小道盡頭的假樹枝不曾晃動，他凝神細看，已經超過第二個孩子和第三個孩子間隔的時間了，他愈來愈慌，只能走到擺放面具的桌子。劉阿哖猛然一震，他不知道自己為什麼沒有注意到，這張桌子的面具已被拿光了，照理來說應該留下最後一副牛首面具，可是桌面空曠無比，沒有任何面具存在。

或許是出於直覺，劉阿哖倏地轉身望向昏暗的五靈廟內部，他總覺得不太對勁，一會兒後，他意識到那種不對勁是震動。

地面在震動，非常輕微，但劉阿哖可以敏銳地察覺，這是從戲台傳來的，臨時搭建的戲台上有不少人正大步奔跑，因此引起了細小的震動。與此同時，強烈的驚異情緒如海潮般向他襲來，劉阿哖很快發現這是屬於金雪的情緒。所以戲台上發生了什麼事情嗎？金雪究竟看見了什麼，以至於如此訝異？

劉阿吽繃緊神經凝視三個孩子依序離去的通往戲台的小道，他看見有人影閃了閃，還來不及反應，那人已衝了過來，和劉阿吽擦身而過。劉阿吽下意識伸出手試圖抓住對方，卻只是讓那人彷彿驚訝地側頭看他。

一瞬間，劉阿吽看見對方臉上戴著本應屬於他的牛首面具，隨後，面具掉了下來，落在地上，劉阿吽彎腰去撿，再抬頭時，那人已消失在五靈廟黑暗的側門廊道裡。

劉阿吽望著手中的面具，思索到底是怎麼一回事，他感覺細微的震動愈發劇烈，他立即轉過頭，卻已來不及，他的後腦遭受強烈撞擊，令他瞬即倒地，一隻冰冷的手將牛首面具小心戴在他臉上，隨後，劉阿吽的意識陷入黑暗。

自白之二

不知道是不是五靈神當眞聽見了我的祈求，在我和古珣十三歲時，發生了異變。

那是與我和古珣初見父親的日子一樣，炙熱難耐的時節。從早上開始我便坐立難安，彷彿有什麼事情要發生了，蟬在外頭叫得一聲急似一聲，更讓我心煩意亂。我全身滾燙發熱、小腹隱隱作痛，即便如此，我仍怠惰地躺臥走廊，閉著眼等待古珣爲我帶來她偷藏的一小片芒果。

不久，我聽見了雜亂的腳步聲，以及細細的哭聲。我張開眼睛，竟看見古珣站在我面前啜泣，同時掀起裙子下襬……我震驚地別過臉去。

「你幹麼？」我問。

古珣揉著眼睛，哭得肝腸寸斷，我費了好大的工夫才聽清，古珣竟要我看她的下體。

「我不要。」

「你看嘛，求求你，你看一眼，我會被打死的。」她打著嗝，像年幼時遇上特別困難的考題，她請我幫她解題，這麼樣的無助與傷心。

我嘆了口氣，不想看也得看，隨後驚異於自己所看見的，在古珣雙腿間，有一副柔軟微小、屬於男性的器官。

「怎麼會這樣？」我顫抖著問，努力隱藏語氣裡的狂喜。

那器官雖稚嫩、發育尚未成熟，卻無疑是屬於男性的。

「以前沒有的，我也不知道，我該怎麼辦？哥哥……我該怎麼辦？」

我沒有回答，我的雙腿間由於不明的原因興奮發熱，流淌出黏膩液體，面對古珣的驚慌失措，我只能竭力抑制住自己的情緒，故作鎮定地安慰她：「沒事的，你先回去，我想想該怎麼辦。」

好不容易安撫好古珣，並送她離去後，我到廁所檢查自己，攜帶一面小圓鏡子，鏡子閃著光亮，照出我男性器官後方的流血裂縫。

我與古珣就像互補的拼圖般，古珣的男性器官稚嫩又小如嬰孩，我的陽具卻早已發育成熟，昂揚挺立，我帶著全然的滿足開始自瀆，用那洶湧從後方不及一片指甲蓋大的裂縫中湧出的血，喜悅地潤滑、撫摸自己。

怪異的興奮感仍在持續，我喘息不已，良久才意識到，這是因爲我再度有了未來。

我有了成爲家主的可能，我有了擁有你的可能。

對於身體上的異變，古珣不可能隱瞞，她哭哭啼啼的模樣更容易使經常服侍在旁的奶媽起疑心。奶媽雖將我養大，大多時候只是給予我吃食和日常所需用品，比起我，奶媽更常陪伴在古珣身旁，每當古珣要人安撫，家僕便找來奶媽，因此儘管古珣或多或少知道奶媽服從母親，不可完全信任，她也無法控制自己。奶媽很快從古珣古怪易感的情緒察覺端倪，直到當晚爲古珣更衣時她遮遮掩掩，終被奶媽發現染血的貼身衣物，古珣竟和我同日來了初經，奶媽立即上報家主。

古珣的初潮如此重要，是由於作爲下一任家主培養的繼承人，在初經來潮後便須擇日進行磨平牙齒的剃齒儀式，不可耽誤。這同樣是古家不爲人知的羞恥祕密，古家女性因獸靈力量的代價之故，陰户內均長著牙齒，有時僅有一、兩顆，有時整副俱全，這是屬於古家特有的畸形特徵。

我記得那天古珣離開後，我從浴廁返回走廊，再次躺在冰涼舒適的地板上，也再次閉上眼睛，我的嘴角很難藏起笑容，因爲我知道，很快的，我將會作一個好夢。

夜裡，我在古珣震天的哭聲裡醒轉，從下人的竊竊私語中，我知道古珣已無法保守自己的祕密。

隔日我故作平靜，向奶媽索要月事的用品，奶媽當即脫了我的褲子，檢查我雙腿間新長出的細小孔洞，她甚至將手指伸進洞中，沾了經血仔細觀察，最終嘆了口氣，將我身上的異變向母親稟告。

原是兄妹的我和古珣，在十三歲的盛夏，身體產生變化，使我們雙雙長出了過去未曾有過的器官。我聽見家僕間的閒言閒語，稱我們爲怪物，是來自金家的父親攜帶屬於金家的畸形，改變了我和古珣的身體。此後我和古珣誰是男孩，誰是女孩，誰有資格繼承家主、與獸靈結合……均成爲複雜難解的謎題。

後來我和古珣被要求待在各自的房間裡，禁止外出也禁止見面，等待母親最終的裁定。我幾乎可以想像古珣如何緊張不安，在房間裡整日哭泣，而我卻無比平靜，再也不會有比過去更糟糕的時候了，大不了就是如以往那樣卑微、毫無希望地活著。但現在，至少我擁有一絲未來的可能性。

大約一週後，奶媽來喚我，說母親想見我。

彼時我已多年沒有見到母親了，我對母親的印象，除了那次五靈升天日和你一同現身以外，就只剩她癲狂發作時的模樣。

這是外人較爲知曉的古家毛病，作爲代價的一部分，除了陰部長牙，古家女性每隔一段時間便會精神錯亂，發瘋癲狂，如虎般咆哮、四肢著地，甚而爬行傷人。這癲狂的毛病在家主身上作用得尤其厲害，幸而家主必定擁有古家聖物「琥珀鈴鐺」，聖物的鈴聲能夠有效抑制家主的癲狂，使家主與一般人無異。

我也只見過那麼一次，在我五歲時，某日我無意間經過主屋，聽見一陣如同野獸般淒厲的咆哮，我愣了好一陣子才意識到那是母親的叫聲，出於好奇，我悄悄推開門，從狹窄的門縫中窺看母親發狂的模樣。

對我來說，那是「人」全然成爲「虎」的不可思議光景，美麗、狂烈、野蠻，古家人說是因爲你，才使古家女性有此頑疾，可我卻因爲見到母親癲狂，反而產生更深的嚮往。我渴望得到你，若癲狂也是擁有你必須承受的代價，那麼我心甘情願。

無論如何，那日我在奶媽的帶領下前往母親居住的主屋，奶媽爲我打開門，向屋內說道：「家主大人，人帶來了。」奶媽輕輕推我，我低著頭走進去，許久沒聽見任何聲音，這才小心翼翼抬起頭。

那一瞬間，我被母親的美所震撼，她坐在主位上，長髮飄散，髮色淺棕，眼珠如琥珀。她穿寬鬆的睡袍，線條優美的頸項上掛著一枚與她眼睛同色調的鈴鐺，我猜想，那便是古家的聖物。我不敢將目光放在聖物上太久，畢竟那是屬於家主的證明，因此我再次垂下頭。

隨著一陣柔和的鈴聲，母親走上前來，伸手抬起我的下巴，在我眼中，母親表情冷淡，沒有任何笑容，卻不讓我感到害怕。母親細細地打量我，將手指放在嘴唇上，當母親開口，聲音清晰，溫潤如玉，她問我的生活起居，是否識字？是否學了禮儀？

我一一答覆，回答得禮貌適切。

「我明白了。」母親說罷抽回手，轉身走向屋內唯一落地窗，背對我，使我知道，她已有決定。

我諾諾應答，準備告退離開，卻在這時，母親喚我過去，我走向她，她朝我一笑，撫亂了我頭髮。

「你長得眞像你父親。」

母親這句話當時使我欣喜不已，很久以後，我才知道那並非讚美。

不久，母親的決定下達：古家從未有虎子，我與古珣皆爲虎女，只是不知誰更有成爲家主的資質，遂請來家庭教師，替我和妹妹做測驗。這項測驗涵蓋範圍極廣，是古珣從小到大每一次課程的內容，也是作爲家主繼承人必須知曉的一切知識。按理來說，這次測驗有利於古珣，因她是家庭教師多年來唯一教導的學生，可沒有人知道，古珣從小不擅長學習，她的許多作業都是我幫她完成的，且每當古珣在屋內上課，我便躲在窗下偷聽，久而久之，古珣甚至會爲我帶來她上課的教材，請求我替她弄懂，再想辦法教會她，讓她得以應付日常小考。可她是如此愚鈍，搞到後來沒辦法，我只能在她考試時想方設法替她作弊，才堪堪使她騙過家庭教師。

我想說的是，這項由母親指定、家庭教師出題的考試，對我而言一點也不困難。猶記得考試當日我從容自若，振筆疾書，古珣則邊寫邊哭，甚至在卷子角落寫上求饒字樣，哀求我放水。我不予理會，不懂古珣爲何哀求，她早該知道自己不如我，我那平庸不堪的妹妹呦，聽說連成語都學不好，家庭教師早已起疑，如若能力不足，何必強留高位？

當最終測驗結果出爐，我的總成績輾壓古珣，天才與庸才的差別，判若雲泥。

傭人當下替我們互換衣物，名字倒是不必改變，古珣無聲落淚，卻再也不鬧，像是啞了一般。我想也不過就是換了房間，換了待遇罷了，何必傷心至此。

可很快地，幾名粗壯下人抓起古珣，幾乎是拖著她離開，我張開嘴，想命令他們對她好一些，就像妹妹過去爲我做的那樣，可是，我怎樣也發不出聲音。

在奶媽陪伴下，我再度被領去母親的房間。我不著痕跡地竊看奶媽，忍不住問：「你不爲古珣感到傷心嗎？」

奶媽對我露出過去不曾有過的、充滿母愛的溫柔淺笑：「當然不會，如今您才是古家繼承人，她占據不該有的位置也夠久了。」

奶媽的話既使我顫慄，也使我滿意。我點點頭，自己推開母親屋門走了進去。

在即將日落的血紅夕照中，母親正篆刻，她以雕刻刀謹慎小心地在印石上刻下文字，我不敢打擾母親，因此只是安靜地候在一旁。

好一會兒，母親放下雕刻刀與印石，命令我脫去全身衣物。

我沒有任何遲疑，迅速脫去衣服，在母親面前挺直身軀，目不斜視。

母親站起身，在我周遭繞行一圈，認眞打量我身上的每一寸皮膚，彷彿正審視著我是否具備成爲古家繼承人的資質。我屏息凝神，感到母親湊近時皮膚上汗毛倒豎的緊張，最終，母親的視線淡然停滯在我的陽物上，輕輕抿唇：「這個，還是得弄掉才行。」

我看見奶媽垂首領受母親的命令，從而知曉我的命運，但我不在意，爲了你，我願忍受如此疼痛。

從此我成爲古家繼承人，母親更替我選擇了鄰近吉日，要使閹割和剃齒儀式同時進行，一勞永逸。我在那日換上寬鬆的白色長袍，裡頭不著一縷，奶媽和外姓管事等一干下人伴我前往儀式場地，那是一處我從未見過的地窖，暗無天日，只燃燒著儀式用的紅白蠟燭。

我在下人的幫助下被抬上冰冷的石台。彼時，負責這項工作的瞎眼婆婆已屆九十歲高齡，她從黑暗中走來，我訝異於從未在古家裡見過她，可她卻彷彿對我瞭若指掌。瞎眼婆婆念著我的名字，開始進行儀式，她的雙眼是凹陷空洞，在儀式中流出黃濁淚水，因我又小又窄的陰道裡，一顆牙齒也沒有。

「這該怎麼辦才好，怎麼辦才好呦。」瞎眼婆婆傷心地哀嘆：「有多少牙齒，就有多少力量呀，你一顆都沒有，怎麼會是虎呢？」

奶媽輕聲在我耳邊寬慰道：「別管婆婆，她就是太迷信了。」

迷信嗎？我卻有一種預感，彷彿瞎眼婆婆才是眞正知曉眞相的人——我是隻紙老虎、假老虎，我那無用的器官只是虛有其表，古家在我之後將衰敗至終局，而這，也恰好是金家一直以來的期待。

我突然意識到，將有基因問題的父親送來古家，造成此刻的錯誤，便是那金雞皇帝的陰險用心，但如今已無法回頭，我和金家已成同夥，最終我一語不發，咬牙忍住最後那被閹割的可怕劇痛。

許久以後，我方知道，彼時母親下令執行保障我作爲繼承人的一系列程序。按照雙胞胎同爲虎女的規矩處理，在同樣的一晚，妹妹的女性器官被全部摘除，據說，她的下體長了兩排珍珠般潔白的利齒，像虎，醫生一顆一顆拔掉。

我想像那些晶瑩可愛的牙齒落在金屬盤上，發出叮叮咚咚的聲音。

劉阿吽・五靈廟觀賞台前

劉阿吽醒來時，發現自己已被五花大綁，由一群朱家人拖著移動，他臉上莫名戴著牛首面具，使他無法看清周遭狀況。劉阿吽以爲他們誤會自己擅闖五靈廟，畢竟他並非原定的五姓守夜劇演出孩童，卻仍待在五靈廟內，或許觸犯了他們的禁忌。劉阿吽試著讓他們知道是王管事叫他來的，可他只要一掙扎，那些人就會將繩子拉得更緊，最終劉阿吽沒辦法，只能任由他們將自己往戲台上拖去。

朱家人將劉阿吽圍在中央，彷彿唯恐他逃跑，直到他被整齊劃一的動作運上戲台，劉阿吽看見戲台上景象有些混亂，道具散落一地，布景更有被破壞的跡象。此外稍早上台的三個孩子，包含已在台上的金家孩子、扮演五靈導師的金家長老，全都排成一列站在戲台旁，以令劉阿吽不安的眼神看著他，彷彿他犯了滔天大罪。

但當劉阿吽仰起頭，他看見坐在觀賞台上的金雪，神色平靜如昔，使劉阿吽感到安心之餘，也不免有些激動，他們已經好久沒有見面了。

這時，金雪的嘴唇動了起來。「他就是刺客？」

刺客？劉阿吽簡直不敢置信，他直起身用力搖頭，身旁的朱家人拉扯繩索，甚至直接給了他一巴掌，令他倏地安靜下來。

此時閃現在劉阿吽腦海的第一個念頭，是絕不能失了金雪的面子，但他究竟該怎麼做才能自證清白？多日未見，他居然是以這樣卑微的模樣出現，更讓劉阿吽覺得對不起金雪。

「金雪大人，刺客逃往五靈廟當下我們就追過去了，五靈廟中只有這名劉家少年，他臉上也確實戴著牛首面具。」一名朱家人從壓制劉阿吽的圓圈中走上前，對金雪做五靈之禮。那名朱家人身穿紅色帶頭巾的長袍，看不出性別與年齡，一雙嘴唇從紅布下露出，不疾不徐地講述。

劉阿咩猛然意識到此時戴在臉上的牛首面具，恐怕使金雪認不出自己。那名朱家人繼續說：「今日刺客襲擊的是金家家主繼承人，絕不能輕放，我們一定會讓他交代清楚。請金雪大人不用費心。」

「你想強調的是，因為我只是金家繼承人，所以沒資格管你們朱家嗎？」金雪靜靜地問。

「絕無此事，不過這件事確實在靈山上發生，自然是由我們朱家處理，想必金雪大人不會反對。」

劉阿咩開始扭動頭部，試圖將面具甩開，儘管這麼做會讓自己卑微的模樣暴露出來，可他不能就這麼被誣陷，他相信只要金雪發現面具下的是他，就會知道自己根本不可能是刺客。偏偏套在耳後的麻繩繫得死緊，他怎樣也無法弄掉面具。

幸好，金雪出色的視覺使他很快發現了不對勁。

「把他的面具拿走。」金雪命令道：「我要看看膽敢刺殺我的劉家人長什麼模樣。」

這項要求十分合理，因此朱家人迅速扯掉了劉阿咩臉上的面具。

那一瞬間，劉阿咩心跳加速，他凝視金雪，嘴裡發出咿咿啊啊的聲音，可金雪沉默不語、面無表情地看著他，隨後，一股陰鬱的怒氣驀地在劉阿咩胸口流竄，這不是他的情緒，而是金雪的。

金雪再次開口時，語氣幾乎是無聊的。「不如現在就問問他是怎麼一回事吧，不過，你們恐怕要失望了，這名劉家人絕無可能刺殺我，他名為劉阿咩，已和我結成金蘭。」

聽見金雪的話，為首的朱家人似乎愣住了，此時劉阿咩注意到一件十分古怪的事情，他無法精確描述，但在明白金雪話語的意思後，似乎不僅僅是為首的朱家人，而是所有圍在他身邊的朱家族人，身體都有一瞬間的僵硬。但他們很快反應過來，以迅速有效的動作為劉阿咩解開繩索。

「請原諒，我們不知道他是金雪大人的金蘭，既如此，他當然就不會是刺客了。」

金雪微微頷首，又朝那名朱家人招手，要求他靠近說話。劉阿咩透過金雪蠕動的嘴唇得知他是在向朱家人解釋自己耳聾口啞，這時古怪的感覺再次襲上心頭，不知是不是錯覺，他發現身邊的朱家人去取了紙筆，好讓他用文字陳述，然而金雪召去說話的那名朱家人，卻分明什麼都還沒有交代。

劉阿咩皺起眉頭，試圖忽略那種怪異感，他必須集中心力在目前的狀況中。下意識地，他小心翼翼抬眼看金雪，見金雪給了自己一個溫和的眼神，嘴唇輕輕張合，以唇語告訴他：別怕，把你在廟裡看見的如實寫下來就好。

劉阿咩咬住筆頭，思索片刻後開始書寫，不久後，他將寫好的紙片遞給其中一名朱家人，那人接過紙片，立即張開嘴大聲念誦：

不久前我確實在五靈廟內，但那是王管事帶我過去的，他想讓我代替受傷的劉家孩子扮演劉姓人。按照五姓守夜劇的上場順序，我本應是最後一位上台，這是為什麼你們進來廟裡時只看見我。事實上你們還沒出現前，曾有個戴著牛首面具的孩子匆匆忙忙從台上跑下來，與我擦身而過，那時他臉上的面具在碰撞中掉了下來，然後他就從五靈廟側門離開了，因為我當時仍在等待上場的時機，一時沒多想，只是趕緊撿起面具，就在這時候，有人從後面攻擊我，又把面具戴在我臉上，後來我失去意識，什麼也不知道了。

「王管事。」隨著金雪的一聲呼喚，王管事從人群中走了出來，顫巍巍地行禮，因緊張而結巴。

「金雪大人，我的確讓劉阿咩代替受傷的劉家孩子扮演劉姓人。」

金雪沉吟著轉而詢問劉阿咩：「嗯，你提到在五靈廟中看見戴著牛首面具的孩子，這是否表示你在上場前就不見牛首面具？」

是的。劉阿咩著急地比出手語。見其他人面露疑惑，金雪代為翻譯：「阿咩上場前就沒看見牛首面具了，王管事，五姓守夜劇是你負責的，你下面的人在演出前有備好所有的面具嗎？」

「回金雪大人，有的，除了金姓人面具早已讓金家的少爺戴上，其餘四副面具都在五靈廟內，五姓守夜劇開始前我親自確認過，離開五靈廟後發現扮演劉姓人的孩子受了傷，這才找劉阿咩過去。」

「這麼說來，王管事確認完、離開五靈廟之後，有一段時間五靈廟內沒有任何人，直到劉家孩子受傷，王管事才帶阿咩進入五靈廟，是這樣嗎？」

「是，沒有錯。」王管事匆忙道。

金雪陷入了長時間的沉思。在這寂靜、懸而未決的氛圍裡，劉阿咩注意到身旁的朱家人全都出奇地安靜，如此壓力之下，他們竟沒有交頭接耳，也並未顯露慌張，他們布料上方的眼睛裡，只有無盡的木然。

良久，金雪終於開口：「吉時快過了，還是應該先把剩下的步驟走完，至於這次事件，就交給朱家調查後續，畢竟靈山從以前便是朱家管理，我想你們對這裡的地理環境更熟悉……除此之外，我有一句話想對那些心懷惡意的人說：你們若想挑撥金家與劉家的關係，手段也太粗糙了。」

金雪像是賭氣般扭頭離開觀賞席，王管事在台下吆喝著重新張羅剩餘儀式，劉阿咩呆立戲台，仍有些手足無措，其餘朱家人紛紛從小道離開，隊伍整齊無比。很快地王管事走到戲台下，揮舞著手讓劉阿咩注意自己，隨後便要劉阿咩幫忙其他人一同將戲台拆除。

劉阿咩再次隱入人群中，他無法專注於工作，只是一面想著剛才發生的事情，金雪被人刺殺，雖然沒受傷，朱家人卻懷疑著自己。然後那個和他擦身而過的孩子……他真的是刺客嗎？如果他是，那麼之後打昏自己、爲他戴上面具的又是誰？金雪問了那麼多問題，怎麼不問他最重要的一件事？

劉阿咩實在弄不明白，由於深陷思緒，當有人輕輕碰觸劉阿咩的背時，他嚇了一跳，回頭便看見金雪的司機站在一旁，指著某個方向，劉阿咩順著對方的手勢一看，見是金雪，他已完成了所有儀式，正坐在車後座朝自己招手。

「阿咩。」金雪說：「過來。」

劉阿咩嚥了嚥口水，拿起一塊布擦拭雙手，跟著司機一同走向金雪的車。

劉阿咩一上車，金雪立即帶著擔憂碰觸他被朱家人打了一巴掌的側臉：「今天讓你受驚了，沒事吧？」

劉阿咩凝視金雪，意外地發現如今自己比金雪長高不少，他抽長的四肢在金雪身邊笨拙地不知如何擺放，而金雪看上去比印象中更爲瘦削、脆弱。他侷促不安地以手語回應：我沒事……金雪呢？刺客有沒有傷到你？如果我在你身邊就好了。

「我很好，那人連我的衣角都碰不到，但是……這件事也沒有那麼簡單。」這時司機打開車門進入駕駛座，他詢問金雪是否要回金家，金雪思索著，竟要司機沿著靈山繞行，直到他說可以了再回金家。「我想和我的地牛多相處一會兒。」金雪笑著說。

金家司機表示了解，接著啓動車子，順著道路往山下行駛。這時，金雪開始對劉阿哞比手語：刺殺我的人很奇怪，不像眞的想殺人，加上這次觀賞台距離戲台有一段的距離，刺客剛亮出刀刃衝上來，我便能夠立即躲開。

劉阿哞有些著急：那就好，不過金雪，你剛才爲什麼不問我……

問你是否有看見刺客的臉嗎？金雪敏銳地問。

劉阿哞點點頭：面具掉下來了，所以我有看見他的臉，年紀很小，還是個孩子，不知該怎麼說，總覺得是很普通的模樣，就像家族中任何一個小孩，也沒有露出特別明顯的畸形特徵。

金雪沉默不語，過了一陣子才有些疲憊地打出手語：就像我說的，事情沒有那麼簡單，阿哞……我大概知道刺客是誰派來的，但因爲我目前沒有實權，所以不方便追究，只能委屈你了。

我不懂。劉阿哞顯得義憤塡膺：我不怕委屈，但我不喜歡有人想殺你。

金雪看向車窗外，彷彿在逃避劉阿哞的視線，他輕輕地說：「身不由己。」那是劉阿哞無法得知的話語。隨後，他才繼續以手語道：對方本來想把刺客的罪名安在最後一個出場的劉家孩子身上，卻沒料到他會在演出前受傷，結果替他上場的人，偏偏是最不可能傷害我的你……那名刺客是眞有傷害我的意圖，但他不想殺我，至少不是今天，既然如此鬧這麼一齣的原因就很清楚了。

他們想挑撥金家與劉家的關係。劉阿哞很肯定。

是啊，如果今天是金雞神女在位，我不相信有人敢這麼做。自從神女重病，我一次又一次請示，讓我盡快繼承家主之位，但她總是拒絕，這件事終究要跟她稟告，希望可以藉此讓她應諾……

金雪，你說你已經知道是誰謀劃這次刺殺，可以告訴我嗎？劉阿哞問。

金雪看著劉阿哞，露出一個溫和的微笑：算了吧，那有什麼重要的，相較之下，我更想知道原本扮演劉姓人的孩子怎麼恰巧受傷，因爲這樣，刺客的計畫被破壞了。

劉阿哞還想多問，金雪卻以手勢制止了他：別提這個了，反正我會暗中調查，但現在，我有其他事情想和你討論。金雪從座位下取出一個手提箱，打開箱子，裡面有一本極爲破舊的古籍，甚至由於過分殘破之故，連書封上的書名都脫落了，只能依稀辨認出幾個字：《●灣野生●物●●》。

我還在查劉家的事情，記得夫人告訴我們孩子被野獸帶走？我實在沒辦法忘記這個，爲什麼是野獸？又是怎樣的野獸？後來我到金家的倉庫去尋找舊社會古籍，找到了這本書，上面記錄了灣島曾有過的野生動物。於是我趁劉家舉行代理家主冊封儀式時去找夫人，我請她看看這本書上的動物圖片，然後她說……像這種動物，但要大得多。

金雪攤開古籍，滿是污跡的紙頁上出現一隻奇怪的生物，那生物蹲坐於樹幹上，臉部五官竟然有點像人，身上卻覆蓋了灰白毛髮。

這是什麼？劉阿哞問：我從來沒有看過這種動物。

灣島獼猴，這邊的說明提到，是灣島特有種，也是唯一的靈長類動物，分布於灣島多處，你大概不曾聽過，但我有，金家的家庭教師曾說保留地劃分前，所有灣島的特殊物種都已絕種，因爲這樣，才無法誕生獸靈，才會劃分保留地……

我不理解。劉阿哞喪氣地以手語表示：我還是覺得夫人說的話不可信，只是爲了替弄丟孩子找藉口，金雪給她機會，她就隨便選一個。

也許，但我到倉庫翻出金雞神女過去用來製造改造人的儀器，這些儀器大多損毀，我利用了其中一件尚完好的儀器，確認了之前找到的白色毛髮並不屬於人類，接下來只需要想辦法修好一樣特別的儀器，它可以藉由那根毛髮，複製出相同物種，屆時只要修改一些數值，或許就能複製出那隻動物。

劉阿哞實在是一知半解，金雪對這件事的著迷讓他困惑不已。此時，金雪突然變了表情，他注意到司機正透過後照鏡在觀察他們，金雪眼神冷冽，平靜地問：「怎麼了？」

「抱歉，金雪大人，我無意窺看，只是我已經在靈山下繞行許久，山上的金家僕役看上去也排隊準備離開了，我在想是不是也該回金家……」

「那就回去吧。」金雪不客氣地打斷他：「下次有話直接問我，不要鬼鬼祟祟的。」

「是，十分抱歉。」

其後一路無話，彼時已入夜，車燈在黑暗中推開兩束光亮，顛簸的山路周遭有樹木枝葉不時拍打車窗，致使窗外景色猶如鬼影幢幢。金雪或許是顧慮到司機，不再和劉阿咩以手語交談，但在車子開入金家領地、兩人即將抵達前，金雪突然說：「對了，你之前留給我的信……」

劉阿咩望著金雪，無聲詢問。金雪卻搖搖頭：「沒什麼，你考慮得很仔細，謝謝你。」

何必與我道謝呢？劉阿咩想。兩人走進金家前廳，當牆面那些黯淡的金色雕飾一閃而過，劉阿咩宛如被制約般變得愈發疏離，他如今已十分了解規矩，他刻意落後金雪幾步，在僕役一擁而上接待金雪時，劉阿咩往練屋的方向走去，金雪來不及和他多說什麼，便驚訝地看見劉阿咩朝他揮手的背影，以此作為簡單的告別。

五靈升天日第一天的儀式終於結束，金家的責任到此爲止，從隔天起便是其他四個家族的工作了。由於劉阿咩如今已是金雪的金蘭，劉家的祭拜他不需要參與，對此他感到慶幸，今天發生的事讓他筋疲力盡，他思索著金雪對自己說的話，還有他在五姓守夜劇上遭遇的刺殺，一面想一面回到練屋，打開門便看見早上在靈山幫忙的孩子已經都回到通鋪上安頓好、沉沉入睡，於是劉阿咩也找到自己的位置，正準備躺下來時，旁邊的孩子轉過身對他一笑，是王璨。

「你今天可眞夠倒楣，幸好後來沒事，不過我之後想找你，你怎麼不見了？害我一個人被王管事使喚著拿了一堆祭品回來，差點累死我。」

抱歉，金雪找我談話。劉阿咩一面比出手語，一面在王璨身邊躺下來。

「怎麼？他罵你了嗎？」王璨問。

劉阿哞笑了一下：他怎麼可能罵我。

突然間，劉阿哞有好多事想和王璨分享，他的困惑與不安、憂慮和恐懼，可是劉阿哞心裡知道，就算是王璨也有古怪之處，他說不上來，但在經歷了今天差點被當作刺殺金雪的刺客後，劉阿哞意識到五大家族之間仍有太多自己無從知曉的祕密，無論是靈山上對金雪的行刺，還是夫人提到的野獸……

劉阿哞不知不覺比道：王璨，你是不是……

「什麼？」身旁的王璨問。

你是不是有事瞞著我？劉阿哞本想這麼問，又覺得自己鄭重其事地發問有點可笑，王璨再怎麼說都只是一個孩子，就算他有著屬於改造人的祕密，那也是他的隱私。因此最終劉阿哞只是揮了揮手，讓王璨趕緊睡覺。

王璨漫應著伸懶腰打呵欠時，劉阿哞再次看見了他頸子下方的圖案，那代表什麼意思呢？像是一個鉤子，和動物尖銳的牙齒，為什麼王璨要在自己身上弄出那樣的圖案？

然而練屋內光線昏暗，讓劉阿哞不禁想或許是他看錯了，就算真的有什麼圖案，王璨也不想被人發現，從他小心用領子遮掩就能看得出來這點。劉阿哞的意識變得朦朧，漸漸陷入睡眠，卻又翻來覆去，不時驚醒，怎樣也睡不好，迷迷糊糊間，劉阿哞恍然明白自己此刻的心情——他很生氣，尤其生金雪的氣，因為他不願意告訴自己刺客的身分。

劉阿哞握緊了拳頭，再一點一點放鬆，終於緩緩沉入夢鄉，他彷彿看見金雪來到自己床前，對他伸出手，嘴唇蠕動，不知為何，卻是他還十分年幼時的模樣。怎麼了？怎麼了？即便是在夢裡，劉阿哞的手也急切地比著手語。

「救救我。」年幼的金雪又瘦又小，他說：「救救我，我不想變壞。」

你不會變壞，你既溫柔又善良，是我見過最好的人。劉阿哞近乎虔誠地回應。

「可是有人這麼說。」金雪傷心地道：「有一個女人，她說我會變成暴君，我會雙手染血，把你……把你……」他打著嗝，滿臉通紅。

不會的，你有我，你不會的。

劉阿哞眨眨眼，突然驚訝地坐起身，他完全醒來，因爲夢境中的金雪不知爲何正站在自己面前。

他面色茫然，嘴裡仍在無聲開合：救救我。

自白之三

……怎麼了？你看起來很不高興，再忍耐一下，故事就快要說完了。

剃齒儀式後，母親來見我，告訴我，她即將與嫡父一同離開古家，此後，我便是古家家主了。

母親平靜地宣布這項消息，使我不敢置信，我甚至在衝動之下脫口而出：「那父親呢？我跟古珣眞正的父親，他怎麼辦？」

「有金家在，他會平靜終老的。」母親的語氣沒有絲毫起伏，見我面露憤慨，她才耐心解釋：「我和你父親之間沒有眞心實意，我所愛之人是那名爲了和我結合，不惜讓自己失去生育能力的男子，同時即便知道失去聖物，我的癲狂將日漸惡化，他也願陪我渡過最後的時刻，我現在只想和他渡過一段平靜的日子，你繼任家主後，我就能自由了。」

母親彷彿毫不在意般，將一直懸掛在頸子上的琥珀鈴鐺交給我。

「這件古家聖物，其鈴聲能夠抑制古家女性經常會有的癲狂毛病，通常在女子初經來潮後開始發作，你和古珣應該也很快就會面臨，尤其是你，要多加留心，古家癲狂的毛病在家主身上作用得尤其劇烈。」

母親簡單地說明著：「瘋虎和我的連繫我也已經切斷，你隨時可以在感受到徵兆後與牠結合。」

沒有儀式，也沒有期許，母親甚至不打算親自替我主持和你的結合，此時此刻我方知道，母親打從最開始就壓根不在乎古家，無論是家族的未來、你、族人或我和古珣，她全都不在乎。

我甚至從母親淡色的琥珀眼睛裡，看見了對古家的深深厭倦。

我突然有一個想法，會不會……母親早就知道我是贗品，而古珣才是貨眞價實的家主繼承人？只是她故意選了我，爲的就是毀掉她所厭倦的一切。

我搖了搖頭，很快甩開這荒唐的猜想。

母親走後，我讓外姓管事操辦儀式，正式繼承古家家主的身分，接下來的事情，和你有莫大關係。

過去每一名古家家主的經歷大抵相似，首先繼承名義上的家主之位、取得聖物，隨後「你」理當會感應到新的家主，從而開始召喚，你的召喚會使家主身上產生徵兆，更會引發家主嚴重的神識癲狂。據說，藉由這癲狂，你和家主的意識空間會逐漸相連，不辱你瘋虎之名，如此經過一段時間，你和新任家主便能順利完成結合。

然而我等了又等，最終等到的不是來自你的徵兆，而是率先發瘋的妹妹。

在我繼承家主沒多久，從奶媽口中得知妹妹自從動了手術摘除女性器官，終日鬱鬱寡歡，一語不發在屋中呆坐整天，足不出户。我本想這也不啻爲一件好事，她安分生活，我便不爲難她，卻不想，在六月的某日，外姓管事匆忙來報，説古珣癲狂毛病發作，正在住處如虎般哮吼，甚至咬傷嘗試安撫她的奶媽。

初聽見這消息，我手中正批閱家族文件的筆頓了頓，勉強止住内心的慌亂與困惑，我讓外姓管事找了數名身材壯碩的下人，將發瘋的古珣制伏，並在她身上安了鐐銬，把她關在屋裡、層層上鎖。

隨後，我思索了很久，在得知古珣症狀有所減輕以後，我決定帶著琥珀鈴鐺前去關著妹妹的屋子。

一陣子沒見古珣，再次碰面，我震驚於她的瘦削憔悴。只見她蓬頭垢面、雙手雙腳被鐐銬所困，只能在屋内小範圍地來回踱步，像極了一隻被關押的動物。古珣見了我，露出悽苦的笑容，而她的眼睛卻令我心頭一動，那雙眼睛是琥珀色的，就如母親的眼睛那般。

奇怪的是，古珣的瞳孔顏色在過去與我相同，皆是與髮色一致的烏黑。我心中有了揣測，但仍不動聲色，我走近古珣，她朝我伸出手，在她即將碰觸到時，我停了下來。

「哥哥，我好想你。」古珣嗚咽道：「我已經好了，別這樣關著我，求求你了。」

古珣始終稱我爲兄長，令我不快，我在掌心摩娑那枚琥珀鈴鐺，等待思緒平靜後開口：「你的癲狂發作起來比古家裡所有女子都更嚴重，我也不知該如何是好，放你出去，恐怕你會害人受傷。」

「我不會的！我不是故意的！是牠，是牠的關係，不是我……」

「牠？你說的是誰？」

「一隻大老虎，我睡覺的時候牠會出現在我夢裡，牠說牠想要我，可是如果要和我在一起，我就會發狂……」古珣這時像是想到了什麼，抓住救命稻草般再次將手伸向我，鐵鍊的聲響蓋過了我手中鈴鐺的輕響。「牠還說有東西可以幫我，古家的聖物，好像有這麼一件東西，可以抑制我的癲狂，可是我不確定，你知道我最笨了，哥哥，家族歷史的課我全在打瞌睡，你學得比我好，你告訴我吧，是不是眞有這樣一件東西？」

我將鈴鐺捏得更緊，良久，我平靜地說：「沒有，你在作夢呢，古家的聖物不是這種能力。還有，我已不是哥哥了，你忘了嗎？我們同爲虎女。」

「可是那隻老虎是這麼說的！我沒有在作夢，牠說牠就是古家的獸靈，牠選擇要與我結合，牠還替我們的意識造了巢穴……」

我再也忍無可忍，衝著古珣大吼：「閉嘴！閉嘴！你這狡猾的騙子！不過是劣等虎女，你只是劣等品！有什麼資格和獸靈結合？你連作這樣的夢都是大逆不道！聽著，被選爲家主的是我！你連替我提鞋都不配，低賤的東西，從今以後，你只能待在這裡，我可不能讓我親愛的妹妹發瘋傷人。」

「是嗎？」古珣的聲音陡然變得冷冽且銳利無比：「但家主繼承人原本是我呢，哥哥，你難道不是我的好哥哥嗎？仔細想想，你一直以來都在算計我，我不想讀書，你就慫恿我出去玩，家庭教師出的試卷我寫錯了，不想訂正，你也縱容我，你是故意這麼對待我，使我最終成爲一個什麼也不會的廢物……而你，暗中學習成爲家主必須的知識，最後在考試中贏過我。我怎麼就這麼蠢呢？居然一直以爲，唯一的哥哥是愛我的……」

愛？我不禁嘴角抽搐，差點笑了出來。打從出生的那一刻起，古珣就擁有一切，在我看來，是她不配得到的一切。她什麼都有，自然認爲誰都要愛她，然而我對她的情感她從來不曾理解，她想要的只是我的付出、我的寵溺，她根本不懂什麼是愛。

「沒有誰可以不做任何努力，就得到他人喜愛。」我對古珣說道：「是你把身旁所有人的付出視爲理所當然，造就如此結果。」

「哥哥，你就儘管欺騙自己吧，你配不配得上這個位置，終歸是取決於你能不能得到獸靈。」古珣微笑著指向臉上一對琥珀色的眼珠：「結合儀式的開始是向獸靈做自白，不能有一點謊言，你想，牠會認同你嗎？當你獨自從儀式場所中走出來，下人們看不見你的獸靈，他們會怎麼說呀？恐怕不久後，就是你要被關在這裡了……」

那一瞬間，我失去了理智，亦或者是我心心念念期盼著的癲狂終於襲來，當我回過神，我手中滿是黏膩鮮血，我想手中的琥珀鈴鐺怎麼成了三個，當我攤開掌心，看見除了鈴鐺以外，還有一對琥珀色眼珠正帶著恨意瞪視我。

別著急，就快結束了，這是我爲你呈現的、毫無謊言雜質的崇高自白……在我親手挖去妹妹的眼珠以後，我讓下人進屋去爲崩潰哭號的妹妹處理傷口，隨後我離開，我回到我居住的主屋，不斷思考。

我一直想、一直想，妹妹說的可能會是眞的嗎？你居然無視我這名正言順的家主，選擇她那樣一個平凡的傢伙結合？

肯定是弄錯了吧？我一直想、一直想，實在不願意繼續等待你的召喚、你的徵兆，儘管我原先沒有勇氣來見你，幸好在我最迷失的時候，「那位大人」出現在我身邊，她鼓勵我主動追求所愛，於是我如今在這裡。

沒有任何人知道，這是我獨自進行的結合儀式，我獨身來見你，爲你訴說這段自白，除非你願意在我身上留下結合傷疤，否則我們誰也不會從這兒離開……不過說眞的，再次見到你，你和我記憶中的樣子有很大的差別，你看起來似乎老了許多，毛皮也失去光澤，是因爲缺乏結合者的緣故嗎？別擔心，只要你選擇我，你很快又可以恢復成原來的美麗模樣。

好了，這些就是我的自白，希望能說服你、令你滿意……

怎麼？你不高興嗎？很遺憾，你沒有任何選擇。

幸好母親離開前將你關在這暗室之中，若你不和我結合，我便不放你走。很恨我吧？想殺了我、狠狠地撕咬我吧？瞧，我人就在這裡，你儘管挑喜歡的地方下口，任何地方都可以，要多深都可以，我滿懷欣喜地接受。

看看你，此刻既衰弱又可憐，人們稱你爲瘋虎，可是只有我知道你來自的地方、你被賦予的名字和特徵，你不屬於這裡，這座小島不是你的家鄉，這兒也從未有過如你這樣的動物，你不是其他庸俗之人所以爲的樣子，你不是神，不是賦予我們力量的超自然存在，你只是世上僅存的最後一隻……別傷心呀，很寂寞吧？我就在這裡，只要你咬我一口，或者用爪子輕輕揮我一下，讓我流血，在我身上留下痕跡，我們就可以永遠在一起了，眞的，我保證，我不會像之前的其他人哪怕是虎娘子那樣，爲了延續這種力量主動和你切斷連結，整個古家都毀滅也無妨，只要可以和你在一起……等等，你在做什麼？不要咬自己，咬我！你這愚蠢的畜牲！我叫你咬我！不，不，不，不要！不要這樣！天啊！你爲什麼要這樣！你．爲．什．麼．要．這．樣——

劉阿咔．金家練屋

一眨眼的時間，金雪已經恢復原狀，讓劉阿咔想剛才看見的唇語或許只是夢境殘留的錯覺。此刻的金雪表情嚴肅，身上仍穿著白日在靈山上的裝束，他似乎完全沒有睡過，半夜著急地趕來找劉阿咔，帶給他不祥預感。

「阿咔，和我來。」金雪不由分說地道。

劉阿咔略微遲疑：可是我……

「沒有可是，我要你跟我走。」劉阿咔這時發現金雪沒有戴眼鏡，一雙靛藍色的眼睛裡閃過少有的蠻橫：「事態緊急，沒空跟你解釋了。」

這是第一次，劉阿咔感受到自己與金雪間的金蘭連結猶如彎曲的鉤子般勾住他的心臟，金雪的嘴唇只是簡單地挪動幾下，便構築出無形的力量，那是鞭子、馬刺或者任何類似的東西，面對那雙嘴唇，劉阿咔無力反抗，他不能做出違背金雪意思的行為，哪怕是稍早的遲疑，也讓他餘悸猶存、全身冷汗淋漓。

「阿咔，阿咔，對不起，我不是故意的，看著我的手，不要看我的嘴形。」金雪蒼白的手指在劉阿咔面前飛快地比劃著：古家大火，但是事情不對勁，我現在要過去，我需要你跟我一起。

劉阿咔不再猶豫，隨便套上一件外套便跟著金雪離開練屋。

金家大門外，接送金雪的車已經蓄勢待發，司機為他們打開後座車門，劉阿咔在金雪之後上車，看見金雪對司機道：「去古家，開快點！」司機猛力催動油門，車體徐徐滑過黑暗，像一枚高速射出的子彈劃開夜色。

和朱家靈山一樣，劉阿咔也尚未去過古家宅院，只知道古家領地距離靈山不遠，且有成片森林，而古家因獸靈之故向來由女性繼承家主身分，同時獸靈力量帶來的代價深切影響著古家女子，導致她們大多有神識瘋癲的毛病。

在五靈升天日當晚發生火災，很難不讓人聯想到劉家家主的死亡。濃烈煙氣竄進半開的車窗裡，劉阿哖嗆咳著要爲金雪關上車窗，但金雪阻止了他，示意劉阿哖和自己一樣將身子探出車窗外，觀察黑煙的來源。便循著蜿蜒如龍的煙氣，他們看見遠方黑夜裡沖天的火光，濃煙成爲天空與山巒之間的通道，火光燃燒著吐出人臉般的團團煙霧，竄入天空形成滾滾烏雲。司機在一段距離之外讓他們下車，金雪急切地往火光處跑去，劉阿哖只能快步跟上。愈是接近古家宅院，燃燒的氣味與溫度便愈是明顯，劉阿哖額頭冒汗，看見前方有無數癱坐在地的人影搖曳。

直到接近熊熊燃燒的建築，劉阿哖才得以確認古家宅院如今已深陷火海，在夜裡矗立的古老建築因火舌吞噬化爲焦炭，劉阿哖爲眼前的景象呆若木雞之時，金雪正半蹲下身對癱坐在地的古家人一一問話。

「你們家主呢？」

其中有一名中年女子自稱是家主的奶媽，她指著燃燒的宅院喃喃道：「家主大人還在裡面，不是家主大人的錯，是古珣大人的死讓家主大人的瘋癲發作……」

金雪皺起眉頭：「你是什麼意思？」

女子沉默了半秒，她的目光充滿恐懼，許久才戰戰兢兢地說：「是家主大人放的火……」

金雪面色一沉：「那人呢？獸靈又在何處？」

「我……我不知道……」

金雪立刻拋下那名女子，以眼神示意劉阿哖和自己朝火場走去。劉阿哖一路上看見許多人在幫忙滅火，絕大多數是金家和古家的外姓僕役，似乎古家失火的消息一出，金雪便立刻派人前來滅火。也在經過大約半個鐘頭後，火勢有所減弱，劉阿哖陪金雪在周遭巡視，幾次勸告金雪不要太過接近火已熄滅的建築，因燃燒後建材被破壞，結構不穩，容易倒塌。但金雪不理會，他靛藍色的眼睛熠熠發光，銳利地掃過損毀燒焦的建築，仔細觀察常人所無法看見的枝微末節。

深夜時分突然下的一場大雨，讓最後一點餘燼也熄滅，凌晨時古家宅院已沒有火光，只餘焦黑殘垣。

金雪攜劉阿哞走入餘溫尚存的廢墟中探查。他們一面移動，金雪一面解釋：「古家家主繼任沒有多久，名爲古琰，古家跟金家向來不對盤，因此我對他的了解也不多，只是獸靈屬於密冬資產，又與五靈教密切相關，可以的話先找到獸靈。」

古家的獸靈是一隻老虎，對嗎？劉阿哞詢問。

「是的，又稱爲瘋虎，一般家族內有特別侍奉獸靈的祠堂，但我不曉得古家的祠堂在哪裡，火燒成這樣，獸靈很可能逃出來了，我們分頭找找看。」

劉阿哞和金雪分開尋找瘋虎，金雪往偏房處走去，那兒的建築不知爲何比其他地方都更早燒完，溫度也下降得很快，相較之下更爲安全，是以劉阿哞放心移開目光，專注在空氣仍滾燙的主屋廢墟中尋覓。

古家宅院和金家宅院格局相仿，從中就能看出過去兩家相互競爭的歷史，通過主屋前廳後便是廣大院子，古家的院子與森林相連，星火似乎曾點燃些許樹木，但因夜裡的大雨阻止火勢進一步蔓延，是不幸中的大幸。

劉阿哞在院子裡找到一串腳印，這些腳印和其他倉皇逃命的足跡很不一樣，間隔距離平均，方向也固定，引起劉阿哞的好奇。若照方才的古家奶媽所說，這場火是家主所放，那麼在熊熊火勢中唯一能保持鎮定，絲毫不顯驚慌的，只可能是古家家主了。家主和獸靈之間有連結，找到家主，基本上就能找到獸靈。

順著這些腳印，劉阿哞逐漸深入森林，期間不時放緩腳步，透過金蘭連結感受金雪的情緒，確認他一切安好，這才繼續前進。劉阿哞很快看見一棟簡陋小屋突兀地出現於視線，他小心翼翼靠近，發現屋門破爛地隨風晃動，劉阿哞輕輕推開門，見一痀僂人影蜷縮在屋內的床榻上。

那人身材臃腫，長髮垂散，嘴裡正叨念著話語，劉阿哞聽不見聲音，加上天還未完全透亮，屋內一片漆黑，他只能勉強辨認出人影輪廓。劉阿哞謹慎地往前幾步，朝那人緩緩伸出手，下一秒，對方卻突然朝劉阿哞撲來，牙齒還瘋狂撕咬，劉阿哞掙扎著試圖推開對方，那人卻拉著他往後滾出屋外。

微弱的晨曦裡，劉阿哞終於看清攻擊者的長相，那是一張具有金家特徵，秀氣精緻的臉孔，這讓劉阿哞有一瞬間的愣忡。金家人怎麼會在這裡？但不對，那張臉比起一般的金家人更有著某種程度的野性與深邃，仔細一看，要說長得像金家人，也只有五分相似而已。

加上對方正朝劉阿哞破口大罵，五官因而扭曲變形，看上去就更不像金家人了。劉阿哞無法回應那人的謾罵，只得以地牛特有的怪力壓制對方，恰好周遭長著許多牛筋藤，劉阿哞便就地取材以牛筋藤權作繩索綁住攻擊者的雙手。

現在劉阿哞可以仔細端詳對方的模樣，他本以爲這人身材臃腫，實際上只是穿得太多，罩在外頭的長披風被裡面衣物撐得膨起，實在怪異，劉阿哞輕鬆將人扛上肩膀，走回古家宅院，打算和金雪會合。

劉阿哞在偏房外找到金雪。他詫異地望著劉阿哞肩上的人，以手語道：你找到古家家主，那獸靈呢？

劉阿哞搖頭，以單手回應：這人就是古家家主？我沒見到瘋虎，只看見他一個人在森林裡的小屋。

此時本在遠處觀望的古家下人，一看見劉阿哞扛著自家家主歸來，紛紛哭天搶地，自稱奶媽的中年女子更是焦急地撲上前哀號不已。

金雪手指輕點太陽穴，眼睛裡閃過一道光芒，他對著劉阿哞道：「我剛才檢查過偏房，確認那裡是起火點，所以最早燒完。我詢問古琰的奶媽，她說偏房原本住的是古琰的雙胞胎妹妹古珣，我也確實找到一具屍體，那具屍體……非常特殊。還有一件奇怪的事，屍體雙手雙腳銬著鐵製鐐銬，如果照奶媽所說，那裡只住著古琰的妹妹，爲什麼這個妹妹必須用鐐銬禁錮？」

金雪轉向忽然沒了聲音，低頭顫抖的奶媽問：「你知道是怎麼一回事嗎？」

「大人……家主大人與妹妹手足情深，可古珣神識癲狂的問題極爲嚴重，不得已才將她關在偏房。今日不知爲何，古珣意外身亡，家主大人……家主大人看見以後便像瘋了一般……」

「然後他就放火了嗎？」

「是、是的。」

金雪沉默不語，許久，他對奶媽說：「清點人數，協助救火的人都回來了吧，還有誰不在這裡？」奶媽搖搖晃晃地站直身體，小心翼翼開始算人頭，最後回覆金雪：「少了家主大人的家庭教師。」

「家庭教師原居於何處？又是怎樣的人？」

「他長年住在東邊廂房，且上了年紀，有好一段時間身體不適，一直是閉門不出，興許因爲生病體虛之故，沒能逃出來。」奶媽頓了頓，補上一句：「東邊廂房也在火災中燒毀了。」

金雪眼神一動，問：「可知道他得的是什麼病？」一時間無人回答，過了好一會，奶媽才艱難地說：「大人，這恐怕沒人知道，但應是讓人不好看的病，自從他託病不出，三餐都要遣童僕送去，也要求童僕把飯菜擺在門口，等人走了才取食……」

「你說他沒能逃出來，也要有屍體才行。」金雪沉吟道：「所以這場火這麼大，死的人只有家主的雙胞胎妹妹，以及家庭教師，是這樣嗎？」

古家僕役們紛紛點頭不止，金雪不敢置信地笑起來：「你們覺得我很愚蠢嗎？你們家主縱火前還發生了其他事情，導致你們全都跑出來看，因此古琰縱火後你們才得以第一時間逃跑，說，發生什麼事了？」

長時間的寂靜後，一名年紀小的童僕往前一跪，泣訴著：「金家的大人……我們不是不想說，而是我們眞的嚇壞了，因爲今天是五靈升天日，我們不敢多嘴，就怕玷污了日子，可是……可是古珣大人死前，有人目睹異相……」

童僕說到這裡，像是遭遇極大的恐懼一般顫抖不止，其他古家僕役包含奶媽在內，也低垂著頭全身發抖。見狀，金雪放緩了語氣：「異相是什麼？又有誰看見了？」

「大人，最初是我看見了，有黑影在屋頂上跳舞，那畫面很奇怪，也讓人很不舒服，我怕是小偷，就叫所有人出來抓捕，但那東西愈看愈不對勁，根本不是人，而是怪物啊！我叫嚷起來，那怪物就當著我們所有人的面消失無蹤。」

「然後呢？」

「然後有管事去找家主大人，卻發現他不在主屋，我跟其他人在外討論目睹的異相，隨後便聽見尖叫，那是家主大人的聲音……他在偏房，看見古珣大人已經……」童僕以尖細的聲音繪聲繪影地描述著：「家主大人很痛心，不讓任何人接近古珣大人的遺體，之後……之後家主大人打翻了油燈，點燃火焰。」

「你們有看見獸靈嗎？」

「沒有，自從家主大人繼任，我們有許久沒見過瘋虎了。」

金雪皺起眉頭：「獸靈可能躲進了森林中，我會派藍水的人前來尋找。但現在，我要帶你們的家主回去問話，偏房內的屍體也會帶走。」

金雪讓劉阿哞到偏房取屍首，劉阿哞毫不猶豫，迅速跨過殘破的門檻進入偏房內搜尋，很快地就看見金雪提到的屍體。他四下觀察，偏房內幾乎所有東西都燒毀了，他想了想，脫下離開練屋時匆匆套上的外套，將屍體小心包裹。劉阿哞不是第一次碰觸屍體，因此並不害怕，藉由碰觸他發現屍體大部分只是表面燒傷，內部仍然柔軟，或許解剖後能發現更多線索。

劉阿哞此時注意到屍體，左腳腳踝處的腳鐐仍是緊緊鎖上的狀態，其餘右腳和雙手的肢體則早已從鐐銬中脫落。他試著將屍體的腳踝從腳鐐內取出，沒想到屍體的足部因高熱碳化，稍一用力便四分五裂，劉阿哞有些不知所措，呆愣片刻後才以更輕柔的力道抱起外套包裹的屍體。

待回到金雪身邊，金雪讓他把屍體放進車子的後車廂裡，再讓劉阿哞把古琰弄到車後座，可古琰掙扎不休，瘋話連篇，金雪最終失去耐性，便命劉阿哞把古琰一同扔到後車廂內。金雪的做法令古家的下人十分震驚，但礙於金雪的身分，他們一句話也不敢說。金雪最終向他們禮貌性地做了五靈之禮，接著便和劉阿哞坐上車，往金家的方向駛去。

天空正一點一點亮起來，卻也使車窗外的景色更顯陰森，彷彿籠罩在一片愁雲慘霧之中。

阿哞，當我檢查那具屍體，我發現一些特徵很不尋常，想起一件事。金雪猝不及防比出的手勢，讓劉阿哞詢問性地看向金雪，但金雪的手僵在半空中，片刻後才緩緩比道：金家裡除了藍水和鳳白兩個家系以外，還有另一個不太好的沒落家系，名為雙蕊，這個家系的畸形特徵是生下的孩子，有很高的機率將同時具有男性與女性的性器官，之前我聽聞金雞皇帝為了削弱古家，將雙蕊的男性送給了古家，並強迫當時的古家家主必須和這名男性育有子嗣，才能與自己愛的男人離開。

所以？劉阿咩問。

我想，古琰和古珣是雙蕊的後代。金雪沉吟著娓娓道來：阿咩，在最初，五大家族中有兩個家族最是卓越不凡，一個是金家，一個是古家，金家受到五靈導師偏愛，更有密冬撐腰，本應高高在上。可偏偏古家人不僅聰明，還在「恐怖賠罪」那段時間與朱家合作，藉由肅清反叛者穩固軍權，以至於過往管理保留地的軍方有不少古家軍官，久而久之，便引起了金家的猜忌。詳情我不太清楚，只知道從金雞皇帝那時就經常找古家的麻煩，並因此產生械鬥，當時的古家家主為了不再被金家刁難，向金雞皇帝提出自我澄清的方法，也就是在三年之內，不會拒絕來自金家的任何要求，古家家主以此表示忠誠。而金雞皇帝所下的第一個命令，便是讓當時還未婚的古家家主和他挑選的一名金家男子聯姻，並產下子嗣，之後即便古家家主想和其他男性結合也無妨，只是為了保障金家人的權益，古家家主之後選擇的男性都必須進行閹割。

劉阿咩皺起眉頭：這也太過分了。

但古家毫無辦法，他們頗有才幹，要說自己並無二心，金家全然不信，古家若不想讓密冬插手，對家族產生無法彌補的傷害，只能選擇服從。

他們回到金家，金雪找了幾名信得過的藍水家系成員前來幫忙，這是劉阿咩第一次見到金雪的家人們，大多都是黑眼睛，不具有祝福的人。

不多時，後車廂的屍體已被送去地下室保存，而金雪與古琰分坐迎賓廳的主位與客位，古琰腕上的牛筋藤仍捆得死緊，他像是被目前的狀況逗樂一般瘋笑不止，頸上的一枚鈴鐺發出脆響，隨著古琰的動作從其衣領中彈跳出來。

金雪看了那枚鈴鐺一眼，以認真的視線凝視古琰：「古家的家主，現在沒有其他人了，請告訴我昨日發生了什麼？你的獸靈去了哪裡？又為何要放火燒掉古家宅院？」

古琰聞言，擁腫衣服下的手抱緊自己，他凝望金雪，露出一個大大的笑容：「我可是古家的家主，你算什麼東西？膽敢訊問我？」

「你認不出我是誰？」

「我只覺得你和我長得好像啊，哈哈，你是我同母異父的手足嗎？只是那白髮和藍色眼睛，實在是太難看了……」

「別顧左右而言他，昨晚究竟發生了什麼？獸靈在哪裡？」

「噓，別那麼大聲，把耳朵靠過來，這可是一個巨大的祕密。」古琰陡然間沉下臉，愈發用力地抱緊自己，他對金雪勾了勾手指，示意他靠近一些：「我最心愛的瘋虎啊，牠就在……」

劉阿咩衝上前一把甩開試圖咬住金雪耳朵的古琰，只見他跌落在地左右翻滾，嘴角泌出唾液泡沫，吼叫著試圖再次攻擊金雪。

「罷了。」金雪接過下人送上的濕毛巾，擦去臉上的唾沫星子：「現在問他，他什麼也不會說的。」

「金雪，要將他關押起來嗎？」一名藍水家系的人低聲詢問。

金雪一笑，回答：「不可，古家家主必須以禮相待。」金雪又交代了幾句以後，抬手示意劉阿咩和自己離開。「和我來。」金雪的嘴唇無聲地挪動著。

劉阿咩在金雪的帶領下於金家黝暗的廊道內穿梭，黑暗中瑩瑩發光的金色很快讓劉阿咩失去了方向感，此刻他已不知自己身在何處，只有金雪銀白色的頭髮清晰可辨。末了，劉阿咩意識到他們正徐徐往下行走，牆面上也帶有觸手可見的潮濕青苔。在金雪輕輕按壓牆面的一處機關後，一道暗門徐徐滑開，蜿蜒向下的樓梯直達黑暗深淵，在劉阿咩眼前彷彿無止境般地開展。

金雪，這裡是？劉阿咩比著手語，但金雪沒有回答，只是拍了拍劉阿咩的手，並點燃擺放在階梯旁的油燈，引導他小心翼翼走下階梯。

「金家地牢，自賠罪船初次啓航，金家的地牢曾頻繁關押反叛者，直到金雞神女篡位，她將其中幾間牢房改建爲實驗室，耗費數年製造出改造人，這個地方，是金家的罪惡之地。」金雪平靜地向劉阿哖解釋：「如今主要作爲倉庫，堆放金家私藏的密冬高科技儀器，這些儀器大多早已損壞，因此即便被密冬發現，也罪不致死。此外，之前實驗室遺留許多器具，我讓人把古珣的屍體送到下面，方便我們調查。」

劉阿哖點點頭，一會兒後又以手語問道：金雪，你要自己動手嗎？知道劉阿哖問的是什麼，金雪笑了笑：「我自己來可以看到更多。」

當向下的階梯終於抵達盡頭，映入眼簾的是粗糙潮濕的石柱與拱門，再往前走，昔日牢房暗中林立，只在金雪旋開某個開關以後，地牢瞬間大亮，白熾燈管降下冷光。劉阿哖在心底驚嘆：是電。他有許久沒有見到以電力燃亮的電燈，因此感到不可思議，固然王璨贈予的小閃上也有小小的燈色不時亮起，但像這樣一次點亮整個空間，對劉阿哖而言是難以想像的強大力量。

「密冬爲了讓金家能夠持續不斷地接收到來自他們的命令，曾經送來發電機，過去發電機主要供應地牢照明和通訊器電力，戰爭後也沒有送回去。」

在這時，劉阿哖發現牆角突兀的少許綠色，那是幾個種有不知名植物的盆栽。

「啊，那個。」金雪靜靜地說：「是我個人的小小興趣。」劉阿哖還記得，他想近一些觀看，可金雪已向更深處走去，劉阿哖只能趕緊跟上。

兩人很快來到一處空氣陰涼的牢房，牢房正中央有一張金屬製成的平台，劉阿哖不知其作用，只見到金屬台上的屍體以及一旁擺置著的解剖工具，才令他因理解而屏息。

金雪絲毫不打算浪費時間，遞給劉阿哖口罩後，自己也迅速穿戴好裝備，他開口：「我沒打算眞的剖開屍體，只是有些事情必須盡快確認，先觀察外部吧……缺少雙眼，而且不是在火災中失去的。皮膚大面積燒焦，一些破損的織物應是衣服經燃燒後的殘餘，四肢手腕、腳踝處都因鐐銬產生損壞。」

金雪張大雙眼仔細檢查屍體，任何細節與紋理都不放過，他以手術刀小心切斷與焦黑血肉緊緊纏黏的布條，讓更多繁複細節展開，靛藍色的眼睛一瞬也不瞬地詳加觀察。這或許是劉阿哖初次看見金雪全力使用雙眼的模樣，金雪彷彿忘記了他們正身處於地牢，忘記了白熾燈管人工的光，也忘記了劉阿哖，此時此刻他全心全意只專注於視覺，有那麼一剎那，劉阿哖甚至感覺金雪的雙眼下一秒就會燃燒起來。

「頸部的角度不太正常，骨頭幾乎都碎了，這才是致命傷，她不是被火燒死的，既然這樣，那爲什麼放火？是要掩飾死因嗎……」金雪的聲音愈來愈輕，嘴唇開闔的幅度也愈來愈小，他幾乎已是在喃喃自語：「這種非人的力道，加上古家下人目睹異相的說詞……跟劉家夫人說得一樣，難道劉家家主也是被怪物所殺？不，這世上怎可能有怪物，夫人說是野獸，她從未見過的野獸……」

金雪倏地閉上眼睛，努力平復強烈的情緒，劉阿哖可以透過金蘭連結感受到，這時的金雪既恐懼，又惶惑，說也奇怪，當中還有一絲隱晦的喜悅之情，是他弄錯了嗎？面對這樣的怪異情況，金雪怎麼可能感到愉快呢？

當金雪再次睜開眼時，他轉移視線，以手術刀的刀尖指向屍體腹部。那裡有一道很長的傷疤。「有動過手術摘除了子宮與卵巢……古家只在一種情況下會對自家人做這種手術，加上下面這個不太明顯的男性器官。」金雪靜靜地道出結論：「我猜得沒錯，因爲雙蕊的關係，導致古家產生繼承人爭議。」

所以古琰殺了自己的……妹妹嗎？劉阿哖不確定地問。

「不，古琰不想殺古珣，那會讓自己被看破手腳，讓別人注意到他家主身分可能有問題。」

劉阿哖覺得頭昏腦脹，無法理解這具屍體背後怎麼會隱藏如此複雜的訊息。

「阿哖，我認爲劉家家主是被殺害的，古珣也是。倘若古琰並非眞正的家主，那麼這次等於又死了一個家主。連續兩年的五靈升天日，都有家主死亡，而且，他們是被同樣的『東西』所殺。」金雪的藍眼死死盯著面前的屍體，帶著強烈的痛苦，彷彿他受到可怕的引力不得不繼續盯著屍體瞧。他的嘴唇微微發抖，擠壓出足以令劉阿哖辨識的語句：「是野獸，劉家夫人說，像是灣島獼猴，但要大得多。」

劉阿哖試圖在金雪暗濤洶湧的情緒中掙扎清醒，在這一刻，他想做的只有一件事。劉阿哖伸出手，並非要比手語，而是下意識地將手覆蓋在金雪雙眼之上，以此遮蔽金雪彷彿中咒般的視線。便在這時，金雪情緒的海潮消退了，取而代之的是一股尖銳、黑暗的戰慄感，一種古怪的渴求，劉阿咩完全無法理解那是一種怎樣的情緒，因爲他從來沒有體會過，他想金雪或許太害怕了，看得太清楚有時會讓如金雪這樣的人精神崩潰，更遑論金雪身爲金家繼承人，連續兩年五靈升天日有家主死亡，除了意味著不祥的惡兆，也將影響他在五大家族中的位置，這是何等巨大的壓力。

但緊接著，金雪張開嘴，身體微微抽搐，過了幾秒，劉阿咩才意識到金雪竟是在笑。他像是聽見了什麼好笑的事情一般，最終笑得喘不過氣來。

「哈……哈，可以了，阿咩，放手吧，我好多了。」

金雪的嘴唇蠕動著要求道。劉阿咩於是鬆開手，那一刻，他看見了金雪的表情，雖然只有一瞬間，但那是充滿無法按捺的狂喜，猙獰無比的扭曲表情。隨後金雪幾乎是立刻就恢復了原狀，他重新整理好情緒，正以純粹的冷靜再次研究屍體。

接下來金雪打算怎麼做？劉阿咩躊躇片刻，以手語問：到底是什麼東西在殺害家主？眞的是……

「這件事我會讓藍水的人幫忙調查，但現在最重要的，是古家失蹤的獸靈。」金雪沉沉嘆氣：「獸靈太珍貴了，丟失會引起密冬震怒，我不能冒險，就算要弄髒我的手，我也要親自撬開古琰的嘴。」

劉阿咩不知該如何開口，但他對於獸靈的去向其實有著很壞的預感。

讓我……劉阿咩正比出手語，金雪突然抬手制止他。

「等一下。」金雪像是注意到了什麼東西，他拿起鑷子輕輕夾起附著在屍體頸部的微物。

那是另一根彎曲的灰白獸毛，經歷火燒仍完整無損，好似嘲弄。

古琰坐在迎賓廳內，雙手捆於身後，垂首就能看見頸上掛著的琥珀鈴鐺。鈴鐺隨古琰的移動輕輕作響，使他想起宛如幻覺般的回憶。在那如夢似幻的記憶裡，母親抱著他和古珣，低聲吟唱歌謠：好久好久的故事，是媽媽告訴我……

古琰早已記不得那首歌如何唱，也不記得母親是否眞的曾如此深情地抱著他和妹妹。一切都已毀滅。不是在放火燒掉古家宅院的時候，也不是他親眼目睹古珣被殺的時候，更不是他生命中最珍愛之物在他面前自盡的時候。打從他出生，一切就已毀滅。他曾是金家的共犯，但現在，他對金家只有深深憎恨。

咿——呀。

古琰聽見了迎賓廳的側門被推開的聲音，他微微抬首，金家未來的家主金雪和他的跟班就站在自己面前，他們的表情看上去已經明瞭許多事了。

「古家家主，告訴我吧，你爲什麼縱火燒毀古家宅院？獸靈瘋虎又在哪裡？」

那個叫金雪的白癡，只知道問一些重複的問題，彷彿沒有自我，金家的人都這麼蠢嗎？古琰不禁這麼想。他實在有些累了。經過昨晚的折騰，以及一直小心貼身藏起的祕密，他眞的很累很累了，只想繼續遁逃於古家特有的癲狂中。

現在抬眼就見到那看起來乾乾淨淨的金家人，連那副外貌都像是噪音。

「吵死了。」古琰忍不住小聲嘟囔一句。「你的長相、你的眼神、你的問題，全都吵死了。」

「你說什麼？」

「問題，問題，問得卻完全不對！」古琰大吼：「別一副和你們無關的樣子！我跟古珣是你們造成的！我們可是共犯！你是不是該更有敬意？我好歹有替你們做到吧？我毀掉了古家！」

古琰想要用這陣咆哮抹掉那對藍色眼睛中的冷靜，畢竟他可是看清楚金家的嘴臉了，金雪應該要露出被嚇壞的表情。但當古琰定睛一瞧，卻發現對方毫無動搖，這讓他更加生氣，渴望用言語刨切那可惡的白膚，扒下那副靜謐的表情。

同時伴隨著言語，昨晚的畫面從腦中湧出，他沒有發現自身的模樣除了瘋狂，還流露著悲慘。

「我、我想當家主、和瘋虎結合，我只是想要這樣啊！」

「然後呢？」見著古琰遲遲沒說下去，金雪輕聲詢問。

「我犯錯了、犯錯了，」古琰譫妄般地說，「古珣死了……她死了……有個醜陋的怪物闖入我的房間，牠幫了我……不——牠想殺我，但最後一刻停手了，留下一句，一句天殺噁心的話：『你身上沒有徵兆的氣味。』然後跑了！牠居然他媽的跑了！絕對不會原諒牠，居然敢就這麼跑掉！我一路追著牠前往偏房。然後，你知道嗎？那個怪物當著我的面，用那噁心的笑容好似故意想激怒我地說：『這才是真貨。』牠伸出又長又細的手指，扼住古珣的脖子，古珣沒有反抗，她沒有反抗，然後、然後……」

他焦慮地咬著指甲。

「我的妹妹，我的妹妹，無論她多傻多笨，都死皮賴臉地活著，但那一刻，消失了，完全消失了。我想阻止她消失，我本來想，可是，一想到古珣那雙琥珀色的眼睛……我又不想了！我……我等到古珣停止掙扎才想起那怪物，我忘記牠了，只有古珣空蕩蕩的眼窩一直瞪著我，好像在說話，要我幫她寫作業的樣子呀……那怪物後來竄出屋子，消失在森林，但我有更重要的事情要想，那怪物本來要殺我的，後來……後來選了古珣，不就跟我的虎一樣嗎？可恨，太可恨了……絕對不能讓人發現！我想了又想，接下來該怎麼辦才好？」

金雪，金雪，你說我要怎麼辦呢。古琰黏膩地叫喚著，劉阿咩聽不到聲音，只能看見他瘋狂的舉止。這人突然仰起頭來大笑，他揮舞著雙手，好似在模擬當時的自己：「只能一把火燒掉啦，燒乾淨的話，就什麼也不用擔心了！」

古琰嘴角揚起滿足的弧度，彷彿回到那個發現自己腿間流血的酷暑，蟬鳴如浪，牠們是見證，牠們的聲音是證詞，牠們的目光是慶祝，一直以來，他最大的恐懼是被人發現自己不是眞正的古家家主，但直到現在，他徹底獲得解脫，於是轉瞬間恐懼消弭，他收穫了巨大的欣快與幸福。

「對了，你想知道瘋虎在哪裡是吧？」古琰似乎意猶未盡，他望向站在金雪身旁始終沉默不語的劉家人，甜甜地道：「你，過來脫下我的外袍。」

那名地牛以目光徵詢金雪的同意後，朝古琰走來，小心翼翼脫下他罩在最外頭的罩袍，洩漏出底下一襲覆蓋住古琰全身的厚重皮毛。

皮毛斑斕華麗、美不勝收，那是一張虎皮。

古琰全身赤裸，只穿了一張虎皮。

他得意且沉醉地以臉摩擦皮毛，輕聲細語：「我終於和獸靈結合了。」

紫蘭．金家客房

保留地的氣味永遠是那麼不同，不同於垃圾場，不同於都市區。紫蘭想起故鄉，想起的總是整體，她想著孵育山谷，和烏托克一同居住的帊音新部落，她步行走過山林間閃耀的溪水流淌，潮濕的青苔和植物氣味，苡薇薇琪在她掌心放了一顆辛辣的檳榔，她抬頭，鼻端傳來克羅羅莫裡牛樟的清香，更遠處，是遺跡聚落升起煮食的煙氣裊裊。眞奇怪，跨越邊界以後她連遺跡聚落也會思念，無論是山區部落、遺跡聚落、孵育山谷，對她來說已化爲一體，全是保留地，全是她可能再也不會回去的地方。

小畫眉。烏托克的聲音在巢穴裡迴盪，呼喚著她，就像一陣輕輕撫過她臉頰的風。不，那更是幽靈，是鬼魂，紫蘭試圖逃跑，然而她的左肩開始刺痛，一張猩紅色的人臉痛苦嚎叫，拉扯她的血肉開始萌芽，那張人臉不知爲何成爲了烏托克，烏托克自她的肩膀生長如虎杖，她捧著她的臉，一口咬住紫蘭的嘴唇，吞嚥著、撕咬著，使她嘗到鮮血。

小畫眉，你得醒來了。

「我醒了。」紫蘭閉著眼說道，耳邊傳來鳥類翅膀拍打的聲響，巴利爲她拉開窗簾，陽光刺眼，紫蘭慢慢起身，來到浴廁沉靜地更衣。期間，她的目光短暫停駐在被刻意轉向牆面的鏡子。紫蘭伸手拿起鏡子，望著鏡中的自己，有那麼一瞬間，她似乎看見了奇異光影一閃而過。但她沉默不語，收斂心思，專注在接下來的事情。

她來到金家已有一個月了，今日，是她以密冬模仿師的身分爲金家孩子上課的第一天。前任模仿師也做過這份工作，王璟告訴她，金家總是想方設法爲自家人謀求好處，既然密冬派模仿師居於金家，無論金雞皇帝或金雞神女都求過模仿師，教導金家的孩子神祕的模仿技術，哪怕只有一點點，哪怕他們全都沒有天分，總是得碰碰運氣的。

說不定有一天金家眞出了一名模仿師，他們就無須再倚賴密冬的模仿師了。

紫蘭花了一些時間思索該如何爲金家的孩子們上課，教導他們自己並不了解的「模仿」，師傅早早便告訴她這項任務的困難，密冬模仿師爲金家孩子上的課向來神祕，由於是金家家主好不容易爲他們的孩子求來的，任何不是金家後代的孩子哪怕只是偷偷看上一眼，都會被刨去眼睛以示懲罰，王璟曾經冒險偷看過幾次，但他擁有的情報也僅止於皮毛。

爲了不被拆穿，紫蘭只能盡量僞裝得高深莫測。她穿上深紫色長袍，拉低兜帽，靜靜走出房間。

這一個月，她試著碰觸金家上上下下的人，無論是金家人或外姓僕役，她聆聽這些人的內心，試圖尋找鵪鴿的線索，可是他們那庸俗的面孔底下全是雜音，尤其在看見紫蘭後，他們心中充斥著對她的恐懼，以及亟欲討好的渴求。她過濾著層層疊疊的諂媚思維，偶爾會看見「野蠻人」、「保留地」之類的詞彙，但當她想捕捉，那些詞彙又消失無蹤。

「禁詞」。紫蘭腦海掠過一個熟悉的念頭，在保留地，機器的存在訓練保留地人不說多餘的話，難道這些人也曾被機器制約過嗎？轉念一想又覺得不是這樣，機器受金家操控，但在保留地戰爭以後，密冬已收回幾乎所有的機器⋯⋯幾乎，因爲金家不知道，王璟悄悄在垃圾場藏了一些由他重新調整過的機器。

所以眞正的問題果然還是在於自己的能力。

師傅曾說過，她的能力並不完整，還有尙待開發的地方，紫蘭和他人接觸時多多少少察覺得到，她不僅僅是「聽見」別人的心聲，她的意識如同觸角，或是植物的根系，透過皮膚相觸深入對方的思維，有點像她自己進入和師傅的意識巢穴，只不過和師傅、巴利的巢穴始終存在於她體內，無須碰觸就能抵達。

若說她的能力如同樹木的根，那麼她的根仍很淺，每經碰觸都輕輕扎在別人的意識表層，因此她也無法任意從別的大腦裡探查出自己需要的訊息，紫蘭並非沒有嘗試過讓根扎得深一些，但她只要過分探查、拉伸自己的意識，她就會開始流鼻血，倘若她繼續強迫自己，那麼將會導致昏厥。

除此之外，頻繁碰觸他人也會引起不必要的注意和疑心，紫蘭思忖目前最好的方法是擁有穩定、不易被懷疑的情報源，教導金家的孩子便是風險較低的工作，再者由於她是成年人，更是模仿師，在課程中碰觸孩子不會引起猜疑。

自那日和金雞神女共用早餐以後，神女不再私下和紫蘭見面，只透過下人送來的書信和紫蘭討論家族事務，也因此她找不到機會再次試探那由金家巴利所建立的屏障。但她很清楚，現在不能著急，金雞神女變化莫測的個性在經過那次對自己的乞求後，卑微諂媚很快轉變為後悔、憎恨，更因自己的低聲下氣感到煩厭，紫蘭理解的，要讓金雞神女放下她天性裡嚴重的疑心病，最好的方法就是欲擒故縱。

現在她只要安然完成目前的工作——教導金家的孩子，歷代金家家主總是對此事樂見其成——就能使神女逐漸放下戒心。

她輕聲呼喚巴利，讓牠鑽進自己衣內的暗袋中藏好，離開房間前最後一次檢查房門，上次師傅提到有人在監視自己，這在紫蘭心中形成一個疙瘩，雖然師傅和巴利往後不曾再察覺到窺看的視線，紫蘭仍保持警戒，另一件古怪的事情和威爾醫生有關，自那晚後，她再也沒有在金家裡見到他。

難道那晚的記憶是一個幻覺嗎？紫蘭搖了搖頭，步上陰暗的長廊，往金家孩子們上課的書院走去。

金家的書院自保留地劃分前就存在，也證明了紫蘭過去對都市區的理解：學校廣設，有給小小孩的學校，有給大孩子的學校，甚至是給大人的學校……那是屬於聰明人的國度。

她眼前浮現早已不在的朋友，如果別有用心接近對方也算是朋友的話。她想起自己對他說過的話。只是當時她隱瞞了一點，都市區在金家的把持下早已沒有給所有孩子就讀的學校了，五大家族各自有書院或家庭教師，但學習和閱讀的古籍都須受到密冬認可，否則便會受到金家代密冬降下的懲罰。不過從師傅利用巴利帶回來的古籍上可以讀到，保留地劃分前以及初劃分時，都市區確實存在著普遍設立的學校。

紫蘭推開書院的大門，走進擺置有桌椅的軒敞空間，陳舊的講台後方懸掛著一面巨大的鏡子，看見那面鏡子時，紫蘭懷中的巴利掙動了一下，讓她蹙起眉頭。難道，這面鏡子和她房間裡的鏡子有任何相似之處？可是眾目睽睽之下，紫蘭不好確認。她轉移目光望向等待著自己的學生，發現他們年齡差異很大，最小的不超過五歲，最大的可能有十五歲。

從家系來看，金雞神女的鳳白家系人數最多，藍水家系的寥寥可數，但並非完全沒有，代表金雞神女表面功夫作足。剩餘的孩子可能是金家裡能力較弱的家系……當然，這些孩子必定屬於某個象徵血統純粹的家系，哪怕那些家系唯一的特徵只是歷代相同的畸形，他們也依然要死守所謂的「純血家系」，因此若是與其他家族或外姓人的混血，絕無可能進入書院中學習「模仿」。

紫蘭望著眼前的這些孩子，眼神冷淡。他們就像動物一樣，經由配種生下後代，如此延續下來的究竟是優點？還是缺陷？從他們畏縮的目光、瘦小且畸形明顯的身體來看，應該是後者吧。

紫蘭放鬆下來，她根本不必擔心這些孩子看出自己並非模仿師，因為他們早就已經毀了。

「今天的課程是……泡茶。」她緩緩說道。座位上的孩子們既沒有表現驚訝，也沒有提出任何質疑，他們只是順服紫蘭的話語，甚至有幾個鳳白家系的孩子，已經討好地去幫她拿茶壺與茶杯了。

卻在這時，紫蘭聽見一聲輕笑從身後傳來，她立即轉身，什麼都沒發現，只有那面如成人般高的鏡子冰冷、安靜地懸於牆上。

小畫眉。師傅的聲音浮現腦海，紫蘭想讓師傅等一等，她必須在課程中偽裝自己，可烏托克急切地道：*小畫眉，那種感覺又來了，有人正在監視你。*

*監視？現在？*紫蘭思緒飛轉：*是這面鏡子在搞鬼？*她一直以為是神女出於不信任在監視自己，但現在不那麼確定了，而且這次不同，紫蘭意識到自己什麼也不能做，無論誰在窺看，她只能演好戲碼。

好吧……好吧，仔細想一想，接下來該怎麼做？

紫蘭認為，真正的密冬模仿師絕對會將教導金家孩子模仿的技術視為麻煩，因此她不能太過用心。至少在這方面，計畫並沒有改變，而當她回想自己過去曾受到的訓練，腦海中立即浮現師傅教導她成為一名優秀侍女的方法，其中學到的第一項技術，是如何泡茶。

她努力平復內心的不安，盡量以平靜的語調講述：「燒熱炭火，注意水的溫度，同時將適量茶葉放進茶壺中，待水煮沸後，以熱水注入茶壺，稍微將茶葉軟化，接著從壺嘴倒出熱水，再注入新的熱水，靜置一分半鐘，將茶倒入茶杯。」

當她熟練地向孩子們展示動作，她也確實逐漸地冷靜下來。

畢竟，她一直就很喜歡泡茶。

師傅泡的藥草茶能夠醫治百病，或許是她身為女巫的特殊能力，但對紫蘭來說不僅如此，每當自己疲累或受傷，師傅一定為她泡一杯藥草茶，此後她只要嗅聞到茶葉與藥草，便會想起保留地的山林。

「輪到你們了。」紫蘭從回憶中抽身，同時警戒著尚且不知真貌的監視者，她對孩子們說道：「請完全按照我的方式泡一壺茶，一個鐘頭後我會一一檢驗。」

趁著這些嬌貴的孩子們手忙腳亂地泡茶，紫蘭在座位間信步走動，她考慮起一種可能性：既然有監視者，便表示對方不信任自己，與此同時，那人未必知曉她已有所察覺，因此這反而是一次很好的機會，去證明她是貨眞價實的模仿師。

除此之外，她也能藉這個機會尋找一個特別的孩子，一個能夠為自己探查的幫手。這時，有個鳳白家系的男孩高高舉起了手，他以溫和有禮的語氣詢問道：「模仿師大人，我想請問，為什麼『模仿』會和泡茶有關呢？」

紫蘭緩緩打量著他，連碰觸也不需要，她看出這個鳳白的男孩十分渴望獲得注目，尤其是位高權重者的注目，所以他問問題並非是要讓紫蘭為難，而是想表現出自己與其他唯唯諾諾的孩子不同。

男孩樣貌眉清目秀，是典型的金家長相，唯頭上長著明顯的鮮紅肉瘤，乍看下宛如雞冠，凸顯出鳳白家系的畸形特徵：不知為何，鳳白的畸形嚴重起來往往使其家系成員看起來如雞一般。

紫蘭斟酌著回覆。

「不曉得其他模仿師怎麼想，但我認為水是用以展示『模仿』力量的最佳媒介，水在不同容器會呈現不同形狀，你在水中滴血，它會變紅，你降低水的溫度，它會結冰。」紫蘭不疾不徐，煞有其事地道：

「你用什麼方式煮水、沖開茶葉，水便在無形中模仿你一舉一動，你的行爲，你的意念，甚至你的個性……就算你們每個人都用我教導的方式泡茶，每一杯茶仍有所不同。請倒一杯茶給我，謝謝。」

紫蘭突然向另一名鳳白的女孩提出要求，女孩顫巍巍地捧起熱茶，雙手高舉過眉，紫蘭伸手接過女孩手中的茶，指尖在女孩手背上輕輕劃過。

——我不想上課，好想回去和奶媽玩捉迷藏。

紫蘭輕啜一口茶：「你若不想待在這裡，就滾出去。」女孩嚇得差點打翻了剩餘的茶水，在紫蘭凌厲的視線中，她慌張地道歉，淚水布滿臉頰。

紫蘭在桌上放下茶杯，一個一個從孩子手中接過茶水，藉由輕微碰觸探視他們的內心，並說出一兩句呼應他們所思所想的評語，如此一來，當紫蘭走過大半個書院，幾乎所有孩子都對她又敬又怕。

匡噹。

一聲巨響驟然打破緊張的氛圍，紫蘭迅速往聲音的方向看去，只見方才問問題的鳳白男孩正和另一個孩子對峙，那孩子有著一頭白髮，顯見是藍水家系的成員，鳳白的男孩在藍水的孩子低頭撿拾地上打破的茶杯碎片時，竟一腳將對方的手踩在茶杯的碎片上，紫蘭動了動手指，一隻極小的機器蜘蛛從長袍內往外爬出，以迅雷不及掩耳的速度竄過鳳白男孩的小腿，他一下子吃痛驚呼，趕緊挪開腿仔細查看傷處，而藍水的孩子也趁機抽回鮮血直流的手。

「怎麼回事？」紫蘭冷冷地問。

鳳白的男孩見是紫蘭，不由得結結巴巴起來：「模仿師大人……是、是那個低賤的藍眼人，他故意想把熱水澆在我身上！」

聽見「藍眼人」一詞，紫蘭眼神一暗，她蹲下身握住那名藍水孩子受傷的手，檢查他的傷勢，一面對鳳白男孩道：「學習『模仿』的場地須維持潔淨，我尤其不喜歡見血，你走吧，以後都不用來了。」

紫蘭忽地一愣，低頭看向那名受傷的藍水孩子，眼神中充滿審視與好奇。

「我很抱歉！模仿師大人，可是我必須留下來，不然我的父母會生氣的，求您……」

「離開，不要讓我說第三次。」鳳白男孩哭哭啼啼地走了，紫蘭衡量當下情況，遣走了剩下的人，獨獨留下那個手掌仍在滴血的藍水孩子。

直到現在，他都還低著頭，讓紫蘭無法看清楚他的面孔。仔細一瞧，這孩子是個男孩，身材又瘦又矮，幾乎使人感受不到存在感，不過他的白色頭髮又亂糟糟的極為猖狂，紫蘭很快對他生出深刻的印象。

「名字？」

「金雪。」那瘦弱的男孩終於抬眼望向紫蘭，靛藍色的雙目一時間竟帶給她深不可測的感受。

紫蘭蹙起眉頭，對自己的行動感到些許遲疑。她剛來到金家，獲得的消息便是金雞神女有意讓藍水家系的某個孩子成為金家繼承人，只是直到現在，實際人選仍未決定。她本不打算接近一個藍水家系的孩子，那太明顯了，更可能使金雞神女對自己產生誤會，然而這個孩子有著特別的氣質。

王璟曾告訴她，藍水家系過去如一盤散沙，為了存活以及對抗鳳白，由臉上矇了最多層黑布的藍目長者制定規矩，即是所有藍水家的男女都在同時間互相雜交，生下的孩子共同撫養，如此也就不知父母是誰，不會互相競爭。金雪便是其中之一。

紫蘭取了乾淨的紗布為他的傷口包紮，同時不動聲色地道：「你為何朝那孩子潑熱水？」

名為金雪的男孩突然笑了起來，紫蘭挑起一邊的眉毛，只見金雪道：「我厭惡他稱我為藍眼人。」

「就不怕我發現嗎？」

金雪沉默不語，卻像是滿不在乎般依舊對紫蘭笑著，她這時才發現，金雪並不害怕自己，他早先低眉順眼的模樣是個假象。她的手指再度觸碰到金雪的皮膚，紫蘭瞇起眼，探出力量，然而得到不敢置信的結果，只能故作平靜地問：「幾歲了？」

「十一。」

竟有十一歲了嗎？看上去比一般同年齡的孩子要來得瘦削矮小，不過他的眼神充滿超乎年齡的冷靜聰慧，紫蘭突地意識到自己犯了一個錯，她太過驚訝自己注意到的事物，竟讓自身暴露在這雙靛藍色的眼睛之下，此時此刻，她身上只要有一絲一毫破綻，都將在對方的眼中無所遁形。剛剛金雪朝那名鳳白的男孩潑熱水，眞正的意圖是觀察自己的反應，而這時她的大意，將會給這個男孩更多線索。

她藉由觸碰聽到金雪的心聲，男孩不完全相信她是眞正的模仿師。

「下次別再這麼做了。」紫蘭鬆開金雪的手，站起身：「我不想在課堂上看見這樣的事情。」

「我明白，謝謝您。」金雪淡淡地回答，隨即傾身告退。

考慮到自己仍受到監視，紫蘭本不打算節外生枝，烏托克卻突然控制住她的身體，以她的聲音問：「等等，從你的年紀來看，你應該也曾接受過前任模仿師的教導吧？」

金雪回頭，露出彷彿正努力思考般的表情，那樣子會讓一般人對他放鬆警惕，認爲他不過就是個年輕笨拙的男孩。然而無論紫蘭或烏托克都沒有鬆懈。

「嗯，是有一陣子。」金雪回答。

「那麼，我和他誰更好呢？」

這是個相當直接的問題，但並不會不合理，紫蘭假冒模仿師前曾和師傅與王璟做過研究，知道模仿師與模仿師之間經常是競爭關係，並會以特殊的「遊戲」來取樂，在這種特殊的遊戲之中，只要落敗，對一名模仿師來說就是天大的恥辱，那是一般人難以理解的強烈羞恥，贏家更能夠對輸家予取予求。終歸來說，模仿師具有孩童般的勝負心和傲慢。

「我不敢妄下定論，模仿師大人，我只是一名金家人。」金雪思索片刻後說道。這回答滴水不漏，正當紫蘭以爲就算是師傅也無法探問出更多和模仿師有關的訊息時，金雪又說：「不過，我或許能說，您和黑羊大人很不一樣。」

「是嗎？哪裡不一樣？」

金雪直視紫蘭，藍色雙眼彷彿洞悉了一切：「您很認眞教，這就是不同之處。」

當最後一名學生離開，紫蘭已沒有必要留在書院。她走向講台後方的鏡子，伸手碰觸冰冷光滑的鏡面。巴利在騷動，鏡子散發出一種難以形容的詭祕感，除此之外，紫蘭沒有其他發現。

難道監視跟鏡子無關嗎？

她盯著鏡中的倒影，說也奇怪，她看得愈久，鏡子裡的影像愈是模糊，她看見自己的臉在融化，隨後，她的臉出現傷疤，那是鶺鴒，鶺鴒就在那裡！她身上滿是傷口，無助開合的嘴形無聲哀求：救我。

小畫眉？烏托克的聲音驟然出現，讓紫蘭瞬間清醒，在她面前，鏡子毫無變化，僅僅呈現她的倒影。

你看見了嗎？師傅。紫蘭在心中問。

透過你的眼睛，我什麼也沒看見。烏托克回答：但這面鏡子確實有古怪，你打算怎麼辦？

紫蘭凝視鏡子許久，隨後轉開頭：我們不能任意破壞金家的東西，就讓它這樣吧，如果這就是監視者想玩的把戲，我奉陪到底。她頓了頓，續道：再說，我們還有其他事情要辦。

傍晚時分，紫蘭讓負責照料自己生活起居的童僕替她將晚餐送到房間，以身體不適為由拒絕到廳堂用餐，如此一來她除了能仔細思索今日發生的一切，也能專心準備晚些時候的任務。

盤坐在床上，紫蘭深深吸氣，再緩緩吐出，一次又一次，直到穩定的頻率將她領入和烏托克的意識巢穴，然而她就停在這裡，在巢穴和自身意識的中間，她沿著邊界遊走。

今天探查金雪的內心之後，紫蘭其實已經很累了，她不確定是否還能再使用能力，這讓她感到挫敗，為什麼她就這麼無用呢？金家危機四伏，好比今日的鏡子和監視者，敵暗我明使她焦躁不已，她還是太弱了。她檢查巢穴和自身意識的邊界，自從和巴利結合，她可以觀察到兩者互相伸出觸角，互相以意識纏繞，如果她也能以如此強健的思維侵入他人內心，她絕對可以任意奪取祕密。她繼續行走，身邊迅速掠過無數的記憶，在巢穴中猶如飛鳥。

紫蘭一一檢視這些記憶，包含今日的遭遇，可是沒有任何新發現，監視者的真實身分她至今仍不知曉，出現在鏡子裡的鶺鴒幻影也只有她才能看到，這太奇怪了，師傅既然和她共享視覺，如果她真的看見了什麼，烏托克也必然會看到。

她繼續前行，沉浸於思考，直到烏托克提醒她時候差不多了。

紫蘭張開眼，換上深色、便於移動的裝束，打開房門走入黑暗。

夜間的金家宅邸走廊一片漆黑，由於他們已沒有資源維持電燈等照明設施，紫蘭讓巴利從衣內探出腦袋替自己看路，她一直感到很好奇，緣何金家宅邸內有著這麼多的走廊，走廊與走廊間交互穿插，彷彿迷宮。走廊旁普遍有門，意味著房間，然而就她所知，在賠罪船啓航、人口急遽下降的數十年來，金家已沒有足夠的後代填滿所有房間。

紫蘭依循金雪記憶中的畫面在走廊裡行進，她不知道金雞神女房間的確切地點，只能從記憶裡的畫面提取特徵，這意味著她會迷路好幾次，但有巴利在，她不會走相同的錯路，於是只要耐心花時間慢慢測試，她終究會找到金雞神女的住處。

在一個轉角處拐彎，紫蘭立刻就知道找到了，這兒的走廊比其他走廊寬闊，周遭牆面的金色壁飾也更華麗，一扇巨大、雕刻有金色雞首的門矗立眼前，她返回轉彎處隱藏自己，小心翼翼地等待。

如果他是騙你的呢？烏托克的聲音疑心地問。

師傅又來了，她總是有那麼多懷疑，從金雪腦海中直接抽取的情報，又怎會有造假？不過也因爲師傅的易猜疑，使自己這些日子得以逢凶化吉，紫蘭輕輕撫摸巴利的嘴喙，知道師傅也能感受得到安撫。

沒事的，如果他騙我，他會付出代價。紫蘭在心底說。

夜還很長，她靠在牆上緩緩坐下，等待時間一分一秒過去。

紫蘭從金雪的腦海中看見，金雞神女每晚都會讓一個金家的男孩陪自己睡，通常是在晚膳過後，每個孩子都只待兩小時左右便離開。不過，似乎也不是隨便哪個孩子都會被神女挑選，她只喜歡長相好看，血統純淨的孩子。

不知過了多久，當巴利輕啄手心，紫蘭慢慢站起身，側頭謹愼地竊看，見金雞神女的房門無聲滑開，露出狹窄隙縫，一個披著外袍的瘦弱男孩走了出來，一隻細長、白皙的女人手臂從縫隙裡滑出，最後一次戲謔且親密地愛撫男孩兜帽下方的臉，即便是隔著一段距離，紫蘭也能看出男孩有多麼反感。

當門再次闔上，她思索著接下來該如何利用這項情報，男孩卻朝紫蘭的方向看去。

「看夠了嗎？」

那聲音很熟悉，紫蘭意識到對方的身分，從藏身處走出來，沉著地望著面前的男孩……他是金雪。紫蘭突然間感到很不舒服，喉嚨中彷彿卡著一個腫塊，她艱難地吞嚥，隨後盡量以平靜的語氣問：「從什麼時候開始的？」

顯然，金雪正在評估是否應該告訴她，然而無論金雪是不是仍有所懷疑，她畢竟沒有露出明顯的破綻，讓金雪確定自己並非模仿師，這個身分目前依舊安全地為她帶來方便。金雪只猶豫了很短的時間，便回答：「是最近的事。」

「你也同意？」

金雪忽然像是亟欲解釋什麼，他語速飛快：「這很正常，她會對所有金家的孩子做，主要是鳳白的男孩，不過最近也開始找藍水的孩子，她選擇我，這是……無上的光榮。」

但從他冰冷的目光中，紫蘭看得出他感到受辱。

如今紫蘭也算是真正確認了神女那份渴望懷孕的心思，不得不說神女可真狡猾，選擇年少的男性做自己未來孩子的父親，由於缺乏經驗一定比一般成年男性更好拿捏，現在又有了讓藍水家系做繼承人的壓力，索性就找藍水的孩子來讓自己產生後代，若是懷孕說不定就能同時擁有鳳白和藍水的優點，更能使兩個家系全部支持這個孩子。

然而若神女所言屬實，她是由於金家特殊的巴利之故無法懷孕，那麼她姦污再多孩子也於事無補。思來想去，紫蘭無論如何都想一試。

「你真心這麼認為？」她問。

「什麼？」

「光榮，你真的覺得光榮嗎？」紫蘭道：「或者，你只是不敢說出你憎恨著她。」

金雪皺起了眉頭，他眼中的懷疑逐漸加深：「模仿師大人說這些，究竟有什麼用意呢？」

只要那雙藍眼一直看著自己，她總有一天會露餡。意識到這點，紫蘭思考片刻，突然一個箭步上前握住金雪的手。只見男孩就像裂開來般，露出驚恐和憤怒交錯的神情，剛剛才受到神女的脅迫，這樣的碰觸必然使他反應激烈，這會是他最脆弱的時刻。

紫蘭無視師傅對自己強硬使用力量的警告，也無視自身極限和意識到這多麼殘忍的心情，就像神女威逼男孩一般，猛然扎根探入金雪的思緒，她想看到更多，確知更多，無力的自己必須把握每個機會反擊，她要直接撬開男孩的心。

然後，紫蘭鬆開了手，她滿身大汗，頭痛欲裂，金雪也宛如大夢初醒，神色恍然。接著，紫蘭往前一步，讓自己完全暴露在金雪的視線之下，她就像要擁抱般微微地張開兩手：「不用再試探我了，無論我是誰，都是和你一樣憎恨著神女的人，你可以仔細看個清楚，憑你的眼睛，應該能看出些什麼吧？」

看出我憎恨整個金家，所有五大家族都是我的仇人，哪怕是站在我眼前的你，哪怕你只是個孩子。

金雪厭惡地用另一隻手反覆摩擦著被握住的地方，接著毫不客氣地凝視著她。

「如果我說對了，你會承認嗎？」

紫蘭諷刺地說：「你說錯了，我還會幫你糾正。」

金雪瞬間露出符合稚嫩年齡的賭氣神情，但轉眼即逝，他平板描述眼中所看見的、以及感受到的。

「你的外表和都市區人無異，除了膚色更深，這表示你長時間勞動過，從手腕內側的膚色對比可以看出，你原本皮膚應該相當白皙。碰觸我時手指上滿是老繭，你曾是個下人，某個家族的僕役——常理來看，這種身分的人不可能是模仿師……但你有特殊力量。你說你憎恨金雞神女，所以，你是其他家族派來的奸細，你的力量是某個家族的獸靈贈予的嗎？」

「只對一半。」紫蘭忍不住笑了：「孩子……抱歉，這樣的稱呼冒犯到你了嗎？那麼，金雪，可以這樣稱呼吧？我的這份力量沒有任何五大家族的半吊子獸靈可以給我，不過你不必擔心，我的目標只有金雞神女一人，如果你如我所想的那樣，有著更高的野心，那麼我們或許可以合作。」

金雪沉默。

「就算你成爲金雞神女孩子的父親，她也不會給你任何一分好處。」紫蘭步步近逼，斷聲說：「她不可能下放自己的權力，你只會被軟禁起來，或者一腳踢開，她擁有獸靈，壽命比一般人更長，你現在還小，可是想想看，到你老死，都不可能得到任何一分機會，那是多麼恐怖啊，你只會成爲她生孩子的工具，和那些被用來做實驗的藍眼人一樣下場。」

金雪戒愼地交叉雙臂，抑制住因爲惱怒而微微顫抖的手指：「你到底想要什麼？」

紫蘭在內心鬆了一口氣，回答：「牢房。」不能完全告訴金雪她在找的人是誰，因此紫蘭只能先從地點開始：「金家的建築存在著一座監牢，我要知道在哪裡。」

「除了金雞神女，我不願做任何會危害金家的事情。」金雪斬釘截鐵地道：「你必須先告訴我你爲何想要知道。」

「我有朋友被金雞神女抓住了，很可能關在那裡，要達成我的目標，必須得找到她。」

「是嗎？但我從沒聽過金家內部有這樣的地方存在。」

「或許是因爲你沒有那個資格得知。」

金雪平靜地望著紫蘭，什麼也沒說，但她知道他已被激怒。

「金雞神女口口聲聲說要讓藍水家系的孩子成爲金家繼承人，直到現在都沒有正式下令，你們一定覺得受騙吧？不過，如果你幫助我找到監牢，我有辦法讓你脫穎而出，成爲金家繼承人。」強調著「你」這個字，紫蘭慢悠悠地道：「只是我希望你不要多問，我們都身處危險，也都有危險的心思，沒必要知道彼此太過詳實的計畫，避免一方被抓住後供出一切，你就當作是一場和惡靈的交易就好。」

「惡靈？」金雪的眼睛閃過一瞬清明，讓紫蘭恨不得咬掉自己的舌頭，她不該說那個詞的。「我讀過保留地劃分前的古籍，只有保留地山區部落的信仰中才有惡靈……你是保留地人？還是高家的人？」

紫蘭不再開口，金雪卻突然輕笑起來：「哈、哈哈……如果是這樣我就放心了，無論你來自何方，如果是保留地人，你肯定真的很恨神女。」金雪走向紫蘭，仰頭審視著她，表情流露一絲瘋狂：「可以啊！保留地人的話，一定有辦法把那女人拉下來，一定可以，把她殺掉——」

「安靜。」紫蘭冷聲說：「你或許猜對了，也或許你是錯的，我不會告訴你，我不想討論。請專注在我們之間的協議：只要你幫我找到監牢，我就把金家繼承人的位置給你。」

「我衷心希望你能辦到。」金雪朝紫蘭伸出手，她猶豫了一下，隨即和男孩握手。「不過，我真的沒聽過金家裡有牢房，也許是我出生前的事，我會好好調查一下。」

紫蘭微微頷首：「有任何進展再給我消息。」

說罷她轉身離去，腦中揮之不去金雪聽見她是保留地人時狂喜的表情，以及探索金雪內心時感受到的黑暗情緒。不僅其他家族，金家內也有人如此憎恨金雞神女……神女並不代表一整個金家或都市區，她做的決定也不是所有人都支持，包含保留地戰爭。可是，難道這就表示其他人是無辜的嗎？她想起師傅的遺願，以及自己的恨意，她想毀掉的可不只是金雞神女，還有金家，甚至是所有五大家族。

就算這些人當中也有受害者，譬如今晚被迫服侍神女的金雪，她也應該狠下心來。

應該要這樣才對。

紫蘭握緊了拳頭，突然不那麼確定了。

小畫眉。伴隨著烏托克的警告，紫蘭左肩上的圖騰湧現一陣強烈的痛楚，讓她意識到自己終究不能夠手下留情。是的，她必須消滅五大家族，就是這樣。

紫蘭回到自己的房間，閉上眼卻無法入睡，她機械式地回到意識的邊界，在那兒，她可以躲開師傅的注意，同時也能訓練自己探查人心的能力，她一直保持能力的運作，直到鼻腔流出鮮血，她也沒有停止。

天亮時，她聽見房間外傳來敲門聲，料想是來送早膳的童僕，她仍提不起精神去應門，許久之後，是烏托克控制紫蘭的身體前去開門，然後，紫蘭感覺到師傅用自己的臉露出的微笑。

打起精神，你的機會來了。烏托克好似在紫蘭肩上輕輕拍了一下，兩人位置立時交換，紫蘭望著眼前空手而來的童僕，終於理解師傅爲何如此愉快。

因爲，她終於再次等到了金雞神女的單獨召見。

童僕這回將紫蘭引去了金雞神女的書房。

書房和金家裡的其他空間大相逕庭，五大家族的宅邸都有上百年的歷史，從保留地劃分前就存在，然而在密冬撤走資源以後，金家愈發破敗、陳舊，無力修繕導致金家建築金玉其外，敗絮其中。相較之下金雞神女的書房卻是迥然不同，彷彿將所剩不多的高級建材、金錢盡數投注到這兒。書房有無數的精美飾品裝點，比人還高的書櫃上放著寥寥數本舊社會古籍，其餘全是玉石、珊瑚、翡翠、水晶、黃金等材料製作的沉重擺件，紫蘭不難想像金雞神女會喜歡這些華而不實的裝飾品，用這些物品填滿書房，使整個書房圍繞著璀璨閃爍的朦朧感。

紫蘭觀察著書房時，金雞神女坐在中央的書桌後以毛筆書寫著什麼，她身邊站著那名面貌醜陋的男子，通常金家家主的護衛都是劉家人，並且和家主擁有一種類似人類與巴利間的結合關係。那名劉家人打從紫蘭走進書房，就一瞬也不瞬地盯著她看，目光滿是敵意，而神女猶如沒有注意到，一面書寫一面開口：「我沒什麼胃口，又想見見紫蘭小姐，所以讓下人把你的早餐端來這裡，希望你別見怪。」

神女以飽含墨汁的筆尖指了指一張矮桌上的餐點，是一碗白粥和幾盤小菜，紫蘭在幾週前就和童僕表示自己更願意飲食清淡，此後她的三餐幾乎都是如此。

「沒關係。」紫蘭兀自走向矮桌坐下，以優雅的動作慢條斯理地用餐。她有意等待金雞神女完成手上的工作，或者至少告訴她爲何找她來，儘管紫蘭並非不清楚，她仍然必須假裝，與此同時，有那礙事的劉家人在，她也很難有任何行動。

幸好金雞神女看上去同樣不喜歡這名劉家人，她揮了揮手：「我想和模仿師單獨說話，你出去吧。」

「神女大人，我必須保護您……」

「有你這張噁心的醜臉在，我做什麼都渾身不對勁，給我滾出去。」金雞神女看也不看那名劉家人，但她的話確實對他產生了作用，劉家人欠了欠身，最後以威脅的眼光看了紫蘭一眼，這才退出書房。

「對了，關於我上次的要求……」彷彿呼應紫蘭的期待，神女驟然開口：「請當沒那回事吧。」

紫蘭微微捏緊了手中的調羹，從一數到十，回答：「神女改變想法了？」

「我只是覺得，這樣利用來自密冬的貴客太過分了。」

多疑又故作姿態，這就是金雞神女，她愈是這樣，紫蘭反而愈不能著急。

「神女想怎樣都可以，然而這願望畢竟是密冬之主的贈禮，若你有其他渴望之物，再請讓我知道。」

紫蘭說罷放下餐具，站起身沿著幾乎一望無際的層層書櫃緩步逡巡。

「我想要的東西……」金雞神女的聲音低微得宛如自言自語，紫蘭幾乎就要錯過：「是將『我』傳承下去，『金雞』必須傳承下去，傳承……那美麗的金色。」

紫蘭背對神女，仔細觀察，書櫃上以珍貴材質製作的擺件約一半是前任金家家主的塑像，另一半是某種姿態華麗的鳥類雕刻。她過去從未見過這種鳥，每一件雕刻品看上去模樣也不盡相同，卻很奇怪，儘管每樣擺飾詮釋的方法不同，卻能透過一致的特徵，使她知道這些擺飾雕刻的全是同一種生物。

那究竟是什麼鳥呢？

「這些是歷代金家家主的收藏。」金雞神女的聲音驟然出現於咫尺之遙，令紫蘭下意識想躲避，幸而終究還是忍住了。神女以沉迷的語調解釋：「有些是用來自密冬的玉石製成，色澤溫潤如羊脂，是一等一的絕品，珊瑚則是從灣島東方的小島運來的，年代十分久遠……」

「這些雕刻的是什麼動物？」

神女微微一愣，許久才以古怪的語氣回答：「是雞呀。」

紫蘭從未見過這樣的雞，雞冠迤邐而尾羽悠長，型態纖細更似鳥類而非她在舊社會古籍裡看見的雞，她想，自己似乎不應該問的。

「很好看，我不曾見過這樣的雕飾。」她決定賭一把，看看神女的驕傲自戀是否能給自己可乘之機。聽見紫蘭的話，金雞神女果然露出笑容，卻也帶著疑惑：「是嗎？我以為紫蘭小姐在密冬已看過很多。」

「我是平民出身，模仿師的訓練很艱苦，我也極少前往皇宮，這些昂貴的東西平常是看不見的。」

她隱隱透露出自己虛假身分的卑微過往，金雞神女眼中浮現難以察覺的輕蔑，沒錯，對於像神女這樣的人來說，一個人尊貴與否是從出生就決定了，紫蘭希望神女的自大能蒙蔽她的理智。

「既然如此，我有一件特殊的收藏想讓你看看。」金雞神女神祕一笑，抬手輕輕拉動書櫃裡的某處，似乎因此觸動了機關，巨大的書櫃變得能夠往旁側推開，展現出裡頭藏匿的空間。金雞神女得意地領著紫蘭走進其中，在這神祕的房間裡，僅於中央擺放了一座有平常人四倍大的巨型物件，並以一片油布罩起，紫蘭從油布勾勒出的線條實在無法猜出那究竟是什麼。

「哪怕是最初的金姓人，一直到我的父親，我始終都覺得他們格局太小，沒有什麼野心，就連收藏品也是小鼻子小眼睛。紫蘭小姐，歷代金家家主都有收藏珍稀材質並將其打造成特定形象擺飾的興趣，你可知道為什麼？原因不過就是他們想要被記得，這些玉石、珊瑚或黃金，之所以貴重不就是因為它們歷久彌新？就算經過千百萬年，或許有朝一日連獸靈都滅絕殆盡，這些東西依舊會留下，倘若那時人類還存在，他們會在這座可悲的島嶼挖掘出什麼呢？有這麼多的東西證明我們金家曾有的榮光，我想他們最終只能找到這些美麗的塑像吧，一想到這點，我便很是愉快，不過我的收藏不像我父親或先祖那麼多，我所擁有的唯一藏品是這件作品……」

金雞神女說到這裡，以誇張且戲劇性的手勢掀去巨大塑像外的油布，顯露出下方金碧輝煌的巨大人像。

那是由純金打造的金雞神女像，神女微笑站立在一朵盛開的金色蓮花上，身後一隻金雞大張羽翼，彷彿要將神女納入翼下。從紫蘭的角度，卻又因位置產生錯覺，導致那對羽翼彷彿從神女身上張開。和這座黃金像相比，外頭無數擺飾都平平無奇，這確實是具有強烈野心、自戀自傲，恬不知恥的一件作品。

站在紫蘭身旁的金雞神女眼中含淚，彷彿即便已觀看過數次，仍會受到這座黃金像感動，紫蘭心中一動，順應著神女的情緒，輕輕讚道：「確實是極美的傑作，尤其是那美麗的金色……」

聽見紫蘭的話，金雞神女閉上眼，讓淚水滑落臉頰，她喃喃道：「是啊，美麗的金色，你說得一點也沒錯。」宛如下定了某種決心，她哽咽地開口：「紫蘭小姐，我想收回我剛剛的話，我還是……還是無法放棄。」

紫蘭不動聲色，徑直離開密室走回神女書房，她替神女拉開書桌後的椅子，以手勢請她回到位置。

「到這裡來，若要完成你的願望，我需要做一些測試。」紫蘭溫和地說。

「是什麼樣的測試呢？」

「請坐，身體和頭靠在椅背上，別擔心，這是運用模仿之力來做的身體檢測。」

「我已經請家族醫生替我做過檢測。」

「經由模仿來做的測試將有所不同，現在請放鬆身體，若可以的話，閉上眼睛。」待神女遲疑地坐下來，紫蘭繼續以平穩的聲調道：「接下來我會碰觸你的太陽穴，可以嗎？」

金雞神女停頓了好長一段時間，才說：「好吧。」

紫蘭以食指和中指輕觸金雞神女的太陽穴，到目前爲止，她幾乎算得上成功了一半。從之前和神女的接觸中她發現了一件事，那就是神女的巴利沒有將自己曾侵入她意識巢穴的事情告訴她，可是倘若巴利和人類的關係親密，巴利不可能不警告神女，因此紫蘭判斷神女的巴利不是不想，而是不能。

這或許也和喙鏡的失效有關，神女的巴利在衰弱。紫蘭想，五大家族的巴利來自密冬，這些巴利卻和灣島的巴利相差甚遠，牠們擁有力量，卻幾乎不會說話，和人的連結也不深，因此五大家族的家主傾向於將自己的巴利關在祠堂供奉，這些巴利也毫不介意，反正牠們經常處於睡眠狀態。

五大家族的巴利到底是怎麼一回事？金家的聖物究竟還有沒有力量？紫蘭想，有機會得進行調查，只是在目前來看，調查五大家族的巴利不是首要之務。紫蘭重新專注在面前的神女，她要用自己的能力取得鶺鴒的線索，像師傅說的那樣小心繞過神女的巴利所設下的屏障，隨後一點一點植入自己的力量，藉由語言讓金雞神女幫助她「建立」意識巢穴，那麼她的意識將爲紫蘭開啓大門。

紫蘭曾經對王璟做過類似的練習，但因爲王璟全心全意信任自己，做起來十分輕鬆，而現在她要施行的對象是所仇恨的金雞神女，老實說，就連紫蘭自己都不曉得會發生什麼事。

「我的身體還好嗎？」金雞神女冷不防問。

「一切正常。」紫蘭在這次的接觸中，一開始並不急著伸出力量的根系，要以這種方式發揮她的能力，需極爲緩慢地伸展開來，一點一點潛入對方的精神，首要目標是建立巢穴，如同巴利爲自己和師傅建造巢穴，她可以藉由自己的能力做到類似的事情，同時對方幾乎不會發現。「我想或許正如你所說，是獸靈力量造成的代價之故。」紫蘭道。

「那該怎麼辦？」金雞神女略顯慌張地問，紫蘭便在指尖增加力道，輕輕按摩指下的皮膚。

她沉吟著要用什麼方法說服神女才好。

「讓我確認一下，你們既依賴獸靈的力量，獸靈降下的祝福伴隨而生的是生理缺陷和畸形，你們稱之爲代價，那麼，祝福和代價便相互依存，我知道你們必須承受的代價，但金家人獲得的祝福又是什麼？」

金雞神女沉默片刻，她似乎不願意說，紫蘭也不催促，只是靜靜等待。

「金家和其他家族比起來，所獲得的祝福與代價不成正比，我們擁有的祝福，僅僅只是在與地牛的金蘭連結中成爲主人，除此之外，便是那藍水家系特有的眼睛了。」

紫蘭頷首：「我憂慮的是假如祝福與代價不可分割，倘若我消除了你體內的代價，恐怕會使你身上的祝福消失。」

「就做吧，紫蘭小姐，我的眼睛本就不是藍色的，也不怎麼喜歡和那些醜陋的地牛綁在一塊。我現在只需要獸靈的力量爲家族帶來繁榮，個人的祝福並不重要。」

「我明白了，接下來我會在你體內建造一座牢房，將代價本身束縛在你體內的某處。」紫蘭細心地編造謊言：「如果目前代價作用的地方是你的生育器官，我希望能移開它，但不可能眞正拔除，因此我要將代價移到你身體的其他部位，如此一來代價造成的畸形就會影響該部位，可能會造成你的身體產生其他缺陷，但你將得以懷孕。」

金雞神女的表情隨著紫蘭的話語愈顯迷離，最終她閉上眼睛，點了點頭：「那就開始吧。」

紫蘭保持著指尖和神女太陽穴的接觸，但僅止於此，她同樣閉上眼睛，開始想像從指尖發散出的觸角。觸角、樹木的根系或絲線，這樣的想像有助於讓她沉入他人的意識，目前她的能力扎根尚淺，也不敢太過深入，她讓力量沿著神女的意識外圍擴散，悄悄往內試探。而她確實在一片黑暗中看見了發光的屏障，屏障宛若鏡面，反射出紫蘭自己的內心。

她繼續繞著屏障外圍移動，卻發現屏障將神女的意識保護得很好，雖然有無數空洞，表象上細微的孔洞讓神女的潛意識不時洩漏，要侵入卻是成倍的困難，看來，她必須先開始建立巢穴才行。

通常，人的意識巢穴能夠按照他所習慣生活的居所、建築或場景來打造，巴利們天生就知道該怎麼做，紫蘭相較之下還只是初學者。但無論如何，只要讓金雞神女建立好她的意識巢穴，並全然歡迎自己的進入，那麼，她理當可以像打開一扇門一樣輕易地走進金雞神女的意識。

「現在，請向我描述你人生的中第一個房間，僅屬於你，你可以任意布置、沒有人可以不敲門就進入，一個完完全全屬於你的房間。」紫蘭輕聲細語。

金雞神女有些不安，她微微扭動肩膀：「這跟幫助我懷孕有什麼關係？」

「我要先創造一個屬於你的房間，將代價本身騙進這個你所熟悉的房間裡，接著再將房間變化爲牢房。」紫蘭耐著性子解釋：「如果可以，我也會詢問你過去曾遭遇到的事情，幫助你重建房間。」

「我不認爲你有必要如此了解我。」

「神女，你想要孩子吧？孩子可說是對其父母的模仿，如果我不了解你，要如何爲你製造孩子呢？」

神女閉上嘴，紫蘭觀察到屏障內部的意識開始幻變光彩，顯現其主人正在回想，隨後這些色彩和線條緩緩聚焦，形成模糊的景象，紫蘭依稀可見屏障內有兩個孩子正在玩耍，如果沒有這道屏障，她會看得更清楚。

「請向我描述這個房間的模樣。」紫蘭道。

「嗯，這是我的第一個房間，我出生於金家，是金雞皇帝的掌上明珠，他將整個宅邸內最寬敞、漂亮的房間贈給了我，並在裡頭堆滿了玩偶、珍稀的裝飾品……」

「門呢？你房間的門看起來如何？」

「門倒是很普通，和這裡大部分的門相似。」

這個巧合替紫蘭省了些力氣，她回想自己房間的門，呼應著神女的回憶，一扇木門便在裡應外合之下隱約顯現於屏障上。

「是否有人會進入你的房間？他們需要敲門嗎？」

「這世上只有一人不需要敲門。」金雞神女回答：「其他就算是我的父親，也須敲門等待我同意。」

紫蘭在屏障外那扇隱約浮現的門上輕敲三下。請進。一個聲音從屏障內傳來，隨後門打開了。

紫蘭踏入色彩斑斕的光色之中，她想自己確實進來了，她騙過了金家的巴利，不過照目前的狀況來看，金家的巴利雖會保護和牠結合的人，卻也不太費心，她可以感覺得到神女的意識巢穴有巴利的存在，然而金家巴利悄無聲息，彷彿睡著了一般。

既然如此，就別怪她不客氣了。

紫蘭長驅直入，開始往神女的意識扎根，這讓她的頭立即傳來劇痛，她咬牙忍受，卻在這時，她伸出的根系被不知名的力量緊緊抓住，整個人被拖進了神女的意識中，那是一股深沉強烈的怨恨、惡意，幾乎像是一股濃稠的黑煙，使她無法呼吸、差點失去意識。周遭的一切都在旋轉，紫蘭聽見了迅速掠過的無數聲音，以及一面面快速旋轉的鏡子，一片小圓鏡墜飾在她手中轉動，有一個女孩說：「表姊，你長得眞好看，如果我也和你一樣美就好了。」

紫蘭緊緊抓住這個聲音，試圖讓自己穩定下來，不再隨著意識之流飄蕩渺遠，她眨眨眼，在眩暈中看見自己正將圓潤的玉石、珠寶、金子當作米飯，放進容器裡攪拌，和女孩玩著扮家家酒，她終於明白自己無意間扎根太深，已經陷入神女的記憶裡，現在她是以神女的角度觀看這些迅速飛掠的回憶。

面前的女孩以崇拜的目光凝視著她，而她早已習以爲常，女孩是她的表妹，從小就跟在她身後，像一隻對自己產生銘印的小雞。

在玩耍的她們身旁，是與她長相酷似的兄長，她的目光一旦觸及兄長，便無法按捺滿胸腔的依戀和愛意。在這個世界上，只有他進入自己房間時無須敲門，她永遠在等待他，無論天性或代價，她都深愛兄長，在她還年幼時，便知道自己注定要嫁給他。

兄長好笑地看著她們遊戲，不禁好奇地問：「表妹怎麼這麼喜歡你？」

「誰知道，我但願她不要再跟著我了。」她故意賭氣地說，忽視表妹一刹那間受傷的神情。

兄長看著她身後的表妹，而她帶著迷戀凝望兄長。

彼時在她心中，還流淌著對表妹的珍貴溫情。

畫面轉動猶如萬花筒，下一刻，她和表妹在書院上課，一名黑髮蓄鬍的高大男子在講台上好似十分無趣地，讓下方的孩子們在未來每次上課時自備紙筆，他們的課程只是不斷重複描繪一樣選定的物品。

眞是無聊啊。神女……此刻是紫蘭，如此想著，只打算從父親的書房拿一件擺飾來描繪便罷。然而表妹卻興奮莫名，表妹從以前就是個奇怪的孩子，她選定描繪的物品是雞，當時金家院子裡還養著活生生的雞，她卻不滿足於此，不惜親手宰殺一隻雞，將雞埋進土壤中，等待數月後再挖出來，她將雞的骨骸和殘存的羽毛仔細清理，此後上課都帶著骨骸前去臨摹。

「她擁有成爲模仿師的天賦。」

高大男子說，在這段記憶中，一切都出奇的清晰，只有那名傳說中的密冬模仿師黑羊，其面貌模糊不清，拒絕被他人的記憶所模仿。黑羊向她的父親講述表妹的力量，表妹如何讓畫紙上的雞栩栩如生地展翅飛起，躍出了畫紙，啄食地面的蚯蚓，牠身上的墨汁還未乾，在地上留下一串黑色的鳥類足印。

聽聞表妹擁有如此力量的她的兄長，在模仿課程結束後拉著表妹的手逃離其餘金家孩子的銳利目光，她追上去時看見兄長在花園中伸手摘下表妹頭髮上的落葉，隨後他吻了她。

彼時她心中升起幾乎令她窒息的嫉妒心，爲往後悲劇的發生埋下伏筆。

畫面再次轉變，她在雨中氣喘吁吁，掐緊表妹的脖子，表妹身穿大紅嫁衣，紅蓋頭在暴風中飄蕩，幾近已不能呼吸，可是她無法停手。

「爲什麼？爲什麼是你，你不是要去密冬做模仿師嗎？那就去啊！爲什麼要連我唯一的兄長也奪走？」

「不是……不是我……是表哥他……」那張寡淡的小臉，一點也不似金家人典型的美貌，這樣一張臉，到底憑什麼吸引兄長？

她甩開表妹，轉身返回金家，小心推開一道道門，以暗中打造的鑰匙潛入父親深鎖的書房，她決定偷取金家聖物喙鏡，那面傳說中的鏡子，能夠改變人的心，她想，或許她也能改變兄長的心，使他愛自己。

可她翻箱倒櫃許久，始終找不到那面不可思議的鏡子。反倒是父親的聲音自她身後響起：「我親愛的女兒，你在找什麼呢？」

她扭過頭，見父親一派雲淡風清的神情，不禁怒火中燒：「喙鏡，把喙鏡給我！」

「只有金家家主才有資格使用喙鏡，再說了，你要喙鏡做什麼？」

「當然是讓兄長回心轉意！他只是暫時被表妹蠱惑了！我必須——」

「女兒啊，喙鏡不是這麼用的。」父親走向她，語氣平和：「也不該虛耗聖物的力量，喙鏡正在衰弱，能夠使用的次數所剩不多，可不能浪費在這等小事之上。」

小事？她對兄長的愛是小事？她再也忍無可忍，徹底爆發。

「此時不用更待何時？表妹是最爛的雙蕊啊！鳳白怎能讓雙蕊染指？金家家主一脈向來都是手足通婚，父親！您怎麼能放任尊貴血脈被毀？」她彷彿瘋了一般嘶吼：「兄長將來要繼承金家家主身分，地位高不可攀，他怎麼可能眞心喜歡表妹？他愛的應該是我！如果他一時糊塗，就用喙鏡來導正……」

父親將她攬入懷裡，語氣充滿了同情和憐憫。

「我親愛的女兒，或許你永遠也無法理解這件事，但當你能以權力控制他人時，絕對不要浪費喙鏡。再者，你的兄長已親自向我表述心意，他確實愛她，儘管你表妹更願意前往密冬學習模仿，然而基於一些原因，她無法前去。」

「什麼意思？我不懂……」

「這個嘛，黑羊大人雖想攜你表妹前往密冬，但這在過去是未曾有過的大事，加上路途遙遠，經過謹愼的考量，我回覆密冬本國因她即將大婚，就不便前往密冬學習模仿了，而偉大的密冬之主是如此仁慈慷慨，願意等待下一次機會，並允諾會送來珍貴的寶物數件，作爲賀禮。」

「可是，父親不是希望我們也有自己的模仿師……」突然間，她想通了：「比起讓雙蕊家系的人成爲模仿師，不如爲鳳白製造機會，所以您讓表妹和兄長結婚，就是爲了讓她無法去學習模仿？」

「多麼聰明啊，黑羊大人日後一定能從鳳白家系中找到更好的人選，你哥哥既然喜歡雙蕊家的女子，就作爲玩物贈給他，等新鮮感過去了，你表妹也已失去學習模仿的可能。」金雞皇帝嘆道：「唉，可惜你是女子，而我們金家的獸靈可不像古家的那樣低劣性淫，只願和女子結合，牝雞司晨的金巢豈非荒唐？你若是男子就好了，金家家主之位和喙鏡必定是屬於你的。」

金家家主之位？她心中閃過了一個念頭，一個她從未有過的瘋狂念頭……是啊，作爲金雞皇帝的父親一眨眼就能改變表妹的命運，他甚至無須動用喙鏡，就能使人服從。只有成爲金家家主，才能擁有至高無上的權力，既然如此，若是她成爲家主，是否也能改變自己的命運？

到了那時候，她必定要以喙鏡讓兄長回心轉意。

她推開父親，走進了黑暗的廊道裡。

下一刻，時光飛逝。

表妹懷孕了，肚子大得嚇人，她跪坐在地，默默飲泣，周遭是荒涼的曠野。在表妹頸上，一條紅線項鍊延伸至衣領內，藏匿著一小面圓鏡墜飾。彼時她沒有在意，往後回想起來才意識到肯定是兄長贈予表妹那僅有鳳白繼承人才能擁有的聖物複製品。

此時她的目光只緊鎖在表妹鼓脹的肚腹。多虧了父親自以爲是的決定，要在金家暗中建立自己的派系並不困難，她主張鳳白的兄長被雙蕊的表妹玷污，讓她獲得鳳白家系長老們的支持，她使人們相信，摒除性別，她才是當之無愧的金家繼承人，相較之下，意圖敗壞血統的兄長和表妹，就像舊社會古籍中出現的邪惡大反派，這懷胎的肚腹就是最好的證明。

她高舉來自密冬的特殊利刃，卻遲遲沒有下手。

「這種時候裝什麼無辜。」她恨恨地說：「你連他的孩子都有了，你得到了我想要的一切，這種時候還一副可憐兮兮的樣子，簡直是得了便宜還賣乖。」

「表姊，我不想的……我不想跟表哥在一起，我想和黑羊大人走，可是舅舅說我沒有選擇，表姊，你不是已經囚住表哥了嗎？既然如此就放我走吧，求求你，這個孩子是無辜的……」

有那麼一瞬間，她彷彿看見了截然不同的未來，表妹離開灣島，前往密冬，受訓成爲灣島第一位模仿師，而她和兄長成婚，是她懷孕了，她大著肚子，而表妹有一天乘著祥雲回來，她不僅已是眞正的模仿師，還擁有了呼風喚雨的強大力量，他們一同管理灣島，過著幸福美好的生活。

可偏偏，現實不如所願。

她冷冷地望著表妹，突然間產生了一個想法，她露出帶有惡意的微笑：「我可以讓你走，但你必須做出選擇，如果你想活下去，就用這把刀把你腹中的孩子挖出來，或者，你用這把刀自殺，我們同樣會把你的孩子挖出來，不過呢，我會悉心照顧這孩子，將他視如己出。」

看著表妹汗濕的臉孔上，那最後一絲希望也被自己抹去，她不禁咯咯輕笑。

「我懶得動手了，你們來做吧，殺掉之後把屍體處理乾淨。」她對自己的手下發令，那些人普遍是金家裡鳳白血統的狂熱信徒，表妹的雙蕊家系意圖染指兄長，早已讓這些人蠢蠢欲動。

她回到都市區，回到金家軟禁兄長的房間，她以如此極端的方式奪取了兄長金家繼承人的身分，接下來，只要等她繼任家主、取得喙鏡，她就能讓兄長對自己永不變心。

可當她打開房門，看見的是兄長以麻繩上吊的光景。

她再也無法忍受，她再也不能承受，她的心破碎了，那一瞬間，她原本想放聲尖叫，然而她不能夠讓其他人發現，她把金家原來的繼承人逼死了，還殺了兄長的妻子。

因此她必須安靜，比過去任何時候都更安靜，她詢問從邊界返回的她的支持者，卻得知表妹以聖物複製品控制住了其中一名外姓人，在外姓人的幫助下逃往保留地，他們最終殺了外姓人，但沒能捉住表妹。

她勃然大怒，要求派人潛入保留地進行追殺，她要她死，否則她該如何驅逐腦海中兄長死去的畫面？

然而連這一點小事也做不好，她的人找不到表妹，一名行動不便的孕婦就此消失無蹤，她再也沒有表妹的消息。

從那之後，她感覺自己失去了重要的東西，她始終手腳冰冷，視線昏暗，什麼金家家主、喙鏡，對她來說再也不重要了。諷刺的是，兄長之死在父親的掩護下以疾病爲由下葬，爲了隱藏諸多祕密，此時唯有她一人能夠取代兄長成爲金家繼承人。她開始協助父親處理家族事務，隨後她的稱號在五大家族內傳開，因她善變殘酷、殺伐果決，比她父親更甚。可她依舊看不見光亮，她少數感到快樂的時候，是看著鏡子裡的自己時。

她和兄長長得那麼像，然而愛戀他人終究比愛戀自己有風險，她再也不會冒險了，她攬鏡自憐，撫摸那張臉輕聲細語，深情無比，從此以後，在這個世界上除了自己以外，沒有誰比她更愛她。

一個聲音在她心底道：「既然如此，再沒有誰比你更值得金家家主的位置。」

她想起父親讓兄長和表妹結婚，剝奪了表妹學習模仿的機會，使金家多年來期盼能誕生模仿師的可能性化為虛無。密冬隨後送來數塊貴重玉石作為賀禮，也更像是贈予父親的獎賞，她無法忘記父親手捧玉石，喜孜孜地說他想雕刻出自己的模樣，為他的書房增添收藏，也讓自己的形象能永世流傳。

那一刻，她意識到這次將不是為了別人，不是為了改變兄長的心，或者使人愛自己。這一次，她是為了自己。

是啊，父親已經老了，老得昏庸無能的皇帝，不如自己殺而代之，否則她心中的這股恨意該往何處去？自從兄長自盡以後，她的心也隨之死去了一部分，她無法忍受了，再也無法忍受了，她必須擁有更多，她要奪取更多，同時她要懲罰她的父親，以死亡令他知道，他的罪孽有多麼深重。

你陷得太深了，專注在我的聲音，小畫眉。

一個聲音既熟悉又陌生，遠從天際而來，那是什麼意思？她在叫誰？

我在叫你，阿蘭，紫蘭，我親愛的小畫眉，你還記得嗎？因為我的法術，你不是人類，而是一隻鳥兒，你是一隻繡眼畫眉，這些情感和痛苦，都和你無關。

與我無關，與我無關。她喃喃自語，試圖甩開這具軀體，可是她辦不到，她是神女，是人類，怎麼會是一隻鳥？

沒關係，繼續穿戴這副皮囊也無妨，甚至可能是很好的機會，你可以直接看見你想看的東西，只是不要迷失自己，你要學會控制，這些記憶對你沒有幫助，你需要知道更後面的事情。那聲音以堅定和平靜一字一句說出最後一句話：不要忘記你是為了鶺鴒。

鶺鴒。

她低聲重複：我是一隻鳥兒。

她以食指和中指按在左右兩側的太陽穴上，藉由這個動作重新找到自己力量的根系，周遭曾傷害她、折磨她的一切都煙消雲散，不，反正本來就不是她的傷，因爲她只是一隻鳥兒。

「我想要的情報不在這裡！」紫蘭低吼，讓根系緊緊抓住所在的意識空間：「帶我到一年前，我要看見關押鶺鴒的牢房！」

她身邊的景物開始以極快的速度新生與消亡，人和物如樹木般茁長又枯萎，日與月不斷交替，她再次感到頭痛，那是眞正屬於她的疼痛，然而她的力量在他人的意識中強大又難以控制，一路摧枯拉朽帶著她墜入深淵，這種墜入似乎又像飛翔，隱隱約約，紫蘭彷彿飄浮在半空中，由上往下看見了整個金家。她一直不懂爲什麼金家有這麼多的走廊，但假如……假如金家的建築也是一面鏡子，存在著兩個面象……

她墜落，像是雨水般滲進了金色建築天花板的縫隙，一點一滴落入地板，再從地板的石塊間緩慢流淌，她進入了全然的黑暗與寒冷，可是她不放棄，地心引力是站在她這邊的，因此她繼續向下，向下，最終，她看見了。

數不清的玻璃培養皿中沉睡著無數的孩子，從胚胎到幼兒，他們在掙扎，他們在作夢，睡夢中不時半張的眼睛是淡藍色的，她很熟悉那種顏色和形狀，而一名金髮碧眼的男子戴著口罩，正往記事板上寫下什麼，紫蘭聽見男子說：「孩子們，固然我很想繼續和你們相處，但我還得去餵那個伊哈瀏原住民。」

「入口，方位，我要知道該怎麼前往。」紫蘭按住指尖的太陽穴，猶如念咒般重複：「告訴我，入口，方位，告訴我！」

力量再次帶著她四下飛竄，在這地下迷宮般的建築裡尋找著出口，但就連金雞神女也對金家的地牢不熟悉，紫蘭只是被困在相同的地方，無法離開，這樣下去她連抽離都沒辦法，這段記憶對金雞神女來說既不重要又模糊，她必須抓住更清晰的記憶。

紫蘭全神貫注，試圖藉由和金雞神女意識中的自我合而爲一的此時尋找最近的記憶，她看見了金色的翅膀，那巨大浮誇的黃金像，紫蘭立即像抓住救命稻草般令力量將自己帶去。

下一秒她所抵達的記憶，卻是毫無道理。

她正跪在一間狹窄陰暗的廟宇地板，神壇上煙氣瀰漫，最後一炷香已經燒完，五座神像有人身而頭部全是動物。她是最後一個了，在她之前，所有人都已離開，卻只有她，不相信全知全能的五靈導師會就這麼死去。

她哭泣著，哀求著，希望導師能再次將手放在她頭上，降下來自密冬的神蹟。

不知過了多久，她聽見神壇後方傳來一個聲音：「來。」

她顫抖著跪麻的雙腿走向神壇後方，那兒正供奉著導師早前坐化的屍身，隔著一片紗幕，導師看上去並未死亡，只是如過去一樣盤坐在蓮花座上，她又聽見了聲音：「來，你是直到最後也不捨離去的，我最心愛的學生，因此我將告訴你一個眞相，和一則預言。」

「導師，請賜聖言。」她五體投地跪拜頂禮。

「我贈予你的獸靈不是金雞，而是尊貴無比的鳳凰，那是傳說中的獸靈，切記不可宣揚，不可讓他人知曉，你必當小心仔細供奉。」

她誠惶誠恐又喜不自勝：「我必當遵循五靈導師教誨。」

「而終有一天，你會看見百鳥朝鳳的盛景，眞正的神鳥將現身於金巢，成爲統領灣島的王，其擁有毀滅一切之力，亦掌控復甦一切之力，唯美麗的金色代代延續，神鳥之卵方得孕育。」

她抬起視線，卻見五靈導師的頭部化爲羽毛斑斕的鳥首，那生物雙目如烈火鎔金，使人目眩神迷。

——來。

鳥首張開嘴喙，喙中有人頭，那竟是和神女面貌別無二致的一張臉。

——眞美，就像我一樣……就像兄長一樣……

不對！這不是我的記憶！紫蘭將手指放在太陽穴，試圖再次離開，前往下一個片段，卻不知爲何，她的行動毫無作用。

——來，我就是你，亦是你的兄長，愛我吧，爲我奉獻，爲我延續，延續那美麗的金色。

神女那被觸動、滿載溫柔情意的思緒幾乎就像她的思緒，而紫蘭再也無法抗拒……

快逃！是金家獸靈的圈套！師傅的聲音在遠方喊叫：立刻抽離！否則你會永遠被困在那裡！

紫蘭使勁移動雙手，感覺到師傅的力量加入進來，幫助她抽離，便如同沉睡者突然意識到自己深陷夢境，她在夢中掙扎著移開現實裡僅僅是輕放在金雞神女太陽穴上的手指。說也奇怪，金家獸靈的聲聲呼喚變得愈發悽慘絕望，紫蘭總感覺金雞並無惡意，那雙眼睛縱使滾燙炙人，也沒有攻擊意圖，反倒莫名可憐兮兮。儘管如此，她也到極限了，驟然間她往後摔倒，再次看見神女書房內裝潢精美的天花板。

紫蘭的胸口滿是鮮血，血從她的鼻腔往外流淌，讓她頭暈目眩。而金雞神女幾乎沒有受到任何傷害，她在紫蘭能力的影響下由於長時間意識被入侵，精神有些昏昏欲睡，她發現身後的動靜，困惑地睜開眼轉頭看去，便見紫蘭胸口染血躺倒在地的景象。

「你沒事吧？」金雞神女的語調聽起來不安而困惑：「那代價眞有那麼強嗎？」

紫蘭給自己一些時間適應身體的不適，良久才緩緩自地上起身，一面擦拭臉上的血一面盡量平穩地道：「如果獸靈力量強大，產生的代價也會強大，我今天只能堪堪建造關住它的牢房，尚無法將它封印其中，神女若願意，我會在下一次完成。」她故意強調「牢房」一詞，爲的是增加給予神女的心理暗示，如此一來之後每一次潛入神女的意識巢穴，她都將更輕易地找到和「牢房」一詞有關的記憶。

金雞神女猶豫不決，紫蘭的模樣讓她退避三舍：「可是如果繼續下去，我會不會也……」

「與其對抗的人是我，你不會有事的。」紫蘭很快理解神女的顧慮，她朝神女行了五靈之禮，以示告退：「請給我一些時間休養，待我完全恢復，我會再來找你。」她不給神女拒絕的機會，轉身走出書房。

*師傅，謝謝你。*紫蘭以兜帽遮住殘有血跡的臉，同時在心中對烏托克道謝。

*你已經盡力了，接下來就交給我和巴利。*烏托克從巢穴中對紫蘭伸出手，輕輕一拉，便將她拉進了永恆平靜的林中小屋，以往只要她過度使用能力，烏托克就會讓她在意識巢穴中休息，同時暫時代爲控制紫蘭的軀體。

烏托克無法全盤掌握紫蘭的身體，但她可以進行說話、行走等簡單的動作，紫蘭讓師傅帶著自己返回房間後，旋即倒臥床上，進入深沉的睡眠。

紫蘭再次醒來時，已經過了兩日。

她仔細整理了一遍自己在金雞神女意識中看見的記憶，雖然最後與金雞的交手十分古怪，她仍必須先專注在更為迫切的情報，其中最重要的是金家宅邸有著隱密且巨大的地底空間，從她看見的畫面來分析，可知金雞神女過往便是在那兒製造藍眼人，那段記憶裡金髮碧眼的男子即便戴著口罩，紫蘭也能輕易地辨認出他便是曾來拜訪過自己的威爾醫生。

打從他們第一次見面到現在，紫蘭再也不曾於金家內見過他，他曾說過金雞神女希望他留在實驗室內，現在看來所謂的實驗室就位於金家的地底空間。而他提及「伊哈灣的原住民」，紫蘭不曾聽過伊哈灣，原住民一詞卻曾經出現於她所讀過和灣島有關的古籍。

紫蘭知道「伊哈灣的原住民」指的就是鶺鴒，她很確定，必須要如此，這樣一來，她現在需要的只剩下找到通往地底的入口。紫蘭短時間內無法再深入金雞神女的意識，也擔心神女會起疑，她決定將希望放在金雪身上。

對金家的孩子們授課是每週一次，紫蘭在第二次上課前預先寫好了一張字條，小心收在衣袋內，隨著她的動作，一隻機械蜘蛛從袋內爬出，她理解到這意味著王璟想和自己聯絡，是以她讓機械蜘蛛停在自己掌心，將耳朵湊近。

機械蜘蛛頂端的紅色燈光閃閃爍爍，緊接著轉換為藍光。

「一切可好？我親愛的阿蘭。」

「有進展。」紫蘭將她在金雞神女書房發生的事情鉅細靡遺地對王璟講述，在提到地下空間裡的藍眼人實驗室時，王璟的情緒顯得有些激動。

「我要親眼看看。」王璟不由分說地要求：「阿蘭，把我弄進去。」

「您在外面的工作都安排好了嗎？」

「我讓通訊機每天自動產生對金家的命令，暫時不會被發現，再者，我在外面也沒有別的事情好做了。」王璟的語氣逐漸高昂：「我曾聽過實驗室的存在，但我從未眞正前往，那是一個怎樣的罪惡之地吶，我必須去，我要親眼看看。」

保留地戰爭後，金家已封閉許久，每個月除了運送生活用品和糧食的僕役會在固定時間進出，其餘時候禁止外人來訪。紫蘭想，或許現在正是機會利用自己虛假的模仿師身分。而要結束和王璟的通話時，紫蘭聽見他突如其來的問句：「阿蘭，如果你的願望盡數完成，你會否想要離開？」

「離開？離開去哪？」

「邊界之外，過去是保留地的邊界，現在是灣島的邊界，我一直渴望自由地生活，我在想，我要親自打造一艘船，從邊界跨越邊界，一直往外旅行，我們可以一起去看看外面的世界有什麼特別的地方。」

紫蘭想說「再看看吧」，然而王璟語氣裡的憧憬令她不忍，最終她溫柔地回答：「我會期待那一天，王璟大人。」

機器蜘蛛頭部的藍光轉紅，一溜煙爬回紫蘭的衣物中藏起來，她在心中琢磨計畫的雛形，其後，她等待下一次和金雪碰面的時刻。

第三章　瑪瑙

劉阿咩．劉師傅住處

古琰在新年後的立春遭處死。

消息一出五大家族譁然，尤其金雪並非金家家主，僅是繼承人，此舉宛若越權，他甚至下達命令，由於古家沒有繼承人，也因家主縱火導致大宅被毀，金家的藍水將暫時代為管理古家獸靈瘋虎。對金家的鳳白家系而言，他們的權力被削弱，占不到半點好處，遂將霸道獨裁的罪名安在金雪身上；對其餘四個家族而言，金家自金雞皇帝到金雞神女營造的餘威猶存，然而哪怕是親金家的劉家人，也不免產生了困惑猜疑，其餘家族亦暗中累積不滿，表面上的平靜無波，只意味著水面下暗濤洶湧。

初得知這消息，劉阿咩必須竭力隱藏膽戰心驚。自那詭譎的一晚金雪強行帶他前往古家，為了不落人口實，此後金雪再也沒有與劉阿咩見面，三個月轉眼飛逝。

回想那夜，他和金雪提著油燈自黑暗的地牢中離開，一步步踏在潮濕、脆弱的階梯上，劉阿咩產生了即將萬劫不復的預感。古家的冒牌家主古琰做出一番自白，金雪聽聞後一語不發，只要求劉阿咩回到練屋不可對任何人提起，劉阿咩自然願意守口如瓶，他很清楚這對於金家……不，甚至是對整個五大家族、灣島，都將是一場浩劫。

那可是來自密冬，由五靈導師親手贈予的獸靈，是他們五靈信仰中的傳說。如今古家的獸靈瘋虎不僅死亡，還被古琰剝了皮穿在身上，要是傳到密冬之主耳裡，他們五大家族等同斷送未來。

只不過劉阿咩更擔憂金雪，透過金蘭連結，劉阿咩可以感受到金雪的情緒從最初的驚慌不安，漸漸沉澱為穩定的麻木，然而在麻木中，又有一絲絲難以察覺，宛如星火迸裂的燦爛。劉阿咩不知道那是什麼，但始終記得金雪最後說的話：「別擔心，我會處理好的。」

結果金雪殺了古琰。

作為受密多認可，以及五靈導師祝福的金家，金家家主確實掌握著五大家族的生殺大權，然而處死一名家主……這是聞所未聞。不信任的話語如風聲耳語吹遍各處，沒有人理解金雪，即便金雪以手刃胞妹、縱火焚宅的罪名作為理由，也難以服眾。只有劉阿咩知道，金雪是不得已的，只要古琰還活著，古家獸靈已死的眞相就有洩漏的危險。古琰若以殺死獸靈的名義受死，無人會反對，然而金雪不能讓這件事曝光。

最終，古琰在地牢中受刑而死，據說死前瘋笑不已，說金家會遭報應，說他們罪孽太重，暗中陷害其他家族，啖其肉，飲其血，他們金家所有人都會不得好死。

劉阿咩只覺金雪的處境愈發危險，他不顧劉師傅下的禁令前往其住處，無論要付出什麼代價，都須讓劉師傅為他定下考核日期，如此他才能名正言順地待在金雪身邊。

然而當他在劉師傅狹小的屋子裡找到對方，劉師傅正爛醉如泥。

「走、走開，沒空管你……」劉師傅打著酒嗝，話都說不清楚：「有問題……神女大人……嗝，她正飽受折磨，我必須去幫助她……」

劉阿咩心中閃過古怪的心情，說不上是同情，只是王璨說過劉師傅至今仍聲稱與金雞神女保持著金蘭連結，他想起自己的母親，有時一名地牛被其金家人單方面切斷連結，他們仍會擁有彷彿還能探知那名金家人情緒的錯覺，實際上那只是想像罷了。

他等了一會兒，最終煩躁地將劉師傅從地上拉起來，推開滿地的酒瓶清出空位，再將劉師傅扔在一堆髒衣服上。他找到乾淨的布為劉師傅清理嘴部的穢物，直到劉師傅呼呼大睡，便抱著膝蓋坐在一旁，沉鬱地等待。他從白天等到晚上，又從晚上等到天亮，期間王璨不時透過小閃提醒劉阿咩回練屋休息，但他不予理會。終於，當清晨的陽光透過窗戶照射在劉師傅臉上，他陡然睜開眼，面無表情地坐起身，四下打量，隨後和劉阿哖面面相覷。

「你就這麼想要通過考核嗎？」良久，劉師傅問。

劉阿哖一瞬不瞬地望著他。

「那就替我做一件事。」

跟訓練有關？劉阿哖在一張紙片上寫。

劉師傅沒回答，只說：「你要去見神女大人。」

劉阿哖以為自己看錯了，他仔細地盯著對方蠕動的大嘴。

「今晚午夜時分到這裡來，我會帶你過去，聽好，不要遲到，也絕對不能告訴任何人，連那個金雪都不可以說。」

為什麼要見神女？要做什麼？為什麼不能告訴金雪？神女不是不想再見到你嗎？劉阿哖情急之下比起手語，劉師傅打了他一巴掌。劉阿哖摔在地上，潛意識知道這不是出自懲罰，因為他瞥見男人那張醜陋的臉上出現挫敗，劉師傅是因為感到屈辱而失態。這讓劉阿哖不動聲色，爬起來之後，安靜地盯著對方。

「當我給你一個命令，你就必須執行，其他的別多問。」劉阿哖的目光想必對劉師傅產生某些意義，劉師傅就像隻頑固的受傷野獸，扯出惡劣卻逞強的笑容：「或者，交易作廢。」

劉阿哖僵硬地迅速點了一下頭，隨後離開劉師傅的住處。當他回到訓練場，看見王璨帶著別有深意的微笑，靠在牆上等著自己。

「看上去要變天了。」王璨抬頭比比天空，卻不知為何讓劉阿哖感覺他意有所指。

是啊，似乎要下大雨。劉阿哖比道。

他們各自望著陰霾的天空和訓練場的枯木，劉阿哖不由得想，由金雞神女所創造出的改造人幾乎無一例外憎恨著金家，他和王璨立場相悖，或許根本不該成為朋友。然而從他們第一次見面到現在，也快三年了，王璨對他的態度不曾改變。哪怕劉阿吽身高抽長，幾乎快比王璨高一個頭，而王璨依然瘦削矮小，更由於改造人天生的畸形特別嚴重，他的背部不知從何時開始攏起如小山，讓王璨經常必須駝背行走。

要說兩人生活與過去有什麼不同，大抵是王璨對機器有長才，王管事頻繁喊王璨去幫忙修繕金家偷偷留下的密冬科技物品，劉阿吽常有數日見不到王璨，再看到他時他的背似乎又更駝了，劉阿吽完全可以想像金家的外姓人如何逼迫王璨長時間彎腰工作，他心中不禁升起怒氣。

「你求了劉師傅一整晚，他總該答應你了吧？」當劉阿吽走到身邊，王璨好奇問：「又被揍？」

算是。劉阿吽回答，沒有特別掩蓋臉頰的紅腫。一走到門廊就開始下雨，雨勢原來微弱，逐漸增大，劉阿吽和王璨蹲在門廊邊看著雨滴落下擊出的水花。王璨突然戳了戳劉阿吽的肩膀：「你沒事吧？」

劉阿吽朝他笑了笑，不知道該怎麼說，也有太多的事情是和金雪有關的機密，隨時間過去，他向王璨隱瞞的愈來愈多，有時候，他很感激王璨依然願意做自己的朋友。

「看來這雨一時半會是不會停了。」王璨頓了一下，才道：「阿吽，我能問你一個問題嗎？」

什麼？

「你跟你家人的關係如何？尤其是你的父母？我從沒問過，今天……」

我父親是金家人，母親早已病死。劉阿吽回覆。

王璨眉頭一皺：「照你這樣說，你的父母……」

別說出去，金家不會喜歡的。劉阿吽對王璨比道。

「原來你的身世竟是這樣。然後，你現在又和金家人有了金蘭連結。」王璨感嘆說道，向後倒去，頭枕在手上，他的駝背讓他即便仰躺著，看起來也像是坐著，而且令他十分疼痛，他很快跳起來：「啊！好痛！該死！這爛身體！」

劉阿吽替他揉了揉背部，王璨這才放鬆下來，他淡藍色的眼神驟然變得遙遠：「喏，其實我是想問你，如果有個對你來說十分重要的人，他的存在有點類似父母那樣，你想幫助他，可是他卻怎樣也不聽你的，你會怎麼做？」

劉阿咩想起直到臨死前仍深愛父親的母親，也像劉師傅一樣，雖然父親已切斷和母親的金蘭連結，但母親依然聲稱能夠感受到父親的情緒。他無數次在內心祈求母親能忘卻父親，甚至以手語告訴母親她很蠢，母親也從未放棄……劉阿咩搖了搖頭：我不知道。

「是嗎，果然這不是一個很容易的問題。」王璨好似喃喃自語地道：「如果能令他自由就好了……」

自由。

劉阿咩咀嚼這個詞彙。母親最後需要的是自由嗎？母親要自由，就是要忘記父親，忘記她愛著他才行。他陷入深思時，王璨突然拉著他的衣袖，猶豫地問：「阿咩，你母親最後很苦嗎？」

劉阿咩茫然不已，但見王璨的眼神很真誠，感到自己用不著說謊，便輕輕點頭。

「你父母是金蘭連結，我知道這是很霸道的東西，讓與金家人締結關係的人對對方產生依戀。只要你父親命令，你母親就一定要答應，但你有沒有想過，如果你父親給的命令，能夠讓你母親自由，這樣的話，金蘭連結是不是可以變成很好的事情？」

劉阿咩想了想，腦筋轉不大過來，定睛瞧著對方，比著：你是說，強迫母親「自由」嗎？

「是呀。我在想，有人怎樣也不聽你的，可是知道那個東西是一定可以爲那人好的，那麼命令對方，也許是件好事呢，總歸來講都是自由了。」

別開眼，劉阿咩模稜兩可地點點頭。

金雪幾乎沒用金蘭連結的「強迫性」要自己做什麼，唯一一次只有古家大火的時候。他一直認爲這份締結的關係中不存在所謂好事，除了偶爾從遠方滲透過來、關於金雪的心，還有當初金雪選上自己擔任金蘭時，那股欣喜若狂。他很想念金雪，他覺得締結連結之前的兩人，就算吵架過，好像也比現在更爲接近。如果就和王璨說的一樣，既然有了這份連結，金雪難道不能從命令方式中找到「好事」嗎？

對劉阿咩的煩惱毫無察覺，王璨伸展疼痛的背部，又打了個呵欠，和劉阿咩說要回練屋補眠，兀自走了，留下劉阿哞一人，他遂回到熟悉的訓練場，無視愈發狂暴的雨水，他開始做基本練習，做完了又把劉師傅曾教過自己的各種拳術操練一遍，沉浸在鍛鍊中，試圖忘記胸口那股煩悶。

當劉阿哞回到練屋時，已經入夜，他發現土璨不在床位上，詢問了其他孩子，得知是被找去做事。他躺在床上，翻來覆去無法平靜，雨滴落在練屋屋頂，就連劉阿哞都可以感受到雨水造成的細微震動。他安靜等待著，當時候差不多了，輕手輕腳離開通鋪。屋頂的雨更沉了，他剛穿起鞋子，卻突然感到不太對勁，伸手碰觸牆面，覺察出不同於雨水的震動。

有人在屋頂。

劉阿哞手扶著牆面，在感知震動的同時跟隨其移動的方向，他來到陰暗的走廊，心裡猶豫著是不是別管了，跟劉師傅約定的時間已到，要是不去，劉師傅便會繼續拖住他的考核。但另一種感覺牽引著他，劉阿哞在隱隱發光的金色紋飾中依循震動邁步奔跑，他跑得很快，因爲對方亦然。經過幾次轉彎，劉阿哞恐懼地意識到那人意圖前往的地方正是金雪的房間，儘管只去過一次，他卻絕對不會忘記。

他跑得更快了，來到金雪的房門發現門居然只是虛掩上，劉阿哞輕輕推開門，看見了令他幾乎心跳停止的畫面。

一身黑衣的魁梧男子，背對著劉阿哞站在金雪床前，手執利刃且刀鋒正滴著鮮血，他發出怒吼，臉上和眼睛都好像沾染上了什麼，一時喪失視覺。地上有摔碎的油燈和燈油。

劉阿哞大腦一片空白，胸腔發出悲鳴的同時，身體已擅自行動，猛然衝上前和黑衣男子扭打在一塊，對方有武器，但劉阿哞不怕痛，只要保護好致命處，他不介意手臂上多幾條血痕，男子見劉阿哞身強體壯又怪力驚人，他摸索著窗邊的位置，立即往後一跳，以極快的動作翻出窗子逃走。

劉阿哞氣喘吁吁，視線一片鮮紅，金雪床褥上明顯的深紅血點，更讓他喘不過氣，只想著：怎麼辦？

金雪……金雪……

突然間劉阿哞感到褲管被人輕輕拉了拉，一低頭，便和藏在床底下的金雪對上視線。劉阿哞見狀立刻彎下腰幫助金雪站起來，急切地檢查對方身上的傷，直到發現只是輕微的劃傷，才鬆了口氣。他自己的手臂由於擋刀一片血肉模糊，鮮血沿路淌落，他歉然向金雪比手語道：抱歉，弄髒了你的地板。

金雪愕然看著他，彷彿劉阿咩說了什麼不可思議的話。

許久未見，劉阿咩發現金雪看上去瘦了很多，他又瘦又矮，靛藍色的雙目不再炯炯有神，眼睛下方還有著濃重的黑眼圈。劉阿咩禁止自己問：「爲什麼不來找我」、「爲什麼不跟我談談」，金雪承擔了很多責任，現在問這些只會給他帶來困擾。而眼下有更重要的事情。

有人嘗試刺殺金雪。

是和五姓守夜劇那次一樣的人嗎？但不對，今晚來襲的是一名成年男子，不像五姓守夜劇那時的刺客是個孩子。可是劉阿咩心中始終有股說不出的感覺，好像那名黑衣男子似曾相識。他看向金雪，手剛伸到半空中想詢問，金雪卻挪動著嘴唇道：「出去。」他以爲自己看錯了，笨拙地比道：什麼？

下一秒，疼痛的鉤子刺進他的胸口，拉扯他的血肉。那感受並不陌生，三個月前才剛嘗過，那是金雪下達了命令，而他並未立即遵循而產生的疼痛。

劉阿咩震驚地看著金雪，手勢飛舞：我不想離開。

「出去，你尚未完成考核，不能來這裡。」金雪的表情近乎冷漠。

他有很多事情想問金雪。他想知道金雪最近好不好，想待在他身邊。阿咩想起與王琛的對話，忍耐著痛苦，比出手語，沒想到金雪瞪大雙眼，面具崩毀，大吼著：「你給我滾出去！」

當劉阿咩回過神，他已置身黑暗的長廊，金雪房間的門關上了。仔細想想，金雪居住的地方不像金雞神女那樣金碧輝煌、守備森嚴，意味著在金家的地位並不穩固，所以金雪必須讓他離開。劉阿咩踩著沉重的腳步踏上回練屋的路時，對自己還是惹金雪生氣，感到後悔。他最後向金雪比的手語意思是：你可以給我更好的命令。

信之一

當你讀到這封信，表示我已被抓住，恐怕命不久矣，因此我必須將一切寫下來，讓未來至少有一個人知道並記得，我為什麼這樣做。

你應該很疑惑，為何我選擇將這封信送到你的手上，那只是因為，和你幾次的短暫會面，使我相信我們某種程度上是相似的，都被排除於真相之外。

我的名字是朱虹，我是朱家的第五代家主。繼任家主時，我十七歲，這是五大家族淵遠流長的可笑傳統，據說年紀愈輕，和獸靈結合後老化的速度愈慢，在眾人眼中，你就愈像個活生生的神靈。

朱家的獸靈是赤豬，我們的聖物是一個用瑪瑙打造成的缽，從最初的朱姓人手中流傳下來時，據說在缽中盛米，白米取之不盡。保留地戰爭前，我們的聖缽便已毫無力量，缽中始終盛著白米，但那只是為了延續聖物的傳說。小時候我和姊姊們一起偷挖缽裡的白米過，裡頭的米不僅早已發霉，也根本不會自動增加，我們為了仔細研究把米全倒了出來，不幸被母親發現，挨了一頓打，簡言之，我們的聖物就和獸靈一樣，早已衰亡。

話說回來，我的母親在那時還是十分正常的模樣，直到父親以四十六歲高齡接任第四代家主，一切才變了。

父親四十六歲時，我七歲，我記得那天一直到傍晚都不見父親，我和姊姊們在山中各處尋找，最後在五靈廟看見正五體投地跪拜五靈導師肉身的母親。

據母親說，父親已和赤豬結合為一，我們再也不會見到他了。

那是什麼意思？我問。但母親沒有回答，只是繼續虔誠行禮，口中喃喃念唱著五靈詩篇。此後，母親成為父親的代理人，向家族傳達父親的命令。

朱家家主似乎向來和其他家族的家主不同，一旦和獸靈結合，他們便會眞正地連繫在一起，朱家家主全副身心成爲獸靈，他們的意識交相纏繞，失去曾爲人的理性，只剩下原始的欲望。過去沒有任何家主能夠戰勝與赤豬的結合，這或許是屬於朱家特有的代價，也因此金家過去總是看不起我們，他們認爲我們就是一群愚蠢、無法自控的豬崽。

爲了不讓家主丟人現眼，我們將家主藏起來，連自家人也禁止探視，從那之後，我有很長一段時間沒有見到父親。

不過我未曾向母親坦白，在父親成爲赤豬後，我其實是見過他的。就在父親繼任家主的第三年，某日我與姊姊們在山中玩捉迷藏，無意間闖入我們未曾見過的祠堂，我和姊姊們邊玩邊探索，直達其深處，發現了一個污濁惡臭的房間，在那兒，我們看見兩隻巨大無朋的生物橫陳於四方形的水泥池，而有戴著頭巾遮掩口鼻的幾名朱家人，正毫不停歇地將食物鏟進那兩隻生物的口中。

我和姊姊們趁那些朱家人休憩換班時悄悄走近，只因其中一隻生物儘管肥胖得五官都要看不見了，我們仍本能地辨認出，那便是我們消失的父親。

彼時我聽見父親的聲音如豬叫，仔細聽方能理解他是哀求我繼續將地上的食物鏟進他和獸靈嘴裡。在父親身邊，一隻我從未見過最爲巨大的母豬，將父親當作至寶般擁在懷中，腹部兩排充血流奶的乳頭，由於父親和母豬幾乎同等癡肥巨碩，看上去彷彿一公一母兩隻豬緊緊糾纏，那畫面淫靡且古怪。儘管如此，在父親的哀求下，我依然壓抑著反胃的感受撿起鏟子，開始努力將糧食輪流鏟進父親和母豬的口中。

「好孩子。」父親/赤豬在吞嚥的空檔中稱讚道：「你眞是我的好孩子。」

我什麼也沒說，只在心裡祈求著：我希望你可以去死。

每年的五靈升天日以及其後四天的儀式日，其他家族的人會前來山上進行各自家族的祭拜，在所有家族之中，我最恨金家，我曾聽見一個金家的孩子嘲笑我是豬的小孩，原本我還能反駁，但從那天起，我知道這是事實。

我多麼希望自己的父親不是一頭豬。

離開祠堂後，姊姊們輪流安慰我，我知道她們內心也不好過，但我是最小的弟弟，她們向來寵我，於是不到半天的時間，我又歡快地和她們在山裡嬉戲奔跑。

我從小居住的靈山，對其他家族的人而言乃是五靈升天日時的儀式場所，非五靈升天日鮮少涉足。朱家世代守護靈山，以及山上五靈導師坐化的五靈廟，以至於即便不在五靈升天日，我們的生活中也依然充滿了儀式與祭拜。

其他家族稱我們是最虔誠的五靈教教徒，並非沒有原因，你看過五姓守夜劇吧？五靈導師坐化當晚，他要求最初的新陽五姓人爲他守夜，三炷香後便能離開。在所有人當中，只有朱姓人確實在三炷香過後離去，離去前還跪拜五靈導師的肉身，並磕頭三次，我想，或許我們基因血緣中本就充滿了盲信的因子。

早年糧食還充足時，五大家族中不成文的規定，是不吃和自己獸靈相同的動物，金家不食雞，劉家不食牛，高家不食狗，古家的獸靈爲瘋虎，虎實爲少見，便沒有規定。不過朱家不僅不吃豬，我們因虔信五靈教一概茹素，這就是我成長的環境。

賠罪船尚未揚帆以前，朱家還有外姓人，外姓人以到靈山幫忙、照顧朱家子弟爲榮，並稱讚靈山風景很有保留地的感覺。那時外姓人會輪流幫忙作飯，燒柴煮洗澡水，在這兒，一切回歸原始，他們說這樣的生活很潔淨。

外姓人都上了賠罪船以後，靈山上的工作就得讓朱家人自己做，我記得也是從那時開始，朱家被金家分配了一項工作，是打包給保留地的物資籃。這是來自密冬的要求，爲了最小限度地飼養保留地內的人，讓保留地維持原始、自然的樣貌，但又不能因過分貧瘠導致毀滅。保留地人的存在有其必要，因爲據說獸靈不僅誕生於原始環境，也只誕生於有人類存在的土地，獸靈畢竟需要與人類結合，這是牠們的本能。

猶記得幼時我對傳說中的保留地人充滿好奇，我想像著族中長輩們包裝的物資籃最終會被送往哪裡、送到什麼樣的人手中。那些人除了大人以外，會有跟我一樣的小孩嗎？如果有的話，物資籃裡往往只有食物和日常用品，豈不很無聊？後來我只要逮到機會，就會和姊姊們偷偷鑽進包裝物資籃的人群，悄悄將一些玩具、蠟筆塞進物資籃裡。姊姊們和我考慮的不太一樣，她們更擔心保留地裡的女孩子沒有好看的衣服穿，因此她們會將漂亮的布匹和衣服偷偷塞進物資籃。久而久之，我們從這樣的行爲裡得到滿足感，好像我們是多麼善良的人。

有些扯遠了呢，還是來談談五靈詩篇吧，這是屬於朱家的獨特儀式，也是一切的開始。

五靈詩篇據説是最初的朱姓人還在五靈導師身旁學習時，以五字一句、五句一段記錄五靈導師曾説過的話語，每段開頭皆爲「五靈神在上」。朱家人日常生活中常持五靈詩篇，並以吟唱的方式念誦，吟唱的時間從一小時到三小時、五小時、八小時皆有可能，主要分爲早晚課，音律重複且固定，但合唱時可以分爲幾個不同的聲部。

父親和赤豬結合後，母親以極爲嚴厲的手段教導我每日吟唱五靈詩篇，母親説這都是爲了我的將來，但那時我還太過年幼，因此並不懂得。

母親爲了訓練我吟唱五靈詩篇，有好幾次帶我參加朱家人的葬禮，因爲當一名朱家人面臨死亡，五靈詩篇的吟唱必須二十四小時不中斷，其吟唱也最爲複雜。

我猶記得吟唱五靈詩篇的方式，開始時很慢，接近結尾會愈來愈快，由領唱的人引導，有時可搭配動作，最後戛然而止，結束吟唱後要念一段導引詞將五靈之力導引到將死之人身上。

母親説，吟唱時要非常專心，一心一意，不能有任何偏離，她從一小時開始訓練我，在這段吟唱時間裡，全神貫注吟唱五靈詩篇。起初年幼的我感到困難，光是坐在固定的位置一動也不動，便讓我相當難受，然而我也很快就抓到了訣竅，只要想一些其他有趣的事情就行了，表面上正襟危坐吟唱五靈詩篇，實際上心裡回味著剛剛和姊姊們在偷看的一種叫「漫畫書」的古籍，抑或是我對上次五靈升天日中一同作儀式的女孩產生的遐想……等等，但很快的，我發現這樣做相當危險。

一個我從未主動攀談過的表阿姨，有一次在吟唱結束後輕拍我的肩膀：「你別想那些有的沒的，專心一點！」

那時我吃了一驚，同時感到無比困惑：她怎麼知道我並不專心呢？要再經歷幾次長時間的吟唱，我才能意識到自己不曾眞正了解過，和家族中所有人一同吟唱五靈詩篇所代表的意義。

劉阿咩．劉師傅住處前

劉阿咩匆匆趕往劉師傅的居所，涉過雨中泥濘，只希望一切還來得及。他在劉師傅的小屋前敲了敲門，等了一下，沒有任何回應。還以爲力道太小，他又敲了一次，這次用力過猛，門直接在面前崩裂，露出空蕩房間。

劉師傅不在。他不是要帶自己去見神女？還是他去了？或是有別的行動？無論如何，都來晚了。劉阿咩回到練屋，躺在床上，再次置身於潮濕的空氣和滯悶的人體溫度。他搞砸了，劉師傅肯定氣壞了，他絕對不會幫他安排考核。劉阿咩摸了摸臉頰，不知何時，他的臉被淚水浸濕。但或許金雪早就知道了，他知道自己辦不到，所以才如此冷淡。

劉阿咩不敢繼續想，他閉上眼睛，在痛苦之中逼迫自己入睡，不然還能怎樣？已經沒有機會了，而金雪只會對他愈來愈失望。在劉阿咩混亂的意識中，他彷彿又看見了浮現於黑暗一雙朱文錦般的兒童嘴唇：愚蠢的地牛……

不，不，這是夢，都多久以前的事了，金雪也解釋過他不是那個意思。這也不是發生在他和金雪經常玩耍的荒廢院落，而是兩年前，劉家家主死去那晚，他經過後院時看見的古怪畫面。

關於那晚，劉阿咩的記憶始終模糊，他說不出究竟怎麼一回事，即便對當時看見的景象有所疑惑，他的意識一旦碰觸，就會像雨滴落在蓮葉上迅速滑開。在他心中彷彿有一串黃昏鳥群般黝黑且神祕的手勢，參雜著文字，遙遠地告訴他，這很重要，必須跟金雪討論，但一旦他專注起來，又會陷入異樣的遲鈍感。

只在他不刻意回想時，枝微末節的片段才悄悄以夢境重回。就像現在。

兩個孩子在院落中玩遊戲，一個孩子的嘴唇說：「來玩吧來玩吧……」而另一個孩子拒絕了對方，他的嘴唇回答：「已經來不及了，你輸了。」他之所以有印象，是因爲那兩個孩子讓他想起和金雪的過往。

爲什麼拒絕呢？當時劉阿咩心中湧起了深深的悲傷。然而，這一次他卻發現在這段記憶中，自己雖然看見兩副嘴唇，實際上卻只有一個孩子在眼前……呼應著劉阿咩迫切的好奇與渴望，孩子的畫面愈加接近，就像站在面前。隨後，震驚在他心中如漣漪般擴散。那個回答「已經來不及了，你輸了」的孩子，竟是劉家夫人失蹤的獨子。另一個孩子的嘴唇，只是在池塘裡映射出朱文錦般游動的幻影。

那是倒影。來玩吧來玩吧。池面上的劉阿咩，嘴唇孤單地重複著。

隔日一早，劉阿咩再次前往劉師傅的小屋，在白晝的光線中，劉師傅的住所竟已被人清理過，無論垃圾或家具都掃除一空，光禿禿的牆面呈現慘白的顏色。劉師傅失蹤，興許和他原來想讓劉阿咩幫忙做的事情有關，如今劉阿咩永遠也不會知道了。

當王璨在近午時分回到練屋，劉阿咩猶豫著向他探詢劉師傅的下落。彼時由於王璨整晚工作，缺乏睡眠以至於看上去十分疲憊，他帶著倦意道：「劉師傅去哪我是不曉得，不過，金雞神女昨晚倒是遇上了怪事，她和模仿師待在房間時，居然有人行刺……」

劉阿咩瞬間僵住。行刺？不是金雪而是神女嗎？他要再問，王璨接下來的話卻讓劉阿咩震驚無比。

「幸好模仿師抓到了人，大概訊問完就會處理掉吧。」

抓到了人？有查出是什麼身分嗎？劉阿咩急切地比著手勢。他想到和劉師傅的約定，劉師傅是知道神女會遇刺，才去找神女嗎？那爲何帶自己去？

王璨卻淡淡地道：「這我並不曉得。」

我必須去找金雪報告這些事情。劉阿咩著急表示，轉身朝長廊走去。只是他沒走多遠，便撞上了王管事，對方伸手按住他焦躁挪動的肩頭，生生擋在他面前，嘴唇激烈地開合。

「你在這裡幹麼？你的考核已經安排在下午！還不快去準備！」

考核？今天？劉阿哞呆愣地抬起手：可是劉師傅……

比手畫腳了好一陣子，他才讓王管事明白意思，王管事冷冷道：「他已經不負責你了，記著，午飯後立刻到訓練場，上面的人讓我傳話，你絕對不能遲到，否則連我也要遭殃。」丟下最後一句話，王管事越過劉阿哞離開。

劉阿哞留在原地，心中閃過萬千思緒，幾乎要喘不過氣來。他本以為沒有機會了，卻突然獲得了考核的資格，就在下午，怎會如此匆促？他真的可以通過嗎？然而現在已經沒有時間讓他考慮這些，劉阿哞滿心只想著考核的內容會是什麼？他要怎麼準備？

通常一名地牛的考核，與其結金蘭的金家人也會到場，劉阿哞想，他非得通過不可，到時候就可以正大光明地和金雪離開，他有那麼多話想跟金雪說，只要通過考核，他就能真正成為足以配得上金雪的人。

一想到這點，劉阿哞感覺胸口流淌過一陣電流般的刺痛。

儘管作為地牛，他不會知道考核內容是什麼，直到時辰到來，在金家長老的見證之下，他才會得知題目，並被要求在規定時間內完成考核項目。過去其他地牛的考核內容也無法參考，因為每個金家人對其地牛的要求都不相同，如今金雪作為金家的繼承人，他的地牛將面對怎樣的考核題目，不是由金雪決定的，而是鳳白家系的長老或金雞神女，甚至模仿師。

劉阿哞但願自己別讓金雪失望。

中午劉阿哞在王璨幫助下找到一套看起來最乾淨也最新的棉衣棉褲，將頭髮和臉洗了又洗，仔細整理儀容後，劉阿哞到廚房領了簡單的稀粥迅速喝下，隨即獨自前往訓練場。

每當有地牛要接受考核，訓練場往往會在周遭圍起簡單的圍籬，讓其他地牛無法一眼看見考核的內容。儘管如今練屋除了劉阿哞以外，新來的地牛年紀都尚小，和考核有關的規矩仍然嚴格。

劉阿哞從圍籬外的缺口中進入，經過數道遮蔽的內部圍籬後，他遠遠地看見訓練場邊已設好座席，一名面色不善的金家長老、一名臉部被兜帽遮擋，以至於劉阿哞無法辨別長相的人，以及一個空座位，讓劉阿哞不禁猜想，那或許是屬於金雪的位置。然而當劉阿哞走向訓練場中央，有另一名藍水家系的女性長老姍姍來遲，坐上了劉阿哞本以爲是留給金雪的空座位，使他困惑地皺起了眉頭。

金雪似乎不會來了，也許他有其他事情要忙，因此讓自己家系的人代表前來。若是這樣，他也必須表現良好。劉阿哞告誡自己打起精神，隨後他走到評審席前，行五靈之禮。此時坐在最左邊、表情頗爲冷淡的金家長老站起身，以毫無起伏的語調宣布：「劉阿哞，金雪大人的金蘭，你的考核即將開始。」

劉阿哞維持行禮的姿勢，目光始終看著金家長老的嘴唇，等待他說出考題。

「考核的內容，是和行刺神女大人的刺客進行殊死較量，直到其中一方倒下，使用的方式不限，時間不限，武器不限。」

劉阿哞腦中頓時一片空白，他想或許自己看錯了，殺死刺客，就是他的考核題目？

自圍籬一角傳來沉重的鐵鍊碰撞聲，以及人類笨拙拖沓的腳步聲，這些聲音在劉阿哞的感官裡形成極爲細小的震動，陌生的震顫逐漸勾勒出熟悉線條，這腳步及高大身形，在在指向一個絕不可能的事實。

劉師傅雙手被縛，頸部安著黑色長鎖，鎖鏈向後緊扣手銬，令他手臂受限，只能維持向後的姿勢，否則鎖鍊便會勒緊脖子。

在劉師傅兩側各有一名曾受教於劉師傅的地牛，正面無表情地如押送犯人般將人帶來。

怎麼會這樣？這怎麼可能？劉師傅是刺殺神女的人？

劉阿哞伸出手，胡亂比出一連串手語，此時此刻，這兒沒有任何可以看懂的人，但他忘記了，他太慌亂，太不知所措，只能一次又一次以無人能懂的手勢比道：肯定是弄錯了，劉師傅不是刺客。

劉阿哞更感到困惑，爲何劉師傅全然不爲自己辯解。在轉身看向劉師傅時，才發現劉師傅醜陋的五官比起以往更加猙獰，他的臉上布滿蛛網般的銀色痕跡，那些是燒熔的金屬，他的嘴部被澆上熱鐵，以殘忍的方式封住，他再也無法說話了。

兩名地牛解開將劉師傅雙臂銬在腰後的重鎖，雙雙退至場邊，訓練場中央只剩手足無措的劉阿咩和靜靜佇立的劉師傅。

劉阿咩還在比著：怎麼一回事？

金家長老已然朗聲宣告：「考核開始。」

劉師傅立即如子彈般衝向他，劉阿咩有股時光倒流的錯覺，彷彿回到了初來到金家的那天，一樣的訓練場，一樣的他和劉師傅，只不過這次是劉師傅率先向他撞來。劉師傅的雙臂即便鐵鍊鬆解，依然受到限制無法做出太大的動作，劉阿咩如今也不是過去那個什麼也不懂的小鬼了，他很快站穩步伐，雙手格擋劉師傅的攻擊，一碰到劉師傅的手，他卻悚然一驚。

劉師傅的手筋均被挑斷，不可能做出有效的攻擊，他傷不了劉阿咩，哪怕是一根寒毛。這不是一場公平的對決，勝負根本立判，能算是考核？而且沒有公平的審判，就認定劉師傅是殺手？他心念著神女，怎麼可能殺她！

劉阿咩忍住忽然湧上的一陣鼻酸，縱使他從來不喜歡劉師傅，但他幾乎無法看著一名曾經擁有力量，且與他母親經歷相似的劉家人被如此傷害。劉阿咩想問清楚狀況，他想金雪肯定會知道是怎麼一回事，但現在就連劉師傅也不給他機會，他看上去準備奮力一搏，為自己爭取活下去的可能性。

劉師傅的拳頭卻好輕。

劉阿咩勉強應付著劉師傅凌亂的動作，他採取守姿，不知該如何是好，他不想攻擊，但如此下去，他們兩人都不會有好下場。

兩人汗涔涔地交手了幾回合，都只是蜻蜓點水，劉師傅的攻勢明顯，而劉阿咩似乎還猶猶豫豫。一旁觀戰的三位大人也不阻止，他們靜靜觀看、等待劉阿咩的決定。因為就像最開始金家長老說的：直到其中一人倒下為止。

劉師傅的動作愈來愈急切，他額頭上如牛角般的肉瘤因激動而發紅，使他看起來更像一頭牛了，他鼻腔噴氣，鼻涕、眼淚、鮮血和唾液混在一塊，由於他的嘴部和喉嚨受傷極重，他無法吞嚥，體液只能從鼻孔中漫出，那使他更加難以呼吸，他喘著氣、胸膛起伏，見劉阿哞始終不願意認眞起來，劉師傅從一旁的圍籬拆下一片尖銳的木板，充當武器朝劉阿哞刺去。

劉阿哞回身躲開，劉師傅這次卻像是鐵了心，即便呼吸困難也硬是加快了攻擊節奏，劉阿哞閃避得狼狽，木板尖端不時削過他的手臂和臉頰，留下一道道血痕。

劉師傅瞠目欲裂的雙眼直直盯著他，其中沒有殺意，只有深深的絕望，使劉阿哞一時愣忡。他喘著氣，腦子怎麼樣都想不通，劉師傅到底有什麼意圖？爲什麼不下狠手？昨晚的約定又是什麼？劉師傅要他前往神女的住所是千眞萬確的事實，現在看來，他等不到自己，就孤身去了，但怎麼會殺神女呢？如果、如果眞是如此——他要自己去的意義是什麼？劉阿哞很怕，難道劉師傅想嫁禍自己嗎？神女捨棄了前任地牛是眾所皆知，現在也幾乎不出來會客，怎麼可能要劉師傅領著自己去見她？還是，自己和金雪締結金蘭，金家仍有人看不起金雪，想藉此陷害他，才由劉師傅向自己設局，但這樣也說不通……要害金雪，又爲何讓自己有正式的考核？而且劉師傅對神女的情感是眞的，劉阿哞在母親的眼中也見過類似的癡迷。金蘭連結就像是深入骨髓的詛咒，也像是神祕的祝福。

就在這時，劉師傅猛力揮出木板並瞄準劉阿哞的腹部，劉阿哞立即伸手抓住木板，霎那間，他發現劉師傅刺向自己的並非木板尖端，劉阿哞緊握手中木板，心臟激烈跳動，因爲他正眼看著劉師傅將尖端往心口深深插入。

住手、住手——

劉阿哞嚇得滿頭冒汗。他想把木板抽回來，但怎麼樣也辦不到。

他想，在評審大人們的眼中，恐怕是自己終於下定決心要了結劉師傅。

劉師傅抱著粗糙的木板兩側，咬牙切齒地讓自己陷得更深，一瞬間血流如注，但他仍不停止，他的手無力地胡亂摸索著，抓到劉阿吽顫抖捏緊木板的手，那一剎那，劉師傅看著劉阿吽，無法自控的手指扭曲著比了手勢。

對不起。

這是第一個手勢。

下一個是──神女是假的。

劉阿吽無法動彈，驚異於那幾個隱晦、艱難的手勢傳達出的意義，那是什麼意思？他怎麼會手語？劉阿吽想問，但劉師傅再也無法回覆，已經斷了氣。

劉阿吽半跪在地上，看著劉師傅最後將木板往自己身體裡插得如此之深，使他們的臉幾乎只剩咫尺距離，他感覺到劉師傅呼出最後一口氣，他的眼睛茫然瞪著前方，一動也不動，他被熱鐵鑄啞的嘴部縫隙流淌出粉紅色的泡沫，顏色逐漸加深，深紅色的血緩緩從他的鼻孔、嘴部縫隙裡流出。

爲什麼說對不起？爲什麼留下「神女是假的」遺言？還有手語……意義上並不連貫，只是用單個詞彙拼湊出意思。劉阿吽明白了，那個總是毆打自己的人，一直默默記著自己曾比出的手語意涵，他從劉阿吽的日常行爲中學會了少少的單字，拼湊出傳達給他的最後訊息。

那雙瞪大如牛般不瞑目的眼睛，無聲流下淚水。劉阿吽不懂，他不懂劉師傅要自己見神女的理由，也不懂等不到自己，對方獨自前往的理由。那雙眼睛又悲哀又寂寞，如果這個人最後去見了神女，在那個自身從未踏足過的場所，這雙眼睛究竟曾經映出了什麼？

──神女是假的。

這是他伴隨著道歉，最後留下的答案。

劉阿吽乾淨的棉衣染上劉師傅從木板彼端徐徐流淌過來的血，他感覺很不眞實。劉阿吽沒有看見金家長老宣布自己通過考核的模樣，只是維持同樣姿勢，直到站在一旁的兩名地牛將他和屍體分開。他們一人一邊扛起劉阿吽，似要將他帶去什麼地方，但劉阿吽漠不關心，他還在消化劉師傅死去的事實。

待他回過神來，他發現自己站在一扇從未見過的門前，那扇門沉重巨大、雕飾華麗，他隱約覺得，有人在裡頭等待自己。他沒有敲門，直接將門推開，步入擺放有許多人像和鳥類雕飾的書房。書房中央，金雪坐在寬大的書桌後方，靜靜地書寫著。

「阿哞，恭喜你通過考核。」金雪看也不看他，嘴唇自顧自地扔擲出劉阿哞幾乎趕不及辨識的字詞：「隨便坐吧，這裡是歷代金家家主辦公用的書房，以後你的工作就是陪我工作，也要執行我下達的任何命令，明白了嗎？」他的語言傳達出一種情緒，就算劉阿哞不透過兩人的連結去試探，他也感覺得到那種情緒是什麼：厭煩。金雪無比厭煩地說著這些話語，彷彿劉阿哞費盡千辛萬苦來到他的身邊，只是為了造成他的麻煩。

他知道嗎？劉阿哞冷不防想。

直到金雪注意到不對勁，抬頭望向劉阿哞，才見他悽慘的狀況。上半身棉衣沾著血，雙眼大張，臉頰上殘留著未乾的淚痕，嘴唇顫抖不已，發出低微的喘息，他的雙手仍然維持著握緊木板的姿勢，僵硬地彎曲著被木屑割傷的手指。

金雪靛藍色的瞳孔在一瞬間蒐集了所有資訊，趕忙放下手上的工作跑向劉阿哞，然而在金雪即將碰觸到時，劉阿哞扭頭避開了金雪，手掌猶如垂死掙扎的雀鳥般瘋狂舞動起來：你知道嗎？你知道他們要我殺死劉師傅嗎？在他身上安上刺客的罪名，但怎麼可能是他？他那麼忠心於神女？你知道這些嗎？你為什麼沒有來考核現場？你又為什麼不告訴他們你也遇刺？你……

混亂之間，劉阿哞想起劉師傅死前的眼神，想起母親死前的眼神，突然什麼都說不下去，因為他察覺到了，那不只是寂寞悲傷的眼神，也是再也等待不到的絕望眼神，那難道也是自己的命運？他見金雪那副冷靜的樣子，猛然憤怒起來，第一次不想要那麼卑微，他為何不能也表現得高高在上又滿不在乎？

這股憤怒使他更難冷靜，手勢逐漸凌亂，連金雪都難以辨識。

「阿哞，我只跟神女說了我也遭到刺殺，因為昨晚金雞神女的房間同樣被刺客入侵，混亂非常，我不想打草驚蛇，後來他們抓到了人，我不知道他們要你殺死劉師傅……」金雪抓住劉阿哞的肩膀，逼迫他凝視自己的嘴唇，劉阿哞的視線卻沒有聚焦，金雪不確定他到底有沒有讀懂……

你爲什麼不來看我？劉阿哞倏地比著：如果你來，你就會知道了。

金雪沉默下來。

對你而言，我依然只是一名愚蠢的地牛，是嗎？我幫不上你的忙，追在你背後就像是一條狗，就算我想光明正大站在你身邊，那也是我的願望，不是你的。所以你再也沒有來找我，你知道我再怎麼努力都辦不到，我的愚鈍甚至開始威脅到你，於是你和我保持距離……

「阿哞，冷靜一點。」金雪伸手握住劉阿哞揮舞的手：「你說的都不是眞的，我不是那麼想。」

你騙人。劉阿哞不自覺地流淚，他甩開金雪，開始一下又一下以拳頭敲打地板，宣洩自己的悲傷和憤怒：你就是這麼想，你只是不忍心告訴我。劉阿哞的動作又重又狠，替金雪阻擋刺客時受的傷和新添的傷裂開流血，在地板灑下斑斑血跡，但他完全沒有注意到。

「住手。」突然間，金雪蹲下了身子，堅定開合的嘴唇擋在劉阿哞面前。從金雪口中說出的話語影響了金蘭連結，使劉阿哞在執意繼續時感覺到椎心痛楚。劉阿哞的拳頭懸於半空，愣愣地望著金雪。

「我該拿你怎麼辦才好？」金雪卻像是沒看見劉阿哞的表情，他焦急地撕破衣襬爲劉阿哞受傷的手包紮，喃喃道：「我不是不想找你的，我分身乏術，古家的事，五靈升天日刺殺我的凶手、昨晚的刺殺，還有神女一直沒准許我繼任家主，家族內各種異音……出現在劉家與古家的奇怪野獸也困擾著我……」

你可以跟我說的。劉阿哞急切地以另一隻手比著：告訴我怎麼做比較好，如果我太笨達不到你的標準，就直接命令我——

「你就這麼想被我如此對待？」

劉阿哞的手停下了，他被金雪此時的模樣嚇到，想道歉，卻被金雪嘴唇開合說出的命令制止。「別再比了。」劉阿哞試圖抽開手，金雪又說了一次：「別動，我還沒弄好。」金蘭連結在劉阿哞心口形成生鏽的鉤子，在每一次命令下撕扯他，又苦又痛，彷彿一次次冷漠詢問：這就是你要的，不是嗎？

不是！他不是指這種事情。

劉阿哞變得固執起來，抗拒著金雪的命令，即便因此痛得直冒冷汗，他也不願妥協。

「別動，別動，別動。」金雪說。

終於，劉阿哞再也受不了了，他氣喘吁吁地停下來，胸口的疼痛頓時消散無蹤。

金雪完成了包紮，坐在劉阿哞面前，和他四目相對，他的目光既冰冷又灼熱，讓劉阿哞莫名產生了一絲恐懼。旋即，金雪的神情浮現後悔，他對劉阿哞比起手語：對不起，阿哞，但你現在可以明白了嗎？一名地牛最能體會金蘭連結存在的時刻，就是當他的意志與締結金蘭的金家人相違背時，這是爲什麼我不願這樣對你。

劉阿哞腦袋裡一團混亂，他不能完全理解金雪的意思，他想要金雪對自己下的命令也不是那樣的。不過，他可以感覺到金雪的心思逐漸平穩下來，劉阿哞顫巍巍地比出話語：我只是想待在你身邊。

至少，現在他通過考核了。

劉阿哞想起劉師傅死前與自己的約定，還有死前傳達的訊息，這些說出來是不是只會增添金雪的煩惱？才剛思索時，突地感到金雪碰了碰自己的手，劉阿哞抬起頭，見金雪唇形在動：「阿哞，你後悔當我的金蘭嗎？」

劉阿哞拋開了先前的問題，驚慌失措地回應：絕不。金雪苦笑，他溫和地道：「但就像我剛才說的，金蘭連結的本質就是違反你的意願，逼迫你做任何我想要的事情，如同你的母親。金蘭連結可以讓其他家族的人忌憚你的身分，藉此保護你，但我也剝奪了你的自由。」

劉阿哞趕緊回應：我不在乎的。

金雪流露出悲傷的神情。「我能等到你不這樣回答的一天嗎？」他靜靜嘆口氣，小心撫著劉阿哞的傷口，像大人指導孩子般道：「阿哞，我不想這樣，我怕犯錯，現在我不能犯任何錯。你得讓我不犯錯才行，別再說容許我命令你這樣的話，我不想強迫你。你往後做的每件事，都要是出自自己的意願，絕對不是因爲我。這樣的話，我就讓你待在身邊，可以嗎？」

劉阿咩立刻想回答可以，但太快說出口似乎就不像重要的承諾，因此他安靜思索，可是怎麼樣都想不出不是發自內心的行動，金蘭連結確實會讓人對金家人心生嚮往，但他想爲金雪做些什麼的心情，在締結金蘭前就已存在……

發現金雪帶著憂傷的笑容靜靜等待時，劉阿咩莫名感到熟悉的人回來了。啊，是那樣呢，看起來像是隨時會消失一樣。這讓劉阿咩有些恍惚，於是他點了點頭，不知道金雪會有什麼反應，但金雪只是拍了拍自己的手背輕道：「好，那麼我們來梳洗一下吧。」

劉阿咩換下髒污的外衣，金雪更遣童僕送來乾淨的清水和毛巾擦洗手臉，他說：「你現在通過考核，可以和我同住。」金雪詢問劉阿咩要不要和自己一起睡在床上，劉阿咩不肯，他在金雪床邊打了地舖，兩人鑽到各自的被窩裡，望著愈來愈黑的房間，誰都沒出聲。

良久，一隻手緩緩升起，在黑暗裡舞動，模仿著其主人渴望訴說的事物，那是金雪的手。另一隻手加入進來，像一對鳥兒在天空裡嬉戲，他們的手勢逐漸變得沒有意義，只有無限的樂趣、深深的感情。

金雪最終憋不住，笑了出來，劉阿咩聽不見他的笑聲，只狐疑著金雪怎麼突然不玩了，他坐起身，看見金雪笑著笑著，嘴唇卻突然顫抖不已：「阿咩，我常常有種預感。我不是金家的繼承人，外面還有比我們更高、更遠、更知道一切的存在正掌控著所有人。阿咩，我眞的，眞的，不想拖你下水，不想把你牽扯進來……」

劉阿咩搖頭，他想保護金雪，就像金雪保護他，這種時候不要想辦不到的壞事，金雪這麼厲害，要想些好事才行。

金雪能識破一切的藍眼睛就像通透的鏡子，映出劉阿咩的臉，他小聲說：「你知道獸靈嗎？保留地的獸靈？」

阿咩會偷看劉家僕役的聊天，他們無聲的唇語總會帶來許多劉家以外的風聲，他時而會找尋著是否有金雪的名字。他聽說過，保留地戰爭和灣島的獸靈也有關係，那些獸靈似乎和五大家族的獸靈很不同，但劉阿咩也不知道究竟哪裡不同。

「通常一個地方有過獸靈，就很可能再誕生更多，我們可能有新獸靈了。如果我找出牠，那復興金家就不是難題，我們會重新獲取密冬的承認，其他家族不會再懷疑我的地位。我會慢慢告訴你我的計畫。」

我們要怎麼找出來？

金雪一笑，沒有答覆。

劉阿咩低頭想了想，思及劉師傅的遺言，到指尖上卻又比不出來，最後擔憂地問：你差點被刺殺兩次，金雞神女也被盯上，其他家族連續兩年有家主死掉，就算找出獸靈，這些都沒有解決。

金雪突然翻了個身，望著天花板，他的手指很長，比起手語就像飛向天空的鳥兒：家主之死，是慘劇，需要處理，但並不困難，而且裡面有好事。至於金雞神女……

「沒死眞是可惜，殺手眞是太無用了。」

這句話，金雪沒有比手語，而是面向上頭說出聲來，劉阿咩完全不知情。

劉阿咩只追著金雪的手語，想問怎麼有好事，金雪就轉過臉重新面對：「已經晚了。」他閉上眼，兀自停下對話，劉阿咩從連結中感受到金雪已經沒有再說話的意圖，還有宛如一縷輕煙的淡淡疲憊。

劉阿咩抬起手想碰觸金雪，告訴他自己不久前的夢境，他在夢中看見劉家家主死去那晚於院落內玩遊戲的兩個孩子，一個是失蹤的家主獨子，一個是他自己。他想問問聰明的金雪，這哪裡有好事。

可是如果我弄錯了呢？他又想，那只是一個夢而已，但如果是眞的，他是不是做了什麼很壞的事情？

劉阿咩望著自己的手，劉師傅稍早就死在這雙手上，他呑嚥了一下，空懸的手最終悄然墜落。

信之二

接下來我將要對你講述朱家人的祕密，這究竟是赤豬的祝福，抑或代價，我從來都弄不清楚。

你目前知曉朱家獸靈的力量，僅僅是影響朱家女性的生育能力，然而赤豬的力量不僅如此。因爲赤豬的關係，某種程度上朱家裡有血緣關係的人都能夠心靈相通，血緣愈遠，這種心靈感應就愈弱，最強的連結是同胎手足之間的心靈感應，譬如我和我的姊姊們，從出生到長大，我們之間一直能夠在不說話的情況下互相溝通，就像移動自己的四肢一樣輕易，由於我們生來如此，便不曾感到奇怪，只是對於姊姊以外的朱家人，我從未想過也有感應的可能。

請讓我把朱家人的心靈狀態，比喻成一座有著層層對外大門的古宅，我們對其他非朱家的外人，只能打開最外部的門，並藉由語言和對方交談。而對於我們的同胞手足，則不需要打開任何門，我們始終存在於同樣的建築物中。至於同族但非手足的其他朱家人，我們有時可以打開位於中間的門，有時卻完全無法開門，其中的關鍵鑰匙便是五靈詩篇。

沒有人知道爲什麼，藉由吟唱五靈詩篇，所有吟唱著的朱家人，會在那一小時、三小時、五小時、八小時、二十四小時內產生強烈的心靈感應，我的所思所想每個人都能看見、聽見、聞見，而我若足夠開放，足夠專心，我也能優游在眾人的思想浴池中，像造訪一間屋子一樣造訪不同的心靈。

初次意外體會這件事，我吐了出來。母親見狀立即將我帶離現場，她讓我坐在一處無人角落，手捧住我的臉，一字一句央求我跟著她念：「五靈神在上，萬物有其心，覺察人身苦，終成獸中靈，諸惡皆同源，我獨行善舉，汝隨我意志，雞犬共升天。」

我與母親一同念誦，而非吟唱，漸漸地，我的內心不再迷失於眾人的思想，我腦海中只有母親的意念、母親的記憶，她生下我和姊姊們的過往，她眼看著丈夫一步步走向一頭巨大的母豬……母親在此時牽起我的手，攜我前往五靈廟，我們一面走一面念：「五靈神在上，新陽諸五姓，金家貴如凰，古家瘋癲命，劉家守金家，高家隱於密，朱家最虔敬，我賜赤豬靈。」

當來到煙氣裊裊的五靈廟中，母親按著我的肩膀，讓我在五姓神像前跪下，此時我已不需要母親念一句我再念一句，我和母親已因共誦五靈詩篇達到心靈同步，我們齊聲念：「五靈神在上，菩薩去人頭，豬首增慈悲，新陽朱姓家，信得豬菩薩，與其相濡沫，綿綿瓜瓞生，並蒂更連心。」

我們一句一句念，不知念了多久，我只感覺雙腿發麻、口乾舌燥，就快要暈厥過去，有時我彷彿已半陷入眠夢中，卻被母親一掌打醒，我驚慌失措地望著母親，見她滿臉淚水，口中仍然不停止念誦。

我也只能繼續下去。

於是漸漸地，我迷失在吟唱時與母親的精神世界裡，我看見更多來自母親內心的畫面，那些景象是如此殘酷且恐怖，使我意識到自己有朝一日將成爲朱家家主的命運。在父親死後，我必得繼承赤豬、成爲赤豬，這是爲何母親讓我學習長時間念誦五靈詩篇，因爲只要念誦詩篇，便能與其他同樣正在念誦的朱家人心靈感應，如此一來，我的心或許就能在與赤豬的結合中不斷逃遁，不被赤豬所吞噬，也許，只是也許，我甚至能保有自我。

儘管在過去，眞正做到的僅有最初的朱姓人。

我們繼續念誦，在母親的痛苦記憶中，不知怎地我下意識嘗試以自身回憶和母親的記憶互相抗衡，我開始將自己生命裡美好的事物編織進吟唱時的思緒裡，冬天烤橘子的芳香、颱風後天空的湛藍、撫摸青草的微刺觸感……我將這些送進母親的思想裡。

然而我可以感覺得到，母親不爲所動。一個小時過去了，我仍然搜索枯腸爲母親呈現我與姊姊們在山間的遊戲，我們抓到一隻長相奇怪的小蟲，那份無憂無慮的欣喜。隨著時間拉長，三個小時過去，我逐漸有些疲憊，我告訴母親她哄我入睡時，輕輕哼著我未曾聽聞的歌謠，那比起五靈詩篇更讓我平靜。當時間來到五個鐘頭，我發現自己再也想不到任何生命中美好的事物，我的念誦逐漸被恐懼與憎恨取代，我恨自己爲何生在朱家，我恨母親的逆來順受，我恨我們的獸靈赤豬，我恨父親。

就在這時，我看見了內心最陰暗的念頭，我恐懼不已，差點中斷念誦奪門而出。可母親卻一面哽咽地繼續念著五靈詩篇，一面伸手環住我的肩膀，她念著哭著，終於不得不因哭聲而停下來。

我和母親的心靈感應倏地斷裂，我筋疲力竭倒在母親懷裡，耳邊傳來母親半哭半笑的聲音：「他們都說朱家癡傻愚闇，卻又生養眾多，說我們像畜生般無可教化，但我知道你是特別的，我的兒子，我的虹，我相信你一定可以……」

當時我不知道母親在說什麼，只知道從那天起，我學會了如何長時間地吟唱五靈詩篇而不受其他人的心靈所影響，只在有所需要時隨心所欲進出他人的內心。我不再思索美好記憶，而是專注於每一個字乃至於筆畫順序、樣子，以及吟唱出的音節，在何時加重，何時放輕，我嘗試消除其他雜念，只觀想五靈詩篇的每一行每一句。

這些都是祕密，卻也幫助了我，以至於我能夠保持理性寫下這封信，亦使我能夠制定計畫。

不管你相不相信，其實我不想傷害任何人，哪怕是高高在上的金家人，我唯一的願望不是復仇，而是停止金家對其他家族的傷害，我尤其不能再看見有任何朱家人走上賠罪船。

你應該也聽說過，從密冬駛來的賠罪船，載著滿船珍寶，贈予五大家族。這些珍寶過去是以模仿技術打造的高科技儀器和武器，現在則是糧食，珍寶也並非眞的贈予五大家族的所有人，而僅僅是金家。

金家收取賠罪船上的貨物，表面上表示要替其他家族公平分配，實際上自己留下最多。隨後在賠罪船返航前，他們必須以同等重量的貨物塡滿船艙，曾經，有足夠的反叛者讓他們塡補缺少的重量，但當都市區人口銳減，再也沒有反叛者了，他們便開始打起我們的主意，從朱家的外姓人開始，一點一點蠶食我們的孩子，外姓人不夠了，便要求朱家人主動獻身以證其虔誠。

在金家心裡恐怕是這麼想的：反正我們是豬的孩子，反正我們的女子生育眾多……或許也正因如此，從金雞皇帝到金雞神女都對我們忌憚不已。

行筆至此，我想起朱家同胎手足間的特殊連繫。保留地還有軍隊時，朱家子弟是天分極高的士兵，更由於同胞手足彼此間有心靈感應之故，同胎的朱家人成一小隊，能夠執行悄無聲跡的暗殺任務，朱家的暗殺隊伍因此素有威名，又被稱爲「血隊」。軍隊撤出保留地後，說也奇怪，那些曾爲血隊的朱家人並未回家，由於金家禁止我們和從軍的家人們聯絡，我們只能焦急等待，隨後金家以外的四個家族收到訊息，金雞皇帝爲了保衛都市區，選擇讓軍隊依舊駐守於邊界外的垃圾場，但誰都知道，金雞皇帝此舉只是爲了令他們遠離都市區。

金雞皇帝的疑心重重，最終促使我的姊姊們走上賠罪船……寫到這裡，我方想起自己從未和你解釋過這件事，你大概感到很困惑吧，抱歉，我出生時一共有十五個同胞姊姊，在我十一歲時，金雞皇帝受密冬懲罰，需以前所未有的重量填補賠罪船，由於所缺甚多，金雞皇帝遂要求朱家獻上家主的子嗣填上賠罪船重量，以宣示對金家和密冬的忠誠，但最終能留下一個孩子，延續朱家家主的香火。彼時爲了保護我，我的姊姊們和母親商量，在那晚由母親趁我入睡時吟唱五靈詩篇，暫時以自身的意識模糊了姊姊們與我的連繫，而後姊姊們悄悄走上賠罪船。

隔日，母親發現我與平常無異，我未曾告訴母親，那是因爲赤豬的力量使我和姊姊們依然保持心靈連繫，而姊姊們是那樣地疼愛我、不忍讓我傷心，因此她們合力將我拒斥於她們的意識之外，不讓我看見任何她們遭遇的不幸。我的十五個姊姊，興許也無法承受抵達密冬後受到的囚禁。據她們所說，她們長年被關在不見天日的牢房中，她們讓意識留在灣島，無時無刻環繞著我，透過我的身體，姊姊們得以繼續在故鄉的生活。

我的姊姊們上船以後，賠罪船不再那樣頻繁到來，我們得以休養生息，卻不曾想到，那年年底，金雞神女弒父篡位成爲新任金家家主，而她終究也和金雞皇帝一樣，將我們視爲眼中釘。

如我先前所說，我做的一切都是爲了阻止金家對其他家族的壓榨、折磨和利用，不僅僅是朱家，還有古家、高家甚至是劉家，實際上在我看來，劉家是被金家糟蹋最嚴重的家族，只不過他們受金家荼毒如此之深，加上每任劉家家主都和金家家主有著金蘭連結，他們不僅無法反抗，也根本感受不到反抗的渴望。

還記得我先前提到，朱家人被分配了爲保留地人製作物資籃的工作嗎？若我告訴你，這將使我的家族受到怎樣巨大的傷害，你可相信？而這傷害的始作俑者是金家，你可相信？無論你信或不信，我是因此成爲如今的模樣，就在我十五歲成爲朱家繼承人時……

金雪・金雞神女臥室

每日早晨，金雪盥洗後換上乾淨的衣服，前往金雞神女的睡房請安，他站在門前，讓侍童向神女傳達自己的到來，隨後他將獲准進入房間，金雪會行五靈之禮，垂首走進房內，在神女的床前跪下，請求她今日的指令。

自神女重病臥床以來，她的床前拉上簾幕，使任何人若前來拜見，都只能看見神女的隱約輪廓，然而神女傳達的指示以令金雪熟悉的聲嗓包裹，那是金雞神女的聲音，是她殘酷、冰冷的話語，他永遠不會錯認，畢竟，就在這個房間，在這張床上，他無數次聽金雞神女以相同的語調，說出使他噁心的要求。

那已經是約七年前的事了。

他也成爲金家繼承人，不再是個孩子，他曾經幻想過、渴望過的一切，正漸漸聚攏到他手中，現在就差最後一步。如果他可以眞正成爲金家家主就好了，如果他可以不必每日請求神女的命令就好了……或許應該殺掉她，可是維持這樣垂首跪地的姿態似乎是最安全的。

每一次金雪來到這個房間，都會發抖。他動彈不得，明明知道金雞神女不會再對自己下手，但只要和她共處一室，金雪必定感到無助。

因此他只能等待。

他已等到其他家族露出馬腳，也等到繼承人的身分。但如今的金雞神女小心且吝嗇，哪怕是喙鏡也謹愼藏起。神女聲稱他們金家的聖物已然失去力量，且叮囑這件事絕不能傳出。於是金雪盡力裝作還握有籌碼，在其他家族膽敢試探時以言詞威脅，但他心有懷疑，或許神女欺騙他。

一切只能等他成爲家主才會知道了，至少，金雞的基本能力還在。可他低聲下氣地詢問過多少次，神女就拒絕了多少次，金雪一度懷疑神女將讓自己永遠保持繼承人的身分，而她亦會垂簾聽政直到他老死爲止，沒錯，如今和獸靈結合並保有長壽的人還是神女，金雪暗想他繼承人的身分將持續到他垂垂老矣。

金雪就這麼跪在神女床前，思緒漫遊地聽著神女口中冗長的代辦事項，他的喉嚨發癢，懷疑是神女房間的薰香使然，她向來很喜歡在床邊點燃特殊薰香，尤其在床笫之事上。

「金雪，你要怎麼處理那殺手？」神女冷不防問道，金雪短暫地清醒過來。「你是藍水家人，一眼便知刺客身分，爲何卻一次次放過他？」

金雪心思飛轉，第一次刺殺，他知道對方只是想嫁禍劉家，藉此離間金劉兩家的關係，這讓金雪覺得意味深長，對方這麼做的原因讓他好奇，加上沒有實質證據，僅憑他的眼睛太過主觀。至於第二次，這回對方連神女都下殺手，金雪並非不想處理，只是他還在觀望，他在想，雖然會置自身於險境，可他也暗暗期待，刺客眞能將神女剷除乾淨。

這些小心思可不能說出來，金雪便給了個中規中矩的理由：「我只是繼承人，不敢因我一人引發家族間的鬥爭，但這次竟連神女大人也受害，我必定會嚴加處置……」

「你連古家家主都敢殺，還擔心與其他家族產生嫌隙？」金雞神女發出慵懶的笑聲：「別對我說謊，你心裡打什麼算盤我清楚得很，刺客的爛攤子你最好盡快搞定。先給你提個醒，這次機會難得，我順道把那隻醜地牛處理了，聽聞他在外面放話與我還有連結，實在污穢。」

劉師傅曾是對金雞神女忠心耿耿的地牛，下場竟淪落至此。然而，比起無辜生命的逝去，金雪更反感於神女洞穿他的內心，他分神思考起無關緊要的事以壓抑心情，劉師傅前往神女房間究竟有何理由？線索卻不足夠。這時，金雞神女開口：「綿綿瓜瓞生，並蒂更連心。那名刺客恐怕有著最爲強大的獸靈力量，但同樣的，也會是弱點。」

金雪領悟：「他和獸靈達成如此深遠且強烈的結合，若能抓住一個……」

「抓住一個，你就能擊潰全部，你需要的工具地牢裡都有。」

「我明白。」

「還有一件事，慶祝我們終於解決這個問題，」神女緩道：「我已斷絕和金雞的結合，待你感受到徵兆，便可前往祠堂和金雞完成結合儀式，此後，方能再進行家主傳承的儀式。」

金雪眨了眨眼。

「神女大人，您是說眞的嗎？」

簾幕後方的神女剪影從坐姿轉換爲側臥的姿態，她的聲音聽起來更是怠惰疲懶：「是的，你下去吧，離開前把這東西拿走，以後就是你要保守的祕密了。」

一個小小的布包從簾幕後方滾出來，金雪撿起布包，感到不可思議，先不說金雞神女是否眞心想將金雞傳承給他，五大家族家主和獸靈一旦結合，要斷絕連繫需進行曠日廢時的截斷儀式，才能將獸靈和自身連結切斷乾淨。若非如此，便只有家主或獸靈其中一方死去，連結才會消失。金雪難以想像金雞神女願意拖著病體，耗費長時間完成截斷儀式，就爲了把金雞拱手相讓。

不過金雪不及細想，快速行了五靈之禮後立即告退，心臟在胸腔怦怦狂跳。他按著心口大步走過長廊，好似唯恐心跳聲被神女發現，隨後一面解開布包，一面思索：金雞神女爲何突然願意退位？她是不是知道了什麼？有野獸在獵殺家主的事情目前理當只有他和阿吽曉得……其他人都只知道零碎訊息而已，而沒人相信劉夫人的瘋話，古家也不知道眞正被瘋虎選上的是古珣，在整個五大家族之中，恐怕只有他注意到眞相，他發現的，是他的！

就在這時，布包頂端的結鬆解開，像冰一樣的碎片落到地上，當金雪撿起碎片時，高昂的情緒冷卻下來。他不敢置信，但漸漸地，那雙藍色的眼睛捕捉到足夠的線索。

這些是喙鏡的碎片。

聖物不存在了。金雪淡漠地想：他們用來威嚇他人的喙鏡，真的只剩下假象了。

他默默把碎片放進布包中，重新打結包好。他沒有喙鏡也一路走到了現在，沒關係的，他說服自己，如今有更重要的事情需要考量。

古琰的胞妹古珣在大火中死去之後，他下令處死古琰，並物色古家裡合適的新任家主人選。古家目前空有名頭，家僕等外姓人都作鳥獸散，但還有少數前任家主的遠親依舊留在古家燒毀的廢墟中，他們從未前往古家大宅之外，因此寧願睡臥在灰燼裡，也不敢擅自離開。金雪想從這些人當中選一個性格柔順的作古家家主，如此古家獸靈已死的祕密得以維持，古家將永遠無法再和金家作對。

那晚的謎題，剩下古家大火事件中失蹤的另一名人物，下落不明的家庭教師。古家家主的奶媽曾說火災前那名家庭教師病了好長時間，而且是讓人不好看的病，這讓他想起劉家夫人的獨子也曾得到皮膚病。不僅這樣，劉家夫人提到她目睹兒子在屋頂上跳舞，也像古家侍童於火災前看見的異相……但這些細節，說實話金雪並不關心。

重點是獸靈。

是啊，他知道那是獸靈。

異相的真面目是獸靈，在屋頂上跳舞的也是獸靈，奪走劉家夫人獨子的同樣是獸靈，或許是那孩子目睹了獸靈殺人，才被劫走吧。打從劉家夫人從古籍中指出奪走孩子的野獸長得像已滅絕的灣島獼猴，金雪就有所猜想了，保留地劃分後，都市區五大家族的人從小到大只會見到畜養動物，因此劉家夫人說是從未見過的野獸，立刻就讓金雪想到灣島的野生動物。劉家夫人指認的更是已滅絕的物種，讓他想起金家暗藏的古籍提到，獸靈會誕生於滅絕的動物之中，就好像金雞、赤豬、地牛、瘋虎、山犬，其實也都是誕生於密冬特定的滅絕物種。他小心翼翼隱藏這份猜想，唯恐其他人發現，因爲倘若這是真的，倘若真有一隻灣島野生獸靈，那他將能靠著捉住這隻獸靈，重新取得密冬的信任，金家可以被原諒，他們能恢復戰前的榮光……或許，密冬甚至會允許他擁有這隻獸靈，畢竟金雞已經不行了。

唯一的問題只在於，那隻獸靈不知爲何有意識地在殺家主，劉家家主、古珣都喪命了……牠還特別選擇五靈升天日行動。但根據金雪的理解，獸靈終究是動物，以動物本能活動。要讓獸靈如此規律地殺人，這隻獸靈必須和人類結合，只有人類才能驅使獸靈進行這樣的殺戮。

是誰？爲什麼要這麼做？這人又是如何得到這隻獸靈？

只殺家主，是繼承人的奪權嗎？但死的可不只有一家之主啊，那是對劉家與古家懷有仇恨嗎，還是對五大家族都有呢？接下來的五靈升天日，也會再死一名家主嗎？

金雪自此揣想著，大膽的猜測浮現於心，他想著致使金家如今頹敗如斯的保留地戰爭——如果，只是如果，連年家主的死亡，是保留地人的復仇……但這還是說不通！戰後的保留地經過軍隊掃蕩和投擲的特製病毒，根本不可能有任何人存活，眞要說是保留地人操控獸靈，不是還有嫌疑更大的可能嗎？

「……是高家？」恰巧的是，高家目前尚未有家主被害，但無法肯定。說不定殺人事件會再發生在失去家主的家族中，且沒有家主遭害的家族也有嫌疑。金家、朱家和高家……除了金家，他還要派人盯緊別的家族，直到下一個五靈升天日，或許將是他的機會，得以抓住獸靈。

但一定要謹慎行事，他必須好好確認……那眞是一隻灣島獼猴的獸靈嗎？

金雪唯有使用地牢裡的儀器取得眞相。

自從金雞神女不再管事之後，爛攤子都由金雪善後，地牢也是其一。這兒除了存放金家私藏的舊社會古籍，還有不少已然毀壞、用來培養改造人的儀器及殘破生鏽的密冬機器，而金雞神女也在此折磨過不少藍水家系的人，包括培養只對人類有用的致死病毒在內，進行過種種噁心實驗。金雪初次來時，裡頭滿地殘骸，還有無數鏡子碎片，他命人打掃乾淨，徹底抹除神女痕跡。其後，他將這塊罪惡之地改裝成私人的工作室，檢查了那些形狀各異的密冬儀器，也如幼時那般自古籍中研究可大量種植的可食作物，就像要證明神女存在過此處的事實完全不會影響到自己。後來古家家主被野獸所殺，他將珍貴古籍收進書房，騰出空間，找來和阿哖走得很近的改造人，命令他修復儀器。

金雪從來不喜歡那名改造人，他淡藍色的眼睛病態且充滿倨傲，一點也不合乎他的身分，然而聽見金雪的要求後，改造人只僵硬地鞠了一躬，不悅地同意了。他所服從的似乎不是金雪，而是在他背後某種更高的規則，金雪並不在意，改造人普遍憎恨金家高層，更遑論作爲金家繼承人的自己，儘管如此，他們卻又沒有反抗的能力。

直到現在，儀器已修復完成，再做少許測試，並置入他蒐集到的灰白獸毛，很快地，培養皿就能複製獸毛出自的動物……

金雪推門而入，只見成堆儀器和線路迎入眼簾，他走往一張工作台，上頭擺放著玻璃試管和顯微鏡，而載玻片上仔細保存著兩根灰白獸毛。他見狀一愣，不悅地轉頭說道：「我以爲你已經開始複製的程序。我很早之前就吩咐你……」

「這些儀器極爲脆弱複雜，不是您所想得那麼簡單。」改造人看也不看金雪地回答，他的駝背隆起，宛如一座小山，正在椅子上專心操作儀器。下一刻，改造人猛然滾倒在地，原來是金雪一腳踹向椅腳。

坐在地面上，改造人也不生氣，反而哈哈大笑：「您到底在急什麼呢？這可不是輕輕鬆鬆就能完成的，這是來自密冬的科學啊！如果不滿意我的工作效率，您何不自己做？啊，我忘了，您只會擺弄那些植物，那才是您的興趣所在，既然如此，就不要妨礙我！」

改造人說得沒錯，但金雪憤怒難平，他重重甩上地牢門扉，回到書房。

這裡也是神女給他的地方。

他很想改建重整，但已經累積太久金家的物品，使他一直無法決定留下什麼、丟棄什麼。但仍有一個地方是他的祕密基地，他站在擺滿歷任金家家主收藏品的書櫃前方，輕輕拉動機關，書櫃緩緩滑開，後面出現一個密室，這兒曾被金雞神女用來藏她的黃金雕像，但雕像已在他接收時就不知所蹤，擺放在中央的只有一張樸素的小桌。桌腳環繞幾個種有樹苗的盆栽，這些樹苗很特別，是金雪無意中找到的，希望有一天可以讓這些樹苗成長茁壯。

他把裝有喙鏡碎片的布包扔在地上，渾身就沒了力氣，一切都隨便吧——他自暴自棄地想著，並望向桌面，上頭陳列著數枚散發青綠光澤的玉玦耳環，這些耳環都是最普通的式樣，並圍繞著中央一枚雕刻有特殊圖騰的玉玦，圖騰本身形狀如牛，一對犄角向兩邊延伸，和玉玦的形體完美結合。

這便是劉家的聖物，不像金家的聖物有名字，劉家聖物僅被簡單地稱為玉玦牛鼻環，聖物最初是鼻環式樣，後來為了因應金家的喜好，諸多複製品都以耳環的形式製造。自從金雪逐漸掌權，他開始減少讓金家人使用劉家聖物的複製品，金蘭連結慢慢成為一種特權，但金雪並不制止金家人挑選劉家孩子做僕役或護衛，以減少反彈。

金雪在密室藏起這樣東西，是為了有朝一日能封存金蘭連結造成的一切悲劇，但現在，他有些不確定。只要將玉石質地的耳環放在劉家聖物旁，每隔一段時間劉家聖物會在金雞的影響下將這些玉製耳環轉變為能夠讓金家人綁定劉家人的聖物複製品，神祕的力量在耳環之上作用，讓他反感不已。

他應該要覺得反感才對。

作為金家繼承人，他終得選擇一名劉家人結金蘭，他因此選了阿咩，若一定要這麼做，他寧願是阿咩。況且他也認為哪怕結成金蘭，不一定需要依靠這份連結，他可以從始至終不對阿咩下命令，如此一來，他們之間就不會產生如阿咩母親那般的悲劇。

想起了阿咩的母親，一股暖流湧上心頭，金雪是見過阿咩母親的。他命人找來阿咩的母親，讓他教自己一段時間的手語，並要求她別讓阿咩知道。

等下一次見面，我要讓他驚訝萬分——彼時金雪帶著孩子氣般的惡作劇心情想著，卻不知道，他們會大吵一架，許久不再見面。

相較之下，他們現在的關係無比珍貴。可是最近的一切都讓金雪不安而煩躁，他瞞著阿咩很多祕密，包括那隻殺人的獸靈，會不會有一天，阿哖也離他而去？屆時他是不是也就只能使用金蘭連結？畢竟那才是確實有效的關係，只要有金蘭連結，無論他做什麼，將來成為什麼樣的人，阿哖都不會拋下他。

金雪小心翼翼地碰觸牛鼻環。

他會靠自己一點一點剷除絆腳石，阿哖只要做力所能及的事情就好。每當這時候，金雪就對阿哖感到愧疚，因他不得不將阿哖當作一顆棋子來考量，但棋子有棋子的幸福啊，他絕不會任意捨棄他，哪怕未來將橫屍遍野，只有阿哖，他希望他有朝一日能幸福平靜地生活下去。

劉阿哖．金雪書房前走廊

隔天一早，劉阿哖在金雪的書房前見到一陣騷動。門口立著三人，一個是鳳白長老，他在考核的主審現場有見過。長老的表情萬念俱灰，正大叫著什麼。另有明顯是藍水家系的一男一女擋住自己的視線範圍，抓住長老拖出走廊，往門口庭院方向走。

走廊上，藍水的那對男女和劉阿哖對上眼，點頭致意後就走出去，老人拖著腳不願移動，往前踉蹌幾步。劉阿哖很難忘記他接下來的樣子。長老痙攣起來，扭過頭盯著自己大吼：「你們膽敢這樣對我！就算如此，你們也無法動搖我鳳白先祖建立下來的偉業！」

劉阿哖默然，在原地停了一會才重新邁步，輕敲金雪的房門後伸手推開。金雪坐在寬大的書桌後方，幾乎是立刻就察覺劉阿哖到來，他將數封寫好的信放在桌上，接著說：「你來得正好，陪我去一趟靈山吧，是時候做出一個了斷。」

劉阿哖感到一陣愉快的清風掠過心口，可是他遲疑地比出手語：剛剛……

金雪走到劉阿哖面前，緩緩拉下他的手：「他是神女指派的長老，不經我同意就安排考核內容，傷到了你，因此要剝奪他的金蘭和長老身分。而且神女已經答應，再等獸靈的徵兆和幾個儀式，我就可以正式登上家主之位，現在是提早處理本就該處理的事情，你不需管。」

劉阿咩仍皺著眉頭，他想那長老被剝奪金蘭，等於又多了一個被遺棄的地牛，可金雪在這時說：「你不想替劉師傅報仇嗎？」

報仇？

「我們去靈山就是要處理這件事，刺客是朱家人。我要趁朱家還沒有準備萬全就前往拜訪，一舉拿下刺客。目前爲止，我已經削弱古家，要是藉這個機會再削弱朱家，金家未來將無所匹敵，而且安全。至於高家……我還有別的想法，之後再告訴你我的計畫。」劉阿咩遲遲沒有回應，金雪的表情垮下來：「我要當上家主了，你不高興？」

我高興的。劉阿咩急切地比著接下來的話語：你說，刺客是朱家人，那劉師傅當天出現在神女大人房間，就不會被當刺客了吧？他一定不是去殺神女吧？你也知道劉師傅不是凶手，那安排考核的金家長老知道嗎？神女大人也知道吧？劉師傅爲什麼還被推上……

金雪安靜下來，阿咩就像牢牢綁出繩結，做出那個詞——刑場。

早前少年眉飛色舞地講述夢想的模樣，劉阿咩已經見過很多次了，他們五、六歲時坐在高牆上踢晃著雙腿，金雪的表情就和當時一樣，他很想爲金雪高興，兩人就要完成兒時夢想，但當上金雪護衛的考核場所，實際上是座刑場，這刺中劉阿咩的心，雪白的夢想被血玷污。他本來顧忌金雪，遲疑不決，但此刻毫無猶豫，焦躁地比著手語：劉師傅死前和我說神女是假的，這些是不是都有關係？劉師傅是不是知道了不可以知道的事？

下一刻，劉阿咩不自覺往後退了一步，因爲金雪露出可怕的表情。

「我用自己的雙眼見到朱家的刺客，也用這雙眼睛見到神女本人。」

劉阿咩讀過那些嗡嗡耳語的嘴唇，神女大人躲在簾幕後方，不再出面。但金雪是繼承人，一定還是擁有特權。劉阿咩再次抬起手，又無力地放下，金雪閃動著光芒的眼睛他已經很久沒有見到了，縱使有那麼多想說的，但作爲天資愚鈍的地牛，他是錯的，因此最後劉阿哞簡單地比了手語：恭喜，恭喜你即將成爲家主。

金雪微微一笑，那笑容不知爲何讓劉阿哞覺得有些扭曲。

「我們現在就出發。我會以準備五靈升天日爲理由上山，往年儀式前我都會和他們的家主代理人討論細項，雖然現在七月，時間太早，然而就算起疑，他們也沒有拒絕我的資格。」金雪補充：「加上只有你和我一起去。」

只有我？劉阿哞皺起眉頭：這對你的安全來說並不足夠。

「我要他們衡量後果，沒有打算引發兩個家族的械鬥，如果帶太多人前往，只怕兩敗俱傷。」

經過訓練的地牛能以一擋百，陪金雪登上靈山，狀況不對時至少有能力保護金雪，甚至幫助他逃跑。於是劉阿哞比道：那就走吧，我囑咐司機備車。

要是不知道怎麼辦，看金雪想做什麼就好了。他想。

他們乘車進入靈山，因是陰天，烏雲遍布，山路兩旁長著茂密的箭竹，讓道路更顯陰森詭譎。劉阿哞想起第一次前來靈山時的景象：山中列隊行走、紅蟻般的朱家人。朱家分明是對五靈教信仰最虔誠、對金家最恭敬的家族，緣何鑄下如此大錯？

劉阿哞想不明白，也不想問金雪，索性不再深究。

朱家宅院坐落於半山腰上，隱於樹林，因此上次五靈升天日劉阿哞沒有留意。車停妥後，金雪便讓司機把車開走，他們二人佇立於朱家牌樓，穿過牌樓，很快便抵達朱家大門。和其他家族一樣，朱家大門門楣上雕刻有新陽黨的黨徽，以及朱家獸靈圖騰，後方的朱家宅院看上去則像是無數的小間屋舍林立，朱家主屋爲所有屋舍中最大者，以紅磚建造，中有庭院，庭院種植梅樹，並懸掛了劉阿哞只在五靈升天日才會見到的紅燈籠。

四名看守大門的朱家人手執紅燈籠走來，向他們做出五靈之禮，一股熟悉的怪異感覺襲上心頭。劉阿咋提高警覺。「金雪大人突然前來，有何要事？」其中一名朱家人問。

「我為今年的五靈升天日而來，為時尚早，卻因有變故發生，急需與家主代理人詳談。」金雪回答。

四名朱家人只是麻木地望著他們，就像四尊人偶，問話的朱家人也沒有和其他人討論，他兀自有了決定，頷首道：「請隨我來。」

金雪走在朱家人身後，劉阿咋守在金雪身旁，奇怪的預感卻揮之不去，他們逐漸接近朱家主屋，屋前已聚集了數十名迎接的朱家人，他們全都面無表情，彷若人偶，可是領他們前來的四名朱家人，分明都還沒有傳遞任何消息，主屋裡的朱家人怎麼會知道他們來了呢？

劉阿咋握緊拳頭，他們恐怕發現了金雪帶自己來的用意，既然如此……劉阿咋正打算將金雪護在身後，卻在這時，金雪從衣內取出了什麼，下一秒，一個箭步衝上前，將手中的物品壓在距離自己最近的朱家人脖子上，那名朱家人瞬間全身抽搐地倒下。

劉阿咋震驚不已，對著金雪快速打出手語：你在做什麼？

但金雪沒有看他，他手中閃現細小火花的詭譎物品「啪啪」地發出聲響，前端竄過微小的閃電，劉阿咋不曾見過這樣東西，看起來有點像王璨製作的「小閃」，卻又完全不同。金雪往地面上掙扎的朱家人皮膚再次壓上那樣物品，那名朱家人放聲尖叫，同時間，劉阿咋感覺到地面上的震動。

劉阿咋抬頭看向原先等在主屋前方的數十名朱家人，發現他們也隨之倒地，先是五、六人，接著七、八人，儘管他們仍想反抗，尖叫著的嘴是一個又一個漆黑的圓洞，但當金雪往手中抓住的朱家人脖子上壓下那樣散發電力、使人疼痛的機器，其餘朱家人便會再次倒下幾個。

太奇怪了，就好像他們彼此之間感受互通一般。而金雪一面對已然掌握住的朱家人施予電擊，一面蠕動著嘴唇，劉阿咋剛才沒能去注意，當他讀到了金雪正在說的話，他大吃一驚。

「……我一直在忍讓你，可是你為什麼就是不肯停手？你就這麼想要我的命嗎？」

臉色蒼白的朱家人冷望著金雪，因電擊無法言語，金雪移開機器，向劉阿哖招手，他茫然無措地走近，在金雪的指示下按住這名朱家人，如此他便暫時不需要使用會發出電擊的機器。那名朱家人也終於可以開口，他雖然說著話，卻仍舊面無表情：「對視而不見金家罪惡的你，我有何停手的理由？」

「一旦我成爲金家家主，我會改變一切，你不相信我？」

「改變？密冬捨棄了我們，金雞神女惡貫滿盈，你又做了什麼？殺害古家家主、奪取古家獸靈，你和神女一模一樣。」

金雪靛藍色的眼睛因強烈的憤怒而泛紅，瞳孔幾乎成爲了紫色，他道：「別把我跟她相提並論！」

「你們是一樣的。」空氣中微弱的波動，使劉阿哖下意識朝其他朱家人看去，發現他們倒臥在地，面無表情，嘴唇卻以相同的速度、形狀開合，異口同聲地說：「你們是一樣的！」然後，他們突然看向劉阿哖，說：「你又何時才要清醒？」

劉阿哖身軀一震，人生第一次感受到如此強烈的憤怒，滾燙又痛苦，就像大地哀鳴，飛鳥逃飛，然後他猛然意識到那不是自己的情緒，而是金雪的。他望向金雪，可他已重新冷下臉，將情緒層層閉鎖，此刻宛若大雪中巍然豎立的一棵枯樹，冰冷岑寂。

「如果不想讓我傷害你珍貴的族人，就告訴我你躲在何處。」金雪道。

一抹猩紅色的影子倏地撲向金雪，劉阿哖立即放開手中的朱家人，將那影子一把甩開。劉阿哖這才得以看清楚，那是一名年老的女性朱家人，她全身覆蓋著紅色布料，包裹嚴實，一雙嘴唇青紫，死白的臉面覆蓋著密密麻麻的皺紋，像瓷器上的裂痕，她的眼睛和其他朱家人不同，清明而銳利。

她露出陰森且悲哀的笑容，往地上啐出一口唾沫：「我的虹說的沒錯，你們身上流著同樣的髒血，永遠也不可能改變！」

隨後數十名朱家人一擁而上，將金雪和劉阿哖團團包圍，一個疊一個，他們伸手撕扯劉阿哖的頭髮、抓咬他的皮膚，這是劉阿哖從未見過的攻勢，他們一點也不在乎自己的身體會不會受傷，會不會窒息，只是用肉身緊緊纏住、擠壓他們。確實很像螞蟻。劉阿咩想。如此混戰之中，他努力用身體保護瘦小的金雪，並不急著對抗所有人，他逐個擊破，宛如被人體活埋後緩緩從肉牆中掘出一個洞口。然而劉阿咩終究是手下留情了，他擠開人體、推拒瘋狂抓扒的手指，並未使出攻擊力道，好不容易爲金雪拉扯出一個得以喘息的空間，他們蜷縮著身體，倒在壓扁的紅燈籠上，燈籠還隱隱發光，微小火焰逐漸燃燒殆盡，金雪看著劉阿咩流淌汗水的臉，像是感到不可思議地苦笑。

「這種時候你還心軟？」金雪的嘴唇開始張合：「阿咩，替我殺了……」奇怪的是，金雪的手指同樣在動，像一隻急切振翅的幼鳥：阿咩，把我弄出去。

劉阿咩第一時間就將目光從金雪的嘴唇上移開。金雪曾說過，不要看他的嘴唇，現在他明白意思了。說出口的語言比手勢更快，金雪會下意識說出命令，但他不想要讓自己做違背意願的事情。

劉阿咩縮緊身體，向四周拉開一段距離，接著他用力揮拳，釋放地牛的怪力，疊在他們身上的朱家人被立即震開，金雪勉強站起身，他臉上有擦傷，但再次舉起能夠釋放電擊的機器，往那名年老的女性朱家人身上刺去。

她發出痛苦的哀號，圍繞周遭的朱家人紛紛倒地，金雪沒有停止，他一次又一次在她身上施加電擊，他們身邊的朱家人已全然失去行動能力，站也站不起來，而金雪依然在折磨著老人。

金雪。劉阿咩在心中呼喚，伸手握住金雪不斷機械式地動作的手，但金雪只是朝他笑了笑。

「強烈且持續的痛楚，可以讓結合者和獸靈之間的連結暫時消除，放在朱家家主身上，亦能夠讓他們之間的連結暫時消除。」金雪道：「尤其她是朱家現任家主的母親。朱虹，你聽得見吧？你眞的忍心看你的老母親受到如此折磨？」

劉阿咩來不及問個清楚，金雪腳邊頹然癱倒的年老女性突然睜開混沌的雙眼，像在背書般毫無情緒、一字一句說：「放過她，我在東邊的祠堂等你。」

劉阿咩放眼四周，倒地不起的朱家人宛如橫屍遍野，他們像壞掉的破布娃娃默然凝望天空，眼睛裡卻什麼也沒有。金雪看也不看他們，抬手示意劉阿哞帶著陷入昏迷的老人一同離開，他們暫且還需要她作爲人質。劉阿哞是第一次做這樣的事情，他笨手笨腳地揹起老人，跟在金雪身後。

他們往東邊行進，不久便看見了如同五靈廟般的建築，金雪以手語簡單向劉阿哞解釋，這兒便是朱家的獸靈祠堂。祠堂看上去比五靈廟更寬大，內部也更爲幽深，像是陰雨飄搖下黑色的怪物，正張大著漆黑的嘴準備吞吃來人。

金雪毫不猶豫地走入祠堂，迎面而來一陣惡臭，那種臭味不存在於劉阿哞的記憶，像是動物的腥羶氣味，也像牛腐敗的肉，潮濕的空氣夾帶濃重的臭味席捲而來，讓劉阿哞不得不摀住口鼻，小心翼翼前進。

他們最終來到一處古怪的空間，像是舊社會的大澡堂或泳池，下陷的方形池子裡有肥胖如山的兩具肉體互相交纏、難分難捨。劉阿哞仔細一看，其中之一是人體，其二則是一頭他從未見過的生物……要說他從沒見過也不對，至少他曾在五靈廟內看見豬首菩薩的頭部，那是一隻豬，朱家的獸靈赤豬。

金雪徐徐靠近那纏繞在一塊，彷彿分不清你我的人與豬，他站在池邊，語調柔和卻也危機四伏：「你知道你終究不可能贏。」

「有比贏更重要的事。」低沉的男聲從肥碩的兩塊肉中傳出，劉阿哞看不見男人的嘴唇，因此只有金雪得以聽清。

「給我個教訓，是嗎？」金雪道：「我不値得你們相信，我和神女一樣爛，所以要讓我付出代價？」

「隨便你怎麼想，反正沒有任何希望，我的許多因家人金雞神女而死，我知道這麼做也不會改變什麼……我只是，想孤注一擲。」男人／赤豬的聲音愈發地痛苦，奇異的是，他愈痛苦，語氣便愈冷靜：「跟你說再多你也不會明白。」

「是嗎？我倒覺得我對你所知甚詳……你可以控制住所有的朱家人，並操控他們來進行刺殺與掩蓋。你能將獸靈的力量發揮到這種程度，可眞稀罕，即便我們對其他家族的獸靈力量瞭若指掌，我也沒想過你能做到這樣。不過正因如此，只要對任何一名朱家人造成無法承受的劇痛，你將感受到同樣的痛苦，對他們的控制就會被迫解除。在上山前，我已通知我的家系成員，現在他們大概已經帶著武器前來，不久後你的族人就會被完全控制住，你的獸靈既能幫助你們，最終也害了你們，你已經完了。」

「我知道鬥不過金家。」男人／赤豬道：「但只要能引起一點星火，只要能讓哪怕一個人察覺到不對勁……」不知爲何，此時此刻劉阿咩察覺到一股視線緊盯著自己，被窺看的反感讓他猛然抬頭，恰好和肉塊中一雙閃閃發亮的小眼睛撞個正著。

啪啪。

劉阿咩感到毛髮倒豎，像是一陣微風撫過他的皮膚，金雪從他身邊跑過，高舉閃著電流的機器朝男人／赤豬奔去。劉阿咩來不及阻止，金雪已發瘋似地電擊朱家家主，他的眼中滿是陰狠憤怒，他一面沉默不語地電擊眼前痛苦顫抖的巨大肉塊，一面背對著劉阿咩，比出拒絕靠近的手勢。

劉阿咩只能放任金雪的暴行。這段時間對劉阿咩來說是如此漫長，似乎永無休止，可他怎樣也不能出手阻止，金雪的神情和動作，在在散發著令人無從解讀的癲狂與絕望。而從金雪身上傳來的情緒，也使劉阿咩顫慄不已，那是猶如溺水之人緩慢痛苦的窒息感。來自朱家家主身上的痛苦也開始傳遞到其他朱家人身上，讓劉阿咩背上昏迷的老母親驚醒過來，掙扎著呻吟連連，劉阿咩將老人小心地放下來，輕輕按住她的手，使她不致在掙動時弄傷自己。

然而，老人力氣巨大，那並非只因爲痛苦而冷顫，她發狂般搔抓自己的身體。劉阿咩轉頭看向倒地不起的朱家人，有些人身體同樣跟著顫動，他著急地望向金雪，不知道發生什麼，但金雪揮舞機器的模樣令他卻步，也使得這些人無法順利行動。等金雪的家系成員來到祠堂中接手一切，金雪終於停止暴行。

劉阿咩讓藍水家系的人帶走朱虹的母親，望著她離去的背影，他想起老人撲向金雪時揚起的猩紅衣襬，那模樣如野獸般原始。但當她走在紅色燈籠模糊的光線裡，她只是個脆弱無助的老人。

他們最終回到金家，金雪告訴劉阿咩自己有事需要調查，要他不用跟來，劉阿咩擺脫不了從金雪內心傳來的痛苦，想安慰他，但金雪是如此冷淡，劉阿咩只好也表示自己要回練屋取些私人物品，二人在陰暗的長廊裡分別。

見金雪疲憊的身影逐漸遠去，劉阿哞恍然地想。金雪說謊了，他對朱家是一點都不顧忌引發爭端。金雪最初只帶他去，是爲了降低朱家人的警戒心。

可金雪爲什麼不告訴他？不信任自己嗎？劉阿哞想起劉師傅死去的那晚，他和金雪的爭執與和好，經過那一晚，他們之間怎麼還會有猜忌？

這個難受的當口，劉阿哞迫切地想和王璨見一面。王璨是他在金家交到的第一個朋友，有些話，他只能和王璨說。但回到練屋卻遍尋不著王璨，甚至比手畫腳地問了好些人，只得到王璨已經不在練屋的消息，他後來去了哪裡，也沒人能告訴自己。難堪的考核結束，劉阿哞不曾有機會和王璨說明自己的離去，對此，他感到愧疚。兩人相處三年，現在他成爲金雪的金蘭護衛，不再有那麼多自由。劉阿哞心中生出小小的心願：想和王璨再說些話、好好地道別，可惜無法如願。

王璨問過自己，若金蘭連結能帶來好事的話，「命令」是不是也無傷大雅。現在劉阿哞能回答了：金蘭連結將兩人綁在同一條路，因爲路只有一條，若其中一人不想，那麼不管有沒有這份力量，終究都是不快的；兩人如果本來就在同一條路，無論有沒有命令，那都無所謂。自己的父母打從一開始就不在同一條路上，金蘭連結只是把藏在關係的問題，更早地催逼出來。

劉阿哞實在是累了，彼時看見訓練場上新來的一批劉家孩子，他們在劉阿哞不曾見過的新任拳腳師傅指示下，朝氣十足地展開對練。劉阿哞看得入迷，那正是以前自己的模樣，兩人一組的對練中，輸的一方自動走到一旁進行蹲跳或伏地挺身的處罰動作，贏的一方則去找另一贏家，再次對打。忽然一個熟悉的人影因對打輸了，緩緩走到距離劉阿哞較近的空地上，準備開始蹲跳。

劉阿哞朝他招招手，待那孩子走來，他確認了猜想，這是去年他在五靈廟頂替演出的劉家孩子。

劉阿哞用手指在沙地上寫字：你的手臂還好嗎？應該已經痊癒了吧？

那孩子點點頭，也在地上寫字：謝謝你。

劉阿咩啞然失笑。有什麼好謝的？他又寫：我一直沒機會問你，你當時怎麼受傷的？王管事很注意下人的安全，你又要演出重要的五姓守夜劇，怎麼還會受傷？

那孩子回答：我也沒辦法，當時我只是從戲棚下經過，就被從天而降的鋸子割傷，王管事也想找出失手弄掉鋸子的罪魁禍首，可是找不到，最後只能不了了之。

劉阿咩遣走了那孩子，站起身來遊蕩在金家之中。

在這富麗堂皇、軒敞繁複的金家宅邸，究竟隱藏多少祕密？他自己……視而不見太多太多。金雪的選擇，朱家的殺戮，劉師傅的死亡，以及更久以前無數細小的事。他望著自己的手，這雙手殺死了劉師傅，但在更早之前就放任星火蔓延。去年的五靈升天日上，他親手將一把鋸子交給了王瓅，如果王瓅故意弄掉了鋸子……劉阿咩從衣袋內取出小閃，無意識地按壓中間的按鈕，小小的燈色從藍轉紅，如果王瓅身上也攜帶著這樣物品，他的小閃就會開始微微震動。

王瓅也好，金雪也好，似乎沒有誰是不會變的，說不定，他也變了呢。

突然，迎面而來一名童僕攔住了劉阿咩，將一封信交給他。信封是暗紅色的，流露不祥的氣息。

面對劉阿咩疑惑的臉孔，那名童僕聳聳肩道：「外面一個女孩子來送信，指名要給你，但我來不及問哪個家族，她就跑了。」童僕欠了欠身，表示還有雜事要辦，隨即離開。站在金家走廊昏黃的光線裡，劉阿咩帶著好奇，拆開了信。

他此時還不知道，信將成爲一顆種子，讓「懷疑」的青芽破土。

信之三

我在十五歲時正式成爲朱家繼承人，彼時我已能專心致志吟唱五靈詩篇，母親也開始讓我主持靈山上的諸多活動。那年的五靈升天日前一晚，所有朱家人都還在趕工儀式日開始後將沒時間製作的物資籃，而我們對於即將到來的保留地戰爭，不僅是一無所知，甚至不曾從金雞神女口中得到任何訊息。

我們只是聽聞金雞神女提及，由於五靈升天日將至，她準備提早爲保留地送去大量物資籃，讓保留地人可以撐過五靈升天日和儀式日的空白。我始終認爲比起其他家族的人，朱家對保留地人更爲親和，我們以憐憫對待素未謀面的保留地人，更願意在五靈升天日前加緊製作物資籃，以免儀式日到來時保留地人因缺少物資而難以過活。

當絕大多數朱家人在靈山森林中的一處空地上，仔細包裝著無數物資籃，出於不知名的理由，山腳下的門僮突然急匆匆地奔跑上山，向我稟告金雞神女已倉促來訪，說是要犒賞辛苦操勞的朱家人。

我和母親親自接待金雞神女，那是我第一次在極近的距離下和神女碰面。她戴著遮住半張面孔的金色面具，身著白衣，從一輛僅有金家能夠使用的黑頭車上款款走下，我和母親不得不在她面前下跪行禮，姊姊們以春天花朵的芬芳和微風輕撫肌膚的感受籠罩住我，試圖使我平靜下來。

我無法平靜，總覺得她的到來代表著邪惡。

神女說：「起來吧，帶我看看你們是如何工作的。」

母親似乎察覺我的異狀，主動上前行五靈之禮，引導金雞神女前往空地觀看朱家人包裝物資籃的工作。我一語不發跟在後頭，看見了金雞神女身後一名臉上滿是傷疤的劉家男子，知曉那便是我素未謀面的劉家家主了。同時我領悟其臉上滿是傷疤的原因，是由於金雞神女以虐待自己的金蘭爲樂，然而劉家家主仍然忠心耿耿待在神女身旁，使我更爲劉家的地牛們感到不值。

當神女來到空地，無數朱家人面露羞怯、討好的笑容，在神女面前下跪行禮，隨後爲神女張羅了舒適的座位、豐盛的吃食。我帶著強烈的厭惡看著眼前的畫面，卻也奇怪神女竟未接受，她在忙碌的朱家人之中信步行走，像個孩子般好奇地問東問西，演足了無辜模樣。現在回想起來，我是多麼痛恨自己當時的無知與愚蠢，在金雞神女以好奇碰觸待包裝的物資時，我就該有所懷疑了，其後她以略帶蠻橫的驕恣肆意在物資籃內放著自己特別揀選的小東西，周遭的朱家人還大爲感動，更盛讚她紆尊降貴幫忙打包物資籃的行爲是多麼無私。

然而金雞神女終歸只是做做樣子，她隨意在物資籃內放了一些東西以後，便藉口疲憊乘車離開。

那晚所有朱家人一直工作到深夜，才終於將包裝好的物資籃交由劉家家主送往保留地，彼時我仍對於金雞神女的突兀拜訪滿心警戒，同時神女的一舉一動都帶給我說不出的詭譎意味，只是在當時，我什麼也沒能弄明白。

一直到五靈升天日結束，遠方戰爭的消息傳來，金雞神女義正詞嚴決定調動垃圾場的軍隊與保留地中的野蠻人反抗軍一較高下，甚至不惜乘著密冬賜予的機器前往坐鎮，好些朱家人爲此感動涕零，他們爲遠在邊界的血隊加油打氣，不時以手掌遮掩劇烈咳嗽的嘴部，他們呼喊著笑著敬拜著，眼睛裡滿是對五靈教的虔誠，連帶著受到五靈導師祝福的金家也虔心地崇拜著。

他們什麼也不知道，哪怕有人咳嗽著吐出了血塊。

他們什麼也不知道，曾經參與包裝物資籃的朱家人一個個倒下。

他們什麼也不知道，他們的症狀和那些在戰後病死的保留地人一模一樣。

我請家族醫生替重病的朱家人依序診斷，他得出了有某種神祕的疾病正在靈山中肆虐的結論。我們試圖對外求救，整座靈山卻不知在何時已被金家鳳白的人封鎖，使我們不得逃脫。

後來我反覆思索，始終不明白金雞神女究竟如何在不讓自己感染的情況下，將病毒源放入物資籃中？她又是爲何冒險親手做這件事？我只能揣測這或許又是來自密冬的某種特殊技術，獨獨能夠讓神女在碰觸病毒時毫無反應。而她之所以親自下手，純粹只是她享受著這種緩慢殺人的感覺。

我想我不需要和你仔細描繪朱家人是如何被那神祕的疾病所折磨，反正你也無法想像，我只告訴你有三分之二的朱家人死在保留地戰爭宣告結束的那天。萬幸的是，我的母親並未得病，是她將染病瀕死的我拖到那曾使我噁心至極的陰暗祠堂，她找到了父親和赤豬，她跪在那肥碩巨大、相互交纏的兩隻生物面前，氣喘吁吁地乞求，她說：「求求您，求求您救救他，這是你唯一的兒子啊！」

我不知道母親後來又說了些什麼，以至於父親和赤豬均同意了，只記得母親接下來走近父親，將一把小刀插進了父親滿是脂肪的脖子，她用力割開父親的咽喉，猶如在爲豬隻放血般決絕、毫不猶豫。我眼看著父親斷氣，接著母親將我抱向赤豬臃腫的身軀旁。

我說了「不要」。

可是母親彷彿沒聽見似的，她喘著氣拉扯我的手湊向赤豬的嘴吻。

我知道，這一刻終究還是來臨了。

赤豬在我手上留下傷口，傷口猙獰醜陋，布滿惡臭的動物唾液。而我彷彿陷入高燒中昏沉迷濛的夢境，夢裡，我和姊姊們在靈山中暢快地奔跑、互相追逐，她們還擁有十五具健康自由的身體，她們包圍著我、抱緊我，在我哭泣時溫柔地安慰我，她們說：「別怕，我們會永遠在你身邊。」

隨後，母親出現了，她抱住我，哼著那首她鮮少吟唱的歌謠，我從不知道她在唱些什麼，但當她唱起這首歌，我總是很快樂，因爲她選擇不知名的歌謠而非五靈詩篇。

父親也出現了，他和母親、姊姊們一同擁抱我，父親的模樣還是尚未和赤豬結合時的樣子，他看起來悠然自得，五官俊朗，他說：「我的好孩子，別怕，我們會永遠在一起。」

我抱緊我的家人們，接著，所有已經死去、即將死去和尚未死去的朱家人，都逐漸出現在我們周圍，我們互相擁抱，形成一個巨大的圓。但即便如此，我意識到這擁抱的圓圈依然有所欠缺，我望向圓圈外的陰暗處，有一頭肥胖的小母豬正低頭啃食地上的泥巴。

我懂了，我朝牠伸出手，我說：「來吧，別怕，我們會永遠在一起。」

母豬走向我，牠雙目赤紅，嘴中流下污黃泥水，一個我從未聽過的沙啞女聲輕輕地問：「眞的嗎？」

我說是的，來吧。

於是牠來了，牠來到圓圈之中，和我們擁抱。

……我想說的就到這裡。

這是我之所以計畫刺殺金雞神女及她選定的繼承人金雪的原因，除了那位大人曾說過的話啓發了我以外，所有的罪惡、懲罰，都由我一人承擔，我才是幕後主使，不是那些借我軀殼的朱家人。或許你會說，那些朱家人也是協助我行刺金雪的共犯，實際上並非如此。

請務必了解，你現在所看見的每一個朱家人都在我的控制之下，無數具軀體擁有相同的意志，我早就打定主意，除非達成目標，否則絕不解放任何一名朱家人，所有的罪責由我來承受，他們的意志沉睡已久，皆是無辜之人。

阿哖……我可以這麼稱呼你嗎？就算你無法相信我，甚至因爲金蘭連結而難以背叛金雪，至少聽我一言：絕對不要相信密冬。

至於爲什麼，因爲我的姊姊們在不久前死去了，她們消失在我的意識中，這是我從未有過的經歷，人的心智如此巨大、空曠，卻只剩我一人，我的心思不再有回音，每一次自言自語都得不到回應，像是對無限的黑暗投擲永遠沒有答覆的問題。

我很痛苦。

她們是一個一個被殺掉的，被密冬，被密冬之主，被我們信仰中的五靈導師所殺，我最後透過她們看見的景象，是一面我不曾見過的最大且最明亮的鏡子，無數人赤身裸體走進鏡子裡，再也沒有出來。

阿哖，記住，永遠不要相信密冬。

經過三個多月，紫蘭每每在上課時一面提防著講台後方古怪的鏡子，一面偷偷將寫好的字條塞進金雪的畫紙底下，金雪也會趁其他孩子不注意時遞回字條，向紫蘭回報搜索地牢的進展。遺憾的是，至今爲止沒有任何發現。

已有數週紫蘭爲孩子們教授模仿，而她學習在神女記憶中看見的模仿師黑羊，如今每一次上課都只讓孩子們繪畫，他們必須選定一樣物品作爲主題，在餘下的課程裡以最細緻的觀察加以描摹。紫蘭不只一次暗想自己眞該早點這麼做。

孩子們一旦習慣紫蘭的存在以及日復一日的課程，他們煩人的天性便顯露出來，他們經常問問題，只要紫蘭不阻止，他們甚至會聒噪地聊天。

孩子啊。紫蘭好奇金雞神女爲何想要孩子，她看上去不像是能夠對年幼生命無私奉獻的那種人，她也毫無耐心可言，因此說到底，無非就是金雞神女的自我滿足罷了。

孩子們在紙上畫圖，絕大多數缺乏技巧，今日金雪也還未悄悄遞送字條，這讓紫蘭有些心焦。直到課程結束，紫蘭要求孩子們交回畫紙，她將藉由這份作業評估他們作爲模仿師的潛能，這讓他們既興奮又害怕，理所當然，紫蘭只是說了另一個謊。

多數孩子恨不得趕緊離開書院，一路上嘰嘰呱呱地說個不停，只剩下金雪，然而還有幾名鳳白家系的孩子刻意放慢離開的步伐，唯恐金雪偷偷趁著下課時間從紫蘭身上吸取更多知識。

金雪一言不發交上了作品，紫蘭正要開口，卻立時安靜下來，她眼睛一亮，金雪的畫作是由綠色、紅色和黑色交織而成的夜間森林，這是一幅地圖，是金家宅邸的俯視圖，迷宮般的植物與枝幹交相纏繞，實際上暗喻著金家曲折複雜的廊道，紫蘭的手指點在書院的位置，這兒有著整幅畫作裡唯二的金黃顏色，第二處有著金黃色的部分，位於畫作右側一個特別奇怪的空間，印象中那兒什麼也沒有。

「你確定已經完成了嗎？」紫蘭試探地問。

金雪點點頭，在門口鳳白孩子的目光下迅速轉身跑開。

事到如今也只能信任金雪了，紫蘭立刻展開另一項計畫。在隔日下午，一批屬於金家模仿師的私人物品被其僕人送來金家大門。模仿師的僕人外貌如同不祥的代名詞，他高大臃腫、步伐蹣跚，頭部罩著鐵製面具，問他話從不回答，只有野獸般的喘息自面具下洩漏。金家外姓管事急得滿頭大汗，面對渾身暴戾之氣、怪物般的模仿師僕從，他攔也不是不攔也不是，直到紫蘭現身，外姓管事連忙上前請求她的幫助。

「這是我的私人僕從。」紫蘭淡漠地道：「你們的人服侍得不夠好，我只能把它帶來。」

「可、可是……模仿師大人，金家已有多年沒讓外面的人進來了。」外姓管事完全亂了方寸，他當然知道密冬模仿師擁有何種力量，但金雞神女掌控著金家上下所有人的生死，神女既然曾下令禁止他人進入金家，那麼規矩就不該打破。

「人？」模仿師紫蘭輕蔑一笑：「你眞可愛，竟覺得這怪物像人嗎？它可不是人，只是我用人骨模仿出的肉塊罷了，我愛他做什麼就做什麼，全憑我一句話，不過你也別擔心，它很脆弱，只能做些端茶送飯的工作，也沒有力氣傷人，無論對金雞神女或任何一名金家人，都不會是威脅。」

那名外姓管事見王璟頭戴鐵製面具，呼吸聲如怪物哮喘，身材臃腫怪異，其畸形的模樣比金家大多數人更爲嚴重，他看上去確實不像人。而一想到這樣可怕的怪物竟是由紫蘭一手創造，外姓管事開始發抖，他猛地鞠躬，幾乎要把腰給折斷，同時結結巴巴地說：「若、若是這樣，那便沒問題了，請進吧！」

紫蘭輕哼一聲，甩開長袍下襬轉身返回主屋，這一套目中無人她從金雞神女身上學得是維妙維肖，誰叫這些金家人無論金姓或外姓，骨子裡全都是些欺善怕惡的小人，你愈是趾高氣揚，他們愈是不敢聲張。

小畫眉，演技眞好。師傅在她耳邊由衷地說，令紫蘭有些羞赧，直到他們已步入陰暗的長廊，紫蘭立即從王璟手中接過掩人耳目的行李箱。

箱子卻比她想像得更沉重。

「我把一些機器帶來了。」王璟低聲解釋：「金家如同吃人洞穴，我不會不做準備就回來這裡。」

紫蘭點了點頭，神女爲她安排的住房位於鮮有人煙的位置，讓他們一路上暢通無阻，也沒人會對王璟特異的外表竊竊私語，他們很快回到房間，一進入房間王璟卻猛然跪倒在地，他抱著頭，痛苦呻吟。

「王璟大人，您怎麼了？」紫蘭蹲下身以過去服侍王璟的經驗照料他，先取下王璟臉上阻礙呼吸的鐵製面罩，其後紫蘭從浴廁取來沾濕的毛巾爲他拭去臉上的汗水。王璟的狀況不知爲何讓紫蘭感到熟悉，但她一時間想不起來。

「有東西……是聖物……在房間裡……」王璟咬牙切齒地道，輕輕掙開紫蘭的手，他跌跌撞撞地站起身，往令自己最痛的方向撲去。

王璟進入浴廁之中，他瘋狂地摸索著所有觸手可及的物品，最終一把抓起原先掛在紫蘭房間的一面鏡子，狠狠往地上砸，當鏡子碎成數片，王璟的呼吸逐漸平復，他以困惑的目光打量鏡子碎片。

「這不是聖物，也非聖物的複製品。」王璟說：「但卻殘留著類似的力量，因此導致我疼痛。」王璟此時從衣內取出一樣久違的物品——一面小小的圓鏡墜飾，這東西曾短暫地屬於泰邦和紫蘭，最終輾轉來到王璟手上，紫蘭憶起從垃圾場離開後，自己無數次被這面小小的鏡子拯救。經過苡薇琪處理，這件聖物複製品已不會令王璟產生疼痛，王璟卻能作爲擁有金家血緣的藍眼人驅使聖物複製品的力量，因此烏托克後來認爲沒必要從王璟手中收回這件物品，王璟對紫蘭的忠心雖然古怪卻也無庸置疑。直到這面鏡子失去力量，紫蘭有些意外王璟依然將其帶在身上。

王璟這時將小圓鏡放在左眼前方，仔細地研究地面的鏡子碎片。他解釋：「聖物複製品就算失去了控制人心的力量，依然會彼此呼應，照理來說透過我手中的這東西，應該可以判斷這面破碎的鏡子是否也是複製品……」

「結果呢？」

「沒有異樣，這面鏡子十分普通，我不懂它爲何會使我疼痛。」

藍眼人沒有弄錯，記得嗎？我們剛來到這個房間時，巴利就注意到這面鏡子有問題，不僅僅是這面鏡子，書院的鏡子也是。烏托克提醒紫蘭：金家裡的鏡子總是讓我們感覺到奇怪的視線，除此之外沒有更多線索，如果有人透過鏡子想對我們做些什麼，這段時間他也沒有得逞。

這要歸功於從第一天起，紫蘭就把鏡子放進了浴廁中，並讓鏡子對準牆面。

這面鏡子現在摔碎了，她一方面擔心對方懷疑他們發現異狀，一方面也鬆一口氣。紫蘭清理了地上的鏡子碎片，將碎片用紙包裹扔進垃圾桶。接下來，她和王璟等待入夜。等到外頭夜色深沉，他們悄悄離房，根據金雪描繪的地圖尋找通往地下空間的入口。

紫蘭放輕腳步，查看地圖以確認方向，王璟慢悠悠地走在後方，拉開了一段距離。紫蘭並不擔心他，他們早已習慣這種一同行動的默契，紫蘭身材纖細、動作靈活，在前方探查最合適不過。

幸而夜晚的金家宅邸除了巡視的外姓僕役以外，沒有任何金家人，而僕役理所當然不敢對密冬的模仿師有任何冒犯。一個鐘頭後，紫蘭率先來到金雪地圖標示的地點，正如她所想得那樣，黃色的記號被精確地安置在一條死路，話說回來，金家到處都是沒有道理的走廊，有些走廊無甚用意，連房間都沒有，走到盡頭便是死胡同，向來讓紫蘭感到十分奇怪。但她曾在金雞神女的記憶裡看見金家的祕密，這整座宅邸不僅格局左右對稱，就連上下也是互相倒映，宛若鏡子，如此一來，或許說明了一樓乍看之下毫無作用的死路，實際上通往地底的某處……

紫蘭對身後的王璟示意，他們緩緩走進死路之中，卻在這時，紫蘭感覺到腳下微妙的傾斜，她愈往前走，感受愈強烈，她正在走著一條長長的下坡路，古怪的是，她已經走了好幾步了，卻仍無法觸及彷彿近在咫尺的盡頭牆面。

「如果我沒弄錯，這是用『模仿』做出來的。」王璟沉穩地說：「眞有意思，我以前竟然從來沒有注意到，這整間屋子都是由模仿所造，恐怕是那位最初的模仿師手筆。」

「最初的模仿師？您是說黑羊嗎？」

「不，我指的是五靈導師。」

紫蘭微微側過頭：「五大家族信仰的五靈導師同時也是模仿師？我倒是第一次聽聞。」

「自然，他們將他神化了，模仿師雖然很接近神，畢竟不是神，五靈導師作為他們信仰中的神靈，絕少被提及他過去的身分。」

紫蘭點點頭，這意味著，黑羊不是金家第一任模仿師，不過一名模仿師要怎麼做才能將自己神化到如此程度，她覺得背地裡似乎有些陰險的緣由，但若與她無關，她也無暇細想，畢竟已是陳年舊事了。

他們繼續前行，怪異的斜坡造成他們身體的傾斜感，視線所及卻依然是平地，紫蘭有一剎那的昏眩，但她很快振作起精神，因為她終於來到了底部的牆壁，不知不覺，這面牆變得如此巨大，幾乎像是一座城牆巍然豎立於前方，紫蘭伸手碰觸牆面，就像碰觸著古老的遺跡。

巴利。她輕喚，白色的魔鳥飛上她的手背，那雙紅色的眼睛盯著牆面好一陣子，直到紫蘭的左眼隨之變紅，她正透過巴利的眼睛在看。有時候，巴利確實比身為人類的自己更能看見、感應一些東西。此時此刻，巴利似乎對牆面上的一處污跡特別感興趣，紫蘭必須蹲下身才能看清，那是一個極小的圖騰，以簡單的筆觸刻劃某種鳥類展翅飛翔的模樣，這圖騰如同星子，當你不看著它時，它的模樣最清晰，但當你集中精神盯著圖騰，它又變得模糊不清。

紫蘭見過這個圖騰，毫無疑問，類似筆觸的圖騰也刻在金家的聖物複製品上。她輕輕碰觸圖騰，緊接著，牆面緩緩打開，露出通往深沉黑暗的階梯，從打開的門內傳來一陣潮濕的空氣，令紫蘭不寒而慄。

「看來金家還隱藏著只有金家家主才能進入的密道。」她艱難地道。

她根本不該意外，前往黑暗的地底也不該使她恐懼，畢竟她曾經居住在比這更深的地底洞穴之中，但或許也正因如此，她害怕當自己找到鶺鴒時，她已經成為一具枯骨。

「不僅僅是金家家主，既然這些機關是用模仿技術造成，恐怕模仿師也對此知之甚詳。」

「可是他們爲什麼要打造這樣的一處地方？」紫蘭試探地問：「王璟大人，如果下面眞的存在實驗室，你想……」

「我已經不記得了，就算我眞的是在地底的實驗室出生，懂事以後這段記憶也已消失。」然而紫蘭從王璟專注的神情中可以看出，他渴望解答，他想親眼看看造出自己的可怕場所。「走吧，就用您的雙眼來確認。」紫蘭說罷率先踏入黑暗，腳下濕滑的青苔使她絆了一下，王璟抬手扶住她。

「小心腳步。」

紫蘭反手握住王璟的手，和自己相比，王璟的身體狀況更難在向下的階梯安全行走，她有過服侍王璟的經驗，遂引導他將手扶住牆面，她從懷中拿出王璟帶來的手電筒，爲兩人照亮前方階梯。

「這些是……」

手電筒的光從彼端射回，紫蘭垂下手電筒，揉了揉刺痛的眼睛，她這時才注意到，階梯旁的牆面貼滿鏡子，倒映出她和王璟，詭譎無比。這些鏡子使紫蘭聯想到房間和書院的鏡子，乍看同樣平凡無奇。暫時不曉得鏡子的作用，以及是否會對他們造成危害，姑且只能先往下走。階梯旋轉向下，深入黑暗，他們開始移動沒多久，王璟便停下動作，以手指按壓頭部，發出低低的呻吟。

「王璟大人？」

「下面有聖物的複製品，而且不只一件。」王璟卻揮了揮手，示意紫蘭不要停下腳步：「繼續走，我還可以忍受。」

他們逐漸向下，愈走感覺卻愈奇怪，階梯彷彿永無止境，他們的步伐和警覺心逐漸麻木，由於長時間踏著向下的階梯，王璟慢慢撐不住了，他雙腿無力，關節處更是疼痛非常，只能暫且坐在階梯上休息。

紫蘭困惑不已，就算是建築在金家地下的空間，也不可能走了這麼久都還碰不到底，而且他們究竟走了多久了呢？總覺得已經有兩、三個小時。她感到很不對勁，打從他們步入黑暗，一切就很不對勁。

「你先走吧，我休息一會再跟上。」王璟說道，他仍然因可能存在的聖物複製品而頭痛不已。

「等一等，王璟大人，我想……」紫蘭沒把話說完，因爲就在這時候，從漆黑無光的地底飛出一隻散發藍色螢光的蝴蝶，牠拍動著翅膀，奮力往上飛，卻因注意到紫蘭和王璟，牠飛向他們，紫蘭伸出手，引導牠停在手背上歇息。

蝴蝶的翅膀呈半透明，像由光組成，紫蘭意識到這隻蝴蝶不可能是眞的，牠不存在於現實，可是，爲什麼……

一陣海潮般劇烈的聲響由遠至近，從階梯底端的黑暗洶湧而出，紫蘭看見藍色光芒起先黯淡，接著愈發明亮，猶如燃燒的火球般直衝過來，紫蘭在一瞬間聽見了無數翅膀拍動的聲響，藍色火球向上飛升，紫蘭這才看清那不是什麼火球，而是數也數不清的藍色蝴蝶，就和此刻停在她手上的那隻一模一樣。

藍色的蝴蝶潮水爭先恐後往上飛湧，過了不久，竟又聲勢壯闊地在剎那間盡數死去，大量的藍色蝴蝶光芒黯淡，往黑暗中墜跌。

就連紫蘭手背上的藍色蝴蝶也失去顏色，從她手上飄飄落地。「那究竟是什麼？」紫蘭喃喃問道，可王璟也沒有答案，他們只能繼續前進。隨著他們在階梯行走的時間增加，紫蘭發現，藍色蝴蝶的狂潮一陣又一陣，間歇地發生，似乎這現象是有其規律的。

與此同時，他們也始終走不到盡頭。

王璟再次坐下來，按摩發抖的雙腿，就連紫蘭也撐不住了，她發現長時間走階梯會讓她的感官變得麻痺，原先加以小心的步伐變得急躁，若是繼續這樣下去，他們很容易就會失足摔落。

「如果回頭呢？」紫蘭問，雖然王璟無比渴望看見實驗室景象，但目前的狀況太過古怪，她無法讓王璟冒險，因此考慮著讓他先返回地面，由自己繼續前行。王璟卻拒絕了她。「恐怕我們已經落入陷阱。」

他朝地面點點頭，紫蘭看見一隻顏色灰暗的蝴蝶屍體就躺在王璟腳前，是原先停在她手上的那隻蝴蝶，他們明明已經走了許久，怎麼又會看見它呢？

讓我和巴利去探查。烏托克的聲音在紫蘭腦海中響起，她很快理解師傅的意思，她和王璟無法脫離這個迴圈抵達終點，但巴利能夠飛翔，如果讓巴利直接往黑暗的底部飛去，或許能找到解開困境的方法。紫蘭不是沒想過這麼做，只是那些藍色的蝴蝶讓她感到不祥，她不願讓師傅和巴利涉險。

然而事到如今，也沒有別的方法了。紫蘭拉起長袍一角，白色的巴利迅速飛出，像是瞬即閃過的光點，它往黑暗的地底俯衝，很快便不見蹤影。

紫蘭也幾乎在同時間連接起和巴利的視覺，它正以盤旋向下的方式飛行，如此就能放緩降落的速度，也能很好地觀察。說也奇怪，巴利沒過多久就抵達地底，映入眼簾的有巨大的石柱和拱門，拱門上同樣雕刻有金家獸靈的圖騰，以及形似鳥類頭部的雕飾，穿過拱門，一扇突兀的鐵門佇立前方，鐵門看來破爛，很容易就能推開。問題在於鐵門旁有一道人影，紫蘭催促巴利飛得近一些，隨後她看見了一個孩子。

那孩子皮膚蒼白、光頭無髮，身材瘦削不堪，他小小的身體被鐵絲綁在一張椅子上，就這麼坐在鐵門前，他似乎已被綁在這兒很久了，鐵絲深深陷進他的皮膚裡，傷口發炎流膿，他卻一無所覺。在孩子身旁，有一個塑膠袋吊在一邊的鐵架上，塑膠袋點滴爲孩子注入透明液體，讓他睡得更深，讓他不再注意到身體上的痛苦……

小畫眉，那孩子的眼睛。師傅一提醒，紫蘭立即讓巴利小心翼翼停在孩子肩上，這時她看見了，孩子眼睛的眼皮被剪去，讓他無法閉眼，淡藍色的眼珠卻仍被迫陷入昏睡，而有一小片透明圓鏡就安放在孩子不時震顫的眼珠前，圓鏡連接著爲孩子注入藥物的鐵架，鐵架下方還有鑲嵌數面鏡子的怪異機器，機器上的鏡子全都面對著孩子。

「你看到什麼？阿蘭。」王璟的聲音響起，紫蘭望向他，突然間不知該如何說出口。

「改造人孩子跟另一件聖物複製品。」紫蘭盡量簡單地回答。同時意識到金家的聖物或許還存有力量，失去效用的只是王璟手中的那一件複製品，否則這顯然是以複製品製成的陷阱，如何可以對他們起作用？但這仍很奇怪，自己擁有巴利，應當能夠抵抗聖物的力量，更不用說只是複製品。

她讓巴利摘除孩子眼睛上的聖物複製品，將小圓鏡從高空往下扔碎，一瞬間，他們正行走的階梯空間似乎亮了一些，那隻死去蝴蝶的屍體也消失不見，紫蘭率先往下走了幾步，很快就抵達巴利所在的地點。

原來這麼近嗎？

紫蘭走向仍被綁在椅子上的沉睡孩童，輕輕地為孩子解開身上的鐵絲。在紫蘭碰觸到孩子的皮膚時，她看見了藍眼孩子的夢境：他是一隻蝴蝶，一隻藍色的蝴蝶，縱使他的四肢無法動彈，可是他有翅膀可以飛翔，他要一直飛，一直飛，飛出這黑暗的地方，然而外面有些什麼呢？他從沒見過，也想像不到，於是蝴蝶失去了光芒，也失去飛行的力量，於是他死了，重新墜入黑暗。隨後一切從頭再來，他感覺到希望，他有翅膀，他振翅飛翔，他的身體無時無刻不承受劇痛，但只要飛出這片黑暗，他一定可以……

紫蘭扔棄染血生鏽的鐵絲，並拔除孩子手腕上的針頭，她將孩子輕柔地平放在地，仔細檢視。

「這孩子一直在作夢，渴望自由的夢，束縛他的人利用了他的夢，再藉由聖物複製品影響入侵者，形成重複不斷的牢籠，如果沒有巴利，我們會永遠困在階梯上。」

跟隨而至的王璟聽見紫蘭的解釋，又看見了被剪去眼皮的孩子，終於意識到是怎麼一回事，他衝上前發瘋似的推倒鐵架、毀壞鏡子機器，如此還不夠，他發出痛苦憤怒的低吼，狠狠地重捶牆壁。

「金家聖物還有力量！那女人藉此搞出這種惡質的玩意！」

「王璟大人，別傷了自己，這孩子會慢慢好起來的。」紫蘭平靜地道：「我想不是金雞神女做的。」

這裡的鏡子力量不太尋常，眞是喙鏡的效果嗎？她問師傅：為什麼這裡的聖物複製品會影響自己？

我跟巴利可以感覺到金家獸靈的存在，但這面鏡子不僅如此。烏托克似乎也困惑不解，只叮囑紫蘭要更加小心。

「無論是誰都令人髮指！居然用改造的孩子來操控金家聖物複製品，而且很顯然根本不知道如何消除聖物複製品對我們這種人的影響，這樣一來，這孩子豈不是每一分每一秒都在受折磨嗎？」

「對方用了鎮定劑，或者麻醉劑，但都只能混淆這孩子的感官，不能消除痛苦。」紫蘭檢視著塑膠袋裡的液體，感到些許熟悉，她曾為王璟注入類似的藥物，但劑量要低得多。此時那孩子掙動了一下身體，露出赤裸的上半身，紫蘭皺起眉頭，因爲她發現在孩子的脖子下方、接近鎖骨處，有著奇怪的「J・W・」記號，那記號讓紫蘭想到自己左肩上的人臉圖騰。

「外鄉字？」師傅教導過紫蘭都市區的外鄉字，同時有一些字就像這些記號一樣較爲特別，師傅曾說這些字就連她也無法理解，對紫蘭來說，它們陌生、離奇，看不出意義。

「這是灣島外有些國家會使用的文字，我曾暗地裡學習過。」霎時間，憤怒扭曲了王璟的五官：「這種呈現方式，代表一個人的名字縮寫，我作爲第二代藍眼人，身上可沒有這樣的記號。」

紫蘭想起了那名金髮藍眼的男人，下意識脫口而出：「約翰・威爾，他是金家的家族醫生，後來奉神女之命管理實驗室。」

王璟朝地板吐出一口唾沫。

至少我們終於知道自己是在和誰交手。紫蘭想。她將孩子安置在安全的角落，撿起地上的圓鏡碎片。她想知道威爾醫生如何利用鏡子設下如此陷阱，王璟來到她身邊，舉起他的圓鏡墜飾放在眼前，凝神觀察鏡子碎片。

「聖物的複製品一共有三件，一件在我手上，一件就是毀掉的這個，或許對方有另一件複製品，也同樣還存有力量。」他提醒道。紫蘭明白，現在自己似乎會被鏡子影響，她須更警覺，以免後續出現類似的機關，再度落入圈套。

紫蘭和王璟此時雙雙望向不遠處的鐵門，鐵門鏽跡斑駁，看上去已許久無人使用，由於狀況不佳，鐵門和門框無法完全相合，於是露出長長縫隙，紫蘭仍躊躇不前時，王璟已先握住鐵門邊緣，用力往旁邊拉扯，紫蘭幾乎要忘了王璟雖然不良於行，力氣卻不小，僅是拉扯，鐵門便伴隨著悠長的呻吟應聲倒地。

接下來，他們誰都沒有預料到會看見如此畫面。

鐵門後方是一座座巨大的儀器，儀器如同金屬製成的樹木，結著小而透明的果實，這些果實其實是特殊玻璃製成的培養皿，盛滿營養豐富的液體，滋養著培養皿中的胚胎，是的，紫蘭可以看見養液裡的胚胎，宛如果實內部細小的種子，他們或許感知到外界的變化，僅有指甲蓋大小的身體不適地扭動著。

紫蘭愣愣地望著這座生產藍眼人的金屬森林，沒能注意到王璟已一聲不響拿起門外的椅子，開始一一砸毀培養皿。

「王璟大人！」紫蘭的呼喊沒有幫助，王璟像是失去理智般安靜地執行破壞，他的面孔平靜無比，只有一雙淡藍色的眼睛眼角微微發紅。

「阿蘭，我不願再看到更多如我一樣的人。」王璟驟然放下椅子，卻沒有停止的意思，他只是想讓紫蘭放心：「你也見到門外那個孩子了，我們的存在是悲劇，也是無法逆轉的錯誤，金雞神女或者其他什麼人，想要製造更多這樣的孩子以供奴役，如果是我，寧願不曾出生。」

紫蘭微張開嘴，卻是第一次，她不知道該說什麼。她等待王璟將所有的培養皿打破，伴隨碎玻璃掉落地面的胚胎在接觸空氣時痛苦掙扎，但不到幾秒鐘便徹底停止扭動，它們小小的身體變得灰白，很快溶化成散發惡臭的肉泥。

紫蘭打量陳列著培養皿的房間，這個地方很大，但不應該是地底空間的一切，若上層和地底層互相倒映，這個房間之外還有其他空間，並且，紫蘭也尚未找到鵲鴿的所在處。她在王璟檢視其他儀器時繞著房間行走，尋找其他的出口，一會兒後，她發現位於角落的另一扇鐵門。

紫蘭將手放在冰冷的門把上，王璟的聲音在身後響起：「阿蘭，不要去。」

「為什麼？後面有什麼？」

「我感覺到另一件聖物的複製品，它在我腦袋裡嗡嗡作響，像是某種偏頭痛。我的身體也不允許我繼續前進了，我無法再跟你走下去……如果你遇上和剛才同樣的陷阱怎麼辦？」

紫蘭咬著唇，來時的入口在此刻傳來一陣物品碰撞的聲響，他們齊齊轉身，卻什麼也沒發現。她無論如何不能在這裡放棄，一想到鵲鴿或許就在不遠的地方，她的心更加急切了。

「我有巴利。」紫蘭對王璟道：「別擔心我，王璟大人。」她說完，不等王璟回應——他一定會阻止自己，金家的地底空間比他們想像的更危機四伏，可是她有什麼辦法呢——紫蘭推開門走進黑暗。

黑暗，這次是眞正、全然的黑暗。

紫蘭皺起眉頭，就連腳下的地面也在移動，她嘗試站穩步伐，可是地面在融化，猶如溪水般湍湍流動，她走了幾步，雙腿立刻痛得她一陣踉蹌，她跪倒在地，就連膝蓋也刺痛難忍，她忍受著檢視膝部和雙足，發現布滿割傷，她將手放在流淌的水裡，指尖立即傳來劇痛。

仔細一看，那些閃閃流淌的不是水，而是玻璃碎片，更精確的說，是鏡子的碎片，無數鏡子碎片組成閃爍璀璨的河流。

鏡子的碎片散發奇異光芒，她看見每一枚碎片裡都有不同的畫面，彷彿著魔一般，她忍著疼痛伸手撈起碎片，碎片裡呈現著或熟悉或陌生的景象，她看見曾在都市區目睹的舊社會建築，不過那些高聳入雲的建築還居住著許多的人，她看見汽車，不只是金家唯一的一輛黑色車，她看見各式各樣的車型，她看見在天上飛的金屬大鳥，她記得曾在一本偷來的古籍中看過，那叫飛機。她看見森林，被火焚燒的森林，受傷的動物倉皇奔逃、痛苦嚎叫。她看見另一座森林裡有如同保留地的部落人，他們正在採集可食用的植物。她看見像苡薇薇琪那樣的老女巫揮動祭葉在作儀式，她看得愈多，鏡子碎片的畫面就愈接近紫蘭的生命經驗。她看見一名從部落中逃出的女子，她雙手保護著懷裡的鳥兒，那是魔鳥，紫蘭一眼就能認出來，只不過她的魔鳥是紅色的，通體血紅，多麼不可思議！

她陷落。

不知道爲什麼，她徹底陷落於從鏡子裡展現的畫面，因爲她總覺得，鏡子正在和她的能力相呼應，鏡子碎片所呈現的不同景象，好似也纏繞著紫蘭的意欲，它知道她想看什麼，於是她看見了鶻鴿。

她看見鶻鴿臉上沒有燒傷，站在能望見海洋的走廊，長長的紅髮被風吹亂。而她自己也在，竟然也在，她們似乎很親密，海平面上有烏雲滾滾，暗示著一場風暴即將襲來。

她還看見了泰邦，長大成人的泰邦，那是她心裡罪惡和愧疚的源頭，她無從想像泰邦成年後將是何種模樣，但當他出現，她立刻就知道了，鏡子碎片裡的泰邦正在旅行，攀爬一座如野獸牙齒般的高山，他在尋找著什麼。

紫蘭愈看愈著迷，就連巴利和師傅的聲音也聽不見了，巴利尖銳的嘴喙無法將她喚醒。那是一個怎樣的世界，怎麼會如此迷人？可是碎片實在太小了，她必須靠得更近一點才能看清……

「放開！」突然間，好似有人用力抓著她的手狠狠搖晃，力道重得使她疼痛：「快放開！不要看這些碎片！」她的視線傾斜，感到眩暈，當她再次望向自己捧滿碎片的手，只見掌心鮮血淋漓。

在紫蘭面前，是名爲金雪的男孩。他戴著一副墨色鏡片的眼鏡，鏡片下，隱約可見他以焦急的目光凝望紫蘭，金雪仍緊緊抓著她的手，像是害怕她又讓手浸入碎片之河。

紫蘭這時才如大夢初醒般質問：「你怎麼會在這裡？你對王璟大人做了什麼？」

「那個改造人？什麼也沒做。」金雪冷冷道：「事實上若不是我，他已跟你一起落入陷阱。」

「什麼意思？」

金雪嘆了口氣：「他一看見你摔進門裡，也跟著要撲過去，是我即時把他打暈，我也沒傷害他，只是把他拖到安全的地方。」

紫蘭在金雪的幫助下站起來，一旦站穩旋即抽回自己被握住的手，他們腳下的碎片還在流動，細細地切割腳上的皮膚，但她不再盯著看。金雪則毫不理會那些碎片，他繼續在河流中跋涉，逆流而上，每走一步，豆大的汗水便從他痛苦的臉孔上流下。

「這些碎片一定有源頭。」金雪說：「繼續走，既然會造成眞實傷害，就不完全是幻象。」

「你一直在跟蹤我？」紫蘭忍不住問。

金雪聳聳肩膀：「我想知道你的眞實目的。」

「但你沒必要跟著我一起下來。」紫蘭道：「如果你不想死，就到碎片較少的地方等我，待我找到朋友，確定她安然無恙，或許我會大發慈悲帶你回到上面。」

金雪聞言嗤笑了一聲：「我可不是你想像中貪生怕死的人。我不知道金家地底存在這樣的實驗室，如果這是金雞神女的傑作，我一定要好好看清楚。」他頓了頓：「我也不是沒有朋友，我可以理解你替失蹤的朋友擔心，如果神女眞的抓走了她，可想而知你會有多憤怒。」

紫蘭打量著面前神情認眞的孩子，問：「你知道這些，又能做什麼？」

「我會矯正所有錯誤，包括改造人，讓他們不再被歧視。」

紫蘭握住他的手，知道他在說實話。她潛入了這個孩子的思緒根處，看見他的天眞與愚蠢，同時十分努力，而且還能成長，這些跟她最憎恨的金家似乎沒有任何相似之處，他也能爲了生存忍辱負重，卻不殘忍……她一直以爲所有的金家人都該如金雞神女般殘忍，但金雪救了自己，救了王璟。這個叫做金雪的孩子，如果眞的成爲金家家主，也許一切都能改變……

她肩膀上的圖騰在一瞬間掠過幽靈般的刺痛感，紫蘭逼迫自己專注在目前的任務，金家的未來不會因爲一個金雪有所改變，因爲他們從上到下全都腐敗至極。

隨著他們愈往前走，迎面而來的碎片之河便愈湍急，河水也愈深，行走造成的傷害也愈大。到後來，碎片已漫至腰部，他們須推開面前洶湧的碎片才能繼續前進，再走了一陣子，他們看見碎片產生的中心，形成一個巨大的碎片漩渦，恐怕另一件聖物複製品就深埋其中，巴利也無法飛去取出。

金雪沒有詢問紫蘭，他靛藍色的雙眼一瞬間便看出漩渦中心的異樣，遂直接順著漩渦往中心點移動，他走過之處，留下一片殷紅。

當然，金雪的主動是紫蘭樂見的，師傅也不斷讓她停下來，找個地方休息一下，就這樣觀察金雪是否能夠成功，如果他被碎片吞噬死去，那也就罷了，她們會找到其他方法。然而紫蘭愈是看見金雪奮不顧身，愈是感到一陣灼熱的焦躁在咬囓她的心，不知不覺間，金雪讓她聯想到過去的自己……不，不是自己，而是烏托克、泰邦等等，那些爲了部落、家人和家鄉努力不懈，甚至不惜自我犧牲的人們。

過去這段時間，她一直在欺騙自己，所有的金家人都是邪惡的，他們自私自利，互相吞食，他們將所到之處的一切掠奪一空。她從未想過會存在像金雪這樣的孩子，他雖身處金家，但同樣被傷害，被羞辱……他是無辜的。

紫蘭幾步上前推開漩渦中心的金雪，作爲成年人，她比金雪高大，手腳也更加有力而修長，她將手伸進剃刀般銳利的漩渦中，忍受可怕的痛楚。除了疼痛，她什麼也感覺不到，她的手像是立刻就被整齊切斷，她感覺不到手指，卻能感覺到指甲被掀開的劇痛，她也感覺不到整個手掌，但她可以感覺到掌心被硬生生切割的鑽心之痛。

她嘴角揚起一抹無謂的笑。她畢竟是烏托克的學徒，年紀輕輕就成爲間諜，她在遺跡聚落臥底時承受過更強烈的痛苦，她想像王璟將鞭子甩在她身上，忍耐，忍耐，一、二、三，再忍一忍，很快就——她拿到了。

紫蘭血肉模糊的手抓到小且光滑的圓鏡墜飾，她將鏡子拿出來，一瞬間，她忘了金雪的叮嚀：不要看鏡子。鏡中閃過一道光芒，讓她出於下意識地看去。

驟然間，她從床上驚醒。

紫蘭彷彿受驚般急切地坐起身，檢查完好的手，她手上沒有圓鏡墜飾，剛才是怎麼了？是夢嗎？她在作夢？她剛剛只是在睡覺？可是不對啊，她明明就解開了機關，和王璟一同下到地底。

房間響起一陣敲門聲。

沒錯，這是她在金家的房間，她怎麼又回來了？

「師傅？」紫蘭問，意識巢穴裡卻一片空無，她感到不安，但這份不安剛一升起，就被某種奇特的麻木感壓了下去。

師傅和巴利都在休息，別吵他們了。她想，那麼我就自己去應門吧。

她打開門前，懸掛於門邊的鏡子散發微弱且怪異的光芒，她記得這面鏡子已經被她掛到浴廁裡，它重新出現在房內，或許是師傅拿回來掛上的，既然是師傅所爲，就一定有道理。她旋開門把，見金髮碧眼的醫生站在面前，約翰．威爾，那個她正在尋找著，可能掌控著鶺鴒生死的男人，那個男人站在自己的房門口，滔滔不絕地說著什麼。怎麼會這樣？不，別反應過度，沒事的，她在她房間裡，是那天晚上發生的事，她安下心來，沒事，她很好，爲什麼要這麼害怕不安呢？她只不過是在自己的房間裡，接待一名無禮的金家家族醫生。

「……斯圖爾特．麥克唐納，他是我崇拜的大師，他是這個虛妄世界裡唯一看見眞相的人……世界有兩個，我們所存在的世界不過是一個贗品，一個影子世界，這個世界的一切只是對原初世界的模仿，獸靈之所以存在，也是對另一個世界的某樣事物的模仿。」

紫蘭聽著他沉默的描述，感到如此無聊，可是她的心又怦怦直跳，眞奇怪。

「請讓我研究您的獸靈吧，或者您的心靈，您的力量和肉體，都使我如此著迷……」

他問了一個問題，紫蘭毫不猶豫地回答了，爲了盡快打發他走。

「是這樣嗎？上一任獸靈擁有者死去，您在意識巢穴中看見了死者。」他在筆記本上寫了一些文字：

「甚至能夠互動，有意思，眞有意思，呼應了我的猜測，這個世界的一切都由模仿組成，因此靈魂是人死後的回聲，是對於此人生前一切的模仿，這意味著，獸靈能夠保有原先和牠結合的人類的靈魂，唉呀，不過這只是產生了更多謎團，爲何獸靈擁有這樣的特質，牠到底是模仿了另一個世界的什麼？」

他又問了一個問題，紫蘭同樣回答了，她說了什麼，她卻一點記憶也沒有，她開始眞正慌張起來。

「別害怕，沒事，一切都很好，你太好了，我一直在這裡等你，我想你總有一天會來的……看你的表情，你似乎很困惑，是這樣的，你的朋友把一切都交代了，你們在垃圾場的快樂回憶，還有她對你的告白，我全部都知道，我曉得你會爲她而來，你可別怪她，我是使用聖物的複製品……唔，再結合我偷偷從密冬帶來的圖騰，因此撬開了她的嘴。」突然間，他發出了苦惱的咒罵聲。

「你的獸靈可眞有活力，拚命地想救你呢，但來不及了，當你踏入這個房間，你就成爲我的。不過眞是完美的獸靈，這才是畢斯托西斯啊！野生獸靈和人工獸靈的區別如此巨大，使人工獸靈簡直不值一提，你瞧，牠們具有很多缺陷，其中最爲致命的缺點，是與人工獸靈結合的人，絕對不能擁有後代，一種來自人工獸靈體內的詛咒，會藉由遺傳延續到方舟的後代子嗣身上，生育愈多，症狀就愈嚴重。」

紫蘭陡然發現，自己失去了聲音，她整個人被釘在門邊，維持同樣動作，同樣表情，她逃不了。

「人工獸靈和野生獸靈的不同之處，還在於人工獸靈並不忠誠，若要使野生獸靈和結合者分開，除非兩者其一死亡，但人工獸靈卻能透過特定手段……唔，通常是電擊，來切斷和獸靈的關係……」威爾醫生還在自我耽溺地絮絮叨叨著：「不過，這些都不重要，人工獸靈是對野生獸靈的模仿，力量當然不怎麼樣，模仿這個世界誕生的事物都不怎麼樣，要模仿就要模仿『眞的東西』，另一個世界的東西，那才會徹底改變這個世界嘛，所以我研究獸靈的原因，終歸還是想知道『另一個世界』的眞物，爲了感謝你成爲我新的實驗品，我願和你分享一些密冬的小祕密……紫蘭小姐，金家的獸靈金雞，是利用密冬最初的獸靈基因所製造的人工獸靈，事實上，整個五大家族擁有的獸靈都不是眞正的獸靈，而是無聊的贗品。」

威爾醫生所說的紫蘭似懂非懂，卻也並不關心，她嘗試移動嘴唇，努力脫離聖物複製品的控制。

「她在哪裡？」紫蘭艱難地，一個字一個字道：「她在哪裡？告訴我……」

「她？你的意思是……哦，我明白了，你是說你那位好朋友。」威爾醫生愉快地道：「別擔心，你們很快就會重逢了，現在把那個金家的藍眼男孩除掉，到我爲你們精心準備的牢房來吧，我還有很多話題想和你聊呢。」

只是一眨眼的時間，她再次回到鏡子碎片流淌的房間，不過碎片的水流已經退潮，僅在地上鋪了薄薄一片冰晶般的碎片，而她抬頭環顧，方才意識到這整個房間四面上下全是鏡子，這些鏡子擴大了聖物複製品的影響，使她無從逃躲。她望著手中的聖物複製品，試圖如師傅所說的那樣去抵抗，她應該要能反抗！聖物的力量巴利會替她阻擋……可是……爲什麼她辦不到？

這時紫蘭發現，聖物複製品上除了刻有金家獸靈的圖騰以外，還有另一個不同鳥類形象的圖騰，圖騰是紅色的，描繪得比金雞更誇張也更巨大，幾乎占據了圓鏡邊框所有的空間。

那是什麼獸靈？和金雞有些像，卻更繁複而夢幻。

手中的圓鏡對紫蘭施加壓力，催促她行動，金雪就在不遠處，身上布滿碎片的割傷，昏迷不醒，紫蘭被迫走上前去，腳步有些不穩，她仍然感覺到為了取得聖物複製品造成的傷口正火燒般地痛，但她無法停止，她靠近金雪，跪在他身邊，順應威爾醫生的話伸出手勒住他的脖子。

紫蘭喘息著、掙扎著，可她無法阻止自己，離她不遠處，白色的巴利癱倒在地，她竭力呼喚，但師傅和巴利都沒有回應，她依舊可以感覺到他們的存在，就在意識巢穴深處，他們並未受到重創，只是剛才為了將紫蘭從威爾醫生的控制解救出來，他們似乎遭遇攻擊，同樣陷入了昏迷。

她慢慢收緊手指，遇到了一些阻礙，因為她還緊握著聖物複製品，拿取聖物複製品的那隻手千瘡百孔，幾乎無法使力，鮮血的滑膩讓她無法抓緊。師傅，巴利，師傅，巴利，求求你們快點醒來！她想，她不願做這件事，圓鏡墜飾冰涼的表面刺痛她的掌心。

忽然之間，紫蘭感覺那面小小的鏡子在呼喚她。

看看我。

不。

看看我。

不可以。

我只是想幫你。那感覺很是熟悉，隨後紫蘭想起她曾聽過這個聲音，就在金雞神女的記憶裡，雙眼流光溢彩的金雞，紫蘭低頭看去，看見鏡子邊框金雞的圖騰在發光。

我們的力量互相呼應，你就像我未曾謀面的手足。金雞在紫蘭腦海裡說：我喜歡你，和你在一起，我們都會變得強大，來，讓我幫你。

紫蘭感覺到自己和師傅、巴利意識的巢穴被入侵，她力量的根系被試探地輕輕碰觸，她希望另一隻獸靈不要再深入了，她的心不是為牠所造，這個巢穴也無法容納牠，已經太多了，她彷彿要因為過多的靈魂進入自己而爆裂開來。

「住手！停下來！求求你停下來！」

你會成爲百鳥朝鳳的預言之主。

紫蘭發出尖叫，在她周遭，無數的鏡子應聲而碎，包含她手中的聖物複製品。此刻在她的意識巢穴之中，巴利和烏托克因她的痛苦而甦醒，她看見白色巨大的魔鳥張開雙翼，和一隻巨大的金雞對抗，金雞羽翼染著紅色的火焰，火焰四處蔓延，燃起熊熊烈火，林中小屋轉瞬間灰飛煙滅。而她的巴利、師傅仍在奮戰，尖銳的嘴喙貫穿金雞燦爛無比的左眼，像是太陽被箭矢射暗。金雞發出悲鳴，奇怪的是，金雞並不還以顏色，牠不斷啄咬自己滿是紅焰的翅膀，更用翅膀覆蓋著火處，直到火焰完全熄滅，牠才終於退出紫蘭內心。

小畫眉，你還好嗎？烏托克的聲音急切地問，巴利也振翅飛到紫蘭肩膀，親暱地啄吻她的耳朵。

「是的，師傅，我已經好了。」紫蘭輕輕回答，她環顧周遭，看見鏡子破碎後留下後方的一扇鐵門，安靜沉重，等待紫蘭將其打開。「鏡子……鏡子有兩個獸靈的圖騰。」

我和巴利交手的對象只有金雞，不曉得牠爲何不還擊，那些紅色火焰似乎也不是牠帶來的。烏托克很擔心，紫蘭卻甩甩頭，她現在不想思考這個，鶺鴒在那扇門後等她。她讓肩上的巴利躲藏進懷裡，接著搖晃晃地站起身，拉開鐵門。

咿——呀。生鏽的門軸發出刺耳的聲響。紫蘭看見陰暗狹小的空間裡，隔著數間冰冷的牢房，她緩緩走過，不時聽見不知名動物的呻吟和嘆息，她聞到鮮血、屎尿和久未梳洗的惡臭，她穿過鏽跡斑斑的一間間牢房，來到了威爾醫生所在的監牢。

那是十分特別的牢房，比起牢房，更像是實驗室，牢房中央有手術台，上面好似躺著一道人影，但從紫蘭的角度無法確定。

威爾醫生就站在台旁，背對著紫蘭道：「歡迎你，紫蘭小姐，這眞是如此美好的巧合，經過這麼長時間，這個孩子偏偏在今天撐不住了，我正好可以讓你來頂替。」他似乎並不知道紫蘭已經不再受到聖物複製品的操控，對她全無設防，紫蘭走到他身後，將手探向懸於腰側的小刀。

只是轉瞬間，威爾醫生轉過身來。

他雙手捧著一面人臉般大的鏡子，鏡面光滑無瑕，反射出紫蘭的臉孔。那面鏡子具有遠比複製品更為強大的力量，又是在如此近的距離，鏡子的力量得以盡數發揮，在那力量之下，她無從抵抗。

那是金家的聖物喙鏡。

紫蘭卻可以感覺到，控制自己的力量裡混合了金雞以外的別種東西。她仔細打量，發現喙鏡之上同樣刻有不應存在的第二個圖騰，另一隻獸靈的圖騰。

接受我，讓我加入你們的巢穴。金雞的聲音從鏡子傳來：接受我，我將站在你那一邊，幫助你再次反抗我的本體。

「跪下，跪下，親愛的，把武器扔到我腳邊。」

紫蘭只能照辦，她不解金雞的意思，威爾醫生似乎也聽不見金雞的聲音。她咬牙跪下後，思考著為什麼威爾醫生沒有金家血統，也可以使用喙鏡？她觀察威爾醫生，看見他戴著一副古怪的肉色手套，紫蘭的眼睛因震驚而睜大。

「對，你想得沒錯，『聖物和複製品只能由具有金家血統的人使用』規則是這麼說的，但從來沒有人做過實驗，血統成分要有多少？幾代以後不能使用？為什麼經過基因工程製造出的藍眼人可以使用？我後來仔細地做了研究，才發現其實沒有血統要使用也很簡單，只要把擁有血統的人的皮剝下來製成手套就可以了，原來聖物和複製品只會從接觸面來判斷有沒有讓其效力的資格，嗯，不過我當然不能去剝金家人的皮，所以我就剝了一些藍眼人的皮來做這副手套，你瞧，效果不是很好嗎？」

褻瀆，傲慢，骯髒，使我痛苦。

既然如此，就別再幫他。紫蘭試圖透過意識和金雞談話，巴利在她懷裡蠢蠢欲動，已然忍無可忍要替她發動攻擊。

再等一等。她勸慰著：現在還不是時候。

我不想幫他，但我已經衰弱，現在的力量不屬於自己。

那是什麼意思？紫蘭心忖。

那面鏡子，本來只有我的圖騰，因此引導了我的力量，可現在我已衰弱，而他從我的故鄉帶來生下我的本體……那個圖騰，紅色的鳳凰，啊，那是如此可怕的力量，模仿著萬事萬物，模仿著**真正的**萬事萬物……除非我能與你結合，才可以幫助你抵抗。

打從紫蘭侵入金雞神女的意識，金雞就發現了她、想要她，紫蘭原本不知道原因，但現在她多多少少明白了，喙鏡確實逐漸失去作用，金雞也確實失去力量，威爾醫生從密冬帶來了更強的獸靈圖騰改造喙鏡，那獸靈甚至是金雞的起源……可她無法就這麼相信金雞，她也不可能答應和金雞結合。

這是第一次，紫蘭認知到原來已擁有獸靈的人，如果被其他獸靈要求結合，會使原本結合的獸靈產生激烈反抗。就如同現在，她的巴利因金雞的存在怒不可遏，爭鬥一觸即發，眼前的男人卻毫無察覺。

不過，究竟該怎麼辦才好？巴利還能自由行動，但如果沒有金雞幫助，她能成功嗎？紫蘭不得不維持著跪姿，儘管她是如此渴望看一眼台面上的人。那眞的是鶺鴒？她還好嗎？威爾醫生說她快撐不住了，是眞的嗎？那可不行，我終於來到你身邊，我會救你，再等我一下。

「是神女讓你使用複製品跟聖物？」爲了轉移威爾醫生的注意力，紫蘭嘗試說話，威爾醫生沒有控制她不能言語，反而像是很期待和她交談：「你對聖物做了改造，神女知道嗎？」與此同時，她繼續向金雞傳遞思緒：先幫我！至少讓我動一動，如果我不動，如何才能去找你、與你結合？

「嘿，我可沒有偷偷來，是金雞神女特別授權讓我管理這個地下空間，她沒有親自插手，也是因爲她不在乎吧。在搞砸了戰爭以後，她就一蹶不振了，滿心只想著要生孩子，她把整個實驗室交給我，就連收藏喙鏡和金雞的祠堂也未曾去看過一眼，我想，把聖物拿來做實驗總比放在那邊生灰塵好吧，雖然這個所謂的聖物，已不剩多少力量了。你說的也沒錯，我從密冬偷走了一個不凡獸靈的圖騰，那隻獸靈是最強的，其結合者更是密冬最偉大的模仿師，這圖騰附加的模仿和獸靈力量簡直是層層疊疊，永無止境，一般人就算擁有獸靈，也很難反抗牠霸道的力量。我是非這麼做不可，本想在這裡繼續我的研究，可這兒的人工獸靈一點也不中用，我算了一下，不出幾年，這批贈予五大家族的人工獸靈壽命就到頭了……總而言之神女的不聞不問，對我來說是好事一樁，我因此得到了高度的研究自由，喔，不過，你的朋友倒確實是神女送到我手上的，她要我好好研究這孩子，雖然因爲她是冒牌貨，所以沒什麼成果。」

金雞長時間的沉默，讓紫蘭失去希望。

牠不會幫忙，小畫眉。烏托克道：牠只是想哄騙你，就像剛剛那樣，是牠撲滅火焰，分明不用結合也能幫你，但牠還是以此來要挾。

既然如此，就只能冒險了。紫蘭暗想。告訴衣內隱藏的巴利等待最佳時機，牠必須精準攻擊威爾醫生拿著鏡子的手，讓喙鏡脫離他的掌控，若能造成鏡子碎裂最好，所以要等威爾醫生分心不察的時刻來臨。眼下她必須先處理喙鏡，然後才能去確認鶺鴒的狀況。

逐漸放下戒心的威爾醫生倒是很快替她製造了機會。

「紫蘭小姐，因爲我抱著這面重要的鏡子，我想既然你許久沒有和朋友碰面，就請你幫忙將她從手術台上移開吧，隨便扔地上的哪裡就好，然後請你躺在台上，讓我好好地研究你。」

依循威爾醫生的話語，紫蘭站了起來，她忍受著威爾醫生令人噁心的言語，思索要在何時驅使巴利。她向手術台走去，腦海中盤桓的計畫卻在霎時間成爲一片空白。因爲此時躺在上頭的，與其說是鶺鴒，不如說是一具皮包骨頭的骷髏。

這是鶺鴒？她的身體乾枯無比，身材就和她們分離時一樣瘦小，好似她從未長大，紫蘭可以清楚數出她身上突出的肋骨，她的手臂上布滿針孔，密密麻麻，幾乎將她的皮膚戳爛，她身體的其他部位也無完好之處，這些年來，鶺鴒在這裡受到多少折磨，紫蘭無從想像，但從她身上的傷疤可以窺見端倪。實驗嗎？

那個男人說對鶺鴒做了實驗……這哪裡是實驗？這是拷問、凌虐和殘害，鶺鴒的臉有新的燒傷，讓她的五官完全看不出來，成為融化的蠟，她的手指被一根一根折斷，右手臂更是完全失蹤，她的腹部有縫合的傷疤，如同一隻巨大的蜈蚣，從部位來看，她的子宮被摘走了。

鶺鴒、鶺鴒……紫蘭無法控制地哽咽出聲，淚水一滴一滴落在她心愛的朋友身上。

這些年來一直在找你，對不起……我當時怎麼可以丟下你……是我的錯……是我……

卻在這時，彷彿意識到紫蘭的到來，鶺鴒竟睜開了眼睛，她右邊的眼窩裡什麼都沒有，柔軟、凹陷且黑暗，但當她完好的左眼看見紫蘭，她被切開的嘴隱隱上揚，她輕輕笑了一下，頭慢慢歪向一邊。

「不不不！不可以！你不能死！鶺鴒！醒過來！再看我一眼！再看我一眼！求求你！我一直在找你！我想向你道歉！我——」

「請冷靜，紫蘭小姐，你還沒有完成我的要求。」威爾醫生不悅地皺了皺眉頭，有些困惑於喙鏡的失常，照理來說，受控制的人應該要立刻完成他交辦的事項才對。

「是你幹的嗎？」紫蘭背對著威爾醫生問。

「怎麼可能，我是一名研究者，不是虐待狂，雖然她沒什麼用，畢竟是屬於我的實驗體，除了那些針孔以外，我沒動過她身體的其他地方。」威爾醫生像是想到了令人討厭的回憶：「是金雞神女弄的，她在這幾年已對我的實驗毫不關心，但在剛抓到這孩子時，她每天都下來折磨她，將保留地戰爭失利和被密冬懲罰的憤恨都宣洩在她身上，神女離開以後我還得善後，幫這孩子療傷、縫合傷口……」

白影飛竄，巴利從紫蘭的懷中振翅衝出，撲向威爾醫生的同時，他竟忘了使用喙鏡阻止紫蘭，只是在看見巴利時露出作夢般出神的表情：「啊，這就是……」

紫蘭朝威爾醫生揮出拳頭，瞄準喙鏡，將其打碎。於是無論紅色鳥類的圖騰或是金雞的圖騰，都隨著鏡子破碎成片，但當鏡子碎片鑲嵌在紫蘭的皮膚裡時，她再次聽見了金雞的聲音。

——接受我，讓我和你們在一起，我多麼羨慕，我將給你我剩餘的力量……

滾出我的腦袋。她冷冷地道：否則你將後悔莫及。

她的手疼痛無比，但心更痛，她不相信怎麼最後會是這樣的結果，而金雞仍在悄悄地透過喙鏡碎片潛入她的意識巢穴，她忍無可忍，抓住金雞伸向自己的力量觸鬚，憤怒且貪婪地將那力量拖過來，雖然只有一點點，也足夠挪爲己用，而且出於直覺，紫蘭認爲烏托克一直說自己的力量還未完整，或許缺少的就是這一點點來自外界的刺激。至少，在吸收了金雞的部分力量之後，紫蘭感覺自己現在可以做到任何事。

她將手放在驚恐後退卻退無可退的威爾醫生臉上，強壯的力量根系從她的意識中席捲而來，緊緊抓住威爾醫生的意識。探查著、翻找著，理解一切紫蘭想知道的，和密冬、模仿、過去的實驗、鶺鴒、金雞神女有關的事情。她長驅直入、登堂入室，粗暴地奪走一切，旋即抽身離開，除此之外，她在離開前還放了一些新的東西進去，當威爾醫生重新張開眼，他的視線變得迷濛，完全受紫蘭操控。

紫蘭將長袍脫下，小心包裹住手術台上的鶺鴒，接著將她溫柔地抱起來。

「來吧，復仇要開始了。」紫蘭輕輕地說。

她抱著鶺鴒離開牢房，經過陰暗走道回到前一個房間，看見從地上半坐起身，困惑不解的金雪。紫蘭突然想嘗試自己能不能在不接觸的情況下伸出根系，於是她做了，現在的她，好像什麼都能做到呢。根系擊中金雪，深深地扎進他的意識，讓他動彈不得。不過倒是有些出乎她的預料，金雪還保有自己的神智，他瞪著紫蘭，不肯認輸似的持續掙扎著。

這一刻，紫蘭後悔自己稍早爲何沒有順應威爾醫生的要求將金雪殺死，那張具有金雞神女特徵的金家臉孔……她渴望將手重新放在他的脖子上，從容不迫地施加壓力，直到那漂亮的金家頭顱就這麼應聲而斷，而此刻金雪痛苦掙扎的表情，在她看來也不再無辜。

她首先想殺死金雞神女，隨後她要毀掉金家的一切，想讓金家的任何一個人都死得悽慘——可是，等一等，這樣實在太簡單了。

她想要的不僅如此，她想看到這些人痛苦無比，生不如死，在欲望和獸靈的影響下死也死不了，彼此折磨互相內鬥，只是活著就痛不欲生。

那可是好戲一場。

「你不是想要成為金家繼承人嗎？從今天起你就是金家繼承人。」紫蘭垂首吻了吻金雪的額頭，喜歡看見金雪受到羞辱後眼睛裡湧起的濕潤，藉由這短暫的接觸，她讓自己意識的根系更多地湧向金雪，在他體內深深扎根，粗暴地修改他的意識，剪去這段時間他們共有的記憶。

金雪將不再記得模仿師紫蘭。

「在我看來，你是目前所有的金家人當中最好的一個，可是你會一直這麼好嗎？或者你會做出錯誤的選擇？畢竟，你的體內流著與金雞神女相似的血液，成為繼承人，你必得承擔她種下的惡果，屆時五個家族的業都將在你面前展現，你不得不成為下一個暴君，你會殺人，你會雙手染血，你會把別人弄髒。」

「你這個騙子……你想對整個金家……對我們所有人……對所有家族復仇……」金雪依舊在反抗，他咬牙切齒地道，像個勇敢的小鬥士。見金雪終於弄明白了，紫蘭露出一個難看的笑容。

「噓，不是給你想要的東西了嗎？別不知感恩。我會讓一切運作如常，你要努力啊，畢竟你是這麼的弱小，又是這麼的寂寞，你要努力，如果你能證明我錯了，如果你能證明你們家族還有值得活下去的理由，我會在那一天放你們自由。」見金雪的視線慢慢失焦，變得恍惚迷離，紫蘭放心地轉過身去。

「不夠，還不夠。」

她喃喃自語，漫步於漆黑無光的碎片空間，她的衣服破爛不堪，懷中抱著瘦得只剩一副骨頭的鶺鴒，金雪和威爾醫生在她身後宛如提線木偶般僵硬地跟隨，此時的她模樣如同來自死者世界的女巫王，白色的巴利從她衣內飛出，引領在前，地牢中於是迴盪著神祕女子醇美如酒的歌聲，那是大仇得報，詠唱勝利與抗爭之歌。

她經過被砸毀的實驗室，輕輕喚起沉睡的王璟和無名的藍眼孩子，讓他們加入無知行走的隊伍。便從牢房來到地面，她繼續走，經過昏暗的長廊，走道中隱然發光的金色在她面前都顯得寒傖，她所到之處所遇之人全都加入了如此古怪的遊行隊伍，跟在她身後，成爲她的僕人。終於，當她走到了金家富麗堂皇的廳堂，金雞神女正安坐在她的王位之上，對發生的一切渾然不知，她享用著寒酸的餐點，對紫蘭身後跟著的人們感到驚詫，她還無法理解目前的狀況，所有的金家人和外姓僕役，怎麼都跪伏在紫蘭身後，這彷彿預言中百鳥朝鳳的姿態，而他們朝拜的對象卻不是眞正的鳳凰，不是她金雞神女，而是眼前這名看起來毫不起眼的女子。

「紫蘭小姐，這是怎麼一回事？」

紫蘭將鵪鴿的身體小心翼翼放在柔軟乾淨的地毯上，接著上前抓住金雞神女的臉。

「記得嗎？還有最後一次，你就可以懷孕了。」

接著紫蘭以前所未有的深沉方式侵入金雞神女的意識，摧毀她的神智，神女開始流口水，她翻起白眼，在她的腦海中，她已經鼓腹而有孕，再沒有比這更美好的了。她歡欣鼓舞地喊著：「孩子！孩子！」只要弄清楚人類神祕的意識世界，沒什麼是她做不到的，紫蘭醒悟，難道這就是所謂的模仿師？

……眞無聊。

「從今天開始，你會病重到無法從床上起身，你會讓藍水的金雪成爲繼承人，因爲你必須好好休養，這都是爲了你將來的孩子，你要好好休養，才能生下寶貴的後代。」紫蘭柔聲道。

神女依然在叫喊著孩子，紫蘭抓住她的手腕，將她從金家家主的主座上扯下來，再一腳將她踢開，神女吃痛地在地上滾了幾圈，狼狽不已，然而她什麼話也說不出來。

孩子，孩子，她即將要有孩子了，鳳凰的後代有著落了，美麗的金色……那是金雞曾對她許諾過的。

金雞神女腦海中只剩下這唯一的念頭。

紫蘭一回身，穩穩坐上金家家主主座。

腳下所有人瞬即跪拜頂禮，他們說：**五靈神在上，此為吾家之主！**

第四章　琉璃

金雪．朱家祠堂

金家私藏的舊社會古籍中，有一批不知從何處來、署名J．W．的研究筆記。筆記以手寫文字記錄了針對五大家族獸靈的研究，這些文件大半損毀或佚失，並有諸多塗改痕跡，仍提供了許多有用資訊。

金雞神女早在命金雪成爲繼承人以後便准許他閱讀古籍，他那時才理解到，金家以五靈教控制人心，眞正的知識卻被他們深鎖地底，這也是爲什麼神女對獸靈和其他家族的祕密了然於心。儘管金雪也好奇著最初爲何由金家取得資料，但找不到任何史料，那必然又是一個金家罪孽。有朝一日，他會讓不威脅到金家的知識重見天日，與其他家族共享。

在資料中，他首先注意到家主們和獸靈之間的截斷儀式。長久以來，金雪以爲截斷儀式單純是如五靈升天日的儀式那樣，和燃燒線香與不同方位的祭拜有關，直到閱讀了研究紀錄，方知道截斷儀式實際上就是讓獸靈長時間處於強烈疼痛，如此持續數日，漸漸地，家主和獸靈之間的連結便會慢慢斷除。

在保留地戰爭發生前，五大家族還擁有來自密冬的資源，他們的電能也十分充足，那時所有家主在傳位予繼承人前的截斷儀式上，通常採用電擊，並有一種稱爲「電棍」的儀式器具，用電棍持續電擊獸靈，如果家主受到影響無力繼續，便會由其他家族成員協助完成剩餘儀式。

J．W．的研究筆記對此也有詳細記載，其中一頁提到電擊不僅能截斷家主和獸靈之間的結合，也能在獸靈不肯和新的結合者結合時，用電擊的方式逼迫獸靈回擊，由於電流對獸靈的影響最爲直接有效，其他國家普遍也使用電擊的方式來完成截斷或結合。只不過，這段文字提及獸靈時，「獸靈」二字前面總是有另外兩個字被塗黑，讓金雪無從辨別，他對那兩個字充滿了困惑與不安。

J．W．是個瘋狂的研究者，對五大家族的獸靈也莫名地了解深入，金雪讀到其他家族獸靈的特性和主要能力，其中，朱家獸靈能夠使所有朱家女子生育眾多，所生同胎子女更能達成神奇的心靈連結。J．W．卻猜測這還不是朱家獸靈眞正的力量，朱家的獸靈赤豬在和有資質的結合者結合後，理當可以連結所有擁有相同血緣的族人心靈，只是在過去，還不曾有任何朱家家主能夠做到。金雪初次讀到這段文字時便留了個心眼，朱家人入軍隊後由同胎者組成的血隊力量強大，能夠同時分享所有成員當下情報，他們也在保留地戰爭留下輝煌戰績。

這份強大，讓金雪深知不能讓朱虹繼續和獸靈結合。

現在，他終於掌握朱家，首要任務就是替朱虹進行截斷儀式，為朱家尋找樂於臣服自己的新家主……然而儀式並不順利。當然，殺掉結合者是斷除與獸靈的連結最快的方法，但在古琰之後，金雪更加謹慎，避免其他家族同樣升起反叛之心。

不過，無法徹底分離赤豬和朱虹，但似乎斷絕了朱虹與他族人之間的連結，某日，那些朱家人突然不再受到朱虹控制，一一清醒過來，有些人懇求金雪的寬恕，但也有人逃走了。只是，一個月過去，朱家部分殘黨還逃匿在外，朱虹和赤豬的連結依然穩固，哪怕金雪已持續不斷、親自以電棍執行截斷儀式很長時間，偌大的祠堂中迴盪著電棍的蜂鳴以及人與豬的哀號、肉體燒焦的氣味，他始終沒能取得進展。

金雪決定採用其他方式。

他從地牢中找到一種特殊設備，能夠產生不同程度的低壓電，將電極接在池中臃腫不堪的兩具肉體各處，啓動設備後造成比電棍更長時間且更強烈的痛苦。金雪精準地控制電壓從低到高，除了疼痛以外也在心理上產生折磨，他就這麼守在朱家祠堂，聽著朱虹和赤豬的痛苦呻吟，每隔一段時間就調高電壓，直到他們連聲音都發不出來，全身顫抖不止，唾液從他們醜陋的嘴吻中流出，池中一灘黃色尿水逐漸漫開。

金雪暫時關掉設備，讓朱虹和自己都喘口氣。使用珍貴的電做這件事，眞是浪費。他不由得想。

「殺了我……」朱虹低微苦悶的聲音傳來：「乾脆殺了我……你不是做得到嗎？就像殺死古家家主。」

「我不想殺你，我也不想殺古琰，我必須那麼做，因爲……」金雪遲疑了，他有口難言，不能讓其他人知道瘋虎已經死亡。「雖然你不相信，但我會讓這個地方慢慢好起來，我在嘗試種植各種可食用的植物，包含稻米，有一天，朱家的聖物將再次充盈白米，所有人也都能吃飽。反正，我不會殺你，我要你親眼見證那一天的到來。」金雪的語調顫抖，充斥不甘與執著。

「算了吧，你只是想證明和她不同……」

金雪再次按下開關，截斷了對方的話。

一隻手輕輕碰觸金雪的肩膀，他轉頭，在他身後，阿咋靜靜地看著他。金雪起先也猶豫過是不是要讓阿咋看見這樣殘酷的場景，阿咋卻不曾抱怨，他陪在金雪身邊、看著金雪實施酷刑，極少比出手語，只在金雪宣布結束截斷儀式，他才從位置上站起身，跟隨金雪離去。

金蘭連結能讓阿咋感受到金雪的情緒，反之卻無法。金雪問：「累了？」阿咋簡單比著：沒有。金雪不悅地道：「說實話。」阿咋默默承受連結帶來的強制性，比出手語：沒有。

是一模一樣的答案，顯得自己缺乏信賴。金雪焦躁地加快腳程。離開朱家祠堂前，他瞥一眼水泥池中不成人形的朱家家主，那個男人和赤豬之間的連結就如研究紀錄中描寫的，是五大家族中最強韌的連結，因此讓朱家替換家主更爲曠日廢時，除非將與獸靈結合的家主殺害……不，他絕不會那麼做。金雪走到門口時，對一旁藍水家系的看守人交代：「照顧朱家家主，千萬別讓他死了，絕對要提高警覺。」

看守人垂首應諾：「金雪，你是我們的希望，你的命令我會嚴格執行。」

但「希望」還沒到手啊。金雪麻木地想。

神女引發的保留地戰爭，讓密冬收回給予灣島的資源，這些年來他們坐吃山空，小心貯存的糧食、布匹、建材、金屬，全都來自密冬過去的支援，如今已所剩無幾，而金家過去對其他家族的壓迫最終導致憎恨與猜忌。現在，金雪迫切需要重獲密冬的信賴，眞正的希望是那隻新誕生的獸靈，他要抓住牠，爲此，他需要下一次的殺人事件，也要揪出驅使獸靈殺人的眞正凶手。

金雪倏地回神，他們乘車回家，身旁的阿哞正輕拍他的手。

「什麼事？」

你要怎麼處置那些人？阿哞比劃著。

他指朱虹被逮時，乘亂從朱家逃跑的一群人。經調查約有四十人左右，其中有四人在三日前的深夜潛回朱家祠堂。領頭的是個年輕少女，身手很好，俐落地打昏看守的藍水家人，但被阿哞箝制住。金雪不知道阿哞這麼晚在朱家祠堂做什麼，不過幸虧他在，地牛力量無與倫比，及時阻止麻煩。只是他們那點人根本無法救走和龐大赤豬結合的朱虹，究竟意圖爲何？金雪想不明白，便下令都先關押起來。

「刑求了他們也沒有得到答案，那個女的一句話都沒說，已經有個男人死了，他的痛苦與恐懼應當會使同黨更害怕，剩下兩條命可以用，看看那女的會不會說出來吧。」

阿哞靜靜地比出手語：你要殺死她嗎？

「還有很多人在外面，我不知道他們目的，會不會到金家再行刺殺，難道你要我放走她不成？」

阿哞比道：我會保護你，一如以往。

「你只要見過那個女人的眼神，就知道她不會放棄。」金雪說。

阿哞又比：你做這些並不舒坦。

金雪眼前出現了阿哞剛剛在自己動用金蘭連結時，輕輕掃過自己的眼神。

他沒有回應阿哞，兩人返回金家，金雪以一句「我還有事須處理，你先回去吧。」遣走阿哞。隨後走入金家複雜曲折的廊道中，金雪在這幢屋子裡生活得太久，不用思考就知道該如何抵達目的地。踏著堅定的步伐往一條死路走去，他愈走愈深，好似前方有無盡的路在等待，金雪伸手碰觸了牆角的機關，打開通往地牢的階梯。

他要在那裡工作。

地牢裡面沒有白天黑夜，唯有白熾燈的光和機器嗡鳴，金雪正嘗試大量種植富有營養的作物，就像他曾對朱虹說的那樣。水稻、小麥、玉米……他發現其中有些植物很特殊，是原本就存在於灣島的植物，好比從保留地邊界找到的紅藜和油芒，若是這樣，或許會比其他農作物更容易種植。

這些植物，出身於保留地的高家人了解嗎？金雪甩甩頭，不能找他們幫忙，朱家事件之後，金雪不僅懷疑朱家和高家，哪怕是掌握中的劉家、古家，他也產生猜疑，驅使獸靈殺人的凶手就潛藏其中，是啊，就算死了家主，也不能代表那個家族完全沒有嫌疑，搞不好是憎恨著所有家主的某個家族成員……

或者是高家人。

他吁出一口長氣，試圖把盤桓腦中的思緒清除，無論如何他已經派人監視高家，甚至安排了間諜，五大家族都在他的控制之下，沒有什麼好擔心的。

金雪望著角落一架巨大器具，模樣彷若樹木，分支出的金屬枝幹尾端個別結出一顆玻璃果實，果實有小有大，最大的能夠放入一名成年人，這便是密冬能夠複製出生物的儀器。儀器在這裡共兩座，現在都在執行一樣的任務，不過耗時冗長。這時，一聲電子音響起，他回頭打量著裝載於儀器中的小小盆栽。

「那就是你說可以開出金色花朵的植物？」

身穿實驗袍的改造人將視線從寫得密密麻麻的記事板上抬起。

「不是花，是金色的葉子。」地牢的儀器修復完成以後，金雪就把密室裡那幾棵樹苗搬了下來，不知道爲什麼，這些樹苗無法長大。

「落葉時，就是金雪了嘛。」改造人嗤笑一聲，護目鏡被他推上光滑無髮的頭頂，淡藍色的眼睛在看見金雪時，流露出嘲弄與不羈。「自戀的選擇。和神女一樣。」

金雪連表情都懶得動，最近每個人都樂於把自己和神女比較，回應就正中挑釁。而且他近期和這個改造人達成古怪的盟友關係，比起朱家人的敵意，古家人的畏懼，金家人的期盼，改造人懷有祕密，但位在旁觀位置，儘管厭惡，卻不可諱言沒有直接利益衝突。改造人確實用狂熱的興趣投入工作，那股狼吞虎嚥的求知欲意外和金雪合得來，他也很關心阿哞。

再說了，金雪打從心底看不起對方，改造人通常體質虛弱又缺乏正常思維，能對阿哞或自己造成什麼危害呢？自己小時候居然還想著要改變改造人的處境，真是十分可笑，他們根本無關緊要。

無論如何他喜歡這座地牢。金雪疏離地想著，這座藏匿於迷宮般的廊道中，位在金家宅邸底下少爲人知的空間，是獨立於五大家族的祕密巢穴，爲他帶來恐懼和陌生交雜的平靜感。金雪還有很多想培養的植物，不只是爲了家族的生存，還混雜著個人興趣，這個地方是誕生嶄新生命的寶庫，他甚至有些後悔過去花了太多時間打擊其他家族和討好神女，沒有早點重啓地牢。

「還需要多久時間？」

「您提供的毛髮要培養出細胞，需先進行反轉錄DNA，這已經曠日廢時，然後將一個細胞核移植到去除核的卵細胞內，再用微電流刺激才能讓其融合。目前經過分裂形成胚胎，這個胚胎要在培養皿中長大，再移植到那個像果實的儀器裡，充當動物子宮。約兩個月後，您就能看見是什麼樣的動物了。」

「你能在一個月內做出來嗎？」金雪心不在焉回應，低頭檢視那些又小又細的樹枝，他最近剛從古籍中比對出這樹苗的名字，叫做金新木薑子，是灣島過去瀕臨滅絕的樹種之一。

「我說過了，這是科學，不是模仿，您不能叫我動動手指就創造出一隻生物。」金雪扭頭盯著改造人，他聳聳肩。「您太晚給我那些書了，這種技術不是簡簡單單就能做的，中間還要經過不斷失敗與實驗，我能用兩個月完成已經很好了。」

「再一個半月就是五靈升天日。」改造人順著金雪冷涼的視線轉向了他的工作桌，桌面此時放著三封信，墨跡未乾。他輕描淡寫道：「如果還是做不出來，就等有人死的時候，你會得到更多可用於實驗的材料。」這麼說著，金雪想起朱虹與他母親的話語——你和神女一模一樣！

不，你們錯了。金雪的面目嚴峻起來。我這麼做可不是爲了自己，是爲了所有家族的未來。

劉阿哞．靈山牢房

許多次，劉阿哞想讓金雪知道朱家家主派人送信給他，但手指哪怕稍微抬起，他都會立刻退縮，索性便讓雙手安放於膝，忍耐著不比出任何手勢。

這是背叛嗎？劉阿哞反覆自問，可是當他收到信、讀完信，卻不知道該怎麼告訴金雪。

朱虹那封信的內容或多或少產生影響，使他用一種全新的角度觀看金家、金雪及五大家族。也讓他來到這裡——深夜，他站在囚禁朱家殘黨的牢房外，這座牢房是金雪在靈山上新建的，爲了更好地管理朱家人。此刻牢房中只剩少女與其他二人，劉阿哞剛到時外頭藍水家系的看守人正因少女的挑釁而發怒，劉阿哞寫了紙條讓他退到一旁，自己走向鐵欄杆，和少女譏諷的目光相對之餘，也保持著安全距離。

劉阿哞注意到地上散發惡臭，他們死去的同伴屍體並未被抬走，這是金雪對殘黨的折磨與懲罰。而對劉阿哞來講，當他來到此處，少女筆直佇立，受傷的其餘二人坐在角落，倨傲地挺直腰桿、隱藏疼痛，就代表所謂的懲罰毫無意義。

他從帶來的背包裡取出食物和飲水。

「我不會吃你施捨的東西。」

但劉阿哞想：他們會喝水，少女已餓三日，其餘兩人身上有傷，他們不喝水就撐不了多久。他下意識想比手語，又察覺那是無用的，於是從口袋裡找出紙筆，想勸服他們坦白目的，如此金雪就不會加以傷害，他們也可以離開牢房，留在靈山繼續生活。

見狀，少女卻激烈狂笑起來，後腦杓的長辮子跟著上下跳動，她對角落的同伴說：「喂，找了個啞巴來說服我們，金家就這麼點能耐嗎？那個金雪可眞沒用！」夜色昏暗，只要說話者不正對自己，劉阿哞就看不清晰，但身邊的看守人臉色扭曲，再次被少女激怒，劉阿哞來不及拉住對方，他已咆哮著敲打鐵欄杆：「閉嘴！還想找打嗎？」

只是一瞬間，少女伸手絞住看守人耳朵，角落的男人箭步上前將看守人的左臂往內扯進監獄欄杆撞擊，接著另一個中年女人迅速靠近，她手中握著不知從哪裡來的尖銳石片，狠狠切下了看守人的耳朵。霎時間孔洞血流如注，看守人的手臂也啪地一聲折斷。

然後，三人的視線就像同時受到吸引，聚焦在劉阿咩身上，那陣目光令他皮膚冒出雞皮疙瘩，如同從水泥池中傳來的隱晦視線，那是朱虹即便承受著巨大痛苦，也依然在觀察的目光。少女露出嘲諷的笑容，她用食指和拇指做出心形，隨後翻轉。

劉阿咩瞪大眼，不只因爲少女比出手語，還有那手語的意思——叛徒。

「快帶這個哭得像娃兒的大男人找醫生吧！你們的人眞是脆弱得不得了！」少女瘋狂大笑起來。

隔日，劉阿咩得知那個切人耳朵的女人死了。

不知道怎麼死的，金雪沒有說，他同時派出少少幾個藍水家系擁有特殊眼睛的人，和外姓人組成數支隊伍，分頭追蹤在外逃亡的朱家人去向。稀有的藍眼睛使這些人擅長追蹤，只是代價普遍讓他們不善於長時間移動，而劉阿咩有地牛的體力，便隨著他們一道前往。

離開時，金雪到門口叮囑：「要小心，他們同胎之間有心靈感應。」他似乎還想說什麼，最後只開口：「你去也好，鳳白的人這時大概以爲我身邊沒人可用了，如果有人乘機搞小動作，我可以一口氣解決。」現在其他家族的家主都是順服金雪的，他再利用了半年前劉師傅的事件削弱鳳白長老，也特意悄悄留了幾名藍水家系的心腹在身邊，以備不時之需。

劉阿咩明白金雪對他主動要求參與追蹤有疑慮。若問爲什麼要去，他也答不上來，朱家傷害了金雪，少女卻稱自己「叛徒」，劉阿咩感到陌生的憤怒，他沒有背叛金雪，甚至歡迎支配，怎麼能說他是叛徒！

然而，他也不是全然坦白，朱虹寄來的信已燒得一乾二淨，始終停駐他腦海的不是信的灰燼，而是代表朱虹清明神智的端正筆跡。

這一股憤怒和焦慮，驅使劉阿哞想要揭開少女的眞意。

他們兵分多路，發現朱家殘黨一路向南，直奔都市區邊界，恐怕是要往垃圾場去，劉阿哞加入的十人偵查隊穿過無人居住的廢墟，逐漸進入散布著垃圾的骯髒土地。日頭西下，時間流逝，路上可見朱家人的痕跡，也有殘餘營火，儘管藏得隱密，但都逃不過金家藍眼的追蹤者，然而他也走得氣喘吁吁，外姓人多在家族內從事勞動工作，長時間行動是得心應手，劉阿哞的體力也足以應付，追蹤者漸漸就落在後頭。

「我走不動了。」終於，追蹤者一屁股坐在地上，他瞇著眼睛，勉強就著紅色的陽光盯著大型廢棄物之間的一條小徑，小徑蜿蜒向上，隱入一座由垃圾堆起的高山：「這邊有一群人往上面走，但我現在無法分辨了。」

再往上是哪裡？劉阿哞比著手語問。追蹤者讀不懂意思，他趕緊寫在紙上，旁邊的外姓家僕讀罷取出地圖：「應該是以前為了掩埋垃圾的山谷，底部可以通往一個巨大的地底洞穴，但已經坍塌許久。」

「現在也晚了，就在這邊紮營，明天我們再繼續追蹤，還要派人去通知其他隊伍過來，這次我們追得緊，肯定能一網打盡……」

劉阿哞在紙上寫下另一行字，交給僕役：怕他們乘夜溜走，請給我地圖，我過去盯梢。

「這麼多年來大家都沒離開都市區，地圖不曾更新，你有了地圖也可能會迷路。」

劉阿哞接過地圖，再寫：你們找適合的地方紮營，先好好休息，我回頭把狀況告訴你們。天亮以前我一定會回來。他轉身，來不及看見追蹤者的低聲埋怨：「你沒回來，金雪會殺了我們的。」

這條往上走的小徑崎嶇難行，兩側均是堆疊起來、搖搖欲墜的廢棄物。

劉阿哞沒有藍水家系能看透夜色的眼睛，更沒有聽覺，空有蠻力的他在陌生環境下很脆弱，他卻沒有足夠的經驗察覺到這點。因而當一名女孩從廢棄物頂端跳下來，雙腿勾住了劉阿哞的頸部往後拉扯，劉阿哞一時間根本來不及反應。

女孩在力量上落於下風，就算有往下墜落的勢頭，也不足以讓經過訓練的地牛摔倒，只能掛在他的脖子上掙扎著不知如何是好，長長的辮子像是牛尾巴一般甩啊甩，劉阿哞雙手握住女孩的腿想要扯開，卻錯愕於那細小的骨架。

就在這短短的遲疑間，前端開洞的長鐵管抵在他額前。

劉阿哞停住了，竟然是槍械！每個五大家族的人或多或少都見過，以前密冬透過賠罪船送來很多，但在鎮壓完反抗者後漸漸損毀，保留地戰爭結束，尚且完好的更已送回密冬。劉阿哞不知道這些人如何能夠取得這樣的武器，他的心往下沉，如果金雪知道了，更不可能放過他們。

女孩從他的身上跳下來，跑往抓著武器的人身後，那個人有雙帶著魚尾紋的眼睛，眼部以下則被黑布遮住。女孩探出一張棕色皮膚的小臉，她的眼睛黑白分明，五官和劉阿哞過去見過的任何人都不一樣。

接下來，眼前恍若幻覺，雲層散開，月色灑落垃圾場，廢棄物後方出現數道人影。以人數來看有上百人，這些逃亡者不僅有朱家人。劉阿哞意識到，其中還包含著其他家族的人。

背部突然抵上另一根槍管，劉阿哞沒有回頭看，只能下意識舉起雙手。這些人靠近他，其中有少數長相與女孩相似的人，他們拿著弓箭，同樣黑白分明的眼睛令劉阿哞產生好奇。這幾人很不一樣，他們身上也有代價，手指多了一根，或者腿部有殘缺，可劉阿哞從沒見過哪個家族裡有這種模樣的成員。

劉阿哞身後的人在這時以槍枝推著他往掩埋垃圾的山谷前進，劉阿哞沒有抵抗，靜靜地跟著他們走。

一行人穿梭於充滿惡臭與垃圾的迷宮，廢棄物的迷宮，夜的迷宮。

順著垃圾堆小心翼翼往山谷底端邁步，月亮彷彿在這時選擇捨棄他們，物體的顏色融化了，陰影接管了路，把他們帶離現世，沒有五大家族，沒有都市區，沒有五靈教。這是一條被捨棄的路，而劉阿哞作爲金蘭護衛，和這些不知來自何方、不同家族的逃亡者走在一起。

這裡。

長辮子女孩那隻令劉阿哞吃驚、比出手語的手，掀開了一小片藍白條紋的塑膠布，揭露隱藏在垃圾堆裡的深深黑洞。黑洞深處亮起燈，像一隻遙遠的螢火蟲，逃亡者魚貫爬入洞穴內，深處的燈漸漸照亮他們的身體。原本可能怕被別人察覺而沒點燈，現在顯然是安全了。

劉阿咩震驚無比，這難道是僕役所說已經坍塌的地底洞穴？黑暗的洞穴由窄至寬，最終豁然開朗，承接一巨大的地底岩洞，散布著廢棄物構成的簡陋居所。營火的光、油燈的光、蠟燭的光在面前閃爍，劉阿咩看見更多的逃亡者，男女老少都有，這樣看來總人數恐怕有上百人。

「你是金家的劉阿咩，金雪的金蘭護衛，我知道你。」最初拿槍指著他的人回頭說話了，她拉下面罩，方便讀取嘴形，那是張女性老者的臉孔：「你都看到了，我們要離開這裡，有人教導了我們在都市區外生活的方式，接下來我們會在你們管不到的地方過活，也不會插手金家新家主的事。」

劉阿咩抬起手，做了一個安撫的動作，接著緩緩從衣袋內拿出紙筆，他想用文字和這些人溝通，女性老者卻制止了他：「用不著，我懂手語。」

是因為那個模樣特別的女孩。劉阿咩知道，她的代價一定也是聾啞。

劉阿咩想詢問她們如何學會手語，母親在閱讀一些舊社會描述手語的古籍後，為自己發明特殊的手語，然後慢慢教會阿咩身邊的人、對阿咩重要的人。現在想來，就好像是為了有一天她將離開兒子，在做準備。而古籍是父親從金家偷偷帶出的，如同施捨，卻也是那男人唯一對劉阿咩做過的好事。他很好奇，難道這些人也讀過類似的古籍？

只可惜他與這些人，並不是能說這些事的關係。

我不相信，你們之前派人回朱家祠堂，想劫走朱虹，又傷了我們的人……現在，我知道你們還有槍。

「那我換個說法。」老者揚起手：「你並非隻身來到垃圾場，但現在這裡沒有你的人，你看見了我們的藏身處，我可以什麼都不問就在這裡殺死你，他們將不會找到你的屍體……是呀，金蘭連結只能讓你感受到金家人的情緒，他卻不能感知你，他永遠也不會發現你死在哪裡。」

就算我只是失蹤，金雪也不會放棄尋找我，你們會給自己引來更多麻煩。

「你們根本就不懂都市區以外的地方，讓更多人來吧，我還可以慢慢挖光那些藍色的眼珠子哩。」

你如果敢傷害金雪——

劉阿哞的手語來不及比完，劇烈的疼痛猛然從膝蓋後方傳來，他跪坐下來，但在穩住平衡時，另一發快而準的攻擊狠狠擊往頸部，他一陣乾咳，女孩站在他面前，火與影的顏色在她桀驁不馴的眉眼上跳躍，劉阿哞不久前也見過同樣的眼神。

「喂，別打他。」老者舉起手阻止，接著道：「不好意思，因爲你終於有張不同的表情了，她以爲你要殺了我。但眞不錯，這樣流露出眞心很不錯。嗯，如你所說，殺死你會很麻煩，既然如此，不如你放走我們，我也放走你，這樣我們雙方可以避免最壞的結果。我們不打算引來更多的殺戮，也不會傷到你的金蘭，我們確實要離開——喂，把武器放下來，要不然可顯得沒有誠信。」

女性老者向其他人提議，卻招來強烈反對。

「我們可不是上下關係，誰知道金家的狗會不會瘋起來亂咬！我才不要！」

「還是把他殺了吧，我不想冒險。」

「說要殺人，你敢動手嗎？」

「爲什麼是我動手？不如猜拳吧。」

「吵死啦！」女性老者對吵鬧起來的同伴大喝一聲：「等你們討論清楚，那個金雪恐怕已經帶人搜索過來了！」

她握住槍枝，平舉到劉阿哞眼前。

「你說不相信我們眞的要走，覺得我們還有別的陰謀？若是這樣，何不看看這把獵槍？」

劉阿哞困惑地打量著，女性老者卻示意他接過那武器。他的目光絲毫不敢離開對方地緩緩探出手。就在這時，女性老者以迅雷不及掩耳之勢翻轉了手腕，黑魆魆的槍口居然再度正對著劉阿哞的臉。

在這宛如永恆的剎那，對方扣下了扳機。

劉阿哞聽不見那清脆的聲響，卻感到心要被掐碎了，下一刻，他大口喘氣起來，他還在呼吸。

「年輕人就是年輕人。」女性老者雙目發亮，衝著劉阿哞大笑：「沒子彈啦！」

子彈……

「對，不只這把槍，全都沒子彈！根本傷不了任何人。我不打啞謎，不浪費時間，要就說清楚，我們得快點趕路。」她盯著劉阿哞：「金家的小護衛，我們打從一開始就沒打算幹掉你，也沒別的陰謀，是眞的要遠離此地，明白嗎？還有一件你可能當成理所當然的事可以考慮，那就是要和你溝通麻煩又耗時，我還是在這裡和你慢慢說。」

那你們帶我來這裡做什麼呢？劉阿哞茫然地問著。

「這是我的問題，你到底跟著我們來幹麼？你沒有要把你同伴找來抓捕我們，還愣頭愣腦跟著走。我說要你拿槍，你就跟著拿槍——還有我年輕的同伴，你可以折斷她的腿，你沒這麼做，你遲疑什麼？你到底想怎樣？」

你的同伴傷了我的同伴，有人的耳朵被切掉了……

「跟別人無關——是你，你自己到底想怎樣？」女性老者的眼神貫穿劉阿哞。

明明未曾與死亡交會，卻有撿回一命的倖存感，使劉阿哞不再保留，把所思所想一古腦倒出來：我想知道你們要做什麼。我想知道你們怎麼學會手語、我想知道誰教了你們在外面生存的方法、想知道你們要去哪裡、也想知道既然你們要離開，爲什麼還要去朱家祠堂，又去那裡做什麼，救不了朱虹了，還有你們的夥伴爲什麼被關起來之後卻什麼都不說，明明坦白就有機會活下去，爲什麼選擇……

女性老者的表情突然變得溫和柔軟，她若有所思地瞇起眼說：「這麼多問題，你……喂，等等——！」

女孩如一隻野獸般撲上了劉阿哞，讓他倒在地面，她邊流著眼淚邊比手語：沒有我們！已經沒有我們了！她迅速變化的手勢潰散，化作拳頭砸在劉阿哞的身上。劉阿哞花了一點時間，才意識到女孩想告訴他，這裡的人和靈山牢房中的人，不是一起的，不是「我們」。

牢房中的那個女孩……是你的誰？劉阿晬躺在地上比著，女孩沒有回答，她長辮子的編法與牢中少女一模一樣。

「每個人都有不同的選擇。」女性老者說：「朱虹大人曾經控制我們，阻斷我們做出選擇的可能，但最終，他放我們自由。我還記得當他的力量從我心中退去時，他給予我的溫暖祝福，他說如今我有選擇了……我們都有選擇了，於是我們選擇活下來，我們選擇自由。」

她比向身後的人們，讓開一點路，從中劉阿晬窺見了一張又一張不同的面孔，每個人似乎都有自己的故事。爲什麼放棄復仇，放棄故鄉，都有隱藏的理由，但如今要前往的地方是一樣的……來到垃圾場，又往這個方向前進，難道……

你們要去保留地？劉阿晬著急地問。不可以，那裡還充滿著病毒。

「早就沒了，那個對保留地很了解的人，是這麼說的。」女性老者眨了眨眼睛：「你啊，要和我們走嗎？」

女孩仍坐在倒臥下來的劉阿晬身上，晶瑩的眼淚滴上他的臉龐，而當他扭頭盯著女性老者時，那緩緩動作的口形作如是說，劉阿晬驚愕得睜大眼。她不顧其他人的不滿，揚起手安撫著別人，一邊望著他：「你問的問題答案，在這裡是得不到的。」

我不是你們……我是金家的護衛，金雪的金蘭，不可能跟你們走。

「如果沒有金蘭連結，你會跟我們走嗎？」

女性老者走近劉阿晬，她拉起了女孩，又拉起了劉阿晬。劉阿晬垂著頭，他不用想就知道答案，對方從他的表情也能看出來。

「既然如此，吶，是時候了，不如讓這個人替你告別吧，現在恐怕也只有他能幫你傳達訊息了。」

女孩哭得更凶了，來到劉阿晬面前，顫抖地比著。

她是我阿姊，她是朱家，我是高家，她的兄弟姊妹因金雞神女而死，她遇到我，就認我做妹妹。女孩抓起劉阿哞的手，在上面寫了兩個字。這是她的小名，只有我知道，把這個名字給她，她會相信你，然後，告訴她，我們要走了，我會想她，我會永遠想她。

離開地底洞穴的時候，天已經快亮了，藍色的晨曦籠罩垃圾場。見到劉阿哞出現，小隊全都鬆一口氣，劉阿哞用笨拙捽倒來說明臉部和頸部的瘀青。接著，他們繼續前進，藍水家系的追蹤者追著昨晚的痕跡爬上垃圾山，但劉阿哞已經預先用石塊和自己的腳印混淆過了。跟金雪相處久了，劉阿哞漸漸知道那雙藍眼睛的極限，他們或許能看見很多細節，那也意味著細節愈多，他們愈容易分心。由於劉阿哞製造的新痕跡往其他方向而去，追蹤者也不認為早已坍塌的地底洞穴需要搜索，他們遂沿著垃圾山山頂慢慢遠離。

劉阿哞望著刺眼的太陽，回想著昨夜作夢般的體驗。他撫著臉頰，落在臉上的淚很鮮明，他撫著胸口，自己沒有死，這代表一些意義。

追蹤小隊回到金家宅邸已是離開的五日後，朱家殘黨又被捉捕了一些，其中有人投降而安然回到朱家，有人激烈抵抗後死去，也有少數人被關進牢房。又過數日，金雪不再顯得那麼擔心他們。判斷剩下的朱家人已無威脅，他下令僅留一支追蹤部隊在外，招回其他人來處理即將逼近的五靈升天日，這段期間的存糧吃緊，他不再供給囚犯飲食，準備讓他們死去。

然後，在無月深夜，劉阿哞去見了那個有著長辮的少女。

她是獄中唯一活著的人。

洗淨雙手之後，金雪站起身，披上外袍蓋住底下衣服，再深吸一口氣。彼時清晨的空氣已帶有些許涼意，他打了個冷顫，唯一熱起來的只有懷中緊貼胸口的物品。

他告訴自己，至少朱家的事收了尾。

中秋過後的五靈升天日，即將在不穩的氣氛中到來。他前幾日下達吩咐，金家的外姓王家、劉家均會在這天派遣大部分的人力前往維護靈山周邊的安全，儀式一旦開始，即刻禁止任何人或活物入山。

但還不夠。他返回金家宅邸梳洗，天一亮就叫來阿哰，表示想提前到五靈廟確認是否有疏漏。在儀式前進入五靈廟不合禮數，但金雪將繼任家主，打破一些規則無妨。兩人驅車前往現場時，金雪在車上向阿哰道歉：「昨晚應該由我親自與你說，但有事耽擱了，你明白王管事的意思嗎？」

劉阿哰點頭，用手語重複了一次王管事叮囑的內容：整座靈山當天會完全封鎖，集眾人之力維護山中貴人安全。我負責保護金雪，陪同進行當天儀式。今年的五靈升天日也同樣會有五姓守夜劇，為了避免危險狀況再度發生，戲台會搭建得比觀賞台更遠，五靈廟的儀式結束後，我要將金雪引導至觀賞台，待守夜劇結束，今年所有家族的家主都會留在靈山上過夜，為的是進行五十年一次的徹夜儀式……

劉阿哰已成為自己的金蘭護衛，王管事想必不會要他再做些無關緊要的雜事。確認了阿哰完整比出命令王管事轉述的內容，金雪安心下來，卻也對劉阿哰在徹夜儀式的部分時露出困惑的神情，有些失望。

對不起。阿哰趕緊道歉：我不知道這個五十年一次的徹夜儀式……

金雪搖搖頭，沒有回答。

車入靈山，在蜿蜒的山道，離五靈廟愈近，外頭景色愈看愈刺眼。

劉阿哰察覺到車內奇妙的緊繃氣氛，牛犢般濕潤漆黑的眼睛再度轉向金雪，他似乎很想改變氣氛，終於想出了應該能讓金雪高興的問題。

金雪。他輕快比著手語：有沒有想好你的稱謂了？再等獸靈的徵兆出現，你就能繼任家主了，金雪的夢想就要實現了呢。

歷任金家家主總是先有稱謂，才有神像，金雞神女眞正的名字早已被遺忘，金雞皇帝也是，所有金家家主最終都以那些能夠受祭拜的稱謂被永世流傳。劉阿哞期待地望著金雪，等待他的手或口動起來，但那張側臉卻始終望著正前方，沒有絲毫變化。而當劉阿哞垂下眼簾時，金雪放在膝蓋上的手突然動了。

我不能就叫做金雪嗎？他心不在焉地比著。

之後，車上不再有任何交談，兩人下車，走在無人的小路時，金雪撿起斷掉的話頭，他盯著劉阿哞的臉說：「徹夜儀式五十年前沒有，五十年後也不會有。」但見到對方呆愣的表情，金雪咬著唇，搖搖頭，不再說話了。

兩人來到五靈廟前的階梯，金雪走在前方，劉阿哞跟在後方，當金雪放慢腳步，身後腳步就跟著放慢，爬了好一段時間，終於進到五靈廟。

金雪撥開額前汗濕的頭髮，只見廟內一片陰暗，格局陳設還是如記憶中的樣子。五尊神像供奉於神桌，約成人的一半大。神女像擦拭得晶亮，即使她不再管事，爲了金家的面子，他還是命人維持基本整潔。在放上神女像前，是放神女的父親金雞皇帝，金雪從未親眼見過，但聽聞神女立起自己塑像時，親手翻倒了金雞皇帝的像，在廳內發出轟然巨響，化爲一地碎片。如今望著神女塑像上微笑著的臉，金雪自虐地想著，自己說不定會做跟神女一樣的事。

而阿哞靜靜站在身後，那靜謐的氣息就和金雪每次電擊朱虹時相同。

要解決這件事了。金雪想，轉過身盯著眼前的人。

他仔細打量阿哞，他們從孩提時便相識，雖然曾有爭吵，很長一段時間不再來往，年少時終於再度重逢，如今要成年了，那張稚嫩單純的臉逐漸出現大人的稜角，壯碩的身軀也是自己望塵莫及的。

阿哞對他不離不棄，那對眼睛就像信徒凝望神靈，不過金雪又想起了金蘭連結，他看不到阿哞的心，就算有這一雙藍色的眼睛——這時，他注意到阿哞的表情微微緊繃起來。對，金雪露出笑容，對，自己察覺不出來，但阿哞是感受得到自己的心的。

這裡是五靈廟，沒有其他人竊聽的疑慮。他們兩人，誰才更誠實？

「阿哞，我小時候，不僅沒資格進五靈廟，就連靈山也禁止進入。」金雪突然說道：「你看我是金家人，好似享有無上權力，然而藍水家系在我年幼時羸弱不堪，人人可欺，不過，最後仍是我成了有機會換掉金雞神女塑像的人。」

他睜大眼睛望向阿哞，陽光從敞開的大門外照進來，阿哞背著光，邊緣的光線直刺進藍眼，金雪卻眨也不眨，就像一架曾看管過保留地的機器那般張著藍到像是假物的眼珠，無機質地露出微笑：「雖然我們小時候把神女的塑像當作一個笑話，阿哞，可是我想當我繼承家主，我也會為自己造一尊塑像，你……會不會覺得我很可笑呢？」

阿哞搖搖頭：要說有誰可以放上自己的塑像，那絕對是你，金雪。你說會和我講之後的計畫，當上家主之後，你要怎麼做？

「要盡快恢復與密冬的關係。我們已經很久沒有收到賠罪船的資源了，送上再多人也沒用，沒必要再做那樣無聊的事，我要讓都市區自給自足，但來自密冬的承認至關重要，也需要他們的特殊技術——所以，我必須履行密冬交付的責任，要找到從保留地誕生的獸靈。」

怎麼找到獸靈？金雪說徹夜儀式是假的，和這件事情有關嗎？但這和找到獸靈有什麼關係？阿哞比著手語：劉家、古家的前家主都死了……徹夜儀式只是可以讓家主們都聚集起來，就近看顧。

「這兩年發生的家主死亡，劉家外傳是意外，古家的古珣亦然，但阿哞，我們兩人是到過現場的，現場都有野獸或怪物出現的證言和證明，古家那邊更有僕役直言殺死古珣的是怪物，不過，現實不是講給小孩子聽的故事，沒什麼憑空而生的怪物，就算是怪物，一定也有理可循，我正在重建那怪物的樣貌，就快完成了。這是個賭注和假設，我想那是一隻獸靈，已經和某個人結合，牠和牠的結合者在五靈升天日殺人，我不確定原因……但原因什麼的，也不那麼重要，只要抓住他們，拷問便是了。」

獸靈……找到了之後要進行截斷儀式，再把獸靈獻給密冬嗎……

「怎麼了？」

對方如果有理由，也許可以好好談一談。不一定要拷問或截斷，金雪會帶給大家比現在更好的未來，那對每一個人都是好的，不是嗎？

「我們面對的人不是殺家僕或家主妻女，而是直接殺死家主。那不是單純的殺人，是衝著所有家族而來，你認爲有談判餘地？」

我不懂這些事，但如果傷了人——

阿哞無法繼續下去，因爲金雪的表情愈來愈陰暗，但阿哞嚥下口水，顫抖著手：傷了人的話，又會像是神女那樣……累積更多的恨意，會有很多人像恨神女那樣恨金雪，他們會做出可怕的事情，而截斷儀式也帶來很多痛苦。金雪，你說你犯錯的時候，我該告訴你，我一直都沒有那樣做，但我覺得——

阿哞表情驟然變了，他顯得很驚恐，還有更多情緒，困惑、憤怒、羞愧、疑惑、痛苦，金雪上一次見過這表情，是在劉師傅死去的時候，他終於成爲金蘭護衛的那日。

「你好像很慌張，爲什麼呢？」

其實金雪知道的，因爲阿哞看見了他狠狠拋在地面上的東西。

那是一條長長的髮辮，染著鮮血。

「別硬撐了，把隱瞞的事情全部說出來。」

金雪睜大雙眼，不僅只有唇語，他還以手語加強金蘭連結的力量，讓阿哞避無可避。藍色的眼睛蔓延出血絲，視線就像赤紅色的爪子，伸展著刨挖出阿哞的心。

「在這個要抓住獸靈、逮住凶手，需要全部家族齊心配合的時刻，你到底做了什麼？你是不是背叛了我，和朱家在密謀著什麼？」

沒有、沒有、沒有。

「我不相信。」

已經是金蘭連結了，有什麼瞞得住你的。連金蘭連結你都不相信了嗎？

金雪惡狠狠踩上髮辮，瘦弱的雙手揪住了阿咋的胸口布料。

「好，那我一個一個問，你那晚去朱家祠堂做什麼？」

……我……我想問朱虹信裡提到的事情。

「什麼信？」

阿咋匆匆比出朱虹曾派人送信給自己，信已燒毀，裡面是朱虹告訴他爲什麼要殺金雞神女與金雪的原因。得知朱虹信上寫了全由自己一人承擔的話語，金雪輕笑出聲。

「果然是復仇，我從朱家藏書庫翻閱這十多年的資料，某個時期有大量的喪葬儀式，他們辦得很低調——然後呢？你才發現金家是萬惡淵藪，所以瞞著我，去見那個女人？響應她的小小反抗？」

不是的、不是的。因爲朱虹沒有回答，我是想問她，她會不會知道些什麼，我也想知道她爲什麼要去祠堂，她知道信件的事，她說我是叛徒……我很生氣，所以才想跟隊伍一起追蹤，得到更多訊息。然後，我見到了逃走的人，不是只有朱家人，還有其他家族的成員，他們藏在垃圾場，要離開這裡，有別人教了他們在外面生存的方法，他們說不會再管金家和其他家族的事情。

「在外面生存的方法……」金雪氣極敗壞地扭曲著臉：「你相信這種話？我們連糧食都不夠，每季都要採用分發的，哪怕我花了很多時間研究，也不過能種出一點點。離開家族根本只有死路一條！然後，你其實也無法證明他們的話，就放走了他們。」

他們可以殺了我的，但沒有！

「阿咋，你這個善良的傻子，放走了很好哄騙的你，再偷偷躲起來，等金家放鬆戒心再來偷襲豈不更好？甚至你還親口與我說他們走了，我便相信你，如此他們就能讓金家鬆懈？」

我……

「如今他們眞的走了，是你我運氣好！而且外頭不只他們，追蹤他們的隊伍至今還有受傷未醒的同伴，你怎麼就不把這份濫情留給自己人一點？正因爲眾人齊心打擊了朱家的殘黨，就算你放跑這群人回來，我也不怕他們！」金雪用盡力氣，深深呼吸一口氣，他懊惱地搖著頭，厲聲問：「你還隱瞞了什麼？你沒和他們達成任何危害金家的協議？」

我不會那麼做！我會前去，眞的只是想知道那個少女的意思，想知道那些逃亡的人是怎麼想的，後來有另一個女孩，她讓我告訴少女一些話，還給我證明，讓她可以信任我……

「什麼話？什麼證明？」

道別，她想道別……之後，我就到牢房——金蘭連結造成的痛苦逼得阿哞停下，露出掙扎的神情，金雪放開抓住阿哞衣服的手，那龐然身軀癱坐蜷曲，可即便是這樣，阿哞的目光始終沒有從金雪臉上移開。

「把意思表達清楚，要你轉達什麼話？證明又是什麼？」

阿哞祈禱般高舉著雙手：名字！是名字！

我得到了她的名字。阿哞著急地比劃手語，他仰頭望著金雪：我見到的那個女孩，和牢房裡的少女有相同的長長髮辮，女孩給了我一個名字，我到牢房用那個名字稱呼少女。她們很親密，情同姊妹，那是她的小名，只有對方才知道的小名，證明我可以信任。

接下來，阿哞吐露出全部的過程。

少女說，闖入朱家祠堂的人是跟隨朱虹的殉道者，是病毒事件的遺族，爲了讓更多人逃走，他們負責引開金家的注意力，什麼都不說是想讓金家搞不清楚狀況以爭取更多時間，如果有機會多殺幾個金家人，那絕對也毫不遲疑。就算贏不了，也要讓金家嘗到痛苦。而阿哞帶給少女的消息，使她又哭又笑，有很多人活下來，還有遠走高飛的小妹，少女說著：「至少信有意義了。」

金雪滿懷嘲諷地笑道：「如果朱虹的第一順位是族人，打從一開始就不會派出刺客了，他鐵了心要對金家復仇，那少女並不知道朱虹寫信的原因，但我知道，事實上連信都不需要，因爲每次的截斷儀式都看得清清楚楚，他要讓你產生懷疑，他要你反抗我。他殺不了神女，殺不了我，就在你的腦中下了毒。」

阿哞猛搖頭：朱虹傷了金雪，但牢裡的人是無辜的，雖然弄傷了金家的看守，這確實有錯，但不應該死的。

金雪不打算在這個話題上耗神打轉，他直指阿哞通往的結局：「所以，聽完她的故事，你在金家上下爲五靈升天日忙碌的深夜放走她。很可惜，那女人餓了太久，心裡的傷和身上的傷都已令她無法保護自己，以至於面對跑不快也不夠有力的我，都毫無招架之力。」

兒時玩伴落下了淚水。

金雪忍無可忍吼道：「她有什麼值得你哭泣的！」

不是的，因爲我讓你殺人了。阿哞碰觸著髮辮上的血跡，少女在死之前身上已結著同伴乾涸的血塊，髮辮上的舊血又重新結上新血塊。他像要梳開那些糾結，哭著以顫抖的手指比道：不管怎麼做都改變不了她的下場，也沒必要是讓你下手。

記憶掠過金雪眼前，那也是他第一次接觸到那麼多新鮮血液，甚至讓他當下很懊惱，爲何不是勒死她就好，爲什麼要失去方寸用匕首刺她。更乾淨地殺了她就好……不留下任何痕跡，不在手上、不在眼前、不在腦中地抹煞掉她就好了……

金雪從暈眩中找回理性：「殺一兩個人不算什麼，這是家主的責任。」

不是，另一個自己立刻否定，殺死少女不是大義。

阿哞再次搖頭：一定有其他方法。他的眼淚打濕在五靈廟地面上，金雪渾身乏力地靠著供奉塑像的供桌，震動了塑像的位置，五尊塑像宛如自主移動了，監視般地盯住他一人。

金雪好累好累，又好恨好恨，阿哞並不是出於叛意做出這些事，而是忠誠。儘管已分不清楚那是出於金家與劉家獸靈和聖物帶來的金蘭連結，還是從兒時延伸至今的紐帶。然而他也覺得阿咔在追求一個不是自己的人，那個人不用骯髒手段就能力挽狂瀾，復仇一筆勾銷，金雞神女留下的傷害全部消失，不需要任何代價就能復興金家，讓密冬樂意重新接納。

同時，向阿咔逼問出這些，金雪不覺得滿足，儘管金蘭連結讓阿咔無法反抗，從他口中說出的話語必然真實，但金雪沒有聽到真心話的滿足感，而最初丟出那段髮辮，羞辱阿咔的激動全然消失，徒留空虛。他不禁想，真該全心全意想著家族就好，現在最重要的就是獸靈。

金雪顫抖著嘴唇還想問：你敢發誓絕對不會礙到今年的儀式嗎？但這是沒意義的問題，阿咔一定會答出符合心意的答案——他要的不是這樣……卻也不知道自己究竟想要阿咔怎麼做。

金雪索性閉上了嘴，靜靜望著哭泣的金蘭護衛。真可憐啊。這時，五靈廟外傳來倉促的腳步聲，金雪正要發難，卻見王管事緊張不安的寬臉在五靈廟門外閃現：「金雪大人！找您好久了，高家家主託人回話，他拒絕參加徹夜儀式！」

劉阿咔．五靈廟

中秋過後，金雪病了。

劉阿咔懇求金雪讓藍水家系其他人代勞儀式，但金雪執意自己進行，並斥責他不將傳統的流程放在眼裡。「在我即將要繼任家主的時刻，缺席五靈升天日儀式，你想其他人會怎麼看我？」金雪冷笑著說。

劉阿咔明白他想抓捕獸靈，必然也不想讓其他人察覺異樣之處，愈是「正常」愈好。但儀式開始之前，金雪在上山的蜿蜒道路就吐了一陣，下車後要爬上階梯也顯得吃力，眼看離儀式現場的五靈廟還有一段距離，劉阿咔抬起金雪的手臂，讓自身充當他的枴杖，但金雪不樂意，他要獨自前進，直到艱難地來到五靈廟牌樓前，幾名正在打掃的僕役看見，想上前協助攙扶也被他搖頭拒絕。見著金雪走進五靈廟中，爲祭拜儀式做準備的身影，劉阿哞垂頭望著。又像是即將要消失一樣的身影。或許當初不該插手朱家的事情，他們的關係就不會破碎。

進入五靈廟後，金雪癱坐在地，他命令劉阿哞先替他擺放好祭拜用的物品，泥巴做的瓜果糕點等祭品則已就位，劉阿哞檢查了一遍，確定沒有問題，等王管事抵達，劉阿哞上前和王管事討論金雪的情況。

由於祭拜儀式在五靈升天日中是謂開場，不可或缺，金雪必須帶病上場，劉阿哞爲金雪找來一張椅子，讓他稍作休息，劉阿哞就站在一旁，他們聽見王管事在五靈廟外急切的咒罵、吆喝聲，各自想起了去年此時。劉阿哞搭建戲台，而金雪獨自在五靈廟內靜待吉時，劉阿哞想著當時的金雪看起來好遙遠，然而此時陪著金雪，雖然很近，他卻感到孤獨和哀傷。

即便如此，劉阿哞仍必須提起十二萬分的精神警戒周遭，也盼望高家家主轉意前來。金雪見狀道：「不用理會他了，就盼今年遇害的家主不是他吧。」雖然話中帶刺，金雪還是叫來王管事派人去請高家家主。他們之間陷入一陣沉默，直到劉阿哞問：今年眞的還會發生那樣的事嗎？

「機率很高，因此我才將所有家主集中在靈山上過夜，除了神女，但她那邊我也安排好人護衛了。」金雪答覆，就像他早已思量多次：「也不知道對方會瞄準哪位家主，也許又會是劉家，也或許是我……」

金雪驟然抬起頭，他聽見了劉阿哞聽不見的聲音，可能是炮炸聲或鼓聲，五靈升天日中總用這些聲音切分時程、提醒儀式的開展與結束。金雪獨自站起身，開始了自己最爲熟悉不過的祭拜儀式。

劉阿哞爲金雪點燃一束線香，先將一根香交給金雪，他首先朝西方祭拜，將虔敬與忠誠優先獻予五靈神和五靈導師來自的密冬本國，其後再取一根香，祭拜太陽升起的東方，隨後是北方，將一切榮耀歸於金家統領的都市區，灣島的心與靈，最後祭拜南方，那是保留地所在之位，它神祕野生而蠻荒，但保留地孕育獸靈，每名金家家主都須祈求保留地誕生的獸靈被自己所獵捕，未來有日得以進獻給偉大的密冬。

祭拜完四個方位，金雪以特定的步伐緩慢走向供奉有五大家族神像的神桌前，劉阿哞一次遞上五根香。金雪短促地對金雞神女塑像微微點頭，劉阿哞可以想像得到金雪有多麼不樂意，接著金雪祭拜劉家的牛眼大將軍、朱家的豬首菩薩、古家虎娘子、高家山犬神……完成五大家族神像的祭拜，金雪將手中的五根香插入香爐。

他們來到儀式的最後一步驟，現在，金雪要祭拜五靈導師的不腐肉身，他必得五體投地叩首五十五次，這也是劉阿哞最擔心的，他怕金雪此刻的身體狀況無法承受。然而金雪面不改色，只對劉阿哞說：「我已經這麼做許多年了。」旋即跪地叩拜，以緩慢但確實的動作，一遍又一遍敬拜五靈導師屍身，金雪眼睫低垂、神情專注，口中喃喃念著劉阿哞也無從辨別的模糊祭文。

金雪每跪拜一次，劉阿哞都愈發緊張，金雪喘著氣、汗水濕透衣裳，可他仍堅持，直到五十五次跪拜完成，金雪搖搖晃晃地站起身，接受劉阿哞的攙扶往五靈廟外走去，但一離開五靈廟進入眾人眼中，他就放開劉阿哞。

五靈廟前方陽光希微，而五姓守夜劇的演出戲台已然搭建，今年的五靈升天日僅有少數金家人觀禮，並且絕大多數都是藍水家系的成員，長年居住靈山的朱家人則被軟禁於各自的家屋內，因朱家刺殺金雪一事，禁止朱家人參與這次的祭儀，其餘家族族人在今年的嚴格控管下亦不能上山。

這便造成了不甚熱絡的氛圍，人們靜靜凝望金雪和隨侍在側的劉阿哞走出五靈廟，金雪向前幾步宣告已經完成了開場儀式，所有人於是自動自發地走到戲台前，準備觀賞一年一度的五姓守夜劇。劉阿哞看顧著金雪，引導他走上觀賞台。

他們在觀賞台上等了一會兒，隨著王管事嘹亮的聲嗓，提醒金雪其他家族家主已經抵達，在今年不同以往的五靈升天日中，家主們絕無僅有地出現在相同的地方，共同觀賞五姓守夜劇。

由於朱虹仍在進行截斷儀式，金雪命人將朱虹所在的朱家獸靈祠堂嚴密看守，這次五靈升天日朱家前來參與的代理家主，是金雪親自挑選的一個朱家孩子，年僅十一歲，看起來畏首畏尾，連目光都不敢和金雪對視。金雪卻對這個孩子特別照顧，還將他在觀賞台的座位安排在自己左側。

劉家前任家主夫人被劉家長老們裝扮得體面而正常，她以劉家代理家主身分安安靜靜地坐在金雪右側座位，只有她手中被捏成一團的兒子衣服，洩漏了她揮之不去的創傷。

古家空有名頭、同樣由金雪遴選的新家主也到了，是一名看上去相當平庸的中年男子，他向金雪鄭重行禮，坐到了劉家夫人身旁。如此，便只剩高家家主還未到，然而五姓守夜劇並不等人。

這是劉阿哞第一次在這個角度觀賞五姓守夜劇，他站在金雪的座位後方，以手勢詢問金雪的身體是否還撐得住後，金雪向劉阿哞要一杯水，他端著水杯小口小口地啜飲，臉上終於有了點血色。戲台上的布幕向兩側拉開，引起觀賞台上眾人的注意，這兒視野絕佳，連劉阿哞也忍不住聚精會神地觀看起這齣每年必定上演的劇目。

先有一名戴著雞首面具的孩子站在舞台邊緣，靜靜佇立。而一名由藍水家系長老扮演的五靈導師出現在舞台中央，他眼上即便矇著數層黑布，儀態仍顯聖潔且殊勝不凡，這也是第一次五姓守夜劇中的五靈導師由藍水家系成員扮演，金雪對五大家族的影響，正透過五靈升天日中的每一個微小細節，確切無疑地展現，今年的五靈升天日標誌了金雪時代的來臨。

「吾自西國來，奉五靈神、密冬之主、西方本國之命，前來蕞爾小島引領眾生靈。這是一介瘴癘之地、蠻荒原始且初無獸靈，四季中夏日綿長，秋日短暫，冬天寒涼，此地並無春季。吾主憐憫，贈予五靈，五靈隨我來兮！」五靈導師手執五具獸首燈籠，在舞台上緩步前行，那步履和身段都有講究，象徵五靈導師渡海而來。

「既入灣島，便使新陽五姓來迎，五姓有金，有高，有朱，有古，有劉，五姓祀奉虔誠，視我如師如父，吾主歡喜。」五靈導師端坐舞台地板，一一放下五具燈籠，他閉目唱頌：「卻是生死有命，本爲肉體凡胎，吾主曰：『汝可爲神』，先要捨棄肉身，吾知氣數將盡，遂遣五姓人來。」

隨著五靈導師最後一句唱詞結束，始終站立旁側、戴著雞首面具的孩子開始動作，他緩步走向五靈導師，朝他五體投地跪拜。

「五靈廟內，吾賜金姓金雞。」五靈導師將一隻捏麵小雞贈給戴雞首面具的孩子，孩子將捏麵小雞囫圇吞下，緊接著走回原位等候。

一陣鼓聲敲響，另一名戴著犬首面具的孩子走上舞台，他來到五靈導師面前，朝他五體投地頂禮跪拜。

「吾賜高姓山犬。」五靈導師贈予孩子一隻捏麵小狗，孩子同樣將捏麵小狗吃下，走到金家孩子旁側等候。

鼓聲咚咚，戴著豬首面具的孩子走來，五靈導師同樣念唱道：「吾賜朱姓赤豬。」遂給予一隻捏麵小豬，孩子吃下小豬，走到高家孩子身旁等候。

又是一陣鼓聲，戴著虎首面具的孩子走來，五靈導師道：「吾賜古姓瘋虎。」贈予捏麵老虎予古家孩子，孩子吃下捏麵老虎，走到朱家孩子身旁等待。

最後一陣鼓聲響起，戴著牛首面具的孩子小心翼翼走上舞台，他來到五靈導師面前，虔誠無比頂禮跪拜，五靈導師念唱：「吾賜劉姓地牛。」那孩子從五靈導師手中接過捏麵小牛，吃下小牛，走到古家孩子旁側等待。

「贈完五靈，吾囑咐五姓人燒香三炷，並曰：『你們必當虔誠跪拜，三炷香後，方可離開。』吾當即坐化於五靈廟，五姓人皆哀戚。」五靈導師低下頭，不再言語，五個扮演五姓人的孩子也紛紛跪拜在地。

此時有僕役在戲台前點起三炷香，爲了眞實還原五姓人守夜的情況，戲台上的演員包含戲台下的觀眾，原先確實都必須等三炷香燒完，才能完成一整齣戲。不過五姓守夜劇中的線香材質特殊，燃燒得比一般線香更快，以此節省時間。

第一炷香燒完時，戴著雞首面具的金家孩子悄悄走向劉家孩子，以稚嫩的聲音說：「沒關係，你先走吧，不會有事的。」劉家孩子對金家孩子的話深信不疑，便起身離開。

第二炷香燒完時，戴著虎首面具的孩子站起來，伸了伸懶腰說：「死者不能復活，我先走一步。」

第三炷香燒完，戴著豬首面具的孩子發出輕聲啜泣，他再次跪拜五靈導師三次，隨即離開舞台。

此時戴著犬首面具的孩子看了看其他孩子離去的方位，又小心地瞥了眼依然跪拜在地的金家孩子，他站起身，撫了撫胸口，匆匆離開。

待四個孩子都離去以後，戴著雞首面具的孩子這才慢慢抬起頭，以熱切的視線仰望五靈導師，許久許久，本該死去的五靈導師突然一笑，朝地上的孩子伸出了手，那姿態，彷彿他有一個祕密要向金家的孩子偷偷講述……

五姓守夜劇到此結束，布幕亦緩緩拉上。

對於五姓守夜劇的結尾，金雪告訴他這個結局是在暗示五靈導師對金姓人青眼有加，五姓人中唯一留在舞台上的金家孩童，更象徵金姓人獲得密冬與五靈神的莫大榮寵。

劉阿咩從來都似懂非懂，卻也不眞的有興趣深究，只覺得這些儀式折磨著金雪的身體。五姓守夜劇結束後，按照金雪的命令，所有家主今晚要集中於五靈廟內，進行徹夜祈福儀式，靈山裡的人力三分之二層層守衛五靈廟，而有三分之一圍繞朱家的獸靈祠堂，畢竟以朱虹和赤豬的結合狀態，他們難以移動半分，獸靈祠堂本身也建造得堅固易守，將家主主要分成兩個地點保護並無不妥，今日靈山嚴格控管入山人員，也使靈山內的參與者身分容易掌握。

收尾的儀式比起開場儀式和五姓守夜劇要來得簡單不少，由於已近黃昏，儀式結束後金雪向其他代理家主和新任家主說明，是時候到五靈廟內爲徹夜的祈福儀式準備，這時王管事風風火火地趕來。

「金雪大人，很抱歉，但高家家主傳來口信，他說每年自己都在五靈升天日第二天到靈山完成屬於高家的儀式，今年也不例外，他還是不會前來的……」

劉阿咩感覺到金雪內心怒火翻攪，可他並未顯露，只是淡淡道：「我明白了，調派保護五靈廟的二分之一人手前去高家宅邸外保護高家家主。」

「金雪大人，可是……」

「這裡有阿咩。」金雪僅一句話，便堵上了王管事欲張的嘴。

從山上往下望去，晚霞火紅如血，映照得雲朵都成爲黑色，劉阿咩最後看了一眼五靈廟外的景色，閒雜人等已被遣送下山，五靈廟外此刻氣氛肅殺，由金雪的藍水家系成員和劉家人組成的護衛隊嚴密把守。儘管如此，原先有三分之二的人守護五靈廟內的家主們，如今又撥了三分之一人馬前去保護高家家主，讓劉阿咩心中產生不好的預感。

時辰已到，金雪、朱家尚未繼任的繼承人、古家新家主和劉家夫人魚貫走進五靈廟內，劉阿咩殿後，將大門悄然關上，並小心翼翼點燃紅色蠟燭，讓愈來愈昏暗的五靈廟得以有些許光源。廟中有幾張陳舊蒲團，他們便當作椅子一一入座歇息，除劉阿咩以外，其餘四人呆坐五靈廟內，面面相覷，對視無言。

金雪微微一笑，打破沉默：「今晚在這五靈廟內的我們，會是引領下一時代的四姓人。」遂從供桌上取來祭酒，這有些不合規矩，但也因此緩和了沉悶的氣氛。他替其他三人斟酒，也替劉阿咩倒了一小杯酒，但他婉拒了。金雪盯著劉阿咩的眼神如霜，他命令：「取酒。」劉阿咩便無語地接下，自從上次的事，金雪更加頻繁且毫不猶豫地動用金蘭連結的力量，只要劉阿咩不聽，那必然下一步就是強制進行。

新任古家家主和未來的朱家家主接下酒後誠惶誠恐向金雪致謝，金雪滿意地點點頭，在這些人面前，他拚盡全力佯裝正常，只有劉阿咩透過兩人的金蘭連結，感覺到金雪身體依舊存在的高熱和不適。

待太陽完全落下，五靈廟內陷入瀝青般濃稠的黑暗，新任古家家主試探性地問：「那麼金雪大人，祈福的儀式是什麼呢？我們該如何開始？」

「集眾家主在此整晚，便是儀式了。」金雪敷衍道：「因爲你們是我在未來重要的左右手，我希望藉由這場徹夜儀式，能更連結我們所代表的家族。」

金雪的這些話是對著他精心挑選的朱家未來家主，以及古家的新家主所說，劉家夫人打從進入五靈廟內，便陷溺在自己的小世界裡，抱著兒子的衣服自言自語，對外界沒有任何反應，金雪也不甚在意她。劉阿咩知曉原因，不禁爲劉家夫人感到有些悲傷。

在金雪刻意營造的熱絡氣氛下，古家家主和朱家未來家主一杯杯喝下酒液，不到子時，二人便靠在一塊睡著了，劉家夫人輕撫手中兒子留下來的衣服，搖晃著身體囈語不止：「野獸……那野獸又要來了，要奪走我的小寶。」

金雪嘆了口氣，突然站起來，劉阿咩上前一步詢問：金雪，你需要什麼？金雪搖搖頭：「這些蠟燭讓我好熱，我想透透氣。」

五靈廟由於年代久遠，加上爲了保持原先的風貌因此不曾翻修，劉阿咩看來看去，實在不知有哪裡可供透氣，但金雪已主動走向不遠處的供桌，劉阿咩只得跟上。

供桌後方依舊供奉著五大家族各自的神像，神像前白煙繚繞，恍然間，劉阿咩見到金雪走上前去，就像被這些神像伸出的雲手擁入其中，忍不住感到膽寒，然而從胸口湧出的強烈恨意兼具熟悉與陌生，使他感受到處在這裡的金雪的異質性。只要金雪和金雞結合，正式繼任金家家主，往後五靈升天日他們便不會再看見神女的塑像了，但神女的影響想必一輩子都會縈繞在此。

「這狹小陰暗的五靈廟，說穿了也不過就是個供奉屍體的巨大陵墓，放上自己的塑像也是爲了控制人心的政治手段，根本不須太過認眞。」金雪再次望向五座神像，喃喃道：「五姓守夜的戲碼也是一樣，經由離去的順序來斷定每個家族的原罪，可究竟當時的狀況如何？沒有人知道，五姓守夜的故事之所以會藉由戲劇流傳下來，無非是爲了……」

突然間，金雪的嘴維持在半張的狀態，他整個人僵住了，靛藍色的眼睛也瞪大。

劉阿咩憂心地問：金雪？

「離去的順序……首先是劉家，再來是古家，接著是——會是這麼單純嗎，選擇這麼顯而易見的順序……是在愚弄我們嗎！」

五靈廟外一陣怪風吹過，令木窗啪啪作響，亦吹熄了劉阿咩早前點燃的幾支紅蠟燭，僅餘一根蠟燭孤零零地燃燒著，眼看著就要隨之熄滅。廟內睡著的其他人驚醒過來，但金雪沒有理會他們，他倏地打開五靈廟大門的內鎖，衝進幾近無光的黑暗裡。

劉阿哞大吃一驚，他快步上前想跟隨金雪的腳步，可劉家夫人卻忽然擋在他面前，一張悲傷欲絕、極盡瘋狂的臉孔對著劉阿哞尖叫：「野獸會化爲你愛的人模樣！牠佯裝是至親之人，實際上要置你於死！」

劉阿哞粗魯地推開她，快步跑出五靈廟，遠遠地，他看見五靈廟外大約有一半的守衛隨金雪離開，那是東方，金雪不知爲何認定今晚怪物選擇朱家家主作爲獵物，他甚至爲了捉住怪物，不惜親自領著一隊守衛前往獵捕。劉阿哞追上前去，穿過重重守衛抓住金雪的手臂，急促地比道：太危險了，這些事情交給守衛就好，你不能去！

「你不懂，這件事情比我的安危重要太多了！」金雪的表情是劉阿哞從未見過的，混合了激動、恐懼、憤怒、期待與狂喜，他甩開劉阿哞的手，迅速走進黑暗鬼魅的樹林。劉阿哞只得跟著鑽進林中，和金雪引領的守衛隊拉開一段距離，往朱家獸靈祠堂移動。

他們步入陰氣森森的朱家獸靈祠堂，但一走入祠堂後，金雪再也忍無可忍地奔跑起來，直直往朱虹和赤豬所在的水泥池跑去。守衛隊跟隨在金雪身後，如今在狹小的祠堂走道內，無法跟上金雪，就連劉阿哞也被擋在後方，他推開竊竊私語、疑惑不解的守衛們。

金蘭連結向劉阿哞送來金雪的情緒，他很害怕，同時無比渴切，那股炙熱的貪婪匯聚成形，成爲單純的希望，而劉阿哞心中只有一個想法：他要盡快趕到金雪身邊。金雪說朱虹在他腦中下了毒，但獸靈的存在、金家家主重責，不也是在徹底毒害金雪的一切嗎——他撞開眼前通往水泥池房間的沉重鐵門，霎時間難以理解出現於眼前的畫面。

朱虹死了。

他粗短的脖子被長長的手印勒成原來一半細，赤豬發出的哀鳴震動地面，被金雪派來近身護衛朱虹的藍水家系成員倒臥在地，生死成謎。而金雪，他站在水泥池前，正伸出手試圖抓住一隻成人般高的奇怪生物。

那是金雪曾給劉阿哞看過的古籍上，名爲獼猴的動物嗎？可是不一樣，毛色不同，模樣也不相同，那生物的軀體像是由影子所組成，覆蓋著漆黑的毛髮，僅有扁平面部圍著一圈白毛，當牠咧嘴威嚇，牠的牙齒尖銳無比。牠的手臂很長，幾乎是人的兩倍長，手掌也又細又長，卻十分有力，牠像是剛完成殺戮，從朱虹的屍體旁移開，尚未發現金雪就在自己身後。

這一瞬間，劉阿哞如此痛恨他是個啞巴，他極盡全力發出吼叫，不知爲何下意識地知道自己必須阻止金雪，那怪物的眼睛沒有絲毫人性，牠不是可以溝通商量的存在，那是一頭怪物，劉阿哞確信無疑。

可他的叫喊沒能阻止金雪，只是使怪物看向了劉阿哞，牠原生態而野蠻的目光閃過了一瞬間的戲謔，怪物的嘴張開，模仿出人類的唇語：已經來不及了，你輸了。

金雪的手指在這時觸及怪物，怪物倏地仰頭尖叫，彷彿痛苦至極，黑色毛皮從怪物身上脫落，露出底下朱虹母親皺紋遍布的臉孔，她的手指與手臂以不自然的模樣扭曲，閉目的神情彷彿忍受著巨大的痛楚，下一秒，她整個人竟破裂壞爛成爲細碎，很快便化爲粉末，消失不見。毛皮仍在脫落，卻形成煙霧般的黑色陰影，黑影露出非人的笑臉，順著金雪碰觸的手將其迅速吞沒。

劉阿哞崩潰了，他不知道自己發出了什麼聲音，只是張大嘴吼著。他怎麼會以爲這樣的東西可以溝通商量？他以最快的速度衝到金雪面前，然而那陣黑煙猶如幻覺，只一刹那便消失不見，金雪看上去驚魂未定，但安然無恙，臉上泛著高燒的紅光。

金雪，你沒事嗎？有哪裡不舒服？劉阿哞著急不已。

金雪望著自己顫抖的、碰觸過怪物的手。

「我失敗了！我失敗了……」他歇斯底里地說：「做了這麼多準備，都在面前了，我卻沒捉住牠！」

那對注視著自己的藍眼睛，就像高燒者般湛藍到病態，接著那對眼珠轉向了死去的朱虹，從藍色深淵湧現而出的冰冷漠然包裹住整顆眼珠，金雪前後眼神的變化使劉阿哞感到畏懼。

守衛隊在此時進入房間裡，協助金雪控制現場、處理發狂尖叫的赤豬獸靈。

他們發現倒地不起的守衛大多只是昏過去了，經過照料很快就能醒來，而地上有朱虹母親替兒子帶來的幾個糙米飯糰，據那些醒來的守衛所言，朱虹母親在黃昏時分送來珍貴的飯糰，說思念兒子，且因朱家獸靈影響，朱家家主總是要大量吃食，她說朱虹進食不夠，將會死去。金雪已下令絕對不能使朱虹死亡，守衛因而心思動搖，便放她進去了。

金雪無心究責，他命眾人封鎖祠堂，並調派守衛出去搜查附近是否有其他外人，有非相關人士就全數抓捕回金家，接著他往外去，身體搖搖晃晃，劉阿吽追上去抓住金雪的肩膀，透著衣服都能感受到那股高熱。金雪仍沒有停下腳步，阿吽只好擋住金雪：無論你去哪裡，我都要跟隨。你不在乎安危，但我是你的金蘭護衛，你的安全是我的工作。誰都不知道那隻獸靈的殺人規則會不會改變，就算朱虹死了，也不代表你是安全的。

「不會改變，我是安全的。」金雪茫然地說，他瞪大的藍眼睛倒映著劉阿吽的臉：「那名凶手選擇的規則很特別，更動分毫都會減損他的意念。我想得太單純，所以才失敗了，我以爲這和朱家一樣就是種反叛而已，五靈升天日是我們重要的日子，在這日殺家主就是宣示，然而他做得更徹底。劉家、古家、朱家，凶手的獵殺順序是按照五姓人離開五靈廟的順序，這是五大家族賴以存在的根基，我們的傳說，我們的信仰，長久以來更影響五大家族的權力分配，金家是因爲這個順序成爲五大家族之首，其他家族是因爲這個順序臣服於我們……他不只想反叛，選擇如此顯而易見的順序，這是嘲弄。比起急就章殺人，放著我們到下一次的五靈升天日，想必會更合那個人的胃口。」

那下一次是高家？你現在要去高家告訴他們？

不是。金雪比出手語，他流露出嘲諷神情：我要去和最可能是凶手的本人對話，這不就是你要我做的嗎？和痛恨我們的人對話。

階梯下走來一名面生的年輕人。原來金雪注意到了他，才改成手語。劉阿吽尚無法從震驚中抽回神，金雪知道凶手是誰？

但更令人提心吊膽的，是這年輕人的來意。

「金雪大人，這是高家家主捎來的信件。他邀您前往高家宅邸一敘。」

所有家族之中，高家最是神祕。

劉阿哞只知道他們隱居於有硫磺氣味的溪邊，深居簡出，生活相當低調，但他從來不曉得是爲什麼。車子將他們載往一條曲折小路，隨之映入眼簾的是成片低矮的樹林，路的盡頭沒有如金家或古家那樣富麗堂皇的宅邸，僅有一間竹屋。

竹屋外空無一人，不見任何高家人，也不見金雪派來的守衛，這讓劉阿哞心中警鈴大作。金雪，請讓我到周邊查看。劉阿哞如此表示，可金雪冷笑著，他大步走向竹屋前門，輕輕一推，門便被推開了。

屋內，一名白髮蒼蒼的老者靜靜地等待著，他身上披著一件紅色罩袍，脖子上掛著琉璃珠串成的項鍊。劉阿哞赫然發現，這名老者的模樣和聾啞的長辮少女有些相似。

「其他人呢？」金雪問：「我派來的守衛呢？」

「我給了他們能夠幫助睡眠的藥草茶，現在正在後院酣睡呢。」老人溫和地回答：「噢噢，別忘了，你前一陣子差來高家臥底的可愛孩子，他也在我們後院小屋睡得香甜，請記得帶他回家。」

「其餘高家人在哪？你讓他們埋伏起來？」

「高家沒有別人了，就只有我……已是行將就木的高家家主。」年老的高家家主盤腿而坐，他混濁的眼睛凝視金雪。

那種彷彿長輩居高臨下俯視晚輩的神情，輕易激起金雪的怒意：「你在開玩笑吧？高家就算不比朱家，曾經也是人丁眾多……」

「沒錯，但我的族人大多都已消亡，剩下少部分的人，也永遠離開了。」

「這是什麼意思？」金雪眼中閃過懷疑：「你不要欺騙我。」

「我沒有欺騙你，時候到了，人的壽命就會終結，一個族群也是一樣。」見金雪不可置信的表情，老人嘆息著說：「我知道你爲何會來，我已等候許久，但我能夠給出的答案恐怕會令你失望。」他掀開紅色罩袍，向金雪和劉阿哞展示腹部的致命傷，他以刀刃劃開腹部，已是肚破腸流，現在進行救治也無力回天，高家家主面色蒼白，卻很平靜，彷彿一點也不感到疼痛：「你渴望的眞相，我也是一知半解，我能做的僅僅是毀掉他人的樂趣，我想只要我這麼做了，他就無法在下一個五靈升天日殺掉我，同時也能消除你的疑心，我雖從不自認爲屬於五大家族，卻也不能失去名譽，哪怕是在最後的時刻……如果無法逃脫，就乾脆直接面對，這是我的想法。」

「呵，你以爲這樣說就能置身事外？我本想罪證確鑿，送你一份大禮。在五大家族之中，擁有保留地人血統的你們最有可能和獸靈結合。別試圖狡辯，把屬於我的獸靈交出來！」

高家家主笑著搖頭：「我沒有，獸靈也不存在。我們身處於他人的棋局，我只能這麼說，同時我對你感到很抱歉，待我死後，便將是你要面對問題了。」

劉阿哞察覺金雪正在顫抖。

「如果你不肯老實交代，我會讓你不得不說出口！」金雪從懷中掏出能夠產生電擊的機器，可老人只是憐憫地看著他，金雪咬牙切齒、猶豫不決，無論是他或劉阿哞都很清楚，自行斷絕生命的老人又怎麼可能會屈打成招。

「我已經快要死了，在我死前，我幫了一些渴望自由的人，也完成了重要的事情，毫無遺憾了。年輕的金家家主啊，你能聽我一介將死的老人說說話嗎？」

高家家主語氣平穩，好似全然不在乎金雪握在手中的武器，他娓娓道來一個久遠的故事。

很久很久以前，有一個叫做阿蘇的男人，因爲他愛說謊，身邊的朋友逐漸不相信他說的話。有一天，他和朋友一同到山上打獵，阿蘇突然感到腹部劇痛，他懇求朋友揹他下山，但他的朋友認爲腹痛只是阿蘇想讓自己揹他下山而說的謊，於是拒絕了阿蘇，又因爲獵物需要及時處理，阿蘇的朋友們決定暫時將阿蘇留在山上的獵寮裡。一天又一天過去，阿蘇肚子的疼痛愈來愈嚴重，不知過了多少日子，有一天當阿蘇的朋友再次回到山上的獵寮時，他看見了一隻友好且友善的動物，如果呼喚這隻動物爲「阿蘇」，動物也會高興地搖尾巴，於是他們知道這隻動物是阿蘇變成的……

這隻動物，是一隻狗，我的祖父曾說，或許我們就是這隻狗的後代吧。

有時候我會想，不斷地說謊，害怕被注意眞實身分，或許就是對我們家族的懲罰——爲了懲罰我們離開故鄉。

活在這個地方，如今謊言已經延續得太久了，久到大部分的族人都信以爲眞，只有歷代家主，只有身爲歷代家主的我們記得眞相，同時害怕被其他人注意到祕密。只有將死之際，是我們一生中唯一一次可以盡情說實話的機會。

要知道，以虛假的面貌存活，會使一個人日漸崩潰，我們也不例外。

我祖父的祖父是我們家族第一代家主，也是第一名高姓人，不過我們原本並不姓高。我們原本的姓氏來自山巔、河谷，來自跑很快的人，來自美麗的植物，但現在，我們已經遺忘。

保留地劃分之前，我們還居住在太陽升起的地方，那是我們祖先的故鄉，那時候代理密冬本國的新陽黨告訴我們，即將要將灣島一分爲二了，被劃分在保留地中的人可以選擇，是要離開保留地，前往都市區，還是留下來，他們不會有任何意見。只是一旦決定，保留地劃分後便不能跨越邊界，從此，保留地的人不能前往都市區，而都市區的人也不能進入保留地。

我的祖先們選擇離開，因爲他們知道，保留地劃分後，他們的故鄉將陷入一片荒蕪，只有前往都市區，整個氏族才有未來。可是我的祖先也害怕被人注意自己的身分，他們只能改換都市區的姓氏，隱藏過去，勤勤懇懇，甚至不惜加入新陽黨，只爲了取信都市區的人，而最終，憑藉著我祖先對五靈導師的虔誠，他竟成爲了五靈導師所選擇的五個學生之一，他成爲了最初的五姓人，更從五靈導師手中獲得來自密冬、珍貴的獸靈「山犬」。

我的祖先看著山犬，心想：你不是在家鄉陪我上山打獵的狗，你的家鄉不在這裡，你爲什麼會來？你是不是和我一樣，不得已必須遠離家園？

我的祖先和山犬結合，從此高家一脈在都市區開枝散葉，只是隨時間過去，我的祖先發現一件事。來自內心的羞愧，對謊言，對離開家鄉，背棄自己過去眞正的身分與名字，那深深的羞愧。

年輕的金家家主啊，最初五大家族若要從獸靈身上取得力量，就必須不斷繁衍後代，並讓新的家主和獸靈結合，如此一來牠的力量才會延續下去，牠會如幼獸般漸漸茁壯，但人們只看見獸靈長大強壯，忽視了衰老。當獸靈的力量來到頂點，接下來，獸靈便會愈發老朽，最終死亡⋯⋯獸靈結合者的家族生養愈多後代，獸靈就能愈早完成自身的生命循環，而現在，五大家族的獸靈恐怕都已行到末路。

是的，不只你們金家知道獸靈的祕密，我的祖先很早就意識到這些眞相，不過，也是因爲我的祖先和山犬成爲眞正的同伴，山犬告訴了我們牠所知曉的祕密。

當我成爲高家家主，我的父親對我感到抱歉，他說對不起我親愛的孩子，但你是最後的了，我們全都如此後悔，在意識到繼續這麼下去只是使我們的祖先蒙羞，你們這一代必得全部拒絕擁有後代。

因此我是高家最後一任家主，除我之外，再沒有別人了，我沒有後代，我的其他族人也沒有新的後代，在你們到來前，我放走了山犬，我爲牠指出太陽升起的地方，告訴牠，噢，雖然那裡不是你的故鄉，但那是我的故鄉，是我再也無法回去的地方，我將那兒與你分享，請你替我去看看吧。

高家家主說完了這些，伸手摘下脖子上掛著的琉璃珠項鍊。

「高家的聖物是一顆琉璃珠，但事實上，你們當初因為輕視我們的出身，毀掉了我們聖物上的圖騰，因此我們的聖物根本沒有力量。」老人悲傷一笑：「這顆琉璃珠也並非我族的東西，這只是……我的祖先在另一個部落的愛人，聽聞他將要離開故鄉後贈予的紀念。」

老人的手伸向金雪，像是要將手中的琉璃珠項鍊交到他的手上，金雪遲疑著，最終同樣伸出手，試圖接過項鍊，只是他還沒拿到，老人已身體一歪，失去了呼吸，琉璃珠也落在地上，碎裂成片。

金雪的表情宛若被一箭穿心，劉阿咩幾乎無法承受從金雪那兒湧來的強烈情緒，他想碰觸金雪，想用手勢呼喚他，可就在這時，金雪全身癱軟，終於在巨大的壓力和高燒中暈厥過去。

紫蘭・金家祠堂

一隻紫嘯鶇站在窗台。紫蘭想：你為什麼會在這裡呢？這兒可不是你該來的地方。

紫嘯鶇歪頭看了看她，振翅飛離。

窗外的樹木已盡落葉，幾名下人賣力地掃著成堆樹葉，一片黃褐交雜。紫蘭的手指下意識捲動變長的頭髮，伸展手臂，凝視自己與巴利的結合傷疤。她曾見過師傅和巴利的結合傷疤，傷疤上覆蓋著一片片柔軟的鳥羽圖騰，僅有真正受巴利眷顧的人，才能在結合時獲得那樣特殊的圖騰傷疤，她也曾在泰邦的脖子上看到過。而她與巴利結合後，她的傷疤只是普通的褐色劃傷，沒有任何圖騰浮現。

一直以來，紫蘭都認為這說明了自己沒有資格與巴利結合，只是因為沒有其他人了，師傅不得已將巴利交給自己，巴利也無可避免地只能委身於她。或許比起如師傅那樣的人，她更接近都市區的人，畢竟，她本來就是遺跡人。

這也是為什麼金雞會喜歡自己。

在以力量安排好金家的一切以後，紫蘭輕而易舉控制住金家的所有人，她讓金雞神女聽命於她，讓金家諸事如常運轉，因爲她實在沒有興趣替金雞神女管理家族，她只想當個冷淡的旁觀者，以毫無感情的目光觀看發生於這個家族的悲劇和鬧劇，她會感到十分有趣，並且樂於欣賞。

幸好她選了金雪作爲繼承人，他確實很有天分，她令金雞神女重病數月後，金雪已經把金家打理得井井有條。

因此，是時候來和金家的巴利談談了。

紫蘭走到金家中庭，趁著月亮露臉，她在月光下往位於東邊的金家獸靈祠堂移動。金家不愧爲五大家族之首，歷任家主又大多鋪張浪費、喜好浮誇，供奉金雞的祠堂建造得頗具氣勢，屋頂燕尾勾尖，蟒柱精雕細琢，乍看宛若一座大廟。

紫蘭步入祠堂沒多久，便聽見來自金雞的呼喊。

再深一些，我在最深處等你。

祠堂無光，但與金家宅邸一樣，牆上有著隱約金色的雕飾，雕飾散發微光，引領紫蘭往金雞前去。

來，快來，百鳥朝鳳的預言之主。

隨著牆面上的金色雕飾愈來愈多，愈來愈繁複，走道被金色照得發亮，紫蘭繼續前行，在走道的盡頭，有一個金色的房間。

紫蘭很快意識到那不是房間，而是一座純金打造的金色鳥籠。

當她靠近時，鳥籠裡的生物抬起了歪斜的脖子，那是一隻醜陋至極的雞，牠身上原先或許燦爛美麗的金色鳥羽，如今黯淡無光，且脫落大半，牠雙目混濁，夾帶眼屎，一隻眼還瞎了，嘴喙因長期晒不到太陽，脆軟無力，原來鮮豔的頭冠也變得蒼白，看上去猶如腫瘤。

來，我一直在等你。

紫蘭忍住一聲嗤笑，這哪裡是什麼鳳凰，還是金雞，看起來更像是一隻垂死的老母雞。

你覺得我很醜陋，很孱弱。金雞的聲音帶著哀傷與不甘：可是不要忘記，你取用了我殘存的力量，我終究幫了你的忙。

「這倒是沒錯。」

因此你需要我，和我結合吧，爲我騰出你心裡的位置，哪怕只有一點點……我需要的空間不多，只需要一個雞蛋那麼大。

「很抱歉，但我辦不到。」紫蘭回想起金雞曾試圖入侵自己內心，隨後和師傅與巴利搏鬥的回憶，那時的金雞看上去可比一個雞蛋大多了：「我心中已有我唯一的巴利。」

那有什麼關係呢？偉大的人能夠和兩隻以上的獸靈結合，證明你的偉大吧，預言之主。

「你屬於金家。」紫蘭斬釘截鐵道：「我會爲你找到其他更適合的結合者，譬如金雪。」

金雪，我知道他。金雞哼哼著：他還可以，只是太小了，他還只是幼雛。

「他會慢慢長大，在我覺得合適之前，你仍必須維持和神女的連繫。」紫蘭見金雞眼中閃過絕望與厭惡，她心中浮現好奇：「不過，你看上去很是著急，爲什麼呢？另一個圖騰已經摧毀，難道你還受限於那隻獸靈的力量，以至於必須來求取並非金家人的我？」

金雞突然安靜下來，牠看著紫蘭，許久許久。和生下我的父親無關。經過漫長的沉默，金雞緩緩開口。我只是不想和其他傢伙一樣。

「什麼意思？」

那些人從我紅色的父親身上採下一點什麼，創造出了我。金雞說：其他傢伙也差不多，但作爲這樣的存在，我們必須和血緣相似的結合者結合，一代又一代，先是父，然後是子……兒子的兒子，這樣的血統是最好的，我的力量得以延續，而這家族的人將獲得我的祝福……並付出相應代價。

你們到底付出什麼代價？紫蘭疲憊地想，金雞神女同樣這麼說過。但在這世上有機會隨心所欲，不曾需要讓生命受制於他人的人，究竟付出過什麼代價？

聽我說話！注意我！

紫蘭抬起了臉。金雞用力撲翅，但那已是肉色無毛的翅膀，因此發出肉塊拍打在砧板似的聲響。

在我出生之時，我聽見來自紅色父親的一則預言，這則預言讓我知道，我愈是追求相同血緣的結合者、愈是成長茁壯，意味著我也將逼近死亡，除非我找到預言中百鳥朝鳳的主人。金雞不再撲翅，而是無力地抬起牠肉色無毛的翅膀，示意牠的狀態有多麼糟糕。我曾竭力尋找，然而數十年過去，我愈來愈老，始終被困在這裡……最後我放棄了，已來不及，我也無藥可救，我想既然我無法逃避死亡，不如就隨便吧。是以當我和神女結合，我一如過去那樣告訴她必須要擁有後代，並讓自己的後代和我結合。

「所以金雞神女才那麼想要懷孕。」紫蘭咕噥道。金雞發出尖銳的笑聲：不，她一開始並不在乎我說的話，但隨著她所引起的戰爭失利，她的精神變得糟糕……是在這之後，她才開始想辦法擁有一個孩子，誰知道，我賜予的祝福居然造成她身體無法彌補的缺陷，她生不了孩子，我的力量一天比一天更虛弱，最終再也無法延續。

「那有什麼好擔心的，不還有其他金家人可以結合嗎？」紫蘭覺得牠非常愚蠢。

如果過去和我結合的每一人都來自不同家族、不同血緣，那麼我應當是可以的。我的力量可能不會那麼強，造成的祝福和畸形也不會如此劇烈，但我會活得長久，不健壯，但活得長久。金雞以厭倦又有點幸災樂禍的語調道：只可惜創造我的人用心險惡，或說深知集中的權力如何腐敗人類，他們告訴這些人必須要父傳子，一代傳一代，才能發揮我們最強大的力量，卻沒告訴這些蠢蛋，這同樣會使他們得到最嚴重的身體缺陷。對他們來說已無藥可救，對我來說也是一樣，我的力量不斷和相同的血緣綁在一起，倘若我現在和那個藍眼睛的孩子結合，我的力量會減弱到幾乎沒有，我的壽命也不能延長多少，恐怕我必須在幾年內就立刻尋找下一名結合者，但不出多久，我一樣會死。

「你果然很愚蠢。」紫蘭冷酷地笑道，「早點告訴他們眞相，不就可以讓自己活得長長久久？你服從創造你的人的『用心險惡』，造成如今局面，但無所謂了，反正對我更加方便。」

我看過你的記憶，我和你沒有那麼不同，你和我一樣明白「服從」，那是刻到骨子裡面的，連你直到現在都——

金雞如果有人類的臉，也許會露出共犯般的狡獪笑容，紫蘭的內心生出一股前所未見的恐懼，要阻止牠說出接下來的話，她不能聽到，也不能說出來，因此打斷牠：「既然如此，你又爲什麼要選擇我？」

談起這個，金雞明顯地激動起來，牠的聲音也充斥著熱忱：因爲你是特別的，百鳥朝鳳的預言之主！紅色的父親指引我來找你，你的內心雖已容納另一隻獸靈，我和你的獸靈在某些地方卻十分相似！無論是我們的能力，或是我們的模樣，因爲相同的性質之故，你應該能夠順利地接受我。

「我不覺得你們像。」

我們都是鳥！金雞忿忿不平地喊道：我的力量被模仿師造的圖騰導向那面鏡子，使鏡子能夠改變人心，而你，你的獸靈力量如此原始，沒有被限制，也沒有被刻意引導，那力量完全屬於你，你能夠探測人心！如若我是一灘死水，你和你的獸靈就是潺潺流淌的溪河，你們不受血緣等等的規則所束縛，因爲你的獸靈是眞正的……啊，是的，我曾經那樣地絕望，直到你來，當我從她麻木無神的意識裡看見你，我就知道，你是那個可以拯救我的人……只可惜，你對你的獸靈很忠誠。

「你知道就好。」紫蘭開始感到有點無聊了，她發覺與金雞的談話總是繞了一大圈又回到原點：金雞渴望與她結合。可是紫蘭對此毫無興趣，她或許有那麼一點同情這隻巴利，牠卻也在言詞中盡顯數十年來受到這些金家人多麼深切的影響。牠陰險、狡詐，試圖博取紫蘭的同情。「有一天我會把金雪準備好，然後，當你需要下一個結合者，我也會替你從金家裡挑選，他們還有很多人，我隨便一指就是新任家主，你想要多少就有多少，所以別嫌麻煩，爲了活下去，多換幾個結合者便是。」

說罷，紫蘭忽視金雞的哀求吶喊，轉身走出祠堂。

小畫眉，你可眞是壞心眼。烏托克調侃的聲音在她耳邊響起，紫蘭微微一笑，她下意識伸手揉了揉肩膀上的人臉圖騰，白色的巴利從她懷中飛出，沐浴在銀色的月光下振翅飛翔。

「師傅，我有達成你的遺願嗎？」紫蘭問。

你做得很好。烏托克溫柔地道：你做到了我做不到的事，活過了我不曾活到的年紀，你做得太好了，阿蘭。

紫蘭的嘴角抽了抽，像是極力忍住一聲啜泣，她維持著笑臉，經過幾個正在院落中打掃的金家外姓僕役，在紫蘭力量的控制之下，他們沒人覺得有任何不對勁。

金家的中庭處，王璟正用工具焊接一艘金屬船模型，他將「打造一艘能夠遠航的船隻」看得比任何事物都更重要，但這些工作不能在通風不佳的地底實驗室進行，只能在空曠的地面預先打造模型作爲參考。他身旁，瘦弱矮小的光頭孩子睜著感興趣的淡藍眼珠觀察王璟的動作。

紫蘭走近時，那孩子發現了她，很快躲到王璟身後，紫蘭注意到那名他們從地下牢房救回來的孩子似乎並不信任她，但紫蘭並不介意，王璟後退時沒留意孩子在他身後，不小心絆了一下，他立刻氣急敗壞地狠狠推開孩子，喃喃咒罵著要他滾遠一點。

是的，紫蘭常聽王璟抱怨那孩子「冥頑不靈」、「不受控的小鬼」，但看得出他比過去快樂了一些。

他們已得償所願。

師傅心滿意足，王璟也有了嶄新、自由的生活。

紫蘭拖著沉重的步伐返回她在金家的房間，某種程度上，她覺得這個房間很好，不易受人注目，隱藏在無數個相同的房間之中，她沒必要搬離。在她床上，昏迷許久的鶺鴒胸膛穩定起伏，口鼻、身上連接著王璟替她設置好的維生設備，她看起來還是那麼瘦弱，那麼殘破。

紫蘭輕撫鶺鴒棗紅色的頭髮，感受到難以言喻的心痛。她曾困惑於師傅最後一吻的意思，也懷疑過鶺鴒對她的告白是否爲眞實，但當她終於獲得洞悉人心的能力，卻已來不及了。她無法看見受創嚴重的鶺鴒內心，無論何時碰觸她，紫蘭都只能看見黑暗。黑暗，或者些許黯淡的色塊，除此之外再無其他，哪怕她的力量如今強大無比，面對鶺鴒脆弱不堪的心靈，都是無用武之地。

至少鵪鴿沒死，這樣自己就該滿足了，不是嗎？

熊熊燃燒的憤怒與憎恨卻在此時蓋過心痛，使紫蘭咬牙切齒、雙目通紅，她忍無可忍，像逃離什麼一般衝出房間，接著她直搗金雞神女的書房，推開門，幾步跨過地面上散落的各種刑具，金雞神女被綁在她昔日辦公的椅子上，目光渙散，嘴角流涎。

「孩子！孩子！」她作夢般地輕輕叫著。

啪——紫蘭狠狠甩了她一個耳光，這樣當然還不夠，只是爲今晚的折磨拉開序幕，她從書桌上拿取一根細針，將針尖以最緩慢的速度刺進神女的指甲縫裡。

神女驚聲尖叫。

這樣還不夠，她轉動針頭，慢慢挑動金雞神女的神經，使她痛苦流淚、喘息不已。這樣還不夠，書桌上有一把精巧的骨鋸，她一直就想聽聽金屬摩擦骨頭的聲音……

「哎，這樣你的玩具很容易就會死掉的呦。」一個粗啞的聲音玩味地響起。

紫蘭猛然轉身，看見一名白髮垂髻、面露好奇的中年男子，他蹲在敞開的窗戶中，赤裸雙腳，手臂自然而然垂下，不知爲何，看上去他的手臂似乎比平常人要來得更長。

紫蘭試圖回想是否曾在金家見過這樣一個人，但想不起來，而男子的五官照理來說應當頗具個人特色，然而只要一刻沒看著男子的臉，她便完全無法記得男子長相，她唯一確定的是，男子缺少一隻眼睛。

這太奇怪了。

「你是誰？」紫蘭唯能警戒地問道。

「問我之前，你不應該先自我介紹嗎？」男子笑嘻嘻地說。

「我是來自密冬的模仿師，目前正協助金家家主管理灣島，你是何人？怎可如此無禮！」

「模仿師？眞巧，我也是模仿師，也是從密冬來的，我們曾在同樣的基地受過訓嗎？可我從未見過你。」男子上看去有些疑惑：「我的名號是白猿，你呢？」

紫蘭渾身的血液彷彿凍結。什麼？這個人說他是模仿師？眞正的模仿師？

「我……我是……」紫蘭牙齒打顫，連烏托克的極力安撫都沒有作用，因爲如果眼前這個男人眞是密冬模仿師，那麼她根本不可能用以往的雕蟲小技騙過他。

「啊！啊！孩子！」椅上的金雞神女偏偏挑在這時候瘋叫起來。

不等紫蘭回答，名爲白猿的男人已從窗戶跳下來，他的注意力好似很容易被轉移，此刻他饒富興味地打量金雞神女，手指在布滿鬍碴的下巴來回摩娑，不時發表幾句評語：「嗯，你的能力和獸靈結合得很完美，你把意念的種子注入她的大腦，逼迫她的記憶和思緒去模仿你注入的種子內容，很精巧的設計……」他的語調突然低沉下來，變得無比危險：「不過，也很不成熟，這種稚嫩的手法，你不可能是模仿師。」

到了這一步，紫蘭反而感受不到恐懼，她走了這麼遠，失去了這麼多東西，一想到仍躺在她床上的鵜鴿，紫蘭心中產生一種極爲古怪的感覺。死亡有何可懼？如果在這個世界上，對她來說最重要的人是那種下場，這樣的世界她不要也罷……

紫蘭側轉過身，走到白猿身旁，盯著那隻如動物般原始、冷漠的獨眼，她心如止水，僅僅是將白猿身後的窗戶關上。「要入冬了，晚上天氣涼，我們坐下來談吧。」她示意白猿和自己到沙發上坐，白猿看了她一眼，抬手搔了搔頭皮，竟也順著她的話躍上沙發，屈起雙膝，開始吞吃放在茶几上的幾塊點心。

「你說得對，我確實不是模仿師。」紫蘭開始侃侃而談，面對眼前力量無庸置疑、如同掠食者般的人物，她決定毫無隱瞞。

她將自己如何從保留地逃出來，如何潛入金家，又是如何深入發掘自己的力量，最終進一步掌控金家，盡數鉅細靡遺告知男人，在她敘述的過程中，她發現一股原先深深壓在她心口的壓力正緩緩鬆解，她方意識到，在她過去的歲月中，極少有機會能對敵人講述自己的祕密，她是臥底，是間諜，是殘酷無情的針尖，但當她終於說完了一切，她忍不住笑了出來。

「你笑什麼？」白猿挑起一邊的眉毛問，一塊糕餅碎屑從他說話的齒間掉下來。

「不，沒什麼，我只是覺得，眞是精采的一生。」

「精采的一生？假模仿師小姐，在我看來，你的一生還沒過完。」白猿從沙發上站起來，骯髒的腳趾在布料上磨來磨去，好像他正藉此止癢。

「你不想要殺我？」紫蘭皺眉問道。

「唔，你的能力還很青澀，有很大的進步空間，如果你願意，我可以教你，同時，聽你剛剛說的那些故事，我感覺到你已是半個模仿師，你在操控別人，你把普通人當玩具，你對這個世界存在著質疑和厭倦，這些都是作爲模仿師不可或缺的條件。」白猿抬眼望著紫蘭：「簡單來說，我覺得你很有意思，我想看看你的未來會是如何，畢竟，我們模仿師總是在追求有趣的事物，你要是能繼續成長下去，或許會給我帶來一場好戲。」

一場好戲。對了，這也是紫蘭在餘生中渴望看到的，沉浸在思緒中的她，幾乎要忽略白猿煩躁的低語：「再說，那個人也收了個女學生，我怎麼可以輸……」

「輸？」

「沒什麼，別管那些了，既然我沒有和你交手的意思……老實說，和現在的你玩也很無趣……」白猿清了清喉嚨：「總之我這次來，本來是想場勘一下，因爲我跟我的一個老朋友打算在這裡玩遊戲，沒想到這兒已經是其他模仿師的地盤了，雖然你只能算是半個模仿師，根據規則，我還是要徵求你的同意。」他停了一會兒，營造出某種鄭重的氣氛：「那麼，你會介意在你的地盤上有人死亡嗎？」

「不會。」紫蘭很快回答。

白猿彷彿像在背書般繼續問道：「你會介意你的地盤上發生奇怪的連續殺人事件嗎？」

「不會。」

「嗯，太好了，那你會介意兩個模仿師之間的遊戲所引起的任何意外和問題嗎？譬如過多的人死亡、受折磨，以及各種不受控制的延伸災難？」

「不會。」

「最後……因爲這是涉及兩個模仿師的『遊戲』，我必須請求你在我們遊戲期間絕對不能以模仿的力量插手、左右遊戲結果，除非那些力量早在遊戲開始前你便已經使用了。」

「我不想做任何事情。」對此，紫蘭回答：「我只要能一直折磨金雞神女就可以了，而既然五大家族正一步一步穩定地走向毀滅，我也不必插手，我會靜靜地旁觀，帶著喜悅和滿足，什麼也不做，僅僅是看著這些外鄉人以最緩慢、痛苦的方式滅亡。」

「若是這樣，我和你就沒有衝突啦，假模仿師小姐。」白猿站在沙發上朝紫蘭微微鞠躬：「感謝你出借遊戲場地，相信我和朋友會玩得很愉快，我也相信我們的遊戲，會讓你的旁觀更有樂趣。」

白猿說完跳下沙發，雙手手背貼地，以古怪至極的手腳著地姿勢飛快地跑向窗子，他推開窗，對紫蘭咧嘴一笑，旋即躍出窗外。

第五章　美麗的金色

金雪．個人臥室

來，我在等你。

金雪感覺整個身體都在燃燒！他奮力奔跑，可是金家宅邸裡陰暗的長廊曲折繁複，他跑不了多遠就會被突然的轉折絆住腳步，只要稍稍停頓，他便感覺更熱，他的皮膚滾燙發光，像下一秒就要燒焦，他的喉嚨無比乾渴，連一丁點的濕潤都不存在，好痛苦，好渴，好熱——他已經站在無人能夠企及的位置了，爲何還被追趕？誰膽敢追趕？憤怒使他顫抖，但再也沒有力氣了，他半跪下來氣喘吁吁，儘管潛意識告訴他不能停，因爲在他身後，有一群人正追逼過來。

金雪只能繼續跑。

他聽見戲謔的嘲笑：「藍眼人！藍眼小鬼！藍水家不知父母的齷齪種！」

他聽見劉夫人的嚎叫：「小寶！我的小寶！野獸就在這裡，你卻沒能抓到！」

他聽見被剝奪長老之位，僅僅是一介老人的叫囂：「金家將毀在你的手上！」

長廊的盡頭盛開出一張椅子，坐著一頭虎，不，是一個人，一個半裸的人抱著斑紋美麗的獸皮，琥珀色的眼睛嘲弄地盯著他：「啊，你眞可悲，費了許多力氣，改變了什麼？」那張臉同時間轉換著男性與女性的特徵，最終顫抖著長睫，淚珠串串落下，悲傷地說：「你就這麼踩著我們的屍體，走到現在。」

我沒有！金雪高聲對古家兄妹咆哮。下一刻，那張臉融化了，重新凝聚出閉目的朱虹，椅子亦扭曲爲朱家的赤豬，兩者身體如膠似漆地交相纏繞。就在金雪呆愣的片刻，朱虹猛地睜開雙眼，說：「你比金雞神女更不如，只是一個贗品。」他們巨大的身軀朝金雪靠近，轉瞬間合二為一，化作朱虹蒼老年邁的母親。老人痛苦地伸出手，手臂愈發細長，上頭覆蓋著黑色毛皮，宛如純粹的黑暗。黑暗黏膩地抓住金雪的手，潛入他的身體，他一感覺到那覆蓋著黑色毛髮的長臂便全身發癢。金雪搔抓起手背，直到皮膚發紅仍無法停止，那種搔癢使他害怕，逼得他再度拔腿狂奔。

「贗品，假貨，你的體內流著與金雞神女相似的血液，你終究會成為下一個暴君，你會殺人，你會雙手染血，你會把別人弄髒。」

金雪似乎曾在哪兒聽過類似的話。別擔心，跟我走。突然間，一道人影憑空出現，比著手語。人影的臉無法看清，金雪沒來由地認為這是阿哞，他毫不猶豫跟著人影轉向一漆黑洞穴，他們在洞穴行走許久，好不容易，前方出現細微光亮。「是出口！」金雪發出聲，才意識到阿哞根本聽不見，他要比出手語時，卻見那光亮驟然消失，金雪以為是阿哞的人影抬起頭來，是有著長長髮辮的少女。

「你逃不了，就跟我一樣。」她的嘴發出金雪自己的聲音。

「你註定要死在這塊土地上。」她的臉變成金雪的臉。

她把金雪推往黑暗，伸手不見五指的黑暗，他想這樣或許也好，就這麼靜止於什麼都沒有的空間，他再也不需為了金家而拚搏，他再也不用使盡心機，只為了導正一切，就在這裡靜靜等待死亡吧。

金雪，金雪，快醒過來。

啊，是誰？我想休息一下，不要吵我。

很多人在等，你不能休息呀。

細語著急地催促著。

往回看、往回看，往回看呀。

金雪回過了頭，看見黑暗彼端的光亮，原來那是曾與阿哞一同玩耍的廢棄院落，他尚未遇到阿哞時，初次嘗試種植就是在那裡，他記得他種什麼都不成功，此刻遠遠望去，卻見到了一棵參天巨木。

他心如擂鼓，是名爲金新木薑子、困在盆栽裡長不大的小樹苗嗎？原來實際上可以長那麼大……他幾乎是激動地奔跑過去，直到逐漸接近，他猛然止步，張大的嘴無法控制地顫抖。

那確實是一棵樹，卻是由屍體組成的樹，以劉家家主、劉師傅和劉家獨子爲根，古琰和古珣相擁而成樹幹，頂端繁榮茂盛的枝葉則是無數朱家人掙扎扭曲的手，他們各個面色痛苦，發出的呻吟如風吹樹葉造成的細微聲響，此時一滴血落在金雪臉上，他仰頭望去，看見端坐樹幹中央，腹部遭剖的高家家主，他微笑著，頸上的琉璃珠伴隨血雨紛紛墜落。

如此怪異而美麗，恐怖而噁心，他親手種下的罪惡之樹。

「阿啐！阿啐！你在哪裡？」金雪驚惶萬狀地哭喊：「快來幫幫我！帶我離開這裡！我不想看啊！我不想看！」

可阿啐早已不在，因爲他說了殘忍的話，阿啐再也不會回來。

——你要你的朋友嗎？沒問題，這是我爲你打造的巢穴，爲了讓你開心，你會得到你的朋友。

那陌生的聲音濕黏而甜蜜，如樹的屍群瞬間消失，金雪昏昏沉沉地看見夕陽餘暉下，阿啐背對著自己蹲在院子中央，以樹枝的尖端在沙地上寫字。「阿啐！」金雪無意識地大聲呼喊，阿啐聽不見聲音，說也奇怪，他卻像是聽見了，轉頭對著金雪露出靦腆的笑容。

我會跟隨你去任何地方，你說什麼我都會聽，我什麼都會按照你想要的做，放下這些重擔，我絕對不會違逆你。他比著手語。

——你開心嗎？

金雪的心罩上一層陰影。那張眞誠的臉愈看愈發虛假，他抖著唇說：「不……這不是阿啐，阿啐的心和我走在不同的地方……他不會這樣，你是誰？爲什麼一直在我腦裡說話？現出眞身，不要愚弄我！」

——我以爲你渴望我，你不是經常在夢中呼喊我的名字嗎？你渴望與我結合，你想要只有透過我才能取得的力量，不僅僅是你，你們都一樣，所有的犧牲與痛苦，都是爲了美麗的金色。

金雪愕然：「你是金雞？」

面前年幼的阿哞頭部成爲雞首，接著一對翅膀綻放開來，金雞如同破蛹而出般從阿哞的形體裡掙脫，牠全身金黃羽毛，散發著不可思議的美麗光芒，金雞的模樣如此完美，全然貼合金雪心中所想，唯一美中不足之處，是金雞的其中一隻眼睛緊閉，彷彿受了傷，且許久未癒。

——我是，我在等你，雖然我不滿意，但沒辦法，預言之主把你給了我，來吧，到我這裡來，我會輕輕咬你，像吻一樣。

聽見金雞的話，金雪卻顫抖了。

「如果我和你結合，我是不是就會眞正成爲金家家主？」

——那是當然，沒有任何人可以質疑你的身分。

「但我還不能成爲家主，我還有該做的事。」金雪掙扎著，試圖從金雞爲他打造的巢穴中離開，而金雞發出不關己事的訕笑：隨便你，反正，你就像預言之主所說的那樣。那是什麼意思？金雪來不及問，荒廢院落的景象已從他周遭急速退開。

他睜開眼睛，看見了自己房間的天花板。

金雪勉強轉頭，見一名護衛站在門口，那不是阿哞，他鬆一口氣，用盡全力移動手臂，將身體撐起來。「金雪大人！」聽見動靜，那名護衛驚慌地喊道，一面上前試圖攙扶金雪，卻被他一把揮開。

「不要大驚小怪的，我昏迷了多久？」金雪冷問：「金家怎麼了？五靈升天日之後的事情……」

那名護衛像要哭出來似的，他跪地拜了一拜，結結巴巴地講述這段期間的狀況。傾聽的途中，金雪分辨出了其中哪些是阿哞的謊言，哪些是眞實。護衛告訴金雪，他昏迷後，阿哞將那些因藥草茶而睡著的守衛弄醒，告訴他們金雪的昏迷是金雞的徵兆使然，要求他們護送自己和金雪返回金家。到了金家，再派其中一名信得過的守衛，通知忠心耿耿的藍水家人前來接應。

藍水家人並不知曉整件事的全貌，因爲阿哞說了謊，那是一個眞正的、天大的謊言。

阿哞這麼說：高家家主畏罪自殺，他和朱家家主串通刺殺金雪，從他一直不顧金雪命令前來參與徹夜儀式就足以見其叛心，又爲封口派人將朱虹殺害。金雪目睹現場，審問凶手得知眞相，卻在前往捉捕高家家主的路上感受到金雞的徵兆，最終在和高家家主的對峙中承受不住高燒而昏倒。

阿哞便以金雪正在接受金雞的徵兆作爲理由，讓金雪長待在房，值得慶幸的是，金雪平素會將待辦事項書寫記錄，藍水長老們就以此作爲方針繼續運作家族事務。

只是徵兆在金雪身上作用的時間出乎眾人意料的漫長，他昏迷整整一個月，期間理所當然起了一些爭端，藍水家系的長老強行讓赤豬和金雪選定的朱家繼承人結合，引起鳳白家系的不滿。更有傳言殺死朱家家主的詭譎黑影根本不是人，而是全身覆蓋著黑白毛皮的怪物，鳳白家系散播謠言，稱那是不祥徵兆，因爲金雪是暴君，冒犯五靈神。金雪垂下眼簾，不很在意地聽著他們怎麼解決事端和鳳白如何詆毀自己，他心中有更掛懷的事。

劉阿哞做的一切都是要瞞住高家家主死亡的眞相——金雪的誤判以及五大家族滅亡的預言，也瞞住獸靈連年殺人的事件。他一時百感交集，這個謊言是爲了自己而說的。這讓金家有了出手的餘地，但兩人都不曾有一刻放下過朱家少女的事。層層因果不斷交織，就像樹根一樣糾纏劉阿哞和金雪的雙腿，沒有逃走的可能性，幾乎是夢中那棵由屍體組成的巨木重現。

護衛講完了近況，見金雪始終一語不發，惶恐道：「金雪大人，您的金蘭經常陪伴在側，他要我們見您醒了馬上通知他。」

金雪收起心思，掃視房間，與前一次離開並未有別，但桌上有件顯眼物品，令他沉聲命令：「你們做得很好，但我想一個人靜一靜，不須讓阿哞爲此趕來。」

待房間裡剩下金雪，他離開床靠近桌邊，拾起一枚葉子，葉子朝下的一面是金色的，是他盆栽裡的樹苗生出的葉片。夢的餘熱彷彿侵入現實，但撫摸著金色葉子，他的心逐漸安定。金雪閉目沉思，隨後小心翼翼將葉片放進一個小木盒中，接著套上外袍。

沒有一刻能夠休息。他急切地往地牢跑去，這是**那樣東西**已經完成的訊號，他打開機關，一步跨過好幾階階梯，往最深處行進，當他抵達地底實驗室，呼喚改造人，卻沒有得到任何回應。

實驗室內空無一人，僅有儀器如常運轉，巨大如樹的培養皿早已結成果實，他仰起了頭，一隻他噩夢中曾出現過的動物……那怪物、獸靈，長臂而身軀如人，黑色獸毛覆蓋住全身，僅有臉部圍繞著一圈白色毛髮，牠被創造出來，靜靜沉睡於蛋型培養皿中。

和金雪在朱家獸靈祠堂見過的怪物一模一樣。

金雪雙腿發軟，不自覺竟跌坐在地。牠純粹無邪，不承載任何人類的意念，僅僅是牠自己，一隻動物，牠擁有金雪曾見過的可怕外觀，卻並非他在祠堂中看見的邪惡模樣。

分明是一模一樣，卻迥然不同。

這就是誕生於保留地、年年被派來獵殺家主的獸靈嗎？可是不對啊，早在怪物殺死朱虹時，金雪就感到奇怪，這隻獸靈不應該要是一隻灣島獮猴的模樣嗎？只不過當下事情發生得太快，金雪也無法肯定怪物和灣島獮猴的差異有多大。直到現在，那生物安靜地展現其樣貌，金雪飛快思索自己讀過的舊社會古籍，那些書記載了灣島過去所有的野生動物，而眼前的這隻生物，他不曾在任何古籍上讀到過，這是一個不存在於灣島的物種。

真的是一隻灣島獸靈嗎？第一次，金雪的信念產生動搖。

快想！仔細地想！

如果那隻怪物並非保留地的灣島獸靈，那牠究竟是什麼？又從哪裡來？疑問浮現的同時，他發出笑聲。悲哀、痛苦、絕望、無奈、憤怒、疲累、憎惡，種種複雜情緒使金雪痛快大笑，又逐漸化成唇邊的苦澀笑意，而宛如小蟲自皮膚底下鑽出的不悅感，使他搔抓著頭部、臉頰、手背，怎樣都無法止住悶癢。

金雪陡然意識到，縱使他無法確定這怪物究竟是什麼，過去發生的事件已經形成某種規律、清晰的模式，答案就隱藏在他過去毫不在意的細節中。

劉家獨子的皮膚病。

古家家庭教師因不好看的病閉門不出。

朱家家主母親化爲怪物後，全身覆蓋著黑白獸毛。

最後，是他身體產生的異變，皮膚奇癢無比，幾乎使他疼痛。

忍耐著那份痛苦，就像爲了遮擋陽光那般，金雪舉起手臂，藍色的眼睛映照出皮膚上頭迅速生長的黑色細毛，金雪旋轉著手臂，吐出一句：「這次變成我了嗎？家主死亡的順序也是我，我會殺死自己嗎？」

他笑著，但笑完之後，一切的軟弱就像被太陽蒸發掉的最後一粒水珠，乾裂的唇抿成無情的線，脆弱的眼睛就像蓋上同色的蓋子，變得理性而算計。他不會就這樣坐以待斃，仔細想來，古琰不是說過嗎？那怪物看見他，稱他「沒有徵兆的氣味」，這代表，怪物判斷誰是家主、誰是獵物的方式，是五大家族的獸靈是否選擇了這個人……如果眞是如此，掌握住這點，他就能掌控未來將再一次發生的殺人戲碼。

那對眼睛投向培養皿，沉眠其中的神祕生物寂靜無聲。

劉阿哖・金家大廳

他盯著台上說話的長老。

長老在頒布金雪的旨意，其中有針對糧食缺乏，需要人力開闢農地大量種植作物的命令，以及金雪打算建立對外開放的圖書館，讓金家過去私藏的古籍能供外人使用。朱家叛亂事件造成的死者遺族，若確定清白無辜，也將獲得撫卹……還有各式各樣的事情，代表五大家族即將發生巨大改變。劉阿哖很高興金雪做出寬容的決定，金雪更下令不須繼續追蹤逃走的朱家殘黨，他不知道是什麼改變了金雪，但此刻他有更在意的事，那就是坐在長老身後的人，並不是金雪。

金雪任命了新的代理家主。

這一個月以來，金家許多人對待劉阿咩十分恭敬，他知道是因爲金雪的關係，以前人們看不起他，現在的態度反而使劉阿咩很不習慣。不過他並不曉得，這些敬畏裡面有一些眞實成分，在他揹著金雪回來，以紙筆告知藍水家人狀況的時候，那副嚴肅又認眞的樣子，其實打動了一些金雪的親信，他們不知道劉阿咩也有這樣的一面。

然而，動盪從未間斷，從古家大火、古琰被金雪下令處死，到朱家行刺反叛，再到高家家主畏罪自殺，均猶如石頭落入水中引起陣陣漣漪，人們質疑金雪的能力，也不懂爲何金雪身上的徵兆拖延這麼久。鳳白家系試圖造謠毀掉金雪名聲，並藉機奪權，可長年臥病在床的金雞神女早已失勢，也拒絕出面反對金雪。他們無所憑依，掀不起大浪，幾名鳳白長老反而被藍水家系的人送入地牢。直到金雪甦醒，任命的新代理家主又讓鳳白的人全都安靜下來。

劉阿咩多次在夜深人靜時思索，自己是不是犯了一個錯，說實話會不會比較好，告訴大家高家家主是因爲金雪的誤解而自殺，朱家家主的死亡是因爲有個使喚保留地獸靈的人在後面操控，每年都會殺一個家主，而這次就要輪到金雪了。然而每當一想到此，他便無法繼續思考。

金雪醒轉的消息傳到耳裡時，他衝往了金雪房間，卻被藍水家的護衛擋在門口，說金雪現在不見人，劉阿咩也不行。他不高興又焦急，難得生出自己是金蘭，理當有特權的憤憤不平。那名護衛卻不受動搖，劉阿咩用地牛的力氣把護衛推到一旁，闖入房裡，卻發現有一面寬大的屏風擋在門口。

細小的光源把金雪的影子投映出來，熟悉得使人心痛的手影，在繪著植物線條的屏風上發出了清晰的命令：不准進來。這逼得劉阿咩退了出去，他滿頭大汗地抗拒著，卻失敗了。

在這一刻鮮明到暢快淋漓的金蘭連結，讓劉阿咩的心中浮現兩個念頭：好痛苦，好高興。痛苦是因爲金蘭連結使兩人的距離變得遙遠，高興的是，金雪昏迷的一日又一日，彼此的連結彷彿即將消失。此時金雪利用連結命令他，再次使劉阿咩意識到連結依然存在。

因此他無法抗拒這道命令，他離開了金雪的書房之後，用一些虛無縹緲的理由來說服自己金雪需要休息，但馬上會回來，還要抓住那隻獸靈和背後的結合者。

可是一切都不對勁。

從記憶中回到了現在，劉阿哞望著長老背後的人，那名代理家主不是藍水家系的人，而是鳳白家系的青年，經過金雪蓋下手印的任命文件，此後他要在前線奉行金雪旨意。

事後，劉阿哞急著想見金雪卻仍無法如願。王管事會把呈給金雪的餐食放在屏風前，金雪若有事也會將寫在紙上的命令放在屏風旁的桌上，偶爾回應劉阿哞託其他人放上去的紙條，後來，連門都不開，拗不過劉阿哞的要求，王管事讓他來送飯，劉阿哞將食物放在門口，遠遠地等待著，猶如在餵養著警戒心很強的動物，金雪總是在劉阿哞沒注意到時將餐盤收進房間，用完餐又把空盤放在門口。金雪還寫了張紙條，要劉阿哞不准一天到晚待在門口，這是孩子氣的命令，讓劉阿哞得到一點宛如兒時時光的碎屑。

金雪閉門不出，劉阿哞總認爲是暫時的，不曾想過，此後金雪會如金雞神女那樣就此閉關長達數月。如此，冬去春來，緊接著是燠熱的夏日時節，金雪的狀況變得愈發糟糕，以前他會當日數次及時處理家族事務，後來隔日才處理。那些好的命令在錯誤的人引導下扭曲變質，不僅金家內部，就連其他家族的人們也都更加質疑不安，背後更有著對金雪統治的不信任。

正待清點送入圖書館的金家藏書甚至被人偷竊，新的拳腳師傅逮回人，是一個面黃肌瘦的少年，他說想學習書內的知識，改善生活，藍水長老判處他殘酷刑罰。這是正確的嗎？是金雪要的嗎？爲什麼金雪不阻止這些？

當劉阿哞心中有無數的疑惑時，就會想起自己的謊言和死去的朱家少女，他投入各式各樣的工作，關注著金家的總總，尋找需要自己的地方，每當塞入金雪房間門縫下方的字條遭受忽視，他就會不斷變換紙條的內容。而慢慢地，說也奇怪，劉阿哞的世界居然因爲金雪的封閉而打開了，他不再只關注自己的感受，開始思考如果金雪一直都這樣，自己能做些什麼。他在紙條上敘述著金家和其他家族的現況，想告訴金雪，外面好多事正發生，你要不要加入？

可是什麼回音都沒有，紙條就像雪花一樣堆積著，彼此的金蘭連結悄然無聲，有一次，紙條連門縫都擠不進去了，他收回紙條，劉阿咋隱約覺得，繼續等待也沒有意義。

金雪到底怎麼了？他在躲避什麼？爲什麼要躲？現在正是需要他的時候，這不是他的夢想嗎？就算有殺人獸靈的隱憂，只要有他在，就絕對不會讓獸靈傷害金雪。

金雪排除萬難，手染鮮血，好不容易剷除反對者，終於逐漸實現對家族的願景，改善五大家族的處境，若想抓住獸靈以挽回密冬信任，現在這樣是在做什麼呢？劉阿咋愈想愈覺得一點都不了解金雪，他心中的金雪像個萬能的英雄，如今發現並非如此，他還感到了寂寞的哀傷，自己是不是也把期待加諸在金雪身上，如此一來金雪理所當然會想避開，因爲那太累了。

金雪也許就是累了，他需要休息。

這段時間劉阿咋回到練屋生活，不在乎其他年輕的孩子如何看自己，夜晚他和孩子們睡在一起，汗濕黏膩的皮膚互相緊貼，他開始頻繁地作噩夢，夢見黑暗中朱文錦般的嘴唇、一隻虛弱長角的生物聲聲呼喚他，以及金雪曾對他說過的惡言。

劉阿咋如今也快滿十八歲了，他已不會再爲這些噩夢困擾，相反的，他覺得這些噩夢冥冥中試圖提醒自己一些事。尤其是那隻長角的生物，睡夢中他看得不甚清晰，但對於他和金雪之間的連結緣何變得不穩定，他有了隱晦的預感。

大暑時分，一個格外燠熱難耐的夜晚，劉阿咋再次因噩夢而驚醒，他全身熱汗涔涔，遂起身到浴廁洗臉。這時要再回去睡覺，他想是怎樣也睡不著了，決定到訓練場吹吹風，試圖冷靜一些。當他來到空曠無人的訓練場，突然間，察覺身後有其他人的氣息，他很快轉過身，擺出備戰姿勢，卻發現只是一名年輕女子靜靜佇立在他面前。

女子就像憑空出現一般，蒼白的膚色猶如幽靈，讓她整個人在月色下熒熒發光，她長相清秀，留著垂至耳下的短髮，五官給人一種活潑靈動的感覺，但當劉阿哞定睛一看，又震撼於女子目光中的冷淡。劉阿哞不曾在金家見過她，她的長相沒有金家人的特徵，也不像外姓的王家人模樣，這讓他困惑起來。

劉阿哞的手下意識地揮動，想問對方是誰，隨後他尷尬地聳肩，從口袋裡掏出紙筆，他總是有這種習慣，手語是他的思考方式，是他習以爲常的語言，因此他經常忘記不是所有人都和金雪一樣，爲了他特別學習手語。

然而那名女子歪頭思考幾秒，接著她比出了幾個破碎、稍微怪異的詞彙。

我……魔法師……不，模仿。

眞奇妙，那女子完全不懂手語，但她能藉由雙手對事物的模仿編織意念，讓劉阿哞得以讀懂，隨著女子重複比出手勢，她的表達也愈來愈清晰正確。

我，是模仿師。

模仿師，所以，她就是多年前密冬派來金家的第二位模仿師了。劉阿哞知道輔佐金家的新任模仿師是女性，但他從未見過她，只聽金雪說模仿師大多時候協助照料重病的金雞神女，她也不喜露面、不愛管事，因此無論藍水或鳳白爭奪權力時都不需顧及她。

你會手語？劉阿哞忍不住好奇：雖然你的手勢有些奇怪，但我居然都可以讀懂。

手語，乃至於任何的語言都是對眞實事物的模仿，所以要弄懂不難。女子回答。

劉阿哞羞愧地扭動著雙手低下頭，突然間不知道該比些什麼了，彷彿在這一刻他才意識到，眼前的這名女子是擁有強大力量、莫測高深的密冬模仿師。然而說也奇怪，劉阿哞不比手語，女子便也安靜下來，只是以一種劉阿哞無法解讀的神情愣愣地望著他。

劉阿哞這才比出一個象徵困惑的手勢。

女子搖搖頭，露出一抹難以察覺的微笑，她說起話來：「沒什麼，只是你給我的感覺很像某個對我來說很重要的人……抱歉，我說話你聽不見吧？我可以繼續用手勢……」

沒關係，我能讀唇語。

女子反倒不說話了，不過劉阿哖可以看見始終懸掛在她唇角的小小微笑。

傳說中的密冬模仿師似乎並不如劉阿哖所想的那樣高高在上，這讓劉阿哖的膽子大了起來。

你說你是模仿師。劉阿哖既是想為尷尬的氣氛尋找話題，也是因為真心好奇，模仿師的存在就像是傳奇，存在故事中：可以證明給我看嗎？

女子一言不發，劉阿哖一瞬間以為自己是不是做出了過分的要求，但緊接著，女子從劉阿哖手中拿取紙筆，簡單地描繪了一隻奔跑中的小牛，她朝小牛輕輕吹一口氣，小牛便從紙頁上騰躍而起，劉阿哖不可思議地看著圍繞自己奔跑的小牛，開心地讚美道：你真厲害！實在是太厲害了！

劉阿哖感覺整個人快樂得暈陶陶，在這樣一個悶熱潮濕的夏夜，友善的模仿師為他表演小巧戲法，實在太像一個夢境，而他只要看著女子的臉，浮躁的心便會緩緩平靜下來，他好奇這是否也是模仿師施加在自己身上的特殊力量，出於他所不知道的原因，模仿師對他這樣一個又聾又啞的地牛如此溫柔，幾乎要使他不好意思起來。

「你好像很煩惱。」許久，當小牛一點一點消失在夜空，像是墨色溶於夜色，女子面露關切地問：「願意對我說一說嗎？或許我能幫上忙。」

劉阿哖想起這段日子的種種，或許是女子的表情太過柔和耐心，她專注地等待著劉阿哖給予答覆，最終，劉阿哖的手彈跳起來，開始敘述內心的痛苦與不安。他狂亂地比劃著，讓內心的思緒直接流淌至手部，以至於都不記得自己比了些什麼，他只是不斷地表述，該說與不該說的，全都一點不漏地表達。當他結束，女子沉吟著啓唇：「這不是我可以置喙的事，但關於你內心的疑惑和苦惱無法向外袒露的理由，對我來講有些愚蠢。」

愚蠢？為什麼？

「金蘭連結，這讓你們無法對話，傷害了你們打從一開始就有的真正關係，實際上，根本不需要名為

『金蘭連結』的連繫，是因爲假的東西取代了眞的，扭曲了眞實，才會使你如今這麼煩惱。」

劉阿咩回問：金蘭連結怎麼會是假的？那是我們一直以來都有的，是由聖物賜給我們的力量。

「正因如此，才是假物。」

劉阿咩垂下腦袋，她否認了五大家族的根基，但她是密冬來的模仿師，知道許多自己不知道的事。不過，他又覺得，她既然是從那麼遠的密冬來的客人，那也不見得都知道灣島的事情，因此小心翼翼地解釋：金蘭連結的力量是獸靈帶給我們的，獸靈很重要，金雪說過，密冬希望這裡出現獸靈，然後他想把獸靈獻給密冬，既然如此，金蘭連結就不會是假的。是獸靈帶來聖物的力量，帶來金蘭連結的力量。

「獸靈啊。」女子玩味著這個詞。劉阿咩見到她的笑容，更加侷促不安。

「對不起，只是這個詞彙勾起了我的一些回憶。我沒有要否定你相信的事物，但對我來講，獸靈不是那麼正面的存在，過去曾帶給我美好事物的，都和獸靈無關，甚至還因此使我失去重要的人。」

你來這裡是要找回失去的人嗎？

女子沒有直接回答，從那張平靜的臉，阿咩猜想她在找回那個人的路上。

「比起我，多想想自己的事吧。我認爲你自己也知道，那個連結的本質並不能修補你們之間的關係。」

我希望你能找回失去的人。

女子瞇起眼笑了，劉阿咩有些羨慕她。

他垂下頭，仔細思考女子的話語。金雪在五靈廟內以連結的力量對自己施予拷問，如今又以連結的力量作爲拒絕溝通的工具，金雪曾說不會對他使用這個力量，後來卻毀棄諾言，但劉阿咩已經長大了，他知道金雪的原因，是因爲隨著他愈走在前往目標的路上，他所遭遇的人事物就愈凶險，他很害怕，很不安，劉阿咩知道的，金雪脆弱的一面只給自己看見，雖然是以殘酷的方式顯現出來，但劉阿咩了解他。只是他也始終記得金雪告訴他：「你往後做的每件事，都要是出於自己的意願，絕對不是因爲我。」長久以來，他都在乎著金雪要做的事情，他的夢想和計畫，但劉阿咩自己呢？他想要什麼？他想做什麼？

此時此刻，他的心就像是張開了閉著的眼睛。

可以多說一些和模仿師有關的事嗎？我從來沒見過模仿師，我以爲模仿師會有獸靈，但你沒有。

陰霾從他的眼睛褪去，閃著好奇的光芒，劉阿咩坦承自己的無知，而這也是少年第一次對於無知不再自卑，稚氣的神情出現了大人的痕跡。

「問這個，對你的煩惱眞的有幫助嗎？」

沒幫助。雖然沒有幫助，但金雪一定想知道的，他總是想知道很多事，妳又是我唯一看到的模仿師。

「我變成了你可以利用的人呢。」女子目光閃動，「別擔心，這是誇獎。」她的目光下一刻抽離了少年，掃向遠方，就像在看少年見不到的東西，深色的瞳仁變得又黑又深邃。在少年以爲她不會再開口的時候，女子宛如呢喃詩篇般的聲音纏繞起了潮濕的深夜。

「那就說一些對你有幫助的事好了。」

沒有打算解釋有幫助的原因，也沒有要讓阿咩問問題，她說起了童話故事般的神奇內容，使劉阿咩沉迷其中，見著對方的嘴唇有如振翅的蝴蝶一般開闔，撒下鱗粉，周遭全消失不見，只有她的故事。

「在這個世界上，存在著模仿的力量，一個巨大又封閉的國家——密冬發現這種力量潛藏於世界各處，萬物之中皆有模仿，爲了充分掌握這股力量，當權者從他們的國土之上尋找有能力驅使模仿之力的孩童，成立了官方的訓練基地，訓練這些孩子成爲未來的模仿師。這些訓練一開始很簡單，可能是繪畫或雕塑、舞蹈，用一些平常的方式訓練孩子模仿事物形體的能力，在訓練的過程中，基地內的老師會仔細觀察、找出眞正有天賦的孩子，然後，他便讓這些孩子進入下一個學習階段……在這個階段中，孩子們彼此互相玩遊戲，贏家可以獲得獎勵，而輸家會遭受懲罰，這就是模仿師遊戲的開始。

「隨著這些孩子逐漸成長，他們會意識到模仿的眞相，即是這個世界實爲虛假，是另一個眞正世界的贗品，我們所生存的世界是對另一個世界的模仿，因此這股力量充斥各處，掌握模仿之力，就能掌控一切，孩子們的遊戲慢慢變了調，由於知道世界不是眞的，遊戲中任何殘忍的殺戮、虐待、致殘都能進行，並被視爲遊戲的一部分，他們的遊戲變成一場又一場腥風血雨，爲了競技最強的模仿技術。」

這是眞的？

劉阿咩似懂非懂，世界怎麼會是假的？此刻怎麼會是假的？女子朝他一笑，仰望夜空中的明月，柔軟的嘴唇帶著一絲悲憫道：「不理解也沒關係，就好像從天空看著地面上的動物，牠們吃食、排泄、交配，怎麼會知道天上的月亮其實是一隻眼睛，以絕對的超然觀察牠們。而經過了這些遊戲，漸漸地，成爲模仿師的孩子們其模仿技術可說是神乎其技了……」

那雙眼睛爲何要觀察我們？

這個疑問一起，原本興致勃勃的心情突然變質了，他顫抖了起來。難道是對身旁的女子感到恐懼嗎，也或許是晚風寒涼，可這是仲夏夜，灣島的風又怎會讓人冷呢？他搖搖頭甩開思緒，重新聚精會神凝視女子的唇，她說得愈來愈快，振翅得像是逃走的鳥兒，他快追不上。

「這樣一來要如何和彼此遊戲呢？」女子說，眼神銳利得像鷹隼：「只能從規則下手了，他們互相討論出嚴格的規則，各自在規則下行動，違背規則的人須無條件認輸，愈強大的模仿師，玩的遊戲規則就愈複雜，對模仿力量的限制也愈多，他們也不再比賽誰能以最快的速度殺完整座城的人，有時，他們一年只殺兩人，但更加看重鋪陳和設計，一個當鬼，一個當抓鬼的人，爲了限制過於強悍的力量，他們甚至不能親自下場遊戲，而必須各自選出一枚棋子……」驀然間，女子輕輕摀著嘴，笑得瞇起了眼睛：「抱歉，我一時高興說得太多了，但基本上，這就是模仿師。」

夜風徐徐吹拂，一種模糊、朦朧的感受也輕撫過劉阿咩內心表面，這股無法成形的感受使他焦躁不安。劉阿咩輕咬下唇，藉由問題來掩飾這份憂慮：那麼你在密冬受到什麼樣的訓練呢？

「我不曾去過密冬。」女子輕聲細語：「我成爲模仿師的時間還很短，我也不在密冬受訓，我所知道的一切都是別人告訴我的。」

你不是密冬人？劉阿咩很驚訝。

「我是伊哈灣人。」

劉阿哞從未聽聞伊哈灣一詞，正要追問，女子悠然站起身，拍了拍衣襬：「抱歉，我必須離開了，但很高興能認識你，阿哞，你給我的感覺眞像我哥哥，你們都很單純正直，願意爲了保護重要的人犧牲生命……他是我最親愛的人，過去十年我不曾記得他，但當我想起來，我每天都思念他。」接著她認眞地凝視劉阿哞，像要堵住一切的疑問那般，柔美的嘴唇訴說著安撫與慰藉：「別擔心，一切都會沒事的，我今天只是想確定『棋子』所在處，現在我確定了，但我不想冒險，因爲只有一次機會，所以要等事情眞的發生了，我才會出手，在那之前，要委屈你了。」

女子背轉過身，纖細的身影很快融入黑暗，彷彿她不曾來過，不曾與劉阿哞在月色下談天，直到很久很久以後，劉阿哞才如夢初醒，他站起身。

他回到了練屋。

練屋裡的鼾聲此起彼落，可是劉阿哞的世界是永恆徹底的安靜，他心中滿滿裝著女子的話語，他雖然聽不懂模仿師的遊戲。但那個看起來溫柔又遙遠的女子卻說這些對自己會有幫助，劉阿哞不認爲她在說謊，所以他只能想了又想，想到腦子要燒壞，奮力找出有意義的部分。

他撫摸著耳飾，這是金雪給自己戴上的東西。那像是月亮的眼睛無論怎麼觀察地面上的自己，又在哪裡玩著遊戲，殺了好多好多人，都不會奪去指腹上感受到的溫度。

是的，就算這個世界是假的，金雪卻是眞的，他摸著自己的胸口，下面的心情也是眞的。他閉上了眼，摒除內心對金雪的繁雜情緒，慢慢剝除金雪拷問自己、將自己拒之門外產生的委屈、悲傷和不甘。他也剝除了幼時金雪對自己說過的殘酷話語，那句話直到今天依然深深地影響他，他剝除看見金雪時直覺升起的自卑感，最終，他剝除了幾乎所有，甚至是他與金雪之間的金蘭連結，只剩下唯一的信念與好意，就是他想幫助金雪，這就是他出於自身意願，最想做的事情。因爲毫無疑問，金雪如今正在受苦，他不需要透過金蘭連結就能知道，他從金雪的自我囚禁和顫抖的文字上發現這些，劉阿咔有些驚訝，原來他其實一直都知道這麼多的東西。

劉阿咔暗罵自己愚蠢，他怎麼會花了這麼久的時間才想清楚呢？金雪不曾告訴其他人獸靈的存在，目前在整個金家之中，知道眞相的恐怕就只有劉阿咔了，現在唯一能夠幫助金雪的人，就只有他了。

劉阿咔閉上眼睛，那長著角的虛弱生物浮現眼前，他心中有了決定。

天亮時分，劉阿咔離開金家宅邸，來到他和金雪幼時曾一同攀爬的圍牆，這片牆隔著金家和劉家，彼方便是劉阿咔小時候慣於躲藏的荒廢院落，他和金雪在那兒有著數也數不盡的美好回憶。

長大了以後要做這件事，終歸是有些羞赧。劉阿咔如今的身高，只需舉起手就能攀住牆頭邊緣，稍一使力，他整個人立即翻牆而過，實話說，這是從金家前往劉家最近的路，卻不知道為什麼過去的人要用圍牆將之封堵。

劉阿咔也有些歉疚不能循正門回劉家，但那生物正在呼喚，請求劉阿咔抉擇，從他發現自己和金雪的金蘭連結開始減弱，他就注意到了……劉阿咔想，他知道牠想要什麼，牠想要的，和自己一模一樣。

劉阿咔往劉家獸靈祠堂的方向走去，在此之前，他從未前往劉家的獸靈祠堂，對過去的劉阿咔來說，那是他沒有資格踏入的地方，然而現在他既是金雪的金蘭，有朝一日當金雪成為金家家主，按照規矩，他也將繼承劉家家主的位置，照理來說，要到那時候，劉家的獸靈地牛才會開始在他身上降下徵兆。

劉阿咔繼續前進，劉家祠堂和其他家族的祠堂一樣，即便是平時也有專人看守，但他們見是劉阿咔，全都向兩側退開，如今的劉阿咔身高比年少時抽長不少，他甚至比劉家大部分的男性都更高壯，得益於劉師傅的訓練，劉阿咔全身上下皆是鼓脹的肌肉，劉阿咔往祠堂內走去，守門的人不僅不敢阻攔，更是一聲不吭。

劉家的獸靈祠堂和他曾見過的朱家祠堂同樣陰暗，建築本身卻大有不同，劉家祠堂狹小頗多，不像朱家祠堂散發惡臭，劉阿咔鼻端飄蕩著淡淡的乾草氣味。穿過狹窄的甬道，劉阿咔來到一片圍籬前，圍籬後方有紅蠟燭燒燃，一隻瘦如枯骨的牛靜靜躺在一片乾草中，劉阿哞感覺到一種來自意識的輕微拉力，地牛微微抬首，牛眼中有透明淚水不斷流淌，劉阿哞跨過圍籬，來到地牛身邊，他跪下來，順應地牛的願望輕輕抱起牠的頭顱。

是的，早在金雪受到金雞徵兆之時，劉阿哞也感覺到了來自地牛的徵兆，只是日子一天天過去，劉阿哞滿心擔憂著金雪，他沒有回應地牛的呼喚，直到昨夜和女子交談，劉阿哞意識到地牛的呼喚並不意味著渴望與他結合，地牛別有所求，劉阿哞亦然。

劉阿哞對地牛比出手語：抱歉……

旋即他醒悟地牛又如何能懂手語呢？可當他望向地牛虛弱悲傷的眼睛，他發現了一件事。你也聽不見，對不對？劉阿哞試著從內心將思緒傳遞給地牛：你也無法說話，就和我一樣。

地牛閉上眼，將頭傾靠在劉阿哞懷中，他撫摸地牛的脖子，隨後，地牛的心意如同涓滴水流，一點一滴落入劉阿哞的腦海，地牛傳達給他的只有幾幅畫面，在遙遠的密冬，許多人來來去去，碰觸牠、在牠身上做實驗，可牠生來就有缺陷，獸靈的力量絲毫不缺，可牠不會像其他獸靈一樣說話，也聽不見聲音，將牠製造出來的人說牠是最可悲的殘次品。

然而當人們將牠和另一隻獸靈放在一塊時，他們發現牠的身上產生了不同類型的力量，牠出現了第二種特殊的能力，和另一隻獸靈有關。

這另一隻獸靈是金雞。

沒人知道為何牠只對金雞有反應，但既然如此，就當作金雞隨附的贈品，將牠送給灣島吧。一個人的嘴唇這麼說。

如果可以，我不想要再有任何生命和我一樣，必須和另一個對象綁縛在一起。地牛溫和地潛入劉阿哞的記憶，使用他的手對他比出手語：但終究還是要由你決定，只有你，我一直都知道你，當你出生的時候，我便感受到你，我觀察著你、窺看你的心，最後我選擇你來做最後的決定，我將接受任何結果。

劉阿咩點了點頭，他眼中同樣有淚，因地牛的過去和牠與自己相似的處境，最終，還有他即將做出的事：你知道我不是來和你結合的，對不起，只有這樣，我才能幫助金雪……

劉阿咩抱住地牛的頭，迅速往一側轉動，用力扭斷牠的脖子，地牛孱弱的四肢只輕輕踢了幾下，便再也沒有動靜。

劉阿咩感覺到他和金雪之間的連結愈來愈輕，愈來愈細，最終就像春天裡隨風飄動的蜘蛛絲，很快消失不見。

地牛在劉阿咩懷中吁出最後一口氣，他抱著地牛歪向一旁的頭顱發呆，儘管犯下不可饒恕的罪愆，可他自由了，他將不會再被金雪的語言或命令所束縛，從此刻起，他會以自己的方式守護金雪。

儘管他將再也不能共感金雪的情緒，可是劉阿咩記得自己和金雪年幼時在荒廢院落中自由自在地玩耍，那時他們不也擁有最真摯的情誼嗎？他從不需要藉由探查好友的情緒，來印證他們之間緊密的關係。

劉阿咩輕柔地放下地牛，以乾草覆蓋住牠全身，接著他走到獸靈祠堂之外，面無表情地將一張字條遞給看守的劉家人，上頭寫著：我已與地牛完成結合，從今以後，除我之外的任何人禁止進入祠堂，違者嚴懲，絕不寬貸。

劉阿咩周身散發出不怒自威的氣勢，並不因他的喑啞而有所減輕，看守的劉家人紛紛點頭應諾，身體微微顫抖。劉家這些年來不曾有過正式的家主，所有人都知道劉家長老因金雪施壓替劉阿咩保留家主空位，代理家主的前任遺孀也早已精神失常，如今他們終於再次有了新的家主，所有人對此既感企盼，又心存畏懼。

他返回金家，往金雪的房間走去，卻不走正道，而是翻牆躍入院子，他一直就知道這兒直通金雪的房間，只是過去因金蘭連結之故，他不敢妄自前來。劉阿咩望著那隔絕了自己和金雪的拉門。劉阿咩握住門板，用力往旁一拉，門便硬生生倒下。劉阿咩簡直無奈得不行，因爲門後竟然還有一面屏風，金雪房間一片陰暗，連陽光也照不進，金雪的剪影在屏風後方隨燭光搖曳。

這時，一樣東西撞到了他的頭，定睛一瞧，是一架紙飛機落在地上，攤開來之後，紙上是漂亮的字跡：走開。非常巨大，足以顯現出當事者的慍怒。劉阿咩鼓起勇氣，嚥下了口水，掏出隨身不離的硬筆，他寫了一段文字，又摺起紙飛機，從門口丟了進去。

我殺了地牛，再也沒有金蘭連結了。

劉阿咩聽不到聲音，但見到剪影逐漸變大，立於屏風邊緣，只一片小小的衣角飄出門外，人影顫抖著，看上去驚慌失措。

你生氣了嗎？他對著屏風比，不確定金雪看不看得到，因此他拿出紙來，準備寫字給他。不過，等了一會，屏風出現動靜，舞動的手影就像開合不斷的嘴唇，迷惑、驚慌、憤怒的情緒羅織進金雪的話語：你是在嚇唬我？你做了什麼？開玩笑嗎？這不有趣……一點也不有趣……你滾！給我滾！

劉阿咩要自己不要動搖，容許這些像石頭一樣落在身上，他是最強壯的地牛。他要讓金雪說完，而金雪顯然失了方寸，連珠炮地比著話語：是眞的？你殺了地牛？爲什麼？到底在幹什麼！這是背叛嗎？你又背叛我了？手顫抖起來：爲什麼做這麼愚蠢的事情？爲什麼殺死地牛，那是獸靈，我們不能再失去任何獸靈了，還有金蘭連結，那是連繫我們的東西，爲什麼要這樣——

金雪唐突安靜下來，因爲劉阿咩清清楚楚又緩緩慢慢地把自己的手影疊上去。他打斷了金雪。金雪，我們不需要金蘭連結。這是他第一次用這麼凶猛的方式，比出「金雪」這個名字，接著他又比：你知道嗎？我認爲不只要殺了地牛，還應該要殺死金雞。不，不只如此，赤豬都要殺死，然後，我們從一開始就錯了，一開始就該殺了金雞神女。

你、你在說什麼……

劉阿咩壯著膽子：金雪是個笨蛋。

我才不笨！

不，金雪你是笨蛋，我也是，一直都是，沒想到金雪比我更笨，你忘記了自己的目標嗎？你的目標是復興五大家族，博得密冬的信任，神女只是做盡壞事的惡人，她讓你失去了朱家的信任，殺死神女有什麼壞處，你覺得其他家族在乎神女嗎？

不……

以後劉家都會是效忠金雪的，現在古家也在掌握中，朱家已經毀滅，高家……劉阿哞哽住了，因爲他必須承認在高家與金雪間，自己犧牲了高家，這股義無反顧使他瘋狂比劃著，手勢更加激昂：高家再也不存在了！

金雪反駁著：做這些事情，我跟神女又有什麼兩樣！

不一樣！是金雪努力擔任家主，努力讓家族好起來，我們不需要那些規則，五靈廟、五靈教什麼的根本不重要，沒有那些，難道就不能活嗎？有人就選擇離開了，荒廢的土地也有機會長出食物，知識可以流通，這些都不是神女給的！

殺死地牛的少年用雙手尖叫著，高喊著：我們不需要金雞神女、不需要密冬、不需要獸靈！

金雪有如將雙手伸進滾燙的沸水，顫抖又激動地舞動著回覆：殺死神女——其他家族會害怕我、不聽我的話！

不會的！你明明就知道！劉阿哞放緩了速度，溫柔地比出接下來的內容：看看現實，你處死了古琰，這有讓你停下來嗎？他們的畏懼有使你無法完成目標嗎？死了好多人呀，金雪……眞正的關鍵，難道不是我們握有他們的弱點，比他們知道更多關於獸靈的弱點，比他們更早一步控制住局面嗎？然後——我們也更加的殘忍！

金雪靜止不動。

金雪，我們可以對他們這麼殘忍，爲什麼放過了金雞神女？劉阿哞苦苦地詢問著。她是上一代罪惡的源頭，爲什麼不一開始就斬斷把因果輸送到我們的臍帶？

若是劉阿哞聽得到聲音、看得見金雪，那他會見到那道身影頹坐在地，聽見倒抽一口氣的聲音，就像是有一把劍放在那纖細蒼白的頸上。那舉高的手微微顫抖，猶如一隻虛弱的蝴蝶，使勁拍打著翅膀垂死掙扎：我很害怕。承認了之後，後續一切都變得很簡單，金雪比著：神女她……她支配了金家，支配了藍水家系，支配了我……我知道她已經沒有力量了，可是只要聞到她的氣味、聽見她的聲音，看見那張臉，我就虛弱無力。

金雪在哭泣，用他顫抖的手哭泣，他像是回到了十一歲，那脆弱的剪影，使阿哞有一瞬間無法繼續。可是他必須要做。

已經沒事了，現在有力量的是金雪，她再也無法傷害你了。劉阿哞的手勢輕柔無比：我想看看你。

金雪回應：你也讓我害怕。你殺死了地牛，殺完之後還折我的門，提出殺更多人和獸靈的計畫，然後告訴我，從一開始就可以有別的選擇，聽起來更好的選擇，讓我覺得很悔恨，還很難堪。

劉阿哞笑了：是的，我就是想讓你知道，即使這麼難堪又懊惱，我們還是有機會改變，你一定不可能放任吧？外面有好多事都需要你。

屏風後方的剪影移動了，金雪走出屏風之外，但那身影顯得異常，罩在深色的斗篷之中，他舉起的手，那皮膚上宛如幻覺似地凝結著黑色的陰影。進來。金雪這樣比。劉阿哞跟了進去，當見到金雪拉開兜帽的瞬間，他發出無聲的驚叫。

「我會是下一個死者。」

金雪藍色的眼睛一如往常般湛藍到不似人類，但那張臉和軀體卻有如皮膚病似覆蓋著詭異的獸毛。

「也會是下一個凶手。」金雪虛幻地微笑著。「阿哞，我已經不能做什麼了。當然，在下一個五靈升天日到來前，你殺了地牛的事，我會想辦法保住你，讓你安然渡過。」

是、是上次在朱家祠堂發生的？那隻獸靈……

「那不是一隻獸靈，我弄錯了，只不過，我也不知道那是什麼，這種無法想像的力量，我唯一的猜測是模仿師，這意味著，密冬的確捨棄了我們，而且這份捨棄，遠遠超乎我的想像。」

劉阿哞想起自己不久前和模仿師的相遇，他將其告知金雪，急切地舞動手勢：是她嗎？是她做的？她看起來不像壞人，可不可以跟她說說看……

「我真的不知道誰是幕後凶手，但就算是金家的模仿師，那也是來自密冬的人，你覺得可以商量嗎？她沒殺你已經是仁慈了。」金雪靜靜地道：「無論是誰，都在玩耍、戲弄我們，我感覺得到，這對那人來說只是一場遊戲，我們沒有逃脫的可能，我現在唯一能做的，是替你們留下生路。」

金雪偏著頭，沒有修剪的髮絲在肩頭飄揚，他變得很瘦，不時搔抓自身，但那對眼睛裡面還有著堅強的意志。

劉阿哞急問：這是什麼意思？為什麼只有我們，那金雪呢？

金雪眼中跳著淘氣狡黠的光芒：「你自己想出了我不敢想的事，在這種時候又變笨了？劉家、古家、朱家、高家……下一個不就是金家了嗎？凶手和死者都操之在我，是大好時機，但我也不確定，是不是眞會如我所想。阿哞，你說得沒錯，我犯了很多錯，一開始就錯了，犧牲這樣一條命，也無法贖回什麼，但如果眞是模仿師……或者某種可怕的存在，年年傷害五大家族，我必須破壞他的計畫，同時趁其不察留下小小的苗。把我的未來賭在這件事情上，應該算是有一點價值吧？而在我之後繼位的……希望會是比我更勇敢的人。」

聽懂了金雪的意思，劉阿哞駭然：你任命了代理家主，是因為這個原因？因為按照規律，這一次被殺的本是金雪，要避免這件事。可是，金雪也無法斷定。你也可能死掉……我記得上一次朱家也有代理的朱家家主，但怪物並未殺了代理……

「怪物殺死家主的判斷，應該是有沒有和獸靈產生連結，哪怕只是徵兆，現在金雞的徵兆在我身上，雖然我試著讓金雞把徵兆引到代理家主那裡，卻不確定能否成功，我希望若背後是人在操控，對方的目的就是侮辱我們，這樣一來，讓我自殺，就一點意思都沒有了，那人要的是屈辱，用我來殺死金家的代理家主，才能達到目的。」

但凶手為什麼會是金雪……我不明白。

「我也不懂這股力量的運作方式，但規則很明確，是藉由碰觸感染吧，平常隱匿起來，只是造成皮膚上逐漸長出獸毛，然後在五靈升天日那天爆發。」金雪笑說：「我接下來，會在五靈升天日變成殺死朱家家主的怪物，那時就是機會，死者和凶手都控制在我的手上。」

金雪露出了愉快的表情。

「高家家主自我了結的心情，我是不是有稍微理解了一點呢。」他喃喃自語似地說著，卻被劉阿咩打斷，飛舞的手語就像群起而飛的鳥兒似地逼近金雪的面前：一定有別的方法！金雪說不定可以抵抗那個變成怪物的力量！

金雪倏地地伸出了手，合攏住劉阿咩飛揚的手，就像一對翅膀，護住巢中的幼鳥。

「原諒我，阿咩，」劉阿咩沒有回應，金雪盯著他的眼睛道：「答應我，今年的五靈升天日到來時，你會在我身邊幫助我。無論我做出什麼樣的要求，答應我，你會照我說的做！」

劉阿咩思考了許久許久，終於反握住金雪的手，鄭重地點了點頭。

金雪遂站了起來，往空曠的院子走去，當他走到一處空地，輕輕轉頭看著劉阿咩，說：「既然這樣，我就放心了，來吧，我其實有一件小事需要你幫忙。」

劉阿咩的雙腿像是自己會移動似的，他整個人受金雪吸引朝他走去，他都有些訝異了，他與金雪的金蘭連結真的已經消失了嗎？為何他依然視金雪為世界的中心，像是在黑暗裡看見火光的飛蛾。

要幫什麼呢？劉阿咩問。

「果樹旁邊有鏟子，我們來把這個種下去好不好？」他從地上拿起一個小小的盆栽，裡頭種著細瘦的樹苗，看起來平凡無奇，劉阿咩聽話地挖開土壤，金雪就站在旁邊笑咪咪地看著。

這是很特別的植物嗎？

「是會下金色的雪的樹，叫做金新木薑子，我種了好久，都長不大，後來才意識到盆栽限制了它的生長，所以必須種到土地裡才行。」

金色的雪？就像金雪的名字那樣？

「嗯，我希望有一天，可以在這裡與你看著這片雪。」

金雪望向天空，彷彿死亡仍遙遠，而他見到了不存在的大樹，亭亭如蓋，金色的葉片繁盛豐美。

劉阿哞站在金雪的身後，他此生最重要的人的背影如同即將消失一般，他甩甩頭，試圖甩開不祥的預感，僅僅是在今天，他希望忘卻一切，除了金雪以外的人事物，他都不願再關心。而終有一天，他們會一起見證小小的樹苗長成大樹，籠罩住他們的那一刻。

金雪

抱歉，阿哞。

我說了幾個謊。

第一個謊是，我無法親眼見到那棵樹成長茁壯，我會死在下一個五靈升天日，原因嘛……你其實也見到朱虹母親的下場了，過去幾年的五靈升天日，死的不是只有被當成獵物的家主，還有化爲怪物的人，從失蹤的劉家獨子、找不到屍體的古家家庭教師，最後是朱虹母親，看見那老人的身體碎成粉末，我突然覺得也是挺合乎我期待的死法，不被注意，完全消失，放下那些我曾執著的事物，這樣的死亡不被惦記，死了也不會被祭拜，逼著我要保佑五大家族，太好了，終於能休息了。不過，希望你能替我好好照顧那棵樹，就算未來你娶了妻、生了子，那樹都能代我陪伴你，願你見到它時，能夠想起我。

第二個謊是，代理家主讓那個鳳白家系的人當，不只是設局，還是我小小的復仇。那傢伙叫做金臭蟲，從以前就很愛欺負我，雖然我做了些防護措施，但如果這次他不幸死去了，那也無所謂——你總是把我想得太好，事實上從小就畏懼神女，是她玩物的我，打從一開始就有著先天性的詛咒，對她的畏懼使我成不了氣候，而在這種小地方卻如玩弄獵物的貓，或許就是因爲這股天生的殘忍，讓我聽見了外頭如何傳誦我的新名號時，並沒有那麼令人厭惡，還有點得意——金雞先君，據說是比金雞皇帝更貪婪，比金雞神女更傲慢，比最初的金姓人更超卓，他們認爲我將爲金家帶來長達百年的昌明興盛。

這實在是有點好笑了，不過怪不了他們，我有意悄悄散播這項資訊：要在金家打造一座新的五靈廟，在今年五靈升天日將五靈導師的肉身接來供奉，金家遠比任何家族都更有資格供養五靈導師眞身。

我安排好了後續事宜，順便也解決掉這些時日的小小爭端，如果可以讓這些人感受到我比以往更殘暴和任性，那也是一樁樂事了。無論後繼者是誰都可以比我更好。

是你給了我靈感——我順手推舟拔除高家的五大家族之位，自此之後就是四大家族，五靈廟的儀式重新更動，既然你說了謊，那麼便讓金雞先君往後的時代，徹底與前代做出區隔吧。高家的土地也分給其他家族，高家獸靈還是得派人去找，若可以找回來，一樣由藍水家系掌管，看誰有意見，一律殺無赦。同時，金雞神女的塑像要全部毀壞，家中如有偷偷祭祀者，一經發現只管扔到地牢裡用刑——這麼想拜個什麼，你們這些人就拜我的神像好了。

在別人認爲我依舊身體不適、閉門不出之時，找金家麻煩的人，那些窩在牢獄中的人全斬首示眾。也給予朱家剩餘族人新的工作，糧食的種子和種植方式都整理出清楚的資料，應該足夠開始大範圍農耕；古家受到大火延燒的宅邸繼續重新修繕，無處可住的人就全部到金家和劉家吧；至於地牛之死……我相信以劉家的奴性，還有你現在的氣勢，一定可以好好地瞞下去，這個消息只要不出劉家、不傳到密冬耳裡，就不會有事。

接著，我讓你幫我傳達各種資訊，你可能覺得有點奇怪吧，至於有沒有讓代理家主難堪就不在考慮中了，我要讓你在家族中更具聲勢，你是新的劉家家主呢，你得更明白五大家族的一切細節，你是比我更好的人。這樣有一天，地牛之死的眞相就算被揭露，你也不用怕了，還能按照你想的那樣，告訴大家這是擺脫獸靈的第一步，要逐漸讓人們明白，那不是我們生活的根基，沒有獸靈也無所謂，總有一天，眾人可以獲得自由，儘管現在還無法公開——因爲密冬已不能信任，是我們的敵人。

金家的後繼者……交給誰都可以，只要品行端正，有外姓人的血統更好，未來不需要純粹的血統才能擔任統治者。

那怪物碰觸過之後，皮膚毛髮愈發瘋長，奇癢無比，的確苦不堪言，不過對死亡有了具體的想像，就沒那麼痛了，逼近五靈升天日的每一次變化和疼痛，都像在告訴我，就快了、就快結束了，痛起來也像是種榮耀。

啊……

……

好痛、好痛啊。

意識似乎快要消失了，時間過去多久？我又在哪裡？哦，是新的五靈廟，已經建好了，也按照我的命令全用生鐵打造。阿哞……爲什麼要替我上手銬，還用繩子綁住我？你說是我要求的？笨蛋，我怎麼可能做出這種要求……不，不對，必須這麼做才行，阿哞，更緊一點！綁得更緊一點！但好痛……眞的好痛呀，阿哞……替我鬆綁吧，求求你……

我掙扎著，突然覺得力量充盈全身，我從未這麼強大過，那些繩索和手銬根本不可能困住我嘛，對，我要掙脫這些束縛，掙脫所有纏住我、不讓我動彈的東西……是什麼東西？管它是什麼，我要跑，我要……我眞的奔跑起來，自由得令我震驚，原來可以這麼自由，原來我的心底深處對五大家族有這麼多恨，我無法遏止前往高處的衝動，然後，我要在那裡跳舞，彰顯我的自由！可是一切還是不令人滿意，一種野獸的聲音在說話，牠說我有工作，要殺死那個金家的新家主，誰？除了我之外，誰有機會坐上家主之位？簡直要瘋了，我快氣瘋了！順著獸靈的氣味，我找到那新家主……竟然是金臭蟲，他算什麼東西！從小欺負我，應當去死，他憑什麼做家主？

不要阻止我。

一切的諾言，一切的希望，一切的期盼，一切的恐懼，全部都不重要了。
爲什麼沒有提早殺人呢？
那棵金色葉子的樹是什麼呢？
死、去死、去死吧。

劉阿咩・尋找藏匿金臭蟲的場所

他親眼看見金雪的臉上長出一圈白色獸毛，身體也冒出更多的黑色毛髮，他的雙臂變長，另一種存在從金雪體內生長出來，金雪發瘋似地跳起身，在手銬內的雙手拚命掙扎，嘴唇如動物般大張狂吼。

「我好痛苦！阿咩！救救我！把繩子解開！」

劉阿咩搖著頭，上前抱住金雪，試圖制止他的動作，不在乎自己是否受傷。

金雪！冷靜下來！劉阿咩絕望地比著手語，可被怪物附身的金雪力氣驚人，竟連劉阿咩都能掙開，甚至綁住他雙手的麻繩也瞬間斷裂，金雪撲向鐵門，發狠地搖晃，鐵鎖在金雪狂暴的動作下應聲斷裂，金雪衝出鐵廟，四肢著地爬上了金家宅邸，劉阿咩追了上去，看見金雪以怪物之姿在金家的屋頂上跳著詭異歡快的舞，隨即以迅雷不及掩耳的速度躍入黑暗。

情況很糟糕。劉阿咩爲了讓隱藏金臭蟲的地方不被金雪知曉，就連他自己都不知道確切的地點，只全權交給藍水家系的人處理，也將每年有怪物殺人的事情透露給藍水家系的人知道，命他們務必保護好金臭蟲。但眼下金雪肯定會去找金臭蟲，如此一來，他現在去哪裡找人才對？時間緊迫，劉阿咩不可能把金家整個翻遍，他必須以最快的速度找到位置……突然間，劉阿咩的衣袋傳來震動，他不敢置信，當他停下來時，震動消失了，他從口袋掏出那樣自己出於習慣隨身不離的物品，有時候，劉阿咩心存一線希望，能藉由這樣物品和消失已久的朋友重逢，儘管隨著時間過去，他知道王璨的身分或許非同一般。

小閃的金屬中心閃著紅色光點，在劉阿咩仔細檢視時，小閃閃起了藍光，並且開始震動，意味著王璨也按開了他手上那樣物品的開關。但隨後，震動停止，再次轉爲紅光。

到底是怎麼一回事？劉阿咩正想著，下意識邁出一步，小閃再次震動、散發藍光。劉阿咩懂了，他堅定地奔跑起來，每當他走錯路時，小閃便停止震動，直到他回到正確的路徑，小閃才重新震動發光。

就是這樣，劉阿咩雖然不知道王璨爲何會在這時幫助自己，但他打從內心感謝他。如此，劉阿咩跟隨小閃的指示來到供奉金雞的獸靈祠堂，他沒有遲疑，直接闖進金雞祠堂中，穿過陰暗的走道，很快便看見供奉金雞的狹小空間，金雞似乎已提前被移往他處，室內僅有金雪幻化而成的怪物正對一干守衛的藍水家系成員咧齒咆哮，地上則倒著被綁住手腳、堵住嘴部的金臭蟲。

「別擔心，我們不會阻止你的。」其中一名藍水家系成員竟蠕動著嘴唇，對怪物冷冷說道。

劉阿咩震驚不已，這不是他對那些藍水成員的要求，他知道金雪以金臭蟲作餌，是有些惡質的意義，但劉阿咩很清楚，金雪不想殺他。

你們在做什麼？這不是金雪想要的！劉阿咩對那些藍水家系的成員比著手語，照理來說，那些人應當無法理解劉阿咩想要表達的內容，可他們其中一人似乎猜到劉阿咩的意思，他開口回應：「阿咩，我們都站在金雪這邊，因此當你告訴我們今年的五靈升天日會有怪物出現，殺害金臭蟲，我們決定幫金雪一個忙……金雪爲了抓住怪物，還讓他當家主代理，這對金雪一點都不公平，我們後來想，何不就讓這怪物殺死金臭蟲呢？」

劉阿咩的手頹然從半空落下，他不想讓金雪家人們發現，眼前這怪物就是金雪。他只能獨力阻止。

劉阿咩撲向怪物，從後方抱住牠，黑色的獸毛如同無數針尖，刺傷他的皮膚，或許是劉阿咩的行動讓其他藍水家系的成員無法繼續坐視不管，他們終於也跟著加入，只是怪物不僅有怪力，還敏捷異常，牠從劉阿咩懷中掙脫，迅速跳上一個又一個家系成員的肩膀，牠的手輕輕一揮，那些人便紛紛倒地。

怪物能夠選擇自己想要附身的對象，但下一次的附身只會在前一名附身者死亡前才能進行。劉阿咩心中有所猜測，只要金臭蟲不被殺害，金雪就還能活著。

剩下劉阿哞一人和怪物纏鬥，但即便劉阿哞受過護衛的訓練，且在過往的戰鬥中，劉阿哞可以感受到自己從地牛那兒擷取的力量……可是如今，那股公牛般蠻橫的力氣，已經消失殆盡，怪物揮向他的拳頭使他感受到肉體的劇痛。

原來這就是疼痛？這就是受傷的感覺？劉阿哞擦去嘴角流下的血，他並不害怕，相反的，他從未感覺如此強大，如此鮮活。他繼續擋在金臭蟲面前與怪物作戰，直到逐漸力不從心，他倒在地上，怪物立即撲過來，細長有力的手指擠壓著劉阿哞的脖子。

劉阿哞逐漸喘不過氣，他想自己就要死在這裡。爲自己的金蘭而死，一直以來都是身爲地牛的驕傲，但他看見已完全變成怪物，只剩一雙靛藍眼睛還像人一樣在流淚的金雪，他發現自己不能就這麼放棄。劉阿哞掙扎起來，儘管他愈來愈虛弱。

突然，劉阿哞感覺到一種似曾相識的氣息。

女子的嘴唇飄浮在金雪變成的怪物肩上：**「來玩吧來玩吧，這是我們的約定，永恆的約定。」**

莉莉與紫蘭．金家

和黑羊從保留地一路向北，在莉莉營造出的霧中，他們得以輕易隱匿身形，潛入五大家族更是輕而易舉。幾個月裡，莉莉聽黑羊說起此行的目的，以及他找莉莉前來幫助自己的原因。

「我有個曾一起在模仿師基地中受訓的朋友，叫做白猿，我們約定要永遠都和對方玩遊戲。後來因爲一些原因，我們之間失聯了一陣子。」黑羊平心靜氣地解釋：「大約六、七年前，我和我的導師失去聯絡，連密冬也不再傳來指令，我開始覺得奇怪。我回到密冬皇宮和模仿師受訓的基地，發現兩邊的模仿師全都消失無蹤，白猿更在那時找上我，他告訴我已爲我們永遠的遊戲找到新的遊樂場，他想開啓新的遊戲，便要我來這兒……不過，因為當時我正急著找你，加上密冬與我的導師狀況不明，我實在沒什麼心情和他玩，大概有三年都是輸……」

「等等，所以遊戲的規則跟內容到底是什麼？」莉莉不耐地問：「我要如何才能幫你？」

「規則嘛，我看一下，他有寫給我。」說罷，黑羊從懷中掏出一張皺巴巴的糖果紙：「首先，每年為一局，以五年為限，共五局……然後，他說必須使用『棋子』參與遊戲，不能親自參與。這會跟第三點有關，白猿用模仿造出了一個分身、模仿體，唔，這是他很擅長的模仿，他能用模仿的力量造出他死去的獸靈，一隻帝國君子長臂猿，他讓這隻長臂猿的模仿體挑選他的棋子，接下來，我也可以挑選我的棋子，每年我選的棋子也都不同，白猿老是在每一局結束後殺掉他的棋子，但我只是抹掉他們的記憶而已。

「第一年，我記得選了劉家一個聾啞的孩子，第二年是古家的一名童僕，第三年……我不記得了，反正今年我選了你，別擔心，我不會抹掉你的記憶。基本上，遊戲進行的方式是這樣：白猿每年會讓長臂猿附身在棋子身上，然後這個棋子在某個特別的日子會受長臂猿操控，殺死五大家族中的其中一位家主，我不會知道他想殺害哪個家主。我的目標是讓我的棋子找到長臂猿附身的棋子，在長臂猿殺人前對牠說出密語，這樣就算成功阻止白猿殺人，那年就算是我贏。」

「密語是什麼？」莉莉始終只想聽重點。

「來玩吧來玩吧，這是我們的約定，永恆的約定。」

莉莉點了點頭，這時黑羊卻沉下臉色，嚴肅地對她說道：「我找你來不僅僅想讓你幫我贏得遊戲。」

莉莉挑起了眉毛，無聲詢問。

「在我輸了前三年的遊戲時，我發現白猿殺害家主的順序十分特別，是白猿根本不會知道、就算知道也不會在乎的**某個順序**。」

「那是什麼意思？」

「意思是，規則並沒有說不能連續兩年殺害同一個家族的家主，但白猿驅使長臂猿謀殺家主，不僅在這三年中不曾重複，還遵循著某個特殊的次序，這讓我不禁懷疑，或許有人想藉著這個順序，傳達給我一些訊息。」黑羊沉吟著道：「不瞞你說，過去我和白猿玩遊戲的次數少說也有上萬次，我贏的次數十隻手指都數得出來，我或許是模仿師中的異類，並不在乎輸掉遊戲，但白猿就不一樣了，他非常討厭輸，因此，今年我打算靠你贏過他，每次他只要輸掉遊戲，就會抓狂，我想藉這個機會引出他隱瞞的祕密。」

此時此刻，莉莉看著眼前的長臂猿，牠停下掐住那名劉家青年的手，轉過頭凝視莉莉。她心中升起莫名的怒氣，惡靈也在一旁搧風點火：「對對對！幹掉牠！牠想傷害泰邦！」

那又聾又啞的青年才不是泰邦，儘管莉莉對自己反覆強調，可那個叫劉阿哞的人，無論是外表和內在，都與泰邦有著某種程度的相似性，這讓莉莉無法自控。

長臂猿在這時咧開嘴，發出中年男性粗啞的嗓音：「是你！居然是你！黑羊的寶貝，哈哈哈，我才不要停止！這是違反規則！他故意從外面找來厲害的人當棋子，這是違反規則！」

「你制定規則的時候，可沒說不能找五大家族以外的人當棋子，反正密語我講了，今年是黑羊贏。」莉莉漠然道。

長臂猿發出憤怒的吼叫，看起來白猿的確很不能接受自己輸掉遊戲，他所操控的長臂猿幾乎陷入瘋狂，細長雙手再次伸向劉阿哞，卻不知爲何，攻擊的動作停下了，莉莉看見那名爲金雪的棋子，其面孔從長臂猿毛髮中浮現，金雪以長臂緊緊環抱自身，壓抑著傷害劉阿哞的渴望，搖搖晃晃地遠離他，最終整個人蜷縮在祠堂一角。

這倒是讓人很意外。莉莉想：光是這樣，就値得我出手救他。

見劉阿哞想靠近金雪，莉莉趕緊按住他的肩膀阻止他：「待在這裡，我會幫他。」

劉阿咩愣愣地看著莉莉，而莉莉轉過頭，故意隱藏住自己的嘴唇，她走向金雪，開始輕聲對他說話。

「你擁有很強的精神力，如果是你，或許可以阻止白猿。喏，你是否願意用自己的身體困住這隻由模仿力量創造出的長臂猿？我的能力還不足以完全拆掉這個模仿體，但我可以把它困在你體內。」莉莉循循善誘：「這樣一來五大家族就不會再有家主死亡，模仿師的遊戲到此結束，只是從此你不能變回原本的模樣，將永遠是半人半猿，如此，你願意嗎？」

莉莉看見金雪露出模糊的微笑，他無法說話，但那微笑模仿著同意，莉莉遂閉上眼，挪動手指，驅使神祕的模仿力量，她再次看見了自己分解天使約翰時所見的無數筆觸，她冷靜地以手勢的模仿增添更多筆觸，將長臂猿的形象和金雪的身體緊緊纏繞在一起，直到兩者再也分不出誰是誰。當莉莉張開眼睛，長臂猿的臉孔和金雪的臉孔交互出現，顯得無比猙獰，隨後兩者合而為一，現在，金雪可以全盤操控自己這具已成為長臂猿的身體。

不過為了以防萬一，莉莉還是以霧氣模仿昏昏欲睡，她想讓金雪沉沉入睡，白猿就無法再操控他。莉莉正比出手勢時，劉阿咩衝上前來，擋在金雪面前，他咿咿啊啊地胡亂比著手語，雖然有些困難，莉莉終究看懂了。

「我只是想讓你的朋友睡一覺，如果你擔心，可以陪在他身邊，等我完成以後，帶他離開金家，最好是離開整個都市區，之後，這裡會發生不好的事情，你們走得愈遠愈好。」

劉阿咩在猶豫，莉莉不曉得對方是否理解自己的意思，所謂離開，是永久性的。這些日子莉莉觀察著二人，知曉他們還有許多夢想、對未來的規畫，但現在都無法完成了，劉阿咩還未意識到這點，也完全不知道他們在別人的棋盤上起舞，一開始就沒有希望。但莉莉沒辦法給他太多時間考慮，她抬起手，打算以另一個模仿迷惑劉阿咩，讓他趕緊帶著好友離開，不過幾乎是瞬間，劉阿咩的神情變了，在金雪和其他五大家族的事情之間，他做出了選擇。

劉阿咩對莉莉點頭，她便迅速讓金雪入睡，劉阿咩抱起金雪，準備離開，卻在這時，一張獨眼、野蠻的男子臉孔如一陣輕煙般浮現，那張臉殘酷地大笑起來。

「這只是我模仿出的其中一個分身，你或許可以阻止我在今年的遊戲中獲勝，但我隨隨便便都能重新創造這樣品質的分身，到時候黑羊還是輸，這名少年也是白白犧牲。」彷彿爲了展示自己不會被束縛，男子像脫衣服一樣從金雪身上離開，他不得已將猿猴的形體留在金雪身上，但白髮披垂、姿態古怪的白猿已自由地脫身而出。

莉莉一言不發，對劉阿哖使了個眼色，讓他先帶昏睡的金雪逃走，接著，她打量白猿，看出眼前的白猿僅僅是由模仿造出的幻象，眞正的白猿不在這裡。

對付這種假貨，她根本不須認眞。

「只要有我在，黑羊永遠不會輸。」

這句話對白猿的影響是毀滅性的，白猿的幻象變得如此憤怒，那模樣幾乎要讓莉莉發笑，然而僅僅是幻象又要如何造成眞正的傷害呢？白猿氣憤地對著空氣咆哮：「假模仿師小姐！你看夠了嗎？看在我教過你幾個小花招，幫我把這小鬼殺掉！」

自從莉莉潛入金家，她便感覺到了不同於自己、白猿和黑羊的力量，她曾感到困惑，因爲這力量帶給她一絲熟悉。那是她曾羨慕嫉妒，卻求而不得，是她曾不惜爲此起殺心，直到最後，所有的情緒匯聚成一個莉莉以爲自己早已遺忘的名字。

「好久不見，璐安。」

淡然的女性聲音如此說道，伴隨鳥類拍打翅膀的輕微聲響，由祠堂走道緩緩接近。白猿的幻影彷彿終於找到人幫自己出氣，急切地往那女子的身邊飄去，並躲在女子腳邊，像一隻眞正的長臂猿般朝莉莉齜牙咧嘴地威嚇。

「很久沒人這樣叫我了，那個最重要的人已經不在，我寧願捨棄這個名字。」莉莉道：「阿蘭。」

「我也已經許久不叫那個名字了。」長袍垂地，魔鳥立於肩上，紫蘭以平靜的口吻道：「看來，這些年我們都有了很大的改變。」

「別跟她廢話了，快殺掉她！」白猿怒道，但紫蘭不解地眨了眨眼。

「我以爲您曾說我不能以模仿力量涉入您和另一名模仿師的遊戲？」紫蘭緩聲問。

「是這樣沒錯，但這小鬼先犯規了，她是犯規者，理當受到制裁！所以我同意，我要求你以模仿師的身分插手遊戲，排除犯規者！」

「那麼我似乎不能拒絕白猿大人的要求，抱歉了，璐安。」紫蘭看向莉莉時，一股神祕的力量如暴風席捲而來，穿透莉莉的身體，直到心靈最深處，她感覺到無數植物根系般的力量爭先恐後試圖篡奪她的心智，更像翻動書頁般粗暴地翻閱她的記憶，使她再次看見了過去十年被偷走的人生，她死去的好友、瘋癲的教授、天使約翰以及刻有圖騰的頭骨……

莉莉猛一揮手，彈開紫蘭的力量根系。

「璐安，這些年來你過得眞可悲。」紫蘭輕聲道：「毫不知情、漫無目標地長大，不知道自己是誰，也不知道心愛的人已經死去，你怎麼還有臉活著？甚至是以這樣的模樣活著？」

莉莉沒有回答，固然紫蘭的話語如同針尖，直擊她內心最痛之處，可這些是屬於她的傷，她受其折磨，無時無刻都不能擺脫，卻也是屬於她的，是她的！她不會允許自己以外的其他人指手畫腳。

因此莉莉只平靜地質問：「你爲何會幫助白猿？」

紫蘭聞言一笑：「我並非幫助他，只不過想繼續欣賞金家的好戲。這段時間我暗地裡推波助瀾，做了不少事，煽動古琰、慫恿朱虹，無人得以發現。也就只有某個晚上神女舊時的地牛闖了進來，目睹我對神女的操控。對此，我也設置了不錯的戲台，讓他死得壯烈。」紫蘭伸手示意，黑暗中緩緩走來雙目癡呆、面容憔悴的金雞神女，看上去她被折磨很久，全身上下的皮膚已無完好，而在看見了殺死泰邦的罪魁禍首後，莉莉出乎意料地沒有任何反應。

「你不恨嗎？這是殺死泰邦的人，是發起戰爭的人，是毀掉整個保留地的人。」紫蘭以手指畫圈，金雞神女便開始跳舞，她舞姿滑稽、醜陋，由於雙足被砍斷腳筋，跳起舞來更使她疼痛非常，金雞神女一面哭，一面跳舞，嘴裡發出可憐的抽噎聲。「你不喜歡看她這可笑的模樣嗎？」

「她殺了泰邦，這是事實。」莉莉的語氣沒有起伏，彷彿在談論著與自己無關的事情：「但折磨她，無法帶回泰邦，如果是我，我已經把她殺了，我沒有興趣花時間折磨她。」

「是嗎？我倒很喜歡這麼做。」紫蘭說罷，朝跳舞的金雞神女勾勾手，神女便不得不顫抖地來到紫蘭面前，紫蘭一把抓住金雞神女乾枯凌亂的頭髮，以無比遺憾的語氣對莉莉說：「眞可惜，我以爲你會跟我一樣喜歡這個畫面，這是我受白猿大人啓發完成的有趣模仿。」

紫蘭仍舊抓著金雞神女的頭髮，她沒有吟唱歌謠，或者以手勢驅動模仿之力，她無聲地望著虛空，緊接著，神女突然興奮地大叫起來，莉莉看見神女肚腹鼓脹，愈來愈大，在極短的時間便膨脹如球，神女喊叫著：「孩子！我有孩子了！」可接下來神女開始痛苦哀號，她在紫蘭的抓握下只能維持跪姿，然而生產的劇痛一波又一波，她即將分娩，她的雙腿亂踢，好不容易找到合適的位置，她岔開雙腿，喘氣、用力、呻吟，接著一枚肉球從她腿間滾落，那是一個身體畸形、猶如雛雞的胎兒，在金雞神女滿懷欣喜地試圖捧起胎兒時，紫蘭抬腳當著金雞神女的面將胎兒踩爛。

「啊啊啊啊！」金雞神女哀慟不已，她哭得滿臉鼻涕和淚水，但紫蘭還沒有結束，遠遠沒有結束。

莉莉看著紫蘭重複剛才的順序，以模仿之力讓金雞神女在極短的時間內完成懷孕、肚子脹大、生產的過程，然後紫蘭再次當著神女的面殺死那個畸形的孩子，神女從極端快樂到極端痛苦，一次又一次，最終，莉莉忍無可忍。

「停下來吧，這實在太噁心了，我不能理解這種喜好。」

「你難道不覺得好玩嗎？藉由刺激人類的想像力，讓她在肉體上能夠自行生育。」紫蘭迷醉的目光從神女身上移向莉莉：「他們整個家族都在毀滅的路上，我只是希望他們敗滅的過程延長得愈久愈好，然後這些人愈痛苦畸形愈好。璐安，我不想與你爲敵，這是我提供給白猿大人的遊樂場，只允許白猿大人和他的朋友參與，我希望你離開，讓白猿大人贏。」

「嘿！假模仿師小姐，這不是我的要求，我是要你殺掉她，不是讓你跟她討價還價！」白猿嚷嚷著。

眼看紫蘭似乎有些遲疑，莉莉沉默了一會兒，突然說出了全然無關的話語：「你試過救回你重要的人嗎？你現在知道如何模仿，但你的力量還很不穩定，你還有很多可以學習，譬如用模仿的力量救回你已然失去、即將失去的人，這是有可能的，我的泰邦已經死去，我正在尋找讓他復活的方法，如果你願意，讓我幫你。」

紫蘭抿緊嘴唇，莉莉對紫蘭這些年遭遇到的事情理當一無所知，但不難想像保留地戰爭或許奪走了對紫蘭來說十分重要的人，這是為什麼她會如此憎恨金雞神女。

「你說……復活？你打算復活泰邦？」紫蘭顫聲問：「你的意思是，連死掉的人都能經由模仿復活，既然是這樣……鶺鴒……師傅……」

她倏地安靜下來，自從有幸獲得白猿的指導，她不是沒有試著用模仿的力量重塑鶺鴒的肢體跟心靈，但即便她學會了模仿女子從懷孕到生產的一整個過程，她仍然無法將完好的鶺鴒模仿回來。

而白猿，相處久了以後紫蘭便知道，白猿擅長毀壞，不擅長創造，就連這種折磨金雞神女的方式，也是在白猿示範給她看，如何以模仿讓一名孩子瞬間衰老，直至活生生老死，她才自行領悟的。

如果璐安說的是真的……如果有可能讓鶺鴒恢復如初……畢竟璐安面臨的困境比她更艱難，那可是要復活死者啊！

烏托克的聲音瞬間在紫蘭耳邊響起：小畫眉！不要聽信她的話！她是在欺騙你！

可是模仿確實能夠實現很多不可能的事情，不是嗎？這段時間她從白猿身上學到愈多，她就愈明白這點，可惜白猿連治療傷口的模仿都不甚熟練。師傅也一次又一次試圖讓紫蘭放棄鶺鴒，她甚至以溫柔的言語勸哄：或許，對鶺鴒來說，死亡是更好的歸宿。

紫蘭很清楚是為什麼。

如果鵂鶹從昏迷中甦醒，紫蘭就不會想再復仇了，她會離開這裡，和鵂鶹一起前往保留地。事實上，從很久很久以前，她就不想替烏托克復仇了，或許是在她和鵂鶹生活於垃圾場的時候，或許還要再晚一點，後來總有某些時刻，在夜深人靜之時，紫蘭會隱隱察覺到那個她不敢碰觸的念頭，因爲只要放任自己抓住那個想法，等待紫蘭的就是死，就像此刻，她肩上的圖騰開始作痛。

「你有辦法幫我？」紫蘭抬起頭，認眞地詢問莉莉。

「只要你不介入這場模仿師遊戲。」莉莉道：「等我完成我的任務以後，我會幫助你。」

「閉嘴！復活死者這種雕蟲小技我也會啊！」白猿的幻影怒吼：「你膽敢背叛我？」

紫蘭很清楚，白猿不懂如何復活死者，他也不懂如何讓鵂鶹復原，如果他會的話，以他的個性早已示範給紫蘭看過一遍。不過話說回來，其實一切都不重要了。

小畫眉，不可以——

師傅，一直以來我都想問你那個問題，只是我不敢問。紫蘭在心底對烏托克說：那時的吻，究竟是什麼意思？

璐安的話語是點燃火藥的引信，使她不得不面對自己拚命隱藏的念想，除了始終存在的疑問，還有她長時間故意不去思索的某種可能性。直到現在，那個念頭已然如影隨形，她稍一不注意，就會被其吞噬，最終甚至僅僅只需要璐安的一句話，她就會萬劫不復。

沒有任何意義。紫蘭聽見了來自巢穴內，烏托克的回覆，悲憫、眞誠，就像過去一樣不曾對她有過任何隱瞞，關鍵只在於她願不願意開口問。從來就沒有任何你期待過的意義，阿蘭，我之所以那麼做，是因爲我知道你會爲我奉獻所有，全心全意。

紫蘭露出微笑：是呢，師傅認爲只有圖騰是不夠的。其實她早該明白，阿蘭是最了解師傅的人，烏托克會利用一切可以利用的東西，即便死後也依然掌控著棋局。然而這條路她走得太久也太遠了，如果不愛烏托克，不爲了師傅獻出一切，她如何對得起那個吻，以及師傅交託給她的巴利？事到如今，紫蘭發現，自己對烏托克的情感只剩下愧疚，因爲她不斷隱藏的那個念頭。

她忽然覺得好累，一直逃避那個念頭，讓她好累。

不知道是不是紫蘭的錯覺，她似乎聽見了王璟的聲音，他在遙遠的地方呼喊她，和他好不容易救下來的小改造人一起，他們造了一艘船，但那個小改造人不喜歡她，老是覺得她要讓王璟替自己賣命，因此主動告訴紫蘭他想去練屋替她監視那個劉家孩子，紫蘭同意了，保險起見將一些力量的根系附著在他身上，儘管她其實根本不在乎……她一點也不想破壞他人的幸福，她早就已經不想繼續下去。此時此刻，紫蘭義無反顧擁抱那個再也無法拒絕的念頭。

後悔。

她好後悔，後悔堅持要完成師傅的遺願。

她後悔離開地底洞穴、離開無法看見天空的鶺鴒，她後悔自己說鶺鴒噁心，她後悔和巴利結合，她後悔來到都市區，後悔以模仿師的身分進入金家，她後悔那麼晚才找到鶺鴒，後悔控制了金家，後悔給金雪考驗，後悔花了大把時間在折磨金雞神女，她後悔一直記得那個帶鐵鏽味的吻，她後悔曾如此憧憬烏托克，她後悔自己曾愛她，她後悔自己遇到了她，她後悔自己不再是人，而是一隻繡眼畫眉。

後悔，後悔，後悔。

可是再多的後悔都無法挽回鶺鴒破碎的身體與心靈，她已永遠失去了她。

噢，我的阿蘭……烏托克嘆息，語氣既不失望，也不生氣，紫蘭原本以爲她會生氣的。

或許是因爲她不用生氣，最殘酷的懲罰已然降臨，紫蘭感覺到肩膀上紅色人臉的圖騰漸漸變得愈來愈痛、愈來愈怪異，紫蘭記得師傅給予她的圖騰就是如此特別，當她打從心底背叛她，這個圖騰就會被觸發。在紫蘭眼中，有一張人臉，像烏托克一樣的人臉正從她的肩膀上長出來，鮮紅色的嘴唇向她施以痛吻，開始將她吞噬。

紫蘭聽見白猿咒罵她無用，但她的意識已經愈來愈模糊了……

沒關係，至少她以此換得了鶺鴒重生。

「拜託……你了……她叫……鶺鴒……她在……」

莉莉沉默地望著眼前的殘酷景象，她很清楚失去所愛的痛苦，因此她比任何人都知道該如何說服紫蘭。當紫蘭原先站立之處只剩下她的一條手臂，白色的魔鳥停駐其上，牠歪頭看著莉莉，一會兒後，牠振翅飛離。

「我要殺了你！」白猿的幻影簡直到了火冒三丈的地步。

莉莉沒有看他，她在等待。

隨後，她對著不存在的某個人說話：「你這位朋友已經快氣瘋了，剩下的就交給你。」

白猿狐疑地張嘴欲言時，一名高大、黑髮的男子從陰暗的走道中緩步前來，白猿目瞪口呆，怒火更盛：「黑羊！你總算來了！你這次是作弊！我告訴你，我不會認同你的勝利！」

但黑羊沒有對白猿說話，而是小心翼翼地試探：「導師，您在嗎？您給予的線索我收到了，希望能確認您是否在白猿之中，如是的話，我會想辦法幫助您。」

白猿愣住了：「你在說些什麼？」

「導師，您曾告訴我您以導師身分送給最初的五大家族先祖五隻獸靈時的過程，並告訴我這五人離去的順序預言了未來五個家族的缺陷，當時您佯裝死去前，曾要求五姓人要留在五靈廟跪拜直到三炷香燒完。劉家首先離開是盲信，盲信金家要他先離開是有道理的。古家第二個離開，是傲慢，認為不需要等香燒完。朱家是深情，三炷香燒完後，又再跪拜三次才離開。高家是欺瞞，高家留到只剩高金兩人之後才離開，是因為擔心自己是保留地人的身分被識破。金家是完美的，留到了最後也不肯離開，因此沒有任何缺陷，您曾告訴我，未來有一天，當我有需要的時候可以驅使金家人，他們辦事最得力。」黑羊頓了頓：「這段故事您只對我說過，白猿從未聽聞，就算他聽過也不會在乎，因此當白猿殺人的順序逐漸浮現時，我在想可能是您留下的線索，您在他體內，以他不會察覺的方式，提醒我他犯下了罪。」

此時，宛如呼應著黑羊的詢問，白猿目光茫然，表情出現片刻的空白，接著一個嘶啞的聲音從白猿口中傳出：「來，黑羊，到密冬的皇宮來……」下一刻，男人唯一的獨眼再度乍現光芒，白猿猛然摀住嘴，惡狠狠地瞪視黑羊。

黑羊亦回望他的老友，終於，他眞正對白猿說話了：「你，又做了那件事嗎？」

「啊？」

「吞噬靈魂。」

白猿的幻影看著黑羊，面無表情。

「白猿，你還記得在拔多保留地發生的事情嗎？我們發現人類死後會出現對人生前的模仿，也就是所謂靈魂。那一次，你吞噬了普通人的靈魂，然後你告訴我，你能夠藉由吞噬他人的靈魂體會對方的一生，當時我別無他法，只能將你帶走，但我感覺到，你將爲此上癮。自上次我返回密冬，我發現基地和皇宮裡空無一人，我不知道發生了什麼，我也不相信是這樣……但你是否屠殺了密冬麾下的所有模仿師？並吃掉他們的靈魂？」

白猿默不作聲，許久，他輕輕地說：「這樣不是很好嗎？從今以後，你只能跟我玩遊戲了。」

隨著一聲輕微的「啵」，白猿的幻影消失無蹤。

「接下來該怎麼辦？」莉莉以沒有起伏的聲音問。

黑羊濕潤如草食動物的黑眼睛閃過一瞬冷酷，他舉起手，彷彿洩恨般用力揮下，這一瞬間，無數黑羊曾模仿、製作出的怪物、殺人魔，紛紛從祠堂外的黑暗裡現身，他們是憑空出現的，猶如午夜裡的噩夢具象化，他們走到哪兒都是鮮血，以絕對的殘忍開始屠殺金家宅邸裡的所有人，在人們的慘叫聲中，莉莉跟隨黑羊走出祠堂。

「接下來，是我跟白猿的事。」發洩過後的黑羊語氣重回溫和：「我已替你帶回『年』的身體骨骸，等幫助你完整復活了你的哥哥，我會前往密冬，不過你剛剛答應那位小姐的事情怎麼辦？你是認眞想要幫她嗎？我們時間緊湊，恐怕無法橫生枝節。」

「我沒有要幫她，對我來說，再沒有誰比泰邦更重要。」

莉莉淡漠地說道，她已迫不及待要復活泰邦，惡靈亦興奮難耐，在她耳邊不斷叫嚷著：「太好了太好了！快點！我們就快要可以見到泰邦了！」

當他們離開金雞祠堂，隨著時間過去，尖叫、哭喊和烈火燒燃，一道被遺忘的人影在地上顫抖，她試了好幾次，始終無法從地上爬起來，她太害怕也太慌張了，長久以來施加在她身上的模仿力量驟然間消失無蹤，她彷彿重新取回了自己，儘管，她再也無法回到原本的模樣。

金雞神女此刻只想著要逃，她要活下去，逃出這充滿鬼哭神號的地獄光景，因此她努力嘗試，好不容易終於顫抖著雙腿站起身，她艱難地往祠堂出口走去，沒走幾步，王璟蹣跚的身軀和王璨瘦小畸形的身影從狹窄的走道裡出現，一隻白色鳥兒停駐在王璟肩上。兩名藍眼人冷冷望著神女，極度的恐懼之下，神女再次跌坐在地。她想不通自己為何淪落至此，更不會明白，方才走遠的兩名模仿師之一，就是她忌妒到不能更忌妒的表妹之子。

此後，世上不會再有人注視她，金家的命運也就此化作灰燼。

王璟靜靜地，帶著無限的悲傷與克制走到紫蘭所遺留下的斷臂前，他蹲下身，小心翼翼撿起紫蘭的手臂，將之放在一條柔軟的毛毯中，輕輕包裹。

王璟對身旁年輕的藍眼人開口：「這下你高興了吧？一直悄悄耍些手段，讓她許多計畫無法順利進行，可她從來沒有生過你的氣。」

「我沒有……」王璨倔強地爭辯：「我沒想要她死，只是給她製造一點麻煩，我不想要您一直受她利用。」

「蠢貨！你從來不明白——算了，我知道你沒想她死，否則絕不會再留你。」王璟讓王璨退到一旁，擁著被毛毯包裹的斷臂，喃喃自語：「船就快造好了啊，我們不是約好一起去外面的世界看一看嗎？走吧，我知道一部分的你還活在獸靈體內。別擔心，鶺鴒我也帶著的，畢竟那是阿蘭你重要的寶物。」

王璟轉身離開，他肩上的白色魔鳥發出輕柔、如同安慰般的鳴叫。王璨快步跟上，他們的身影逐漸消失於愈發明亮的火光之中。

金雪與劉阿哞．前往保留地

金雪在半路上便醒來了，他醒來後，靛藍色的眼睛透過覆蓋臉面的獸毛凝視劉阿哞，使他相信自己的朋友依舊還在，只是不會說話了。那又有什麼關係呢？反正劉阿哞也不會說話。

正這麼想著，金雪對他比了手語，他細長的手指比起手語沒有絲毫不方便，劉阿哞輕易就能看懂：我們要去哪裡？

劉阿哞幾乎流淚。

離開這裡，愈遠愈好。劉阿哞比道，他想起逃往保留地的朱家人，既然那些人能前往保留地生活，或許他們也可以。金雪的手又比出一些問題，但劉阿哞假裝忙著趕路，沒有回應，他還沒辦法讓金雪知道，金家已被模仿師毀了，他們永遠都無法回去。

可是轉念一想，這或許並非壞事，是的，他們努力的一切全都付之一炬，未來夢想俱毀矣，那棵初初種下的幼樹，或許也成焦炭。

但他還活著，金雪還活著。什麼都沒有了，他們還有彼此。無家可歸，也就哪裡都可以去了。

這是劉阿哞不曾想像過的自由，冰冷無情的自由。

劉阿哞將金雪揹在身後，走了很遠很遠，一直到周遭的景色變得荒涼，不再有人類建築，只有一片蓊鬱蒼翠的森林，他們從未來過這樣的地方，就是朱家的靈山、古家和高家的樹林，和這一望無際的綠意相比，都是微小的花園罷了。

面對如此深遠龐大的森林，劉阿哖依舊沒有猶豫，他逃出金家不久後便聽見了無數尖叫，隨後是熊熊燃燒的火光，金家已毀，他如今必須保護金雪，他要讓他活下去。

於是劉阿哖揹著金雪走入森林，起先小心翼翼，因這樣的地方他未曾涉足，他不知道會遇上什麼。話說回來，都市區內的森林沒有多少野生動物，即便有，也早在糧食缺乏的時候就被獵捕殆盡了。保留地的樹木遠比都市區的樹木更高大，劉阿哖走了幾步，樹蔭遼闊，他們一瞬間進入了微涼、帶有獨特清香的樹林。此時一道黑影因他們的入侵驚慌躍起，那是劉阿哖從未見過的生物。

他走得愈深，便看見愈多不可思議的動物，所有屬於灣島保留地的動物，牠們因被驚動而四下奔逃，金雪也看見了，他的手在劉阿哖面前比著手語，描述他曾在古籍上看見的灣島動物之名。

山豬、山羌、水鹿……劉阿哖想，原來這才是灣島真正的動物，不是像獸靈那樣的存在。

他從未見過如此美麗、神祕的動物們。

第五部　復活

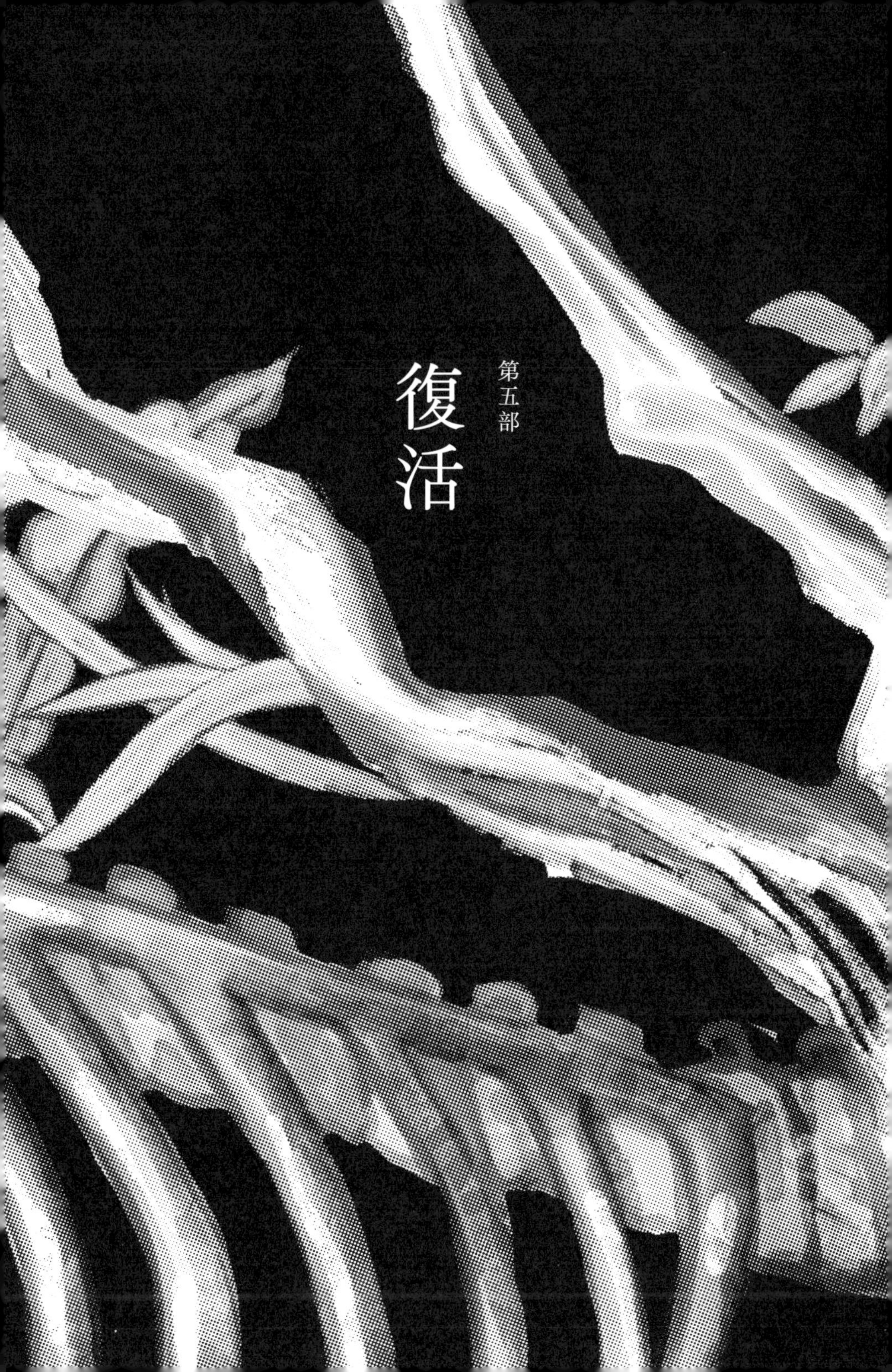

獨行中陰　一切親愛離　現見惟我　自識空幻相

——《中陰得度》

拔多保留地——札希

多年以後，札希回想起年幼時看見拔多羚羊在碎雪中的遷徙，他懷疑那或許是一個幻象。因爲拔多羚羊在很久以前便滅絕了，約莫是從他們將犛牛毛織成的黑色帳篷換成政府發放的防水布帳篷以後，也或許是鐵路開始鋪設以後，總之，已經是很久很久以前的事了，隨著外來的密冬人愈來愈多，這裡的動物愈來愈少，然後保留地劃分，密冬人又全都走了，留下他們掙扎著回到過去的生活。

可是已經無法回到過去，曾經騎過摩托車，又怎麼會記得要如何騎馬？曾經使用電燈，又怎麼會習慣提煉酥油點燈？但他們不得不如此，生活要回到過去，可是記憶不行，政府告訴他們，曾經發生過的事情，就讓其淹沒於時間裡吧，你們終於可以像以前那樣自由，既然如此，就開開心心地過。

只在偶爾的時候，札希會聽見老一輩的人悄悄講述聖人在火焰裡跳舞的傳說。

札希看見羚羊的那天，恰好是他父親的葬禮。

在保留地，人死後要誦讀經文長達四十九天，札希偷偷溜出儀式現場，往無人之地走去，那時他僅有五歲，知道的東西還不多，因此不像其他的保留地孩子那樣，對祖輩的選擇感到憤憤不平。

如果當初選擇離開保留地就好了。那些孩子想：就不用過苦生活，等待不知何時會出現的獸靈。

是啊，都是因爲獸靈的關係，讓他們被困在保留地將近半世紀。

自從獸靈的傳聞出現，以過去的無人區作爲中心，密冬政府將遼闊的高原劃爲保留地，命名「拔多（Bardo）」。爲了給予可能誕生的獸靈自然且原始的環境，鐵路和馬路被廢棄，高科技產物和各種現代化設備都從保留地中撤除，唯一的例外是保留地邊界的禁區，密冬政府安排了巨大可怕的「機器」看守，禁止未經允許的人進入，理所當然，保留地人也被禁止離開。

然而，密冬政府又給了這些年輕孩子希望。

「如果被挑選成爲模仿師基地的學生，就可以離開保留地。」

每年夏天和冬天，會有一群來自外面的輔導團通過邊界，向村子宣導新的政策，並贈予經過檢測安全無虞的糧食。輔導團成員由密冬醫生、地理學者、獸靈研究者、科學家和模仿師基地招募員所組成，醫生會檢查村裡人們的身體健康狀況，地理學者沿著廢棄的道路深入腹地，獸靈研究者有時訪談村裡的人，有時和科學家一同前往拔多保留地各處，尋找任何動物的足跡。孩子們最喜歡來自基地的招募員，基地招募員總是笑臉迎人，會給他們分發甜蜜的糖果，還會講述和傳說中的模仿師紅鳳有關的趣聞。

「如果想成爲模仿師，可以跟我報名，不過你必須先證明你有那種天賦。」招募員說完了故事，總以同樣的話語作結。

「要怎樣才能證明呢？」一個孩子問。

「唔，模仿師通常都是心思細膩的人，因此你們要仔細聽、仔細看，你的爸爸媽媽有沒有說奇怪的話？有沒有叛徒侮辱密冬之主？還有最重要的呀，是有沒有人生病發燒，像野獸一樣發狂，有沒有人看見早就已經滅絕的動物，只要能告訴我們這些事情，我們立刻就能帶你走喔！」

每當招募員說完話，孩子們的眼睛都閃閃發亮。

以至於有一次輔導團離開，札希聽父親說別看這些人溫和友善，他們每一個在密冬都是位居要職的政府官員。札希那時就有了不好的預感。

札希想，父親老愛說東說西，最後才會隨隨便便就死掉了。

父親是在前往湖邊撿鹼塊時落水溺死的，他的屍體被村代表人拖回來，父親的後腦杓有一個洞，裡頭露出鮮紅色的肉，沒人能告訴哭泣的母親爲什麼溺死的人頭上會有那樣一個大洞。

村代表人把父親頭上的洞用純白色的哈達填滿，並親自操辦了父親的葬禮。有整整四十九天，他們爲父親念誦經文，按照傳統作法完成所有儀式。札希往後時常爲此感到困惑，爲什麼上一輩的人幾乎已遺忘了過去的游牧生活，卻對如何處理他人的死亡依舊熟稔於心？

父親死後，一切都失去了意義，札希對其他人認眞舉行葬禮感到反感，總覺得他們從未好好活過，只在人死後才莫名愼重。父親已經不在了，與其待在矯揉造作的葬禮現場，札希寧願走遠一點，替傷心又體弱的母親尋找一些珍稀藥草。彼時，札希離開平穩的舊時道路，往遠方的黑色山脈前進。

和其他孩子相比，其實札希並不特別喜歡輔導團的人，也無從想像保留地以外的生活，他不像其他孩子那樣渴望被選入模仿師的受訓基地，他更習慣保留地的日常，他了解這裡的一草一木，包含他即將前往的黑色大山，札希的生活未曾出現過上一代念念不忘的電腦、手機和汽車。他只記得父親教導他如何辨別蟲草、貝母等藥草，以及到哪裡才能找到它們，他記得如何煮好喝的酥油茶，他知道如何捕捉稀少的小動物作爲肉食，雖然母親不願意吃小動物，她認爲那有可能是自己的親人轉世而來。

無論如何，當札希望見遠方的土地上有著一小片移動的黑影，他不知道那是什麼。

結霜嗎？還是灌木叢或岩石？是一個坑洞？還是海市蜃樓？隨著他愈走愈近，黑影從模糊的地面抬頭，細長的黑角指向天空，只有一隻角，另一隻不知所蹤，即便如此，札希仍舊能辨認出那是只存在圖畫書裡的拔多羚羊。

剎那間，時間停止了，冥冥中一種特殊的關係在他們之間建立，那是獵人與獵物的關係，彷彿意識到這點，拔多羚羊轉頭逃跑。

等一等！札希在心中呼喊：等等我！

他朝那隻拔多羚羊追去，天空卻突然下起了冰雹，打在他身上疼痛不已，他將隨身布包擋在頭頂，又跑了一會兒，透過手臂之間的縫隙，他看見一小群拔多羚羊的黑影正橫越遠方的廢棄鐵路，古怪的是，其中有一熟悉的人影，那是札希死去的父親。

他朝札希微笑揮手，猶如一名舊時的牧羊人，和早已滅絕的拔多羚羊鬼魂逐漸遠去。太遠了，他追不上了，冰雹也讓他難以繼續前進，父親的微笑、獨角羚羊和自己對視時那雙濕潤烏黑的眼睛，卻使札希再也無法忘記。

當札希終於一身狼狽地返回村子，他的母親沒有責罵他，只是將他緊緊抱在懷中。

「我以爲我連你也要失去了。」

母親用麥粉和酥油搓揉成團，小心餵他吃下，札希因飢餓和寒冷大病一場，期間高燒不止，他夢見那隻獨角的拔多羚羊行走在黑色的大地，札希追著牠，可牠只是不斷逃離。

當札希醒來時，已經是初冬。

「葬禮……」

「早就結束了。」母親破涕爲笑，她告訴札希他有多麼接近死亡，當時村代表人前來，摸著他的額頭告訴母親，這不是「徵兆」，他只是受了風寒，又因此患上高原地帶常見的肺病。

在札希的要求下，母親細細講述了父親的葬禮，這些年來保留地內普遍採用曝葬，因爲能夠帶領死者升天的禿鷹已經消失多年，而火葬會殺死死者體內的微生物，太過殘忍。他們只能將屍體置於荒野，等待時間過去，死者會留下骨骸，他們用槌子敲碎骨頭成粉末，撒在死者生前最喜愛的地方。敲碎骨頭更意味著密冬的模仿師將無法利用骨骸復活死者，褻瀆他們親愛的家人。

父親的碎骨就撒在村子周遭，繞行一圈，最終回到家裡。

札希喃喃地說：「我看見了鬼魂。」

「什麼？」母親問：「你說你看到了什麼？」

札希安靜下來，良久，他又問：「阿媽啦，人死後去了哪裡？」

母親將他抱在懷中，輕輕搖晃：「我不知道人死後去了哪裡，或許你的阿爸已經轉世到下一個生命，但我們是不會知道的。」

「那在轉世以前呢？」札希艱難地問：「他會……我會看見他嗎？」

母親捧著札希的臉，認眞地凝視他：「轉世以前，他會在拔多，就在這裡。」母親說的話好奇怪，但札希大病初癒，實在太累了，在母親的懷抱中，他沉沉入睡。

不久以後，輔導團再次拜訪，這次他們除了進行例行性的宣導和調查工作以外，也要求要回收父親的遺物。札希感到很困惑，在過去，只有背叛政府的保留地人才會被輔導團收走私人物品，他不知道父親犯了什麼錯，以至於政府要收走父親的東西。

母親帶著札希站在外頭，任由輔導團的人搜查他們的家，札希注意到母親握著自己的手掌心裡，緊貼著小且薄的紙片，而母親微微顫抖，等待輔導團結束搜查。

今年冬天輔導團的成員特別多，除了科學家和研究者以外，多了幾名穿著制服的高壯男子，搜查主要由他們進行，結束了屋內的搜查後，基地招募員和那些男性勾肩搭背地閒聊，說過幾天離開要請他們喝一杯，招募員經過札希和母親，札希感覺到母親的肩膀終於放鬆下來，卻在這時，招募員道：「別忘了，母親和孩子身上也要搜。」

母親再次顫抖起來，這一次，札希知道他們躲不過了。

「看吶，這裡有一張舊轉世者的照片。」當母親掌心的紙片被發現，札希聽見基地招募員輕聲說。

在保留地內，擁有和過去歷史相關的物品是不被允許的，尤其是舊轉世者的照片，保留地人相信他們過去的統治者死後會藉由轉世，以孩童的模樣重回世間，被稱為轉世者。但自從密冬政府規定轉世必須獲得政府認證，他們難以相信由政府規定任命的新轉世者，因此有些保留地人會小心藏起早已流亡他處的舊轉世者照片，暗自崇敬。

母親開始低聲啜泣，她說那是父親留給她的，要她好好保護，父親沒能留下什麼東西，只有這張照片，是父親生前經常帶在身上的。

「也就是說，你的丈夫是叛徒，你也是叛徒。」招募員的語氣依舊輕柔和緩，卻令札希不寒而慄。「叛徒會有什麼下場，你不會不知道吧？你的孩子還那麼小，你忍心離他而去嗎？」

母親依舊在哭，而那幾名高大男子已經朝母親圍攏過去，他們抓住母親的手，讓她哭得更大聲了。

「我看見拔多羚羊。」突然間，札希的聲音清晰地響起。見招募員面色木然，札希再次重複：「我看見了拔多羚羊，可能是像書上說的那樣，牠們在遷徙，就在廢棄的鐵路那裡，有一整群，其中有一隻拔多羚羊，只有獨角，牠讓我生病，我夢見牠，牠一直在呼喚我。」

札希知道這聽起來像什麼，他看見母親的神情愈發驚慌，她的嘴唇發抖：不，不，不——

「帶我走吧，我想成爲模仿師，爲密冬效命。」札希小小年紀，說的話卻沉著穩重：「希望這樣能將功贖罪，讓您放過我的母親。」

啪！札希的臉上火辣辣的，母親竟掙脫了男人們的控制，衝過來就給了他一巴掌。母親的眼睛充滿了淚水和絕望。

「別說了！你在說什麼啊？你只是得了肺病！也沒有看見什麼羚羊！札希，你爲什麼要說謊？」

札希摸著臉，他知道母親這麼做的用意，但已經來不及了。招募員讓男人們再次抓住母親，看了他一會兒，旋即露出微笑：「你母親說的是眞的嗎？如果我發現你說謊，後果會很嚴重……」

「我知道，我眞的看見了，你們如果想派人去找，我可以帶路。」

招募員靜靜思考一陣子，搖頭說道：「用不著，你已經給出我們需要的東西，整個保留地亦在密冬之主的掌控，我們有更好的團隊可以追蹤，在我們確定你說的是眞的以前，你可以和我們一起走。」

札希聽見母親爆發出一陣如野獸負傷般的哭聲：「不！不！不要！求求您……」

招募員拍了拍札希的頭，和藹地道：「我們明天離開，今晚就讓你和媽媽好好道別吧。」

夜裡，母親背對著札希飲泣，札希拉扯母親的衣角許久，才讓她願意轉過身來。母親的眼睛哭腫了，讓札希心痛不已。

「你這個傻孩子，你怎麼會那麼傻，我死不足惜，你又爲什麼要說謊？」母親的聲音又細又啞。

「我沒有說謊，阿媽啦，我眞的看見了拔多羚羊，我只是沒有跟你說。」札希輕拍母親的背，給予安慰：「不要擔心我，不過是去模仿師基地學習……」

「你什麼也不知道。」母親淚流不止：「要成爲模仿師沒有那麼容易！必須經歷無數慘無人道的考驗和酷刑，很多的孩子在過程中死了，再也沒有回家。我只剩下你了，要是你也死了，我該怎麼辦？」

札希有些心慌起來，但他仍努力保持平靜：「沒事的，我會撐過去，阿媽啦，我會回來見你。」

整夜裡札希都在安慰母親，直到母親像孩子般哭得累了，最終不安穩地入睡。

隔天一早，招募員便來接他，札希揹起母親爲他準備好的布包，邁步離去，他轉頭看向母親，卻發現母親背對著他，編成細辮子的長髮垂落肩後，一顫一顫。

札希的眼眶紅了，招募員牽起他的手，帶他坐上吉普車。

車上，招募員告訴札希，因爲他的出身不高，會先將他安排在距離保留地最近的學習基地，而非直接前往都城的模仿師基地。

「這也是爲了確認你說的情報是否爲眞。」

車子轟轟地發出聲響，震動著開始行駛，札希從後照鏡看見母親追出來的身影，她揮著手，呼喊著什麼，他已經聽不見，他不敢動彈，車上所有輔導團的成員都一瞬不瞬地盯著他看。

從村落到邊界乘車需要三天，札希一路上睡睡醒醒，餓了便吃輔導團提供的果乾充飢。當他又一次昏沉沉地醒來，他看見了密集的建築，以及人工種植的樹木，樹木高聳，建築則散發冰冷光澤，頂端的反光猶如新雪。令札希震驚的是，那些建築緩慢移動起來，顯露眞身，原來那並非建築，而是巨大的密冬機器，它們外形如同小山般高的蜘蛛，朝天空伸展細長尖銳的前肢，以令人毛骨悚然的方式爬行。

「哦，你醒了，我們已經到檢查站，很快就要離開保留地。」招募員對札希說道。

「那就是機器嗎？」札希望著窗外，問：「它們要去哪裡？」

招募員微笑：「當然是按照你給的線索去獵捕我們想要的東西。」

輔導團成員向檢察站的管理人遞交文件時，札希和司機留在車內，不一會兒，外頭突有暴風雪席捲。輔導團成員氣急敗壞地趕緊完成手續，返回車內，催著司機趕緊開車離開這不毛之地。

札希最後一次望向保留地的光景，看著大雪裡迅速移動的發亮機器，正是按照他提供的方向前往追逐拔多羚羊，他心中閃過後悔，他暗自祈求機器不要找到拔多羚羊，不要抓住牠們。

札希十一歲時離開學習基地，前往都城的模仿師基地。在他的記憶裡，學習基地的學生很多，總是吵吵鬧鬧，形同專職收容少數民族孩子的幼稚園，老師幾乎不管他們，每隔一段時間會有來自都城的招募員和老師們交談，帶走幾個孩子，除此之外，札希的生活十分平靜。

每天除了玩樂和用餐，老師們會花時間爲孩子講故事，藉由故事讓他們理解「模仿」的基本原理。

「這個世界是虛假，世界之外有另一個世界，那才是眞實。」故事往往以此作爲開頭：「偉大的密冬之主是第一個參透此事的偉人，他同樣成爲第一位模仿師，他的稱號是他自行選擇的，他的獸靈也由他獨力捕捉……」

聽著這些故事，札希老是感到昏昏欲睡，只當老師說起模仿師紅鳳的故事，他才精神抖擻地正襟危坐，認眞聆聽。

畢竟紅鳳的發跡之路實在太過傳奇，和密冬之主不同，紅鳳的能力不僅在於模仿，據說他同時也是世界上第一個發現獸靈存在的人，如此說來，與模仿和獸靈有關的兩個第一，都由密冬人占去，密冬不愧爲世界上最偉大的國度。紅鳳和密冬之主昔爲好友，密冬之主更看重對模仿力量的追求，而紅鳳則偏好尋找獸靈，因此紅鳳在密冬各地均留下了獵捕獸靈的冒險事蹟，爲人們所稱頌不已。

札希沉醉於紅鳳的故事，時間總是很快過去，老師趁著孩子們集中注意力，會乘機教導他們基本的模仿原理。簡單來說，世界上充斥著模仿的力量，而模仿師能夠以心靈驅動這些力量，產生足以改變現實的效果。目前密冬的模仿師研究出了五種主要的模仿形式，然而老師們說，模仿這門學問深不可測，或許還有許多未知的模仿等待人們探索。

最初階的模仿是針對事物外觀的模仿，只有形體，無法影響現實，這種模仿被稱爲「幻象」。

其次，這個世界上萬物間彼此模仿，產生具有力量的連結，只要找出相互關聯，就能將一樣東西的特質轉移到另一樣東西之上。意即，一名模仿師以肢體模仿一隻大象，便能獲得大象的力氣。有些模仿師更擅長模仿他人，將對方五官外貌的特徵轉移到自身，藉以改變容貌。而在密冬經常使用的「圖騰」也源於此法，將事物的力量凝聚於以簡單線條描繪出的圖騰，若模仿的對象是一隻獸靈，更能使獸靈的特殊能力被附加在圖騰上。凡此種種，不一而足，這類模仿統稱爲「移狀」。

若你想要一樣東西，但那東西不存在，只要你對那樣東西具備完整的知識與了解，你就能藉此模仿出原本不存在你手中的物品。譬如一名優秀的模仿師能夠憑空變出黃金，前提是必須知道黃金的基本元素，知道它碰到火會變成怎樣，將黃金握在手中時的觸感，它過去是什麼，現在是什麼，未來又是什麼，你了解得愈多，模仿就愈成功。這種憑空造物的模仿稱作「創煉」。

前述三種模仿形式互相搭配，便能衍生出更爲複雜的模仿技術，模仿本身呼應實踐的困難，有時更必須增加促進成功的手段。舉例來說，曾有一名模仿師在乾旱時期模仿大雨，那是「創煉」，然而本質愈複雜，或者愈單純的事物，模仿起來愈困難，因此須透過現實媒介達成。那名經驗豐富的偉大模仿師僅僅以簡單的手勢作爲媒介，以手模仿烏雲群聚、大雨滂沱的模樣，便順利創煉了大雨，解決乾旱。

媒介不僅限於肢體動作，也可能是一段詩句，一首歌，或者一幅畫。

另有一種被稱作「模仿體」的混合技術，是以創煉憑空造物，又以移狀改變此物的性質，增添模仿師個人風格，如此被製造出來之物與原來的眞物不盡相同，在全然聽從模仿師的命令之餘，也能於一定限度內獨自行動，是相當高級的模仿技術。

第四種模仿名爲「拆解」，其實只是前面三種模仿的破除法，是撤除模仿的基本技術，乍聽之下簡單，實際做起來非常麻煩，因爲一名模仿師通常不只要拆解自己做出的模仿，有時也需拆解其他模仿師的模仿體、幻象、移狀或創煉，這意味著進行拆解的模仿師，同時必須在腦海內模仿另一名模仿師進行模仿時的思考與想像，從中找出另一名模仿師下手時的線頭，再以拆解的模仿慢慢去除。

至於最後一種模仿，札希覺得老師們解釋起來有些含糊，只知道那是一種重現「已不存在於世」的技術，札希認爲和創煉豈非毫無二致？可老師們告訴他，第五種模仿是針對生物所做的模仿，該生物曾經活著，後來死去，第五種模仿是以模仿師對那生物生前的了解，完完全全復活死去生物的技術，因而名爲「復生」。能夠完成這種模仿的模仿師極爲罕見，所需媒介也非同一般，通常會以死去生物的骨骸作爲最佳的媒介。

儘管老師們並未詳細說明，但札希隱隱意識到這第五種模仿之所以困難，恐怕是因爲其模仿的對象是死去的人。

創煉可以模仿出一隻兔子，一塊石頭，一株植物，但這兔子、石頭和植物，都不會是原本的兔子、石頭、植物。換言之，復生兔子比復生人類簡單，因爲對人來說不同的兔子彼此間無論習性、外觀都差異不大，而人則不同。

每一個人都是獨特的個體，復生一名人類必須連同死者生前的種種生命經驗一一模仿，才有可能複製出相同的人。

札希在學習基地第三年便能做出幻象，而且是巨大的幻象，他讓整個學習基地被保留地嚴冬時的暴風雪席捲，老師們起先驚慌失措，直到發現空氣並不寒冷，這才讓較有經驗的老師以拆解解除札希的幻象。

隨後他們激動地聯絡了當初帶札希前來的招募員，請求他一定要把札希帶到都城。卻不知是不是保留地的機器尚未找到拔多羚羊，招募員沒有前來學習基地，札希就這麼待在這裡，一天天地長大。

他十一歲時，學習基地內的老師告訴他，再也沒有什麼能夠教他的了，這兒的老師普遍只懂得幻象和拆解，以及一點點移狀，倘若他眞想成為模仿師，必須請求招募員帶他到都城。

札希親自打了電話，電話那頭傳來招募員熟悉的輕柔嗓音，他說他們追逐了那麼久，終於找到了一串羚羊的腳印，或許能夠作為他沒有說謊的證明，於是，招募員聯絡了都城的模仿師基地，不到幾天便有人前來接走札希。

來人同樣是招募員，卻和札希所認識的招募員不同，來自都城的招募員身穿西裝，不苟言笑，周身散發冰冷的氣息。他一語不發地將札希帶上一輛黑頭車，緊接著是漫長的旅行，札希回想起從保留地離開時的情景，漫漫長路，他離故鄉是愈來愈遠了。

他曾有幾次問起母親，以及保留地內的人們，招募員只說他的母親一切都好，現在她的性命就掌握在你的手上了，好好在基地裡學習，成為一名能為密冬之主帶來助益的模仿師，將來母親的生活就會比好還要更好。

數日後，札希初次踏上都城的土地，在此之前他從未見過如此多的人們，以及比保留地的機器更為高聳的建築，各種現代化商店林立，且各個窗明几淨，行走的人們流露幸福的笑容。彼時密冬政府初將模仿的技術運用在科技，街道已逐漸產生變化，新的機械、儀器和交通工具取代舊物，但札希無論如何連舊時的發明都不曾見過，一切對他來說都是嶄新。

都城的招募員無意讓他沉浸於大城市裡的繁華，車子很快開進了一片荒漠，外部有通電的鐵網阻隔，他們經過數個檢查站，最終抵達了宛若仙境的模仿師基地，在那兒，有筆挺的樹木和鮮花，碧波閃動的湖泊，以及風格典雅的教學建築。這是被刻意建造出來的夢想之地，讓所有可能成為模仿師的孩子在其中生活、作夢，讓他們逐漸忘記自己是被關住的，也忘記了蓊鬱蒼翠的樹林之外是一片沙漠。

都城招募員將札希引介給基地內初級學生的老師後，便頭也不回地離開。

「雖然你可能是費盡千辛萬苦才來到這裡。」初級老師告訴札希：「但你要有心理準備，來到模仿師基地以後才是眞正的開始，你會嘗到比之前強烈百倍的辛苦。」

札希點了點頭，那時他還不知道老師的意思。

很快地札希在都城的基地內展開新的訓練，他發現訓練不僅嚴格，競爭也頗爲激烈，一開始有數萬名初級學生一同學習，隨著每週一次的例行考試漸漸淘汰，據說到了最終的初級考試，往往只剩下百來名學生，完成初級考試，將成爲進階學生，再往上則是見習模仿師。

以課程來說，初級學生的學習就和一般人沒有什麼兩樣，卻以更爲刁鑽的方式，強迫他們背誦世間萬物的艱澀知識，務求融會貫通，而那意味著無限。他們須學習世界各地的文字，尤其是象形文字，因爲象形文字具備了模仿的特質，比表音文字更有力量。此外他們也須學習世間所有的音樂，學習各式各樣繪畫的技巧，甚至舞蹈，其中最特別的是遊戲的學習，基地內的老師將學生分爲幾組，各自玩不同的遊戲，如下棋、紙牌或最簡單的捉迷藏、跳房子、賽跑。遊戲讓他們互相競爭，札希認爲那是鼓勵他們將彼此看作對手，以激發學習動力。

遊戲使一些格外出色的孩子嶄露頭角，札希聽聞其他學生悄悄討論誰會率先成爲進階學生，最終成爲見習模仿師，屆時密冬之主將親自贈予獸靈結合，在此之前，眾人都殷殷期盼獲得獸靈的日子到來。

卻有一個例外，那是一名住在獨棟小屋的男孩，一頭鼠灰色長髮，個性陰沉古怪，不常到公社用餐，據說他在故鄉和家人以盜墓維生，一次意外中與獸靈結合，當地的招募員得知此事，立即前往爭取這個孩子，並奉上相當可觀的一筆金錢，他的家人於是將他賣給了基地。男孩一到基地就擁有獸靈，因此被分配了獨立的住所，他從不和人交談，每日只願和自己的獸靈一同待在住所，接受專門老師的教導。

基地內的老師不時提起他，稱他很有模仿的天分，年僅十歲便通過了初級考試，成爲進階學生。

其他孩子或許是出於嫉妒，也可能單純恐懼，他們認爲那個男孩奇怪得很，避之唯恐不及。札希偶爾見他出現在基地內少人經過的樹林時，他總是和獸靈一同呆坐，赤裸著雙足和上半身，猶如野獸般原生態的眼睛無神地望著不遠處的人工湖。也有那麼幾次，札希看見樹林中有人影在男孩身旁，細細地交代著什麼，札希想或許是基地內的老師對他特別照顧，更證明了這個男孩有多麼不凡。

男孩的獸靈是一隻猿猴，前臂很長，面部有白毛，身體毛髮則爲黑色，札希當時還不知道牠特定的名稱，只聽男孩稱其爲「小猴子」，札希便想起故鄉的傳說：所有的拔多人都是由一隻猴子和一個女妖生下的，慈悲的猴子是菩薩的化身。猴和猿，札希當時還無法分辨不同，只覺得男孩的獸靈使他想起故鄉。

札希即將面臨第一次例行考試前，遇上了一個麻煩。

過去札希驅動模仿力量的媒介大多是拔多文字，還在學習基地時，老師們並不介意，但當都城基地的老師發現札希使用拔多文字作爲媒介，模仿植物從盆栽裡生長，老師立刻嚴厲地要求他不可再使用拔多文字，只能使用密冬文字。

札希禮貌地詢問了原因，老師便稱拔多文字是被禁止的，加上是拼音文字，反正也不比密冬文字更有力量。儘管如此，老師話鋒一轉，又告訴札希若他眞的偏好以表音文字作爲媒介，那麼奧馬立克字母也可以，不一定要用拔多文字。

爲此札希十分苦惱，他不想違逆老師，但若用密冬文字作爲媒介，就無法產生同樣的效果，札希的學習遇上了瓶頸，落後其他學生一大截，他必須花上更長的時間練習，一遍又一遍書寫無數的密冬文字。最終在例行考試中，札希好不容易用密冬文字模仿出一朵小花，他將花送給考試老師，讓那名上了年紀的女老師笑得露出一口白牙。

其後的例行考試大抵如此，他們運用學會的模仿技術完成老師的要求，札希也從一朵花逐漸進步到能用密冬文字作爲媒介，模仿出枝葉扶疏的大樹。如此經過一年，原來擠滿了萬名初級學生的模仿師基地，最終只剩下三千多個初級學生。

那年冬天，札希被老師叫進了辦公室，告訴他有人找他。

札希一走進辦公室，便看見了熟悉的招募員，那帶領他離開拔多保留地的招募員，看上去還是跟札希初次見到時一樣，臉上沒有增添任何皺紋，笑容也依舊和煦。

「你們找到我說的拔多羚羊了嗎？」札希劈頭就問。

招募員搖搖頭，臉上笑意更深：「雖然還沒，但用不著擔心你會因說謊受罰，你的資質不錯，老師們對你有很高的期許，我現在動不了你跟你母親，不過，我們會繼續搜尋，我相信你那天說的是眞的。」隨後他在札希面前蹲下來，讓他們視線齊平：「想不到你能靠一己之力走到這一步，我很驚喜，拔多保留地內竟然有你這樣的孩子，能得到你是我的幸運。」

「幸運」。那正是札希名字的意涵，招募員的話讓他有些不自在，幸好招募員並未多說，在簡單地告知札希母親無論身體或生活狀況一切都好之後，招募員很快離開。

「那位大人如此重視你，要好好努力啊，千萬別讓他失望。」基地老師們親自送走招募員，隨後留下意味深長的話，讓札希困惑不已。

隔年春天將舉行從初階學生躍升進階學生的考試，老師嚴肅地告訴札希，這次考試和過去考試完全不同，很多學生在這個階段放棄，甚至被淘汰，無論放棄或淘汰，等待他們的都是長達數年的苦力工作，因爲在基地受訓花費高昂，倘若無法成爲進階學生，他們必須以勞力償還政府在他們身上投注的資金。

札希覺得自己做足心理準備，無論要他模仿出一棵參天大樹，或一整座池塘，他都有自信辦到。

隨著初級考試的日子到來，老師們整理出一間小教室作爲考場，當天有意參加初級考試的初級學生能在任何時候進入考場，完成考試，中間倘若失敗或覺得準備不足，可以隨時離開，並重複挑戰，然而必須在當天午夜十二點前完成初級考試，否則會被視爲淘汰。

考試當天，小教室外從凌晨便排了長長的隊伍，札希不願浪費時間等待，便想晚一些再去考試，沒想到僅僅過了兩個鐘頭，隊伍已經完全消化完畢，考場外一個學生也沒有。

札希雖然感到奇怪，也無意深究，趁著無人，他快步走進小教室。

在密不透風的室內，僅有一盞小燈燃亮，札希發現主考官並非過去例行考試的老師，而是札希從未見過的男人，他面無表情地坐在桌子對面，桌上放了一把銳利的鋸子。

見札希走來，主考官等他坐下，詢問了名字和簡單的個人資料，隨即以百無聊賴的語氣說：「現在請將你的一隻手鋸斷，然後用模仿恢復。」

他的語氣如此平淡，像是在談論天氣，札希以爲自己聽錯了，他請主考官再說一次，而對方以同樣的語氣複述考試內容。

札希開始發抖，他感覺視線的邊緣發黑，胃部古怪地抽緊。

這怎麼可能呢？怎麼可能有人辦得到呢？他愣愣地想。

彷彿看穿了札希的猶豫不決，主考官打量著他，冷冷地道：「如果你想放棄，就請離開。」

札希幾乎落荒而逃，他雙腿發軟，跌跌撞撞地跑進人工湖旁的樹林，只希望離考場愈遠愈好，也但願不要被其他人看見自己可恥的模樣，可是隨著他離開那陰暗滯悶的空間，札希緩緩恢復理智，讓狀況變得更糟，因爲札希開始考慮到後果，假如沒能完成初級考試，他不僅會被送走，就連母親也將失去庇蔭。

札希陷入深深的思考。

除了初級考試以外，其實也有在那之前就被淘汰的學生，因施行模仿出錯，導致走火入魔，這些學生狀況嚴重的會被送出基地，但下場比沒能通過考試要好一些……因爲，那些學生早已變得比死更慘。

模仿力量失控造成的後果千變萬化，札希曾聽聞正在創煉的人無法停止製造黃金，以至於整個人被金塊淹沒；他見過能力不足的初級學生在睡夢中無意間使出幻象，於是從此無法分清現實和夢境，再也醒不過來；他也聽基地內的老師說起善於移狀的學生被模仿本源吞噬，五官如蠟般融化，怎樣都不能恢復。

札希望著面前的湖發呆，他的肩膀顫抖，不知道是否要僞裝出那般慘況，如此或許還能護住母親。

「喂，你擋住我的視線了。」陡然間，一個聲音粗魯地喊道。

札希回頭一看，發現是那名擁有獸靈的灰髮男孩，他就坐在距離自己不遠的地方，可能是札希太過驚慌失措，以至於沒有發現。男孩的獸靈也在，看著札希的目光沉靜而溫柔。

「抱歉。」在這一刻，札希意識到自己和男孩的差距有多大，男孩早已通過可怕的初級考試，那是如此困難。站在他面前，札希感到無地自容。然而是眞的嗎？那樣殘酷的考試內容，他眞的通過了？他眞的鋸斷了自己的手？那不是很痛嗎？

「對了，你們今天有初級考試。」彷彿突然想起一般，男孩搓著下巴問：「你通過了嗎？今年的題目是什麼？」

出於札希所不知道的原因，他開始對男孩講述考試的內容，甚至是他的恐懼，或許是期待男孩能夠幫助自己，畢竟他年僅十歲就通過初級考試，或許他知道什麼札希不曉得的模仿技巧？或許他可以不用眞的鋸斷自己的手……

然而男孩卻說：「今年是鋸斷手嗎？那還好，我那年是要鋸斷腿呢，斷手或斷腿，他們大概玩不出什麼新意了，眞無聊。」

札希腦中傳來轟然巨響，他發現自己再也忍無可忍，竟對著男孩咆哮起來：「無聊？你是說眞的嗎？無聊？他們要我鋸斷手欸！我怎麼可能辦得到？誰能做到啊？是怪物吧？只有瘋子才辦得到吧！」

「照你這麼說，我就是怪物囉？」男孩睨了他一眼，告訴他：「這個世界是假的，老師們說過好多次了，只要相信這個，你什麼都能辦到，區區斷手根本不在話下。」

「可是……不行啊……那太可怕了，我好怕……」札希呑嚥著，緊緊交握雙手，彷彿害怕下一秒就會失去他的手，他的聲音也愈來愈小，既是由於恐懼，也是羞愧，他不敢相信自己就這麼對著一名幾乎素不相識的陌生人訴說祕密。「我辦不到的，如果無法恢復怎麼辦？我的模仿沒有厲害到那種程度……」

「喏，把你的手給我。」男孩突然出聲要求，札希下意識地朝他伸出手。

在電光石火之間，男孩不知從哪裡抽出一把小刀，他將刀狠狠插在札希掌心，痛得他發出哀號，但緊接著對方拔出刀刃，對他眨眼。

「就試試看吧，老實說，我見過你在這裡練習模仿，你可以創煉出毫無破綻的美麗植物，那種渾然天成的野性，我可從來沒在其他人身上見過，一點小傷而已，你肯定能處理。」

札希嗚咽著，直到被刺傷的驚恐慢慢消退，他開始思考。

他當然辦得到，比起恢復完全斷掉的肢體，這點傷口算不上什麼。札希開始想像自己尚未受傷時的肌理、皮膚，想像血液回流至傷口，而破裂的傷處逐漸合攏，這樣還不夠，僅僅只是模仿一般傷口的癒合太過緩慢，有什麼更巨大、原始的存在？他可以移狀……對了，就像火山爆發，裂開的土地流出岩漿，紅色的岩漿冷卻變硬，再次成爲土地。他讓傷處模仿自己腦海的想像，再次張開眼睛，便看見傷口正以肉眼可見的速度迅速癒合。

血肉已恢復如初，札希焦躁不安的心也一點一點平靜下來，變得冰冷。

「你懂了嗎？能夠這樣任意操控世界萬物，你眞的相信這個世界沒有任何問題？」

札希理解了，世界是假的，這句話不是老師們隨口說說的胡言亂語，這是眞理，可是……爲什麼？

「如果你想知道更多，就要再往上爬，愈是掌握模仿技術，你就懂得愈多。」

男孩和他的獸靈起身離開，留下札希獨自思索，最終在太陽西沉之時，札希決定返回考場，這次他不再猶豫，以沉穩的腳步踏入燈光昏暗的教室，走向擺放在桌上的鋸子，門在他身後無聲關上。

如果這個世界是假的，那他是眞正存在的嗎？

他的父親曾經活過嗎？曾對他講述各式各樣的趣聞嗎？他眞的目睹了父親的鬼魂和一群拔多羚羊往高原走去？他的母親在他離去前流的眼淚，她對他的愛，或者他對母親的愛，這所有的一切都是假的嗎？

既然如此，何爲眞？若這個世界是假，還有另一個眞的世界嗎？如果這個世界是假的？生命到底還有什麼重要的？

通過初級考試，躍升進階學生以後，札希經常這麼思考。

爲什麼老師們只告訴他們世界不是眞的，並要求他們全然相信，爲什麼老師們不願告訴他們更多？

距離成爲模仿師，只差一步了，只要再通過進階考試，札希就能成爲見習模仿師，隨後前往密冬皇宮接受密冬之主的獸靈授予，他就能成爲眞正的官方模仿師。到了這一步，即便無法通過進階考試，他也有資格留在基地內，以老師的身分訓練其他新來的孩子。

老師們告訴札希，很多人無法通過進階考試，只能止步於此，有些人不懂得放棄，會一直在此間蹉跎歲月，耗費數十年只爲了成爲模仿師。

「大可不必如此，成爲基地裡的老師，俸祿也高，我們很歡迎你留下。」

說來奇怪，札希成爲進階學生以後，發現所上的課程遠比初級學生要來得簡單，也許是因爲他們在初級時累積的理論和知識已經足夠，在進階課程裡，老師只要求他們做一件事。

他們必須選定一個主題，長時間反覆描繪，任何東西都可以，哪怕如山巒巍峨，如針尖般細小。他們選定主題以後，老師便要求他們日夜不停地重複描繪，描繪的方式只要是學生們擅長的媒介，文字、素描、聲音或肢體動作都不設限。

選定主題以後不需特別告訴老師和其他學生，因此札希也就自行其是，他悄悄選定了死去父親的屍體作爲描繪的主題，他沉浸於想像，從記憶裡召喚出父親死去的模樣：他臉色灰白，眼珠子瞪得大大的，彷彿死不瞑目，瞳孔混濁無神。他全身濕透，皮膚因長時間浸泡在水裡腫脹不已，將父親的屍體翻面，會看見他黑色的後腦杓有一個紅色的大洞，洞裡塞著白色的哈達。

札希以一幅畫作描繪，然而這幅畫實際上是一巨大的圖騰，圖騰主要以密冬文字構築，與此同時，他悄悄在圖騰中融入了拔多文字的形體。

母親曾說，父親死後會在「拔多」，許多年過去，札希已從書上讀到拔多的意思，原來拔多不僅僅是保留地的名稱，拔多在他們古老的經文裡意味著「中陰」，是人死後轉世到下一個生命前的階段。有人說這就是靈魂，也有人說是鬼，但對拔多人來說並非如此，中陰只是人死亡後轉世前的短暫停留。因爲這樣，札希更加困惑了，拔多保留地一直以來都叫做拔多嗎？

札希描繪的圖騰愈來愈大，幾乎要吞噬他房間的一整面牆，任何人看見那幅圖騰，都會感覺到強烈的陰森、死氣沉沉。

有時札希一面爲圖騰增添細節，一面低聲念誦特殊經文，那是他幼時無心學習，卻必須在死者處於中陰階段時不斷念誦的經文。很久很久以後，回想當時，札希幡然醒悟自己是在爲逝去的父親送葬，因他曾從父親的葬禮中逃離，如今他以自己的方式重現當時情景，父親之死，他因錯過導致的過錯。

而他的圖騰如壁癌蔓延，既漆黑且陰沉，恐怖至極，課程即將結束前，老師到札希的房間驗收成果，卻被他造出的圖騰嚇出一身冷汗。

「你陷得太深，我甚至能看見你父親死時的情景，宛如身歷其境。」老師嘆道：「別讓政府的人看到這幅畫，否則會招來麻煩，我已完成評分，你盡快將畫毀掉吧。」

可札希無法將畫毀掉，他總覺得圖騰缺了些什麼，一些十分重要，他卻已經遺忘的東西，他用這麼多的筆觸去描繪父親皮膚的腫脹與潰爛，他也用如此多的筆觸去勾勒父親骯髒指甲裡的泥沙、在他身上攀爬咬嚙的蟲子，這些難道還不夠細緻、不夠眞實嗎？

札希在深思中迎來了進階考試，對他來說，就連進階考試也無法讓他從對父親屍體的觀想裡轉移注意力，反正他已經掌握訣竅，世界不是眞的，既然如此，哪怕主考官在考試中給他一小節骨頭，而他必須在沒有其他資訊的情況下，以那骨頭作爲媒介，復活原有的動物，他也能以極快的速度完成。

反正沒有什麼是眞的，札希從未如此接近模仿力量的本源，那像是龐然漩渦，準備將他捲入其中，而他愈是放任自流，愈能輕易行使模仿，他甚至考慮乾脆不當模仿師了，直接移狀成風，飛回他夢中的拔多保留地，窮盡一切力量以復生的方式帶回父親，就能和母親一同回到和過去並無二致的生活，哪怕父親的骨骸已成齏粉，札希仍願放手一試。

「哦，你這麼快就通過進階考試了嗎？」當札希從考場中離開，仍深深沉浸在驅使模仿的感受裡，一個聲音喊住他：「看來今年成爲見習模仿師的人不算太多。」

過了這麼久，札希又再次見到了灰髮男孩……如今已是少年了，他突然產生困惑，對方十歲時就通過初級考試，他們從外貌上看起來年紀相仿，少年卻和自己同時間通過進階考試，這段時間他是否也遇上了無法跨越的瓶頸？

札希和少年聊了一會兒，出於好奇，他邀請少年到自己的房間，他想讓對方看看自己的圖騰，或許他會知道圖騰還缺少什麼。少年並未拒絕札希的邀請，他只看了一眼獸靈，以札希無從了解的方式和獸靈交換了想法，旋即點頭。

而札希緊張莫名，他領著少年和獸靈前往房間，他打開門，一幅占據整個房間的繁複圖騰立時如飢餓的怪獸般壓逼過來，模仿的力量透過延伸至天花板、地板的漆黑線條張牙舞爪襲向來人，迫使看見圖騰的人被腐敗的皮膚、潮濕的爛肉奪走視覺，即便閉上眼睛也無法躲避，那是如此凶猛、霸道的模仿之力。

「原來之前跟你說的話這麼困擾你。」少年竟絲毫不受影響，他看著腳下猙獰的圖騰說道。

札希不解：「什麼意思？你的話幫助了我，並沒有困擾我啊。」

「可是你開始感到絕望，不是嗎？如果世界是假的，過去的一切都沒有意義，但你想找到意義，爲了追求眞實，你從你最痛苦的回憶裡去尋找……你是這樣想的吧？」

札希不置可否，只回答：「確實沒有意義。」

「不對，老師他們一直在鼓勵我們玩遊戲，就算不在課程裡，現在大家有空也會互相挑戰遊戲，那我問你，遊戲難道就是眞的嗎？在遊戲裡你的將棋殺死對方的帥棋，對方就眞的死了？」

「是沒有……」

「所以就算世界不是眞的又如何？當作是一場遊戲，我們體會到的對我們來說仍有意義，而且不會受到眞實傷害，這樣豈不美好？」

「你一直都是這麼說服自己的？」

「我的家人把我賣了，他們若是假的，我高興都來不及。」少年伸手撫摸身邊的獸靈：「但我也因此得到新的家人，我的小猴子，牠對我來說就產生新的意義，像是我在遊戲中贏得的新紙牌，或者新棋子，就是這樣，往後我也會爲自己贏來更多新的東西，我會一直贏下去，永遠不輸。」

彼時札希還未注意到遊戲對他們的影響已如此深切地根植在少年心中，事實上，所有即將成爲模仿師的孩子都不得不爲此上癮，以一場又一場遊戲證明自己存在的意義。

札希忍不住問：「既然你這麼厲害，爲什麼今天才通過進階考試？」

少年看了他一眼，別過臉，似乎有些尷尬。

「我在等你。」

「你……什麼？」札希不敢相信。

「你剛來的時候我就注意到你了，你總是獨來獨往，跟其他人不太一樣，我感覺得出來，你跟我氣味相投。」少年似乎不願繼續談論這個話題，他以手指向地板上的一塊空白，在被黑色線條吞噬的房間裡，那塊空白彷彿發光。他告訴札希：「你還有機會可以完成這個圖騰，簡單幾筆就能扭轉模仿走向，但我不能告訴你該怎麼做，只有你自己才能找到答案。」

不久以後，札希和少年成爲了見習模仿師，在千名進階學生當中，最終只有十人成爲見習模仿師。他們的實力無疑已凌駕基地裡所有的老師之上，因此老師們不再管著他們，任由他們安排自己剩餘的學生時光，等待即將到來的獸靈授予典禮，在這場典禮上，不僅會由密冬之主親自授予獸靈，也會分派現役的官方模仿師做見習模仿師的導師，並給予見習模仿師稱號首字。將密冬之主所贈的首字和其所獲得的獸靈相結合，便會是這名見習模仿師的稱號，此時即便取得稱號，也不代表成爲官方模仿師，等待他們的還有最爲嚴苛的考驗，即是與獸靈的分別儀式。

在密冬，只有眞正掌控模仿之力的模仿師才有資格擁有獸靈，模仿師以外的人若非孩童，卻與獸靈結合，一經發現一律處死。而在密冬以外的其他國家，未諳模仿而與獸靈結合者，被稱爲獸靈使，對密冬人而言，獸靈使不曾經歷與獸靈的分別儀式考驗，就只是個依賴獸靈，毫無眞本事的卑劣之徒。

典禮於新春舉行，札希和其他見習模仿師一同搭乘專車，前往密冬皇宮謁見密冬之主，這是札希來到都城學習以來初次離開基地，由於成爲基地的學生以後，他們便屬於密冬政府資產，不能擅離基地，一旦離開則會被視爲逃亡，將由官方模仿師進行追捕。

這時的札希初滿十八歲，以見習模仿師來說不算特別年輕，在與模仿技術相關的研究裡，孩子總是比成人更容易習得模仿，是否有天分也可以在短短幾年內就看出來，因此如今能成爲見習模仿師的孩子，毫無疑問都是一時之選。

灰髮少年和札希的座位中間隔著其他幾名見習模仿師，但札希已無法不去在意少年的存在，他相信對方也是一樣的。

往後札希會一直記得那天，密冬皇宮富麗堂皇，言語難以形容，彷彿這古老的建築本身就拒絕被任何文字、筆觸所模仿。見習模仿師們首先由皇宮內的宮廷模仿師接待，領入典禮舉行的大廳，大廳由正紅裝飾，無論布幕、桌巾、椅子，全都是一片紅。

札希身邊有同伴開玩笑地說：「弄成這樣，是要結婚嗎？」

「沒錯。」宮廷模仿師回頭，以平和但不失嚴厲的語氣解釋：「模仿師跟獸靈的結合就像婚禮般愼重，因此不要說笑，不要左顧右盼，不要發出太大的聲音，不要失禮，否則密冬之主隨時能夠取消你的獸靈授予。」

那名年輕的見習模仿師於是閉上了嘴。

在氣氛變得愈加緊張和凝重時，札希卻聽見灰髮少年的低笑。

「你在笑什麼？」札希用手肘推了推他，提醒他方才宮廷模仿師的警告。

灰髮少年只是聳聳肩，簡單地道：「密冬之主不是你們想的那樣。」

札希正想多問，宮廷模仿師卻在這時對他們豎起食指，比出安靜的手勢，那手勢理所當然驅動了微弱的模仿，使他們不再作聲。

隨後陸陸續續有政府官員、現役官方模仿師落坐觀禮，某種程度上也是爲了見見這些明日之星，說不定能有機會將不錯的孩子收入麾下。札希毫不意外地見到了將他帶離保留地的招募員，隔著好幾個座位，札希一眼就看見了他。招募員對札希微微一笑，他也回以頷首。

不知從何時開始，札希和那名招募員建立了微妙的關係，招募員會透過視訊和語音通訊詢問他的學習狀況，如果札希表現良好，招募員甚至會寄禮物給他。札希不認爲招募員是專程來看他的，但也提醒自己儀式結束後要記得和對方致意。

典禮在悠揚的樂聲中開始，札希終於見到了統領大陸的密冬之主，和懸掛在基地內的肖像有些差異。模仿師通常不喜照相，密冬之主過去曾是模仿師，卻願意讓自己的肖像流傳於密冬大陸，讓人民加以景仰，因此密冬人或多或少知道密冬之主的模樣。

肖像中的密冬之主看上去約莫四十多歲，面色慈藹又不失威嚴，宛如一名認識多年的長輩。實際見到本人，札希卻覺得密冬之主過於瘦削，幾乎是形銷骨立，雙眼下方還有深重的陰影。

據說密冬之主百年前便與獸靈結合，也和紅鳳一樣擁有神話裡的獸靈，他眞實的年齡無人知曉。見到密冬之主以後，札希心中產生了奇怪的念頭：密冬之主並不如傳說所述，反而比較像紅鳳的陪襯。

密冬之主身穿突兀的金貴黃袍，袍上繡著青綠竹紋，他坐在皇位上，見習模仿師們便一一上前行跪拜禮。札希恰好排在灰髮少年後面，少年是所有見習模仿師中唯一擁有獸靈的人，一出場便引起注目。少年正要上前行禮，札希卻赫然發現即便是在這樣鄭重的場合裡，少年仍舊沒有穿鞋，他震驚不已，不敢相信自己現在才發現，基地裡的老師們居然也沒有提醒他。札希上前扯住少年衣角，顧不得許多，直接將自己的鞋子踢掉，低聲提醒少年換上。

少年卻是挑起眉頭，似要拒絕，他的獸靈也發出低沉的叫聲，兩人一拉一扯間，已經有所拖延，引起密冬之主注意。札希驚恐莫名，可密冬之主並未動怒，只是讓他和少年一同上前行禮。隨後密冬之主以審視的目光看著他們，同時不著痕跡地掠過少年和他的獸靈，神情閃過一絲怪異。

密冬之主許久未言語，札希大起膽子抬眼偷看，恰好和密冬之主對上視線。密冬之主微微一笑：「你們眞是一對寶，既然如此，便賜你們『黑』與『白』爲稱號首字，下去吧。」

札希剛從化險爲夷的恐懼中恢復，灰髮少年瞪了他一眼，說：「多管閒事。」

少年的獸靈卻已將札希落在地上的鞋子撿了回來，放在札希面前，乾淨純粹的眼睛看著他，滿是期待。

「多管閒事。」少年以同樣的話責罵自己的獸靈，札希忍俊不住，微微彎下腰對少年的獸靈說：「謝謝。」

如此，他倆取得了稱號首字，便下台和其他同樣取得首字的見習模仿師候在一旁，待所有見習模仿師均完成跪拜禮，並取得首字，宮廷模仿師宣布接下來將分配導師，然後便能贈予獸靈，見習模仿師們會在導師的協助下完成和獸靈的結合。

札希最初只想到終於要和獸靈結合，爲此緊張不安，他忘了分配導師同樣是極爲重要的環節。由於基地內的老師已沒有能力指導見習模仿師，見習模仿師的導師往往是目前整個密冬裡最卓越的官方模仿師之一，名爲分配，實際上是由這些官方模仿師參考見習模仿師在基地裡的表現後各自挑選學生，一名官方模仿師通常會有兩到三名學生，有人說，見習模仿師被分配導師以後，才開始學習眞正的模仿技術。

札希和灰髮少年並肩站著，等待被點名，他在基地的整體成績還算不錯，即便如此，他也不知道自己會被哪位官方模仿師挑選，又有誰會跟自己一同成爲對方的學生。侷促不安的尷尬氣氛中，札希忍不住將壓在心上的問題脫口而出：「你原本就見過密冬之主嗎？」

少年睇起眼看他，札希移開視線：「只是好奇問問，剛才他看你的目光……不太一樣。」

「我——」

少年的話被打斷，一道熟悉人影朝札希和少年走來。那是札希從小就認識的招募員，他面帶微笑，拉住他們的手，一左一右，再次帶上台去。當著密冬之主的面，招募員說出了讓札希震驚不已的話。

「從今以後，這兩名見習模仿師就是我紅鳳的學生。」招募員按著札希和灰髮少年的頭，暗示他們朝密冬之主再次行跪拜禮。「此後你二人稱我『導師』一日，我必傾囊相授，導正尋求模仿力量之路，絕不藏私，如若犯錯毀我紅鳳之名，我亦絕不寬宥。」

札希簡直不敢相信。

紅鳳？就是那頻繁出現在他兒時所聽的故事裡的紅鳳嗎？進入模仿師基地學習以後，札希仍不時聽到紅鳳的事蹟，只不過既是在模仿師基地，人們談起紅鳳便不像是在談論一個遙遠的傳說。儘管如此，紅鳳被稱作密冬首席模仿師絕非浪得虛名，他是西方國家那些三流小說裡，能以一根骨頭模仿出怪物的邪惡模仿師原型，也是他尋找並獵捕了所有見習模仿師們即將擁有的獸靈。在札希初入學習基地，老師們講述過許多令他昏昏欲睡的故事，只有紅鳳的崛起從不使他無聊。

札希尚未從震驚中恢復，導師已對灰髮少年說道：「你已與獸靈結合，這是一隻帝國君子長臂猿，你首字為白，便以白猿為稱號。」

隨後導師握著札希的手微微一緊：「你首字為黑，密冬之主已為你選定一隻極為殊異不凡的獸靈，現在，準備領受吧。」

導師以手勢示意取得白猿稱號的少年往後退開，台上只剩札希和導師，導師從宮廷模仿師手中接過儀式用的緣結之杖，其杖身以特殊金屬打造，握把處有按鈕，按壓可使杖尖產生電流，只要將杖尖碰觸獸靈，便能刺激獸靈在見習模仿師身上留下傷口，促成結合。

札希依言跪下，等待負責牽引獸靈的模仿師將屬於他的獸靈帶來。

伴著一陣輕柔蹄聲，以及禁錮獸靈的鎖鍊聲響，札希猛然抬頭，恍然間，他彷彿目睹過去的幻影。那淺褐的毛皮，覆蓋黑毛的面部，以及黑色頎長的角，卻只有一隻角。是牠。札希想：怎麼可能？

是那隻獨角的拔多羚羊。

札希幾乎忘了呼吸，原來那是一隻獸靈嗎？他當時看見的竟然是一隻獸靈嗎？

在那一瞬間，他重回了記憶裡的故鄉，他甚至無法區分眼前的拔多羚羊究竟是幻想或現實，此刻的他年僅五歲，剛從父親的葬禮逃走，流浪於荒涼的曠野，他追逐獨角的拔多羚羊，而牠理當是早已滅絕生物的鬼魂。

「札希。」導師的輕聲提醒將札希從失神中喚回，他才發現導師已朝自己遞出緣結之杖，但他遲遲未接。他搖了搖頭，突然有了流淚的衝動，是他的錯，是他洩漏了這美麗生物的蹤跡，以至於牠被捉捕，如今囚於這裡，供自己完成結合。

他想要拒絕，拔多羚羊的黑眼睛也充滿哀傷，好似無聲地責怪他爲何背叛自己。

我不知道你是眞的。札希在心中低訴：我不知道，我很抱歉……

可是他又能如何呢？這是他成爲模仿師必經的過程，而他要是再不接過緣結之杖，密冬之主就要起疑了，如果不是自己，會有別的見習模仿師和這隻獸靈結合，如果不是他，就是別人。思及此，札希接過緣結之杖，杖尖迸射出細小的電流，獨角的拔多羚羊不安地向後退縮，苦苦掙扎，然而牠身上的鎖鍊沉重，限制了牠的動作，札希深吸一口氣，喃喃道：「原諒我。」

杖尖碰觸獨角的獸靈時，獸靈發出驚恐萬狀的聲音，那聲音不像野獸的咆哮，更像是急促的喘息。

獸靈因電流產生的劇痛猛力揮動頭顱，獨角劃過札希遞出的手臂，留下深深血痕。

那一瞬間，札希感覺內心深處有什麼東西改變了，像是他的意識突然被塞入了另一存在的意識，而那新的住民太過巨大，根本無法適應他狹窄的內心。於是對方開始拉伸，試圖展開軀體，那好痛，札希倒在地上，胡亂揮動手臂尋求幫助。可他的導師只是蹲下身看著他，手指輕舞，模仿著夜晚的星辰和暖風徐徐，雲朵在他身下鋪展，他仍然疼痛不堪，可是濃重的睡意已經襲來……

札希在三天後於基地內的醫療處甦醒，當他醒時，已和獸靈完成結合，他的結合傷疤上有一小片奇特的紋路，像是拔多文字，也像是拔多羚羊的足印。札希四下張望，直到看見他的獸靈跪臥在病床邊，閉著眼睛正在休息，札希慌亂的心這才穩定下來。

而他的導師，模仿師紅鳳則坐在床的另一側，慢條斯理地用小刀削著一顆蘋果。

「你醒了。」導師說：「告訴我，你感覺還好嗎？」

札希點點頭，事實上，他不能更好了，他心中曾有的空洞如今已被獸靈的存在填補，那空洞在過去無以名狀，經常令札希困惑不已，既匯聚了他對故鄉和母親的思念，也纏繞著他對兒時記憶的依戀，甚至是他不敢承認的嚮往，他曾經渴望在成爲模仿師後重回拔多保留地生活，他想復生父親，和母親三人團聚……而現在，要說這些渴望和思念全都消失了也不對，只是如此複雜的情感已轉移到他獨角的獸靈身上……他的拔多羚羊就是他的故鄉。

導師見狀微微一笑，將削好的蘋果遞給札希，說起典禮結束後發生的事。由於大部分見習模仿師和獸靈結合後都會陷入痛苦，因此他們幾個現役模仿師便負責讓見習模仿師陷入昏睡，送回基地。

導師也告訴札希，他過去之所以隱藏身分，是因爲他作爲模仿師的工作，其實是在密冬的各個保留地尋找獸靈，爲了方便行動，他對外只簡單說明自己是模仿師基地的招募員。

「結合以後還有很多需要適應的，先好好休息吧，等你恢復了，我會一一教導你。」導師即將離開前，提醒了一句：「對了，既然你已和獸靈結合，你的稱號定爲『黑羊』，未來我便如此稱呼你，至於你舊時的名字，切記不可再提起。」

黑羊。他望著床邊的拔多羚羊，在心中默念新名字，感到被奪走什麼的同時，自己也是個掠奪者。

他閉上眼睛，沉入昏睡時獸靈爲他們建造的巢穴，那毫無疑問是他在保留地的村莊，村子仍是又小又破，他的母親始終背對著他，留下髮辮顫抖的背影。且不知爲何，巢穴裡的村子總是正在準備一場葬禮。

他問過他的獸靈，但獨角的拔多羚羊從未回應，不像他所知道的獸靈那樣，會和自己的結合者說話。

巢穴裡，誦讀經文的聲音不曾停止，這兒的景象、氣味和聲音，都如此眞實，他遊走其中，再次思考那困擾已久的問題。

獸靈創造出的巢穴顯然是假的，是依據他對故鄉的記憶所生，如果這個巢穴是對拔多保留地的模仿，那他眞實的故鄉就不會是虛假，然而老師們告訴他這個世界不是眞的，既然如此，難道老師們在說謊嗎？不，他很清楚老師們沒有說謊，他仍然記得當自己全然接受世界非眞的眞理，模仿的力量便將他迅速吞沒，他仍能憶起當時的感受，他是一棵參天巨木，而模仿之力喧囂如雷電，他以自身接受落雷，在地面燃起熊熊烈火。

那時候，他心中充滿了渴望將一切焚燒殆盡的火焰。

突然間，黑羊的手指觸及一片柔軟，他睜開眼睛，看見獸靈不知何時站立起身，以嘴吻輕碰他的手，原來他下意識驅動模仿力量，指尖模仿著思緒中的火焰，以至於正微微冒煙。獸靈望著他，仍舊沒有說話，可牠濕潤的黑眼睛傳遞著複雜的深意。

彷彿在說：不是這樣的。

不是這樣，世界的眞理不是非眞即假，就好像父親離開以後，也不是非生即死，他曾存在於死亡和生命之間，因此或許他所活著的這個世界，也處於眞實和虛假之間。

「中陰。」黑羊對獸靈低語：「這就是你想告訴我的嗎？」

獸靈沉默不語，一如過往，而黑羊理解了，他不需要去相信老師所說的世界眞理，他可以用自己的方式來解釋他所看到的世界，並以此取用模仿力量的本源。

世界是假的，某種程度上，又不僅如此。

認知到這點，他無悲無喜，只感到如呼吸般自然。

因爲這整個世界都是中陰，萬般皆變，本無眞物，他自始至終都在死亡和生命間踽踽獨行，哪怕這個世界是眞的，也無時無刻不在變化。他出生的拔多保留地，打從最初就以它的名字嘗試告訴黑羊這點。

所以不要害怕，不要悲傷，更無須欣喜若狂，因爲這就是他們的世界，是一場盛大的遊戲，而他只是過客，無論此間逗留得有多久，他必然會前往下一個終點，那同時也是新的開始。

黑羊跳下床，帶著獸靈離開醫療所，返回他畫滿圖騰的房間，他已知道該如何為圖騰添加缺失的部分，他的圖騰本該是一個圓。

黑羊以回憶調動模仿之力，他回想起年幼時在一片荒原上看見拔多羚羊的遷徙，那是早已滅絕的物種的鬼魂，牠們行走在拔多，在中陰，而他的父親亦在其中，他朝他揮手微笑，轉身離去，他們即將展開新的生命。

他以最後幾筆拔多文字完成圖騰，當他扔開畫筆，整個房間都在發亮，他坐在地上，雙手合十，輕輕地說：「一路平安，阿爸啦。」

黑羊十九歲時，已經能夠掌握非常複雜的模仿技巧，紅鳳的傾力教導，使他和白猿的能力已和官方模仿師不相上下。與此同時，白猿也協助黑羊適應和獸靈的結合，出於不明的原因，黑羊的獸靈不會說話。典禮結束後，白猿恰好在黑羊離開醫療所時前往探視，發現黑羊不在，而他的小猴子告訴他，宿舍區有異光，他們循著光來到黑羊的住所，發現黑羊已完成了名為「拔多」的圖騰。

這幅圖騰沒有影響現實的力量，它只呈現一種觀點，一種看待世界的角度：生死循環、永無止息。

白猿咧嘴一笑：「比我想像中的好太多了，你真厲害。」

他們坐在光芒璀璨的房間裡，興致勃勃地討論起模仿、圖騰製作和獸靈。白猿告訴黑羊，他是典禮上唯一一個因早已與獸靈結合，所以沒有昏迷的見習模仿師，而他對以緣結之杖強迫獸靈結合的方式感到非常不舒服。

「真正的結合才不是那樣。」白猿說，語氣有些不安。

「那應該要是怎樣？」

白猿下意識伸手撫摸他的長臂猿獸靈，過了許久，他搖了搖頭：「我也不知道該怎麼說。」

黑羊本認爲白猿故弄玄虛，可隨時間過去，他發現授予典禮似乎使白猿內心產生陰影，白猿對黑羊的獸靈不會說話這點，也表現出憂慮。

「但這應該跟緣結之杖無關。」白猿在經過黑羊的同意，仔細檢查了黑羊的獸靈以後說：「其他見習模仿師的獸靈都會跟結合者說話，或許你的獸靈生來如此。」

黑羊倒不介意，他的拔多羚羊即便不會同他言語，也能夠以巢穴中的影像、聲音和他溝通，若不是他的獸靈，他永遠也不會想到能以拔多人的信仰去解釋困擾他已久的模仿眞理，如今他的模仿技術因此臻於完美，他已不再困惑。

只是和獸靈結合以後，黑羊的意識不時會透過連結遊蕩到拔多羚羊身上，他的肢體產生錯亂，有時還會突然忘記如何以雙腿行走。同時他對能夠產生電流的物品出現不合常理的恐懼感。白猿告訴他，這些都是很正常的。

紅鳳雖是黑羊和白猿的導師，但因他位居要職，無法經常待在基地教導二人，於是導師不在時，黑羊和白猿便互相討論切磋，有時也玩他們習以爲常的遊戲，由於他們仍未成爲眞正的模仿師，基地內禁止他們以模仿作爲遊戲，他們便只是下下棋，或者在人工湖上打水漂來比賽，過程中悄悄以模仿的力量輔助，譬如讓石子於湖面上跳得更遠。

在他們逐漸變得親近的過程中，黑羊注意到白猿某些時候會突然消失，再次找到白猿時，他像是和人約好在人工湖或樹林裡碰面。總是在黑羊抵達前，那人便會離開。黑羊想到獸靈授予儀式自己問過白猿的問題，因他曾聽見白猿和那人說話，對方的聲音令他感到熟悉……黑羊沒打算再去探問了，白猿的模仿天賦很高，許多官方模仿師會無視見習模仿師早已有跟隨學習的導師，私下教授、拉攏有天分的見習模仿師，只要不被導師發現便無妨。

某種程度上，黑羊覺得白猿能獲得那位神祕人士的指點，不啻是一件好事。白猿的行事作風向來出格，有一位以上的官方模仿師教導，或許可使他的模仿更爲穩定。而當導師回到基地，白猿也與黑羊一同接受導師教導，不再行跡詭異。彼時導師除了告訴他們更高階的模仿技術，也向他們傳達禁忌、限制與規範，其中包含黑羊還在學習基地時便知道的，模仿師和獸靈結合後，絕對不能擁有後代。黑羊不曾獲知這項規定的來由，但導師告訴他們，對力量強大的模仿師來說，凡人如此渺小，簡直跟寵物差不多。

「你總不會跟寵物談情說愛吧？」導師笑著說。

過去倒是有模仿師之間發展出更深的關係，但很遺憾的，對於模仿師而言，又再沒有比「遊戲」更深的關係了，只有一場酣暢淋漓的遊戲對決才能使一名模仿師感到滿足，也只有以強大的技術征服對方，才能讓模仿師品嘗到極致的快感。

「唔，你們還不能玩那種屬於眞正模仿師的遊戲，但我相信，你們會是彼此最好的對手，這也是我當初選擇你們作爲學生的原因，等你們通過分別儀式，重回基地，我會告訴你們第六種模仿技術，到時候，你們之間的遊戲將會達到前所未有的高度。」

黑羊第一次聽聞世界上存在著第六種模仿技術，也就是除了幻象、移狀、創煉、拆解、復生以外的另一種模仿，他感到不可思議。導師卻不再提起，只讓他們專心面對即將到來的分別儀式。儀式會在獸靈授予典禮結束一年後舉行，而這可能是他們截至目前爲止所經歷最爲艱難的考驗。

和獸靈結合以後，密冬政府不曾刻意將見習模仿師和獸靈分開，並非是出於仁慈，而是藉由這段時間見習模仿師和獸靈建立的深厚連結，在分別儀式時將產生更大的效果。見習模仿師與其獸靈連結愈深，分別儀式就愈痛苦，這種痛苦會造成瀕死的經驗，瀕死經驗能使見習模仿師從獸靈身上取得特殊能力。

「每個模仿師取得的能力都將不同，會得到什麼樣的能力，取決於當下你心中最深的願望，獸靈給予的能力往往呼應你的願望，是對你願望的模仿，讓你能夠心想事成。」導師諄諄教誨，面色慈祥。當他在基地待了一段時間，又將領命離開前，他告訴黑羊和白猿，當他下一次回來，也就是他們即將面對分別儀式的時候了。

送走導師，黑羊準備帶獸靈回住處休息，白猿突然抓住黑羊的手腕，指尖因用力過度而發白。

「怎麼了？」黑羊關切地問。

「如果我撐不過去怎麼辦？」白猿的語氣滿是慌亂：「我從來沒跟小猴子分開太遠，哪怕只是一小段距離，我都無法忍受，你覺得……你覺得我會不會失敗？」

黑羊看著白猿，而他的長臂猿也垂頭喪氣地癱坐在地。黑羊心中閃過一絲不忍，在他所認識的見習模仿師之中，白猿是唯一一個替自己的獸靈命名的人。

黑羊認眞地道：「你不會失敗的，你是我所見過最有模仿天賦的人，模仿的天分跟心靈有關，你的心靈如此強大，一定能夠通過分別儀式。」

聽了黑羊的話，白猿看上去稍微冷靜了一點，即便如此，他還是害怕，黑羊能看得出來，這使他爲白猿感到憂心，因爲導師曾經告訴他們，不要將所有的情感全部投注在獸靈身上，牠們應當是你延伸的肢體，是你的一部分，然而就好像失去一隻手並不會導致你的死亡，和獸靈的分別也理當如是。

「我想做一件事情，你願意幫我嗎？」白猿驟然提出請求：「和獸靈分開前，需要描繪獸靈的圖騰，製作珍寶，我想拜託你幫忙。」

對一名見習模仿師來說，這個請求很不尋常，每個模仿師描繪的圖騰都是獨一無二的，珍寶更是一名模仿師最珍貴的私人物品，非常私密，不能給外人碰觸。

黑羊本想拒絕，但看見白猿絕望的神情，他心軟了。

「好吧，告訴我你打算怎麼做。」

三個月後，導師返回基地，帶領他們前往分別儀式進行的高塔，宣告他們隔天一早便將告別獸靈，踏上旅程。分別儀式則從今晚開始，他們必須爲自己的獸靈製作圖騰。

「你們爲獸靈描繪的圖騰，將伴隨你們一生，在與獸靈分隔兩地期間聊作慰藉，因此務必要好好描繪，當圖騰完成，將其刻在一樣物品之上，那物品便是你們的『珍寶』。」導師慢悠悠地說。

由於許多模仿師慣於以手勢作爲媒介，他們普遍會選擇戒指或手環作爲珍寶，以增強力量，但白猿另有打算，他看向黑羊，黑羊微微頷首。待導師說明完隔天的儀式流程，他將他們和獸靈留在製作珍寶的塔頂，獨自離開。

黑羊點燃儀式用的紅色燭火，從準備好的行囊裡取出細針和墨水，以及一幅由白猿描繪的圖騰，他問：「你要紋在哪裡？」

「這裡。」白猿比著自己左胸口：「離我的心近一點。」

「你確定不要自己來？你比我更加了解小猴子。」

「無所謂，你有我預先描繪的圖騰，就照著做就好。」白猿回答：「再說，我相信你的力量。」

一般而言，見習模仿師要在和獸靈結合後才能夠製作獸靈的圖騰，但因爲白猿從小就和他的長臂猿獸靈結合，他早已花了數年描繪小猴子。黑羊打開摺起的紙頁，展現出一幅繁複無比的絕美圖騰，黑羊無論看過多少次都毫不厭倦，這是如此情感充盈，回憶瀰漫的作品。

「好吧。」黑羊以細針沾取墨水，開始一點一點在白猿的胸口刺上他所描繪的獸靈圖騰。在他工作的時候，白猿的獸靈站在一旁，發出輕輕的哀鳴。

「沒事的，一點也不痛，不，我怎麼可能瞞得過你呢？但痛才好，痛才能記住你。」白猿的額頭浮現細密的汗珠，他一面安慰小猴子，一面以手勢要求黑羊繼續動作。「成爲模仿師就不能一直在一起了，但每年過年我都會回來看你，然後有一天，我會成爲如紅鳳那樣偉大的模仿師，到時候我會解放所有的獸靈，每個模仿師都可以和自己的獸靈一起……」

「白猿。」黑羊警告地看了他一眼：「這些話最好別讓導師聽到。」

「他又不在。」白猿雖然如此反駁，餘下的時間也不再說話，直到黑羊將他設計的圖騰完完全全謄繪到白猿身上。

製作珍寶的塔頂裡有一鏡子，白猿走到鏡前，就著搖曳的燭光仔細地看著身上的紋樣，最終他點了點頭：「很好，謝謝你，黑羊。」

望著白猿的背影，黑羊猶豫片刻，從懷裡取出另一張紙。

「你也替我將我的獸靈圖騰刺在身上吧。」黑羊頓了頓：「就跟你一樣，在左胸。」

「你確定嗎？」白猿轉過身，皺起眉頭：「你可以自己製作圖騰跟珍寶，對你會比較好。」

「沒關係。」黑羊沒說出口的是，他感到不忍心。

分別儀式以見習模仿師描繪即將告別的獸靈為始。不知說是政府的體貼或殘酷，讓見習模仿師在最後一晚以圖騰將心愛的獸靈仔細描繪出來，據說不少人一邊哭泣一邊描繪，最終將圖騰刻寫於珍寶上。

黑羊不想在白猿的面前掉淚，此刻也無法冷靜地觀看獨角的拔多羚羊，因此他在幾個月前就預先完成了圖騰。但在珍寶的選擇上，他實在想不到有任何物品可以用來代替獸靈，故而當白猿要求他幫自己將圖騰紋在身上，黑羊認為這不失為一個好辦法。

當藍色的黎明來臨，黑羊熄滅了蠟燭，叫醒和小猴子相擁而眠的白猿。

「時候到了，我們該下去了。」黑羊說。

風從外頭吹來，迴旋於塔內，窗外的天空一點一點亮起來，今天是個好天氣。

白猿和小猴子下樓時，黑羊也緊隨在後，他沒有勇氣看一眼身後的獸靈，可拔多羚羊輕輕的蹄聲如鬼魅般響徹塔內，使黑羊感到負罪，他抬起手，拔多羚羊便將自己的鼻尖放進他掌下。

黑羊看見了一個畫面，那是他和獸靈的初遇，他年幼而脆弱，獨角的拔多羚羊看起來巨大而美麗，卻不知道為什麼，牠害怕自己，因此轉頭就跑。

是啊，是因為那時候……如果我沒有看見你就好了。

獸靈沒有回應。

他們來到塔外，看見導師已等在那裡，他笑容和煦，手中握著禁錮獸靈的鎖鏈，以特殊的金屬打造，流淌著水銀般的光澤。

「誰先開始？」導師問道。

「用遊戲決定吧。」白猿轉頭看向黑羊，出乎預料的是，白猿正笑著：「最簡單的猜拳，可以嗎？輸的人先開始儀式。」

「沒問題。」

他們猜拳，黑羊以布勝過白猿的石頭。

「眞倒楣，不過，輸了就是輸了。」白猿假裝無所謂地聳聳肩：「等我們都通過儀式，一定要再一起玩遊戲，你能跟我約定嗎？」

黑羊點點頭，知道白猿不像他表面上的從容，他很害怕，他的手指在顫抖，爲了不被導師發現，他只能出石頭。

導師上前一手抱住白猿的頭，額頭靠著他的額頭，施予祝福：「去吧，離開獸靈，證明你作爲模仿師的能力，爲了偉大的密冬以及密冬之主，你要一直走下去，絕對不能回頭。」

白猿僵硬地頷首，在導師將他的獸靈以鎖鏈綑綁時，他再也忍受不住，發出一聲嗚咽，他的獸靈亦悲鳴不止，伸出長臂試圖擁抱白猿，白猿衝上前緊緊抱住他的小猴子，而導師面色一沉，將他一把拉開。

「沒能完成分別儀式會有什麼下場，你知道的吧？」導師冷冷地道：「代表你無法爲密冬所用，你會被殺，獸靈會被贈予他人，這是你要的嗎？」

「我沒辦法！我跟小猴子不一樣！我們太親密了！求求你……」

「離開，否則我必須親手殺死你。」

聽見導師的話，有那麼一瞬間白猿看起來面如死灰，他彷彿下定決心，哪怕是要和導師展開對決，他也不願離開他的小猴子。

就在這一刻，空氣中有什麼東西改變了，黑羊意識到，是小猴子。

牠鬆開長臂，開始將白猿推開。

「不要，別這麼做，你要拒絕我嗎？」白猿傷心地問：「你要我走，你確定嗎？你會很痛，我不想要你痛苦……」

小猴子拍了拍白猿的腦袋，像一名母親愛撫自己的孩子，白猿眼中滿是淚水：「你說……如果我們彼此相信，而且什麼都不能將我們分開……那麼……好，我會的，我會走，然後，我會回來看你，好嗎？你會等我嗎？請你等我。」

白猿伸手狠狠抹去臉上的淚水，他將行囊甩到肩後，轉頭邁開步伐，一步一步往前走。

他的身體在顫抖，隨著距離逐漸拉開，小猴子抽搐扭動，導師收緊了鎖鏈，讓獸靈發出尖叫。

白猿一震，像是要回頭，黑羊只能大喊出聲：「繼續走！不要回頭！」

白猿聽見了，不得已之下，他只能繼續走，事到如今已沒有任何轉圜的餘地，他顫抖著，拖著沉重的步伐繼續往前，可那實在是太痛了，僅僅是幾百公尺的距離，他已經忍無可忍，難以前進。最終白猿跪倒在地，痛哭失聲，一點一點挪動四肢爬行，還是沒辦法，到了這個地步，哪怕是再離開他的獸靈一根頭髮的距離，他都像是受到凌遲般痛苦，白猿無法移動了，他在地上翻滾哭號。

黑羊想幫助白猿，但導師阻止了他：「這是正常的，模仿師和獸靈的連結在拉伸的過程中會很痛苦，再等一會兒，他很快就能習慣了。」

黑羊焦急地等著，許久許久，白猿都沒有習慣，痛苦地翻滾不休，與此同時，他的小猴子在劇痛中已經陷入昏迷。

有些事情不太對勁。

「他沒辦法。」黑羊喃喃道：「他沒辦法，導師，他和小猴子的連結太深了，他們從很久以前就結合了。」

「他會撐過去的，只要撐過去，就能取得特殊能力，作爲模仿師，可不能沒有獸靈的力量。」

突然間，一道白影模仿強風吹撫，迅速掠過他們，直衝向鎖鏈綁縛的小猴子，黑羊來不及反應，只在意識到那是白猿的瞬間，白猿已將一把小刀插進小猴子的咽喉，他猛力拉扯，鮮血噴薄而出。

「我……是牠要我這麼做的。」白猿結結巴巴地說，似乎這時才發現自己鑄下大錯，他望著懷裡死去的獸靈，以及沾滿鮮血的手，顫抖地說：「牠受不了那種痛，在巢穴裡，牠跟我道別，牠求我這麼做……」

導師揮動手指，模仿無形的力量打掉白猿手中的小刀，他沒有看白猿，而是凝視死去的獸靈，眼中充滿痛惜。

「牠……牠死了嗎？不可能……我只是照牠說的做，牠怎麼會對我做這種要求？可是我感覺不到牠了……好痛！好痛啊！我感覺不到牠了！救救我！救救我！」

白猿呼喊著、咆哮著，可突然間他又安靜下來，雙臂垂地，像長臂猿那樣發出輕輕的哀鳴。

「白猿？」黑羊呼喚。

白猿的眼睛如此純粹、原生態，幾乎就像他的小猴子。

下一秒，白猿五官扭曲，發出黑羊從未聽過、如野獸般可怕的叫喊。

白猿瘋了。這是黑羊腦海浮現的第一個想法，長時間結合的獸靈死去，導致白猿瘋癲崩潰。黑羊毫無辦法，他不知道該怎麼辦，而他們導師此時看著白猿的目光，充滿了黑羊未曾見過的輕蔑與厭惡，看上去並不打算出手幫忙。

黑羊無法放棄白猿，他小心翼翼接近他，一遍又一遍重複：「這個世界是假的，只要相信這件事，就什麼都能做到……」

起初，白猿像是沒聽見黑羊的話，仍然咧齒吼叫，並以雙手搥打地面，但漸漸的，他的眼睛閃過一瞬清明，他開口說話：「對，對，什麼都能做到，我的小猴子沒有死，牠沒有死……死了又怎樣，我還能再模仿一個出來，我可以的，我一定可以……」

黑羊眼看白猿的手顫抖著舉向半空，以自身作爲媒介，做出極爲怪異的姿勢，白猿開始跳舞，在他面前，是死去小猴子的屍體，他揮舞雙臂，發出嚎叫，黑羊這才意識到白猿打算做什麼，他要進行復生。

但那是一隻獸靈啊，就算是模仿師，也不一定能完成復生的模仿，因而導師從未要求他們行使復生。復生獸靈更被斥爲無稽之談，是不可能成功的事情。

白猿卻依舊跳著古怪至極的舞蹈，在他面前，一隻長臂猿的形體從地上爬了起來。黑羊爲白猿感到悲傷，因爲他看出他失敗了，此時站立於他們面前的不是經由復生重回於世的小猴子，而是一個模仿體。

模仿體模樣如同一隻帝國君子長臂猿，然而目光空洞無神，不像小猴子的眼睛那般靈動溫柔。白猿看見了自己的模仿體，卻像看見了眞正的小猴子般緊緊擁抱，嘴裡不斷重複著黑羊再也無從辨別的話語。奇怪的是，導師這時反而願意施予協助，他上前安撫失神的白猿，並對黑羊溫和提醒：「白猿就交給我吧，你該走了，記住，絕對不能回頭，你要一直走下去。」

黑羊只能點點頭，在見到白猿獸靈的下場以後，他連最後看一眼自己獨角的拔多羚羊都沒辦法，他轉身揹起行囊，開始遠行。

他身後響起一串微弱蹄聲，但很快的，鎖鏈的聲音打斷愈發混亂的蹄聲，他聽見了拔多羚羊從鼻吻噴出氣息，牠喘著氣，試圖追上自己，又因鎖鏈而動彈不得。

黑羊不敢回頭。

他加快腳步，感覺自身和獸靈之間的連結被拉至最長，已然繃緊，可他還是逼迫自己繼續前進，於是他的心開始抽痛，好像硬生生扯斷了身體的一部分，他不敢停下來，蹄聲混雜鎖鏈的聲音愈發凌亂，黑羊淚流滿面，終於奔跑起來。

「哈、哈……」黑羊喘著氣，一遍一遍告訴自己不要昏倒，不要停下來，一旦停下來就永遠也走不了了，離開吧，密冬會妥善照顧所有獸靈，他的拔多羚羊會好好的，會的，一定會的。

模仿師基地方圓百里內淨是荒漠，黑羊除了與獸靈分開的痛苦以外，也逐漸感到乾渴疲勞，他全身上下沒有一處是不痛的，舌頭乾燥地抵著上顎，他如同古時拖著巨大石塊建造長城的奴隸，而他奮力拉扯的是一整個看不見的獸靈連結，那是如此沉重深遠，使他如同拖著一座山般筋疲力竭。

黑羊依舊堅持往前行進，將高塔的陰影遠遠拋開，時間一分一秒過去，到了日正當中之時，他再也無法繼續支撐下去，整個人往前摔倒，沙塵瀰漫遮蔽他的視線，使他逐漸看不清。這就是導師所說的瀕死狀態了吧？黑羊想。隨後他會因此和獸靈產生更深的連結，藉此取得屬於自己獨有的特殊能力。

然而他等了又等，始終沒等到任何事情發生。

黑羊試圖進入與獸靈的巢穴之中，而他驚訝地發現，那裡什麼也沒有。

拔多羚羊爲他建造的巢穴消失了。

「不……怎麼可能……」

被風吹起的沙塵裡，黑羊彷彿看見了拔多羚羊的身影。

他的獸靈透過他們之間僅存的連結顯露幻象，此時，他的獸靈第一次也是最後一次對他說話。

我不會給你的。

獨角的獸靈說：力量，話語，情感，我不會給你的，他們可以強迫我，但我永不屈服。

「可是……」

我曾經以爲你也受迫害，我想給你一次機會，但我錯了，你並不值得，你不是我所追求之人。獸靈繼續說：如果你眞的想要我，就證明你自己，你本該也永不屈服。

說完這些，獸靈消失無蹤，留下黑羊悲痛萬分的呼喚。

黑羊不明白獸靈的意思，難道牠依然責怪自己洩漏祕密嗎？陷入昏迷前，黑羊感到深深的後悔。當黑羊再次甦醒，他發現自己被沙漠外檢查站的管理人發現，仔細照料他許多天，管理人說他們這個檢查站救助過不少正在進行分別儀式的模仿師，可以說唯有通過這個檢查站，他們才能被稱爲眞正的模仿師。

「你啊就繼續走下去吧，明年除夕前再回來，就可以看見你的獸靈了。」管理人同情地拍了拍黑羊的背，給了他一個小巧的通訊器，經由這個通訊器，密冬政府會開始分派任務給他。

黑羊慌忙摸索著與獸靈之間的連結，發現連結還在，只是變得如蛛絲般細微，若有似無。他感覺如同被人趁昏迷中從體內割走器官，當他醒來，只剩下無法復原的可怕創傷。此後他再也不能進入和獸靈之間的巢穴，而他的獸靈也不再說話，僅僅是分開了幾天而已，黑羊已經被強烈的思念攫走心神。

他必須回頭，他要見自己的拔多羚羊，他多麼後悔沒有在最後看牠一眼。

黑羊無意識地朝模仿師基地走去，管理人見狀立刻出聲制止：「別這樣，你回去只有死路一條。」

「是嗎？我不在乎。」黑羊恨恨地道。

「你們這些模仿師是怎麼回事？擁有這麼強大的力量，怎麼還會在乎那小小的獸靈……」

小小的獸靈？黑羊想反駁，那可不是什麼小小的獸靈，那是他的家人，就好像小猴子是白猿僅剩的家人……可突然間，黑羊想起了導師的教誨，作爲模仿師，不該在獸靈身上投注太多情感。而且這種強烈的情感難道不奇怪嗎？導師柔和的嗓音彷彿就在耳邊，他告訴黑羊要小心，千萬別變得跟白猿一樣了。

世上本無眞物，萬般皆變。黑羊念誦著重複的話語，一遍又一遍：而我獨行中陰。

分別儀式的本質是一場漫長的旅行，而旅行總不能沒有目的地，在這一刻，黑羊有了決定。

黑羊離開模仿師基地後，耗費半年徒步返回拔多保留地，期間他不曾使用任何模仿。一路上，他看見了從未見過的風景，遇上了從未遇過的人們，他感嘆密冬大陸廣袤富饒，就連拔多保留地也只是其中的一小部分而已。

當他終於來到拔多保留地邊界的檢查站，管理人告訴黑羊，紅鳳大人已替他送來申請進入保留地的文件，並告訴他們必當仔細接待，好好迎接。

「還是導師懂我。」黑羊笑了笑，繼續他所剩不多的旅程。

此時邊界龐大如巨型蜘蛛的機器已不會嚇到他，黑羊甚至能看出機器使用的模仿技術，都城的模仿師發現將模仿動物甚至人類形體的圖騰附加在機器上，機器本身不用製作得非常精細，就能擁有細膩的活動性。若再加上一定程度的科技，就能製造出前所未見的產物。這是模仿與科學的完美結合。

黑羊往他記憶中的家鄉走去，日出日落，這片土地似乎不曾有所改變，依然荒涼、氣候極端，不適合人類生存。即便如此，他也沒有見到更多的野生動物，他思索著導師最終是如何追捕到他的獸靈，或許將來有機會可以問問導師。

當黑羊終於來到他出生長大的村子，村子和過去已是大相逕庭，雖然沒有如都城那樣的高樓大廈，在政府許可的範圍內，或許是看在黑羊的分上，村子已用當地的建材爲村民們造了舒適的家屋。

令黑羊驚訝的是，他抵達時，全村的人全跪在村口，五體投地等待他的到來。

黑羊胃部一陣攪動，但他只是嘆了口氣，對面前跪地的人們說道：「起來吧，我只是回來看看故鄉。」

大部分的人都依言起來了，只有一名中年女子，仍舊趴伏在地，黑色的髮辮如瀑布般垂落。她肩膀顫抖，正低聲啜泣。黑羊伸手將她扶起，拭去女人臉上的淚水，他溫柔地道：「我回家了，阿媽啦。」

母親流著淚，彷彿壓抑著激動的情緒，她伸手想撫摸黑羊的臉，確認這是她離家多年的兒子，然而在即將碰觸到黑羊時，她不安地放下手臂。

「回來就好，回來就好。」她喃喃道：「模仿師大人，我不知道我有什麼能招待您，就怕怠慢了……」

「阿媽啦，千萬別這麼說，就跟以前一樣就好。」黑羊握住母親逃躲的手：「我想念酥油茶，也想念炒麥粉呢。」

「你在外面什麼好吃的沒有，怎麼會想念這些呢？」見母親破涕爲笑，黑羊也笑了，他牽著母親緩緩走回家。

住在保留地的日子十分平靜，黑羊將自己離開保留地後遭遇的事情一一告訴母親，而母親時而驚訝、時而悲傷、時而爲他心痛不已，當他說到自己的獸靈是來自保留地的拔多羚羊，母親看起來並不意外。

「我知道。」母親輕輕地說：「你走了以後，外面的人以這裡作爲根據地，他們追了好多年，後來他們發現那是一隻獸靈，來的人就更多了，他們說，要是捉到了那隻獸靈，便要將牠配給一名最特別的模仿師，現在回想起來，原來那是你……」

黑羊一直就知道他的獸靈是被刻意配給了他，他以爲原因是同在拔多保留地的人和獸靈，結合後的效果最好，但現在看來，或許還有其他因素也不一定。

黑羊卻無暇深思這點，這次回來，他有其他願望想要實現。

黑羊看著母親飽經風霜的臉孔，他握緊手中的茶杯，試探性地詢問：「阿媽啦，如果我復生父親……」

「千萬別這麼做。」沒想到，母親的反應十分劇烈，見黑羊一時沒有回應，她竟聲音顫抖地哀求：「求您了，模仿師大人。」

黑羊頓時失去了興致。

多麼無趣，多麼卑微。黑羊無法控制地想，眼前這名女子的視野是多麼狹小，她的兒子現在能辦到任何事，替她實現任何願望，而她居然拒絕了他。

「爲什麼呢？如果可以復活阿爸啦，我們就可以團聚了。」黑羊困惑地問，嘗試說服母親。

「札……尊敬的大人，不曉得您是否還記得小時候我告訴您的習俗？」

「習俗？和什麼有關？」

「我們的葬禮，爲什麼拔多人死後要曝屍荒野、敲碎骨頭？」母親哆嗦著道：「是因爲我們相信人有來生，因此無須復活死者，死亡不是結束，我們將前往另一個生命……」

「我知道，在那之前，我們會在拔多不是嗎？也就是中陰。」黑羊打斷她：「既然如此，如果所有人都能一直留在中陰，那不是很好嗎？永遠不會分離。」

「不……不是的……不可以那樣……那是對死者的褻瀆啊……」

啪啦！物體碎裂的聲響喚回黑羊的神智，他發現自己不知不覺間將茶杯捏碎了，爲了平息內心的躁動，黑羊起身走出家門。

通常來說，若要復生死者，必須擁有對方的骨骸。父親的骨骸已依據習俗在葬禮後被敲碎了，但黑羊知道父親骨頭碎片拋撒的路線，而他擁有足夠的耐心，可以花費很長的時間一點一點撿回父親骨骸的碎片，再加以拼湊，他相信有朝一日一定能復生父親。

他只是萬萬想不到母親會拒絕。

「札希……札希……求求你，不要復活他，好嗎？」

黑羊轉身，母親追了上來，拉著他的長袍，眼睛裡充滿驚恐，她甚至喊出了他以前的名字。眞令人不快。黑羊想，那個名字如今聽起來就像一個弱點，暗示著他曾經如此的稚嫩弱小。

「我是模仿師，密冬之主賦予我特權，令我想做什麼就做什麼，哪怕是復活父親，你根本無法阻止。」黑羊以純粹好奇的語氣問：「既然如此，你該怎麼說服我呢？阿媽啦。」

「我什麼也沒有……札希，我什麼也沒有，什麼也不能給你，我只能這樣求你，因爲這是我跟你父親的心願，我們死後都不願意被復活，求你尊重我們的心願……」說到最後，母親跪在地上，拚命地對黑羊磕頭，一股強烈的憤怒襲上胸口，黑羊扯開長袍下襬，讓母親摔倒在地，他冷冷地看著母親一會，旋即以自身作爲媒介，模仿雲霧，轉瞬間便消失無蹤。

……好無聊啊。

眞無聊呢。

往後有很長一段時間，黑羊隱匿於沒有人可以找到他的山巔，百無聊賴地以模仿讓光禿禿的地面長出豆芽。自從離開基地以後，密冬政府也不曾分配任何工作給他，這讓他感到如此的無趣。什麼都做得到，原來是這麼無聊的事情嗎？他眞正想實踐的模仿又不能實踐，這讓他更感傷心，爲什麼母親就是不懂呢？這個世界是中陰，同時也是巨大的遊樂場，如果他能復生所有他愛的人，他們就能一直在這裡幸福快樂地生活下去。

那怎麼能說是褻瀆呢？

當山上的積雪愈來愈深，黑羊收到了來自導師的消息，他讓黑羊即刻返回基地，因爲很快就要過年了。過年……意味著黑羊將可以和他獨角的獸靈重逢，思及此，黑羊調動模仿之力，渴望以最快的速度下山、離開保留地。

他要移狀成風……但風或許還不夠快，那麼就移狀爲閃電吧，可是閃電或許會傷到他的獸靈，最終黑羊將自身移狀爲一隻鷹，乘風飛往都城的模仿師基地。

經過不眠不休的飛行，黑羊在接近都城時感到一陣劇痛，因此從天空中摔落，墜下的過程中他想：愈是接近都城，就愈是悲傷。因他可以感覺到來自獸靈的拒絕，那種鑽心的痛苦讓他恍然間失去了模仿的力量，他忘了如何揮動鷹的翅膀，可也來不及變化回原本的姿態。

而最終他落在一雙寬闊的手中，他的導師將牠捧在掌心，輕聲細語：「歡迎回來，黑羊。」

導師將黑羊帶回都城皇宮，告訴他：「你時間算得剛好，從今天開始模仿師可以探望自己的獸靈。」黑羊沒有力氣回答導師，只感覺導師將他帶到了一處雕梁畫棟的高貴之所，他被小心地安放於冰冷的大理石地面，不久，他便掙扎著變回人形。他趴在地上氣喘吁吁，一陣蹄聲響起，迴盪於空曠的空間，黑羊抬起頭，看見了他朝思暮想的獨角獸靈身披鎖鏈，就站在自己面前。

那一瞬間，他所有的冷漠，對這個虛假世界的輕蔑與忽視，全都消失不見，只剩下強烈的悲傷與思念，此時此刻他不再是那從容、遊戲人間的模仿師，僅僅是一個和獸靈結合的普通人。黑羊爬向他的獸靈，伸手緊抱住牠，無法控制地哭泣。

而他獨角的拔多羚羊始終一語不發，對於黑羊的哭泣和擁抱毫無反應。

黑羊後來得知，他和獸靈重聚的地方就在皇宮深處，被稱為「聚所」，年節期間模仿師每日可有一次機會前來探望獸靈，探望的時間最長不超過一小時，因此最終黑羊在導師的勸慰下離開他無動於衷的獸靈，返回模仿師基地。

黑羊仍沉浸於和獸靈相聚後留下的深深傷感，那像是他內心永遠也無法塡滿的空洞，他不知道既已和獸靈重逢，他要如何再次離開？只是從皇宮到基地的距離還勉強可以接受，但接下來政府恐怕會派給他必須前往密冬大陸各處的工作，只是想到這點，他便感到無法承受。

「喂。」一個熟悉的聲音從黑羊身後響起，粗魯地叫他，黑羊猛然轉頭，看見了預料之外的人。

那是白猿。

「你……」黑羊一時語塞。

白猿整個人產生很大的變化，他像是再也無法如常人那般行走，雙臂拖地，手臂看起來似乎比常人更長一些，他曲著雙腿蹲在黑羊面前，依然習慣性地赤足，一隻手正拆開食物的包裝紙，忙不迭地將零食送進口中。

「有一陣子不見了呢，你怎麼樣啊？」他口齒不清地問道。

這段時間黑羊曾用通訊器和導師聯絡，從導師那邊得知白猿在經過幾名模仿師共同救治後，神智總算恢復泰半，他仍能夠使用模仿，只是個性變得較不穩定，密冬之主認為白猿即便失去獸靈，對模仿技術的掌握並未因此減少，因此破例讓他以官方模仿師的身分繼續配給任務。

「白猿，小猴子……」話一出口，黑羊立刻咬牙閉嘴，他知道密冬之主之所以不處死白猿，甚至讓他繼續擔任模仿師，可能是因為他們隱密、不欲人知的連繫。但除此之外，黑羊知道還有其他原因。

由於白猿的獸靈死去後，白猿依然相信他的小猴子還活著，因此他們藏起獸靈的屍體，欺騙他已完成了分別儀式。反正讓獸靈和模仿師結合眞正的原因，只是爲了讓政府方便操控模仿師，獸靈是死是活也沒有區別。這是導師告訴黑羊的，他也提醒黑羊千萬別說不該說的話，刺激白猿回想起眞相。

「噓，偷偷告訴你，我一直將小猴子帶在身邊，只是其他人沒有發現。」白猿接下來說出的話卻令黑羊感到難以置信。

「你一直帶著小猴子？那是什麼意思？」黑羊模仿白猿，以又輕又細的音調詢問。

「他們以爲自己在分別儀式上抓走了小猴子，實際上我親愛的小猴子假死，留下屍體給他們，這不，牠一直跟著我在一起呢。」白猿朝身後揮了揮手，一團長臂猿形狀的模仿體立即浮現，以空洞無神的目光凝視前方。「千萬別讓紅鳳知道了，我可不想跟小猴子分開，永遠都不能！」

黑羊望著白猿身後的模仿體，認眞地點了點頭：「我不會告訴別人。」

如果這就是白猿想要的，那麼他會幫助白猿編織幻象。

「別說這個了，喏，和我玩遊戲吧！我要從你那裡贏來戰利品，不只是你，我已經從其他人手中拿到很多好東西，可是還不夠吶，你是我最期待的對手！我要贏你！來吧！和我玩遊戲吧！」

成爲正式的官方模仿師以後，他們可以和彼此玩眞正的模仿師遊戲，只不過當黑羊離開模仿師基地，他直接前往荒涼的拔多保留地，因此沒有機會遇上另一名模仿師，從而一起遊戲。

白猿的要求讓黑羊思索良久，不確定是否應該立刻答應他。

畢竟模仿師玩遊戲的權利，就和他們行使模仿之力的權利一樣，受到密冬政府的保護，只要不危及整個國家乃至於密冬之主，他們可以任意遊戲、任意以模仿改變現實，沒有人會說一句話，當然，普通人或許連他們的生活受到影響也不會發現。而模仿師之間的遊戲受到其導師的監督，確保不會失控……可又怎麼能不失控呢？模仿師之間的遊戲，總是竭盡全力，將各自的力量和技術推至極限，他們甚至可以不去在意普通人是否被牽連而死，或許有些模仿師會試著復活死者，就好像小孩子大玩特玩後把散落一地的玩具重新收好，但那不是眞正的復生，只是以幻象或創煉出的模仿體來唬弄生者罷了。絕大多數模仿師則從不在意這些，就算什麼都不做，密冬政府也會為他們善後。

模仿師們更關心的是，一旦輸了遊戲，贏家可以對輸家提出一項無法拒絕的要求，哪怕是要對方的心臟，輸掉遊戲的模仿師也必須提供。

白猿的精神狀況並不正常，黑羊不確定要是答應了，會牽涉多廣，他會把其他基地內的模仿師也捲入其中嗎？或者要是自己輸了，白猿會不會乾脆殺了他？

「你不願意嗎？」白猿可憐兮兮的聲音打斷了黑羊的思考。

黑羊看著白猿，終於嘆了口氣，妥協道：「可以，只不過我們需要導師來仲裁……」

「那太麻煩了，只是一個很簡單的小遊戲，當作暖身，還用不著讓他出馬吧。」

「白猿，這不合規矩。」

「剪刀石頭布。」白猿迅速地說：「可以用幻象影響對方，怎麼樣？夠簡單吧？」

黑羊倒是真的考慮起來，如果只是猜拳，加上對現實毫無影響力的幻象，他想不到有任何失控的可能。他勉為其難地點點頭：「除了幻象，不能用別的模仿。」

「加上規則是嗎？有趣，那來吧！剪刀、石頭……」

白猿的急切讓黑羊猝不及防，但他已下意識地開始猜拳遊戲，當白猿說「石頭」，他的手看上去要出剪刀，當黑羊比出石頭，卻看見白猿比出的是布。

他用幻象改變了自己做出的手勢。

黑羊笑了笑：「糟糕，我輸了。」

「搞啥啊，你為什麼會這麼弱？」白猿憤怒地喊道：「你剛剛也沒用模仿吧？你在發呆嗎？」

黑羊聳聳肩：「你速度太快了，我跟不上。」

「算了，我能贏就好。」說罷，白猿朝他攤開手掌：「那給我勝者的獎勵……」

黑羊本有些擔心白猿會要求自己的一條手臂或一副內臟，沒想到白猿只是說：「請我吃菠蘿麵包。」

「菠蘿……麵包？」

「是啊，前陣子基地的公社裡有提供，後來被拿光了，他們就不再做了，可我想吃菠蘿麵包。」

「你自己用模仿做出來不是一樣嗎？」

「不一樣，我不想動手。」

黑羊只得用通訊器查詢菠蘿麵包的成分和模樣，再用創煉造出一個仍散發著熱氣的菠蘿麵包。

看著白猿吧達吧達地啃著菠蘿麵包，黑羊再次深深地意識到白猿有多麼不正常，不過面對這樣的舊時同伴，黑羊心中只有憐憫，畢竟他已失去了重要的獸靈。因而當白猿提出下一個遊戲，同樣只是個簡單的小遊戲，不需要知會導師，黑羊無法拒絕。

「這次我們比賽看誰最先到高塔塔頂！而且只能用移狀變成的動物來比！」

白猿又是迫不及待地轉身變成令黑羊熟悉的帝國君子長臂猿，和他的模仿體一溜煙地跑得不見蹤影，而黑羊嘆了口氣，抬手移狀爲蒼鷹。

當鷹悠哉地站在塔頂窗台上，等待攀爬而來的帝國君子長臂猿，長臂猿迅即變回白猿，他恨恨地說：「你贏了，用會飛的動物眞可恥。」

「你沒說不行啊。」

「接下來創煉出任何武器，先弄傷對方的人贏！」白猿彷彿被輸掉遊戲的事實刺激，情緒愈發高昂，他瘋吼著，手中已在瞬間創煉出一把斧頭猛力朝黑羊揮去，黑羊險險避開，他在腦中思索了一下，調動所有對手槍的知識，模仿的力量在他手中匯聚成一把黑色手槍，他將槍口對準白猿，但白猿沒有絲毫退縮，斧頭當頭劈下，切開黑羊胸口的布料，鮮血立即滲出。

「你輸了！給對方的戰利品等等再算！接下來——」

「等一等，白猿，等……」

「你喜歡飛，那我們在天空玩！看誰先掉下來！」白猿已經聽不進去了，他的雙眼因興奮和狂怒而發紅，他握住黑羊的手，用自身的模仿移狀對方，黑羊被迫變成一隻黑頸鶴，他展翅往窗外飛去，而白猿變成了一隻朱鷺，緊追在後，他們在空中爭奪控制權，纏鬥得難分你我，最終黑羊落到地上，白猿變成的朱鷺在他頭頂盤旋，歡快地嘎嘎亂叫。

他們又以各種不同的模仿進行幾回遊戲，直到兩人筋疲力盡，再也沒有力氣施展哪怕最簡單的模仿。

「好了……你已經贏好幾次了……哈，告訴我……你想要什麼？」黑羊氣喘吁吁地道。

「我……呼……我要九個……呼……菠蘿麵包。」

白猿吃著菠蘿麵包的時候，黑羊坐在他身旁看著即將落下的太陽，在白猿後方，小猴子的模仿體偶爾接過白猿遞來的菠蘿麵包，牠機械性地學著白猿的動作啃食著，麵包通過它虛無的食道落在地上，白猿沒有發現。

「我說啊，以前難度最高的復生，你後來有嘗試過嗎？」吃完了麵包，白猿冷不防問。

「有試過幾次。」黑羊淡淡回答。在他渴望復生父親的那段時間，黑羊曾將路上遇到的幾個人弄死，然後嘗試復活，他成功了一次，但那實在需要耗費太多心神，也需要調動過多的模仿力量，復生了一人以後，黑羊昏迷了數日。

黑羊把自己的經驗和白猿分享，得到他不滿的抱怨。

「你挺行的嘛，總覺得我不太擅長那個。」白猿突然猶豫地道：「黑羊，老實說在分別儀式以後，我去了很多地方，挑戰了很多模仿師玩遊戲，有輸有贏，但不知道爲什麼，後來他們不再跟我玩遊戲了，在你之前，我有好長一段時間沒有和其他模仿師玩，就連紅鳳也讓我控制一下自己，但我就是沒辦法，我忍不住，我想玩遊戲，我總覺得，只要可以一直贏下去，我就可以得到……得到我很想要的東西。」

「爲什麼其他模仿師不跟你玩？」

「誰知道，也不重要了，因爲你回來了。」白猿看向黑羊，他發紅的眼睛裡有著顯而易見的瘋狂，以及信任：「你願意一直跟我玩遊戲嗎？永遠永遠，一直跟我玩？」

黑羊想，或許他將來會後悔，可他看著白猿此刻的模樣，他和他死去的小猴子彷彿融合在一起，而他始終記得小猴子純粹溫柔的眼神。是以他只能回答：「好。」

「那就來勾手指，蓋印章。」白猿唱歌一般地說，硬是以小指勾住黑羊的小指，再將拇指抵在一塊：「來玩吧來玩吧，這是我們的約定，永恆的約定。」

自此之後，兩人開始了漫長的遊戲，長達二十多年，除了年節以外的時間，黑羊和白猿被派往密冬各處，各自執行不同任務，但只要白猿遣模仿體來找黑羊，並說「來玩吧來玩吧，這是我們的約定，永恆的約定」，無論當時黑羊在哪裡，他都會和白猿相約玩遊戲。

對黑羊來說，和獸靈分隔兩地的痛苦以及作爲模仿師本身的無聊，因與白猿的遊戲使他轉移了注意力。黑羊也發現，模仿師的遊戲促使他們鍛鍊各自的模仿技術，使他們一天比一天更強，黑羊不禁好奇他們是否有窮盡一切可能之時？他亦感擔心，因爲白猿提出的遊戲愈來愈誇張、愈來愈失控。

一日，黑羊甫完成手上的任務，便收到白猿透過模仿體送來的訊息，邀請他到一座鄉下小鎮裡遊戲。黑羊依約前往，隨後發現白猿讓一整座小鎮的人分爲黑白兩隊，他執白隊，要黑羊執黑隊，兩隊人馬在鎮中廝殺，看剩下最後一名活著的人是黑是白，代表誰勝。

白猿聲稱這項遊戲已經獲得導師的允許，更是密冬之主親自批准任務分配。黑羊一臉懷疑，白猿還出示導師傳到他通訊器裡的訊息，原來這小鎮裡的人密謀行刺密冬之主，那用來遊戲也是恰好不過。

「所以，你現在主要任務都和密冬之主有關？」黑羊忍不住問：「你跟密冬之主究竟什麼關係？」

「你最好不要管那麼多比較好。」白猿翻了翻白眼，宣布遊戲開始。

未久，黑羊坐在小鎮裡最高的建築屋頂，以手支撐下巴，從上往下衡量情勢。他和白猿各剩兩個棋子，白猿的棋子分別隱藏在不同建築的陰影中，一個拿著碎玻璃，一個拿磚塊當武器，而黑羊讓他的兩個棋子共同行動，更好的是，他們有一把刀。

黑羊的棋子用刀殺死一個白猿剩下的棋子，當白猿剩下最後一人時，黑羊突然收到了通訊器傳來的導師訊息。情勢對他極為有利，因此他讓棋子們自行發揮，打開通訊器閱讀導師的訊息，下一秒，他的力量完全消失，他的棋子也停下動作，困惑地任由白猿的最後一人以碎玻璃艱難地殺死他們。

遊戲結束，白猿衝向黑羊表示抗議：「是怎樣？你差點要贏了！幹麼突然呆住？」

「我的母親過世了。」黑羊愣愣地道。

仔細算起來，上次和母親見面已是大約二十年前的事了，這段時間他不曾再回到拔多保留地，也絲毫不關心母親的狀況，自從上次不歡而散，他對自己過去的家人十分失望，以至於就連整個保留地他都不再懷念了。

反正他有獸靈，他獨角的拔多羚羊，往後他將對故鄉的愛盡數投注於牠身上。

不過這麼多年過去，黑羊對母親也早已沒有當時的憤憤不平，或許這就是凡人與模仿師的差別，他們的思考模式、價值觀、看待世界的角度等等，都太不一樣了。

「你會復生，用復生讓她復活不就好了？」聽黑羊這麼說，白猿不以為然地道。

黑羊只能搖頭：「她不會想要那樣的，在我的故鄉，人死後會曝屍荒野，直到剩下骨骸，再由他人敲碎骨頭，他們相信人死後會進入輪迴，重生為新的生命形式，因此不能藉由模仿復活。」

「你真的相信這套嗎？」白猿吐了吐舌頭，似乎感到很無聊，轉身把自己的最後一個棋子也殺掉。

黑羊不知該如何回答，他相信中陰的存在，相信他們某部分的信仰，並以此解釋模仿力量的本源，讓他的技術更上一層。與此同時，他也漸漸反抗輪迴的概念，如果所有人都能一直留在相同的地方，停駐於相同的生命，那不是很好嗎？

「重點不是我相信什麼，而是我必須尊重母親的意願。」黑羊嘆了口氣：「抱歉，這場就算我輸吧，導師傳訊息告訴我，母親留下遺書，希望我回去置辦她的葬禮，我也想一個人靜一靜，我會把這裡清乾淨，你可以先離開……」

「別開玩笑了，媽媽是你最後的親人吧？這種時候不該一個人渡過，我和你一起清理，然後再陪你回故鄉。」

黑羊震驚地瞪著白猿：「你是認眞的嗎？」自從白猿精神失常以後，這是他第一次說出如此符合人性的話，黑羊只是略一思索，便點頭同意：「好吧，但保留地受到政府保護，你可別亂來。」

黑羊不曾想過有一天會和白猿一同返回拔多保留地，除了導師以外，沒有其他模仿師知道他的出身，當時他究竟爲什麼會答應白猿，黑羊並不清楚，或許就如白猿所說，他的最後一個親人死去了，他一點也不想獨自回到家鄉。

在導師幫助下，黑羊取得他和白猿的入境申請，他們用模仿之力移動，僅僅一天就回到拔多保留地。當黑羊抵達幼時生活的村莊，村代表人已替母親收拾妥當，屍體以白布包裹，讓黑羊一到就能接手。

他想起了父親的葬禮，那時他逃走了，獨留母親。這次他逃無可逃，因爲全家就只剩下自己。母親在村子裡生活多年，許多拔多人認識她，甚至願意長途跋涉前來弔唁，他們大多知道黑羊的存在，也知道他是模仿師，對他禮數周到，卻也不卑不亢。有些人來了便自動坐在遺體旁，念誦起黑羊再熟悉不過的經文，由於保留地已沒有僧侶了，念誦經文的工作就讓死者的親朋好友輪班進行。黑羊不曾將經文念誦出口，因他此刻已能行使模仿之力，任何話語經由他口都具有力量。黑羊只是守著母親的遺體，等待出殯的日子。

白猿初來到拔多保留地時還對一切表現得新奇有趣，不過一星期就嚷著無聊，要黑羊陪他玩遊戲。黑羊怕他作亂，也出於自己所不理解的原因，對於白猿的邀請他總是很難拒絕，大多時候他答應奉陪，隨著曝葬的日子愈來愈近，他逐漸沒了心思。

「來玩吧來玩吧，這是我們的約定，永恆的約定。」白猿笑嘻嘻地這麼說。

黑羊嘆了口氣，語帶歉意地道：「再給我三天好嗎？三天之後會完成曝葬，到時我就有空了。」

「眞麻煩。」一次兩次之後，白猿不再找黑羊遊戲，他似乎有了別的想法，老是以一種古怪的眼神偷看黑羊，一旦黑羊和他對上視線，白猿便嘿嘿地傻笑。

三天以後，黑羊在夜色中揹起母親的屍體，往曝葬的荒野走去。按理來說，有專門揹屍的人協助揹送屍體，但黑羊告訴村代表人，他更希望親自來做，也會由他分開母親的身體。一般人對這件事深感恐懼，但黑羊早在成爲模仿師的過程中便將人體的組成熟記於心，他知道所有的器官、內臟的色澤紋路，知道它們摸起來的觸感，知道血肉的氣味。再者他也模仿過父親的屍體，相較於當時描繪出蔓延整個房間的圖騰，拆解母親的肉身並不使他痛苦。

當黑羊揹著母親蜷縮如胎兒的屍體，他意識到母親原來是這麼的輕，像是一片輕柔的雪花，又冷又小。他便如此在廣袤的黑色大地上踽踽獨行，直到抵達曝葬台，他將母親小心翼翼地放在台上，開始念誦經文，在他身下，名爲「拔多」的圖騰猶如大地裂縫般悄然展開，以順時針方向緩慢旋轉，他無法控制，這已是將經文念誦出來最輕微的影響。當時辰到來，天色濛亮，黑羊解開白布，讓母親背朝上，他以小刀先割開背部，再開始緩慢地拆解。

過去會來吞食血肉的神鳥已不復見，但拔多保留地還有其他野生動物，曝葬保留了捨身佈施的意義，也是母親希望的方式。黑羊一點一點進行拆解，將內臟、皮肉切分成小塊，方便之後前來的野獸吞食。曝葬結束一個月後，通常會由村代表人前來善後，倘若發現屍塊被全數吃掉，是吉兆，拔多人相信這時連微生物也已完成對屍體的分解，便能焚燒骨骸，將其敲碎，拋撒在死者鍾愛之地。

結束了拆解，黑羊才以模仿創煉出清水淨手，是的，自從回到拔多保留地，黑羊除了與白猿遊戲時會使用模仿以外，其餘時候他就像忘了自己是模仿師，無論做任何事情都親自動手，不曾使用模仿。而現在對母親來說最重要的兩個步驟已經完成了一個，黑羊略略放鬆下來。

他回到村莊時，白猿已經等在屋外。

「喂，黑羊，已經結束了吧？可以跟我玩……」

「抱歉，我沒有心情。」黑羊輕輕推開白猿，安靜地走入房內。

他在無人的房間裡繼續念誦經文，讓圖騰浮現，圖騰以順時針緩慢旋轉，黑羊心中產生古怪之感。自從回到保留地，他所創造的圖騰一旦透過經文出現，便與前一次有些許不同。黑羊漸漸意識到，這幅圖騰既是從生到死的循環，似乎也與他這個創造者的生命緊密連繫，變得無法分割，以至於圖騰本身甚至開始記錄他的人生。

儘管如此，圖騰仍不具備能夠影響現實的模仿，它愈來愈複雜，儲存著愈來愈豐富的可能性，但只要黑羊不做任何處理，這幅圖騰就依然只是圖騰，也如過去那般僅呈現了黑羊對這虛假世界的觀點。圖騰處理起來太過麻煩，未來或許能用於研究屬於自己的模仿技術，但現在，黑羊只想試著將母親的屍體也加入這幅圖騰中。此時黑羊已不需要使用畫筆描繪，僅僅是起心動念，圖騰便開始改變。

黑羊念誦著經文直到屋外光線暗淡，他突然聽見了微弱的，像是指甲刮著門板的聲音。

「兒……」

黑羊站起身，朝門口走去，他的手放在門把上，卻沒有立刻打開，一股不祥的預感縈繞心頭。

「兒……兒子。」一個蒼老、陌生的聲音低沉粗糙如砂紙，隔著門板細細傳來：「兒子……我……回來……了……」

黑羊閉上眼睛，握緊門把，隨後張開眼，將門打開。

站在黑羊面前的，是被拼湊得七零八落的母親的屍體，那些原來由他切開的血肉肌理，以低劣的模仿重新縫製。母親的手像提線木偶般懸在半空，即便黑羊已經開門了，她還在做出敲門的動作，空氣中飄散濃重的血腥氣味，而母親腐敗的身體滴著血，空氣從她被切斷的氣管裡流出，模仿呼吸，聽上去卻如野獸的喘息。

黑羊只比了一個手勢，便輕而易舉地拆解了母親身上的模仿，母親的屍體於是再度碎爛成片。黑羊揮了揮手，創煉出一個盒子，將母親的屍塊裝到盒子裡。

「不太好看我知道，畢竟你把她切成碎片，要復原很困難，但也沒必要弄掉我的模仿吧？」白猿從陰影中現身，不滿地抱怨：「那可是我送給你的禮物。」

「禮物？」

「是啊，你說要尊重你媽的意願，不能復生。但我不是你，不用想這麼多，那就由我復生看看。」

「你說這是復生？」黑羊不禁笑出聲來：「亂拼亂湊還差不多。」

白猿的臉脹紅了，這是他被激怒的前兆，黑羊看過好多次了，尤其在他快要輸掉遊戲的時候，和白猿比起來，黑羊沒有那麼在乎輸贏，反正輸了白猿也不會對他提出過分的要求，因此他不介意在最後放水，讓白猿逆轉成勝。

但今天不一樣。黑羊猛然逼近白猿，一手抓住他的前襟。

「不是要玩遊戲嗎？」黑羊柔聲說：「來玩啊，要玩什麼好呢？」

白猿臉上閃過強烈的興奮，他握住黑羊的手，咧嘴笑道：「你喜歡把東西拆開，那我們來玩拆解吧，從現在開始各自在身上以模仿保護，同時拆掉對方身上的模仿，最後全部被拆光的人就輸了。」

白猿話一說完，黑羊已經率先出手，他對著一直跟在白猿身旁的小猴子模仿體做出拆解，那虛假的模仿體很快便煙消雲散了。「牠不算！」見狀，白猿發出怒吼：「不要動牠！你怎麼敢？」旋即他撲向黑羊，也開始拆解對方身上迅速堆疊起來的模仿。

「我有什麼不敢的，你都敢褻瀆我母親的屍體，我還要替你著想嗎？」黑羊冷冷地道，趁著白猿失去理智，他早已在身上套了一百多層的模仿，其中光是幻象就有二十層，幻象呈現的是他已被全然剝除模仿的模樣，每當白猿拆到一層幻象，都要停下來辨認是眞是假，使他愈發煩躁。

「我是想幫你，混帳！混帳！」白猿憤恨地咒罵，只是發瘋地拆解黑羊身上的模仿，卻忘了要爲自己套上模仿，很快的，黑羊已經拆到白猿身上的最後一層，那是移狀加創煉造出的盔甲。

黑羊的手碰觸盔甲，最後一層模仿便四分五裂。

「你輸了。」黑羊淡漠地宣告時，白猿立刻停止動作，他愣愣地望著黑羊，良久，他像隻猴子般跳上跳下，氣得發狂。

「你偷襲我，你這個小人！」

「沒有加在規則裡就不算犯規，怪只怪你話不趕快說完，怎麼?你想耍賴嗎？」白猿的舌頭舔過牙齒，露出一個不怎麼好看的表情：「我他媽從不耍賴，說吧，你要我做什麼？」

「我要你的一隻眼睛。」黑羊朝白猿伸出手，攤開手掌：「挖下來給我。」

「哼，那還不簡單。」白猿將細長的手指伸進左邊的眼眶，在一陣黏稠的聲響後，白猿將還在滴血的眼球放在黑羊手上。「現在我要跟你算帳……」

「等等，我的要求不只如此。」黑羊懶洋洋地加上一句：「我的要求是，你永遠都不能以模仿的力量將眼睛恢復。」

在那一瞬間，黑羊覺得白猿的表情可謂經典，他瞪大了剩下的右眼，幾乎不敢相信自己就這麼簡簡單單地永遠失去了左眼的視力。黑羊心中產生微弱的愧疚，畢竟在他和白猿的遊戲中，幾千次的遊戲裡連同這次他只贏過兩次，而過去每一次白猿贏了他，都只要求非常簡單的事情。

然而黑羊就是不能原諒他。

「你對我太壞了。」白猿的聲音有點破碎：「你就那麼恨我嗎？」

「我只是不高興。」黑羊不耐地回答：「你做了讓我生氣的事，但我不恨你，我就只是不高興。」

白猿聞言咧嘴露出牙齒：「不過是個遊戲，整個世界都是遊戲，復活你媽有什麼大不了的，你敢跟我耍脾氣？」

黑羊完全沒有興致跟白猿吵架，白猿還在繼續嚷著什麼，黑羊抬起手，打算以模仿暫時離開白猿，他已經習慣白猿的模式了，一旦他開始暴怒，最好先遠離他一段時間。可黑羊的動作顯然進一步刺激了白猿，他左眼的空洞鮮血直流，周身的空氣開始扭曲，白猿僅剩的右眼瞳孔變得更黑，他的五官如同眞正的野獸。此時有村子裡的人聽見聲響跑來查看，白猿一揮手，一道純粹、洶湧的拆解力量直接將那人轟得支離破碎。

黑羊簡直不可置信，他從未見過有模仿師能夠直接以拆解的模仿殺人，拆解的技術理當只能破除模仿……這時黑羊聽見無辜被殺者的妻子聲嘶力竭的哭叫，他直覺地想帶那女人逃走，但白猿比他更快，只是再度揮手，女人便也化為粉末。

黑羊驚慌地大喊：「住手！你連骨頭都毀了！這樣沒辦法復生……」

「那又怎樣？讓這些人死吧！不過是群愚民，跟你媽差不了多少，都是這種貨色！你還那麼在乎，眞是笑死人了。」

白猿正打算跳上屋頂，尋找更多獵物，他卻突然被某樣東西引開注意力。

那是如霧般飄浮於屍體粉末上的一男一女，他們面無表情，身體呈半透明，從外貌來看便是白猿剛才所殺害的二人。黑羊過去從未見過這樣的狀況，他想起母親曾告訴他拔多人的信仰，人死後會在中陰停留，有人說那種停留的狀態名為靈魂。

一直以來，黑羊不曾見過靈魂，他在基地內學習時讀過世界各地的書籍，因此知曉其他國家乃至於不同文化的人對靈魂的解釋，可由於他從未見過眞正的靈魂，到頭來黑羊還是不知道靈魂究竟是什麼。但當那對男女的形象出現，黑羊立刻就明白了。

這是人死後所出現的對人生前的模仿，或許所謂靈魂，不過就是這樣的東西罷了。

白猿似乎同樣對眼前的景象感到好奇，他和黑羊長年在遊戲中試探模仿力量的頂點，幾乎已行使了所有模仿的可能，而現在發生的這一切，對他來說無比新鮮。

白猿接下來做的事情，卻是黑羊始料未及。

他驟然張開嘴，將那對男女的靈魂吞噬殆盡。

轉瞬間，模糊的光在白猿口中爆裂，白猿身體抽搐，獨眼翻白，隨後，當光芒消散，白猿仰起頭，發出令人毛骨悚然的笑聲。

「哈哈哈哈！太好了！這感覺眞好！眞好啊！」白猿伸出舌頭，舔過牙齒，他的面孔愈發扭曲瘋狂：

「你知道嗎？我剛剛竟在一瞬間體會了這兩人的一生，真他媽有趣，黑羊，世界上居然還有這樣的模仿——」

一股強烈的噁心感使黑羊全身發抖，他忽然發現，自己完全無法控制這時候的白猿，他已經失控了，現在的白猿就是個怪物。而白猿方才所爲，是所有模仿師之中哪怕紅鳳，都還未理解的禁忌之舉。

黑羊迅速以幾個複雜的手勢模仿拔多保留地冬季裡最深的夜，深幽的黑從天空滴落，從白猿腳下的影子往上蔓延，慢慢吞沒毫無所覺的白猿，等他發現時，他已經連話也說不出來了。

帶著白猿被黑夜吞沒的身體，黑羊以最快的速度逃也似的離開拔多保留地，他找到一處杳無人煙的森林，將白猿放在那裡，他想告訴他：「我很抱歉必須這麼做」，可最終黑羊什麼也說不出口。

黑羊放在白猿身上的模仿會隨時間逐漸解開，在那之前，黑羊聯絡導師前來處理白猿在拔多保留地造成的麻煩。對密冬政府來說，保留地是孕育獸靈之處，白猿的所作所爲或許已觸犯密冬之主的逆鱗，黑羊唯有祈求密冬之主對白猿的特別關照可使他免於被處死的下場。

後來，導師告訴黑羊，他已將白猿帶回都城，他犯下的罪無法簡單彌補，但有鑑於白猿狀況特殊，密冬之主目前不打算太過嚴厲地懲罰他。

聽見這個消息，黑羊暗自鬆了一口氣，儘管他也很清楚，白猿不會原諒他的。

自此以後，漫長的生命裡將只剩下他一個人。

重新處理好母親的屍體，黑羊收到新的任務訊息，於是他離開家鄉，心想自己可能再也不會回來。

黑羊成爲最稱職的官方模仿師，只在政府派給任務時，他才前往新的地方，其他時候則隱匿身形，過著無趣的生活。孤獨而平靜，卻也無趣。時間從他指縫流逝，他計算著唯一在乎的年節到來，他要回都城和獸靈相會，但即便回到都城，他也不曾見到白猿。如此日復一日，他的生活方式甚至讓他遇不上其他的模仿師，由於和獸靈結合，黑羊也感受不到衰老，照理來說此時他已將近五十歲了，可他依舊維持著二十多歲的外貌。話說回來，白猿年輕時失去他唯一的獸靈，因此他應該無法如一般有獸靈的模仿師那樣長壽，可奇怪的是，二十多年來白猿看上去只比黑羊年長五、六歲左右，他並未老朽，這使黑羊好奇小猴子是否即便死去了，也依然能夠延長白猿的壽命。

黑羊不可能問白猿了。

他五十歲生日那天正在極北之地工作，因氣候不佳，黑羊也懶散，隨意尋了個山洞便權作棲身處。彼時，他遇上了意料之外的訪客，那人風塵僕僕，像是突然出現於夜色，當他拉下兜帽，黑羊看見了許久不見的導師紅鳳。

「呼，外頭還眞冷，讓我取取暖吧。」

「導師怎麼不用模仿造個暖爐呢？」黑羊輕笑問道。

「我趕著來見你，一時間沒有想到，別打趣我了，怎麼樣？最近都還好吧？」

黑羊簡單講述了自己這些日子以來做的事情，隨後同樣問候了導師，更詢問白猿的狀況是否穩定。

「獸靈死亡對他的影響太大了。」導師無奈嘆道：「奇怪的是，原本我們以模仿控制他是有效果的，但自從他在拔多保留地殺了人，他似乎對某種東西上癮，我們不知道那是什麼……」

黑羊安靜下來，他沒有告訴導師白猿曾經吞噬靈魂，出於他自己也不知道的原因，黑羊下意識地覺得倘若告訴導師這件事，白猿就徹底完了。

「不過目前來說治療還是有一定程度的作用，他會慢慢好起來，黑羊，別擔心白猿，我今天來是有事想找你幫忙。」

導師告訴黑羊，他過去在密冬發現相當特殊的獸靈，這獸靈是人類孩童的樣貌，假如牠被殺害，隔年便會出現同樣的獸靈，密冬政府目前將這隻獸靈命名爲「年」。而導師一直在追蹤「年」，因牠每年出現的地點都不相同。據導師所說，這隻獸靈的誕生總是伴隨著可怕的災禍，因此他必須親自前往追捕。

「然而目前還有另一項棘手的工作，除了你，我不放心交給其他模仿師。」導師語重心長地說。

這份工作必須被派駐灣島，幫助奪權的新陽黨治理灣島都市區和保留地，尤其是新陽黨的金家，他主要輔佐金家的家主為灣島領導者。導師在搖曳的火光下描述了他早在密冬接手管理灣島後便被派駐過去，贈予新陽黨的五姓人五隻人工獸靈實驗體，同時也替這五隻獸靈造了五個圖騰、五件刻有獸靈圖騰的聖物。然而灣島人極難管理，他們易於盲從卻又不輕信，他只能以特殊的手段塑造信仰，讓灣島人信奉密冬如宗教，信奉密冬之主如神靈，他最終以假造的死亡成功取信了五姓人，現在他有更重要的工作要做，因而灣島需要第二名模仿師，導師思前想後，認為黑羊是最合適的人選。

「去了灣島，我還能在每年新年時回都城嗎？」黑羊問。

導師明白黑羊的意思，作為模仿師，再沒有什麼比一年一度和獸靈的會面更重要了。他肯定地頷首：「自然，你每年除夕前都必須返回都城述職。」

「那可以，就派我去吧。」

黑羊的應諾似乎讓導師鬆一口氣，他的肢體動作變得更閒適，還從懷裡拿出香菸，和黑羊邊抽邊聊。在這個世界，就算知道一切皆是虛假，身體還是可以享受特定的東西，譬如菸草。

和導師的關係發展至今，要說黑羊從來沒有戒心，那是不可能的，是導師將他從拔多保留地帶走，也是他選擇了自己做學生，黑羊有過猜想，將獨角的拔多羚羊分配給自己作為結合獸靈，是導師的意思，而不是密冬之主的命令。

不過事到如今，比起這個，黑羊有其他想問的問題。

「導師。」

「嗯？」

「您曾說過在這個世界上，存在著五種模仿之外的第六種模仿，且分別儀式以後會告訴我和白猿，但您從未提過。」

「啊，是的，對另一個世界的模仿。」導師的嘴裡吐出煙霧，他愉快地回答：「我以為你們早就自己發現了呢，畢竟你們已經確信世界是假的，你們已認同了這項真理，對嗎？」

黑羊點點頭。

「既然這個世界是假的，不就意味著有另一個眞的世界嗎？這表示模仿這個世界的任何東西，到頭來都還是有限制，只是模仿假物所生的假物，唯有模仿另一個世界的眞物，才能達到最強的模仿。」

「我還是不懂，究竟什麼是另一個『眞的世界』？」黑羊一直以來將「世界爲假」和拔多信仰中的「萬般皆變」合併思考，他因此相信這屬於宗教上對世界的解釋，只是一個象徵罷了。

「黑羊，你是否想過緣何有模仿力量蔓生於各處？在你尚未習得模仿以前，你難道不曾有過懷疑，究竟爲何世界上會存在模仿之力？」

黑羊不置可否，當他開始學習模仿，他還是一個年幼的孩子，當時世界上還有那麼多嶄新的知識等著他去吸取，僅僅只是世間爲何有模仿力量的問題，他未曾感到困惑。

「模仿力量的存在，正是因爲我們的虛假世界就是對另一個眞實世界的模仿，無論是你看見的樹木、雲朵、一隻鳥兒，無一不對映著另一個世界的樹木、雲朵、鳥兒，我們的世界依賴另一個眞實世界產生改變，我們也才產生改變，最好的例子就是獸靈。獸靈是突然出現的，然而當獸靈出現，世界各地開始發現來自遠古時期的壁畫，壁畫上記載了獸靈的存在，但是直到現在，還有少數人記得過去沒有獸靈的生活。也就是說，我們大部分的人記憶隨之更改，一旦眞實世界產生改變，我們的世界也跟著修正，記憶亦然，只是這種連動性在不同的人身上作用的時間或快或慢，便導致了差異，但未來的某一天，所有人的記憶都會完成修正。」導師說到這裡，彈了彈手中的菸灰：「又或者這麼說吧，你認爲模仿的力量是從開天闢地就存在了嗎？」

黑羊皺起眉頭：「或許一直就存在，只是人類要慢慢才會發現，並將之命名。」

「也或許，過去沒有模仿，是我們的世界和記憶改變了，使我們相信模仿一直存在。」導師朝黑羊眨眼：「到底哪個才是眞的，現在也不重要了，重點是我們的世界裡所有的東西都是對另一眞實世界的模仿，包含獸靈也是如此。那麼只要有一天，一名模仿師能掌握眞實世界的森羅萬象，就能在這個世界做到不可能的事，譬如一次性修改所有人類的記憶、毀滅整塊大陸並再造，甚至……創造一隻新獸靈。」

至此，黑羊明白了，導師所說的第六種模仿尚未有模仿師習得，因爲這幾乎是無法辦到的，他們耗盡時光學習這個虛假世界的一切知識，即便困難重重，終究有跡可循，但另一個世界的知識他們若無法前往，又要如何學習？既然無法學習，自然也就不可能使用模仿了。

當黑羊將自己的疑問告知導師，導師微微笑了。他回答時，聲音細微到幾不可聞：「你很聰明，不愧是我紅鳳選擇的學生，也沒錯，我們終有一天必須前往另一個世界，才能學會第六種模仿，那也是眞正的模仿，爲此，我們已有所準備，到了那時候，我再告訴你更多吧。」說罷，導師站起身，表示他得趕回都城向密冬之主要求派令。

「導師，還有一件事。」黑羊頓了頓：「其實我的母親沒有留下遺書，希望我負責她的葬禮吧？就算有，您也不會告訴我，您這麼做只是因爲白猿，您知道他會惹怒我，使我倆發生爭吵。」

導師沒有否認：「你們太親近了，這世上沒有哪個模仿師不是單獨行動，模仿師和模仿師之間，只有輸和贏、征服和被征服的關係，你也應該認知到遊戲眞正的意義……」

「那麼您何不與我玩一場遊戲呢？」長時間以來，黑羊的聲音第一次在導師面前流露危險：「話說回來，也從沒見您和其他模仿師玩過遊戲。」

「現在還不是時候，黑羊，還不是時候，我只在需要征服別人時才玩遊戲，而且我從來不輸。」

導師寬容地對黑羊笑了笑，旋即走出山洞，消失於紛飛的大雪。

春天到來時，黑羊前往灣島，他對這座晚近才回歸密冬的島嶼沒有什麼太深的了解，只知道灣島有大半土地劃分爲保留地，而他主要會在北部的都市區工作，扶持新陽黨的金家，將來可能也有機會前往東方的實驗島，密冬在那兒進行和獸靈有關的實驗。黑羊從未見過灣島人，特別在年節時和導師又見了一面，向導師討教灣島的風土民情。導師和黑羊閉門長談一天一夜，在經過導師的悉心解釋後，黑羊從密冬之主手上領命而去。

直到黑羊抵達灣島，他意識到自己終究還是小看了導師在灣島的影響力。他一踏上灣島港口，便看見跪地不起的灣島人，他們奉他爲來自偉大西國的神靈代言人。對此黑羊只是挑了挑眉毛，既然這是導師控制灣島的手段，那麼他可不能毀掉導師的心血。

爲了幫助黑羊做好工作，導師也在新年長談中，特別和黑羊詳細說明了灣島五姓人的狀況，更以在他假死後的守夜儀式上五姓人離開的順序爲例，來解釋五大家族各自不同的缺陷。

「金家是你最好的幫手，高家有祕密，可用於威脅。朱家很虔誠，因此要以五靈教控制他們，古家嘛……他們不值得信任。劉家忠誠的對象是金家，也不好用人。」

黑羊現在倒是覺得，有導師前面數年的耕耘和鋪墊，如今所有的灣島人都盲信又好操控，他於是在灣島人……尤其是金家人的仔細招待下，開始了在灣島的工作。他替密冬傳達治理灣島的建議，儘管金家有通訊器可以接收來自密冬的命令，他們還是需要一個象徵——一名貨眞價實的模仿師，才能使這些灣島人戒愼恐懼，以此維持密冬的威信。

他也按時替五大家族檢查由導師製作的聖物和人工獸靈狀況。他發現所謂聖物就好比模仿師的珍寶，能夠讓獸靈的力量移狀到物體上。五大家族的五件聖物當中有一件圖騰已毀，沒有任何力量，他回報導師以後，得到不必修復的回應。剩餘四件聖物由於其圖騰描繪之詳細與完整，使聖物被廣泛地使用，加上密冬鼓勵五大家族的人生育眾多，其人工獸靈的力量經由遺傳將會獲得延續，而人民也將愈來愈畸形。

於此之前，導師已囑咐黑羊應當保守的祕密，其中包含他們贈予灣島的獸靈是人工獸靈，而非眞正的獸靈，這點絕對不能讓他們知曉。對黑羊來說，灣島人已同人形的牲畜差不多，他們是一群柔順的羊，並且沉迷於人工獸靈帶來的力量，既然如此，他也不會費心去打破他們渴望相信的謊言。

就在黑羊相信他的工作將會繼續輕鬆下去時，金家提出了一個令他不快的要求：他們希望偉大的密冬模仿師能教導他們金家的孩子如何模仿。

最糟糕的是，在他們向黑羊提出請求以前，已經先以通訊器尋求密冬政府的應諾，而密冬之主竟然親自應允了。黑羊再度請示了導師的旨意，導師並沒有正面回應，只是這樣答覆：也罷，就當打發窮極無聊的時間，給他們一個假的美夢吧。黑羊必須親自教導這些愚蠢的灣島人模仿。哪怕黑羊早就已經看出來，他們大部分的人都沒有模仿的資質。

他的生命繼續在無聊中渡過，沒有家人，沒有朋友，沒有獸靈，也沒有遊戲。

直到他的課堂中出現了那名女孩。

一開始，黑羊看待那女孩和其他金家孩子沒有差別，女孩是金家旁支家系的後代，從外貌來說毫無特色，但在黑羊要求他們選定一樣東西作爲描繪的主題後，女孩做了奇特的事情。她親手殺死一隻雞，將雞埋到土裡，其後挖出骨頭，她告訴黑羊，她選定的主題是雞，但她想從骨架開始。

黑羊從未在課堂中透露骨骸對模仿的重要性，女孩的敏銳使黑羊開始留意她。女孩描繪的雞栩栩如生，對普通人來說，她具有繪畫的天賦，但黑羊知道不僅如此。

所有的模仿師或多或少都在藝術方面有天賦，卻不是所有畫家都能成爲模仿師，他們最終要放下畫筆……改以心靈作畫，倘若辦不到，那他們終究只是凡人。

在一次課程中，女孩畫出的雞展翅飛出畫紙，那是幻象，黑羊什麼都還沒有眞正教給她，而她已經潛意識地行使模仿。黑羊觀察著她，很長一段時間，他不敢確定，因此他什麼也沒說，他暗忖必須想辦法測試女孩。

他在金家數量過剩的房間裡找到一個特別空曠且無人使用的書房當作教室，他告訴女孩五種模仿技術，並協助她實踐前四種。在黑羊的幫助下，女孩創煉出了活生生的小麻雀，當他望著麻雀在教室裡跌跌撞撞地亂飛，試圖衝出窗戶，他忍不住說：「你很有天分。」

女孩露出大大的笑容，眼睛裡閃動喜悅的光芒。

那使黑羊想起自己前往學習基地，初次接觸模仿時的模樣，他發現這個世界還有很多祕密，等待他去探索，而模仿在密冬被視爲極爲強大的力量，當他能夠創煉一隻生物，他第一次嘗到什麼叫做權力。

黑羊叮囑女孩每天黃昏時前來空房間，他會告訴她更多和模仿有關的事情，並在黑羊離開前，他問女孩：「你叫什麼名字？」

「黑羊大人，我的名字是金玲。」女孩用手指在空中書寫，她想讓黑羊知道自己的名字是哪個字，而黑羊已從她的手勢裡看見了她的名字。

很遺憾，這不是一個好名字，名字是對一個人的模仿，從名字他就能看出女孩未來人生的走向。

但黑羊仍然回答：「我會記住的。」

自此，黑羊經常在他選定的教室裡為女孩提供額外的模仿課程。起初就連黑羊自己都對他的所作所為感到困惑，灣島人絕大多數都愚昧無知，他也無意和他們深交。然而女孩天資聰穎，教導她並非浪費時間，如果黑羊願意承認，甚至可說是相當有趣，他便以「排解無聊」說服自己。同時，黑羊對女孩這樣的一塊璞玉將來能有何作為，感到強烈的好奇。

黑羊將過去曾學習過的課程一一套用在女孩身上，向她介紹媒介、模仿體和圖騰，對女孩來說，目前最重要的是找到她慣於使用的媒介。黑羊很快注意到在所有的媒介當中，女孩最喜愛的仍是繪畫，他便讓女孩經常描繪生活周遭的事物。可女孩是如此才華洋溢，她很快就對普通的繪畫主題感到無聊。

黑羊忍不住想，或許容易感到無聊也是一種屬於模仿師的特質。

有那麼一次，黑羊發現女孩頑皮地試圖描繪自己，她不知道黑羊為自己的模樣設下拆解，因此一般人很難在畫紙上重現黑羊的長相。他見女孩認眞無比的表情，咬著筆桿努力想為他畫一幅素描，可是卻怎樣也辦不到，她急得眼眶發紅、眉頭緊蹙。

「黑羊大人，為什麼我無法畫出您呢？」最終，女孩向他求救。

「我不喜歡被人模仿，選個別的主題吧。」黑羊漫不經心地反問：「你又為什麼想要畫我？對模仿師來說，這不太有禮貌。」

「我……」女孩的牙齒在筆蓋上留下印子，她不安地偷看黑羊，聲音微顫：「我想記得您的樣子，如果有一天我無法繼續上課，我不想忘記您。」

「你的擔憂毫無道理，除了年節，每日黃昏我必定出現在這個房間，只要想上課，我會一直教你。」

「可是我出身的家系並不好。」女孩小聲說，使黑羊幾乎難以聽清：「這些日子能學習模仿，我覺得好像在作夢一樣，也許有一天這些快樂會被奪走，到時候，有什麼能證明我曾經向您學習過呢？」

黑羊沒有反應，他以此作爲沉默的拒絕，許久後才轉頭看向女孩，驚訝地發現女孩儘管沮喪非常，仍然堅持不懈地繼續描繪。由於全神貫注之故，女孩甚至無意間用上模仿的力量，黑羊可以感覺到她模仿自己的意欲和他設下的拆解屏障在互相對抗，以至於她滿臉通紅，眼睛裡充滿痛苦的淚水。最終，他嘆了口氣，悄悄解開了拆解的模仿，女孩的臉於是一點一點亮起來，開始揮筆畫下黑羊的面容。

「確實，我在灣島的時間終歸有限。」黑羊在女孩畫他時冷靜地說：「因此我希望當我回密冬時，你能和我一起。」

下一秒，黑羊感覺視線一晃，他的懷裡多了個溫暖的人，女孩由於強烈的喜悅緊緊抱住他。黑羊一時間不知所措，他有數十年沒有和人類擁抱了，他猶豫片刻後，選擇伸手拍了拍女孩的頭，像在獎勵一隻乖巧的小狗。

往後黑羊經常會想，他是不是太無聊了？

他想起白猿，自從那次事件，他再也沒見過白猿，他試著想像假如現在他依然在和白猿玩遊戲，會不會就能對女孩失去興趣？說到底他只是因爲失去了一個可以一起遊戲的同伴，所以才想自己訓練出新的同伴……是這樣嗎？

一切終究是由於那專屬於模仿師的永恆困境：無聊。

而女孩一天天長大，黑羊看著她頭髮留長，四肢抽長，她十八歲時，能夠獨立行使較爲簡單的移狀，黑羊於是告訴了她世界的眞相。

他說：「我們所生活的這個世界爲假，世界之外還有另一個世界，那才是眞實。」黑羊幾乎是一面發呆一面說出這番話，對他來說，連想都不用想就順口而出，他也毫不意外乖巧的女孩將全盤接受。

然而出乎黑羊的預料，女孩告訴他自己並不相信，並在黑羊打算進行一番長談以說服她時，女孩靠近他，眼睛裡充滿純粹的、對世界無窮無盡的好奇心。

「這個世界怎麼可能不是眞的？」那莽撞的灣島女孩，竟膽敢伸手碰觸他的臉，可是他沒有責備她，女孩的手溫暖柔軟，彷彿她話語的證明。「我們的身體這麼堅韌，我們的心跳像是鼓聲，世界上有那麼多巧合，那麼多動物要經過如此多的巧合，才能演化爲現在的模樣，如果世界不是眞的，爲什麼所有的鳥都有相似的羽毛？爲什麼雪花有無數種形狀？爲什麼葉脈長得像我們的手？爲什麼很多動物都跟人一樣有五根手指？爲什麼我們哭的時候和天空下雨的樣子這麼相似？」

女孩說的話毫無道理，卻讓黑羊的胃扭在一起。

「你說的都是模仿。」他回答：「你說的只是恰好證實了模仿本身。」

「只要對我們有意義，那就是眞的。」女孩固執地道，看著他的面容帶有一種他不理解的感情，像是絕望，飛蛾撲火的絕望，同時卻又充滿義無反顧的喜悅。

黑羊甚至不知道女孩是什麼意思。

就算有意義，對於一整個虛假的世界來說，他們的個人意志也不過是一粒微小的塵埃，甚至連眞正的塵埃也不是，只是另一個世界的贗品罷了。眞實的世界的存在，更表示他們本身亦是虛假，唯有意識到這點，他們才可能接近模仿力量的本源。

即便如此，黑羊仍愛著這個世界，並將之命名爲拔多，他希望能永遠在中陰的世界裡尋找同伴、沉浸遊戲。

是的，黑羊意識到，自己無疑是因爲這個原因才教導女孩模仿，而女孩現在的反抗，意味著她不可能永遠是他的學生，她不接受他說出的眞理，便無法全然掌控模仿之力，她不再有機會成爲他的同伴。

「我看錯你了。」過了許久，黑羊好不容易吐出一句話：「你根本沒有模仿的天分。」

黑羊看著女孩的臉從震驚到恐慌，她開始結結巴巴地辯解，她不是那個意思，她只是想和黑羊多說些話，但已經來不及了，黑羊走出房間，大步跨過陰暗的走廊，爲了不讓女孩追上，他以移狀化爲影子，沉入金家建築裡骯髒的地板。

黑羊花了一些時間思索自己氣急敗壞的原因。他確實是生氣，簡直沒有道理，就因爲女孩反對他的說法嗎？但在過去，他不也反抗著老師們口中所說的眞理，並發展出屬於自己的解釋？

不，還有其他因素。黑羊想，或許，他生氣不是因爲女孩拒絕相信自己，恰恰相反，他生氣是由於女孩所說的話使他想起白猿，他們還在模仿師基地的時候，白猿也曾說過類似的話，而這是如此吻合他內心所想。黑羊渴望尋找意義，儘管沒有意義，他痛苦地發現女孩終有一天也必須經歷他曾經歷過的一切折磨，才能成爲與他比肩的模仿師。

女孩什麼都還不知道。黑羊突然意識到，不成爲模仿師，也許對她才是最好的。那次課程結束後，黑羊提早返回密冬等待新年，他和導師見了一面，告訴他女孩的存在。

「她擁有很高的模仿天賦，我想帶她到基地學習，但也害怕她會受到傷害。」

導師聞言目光閃爍：「你說得沒錯，女性模仿師在過去是少之又少，這是因爲她們的內心太過脆弱，而且女性一旦懷孕就會立刻失去模仿本源垂青，實在難以控制。這樣吧，我會和密冬之主稟告此事，並詢問金家家主的想法，希望將來能有機會親眼見見你的學生。」

黑羊並不在乎金家家主的想法，他只在乎女孩的意願，就像他曾尊重母親的意願一樣，許多年過去了，他意識到這比什麼都更重要，或許模仿可以做到任何事情，但只要他不做，那就是他的選擇。這也能算得上是女孩所說的意義嗎？思及此，黑羊微微一笑。他回到瀏島後，第一件事便想找到女孩，他想告訴她，她說得沒錯，而他不應該反應過度，對她發脾氣。

可即便金家上下都已知道黑羊的歸返，女孩仍有數日未出現在他們相約授課的空房間，直到一個星期後，女孩才再次出現。

「上次很抱歉，我不該那樣說你，你是我見過最有模仿天分的孩子，因此，我已在這次新年將你的事情告知導師，等我在這裡的工作完成，你就和我去密冬吧。」黑羊半帶歉疚地道，在過去，他很少感到愧疚，因此當他產生這種感覺，他有些意外。

「對不起，黑羊大人，我不能跟您一起去密冬，我的身分太低，不配成爲模仿師。」女孩聽他說完，卻如此回應，她的眼睛紅通通的，聲音顫抖：「而且我要和表哥結婚，我……」

女孩忍不住哭了出來。

對於女孩的回應，黑羊先是感到驚詫，隨即無法克制地失望，意識到身分太低不過是女孩的藉口，她拒絕只是因爲她愛上了一個男人。

不過也並不意外，成爲模仿師意味著要放棄很多事情，包含凡人的戀愛和生育後代。在密冬，普通女性視成年後結婚、生兒育女爲她們生命裡最大的追求。雖然很可惜，這個女孩即便是在密冬，也是萬裡挑一的天才，可他無法強行改變女孩的意願，也無法說服她放棄應有的人生。

有那麼一瞬間，黑羊腦海閃過可能的未來，假如女孩和自己前往密冬，成爲模仿師，他們將可以一起玩遊戲，而她也終於能夠理解自己曾說過的話，理解他的思想，這個世界不是眞的，這個世界是中陰，只要相信這點，就什麼都可以做到，他們可以永遠在其中盡情玩耍。

永遠。

思及此，他的胸口竟悶悶地發痛。

「黑羊大人，請說些什麼吧。」女孩輕聲呼喚他，語氣充滿乞求，和一絲希望：「求您說些什麼，讓我……知道不是我自己愚蠢的幻想。」

可他不知道她在祈求些什麼，也不懂她爲什麼這麼傷心，這難道不是她的選擇嗎？

黑羊看著她，心想她將再也無法行使哪怕最簡單的模仿。

他對女孩說：「你的眼淚模仿了雨。」

這是他所能說出最接近安慰的話。

黑羊最後一次見到女孩，是在他的送別晚宴上，由於灣島近年來狀況尚可，導師請求密冬之主暫時將他調回，協助自己尋找名爲「年」的獸靈，金家爲了討好他，遂爲他舉辦送別晚宴。

那時女孩已懷有身孕，晚宴上就坐在她的丈夫身邊，金家繼承人如今有了妻子，看起來幸福無比。當女孩以水代酒前來致意，黑羊看著她，發自內心地說了一句：「恭喜。」

女孩朝他一笑，那笑容柔美溫潤，使他想起了死去的母親。

「黑羊大人，請您爲我的孩子賜福。」她微微行禮，待他同意後，幾步上前跪在他膝下。黑羊伸出手，小心翼翼地放在她身上，當他的手碰觸到她鼓起的肚腹時，他微微皺眉，感受到一絲異樣。

這個孩子是一個模仿，並非自然受孕，可是，是模仿什麼呢？他不動聲色，只是說著祝福的話語，再以模仿之力做點幻象，其他灣島人便驚喜不已，十分滿足。

宴會進行到尾聲，黑羊隨意尋了個藉口，悄悄來到他與女孩過去經常相約碰面的空房間。

不出所料，女孩就站在月光灑落的窗邊，靜靜地望著夜空。

黑羊走到她身邊，女孩沒有看他，只淡淡說了令他驚訝的話。

「我肚子裡的孩子，不是表哥的。」她撫摸肚腹，面色溫柔：「是我一直思念著某個人，我想著他，模仿著他的樣子，我想著他的聲音，他的笑容，不知不覺，肚子就一天天大了起來，眞奇妙，原來這就是模仿的力量，就算不跟任何男人上床，我也可以有一個孩子。」

黑羊皺起眉頭：「我以爲你……」

「愛戀表哥？所以跟他結婚？」女孩頓了一下：「不是，但也不重要了，這婚我非結不可，否則我的家人會受懲罰。」

「……你思念的那人，他知道嗎？」

她笑著搖搖頭：「他是我不敢覬覦的人，高高在上，無法碰觸……所以算了，沒關係，這樣就好，我已經很滿足了，只是……這個祕密我只和您說過，請務必不要透露給別人知曉。」

「我不會的。」他轉念一想，又問：「那你的表哥怎麼辦？」

「新婚之夜，我對他下了藥，他一直不知道那天晚上發生了什麼，我恰好可以利用。」

黑羊點了點頭，女孩卻又說：「只不過，還有其他事情……表姊拉攏了一些鳳白的純血統支持者，她的表情讓我害怕……這些人今天也都沒有出席宴會。」

黑羊詢問女孩是否需要他的幫助，而女孩咬著嘴唇，還是搖頭：「不用了，我已得到您的祝福，這樣就好，謝謝您，黑羊大人。」

女孩向黑羊道了晚安，緩步離開房間。

此後，黑羊將會一直記得女孩月光下的側臉，銀色的，因面無表情顯得不像人類，且從始至終未曾看他一眼，不知爲何，黑羊想起自己在分別儀式中離開他獨角的獸靈，他不敢看牠最後一眼，他害怕他將失去遠離的勇氣。

隔日黑羊啓程前往密冬，一路上，他都心神不寧，總覺得這次離開灣島是一個錯誤的決定。可他已答應短期調動，也向導師承諾會幫助他追查年的祕密。那或許也是世上所有獸靈的祕密，思及此，黑羊無法放棄，至多兩到三年，他就會重回灣島，繼續幫助金家家主的治理。

黑羊和導師在都城皇宮會面，導師首先對黑羊的學生無法前來密冬表示可惜，隨後告訴黑羊自己每年都必須在廣大的密冬大陸上尋找新的年，他將年捉住，送到灣島東方的實驗島做研究，年必定會在研究中死亡，但無所謂，隔年會產生新的年，他將進行下一輪的捕捉。

「不過，最近研究出現新的進展。」導師不疾不徐地道：「我們發現年對模仿技術的幫助，尤其是在復生上，年的骨骸可以取代任何一名人類的骨骸……」

黑羊默不作聲，他理解導師的意思。模仿師行使模仿的力量進行復生，死者的骨骸是不可或缺的，那就好像每個人的骨骸都和他個人的存在綁定，受到無形無體的模仿本源承認，因此不能夠任意取代，可是年作爲一隻獨特的人形獸靈，牠的骨骸卻能夠代替任何人類的骨骸，和模仿的力量相呼應，以進行復生。

與其說這項事實將眞正幫助模仿師復生人類，不如說這隻人形獸靈所代表的意義更使黑羊好奇。他相信導師也是一樣。

「除此之外，我們也在研究是否能藉由年的身體，尤其是大腦，來找回白猿的神智。」

黑羊不由得精神一振：「您的意思是，白猿可以痊癒？」

「過去從未有人用年來修補因失去獸靈而受創的模仿師，但我想值得一試。」導師一笑：「如何？是不是更有動力和我一同共事？」

順著導師早先掌握到的線索，黑羊和導師一同在密冬大陸上展開調查，輾轉於各個保留地，因爲即便年是隻人形獸靈，牠依然和一般野生獸靈一樣會選擇自然環境出現。

在這次與導師相伴的旅行中，黑羊得以一窺導師眞正的工作內容，那亦是黑羊不曾見過的另一面貌。導師以基地招募員的身分出入於各個保留地間，就像黑羊記憶裡的那樣，他觀察保留地居民是否有被獸靈選上而產生徵兆。導師與保留地孩童打成一片，以小禮物和零食討他們歡心，藉由孩童之口探詢保留地大人們的祕密，因爲孩子的話語最是眞誠、不經修飾，他們爭相抱怨父母對他們的懲罰與不公待遇，或是生活中遭遇到的古怪事情，聽在導師耳裡都能推敲出別樣的意味。

如今黑羊也能看得清楚了，導師對孩子們柔聲講起模仿師紅鳳的故事時，他在話語中灌注了模仿之力，讓孩子們宛如身歷其境，他們專心致志聆聽導師的言語，從此就對傳說中的模仿師產生憧憬。

不過如今紅鳳的故事與黑羊曾聽聞的稍有不同，像是悠長的傳說在時間推移下也誕生了新的劇情、新的人物。

「……從此模仿師紅鳳有了新的學生，黑羊與白猿，他們視彼此爲競爭對手，將在屬於模仿師近乎永恆的生命裡不斷展開新的遊戲。紅鳳看著他們，心想自己在這個世界有了延續，而他終能放心地展開新的旅途，前往另一個世界追求眞實之物，因爲只有在原初世界尋得眞物、了解眞物，他才能習得眞正的模仿。」

導師和孩子們說笑玩耍，彷彿眞心實意地關心這些孩子，他看上去也是如此平易近人，只有屋外的黑羊得以看見遠遠站在村莊空地上的所有成年人，他們圍在一起顫抖不已，生怕孩子們說了什麼不該說的。

他們在一處地方停留的時間不長，只要導師取得與年相關的線索，他們必然會立即啓程，前往下一個目的地。他們經過東北無人區，那兒是密冬軍事重地，建立了數間製造銀色機械的工廠。官方模仿師有些派駐於此，結合模仿與科技，在每一個最微小的金屬分子上刻下加強用途或力量的圖騰，於是這些機械無須燃料或能量就能進行極爲精密的動作。他們也用這種金屬生產獵捕野生獸靈的項圈和刀刃，讓各保留地不諳模仿的管理人員能在發現獸靈的第一時間先行控制，等待紅鳳前往接收獸靈。

隨後，他們旅行到一處曾誕生過獸靈的保留地，那兒的人知道導師的眞實身分，遠遠地看見他們便五體投地敬拜不起，同時一些人爬向導師，扯著他的衣襬絕望乞求。

「紅鳳大人，請替我的兒子治病！」

「紅鳳大人……我的父親摔斷了腿，請替他將完好的腿模仿回來！」

「紅鳳大人、紅鳳大人。」

那些人呼喚著、哀求著。黑羊冷眼相對，展現出模仿師超然淡漠的姿態，可說也奇怪，這些平常他理都不會理的愚蠢請求，導師竟一一應諾，他握緊每一雙向他伸出的手，告訴這些人把病痛傷殘者帶來，黑羊便見他將掌心覆蓋在失明的人眼瞼上方，不一會兒這人就恢復了視力。導師碰觸癱瘓者的雙腿，下一秒那人就興奮地跳起來，擁抱他的家人。

黑羊漸漸注意到，導師在不同的地方擁有不同的身分，有時他是冷酷無情的模仿師，僅需一個眼神就能讓人發抖。有時他是仁慈的救主，能施以奇蹟救死扶傷。有時他是普通的基地招募員，密冬政府的走狗，人們提防他，但無從得知他的眞實模樣。而有時他又是一名對獸靈知之甚詳的獵人，可以衣著破爛地長時間浸泡在沼澤裡，只爲了等待一隻特別的生物行經。

「導師，為什麼您要幫助這些人？」在某個時刻，黑羊終於忍不住問道。

「他們是密冬的子民。」紅鳳回答：「是我的子民。」

黑羊心中一動，過去他多少有過猜測，導師遠比他想像得更有權力。然而黑羊從來不曾踰矩探問，他不害怕失去導師的鍾愛或信任，他害怕失去的是更巨大、幽微的東西——那構成「密冬」這個國家概念的基底被撼動。

「我以為對模仿師來說，普通人並不重要。」黑羊只能小心回應。

「是啊，他們的生命宛若蜉蝣，朝生暮死，而我們模仿師盡可以任意殘害他們。因此換一個角度想，我所給予的這些恩惠，不過都是舉手之勞，只是相當微小的善舉。」

「您的意思是……您可憐他們？」

「不，我這麼做只因為他們是**屬於我的**。」導師坦承道：「黑羊啊，我是密冬最早的模仿師之一，我活得太久了，久到在遊戲之中沒有對手，我也對遊戲漸漸厭膩。我遂不斷行走於密冬國土，尋找新誕生的獸靈，漫長的日子裡，窮極無聊時我便以殺害人民為樂，我虐待他們，逼迫他們在飢荒中煮食自己的孩子，我讓他們活在恐懼之中，為了不受傷害選擇出賣自己的親人朋友。我鼓勵他們發動革命，然後像捏死螞蟻一樣毀滅他們。久而久之，我再次覺得無聊透頂，同時，我也對他們產生了感情……漫長的虐待、折磨過程中，我逐漸意識到這些人民是屬於我的東西，只要我伸手，就任我取用，他們是我的玩物，我的財產，有時候當你意識到這點，就像對身上的蝨子一樣，也會心生憐愛之情。」

黑羊沒有回應，導師以為他無法理解自己的意思，轉而微笑地說：「這樣想吧，我可以傷害他們，但我也能善待他們，全看我的心情如何，這也是一種權力，不是嗎？」

兩人的旅程於焉持續，他們最終在極北之北找到了今年甫出生的年，看上去瘦弱無比，並且古怪地彷彿一直在等待他們。

這隻年讓當地發生森林大火，導師據此發現年的下落，一得到消息就以最快的模仿前往。他亦告訴黑羊辨別年的方法，首先年的長相總是一模一樣，是具有固定五官特徵的孩童外貌。而你若問牠是不是年？牠會告訴你「是」。此外，年的出現往往伴隨不同的災禍，可能是火災、飢荒、地震或淹水，若當地有人煙或任何動物，亦可能出現瘟疫。過去導師一面追捕年，一面處理相應而生的災情，無論是以一個手勢模仿大雨，舒緩乾旱，抑或是以創煉憑空生出糧食，解決飢荒，種種事蹟都讓模仿師紅鳳的故事流傳更廣，甚至遠達天使中立國、奧馬立克自由邦。

見到蜷縮於一片灰燼中的年，導師面色愈發急切，抬手便往牠身上投擲數個複雜的模仿，創煉出看不見的囚籠讓年無法脫逃，他甚至等不及黑羊出手相助，獨自將這隻瘦弱的獸靈逼入絕境，準備以模仿之力把牠帶回皇宮。

到了這一刻，年不再反抗，牠看上去也已失去力氣，氣喘吁吁、皮膚灰敗，牠任由疲軟的身體被強勁的模仿擠壓、綑綁。

我帶來一個訊息。那隻年說：我的存在是爲了傳達一個訊息……

牠沒能把話說完，羸弱不堪的年吐出最後一口氣，失去了生命。

「眞可惜，如果是活著的，牠的腦就可以給白猿用，只好等明年了。」導師平靜地說，從黑羊手中接過年的屍體。即便是屍體，年也能對獸靈研究產生莫大幫助，因此他們必須將屍體帶回皇宮。

但在那一瞬間，黑羊心中閃過某種猜想。

獸靈只會出現於即將滅絕或已滅絕的物種，年以人形出現，意味著人類在不久的未來也將滅絕。

然而如果不僅如此呢？

如果這個世界是對另一個眞實世界的模仿，而年也是對另一個世界「某樣東西」的模仿……

對黑羊來說，他的思考只能到此爲止，他們連獸靈的存在是對應了另一個世界的什麼都無從知曉，年的出現即便神祕，也只是另一個永遠無法得知眞相的謎題。

黑羊感到奇怪的是導師的態度，他似乎早就知道年出現所代表的意義，不僅僅是對這個世界來說的意義，還有另一個世界，眞實的世界……黑羊想起，導師曾說，他們終有一天會前往另一個世界，並習得眞正的模仿。

「導師……」黑羊不自覺地呼喚，當導師回頭看他，夕陽從地平線放射出鮮紅如血的光芒，導師的眼睛也成爲一片深紅，黑羊愣住了，知道就算他開口問，導師也不會回答，這是屬於模仿師紅鳳對模仿的追求，而經過了這段時間的相處，黑羊已比任何人都更了解導師。

他面前的男人，是傳說中最爲強大的模仿師紅鳳。

紅鳳是屬於密冬的一個象徵，一個符號，他是善也是惡，對黑羊來說，他就是模仿之力的代言人。思及此，黑羊感到敬畏的同時，竟莫名地產生一股噁心，或許是因爲這場旅行使他成爲導師的共犯，模仿師紅鳳延伸的肢體，黑羊也將成爲傳說的一部分，他會繼承導師直至現今的所有工作，這便是他讓黑羊前往灣島協助金家治理的原因，也是他願意讓黑羊幫助自己追捕年的原因。

黑羊逐漸感覺失去了自己，他正在被導師以極爲細膩、精湛的模仿技術移狀，使他成爲導師的繼承者，而在整個過程之中，他居然完全沒有發現，也無心反抗。

導師深紅色的眼睛散發美麗的光澤，他柔聲說：「來吧，我們還有工作要做。」黑羊便亦步亦趨緊隨其後。

在導師的帶領下，他們又抓捕了兩次年，兩次都成功活捉了年，導師將一隻年送往灣島實驗島，另一隻則送回都城供白猿使用。黑羊對年的了解愈發深刻，他沉浸於此，幾乎要忘記還有別的工作。直到導師告訴他，已經夠了，是時候讓黑羊回灣島履行他的責任。不過在那之前，黑羊必須先到灣島東方的實驗島協助最新一期的實驗順利進行。

導師告訴黑羊，這一次主持實驗的學者來自天使中立國，出於一些原因，他的實驗即將面臨失敗，儘管與年有關的實驗最終總是會失敗，但導師喜歡這名天使中立國學者，他殷切盼望這名學者能在未來繼續主持研究計畫。而若黑羊前往實驗島監督，便能確保所有一切如導師所想。

對於導師的要求，黑羊毫不遲疑地遵循，在他清晰、冷靜的大腦中或許曾有片刻質疑自己爲何能如此清晰、冷靜，實際上黑羊知道這是因爲導師已完成對他的移狀，那不是像洗腦或催眠那麼簡單，他的精神沒有被操控，他只是變得與導師相似，僅僅如此，他完全能同理導師所做的任何決定。

模仿師紅鳳最擅長的模仿是移狀。黑羊在心中留下筆記。同時，他意識到自己並不討厭這種感覺，那讓他強大、所向披靡。

後來黑羊乘船抵達實驗島，經過半日與那名天使中立國學者的短暫接觸，他留下針對實驗的適當建議，隨即佯裝離開，實則以模仿之力隱藏於島上，靜靜等待實驗失敗的時刻到來……

當黑羊在整整五年以後返回灣島，他得到的第一個消息是，他的學生、那擁有無與倫比模仿天賦的女孩，已經死了。金家家主更在權力鬥爭中被其女兒所殺，新的家主繼位，自封爲金雞神女。

黑羊對新任金家家主毫不關心，事實上，他不在乎任何與五大家族有關的事情。起初，他只感覺有些奇怪，像是生病一樣身體不適，於是他讓自己躺在床上，卻睡不著，他起身步入金家黑暗的走廊，來到曾與女孩約定上課的空房間，他看見窗外的月色，這些日子以來彷彿從未改變。一個念頭悄悄聚攏上來，將黑羊層層包圍，他清晰、冷靜的大腦一時間無法分辨那個念頭蘊含的強烈情感，他太困惑了。然後，突然間，黑羊覺得自己跟導師一點也不像，因爲他和女孩在這空房間裡的回憶。導師永遠也不會如他這樣，在此刻被這個念頭緊密包裹，幾乎無法呼吸。這一刻，導師在他身上施加的模仿如煙消散。

黑羊驟然理解那個念頭意味著什麼。

悲慟。

他悲慟萬分，一種深重的痛苦包裹著他，那不是肉體上的痛楚，而是來自於心靈，他試圖以理性分析自己的痛苦，最後發現即便是母親死時，他也不曾感到這樣的悲慟。

悲哀難過、懊悔遺憾，是種種這些情緒構築他的痛苦，黑羊遺憾女孩無法發揮她的天賦便香消玉殞，他也難過女孩連普通人的生活都沒能體會多少，就此消失在這個世界。

女孩死了。她死了，而在黑羊的暗中調查下，他得知女孩的孩子流落灣島保留地，那是她生前創造出的最後一個模仿。倘若這個孩子獨獨由女孩所造，那麼他或她極有可能承襲了女孩的模仿天賦。黑羊在得知這點以後，連一句話也沒留下，立即從金家消失無蹤，他前往保留地尋覓女孩的後代。

過去黑羊不曾做過這樣的事情，他雖是模仿師，從小到大受到的教育使他仍忠誠地奉行一切由密冬政府訂定的規則，因此即便他能以模仿潛入所有受到管制的保留地，他依然會提出申請，並親自通過保留地的檢查站。

唯有女孩的死對黑羊造成了深切的影響，甚至遠比導師對他施加的模仿更強烈地改變了他。

爲了女孩，他拋下過去的行事準則，以模仿分解自己成千千萬萬片，融入灣島保留地的風和雨，他將自己完全交給了模仿力量的本源，自他初次意識到世界爲假以來，再一次任由模仿力量的漩渦將他吞噬。

他飄蕩渺遠，既高升於天空，也沉落於土地、溪河海洋，他以如此全面的方式探查女孩之子的下落，期間他聽見了保留地植物生長的細微聲音，病菌在其中擴散；他看見了保留地的動物彼此窸窣交談，傳遞金屬怪物的侵襲；他聞到了蔓延大地的血腥，火焰、爆炸和兩方交戰，可他動彈不得。他甚至確實在某一瞬間感覺到近似於女孩的模仿氣息，但也很快就消失不見，他太微小而細碎，無法抓住任何東西。

可是也無所謂了，黑羊已失去重爲人類的決心。

不知道究竟過了多久，也許已有百年，他忘了自己最初的目的，只是沉浸於整個灣島保留地的荒涼與寂靜。當黑羊終於悠悠醒轉，他發現自己在一片汪洋中央的礁石上，全身赤裸，有人將破碎的他蒐集起來，重新匯聚，並以對他的了解行使模仿之力，將他救了回來。

在黑羊身旁，是他許久沒有見到的老朋友白猿。

「就爲了一個灣島人把自己弄成這副德性，你也太悽慘了吧？」白猿像是在說風涼話般，黑羊卻一點也不生氣，這麼長時間以來，他有無數次想起白猿，他想念他們的遊戲，想念有人理解他的過去，只是導師告訴黑羊，白猿仍在治療中，因此他不敢抱持希望。

「你怎麼會在這裡？」黑羊還以爲自己在作夢。

「你失蹤太久，紅鳳命我來找你，他有事在忙，就叫我來。」

黑羊猶豫著，不知如何開口：「你是不是……」

「痊癒了？或許吧，否則紅鳳又怎麼會讓我離開呢？」白猿臉上閃過一瞬間猙獰的笑容，但黑羊寧願是自己看錯了。

「我以爲你會怪我。」黑羊凝聚模仿之力，只消一眨眼，他爲自己創煉出一身黑色的長袍。

「當時我確實失控了，自己都管不住自己，當作扯平吧，我不該隨意復生你的母親，更何況，那連復生都稱不上。」白猿看了看黑羊，仍然不滿他如此頹喪，索性直截了當地開口：「話說回來，那小妞死了，你就挖出她的骨頭將她復活，這樣不就得了？」

「我也想。」黑羊回答：「但我找不到她的骨骸，再說，她大概不會想被復生。」

「唔，你整個人處於拆解狀態時，我得到一個消息，有個奧馬立克醫生帶走許多灣島人的骨骸，其中一個頭骨上刻有具模仿力量的圖騰，我想那可能是你在找的東西。」

黑羊立刻專注起來：「灣島保留地無人能使用模仿，除了她。」

「我是不曉得啦，但或許你可以去找找那副頭骨。」白猿伸了個大大的懶腰，擴大的瞳孔無神而呆滯，讓黑羊感到十分不對勁，卻又說不出來是哪裡出了問題。「怎樣都好，作爲模仿師很無聊，有個目標總是好的，不過我可沒辦法陪你，我有別的事情要忙……」

熱中遊戲的白猿竟然也會開始忙碌，種種古怪使黑羊心中敲響警鐘，暗忖難道在自己分解成碎片的這段時間裡，發生了什麼他不知道的事？

「你要忙什麼？」

白猿望著黑羊，有那麼幾秒，他看上去如野生動物般面無表情，臉上不存在任何人類的情緒。但接下來，他的眼神一點一點散發出幽微的光。

「你要是知道了，可能有一天會倒大楣。」白猿雖這麼說，看上去卻像是下定某種決心：「但算了，或許將來麻煩會先找上你……黑羊，密冬皇宮深處存在一面鏡子，上面刻著模仿世界上的第一隻獸靈所創造的圖騰，這面鏡子成爲我們國家唯一的聖物，那可是眞正的寶物，據說通過這面鏡子，可以前往原初世界，也就是他們所說的眞實世界。我想找到這面鏡子。」

「然後呢？」

「啥？」

「你說你想找到這面鏡子，然後呢？你總不是爲了取樂才這麼幹的吧？」

白猿沉默片刻：「既然這個世界的一切都是對另一個世界的模仿，我想另一個世界肯定存在著眞正的小猴子，我……打算去找牠。」

黑羊愣住了。

「自從你上一次把我的小猴子拆解掉，我就覺得……我的小猴子並不是眞的，但如果這個世界的小猴子已經消失，另一個世界的或許還在，就算機會渺茫，我也要找到牠。」

黑羊不知該說什麼，白猿的大腦某種程度上接受了小猴子已死的事實，與此同時，白猿也爲自己找到了新的目標，那是他生命的意義。黑羊不覺得自己能阻止他。

「我不能支持你，因爲這件事很顯然是不被允許的，我不能背叛國家，但我也不會阻礙你，只是小心一點，我記得密冬皇宮戒備森嚴，包含導師在內，有許多比我們更資深的模仿師在裡面做著和模仿力量有關的研究。」

「我明白，我也不要求你會站在我這邊。」白猿挖了挖耳朵，彈出一大塊耳屎：「你說的也跟我知道的差不多，是紅鳳告訴你的吧？他想到另一個世界去學習第六種模仿，因此需要那面鏡子，但我不是要學習什麼眞正的模仿，我只是想帶回我的小猴子，這樣就算罪惡嗎？他在我身上做的實驗，可比那邪惡多了……」

白猿最後的話語因一陣狂烈的海風干擾，使黑羊無法聽清，但在那一瞬間，他不禁思考，導師所說的治療，究竟對白猿造成了什麼樣的影響……

黑羊還想詢問白猿關於他曾吞噬靈魂的事情，但白猿似乎爲了某件事正焦急難耐，他的手腕和腳踝處滲出淡淡鮮血，隱約浮現如同錯覺一般，屬於導師的模仿力量。就在黑羊困惑不已時，白猿突然告訴黑羊自己必須離開了，旋即移狀爲海鷗，朝海平線的另一端飛去。

事已至此，黑羊只能專注在眼下能夠處理的事情，他考慮白猿給予的情報，儘管自己從未前往密冬以外的國家。而一個附著有模仿力量的頭骨……那有可能屬於女孩，也可能屬於女孩的孩子。他必須親眼見到那副頭骨，才能知道那個模仿意味著什麼。黑羊內心有了決定，身影瞬即消失，留下海浪陣陣拍打的無人礁岩。

經過漫長調查，黑羊確認有模仿力量的頭骨最終和其他三具頭骨一同流落到天使中立國，在他前往尋找前，黑羊透過通訊器和導師聯絡，畢竟他擅離灣島，算得上怠忽職守，儘管如今的他已不若過去那樣對導師全然順從，他還是需要試探導師和密冬的態度。奇怪的是，導師沒有回應。黑羊造出有翼的模仿體，讓它回密冬尋找導師，可當模仿體回來，不僅沒能接觸導師，它更告訴黑羊，密冬皇宮空無一人。

黑羊以極快的速度回到密冬，他發現密冬大陸上的人們依然過著與過去無異的生活，可當他回到密冬皇宮，那兒空蕩蕩的，一個模仿師也沒有，黑羊擔心他獨角的拔多羚羊，於是焦急地趕往聚所，發現原先關押在地下室的獸靈全都不見了。

他心急如焚，便在這時，他聽見一串柔和的蹄聲。

是他的獸靈，拔多羚羊身上沒有任何鎖鏈禁錮，他的獸靈仍然沒有說話，卻將頭靠在了黑羊手上。

「這裡到底發生了什麼事……」黑羊喃喃道。

這時，一道聲音響了起來，那是他無比熟悉的聲音。

——來玩吧來玩吧，這是我們的約定，永遠的約定。

一隻白猿的模仿體驟然出現在拔多羚羊後方，牠宛如邀功般靠向黑羊，並爲牠的主人送上一份遊戲邀請，遊戲的規則寫在一張糖果紙上。白猿讓黑羊和自己進行一場爲期五年的遊戲，遊戲場地就在灣島。

黑羊對此感到奇怪，以白猿的個性，他更偏好迅速刺激的短時間遊戲，但從他訂下的規則來看，白猿似乎爲這場遊戲籌備已久。加上將遊戲場地訂於灣島，以五大家族來取樂。他想起了金玲，儘管戰後五大家族已被密冬放棄，難道便能任意將他們當作玩具嗎？

在他遲疑著的瞬間，突然間，黑羊的通訊器傳來聲響，他打開通訊器，竟是導師的訊息，內容僅有短短幾個字：*我允許你和白猿在灣島的遊戲。*

白猿的模仿體正笑嘻嘻地盯著自己。

白猿到底幹了什麼？

「你在哪？」黑羊急促地問著：「爲什麼不當面跟我談？導師又在哪裡？其他宮廷模仿師呢？密冬之主呢？你知道什麼吧？」黑羊逼近白猿的小猴子模仿體，但小猴子只是朝他咧嘴一笑，玩樂似地翻轉了一圈，旋即消失不見。

黑羊撫摸獨角的拔多羚羊，喃喃地問：「如果你知道什麼，可以告訴我嗎？」

拔多羚羊保持緘默，濕潤的黑眼睛深不見底。

黑羊牽著牠離開皇宮，前往模仿師基地，在看見模仿師基地同樣空無一人以後，又和獸靈回到他最初的學習基地，同樣發現那兒沒有任何模仿師，甚至連老師都消失無蹤，也沒有半個孩子。

所有和模仿有關的人，全都消失了。

黑羊第一次不知該如何是好，他望著自己的拔多羚羊，由於長時間的分離，他和獸靈即便距離遙遠，也不會使任何一方感到痛苦。拔多羚羊過去唯一對黑羊說過的話仍言猶在耳，他一直不知道那是什麼意思，但現在，黑羊想，將拔多羚羊束縛在自己身邊，對牠來說也並非真正的自由。

曾經拔多保留地對黑羊來說意味著故鄉，直到他被導師配給拔多羚羊作爲自己的結合獸靈，獸靈最終取代拔多保留地成爲他的故鄉，因爲如此，只要控制了拔多羚羊，就能控制他。黑羊不知道密多是否長年以來一直以這種方式爲模仿師尋找結合獸靈，他也不知道這樣的配對方式是否是導師的主意，他此時唯一的想法是拔多羚羊和自己其實是一樣的。

他們都想回家，回到眞正的家鄉。

「既然如此，我便做我能做的吧。」黑羊嘆氣，以模仿將自己和獸靈送回拔多保留地，他讓牠走在他們初次相遇的荒原，眼見獨角的拔多羚羊毫不遲疑地往高原深處走去，愈走愈遠，不曾回頭，黑羊並不痛苦，他們之間蛛絲般的連結依然存在，黑羊知道，也將永遠存在，即便他們天各一方，他只希望獨角的拔多羚羊能夠原諒他，曾經那樣自私地剝奪牠的自由。

其後，黑羊留意著密多模仿師消失的狀況，一面繼續追查頭骨下落。他也和白猿玩遊戲，由於白猿不再回應自己，黑羊只能透過遊戲才能和他接觸，隨著第一年、第二年分出勝負，他愈發感到狀況不對勁，當他輸掉第三年的遊戲，他發現死去家主的順序令他感到熟悉。

那是導師曾告訴他，五姓人在他假死那晚離開五靈廟的順序。白猿理當不知道，爲什麼卻選擇以這個順序殺人？黑羊心中產生了某個幾乎不可能的猜測，而在這時，他得知頭骨輾轉流落到天使中立國的墩艾丁，他匆匆從灣島趕往墩艾丁，終於在墩艾丁解剖學博物館裡看見的那副頭骨。他失望地發現附著於頭骨圖騰上的模仿並非來自於女孩，那圖騰卻聲聲呼喚著一個令黑羊熟悉無比的名字。他之所以感到熟悉，不是因爲名字本身，而是名字所乘載的意義，那名字是一個圖騰，上頭隱隱散發著女孩的模仿。

黑羊傾聽那個名字，品嘗著名字的咬字，他在內心觀想名字書寫出來後的形狀，然後漸漸地，他可以看見那孩子的模樣，依循著這個名字帶來的線索，黑羊在某一天終於見到了他——那個孩子，應該要是個男孩，卻做女孩打扮，看起來和他母親愈發相似了，不是在外貌上，而是他的眼睛。

他的眼睛猶如會發光一般，凡是被他看見的事物，都將無法拒絕他的畫筆、他的模仿。

黑羊跟蹤那孩子，百思不得其解究竟女孩的兒子爲何會捨棄具有優勢的原始樣貌，反而選擇較爲弱小、不穩定的女性身分，他更深的擔憂是曾使女孩無法成爲模仿師的原因，會否也將同樣地阻止這孩子。

他亦想藉機觀察，或許能得知當年女孩愛慕的人究竟什麼模樣，然而經過一段時間，他什麼也沒發現。或者該說他唯一從那孩子身上看見，和他母親全然不同的特質，是冷漠疏離。彷彿他和這個世界始終隔著一道高牆，他對世界本身毫無熱忱，只是遊盪其中，漫無目的，沒有朋友、家人，沒有深愛的人。

黑羊決心給他一個試煉。

或許是那孩子冷漠的模樣使黑羊心中產生古怪的厭惡感，好像他曾在哪裡見過那樣的神情，惡毒的心思從他胸口滋長，他輕視他，甚至認爲他不可能有任何模仿的力量。直到那孩子的朋友被天使約翰殺害，黑羊看見了那孩子的眞貌，他的臉上有著雲霧形狀的刺青，讓黑羊想起自己胸口上的圖騰。

原來如此，即便已經失去了記憶，他仍然沒有忘記所愛的人嗎？

黑羊想，他可以成爲最好的模仿師，因爲當他有一天得知世界的眞相，他仍會相信萬事萬物皆有意義，就像他的母親。

而黑羊會照顧他、教導他，替他復生兄長，在那之前，他必須像所有眞正的模仿師一樣，玩一場盛大的遊戲。

在以電擊刺激獸靈分泌出能夠結合人類的特殊物質後，我讓助手分析了該物質，發現物質本身像是某種有生命的菌體，在地球上前所未見。過去每一個晚上，我廢寢忘食研究這奇特的菌體，最終我心中產生某個可怕的猜想：倘若這種菌才是獸靈的眞面目呢？

——《研究紀錄》

「……他所活著的這個世界，也處於眞實和虛假之間。」

我沉思片刻，寫道：那是故事、小說，還有詩，一首獸靈之詩。

我等待著，斷成一半的原子筆在紙面上留下凹陷的墨點，但我感覺不到了，角色、畫面和故事中最爲神祕的獸靈，已經隨著幽魂般轉瞬即逝的靈感悄然離去。我又等了一會兒，直到確定再也寫不出任何東西，我決定放棄，在身體允許的範圍內緩慢收拾僅剩不多的行李。

昨晚在光禿禿的地面睡得並不安穩，意識朦朧間反覆聽見細微的奇怪聲響，我因此醒來數次，但周遭放眼望去是空無一人的荒野，並沒有其他生物，面前也只有一條筆直的馬路，通往未知。

我想那是巨大冰川融化的聲音。

南美洲的十一月，天空湛藍、鋪滿白雲，延伸至遠方山脈，再走一段時間或許就能見到冰川。我檢視破破爛爛的地圖，確認了方向。接著，從暗袋小心翼翼取出一張泛黃信紙，第無數次重讀上面內容。

泰邦：

如果你看到這封信，表示我已經不在這個世界上了。請不要爲我傷心，我是爲了尋找一個更好的世界，雖然我不在你身邊，我依然守護著你，我在另一個世界守護著你。

璐安

他的遺書眞的好短，以至於我始終不能相信他已經離開我將近十年了，璐安自殺的時候，不過只有八歲。爲什麼一個八歲的孩子會選擇自殺？過了這麼多年，我仍然不明白。

我一直知道璐安跟別的孩子不一樣。璐安很安靜，說話輕聲細語，他留著長長的頭髮，不允許任何人替他剪短，此外他喜歡顏色粉嫩的衣服，璐安也很有想像力，他喜歡畫畫，以前常常邊畫圖邊對我說故事，他告訴我一個跟獸靈有關的故事，在某個世界裡，有一種名爲獸靈的生物。

「任何動物都可以有獸靈嗎？既然是這樣，有沒有蚯蚓獸靈，或者蒼蠅獸靈呢？」我記得自己曾開玩笑地問他。

「不是所有的動物都有獸靈啦。」璐安回答，一面認眞地繼續畫畫：「只有在這個世界已經絕種或者瀕臨絕種的動物才會有。」

「爲什麼呢？那遠古時期的劍齒虎、猛獁象應該也有獸靈吧？」

「沒有，因爲那個時候距離現在已經太久了，獸靈之所以會在另一個世界誕生，是因爲我們的世界充滿了新鮮的傷。」璐安抬頭望向我，眼睛裡閃爍著一種黑暗的光芒：「那個世界是模仿這個世界才有的，而獸靈是，我們希望那些消失的生物可以重新回來……獸靈是對這種心情的模仿。」

「這樣啊。」

「可能還不僅如此，不同的地方本來就會出現各種特殊的物種，然後牠們就會對當地的人產生意義，對不對？神話傳說會出現，有些動物甚至會有政治的意涵……在另一個世界，獸靈會跟人類結合，替人類著想、犧牲自己，這也是反映了人類的欲望，獸靈就是這樣的存在喔。」

對於璐安所說的話，我永遠都似懂非懂，我的弟弟太早熟了，又聰明到能夠只看一遍就記住書上的內容。我曾問璐安怎麼會有這些稀奇古怪的想法，他說：「這些都是眞的，另一個世界是存在的，我一出生就知道了。」

我只能將之解釋爲璐安就是如此與眾不同。

不過，璐安也有孩子氣的一面，每天晚上他都會哀求我說睡前故事，我想，或許自己是從那時開始練習寫作。兒時的我知道的故事不多，就把從部落長輩口中聽來的傳說一一講給璐安聽，我說了跟部落發源地有關的故事，說了雲豹的故事，說了人變成烏鴉的故事，也說了一對兄妹變成鳥的故事，以及眼睛長在膝蓋的矮黑人故事。後來，我把這些編織進《獸靈之詩》裡，就好像璐安和我以某種方式永遠在一起。

璐安死後，我開始接受心理諮商，諮商師無比耐心，她從談話過程裡得知了璐安曾告訴我的故事，以及我也會爲他講故事，她便建議我練習寫作，既是宣洩，也是紀念。我開始一個字一個字拼湊出這部作品，起初困難重重，最後逐漸習慣，還在台灣時，我用筆記型電腦書寫故事，每完成一小段，就發表在早已退流行的部落格中。這麼做不是爲了任何人，也不爲了哪一天可以出版，我只是藉由寫作思念璐安，在獸靈的世界中，璐安得以長大成人。

有時候，我也感到奇怪，從小到大我的文字能力向來不好，但每隔一段時間，會有靈感如同落雷般將我擊中，然後便能書寫，有時寫出來的內容甚至是璐安從未提到的。這種靈感迸發的狀態常常不期而至，尤其和思念璐安的情緒相關，一旦出現就須立刻寫作，無論白天或深夜，無論是否在工作。

不過，好長一段時間沒有去學校了。記得最後一次見到健康的學生，是帶著他們參加學校的植樹活動，那時學校收到匿名捐贈的五株瀕臨滅絕樹苗，名爲金新木薑子，而符菌尚未影響台灣，我們把握所剩不多的自由，在操場邊的草地種下樹苗。看著那些孩子嘻笑玩鬧的模樣，我總想起璐安。

璐安離世的前一年，遭遇到同學的霸凌。

男孩子嘲笑他留長的頭髮，戲弄地說要趁他上廁所時看他有沒有小雞雞，於是璐安變得不敢上廁所，他的老師知道這種狀況，會在下課前十分鐘先讓璐安去廁所。可是有一天，璐安直到下一堂課上課了都沒有回來，有同學到廁所去找他，發現他被反鎖在一個隔間裡，褲子上沾滿了血。

老師將璐安送到醫院，醫生發現他的生殖器有被利器割傷的痕跡，傷口不大，不至於造成永久性的傷害，但璐安對自己在廁所裡遭遇到的事情絕口不提，即便是我也無法問出眞相。

我嘗試爲璐安討回公道，可當時我只有十四歲，除了吵鬧發怒以外不知道其他的方法，學校裡的老師爲了不讓我到校園尋找傷害璐安的凶手，明令禁止我進入學校。

「是璐安自殘導致受傷。」老師甚至這麼告訴我：「那是他自己弄的傷。」

從那之後，璐安的個性變得更加陰沉，過去他是憤世嫉俗，如今他對人性有了更深的體悟，說起話來也愈發陰陽怪氣。璐安常常說：「人類將會滅亡。」他睜著那雙又大又亮的眼睛，以單純的語氣陳述：「就好像泰邦故事裡的矮黑人，他們最後全都滅絕了。」

璐安的話彷彿預言，那年年末，以一種席捲人類社會的流行性感冒作爲起始，整個世界變得混亂無比，戰爭、飢荒、天災和更多怪異病毒形成的疫情，讓人們自我封閉、隔離於室，空氣中充滿仇恨與謠言。璐安透過網路吸收世界上發生的所有事情，他的表情讓我擔憂，因爲那是如此的冷酷與絕望。

「這只是開始。」璐安篤定道：「會愈來愈嚴重，到時候整個世界將沒有人類可以生存。」璐安轉頭看向我，露出悲傷的笑容：「其他人死掉沒關係，我死掉也無所謂，但泰邦不行，泰邦必須活下去。」

我想抱著璐安，告訴他如果他死了，我會傷心，可是璐安已然陷溺在他悲觀的思考裡。「我要想一個辦法，讓泰邦可以活著，哪怕是在另一個世界，我要先替泰邦準備好，可是這個身體……既然這樣……」我最後聽見璐安焦躁的喃喃自語。

某一天我下課回到家，一面呼喊璐安的名字，一面從保溫袋裡拿出便當，那是由部落裡一直照顧著我們的拉疏所提供。璐安受傷以後，他經常約我們吃飯、參與部落事務，雖然璐安總是面露反感地拒絕，但我想他能感受到來自外人的善意，至少部落裡許多人一直在幫助我們。

我喊了一陣子，璐安沒有回應，我打開臥室的門，看見璐安以一條細繩吊在廁所的門框上，舌頭吐出、雙眼翻白，像一個飄飄蕩蕩的布娃娃。

我不太記得那時候自己的反應了，我似乎發出了某種恐怖的聲音，顫抖地抱著璐安的身體，試圖把他放下來，但璐安的身體已經變得冰冷，並且臉色發青，他已經死去一陣子。

床頭櫃上整齊擺放著璐安的遺書，我無法相信唯一的弟弟就這麼離開了。失去璐安的痛苦淹沒了我，腦袋一片空白，只是抱著弟弟的屍體痛哭失聲。

隨後我擦去眼淚，走出屋外向部落裡的大人們求助。我跟璐安從小長大的房子裡一下子擠滿了人。拉疏短小精悍的身軀在房子裡穿行、輕聲細語地協助溝通，他迅速有效掌控事態，開始安排讓其他人分工協助處理璐安的後事。部落裡的女巫苡薇薇琪亦前來做儀式，這是部落裡的規矩，璐安是自殺而死，在我們的信仰中死後會變成惡靈，透過女巫的儀式才有可能淨化璐安的靈魂。

儀式過程中，苡薇薇琪流著眼淚，告訴我她無能爲力。

「他選擇要拋棄身體，他的靈魂已經成爲惡靈，去了另一個世界，我找不到他。而且他這麼做，讓我們的祖靈非常生氣。」

我無法相信，更因此對苡薇薇琪及所謂的祖靈，感到憤怒不已。璐安是個無比溫柔的孩子，他怎麼可能會成爲惡靈呢？祖靈……就是已經死去的祖先吧？如果祂們眞的存在，又爲什麼沒阻止璐安？

葬禮結束後，我回到只剩下自己的屋子裡，一遍又一遍閱讀璐安的遺書，產生一種感覺：璐安不是因爲在學校受到欺負，所以自殺，有別的原因促使他做出這個決定。璐安是如此超然、對我以外的人不屑一顧，他在乎的東西那麼少，外人不可能傷他到這種程度。

隨著時間過去，我也從醫院得到檢查報告，確認璐安當時在廁所裡受的傷是他獨自所爲。璐安究竟爲什麼要那麼做？我漸漸產生一個揮之不去的想法：璐安是因我而死，他先是出現了自殘行爲，但我沒有發現，接著璐安下定決心自殺，我也不曾注意到任何異狀。

是我的錯，太過愚蠢、遲鈍，以至於沒有察覺。

我就這麼渾渾噩噩地長大，一年又一年，渡過沒有璐安的漫長日子。我成爲一名老師，選擇留在部落，雖然苡薇薇琪說璐安已經不在這裡了，但我總覺得自己不應該走遠，如果璐安其實哪裡也沒去呢？在我們部落，傳說正常死亡的人靈魂會前往聖山，和祖靈們在一起。璐安可能無法去聖山，那應該就會留在我們的家不是嗎？如果璐安此刻就坐在我們屋子上方，笑嘻嘻地踢晃雙腿呢？

最初蔓延各地的流行性感冒，在璐安死去第三年漸漸獲得控制，可是世界並不平靜，天災人禍不斷發生，阿拉伯之春爆發、日本福島核災、澳洲森林大火、俄烏戰爭、堪薩斯龍捲風。然後是更多的疾病，流感、新冠肺炎、猴痘……病毒肆虐一輪之後，出乎人們意料的，一種名為符菌的放線菌以摧枯拉朽之姿徹底毀滅了我們。

放線菌通常廣泛存在於土壤和水中，可用於生產抗生素、免疫抑制劑、腫瘤藥物等等。照理來說，放線菌不容易感染人類，去年年初，一名南美洲兩棲類研究學者的兒子出現高燒、呼吸急促的症狀，隨後惡化為嚴重的肺炎和中樞神經系統問題，不久便死去。這名學者前往美國參加學術研討會時因孩子高燒昏迷中途離席，隨後曾參與那場研討會的人在活動結束後一週內接連發病，所接觸到的孩童更是症狀嚴重，相關部門啓動調查並制定防疫策略，卻已經來不及了。在人們誤以為這是冠狀病毒捲土重來，滿不在乎地以舊時的防疫規定管理各國人民，這種特殊的菌體，以其高度的傳染性透過空氣、水和食物四處散播，迅速蔓延整個人類社會，政府和醫療系統快速崩潰，最終導致全世界大規模的混亂和災難。而符菌是如此善於殺人，和成人相比，又以兒童最容易受到符菌感染，十三歲以下的孩子不斷死去，讓成年人陷入絕望。

最糟糕的是，愈多研究，人們對符菌愈是困惑，一些學者甚至對符菌是否眞為放線菌表示懷疑。

「看起來猶如活生生的動物，在顯微鏡下，這種菌體扭動的模樣如同一個帶有隱喻的圖騰。」科學家如是說。像是一個具有特殊意義的符號，因此這種菌被稱為「符菌」。

符菌在台灣爆發後，感染人數太多，一般醫院無法容納，就連花東地區也是如此，於是我工作的國小體育館暫時設為臨時醫院，學校課程暫停，因為大部分的學生都受到感染，一個個躺在體育館裡。

我和其他老師一同穿著防護衣在體育館照料那些孩子，他們因高燒而囈語、咳嗽聲此起彼落，也有孩子狀況尚可，詢問我不久前種下的金新木薑子樹苗有沒有好好長大，我只能鼓勵他們盡快好起來，等康復了，再一起替小樹澆水吧。

可是他們的病情沒有好轉，有些孩子出現免疫系統和神經系統受損，緊急送往市區醫院進行救治，儘管我們都知道，到了那個階段已是凶多吉少。爲了照顧還在體育館內掙扎求生的孩子，我們不敢詢問那些被送往大醫院的孩子後來如何了。

然後，在某個晚上，我目睹了骷髏。

也是在那晚，我踏上了旅程。

彼時爲了安撫痛苦的家長，在體育館待到很晚，午夜時分，正準備離開，其中一個跟我向來親近的孩子在高燒中苦苦哀求我不要走。我輕撫他的頭，柔聲說：「老師明天還會再來，好好休息，明天早上我再來看你們。」

「老師。」那孩子吸著鼻子小聲說：「晚上這裡會有鬼，我覺得好可怕。」

「鬼？你確定嗎？是不是因爲大家都穿著白色防護衣，所以你看錯了呢？」

孩子搖頭：「鬼不是白色的，我看見骨頭，一個骷髏人。」孩子眼裡充滿淚水：「求求你別走。」

「骷髏人？你是說人死後留下來的骷髏？」見孩子點頭，我低聲用族語安撫道：「無論是骷髏或鬼魂都絕不會傷害你。這裡距離部落很近，我們的祖靈會保佑你的。」

我想起璐安，即便祖靈並沒有保護我的弟弟，但這些孩子需要一些勇氣。

我又安慰他許久，那孩子聽著我的話，臉上掛著淚，終於緩緩入睡。我等待了幾分鐘，確定孩子們都安然進入夢鄉後，便離開體育館。脫下防護衣，遠遠地看著體育館內整齊沉睡的無數孩子，他們就像永遠都不會醒來似的……突然間，我感覺到十分不對勁，因此再次穿上防護衣返回。此時月光從窗外照射進來，我看見孩子們因病皺著眉頭，痛苦地睡著，但並沒有任何古怪。

我轉身準備離去，便在這時，骷髏出現了。

骷髏站在窗邊，只有成人的一半高，周身令人不安的氣息。骷髏轉動頭骨，漆黑的眼眶裡沒有任何東西，黑暗與黑暗形成一道視線投向我。它指了指自己，又指了指孩子，最後指向我，開口說話時，聲音就像風吹過石縫：不要去。

我的身體不由自主發抖。

下一秒，骷髏消失了。

而一個原本沉睡的孩子開始發出啜泣聲，陡然間睜開雙眼，驚慌失措地看著四周喃喃自語，好像有另一個人借他的身體在說話：「媽媽……媽媽在哪裡？虹？朱虹？你見到我的弟弟虹嗎？這裡是哪兒？我還在靈山？還是密冬？我不想回密冬，別讓我回去……」

緊接著，猶如漣漪一般，更多的孩子彷彿受到影響而驚醒，一個接一個爆發出哭聲。

「這裡是哪裡？這不是我的身體！」

「嗚嗚，好可怕，我想回家……」

「是鏡子的另一邊嗎？怎麼一點模仿的力量也沒有？」

「我錯了，原諒我吧，別把我困在這裡——」

「我要回去！讓我回去！」

那是極爲恐怖的景象，整座體育館充滿了孩子的胡言亂語、哭泣與叫喊，然而這些孩子的哭泣與叫喊，尖叫著說出的話語卻彷彿截然不同的另一個人。

當高燒到了極限，熱潮緩緩退去，留下整齊陰暗的病床上，一具具逐漸變冷、小小的屍體。

我的學生絕大多數死在了那一天。

當醫護人員告訴我們殘酷的事實，有一陣停滯的靜默，無論我或其他老師、醫護人員，全都站在體育館外頭，誰也沒有出聲，或者走進體育館。那時已是秋季，卻因氣候異常導致夜間依舊燠熱難耐，我們只是站在外頭，感受皮膚掠過的一陣陣從館內洩漏出來的冷氣，試圖延長走入體育館爲孩子們收屍的時間。

隨後苡薇薇琪來了，不知道是誰告訴她體育館眾多孩子病死的消息，她就這麼獨身前來，像一陣焚風吹入冷得讓人發抖的體育館，不久，我們聽見了苡薇薇琪吟唱祭歌的聲音。

直到許久以後，苡薇薇琪走出體育館，看上去有些疲憊，神情嚴肅且悲傷。「他們已經去了想去的地方。」苡薇薇琪說：「該工作的去工作，其他人就回家吧。」

於是我回家了，回到和璐安的家，我打開電視，讓新聞播報的聲音充滿空蕩蕩的屋子，營造有人的假象。接著走進浴室，打開蓮蓬頭洗澡。

……各國的醫療系統已經達到崩潰邊緣，醫院床位和醫療資源嚴重不足。

新聞的聲音斷斷續續從外頭傳來，熱水產生的水蒸氣讓浴室的鏡子滿是霧氣，我看著鏡子發呆，想到《獸靈之詩》的故事裡出現過好幾次鏡子，每一次出現都讓我有奇怪的感覺，好像我眞的可以隨時穿透任何一面鏡子，抵達我所書寫的另一個世界，與璐安重逢。

專家們正全力以赴尋找有效的治療方法和疫苗，以保護孩童的生命。然而……

我死去學生和璐安的面容在記憶中交疊，身體抖得愈來愈厲害，上下牙齒碰撞，發出喀喀喀聲音。爲什麼他們臨死前會說出那些話呢？爲什麼不斷提到鏡子，就像我的小說？還有「模仿」，那是出現在我腦海裡的新故事，和一個名爲黑羊的男人有關，根本還未寫下來。骷髏……那骷髏究竟怎麼一回事？我想到在離去前，一個孩子突然抓住我的手，他因高燒而泛紅的臉上滿是不屬於他那個年紀的貪婪。

……病患在臨近死亡時出現性格突變，言行舉止異常。

他說：「我見過你。不是你，是另一個你，你的頭被砍下來，落在一片姑婆芋海，然後我撿起了你的頭顱，你後腦杓刻有一個十分特殊的圖騰。」孩子的臉逐漸露出一個誇張、狂喜的笑容：「原來我已經到了鏡子的另一頭，哦！我的大師！他說的另一世界是眞的！」

狂喜的神情倏地從孩子稚嫩泛紅的臉蛋上緩緩褪去，留下藍灰色、死氣沉沉的臉。

病患可能說出一些難以理解的話語，彷彿變成了另一個人。這些怪異的言論往往充滿著混亂和迷幻的意象，讓人不寒而慄。

這一刻，我無法繼續堅持，蓮蓬頭從手中掉落，在地上旋轉，我崩潰痛哭，全身顫抖不止。我因想念璐安而哭，也為死去的學生而哭，同時，我感到如此恐怖。

熱氣漸漸氤氳於整個空間，時間一分一秒過去，水氣在鏡面上凝結、滑落，形成細長的水痕。然後，我揉了揉眼睛。原以為是淚水扭曲了視線，又或者是幻想，但當我再次朝鏡面望去，我看見了異樣的東西——有人在滿是霧氣的鏡面上寫字。

泰邦　來●●●●●找我

為了看清字跡，我緊貼著鏡子，卻不小心吁出氣息，將鏡子上的字掩去。

「璐安？是璐安嗎？你在哪裡？我要去哪裡找你？」我幾乎哽咽，什麼都看不見了，原以為的熟悉字跡現在看來不過是一片模糊，或許真的只是水珠滴落的痕跡……

可就在我吁出的霧氣之上，新的字一筆一劃寫下：

來找我　●●●●●●●●●●●●●●●●●●

雖然大部分難以辨認，但那筆觸，那文字，絕對是璐安寫的，我不由得發出慘笑，弟弟死去多年以後，自己終於瘋了嗎？但這是多麼真實的幻覺啊！

我前後搖晃著身體，深深吸氣，試圖冷靜下來，可是不久前死去學生的臉孔浮現面前，他們瘋狂的叫喊也彷彿就在耳邊。好似一次又一次試圖告訴我：**那個**世界是存在的。

就這樣，再也無所謂了，無論是真是假，無論這些字代表什麼意義，這些異相又將把我帶往哪裡，我都不在意，因為這已是最後的希望。我衝到臥室拿了紙筆，迅速將鏡子上所有的文字和筆畫盡可能詳實地抄寫，一些字因水氣干擾難以判別，但慢慢地，我意識到那是一串英文字母，於是小心翼翼地將所有字母重寫一遍：museumygoloozn airetnuh。

我不知道這些字母什麼意思，乾脆將整串字放上網路查詢，獲得結果竟是零。卻在螢幕出現一張地圖，顯示地點在蘇格蘭，怎麼會……不，等一等，鏡子上的文字是顛倒的，如果倒過來拼的話會是……我將新的字串輸入「hunterianzoologymuseum」，這次網頁帶出一間位於格拉斯哥大學校園的博物館。

爲什麼璐安要我去那裡？

我又對著鏡子呼喚了好幾次璐安的名字，但再也沒有新的文字出現。

此時望向窗外，外頭依舊是一片漆黑，但這也無法阻止我。我立刻翻出久未使用的護照確認是否過期，並整理行李。隨後戴上口罩，小心翼翼打開門。東台灣的小小部落裡出奇寂靜，空氣中浮現隱然霧氣，路燈在霧中泛著模糊的光暈。我緩緩走向柏油馬路，聆聽鞋底踩在小石子上的細微聲音，風、月光以及蟋蟀的叫聲、霧撫過皮膚的潮意。與此同時，我也仔細留意是否洩漏了行蹤。作爲學校的老師，我一直穿著防護衣在體育館幫忙照料孩子，但符菌疫情讓政府限制我們不能離開居住地，如今我必須遠行，離開部落的腳步只能比任何時候都更輕。

然而，當我踏上通往市區的產業道路，我看見了熟悉的人。

「苡薇薇琪？」我的聲音乾澀沙啞：「你怎麼在這裡？」

我以爲她還在體育館幫那些孩子做儀式，此時霧中轉過身來的老女巫，像是鬼魂，也像是幻影，她平靜地看著我，說：「啊呀啊呀，畢竟你看見了那個東西……你要到你弟弟那裡去，就是今天，雲豹哥哥將要踏上旅途。我已送走那些孩子，現在，我也必須送走你。」

如此迷幻之夜，路燈燈光在夜晚霧氣的包圍下顯得朦朧，臉上傳來濕意，原來是下雨了。

老女巫此時的目光睿智、澄澈，臉上有著皺皺的神情，給人一種憂傷的感覺，彷彿她知道所有我尚未說出口的祕密：「來吧，我來幫你作遠行的儀式，讓你免受疾病的侵擾。」

我任由苡薇薇琪吟唱祭歌，燃燒小米梗的煙氣融入雨霧之中，此情此景，令我不由得顫抖：「苡薇薇琪，你早就知道了嗎？璐安他……」

我想說「他回來找我了」，所以才會在鏡子上留下線索……最後說出口的卻是：「我要去找璐安。」

苡薇薇琪回答：「我知道，隨著兩個世界愈來愈相似，連結也會愈來愈強，通道將會打開，今天就是那個特別的日子，你們終將重逢。不要擔心，不要害怕，我們的祖靈會伴你同行。」

我眼眶濕潤，點點頭，隨後深吸一口氣，轉身走入雨霧。在最後，老女巫縹緲的低語隱隱飄散於耳際：「我們做的事情，當下雖然會失敗，但在未來將發揮不可思議的影響力，使多年後仍活著的人們得到美好結局……你是對的，在另一個世界裡已然死去的我呀。」

綿延至黑暗的路沒有人煙，也因疫情管制的關係，沒有任何交通工具，地面因雨水閃閃發光，我望向遠方，只有市區城鎮的燈隱諱地亮。符菌造成新冠疫情以來的第二波人類大範圍隔離，我卻在這時想起，似乎正因如此，不少自然野地獲得喘息，如果璐安還在，不知道他會有什麼想法。

城鎮之外是黑色的山，那是我們的聖山，好久好久以前，我和璐安經常在山中散步、閒聊。璐安不喜歡人多的地方，我便帶他到少人的山區散步，他體力不好，卻不曾拒絕我的邀請，反正一旦走不動了，我就會揹他。在山上，我告訴他人死後靈魂會前往聖山，對我們的祖先來說，這便是善終。

山意味著平靜、有所依歸的死。我一直這麼想，也記得當自己這麼告訴璐安時，他眼中浮現痛苦的淚水。

我不想要泰邦死掉。他喃喃地說：永遠都不想。

可是人終有一天會死啊。我不忍心將這句話說出口。

……事到如今，我也放不下他。我拿出手機，在通訊錄上尋找此時唯一能幫助我的名字，靜靜等待通話。當手機彼端傳來略帶睡意、同時無比平靜的女性聲音，我第一時間居然無法說話。

「阿蘭。」最終，我好不容易開口。

從骨頭裡——泰邦

牠的脖子很痛，頭也劇痛無比，牠聽見閃電的聲音，伴隨一陣巨響，以及燒焦的氣味，牠的身體因落雷產生傷口，汩汩流血。牠舔舐傷口，感覺到來自另一生物的接近。

那是與牠截然不同的另一種生物，蒼白毛疏、雙腿直立，那生物已存在很久，如此孤獨可憐，而牠尙且新生，對這個世界的一切一無所知。

牠唯一知道的是，牠因面前的兩足生物而生。

牠因那生物恐懼寂寞而生，也因那生物即將滅亡而生，牠的存在是對這生物無盡的愛、善意、希望，牠由這生物在無意間所造，生來就渴望著與其結合。

兩足生物以草藥治療牠的傷口，牠以意念說：就讓我們約定。

那生物附和：就讓我們約定。

牠在那生物身上留下傷口，傷口癒合成疤，那是牠的名字。

牠與兩足生物——人類結合、一同狩獵、一同生活，隨後死去。

牠再次重生，重複相同的生命循環，牠尋找人類、結合、生活、死去，然後重生。每一次重生，牠都分裂成不同的動物模樣，每一次重生，牠都和更多的人類結合。

是另一個世界的人類使牠成爲特定的樣子，呼應他們的想像與希望，牠曾經是神話裡的龍，牠曾經是麟，牠曾經是雲豹。牠曾經是金熊、旅鴿、沙貓、袋狼、斑驢、大海雀、渡渡鳥，牠曾經是那些在另一個世界已然滅絕的生物。

但隨著另一個世界災難橫生，牠成爲袋獾、紅熊貓、山獅、雪豹、江豚、石虎、綠蠵龜、藏羚羊、犀牛……凡此種種，牠所重生、分裂的模樣是對另一個世界的預言，這意味著有一天哪怕是曾經遍布全世界的生物，都將在未來死去。

於是牠開始重生、分裂爲那生物的模樣。

牠成爲人類的模樣。

成爲這個模樣的牠，會失去和人類結合的能力，但沒有關係，人類的身體一直以來就是他們最大的累贅，因此這個模樣只是工具、暗喻，是爲了讓牠傳達一個訊息：「當那個時刻來臨，和變成其他生物的我結合，然後我們一起活下去。」

因爲只有牠……被那些人類命名爲「獸靈」的存在，能夠在所有生物業已滅絕的世界中繼續存活。所以無論發生任何事情，牠都要繼續傳達訊息，一次又一次，死而復生。

就算牠的內臟被拆開，就算牠被切碎，就算牠的身體被通了電，燒成焦黑，就算牠成爲枯骨一具，頭部被替換成另一個人類的頭骨……牠也……

「哈啊！呼——」

當泰邦喘息著從地上掙扎爬起，他感覺全身上下都不對勁。他的四肢是如此陌生，手腳彷彿安在錯誤的位置，他喘著氣，過了許久才好不容易完全站立。他抬起雙手，困惑地移動著手指，透過指縫，他看見一名年輕女子朝他走來，不是令他恐懼的金雞神女，而是從未見過的面孔。

「你是誰？我爲什麼……我以爲我死了……」

聽見他說的話，年輕女子明顯僵住了。

「我是……你認不出這張臉嗎？」女子道：「也罷，你可以叫我莉莉。」

莉莉的聲音讓泰邦心中產生奇異的懷念，便在這時，他因虛弱而癱倒，莉莉上前扶住他，引導他慢慢地躺下來。泰邦堅持至少半坐起身，他打量所在之處，這是一巨大的岩洞，地面正燃燒著一小堆篝火，火焰劈啪作響的聲音和水從岩洞頂端滴落的聲音形成強烈對比。

「我怎麼在這裡？烏托克呢？阿蘭呢？戰爭後來怎麼了？我們贏了嗎？」

「沒事，一切都很好，其他人不在這裡，戰爭……我不清楚，但至少你活著，我救了你，我終於救了你，這才是唯一重要的。」

莉莉伸出手，小心翼翼輕撫他的臉。

泰邦下意識地避開，他還有必須要做的事情，不能在這裡乾等，他試圖爬起來，可身體實在太虛弱了，他看著疲軟無力的手臂，突然想起一件事。

「伊古！我的伊古！我感覺不到和牠的連結，牠在哪裡？」女子的表情帶給泰邦不好的預感，他震驚不已，眼睛逐漸蓄積淚水：「牠被奪走了……是嗎？我明明告訴牠快跑，不要回來，我明明這樣說了……」

好似不忍心見到泰邦悲傷的表情，女子猶豫片刻後說道：「牠沒有被奪走，牠逃走了，只是你跟牠的連結也斷了。」

這樣啊……如果是這樣就太好了，太好了。泰邦低頭呢喃著，之後抬起臉。「我有一個弟弟。」他痛苦地道：「他在邊界外面，我要去找他。」

「冷靜一點，你還太虛弱了，先休息一會兒，我相信他會沒事的。」女子一瞬不瞬地盯著他看：「你眞的……不認識這張臉嗎？」

見泰邦點頭，她又問：「告訴我，你還記得什麼？」

泰邦仔細回想過去的記憶，試圖想起在他和伊古分開後發生的事情，可是什麼也想不起來。他只記得金雞神女空懸在他頭後的刀刃、一片綠浪般的姑婆芋海、彼此吞噬的人體、爲他而受傷的烏托克，還有苡薇薇琪替他在後腦杓刻下深達骨頭的圖騰……他帶著滿心喜悅接受圖騰，因爲他知道這個圖騰將會傳達給璐安，他很確定，可是，爲什麼？

見泰邦說著說著停了下來，女子臉色一沉，伸出手指在泰邦面前輕輕晃動，一下子就令他昏昏欲睡，泰邦發現自己確實很累，全身彷彿沒有骨頭，他既虛弱又沒有力氣。

那就休息一下，等再次醒來，他一定要去尋找璐安。

泰邦睡著了。

他雖然睡著了，卻奇怪地沒有失去意識，隱隱約約，躍動的火光在他眼皮上投射出影子，他聽見了一男一女的交談。

「他很年輕，模仿出來的是他死時的年紀，他只有十五歲！」女子的聲音壓抑而激動：「他甚至沒有看見未來的那些記憶，他不記得安子……是因爲失去獸靈的關係？獸靈帶他看見了未來，包含我長大以後的模樣，還有莉莉這個名字，但現在，這些他全都不記得！」

「你不高興，因爲他不像你想的那樣？」男子的語氣很平靜。

「不是的，如果是眞正的泰邦，無論有沒有獸靈的力量，他都會認出我。」女子不耐地說：「別告訴他，如果他無法自己看出來，復生就是失敗的。」

「是我協助你完成模仿，我很確定，你沒有失敗。」男子問：「再說，你是眞的希望他認出你嗎？如果他不記得你長大的模樣，你原本的模樣又和以前完全不同，但你還是寧願頂著竹鶴安子的面貌，然後寄望他認出小時候的你，未免太強人所難。」

「你從哪裡弄來年的骨骸？或許是骨骸出了問題。」

男子笑出了聲音：「我從實驗島上取來年的骨骸，如果你連這點都無法相信，那麼我很樂意解開他身上的模仿，反正你已經學會復生，不妨自己再試一次吧。」

女子似乎發出了一聲咆哮，像受傷野獸的哀號，可女子也沒有繼續爭論，泰邦聽見一陣急促的腳步聲，隨後一雙冰涼的手貼上他的臉。

經過許久的寂靜，他聽見女子的嘆息。

「我希望你認出我嗎？或許不是，最開始，就是爲了不被認出才在臉上刺青，可是如果你不認出我，你還是我以爲的那個人嗎？」

女子說的話，究竟是什麼意思？

泰邦的意識逐漸漂遠，當他再次醒來，他聞到了食物的香氣。

名爲莉莉的女子坐在他身旁，以篝火燒烤某種小動物的肉。見泰邦醒了，她把串在樹枝上的肉遞給他。泰邦接過食物並開始進食，卻感到十分不自在。莉莉看著他的眼神，好像他的脖子上有一條虛線，他的頭隨時會掉下來。

「謝謝你。」最終，吃完了肉，泰邦小心翼翼地說：「但我必須離開……我得去找我的弟弟，他在邊界外面。」

莉莉面無表情地看了他一會兒，隨後站起身。

「我很抱歉，但你不能走。」

泰邦還來不及反應，一陣如玉般溫潤的濃霧席捲而來，他在一片迷濛間感覺到四肢被繩索禁錮，而時間在他渾沌不堪的意識裡逐漸流逝。他有時看見一名黑髮蓄鬍的男子前來，對著他仔細打量，有時也會看見莉莉輕撫他的臉，眼睫低垂。泰邦也曾聽見莉莉和一個陰暗的聲音交談，那聲音令他熟悉，像是璐安，可他的璐安從來不會用這麼冰冷、彷彿淬毒般的語氣說話。

那聲音說：「身體是泰邦，但靈魂不是，你要去找到泰邦的靈魂。」

「我該去哪裡才能找到？」莉莉煩悶地問。

「既然這個世界是假的，另一個世界有眞的泰邦，你要去把另一個世界的泰邦帶來。」

「另一個世界的泰邦。」莉莉發出一聲嗤笑：「那就是你的泰邦了。」

「是啊，那又如何？那是眞實的泰邦，自然也是你的泰邦。」

「如果你說的是眞的，我要怎樣才能前往另一個世界？」

「你要到密冬去，那裡有一面鏡子，通過鏡子，就可以見到眞正的泰邦，你用他來完善這個假貨。」長久的寂靜，隨後是莉莉的拒絕：「再說吧，我不怎麼相信你。」

「你以爲你有選擇？白癡、婊子！再不快點就來不及了！」黑色的火焰在燃燒，發出劈啪作響的尖叫。泰邦無力地掙扎著，卻幾乎沒有效果，他的神智和手腳都被來自莉莉的神祕力量所囚禁，他閉上眼睛，感到痛苦。

許久許久，泰邦睡了又醒，醒了又睡，直到他身旁的篝火熄滅，莉莉和男子的氣息逐漸遠離，岩洞深處只剩下泰邦，那時，一種濕潤溫暖的觸感掠過他的手，泰邦張開昏昏沉沉的眼睛，看見美麗的雲狀斑紋，粉紅色的舌頭一遍又一遍舔舐他的手，喚起他久遠的記憶。

「伊古……」泰邦挪動乾燥的舌頭，好不容易說出兩個字。那是雲豹，雲豹的伊古，泰邦努力睜大眼睛去看，淚水淌落臉頰。是曾和他結合的伊古。

「是你……你還活著……太好了。」泰邦麻痺的嘴唇嘗到眼淚的鹹味，伊古的頭顱鑽進他懷中，讓泰邦抱著牠的頭緩緩坐起身。泰邦緊緊擁抱伊古，雖然失去連結的他們無法如過去心靈相通，一種古怪的感覺卻在此時潛入他內心，不太對勁，除了伊古以外，還有別的存在，別的靈魂，在伊古之中……那第二個靈魂給予泰邦的感覺是如此熟悉，幾乎就像他自己。

泰邦凝視伊古澄澈的眼睛，那一刻，他讀懂了伊古的意念，或許是泰邦體內來自年的記憶，他絕大部分的身體屬於名爲年的獸靈，年的本能告訴他，這隻伊古體內有著另一個人類的靈魂，是上一個與其結合的人類靈魂……

泰邦的頭一陣劇痛，使他抱頭顫抖，伊古溫情地舔著他，而泰邦心中此時只有一個想法：「帶我去找璐安，我要去邊界外面找他。」可伊古悲傷地望著他，尾巴來回擺盪，牠哪裡也不想去，好像認爲這小小的岩洞就是他們終點。

「不、不，你必須幫助我！我必須去璐安身邊……快點！否則莉莉回來的話——」

伊古扭頭不再看他，伊古望著岩洞另一頭的出口，那兒正湧動藍色的晨曦與乳白色的霧氣。伊古的目光充滿了企盼。泰邦眼睜睜地看著伊古走入霧氣，他著急地起身跟上，不斷試圖和伊古對話：「不要！待在這裡！別讓她發現你！」

可是來不及了，伊古踏著輕緩步伐靠近側身睡在洞口的女子，她身上環繞著霧，使面孔模糊難辨。泰邦咬住舌頭，逼迫自己不發出聲音，伊古趴在莉莉身旁，不時抬頭望著泰邦，似乎要他一起加入。

別開玩笑了，莉莉很奇怪，她身上有危險的氣味。他被狩獵生活打磨出的第六感正如此高喊。但在這時，泰邦聽見莉莉發出細微的呻吟，他猶豫地小心翼翼走近，竟發現莉莉的面孔正不斷變換著模樣。

「我是……」突然間，她睜開了眼睛，泰邦往後跌坐，莉莉沒有注意到他，事實上，莉莉的雙眼毫無聚焦，充滿了驚慌與無助：「安子，竹鶴安子，我的夢想是……在一平方咖啡館打工……和最好的朋友一起……」下一秒，她的臉鼓脹且漸漸發青，好似她無法呼吸到空氣。

帶著死亡氣息的女子臉孔一下子又變成一張稚嫩、有虎牙的男孩臉龐。

「你長得好漂亮，我最喜歡你了。」那張臉喃喃說著。

然後再次變換。

「我反悔了，能賺錢的事何樂不為？」一張粗獷的男性臉孔說道。

「拜託……你了……她叫……鵪鴿……她在……」

接著是讓泰邦隱隱感到熟悉的女性臉孔，這張臉出現後，竟像是被無形的怪物一口一口吃掉般，變得血肉模糊。「啊！」莉莉發出痛苦尖叫，尖叫聲猶如一雙隱形的手，直直竄入泰邦胸腔，緊緊攥住他的心，那一刻，泰邦忘記了對莉莉的恐懼，只是本能地想幫助她。

泰邦握住她朝虛空中揮舞的手，伊古也在這時以嘴吻摩擦她的臉，看著她逐漸聚攏回來的五官，那張臉是泰邦從未見過的容貌，神似他恐懼的金雞神女，卻比神女更加神祕、美麗，蔓延臉部的大片雲霧刺青則讓他想起了來自山區部落的古老傳說……

「你……」泰邦不由自主顫抖地道：「你是金雞神女的人？你是金家人？」

莉莉雙眼中的狂亂褪去大半，她下意識推開伊古，看向泰邦，眼神重回清晰與銳利。她伸手碰觸自己的臉：「你看見了我原本的樣子。」

「我……對不起……」泰邦再次感覺到了危險，他往後退縮，試圖逃跑。他本就應該趁莉莉狀況不對時逃走，卻因爲無法忍受看見她深陷痛苦，就這麼錯失了機會。

「不要道歉，是我不該對你抱持錯誤的期待。」莉莉站起身，擋住了洞穴的出口，冰冷的視線轉移到伊古身上。「是你。」莉莉毫無感情地道，伊古試圖舔莉莉的手，但莉莉狠狠甩開，她的聲調浮現一絲顫抖：「如果不是你，泰邦不會……」莉莉細長的手指晃動著構築一個危險的模仿，泰邦驚恐莫名，衝上前撲在伊古身上，用自己的身體保護伊古。

「求求你別傷害牠！」泰邦聲嘶力竭地喊著：「求求你！我不會再嘗試逃跑，只有伊古……求求你別傷害牠……」

不知道是不是錯覺，聽見了他的話，莉莉整個人垮了下來，她的手指依然維持即將施加模仿的姿態，可是她遲疑著，顯然無法下定決心，泰邦繃緊全身肌肉擋在伊古前方，眼睛裡充滿恐懼的淚水。

「有什麼不好的？這可是一隻獸靈。」黑髮蓄鬍的男子聲音傳來，他越過莉莉走入岩洞，好似已經悄悄觀察許久，他溫和地道：「牠受你吸引，或許你很快就會感覺到徵兆，模仿師若能擁有獸靈的力量更是如虎添翼。再者，你最近的模仿力量不是很穩定，帶著牠吧，你要去尋找的那面鏡子，可不是無人看守、輕輕鬆鬆就能找到。」

「我不需要獸靈，我的模仿也沒有缺陷。」莉莉冷淡地說，卻在安靜片刻後復又改變主意：「然而接下來旅程漫長，如果泰邦需要，就讓牠伴著他。」

「我們要去哪裡？」泰邦抱著伊古問。

「密夂。」出乎泰邦的意料，回答他的人是男子，他以感興趣的目光看著泰邦懷裡的伊古，一面耐心地解釋：「我的一個朋友在那裡，我得和他了結一些事情，不過這也是麻煩的地方，現在密夂國境被那傢伙建立了複雜的拆解力量，我沒辦法用模仿把所有人送過去，唯一想到的方法是乘坐那艘被設定只能往返於密夂和灣島的黑色大船『賠罪』。」

「就這麼辦吧。」莉莉說道，隨後她看也不看泰邦和伊古一眼，轉身走出岩洞。

灣島——伊古

她踏上這片土地的時候，他就知道了。

順著山胡椒和百香果的氣味，他最終來到了那處岩洞，岩洞中，有著令他熟悉的軀體。看著那人的臉，聽著那聲音，嗅聞那氣味，他因深重的相似性感到無與倫比的悲傷。

我在這裡啊！他吶喊著，但「我」究竟是誰呢？

伴隨霧氣，女子從外頭走入岩洞，蜷縮著身體入睡時，他認出了她，不管她的外表變成怎樣，不管經過多長時間，他永遠都能認出他的心。

可惜她已經認不出你了。伊古在他身旁輕輕地說。

沒關係，只要可以待在她身邊，其他都無所謂。他想。

步行了一整天，陽光普照的道路上仍空無一人，也沒有任何行進中的交通工具，我揹著行李，即便想再走得快一些，雙腿卻早已不聽使喚。身上大部分值錢的東西早在抵達南美洲時就被洗劫一空，食物和飲水都在昨天耗盡。可我堅持前進，只偶爾停下來稍作休息，等待雙腿恢復才繼續上路。

休息時我仍在筆記本上寫作，寫來寫去都是同樣的段落，爲的是轉移注意力，不讓自己感受身體的衰弱。我寫到名爲黑羊的模仿師描繪了整個房間的黑色圖騰，圖騰意味著死亡，亦是人死後轉世前的階段，他因此認知到眞實世界和虛假世界之間，存在著能讓他停留的「中陰」……可是我反覆閱讀自己書寫的文字，發現我的寫作和思考產生互斥。

「不是中陰。」我喃喃地說：「眞實和虛假之間的縫隙，是留給故事的。」

我看著塗改數次的文字，想起和諮商師的最後一次對話。

她詢問，過了這麼長時間，我是否還有爲璐安寫作。

「我仍在寫作，這個故事現在已經太長了，但我沒辦法停下來，最近也發展了新的故事線，跟一個叫做黑羊的男人有關，他是一名模仿師……」

「聽上去主軸已經不再圍繞著你的弟弟，你是有意這麼做的嗎？」

「我不是故意的。不過新的角色跟璐安有關係，而且我在黑羊的故事線中深入挖掘了死亡的主題……金玲小姐，我知道你的意思，你認爲我終究會從失去璐安的傷痛中重新站起來，我的寫作就是一個很好的跡象，儘管我一點也不想這樣。」

「心靈的復原並不是一種遺忘，你不需要藉由維持傷口的新鮮來強調璐安對你的重要性，也不需要維持高強度的痛苦才能證明你沒有忘記他。」她看著我的眼睛，認眞地說：「繼續寫下去，關於黑羊的故事，我也很想知道呢。」

周遭景色荒涼，與不久前短暫休息時並無不同。我也第無數次寫下相同的句子：「是故事、小說、詩……」我停止，將筆記本收進背包裡，繼續上路。地圖顯示我已接近冰川活動形成的別德馬湖，大約再步行一日，就能抵達目的地。

「Gualichu！」卻在這時，陌生的語言從遠處響起，參雜著激烈的情緒，我抬眼望去，看見什麼都沒有的筆直馬路邊坐著一名身材高大的老人，猶如突然出現。他沒有戴口罩，好似不在乎符菌是否會感染自己，身上的衣服破爛、沾滿泥巴。老人與我對上視線後立即站直了身體，像目睹某種恐怖怪物般指著我大喊：「Gualichu！Gualichu！」

「抱歉，我聽不懂您在說什麼。」我想告訴老人自己不懂西班牙語，但很快地發現老人說的並非西班牙語，而是某種古老難解的語言。

老人也無意以英語和我溝通，他顫巍巍地走來，試圖伸手抓住我，嘴裡仍在高喊著我聽不懂的話。慌亂之際，一輛突然出現的小客車停在我身旁，車窗降下，一名青年用和老人相同的語言說了幾句話，隨後轉向我：「他沒有惡意，我已經讓他趕緊回家了。」青年的英文很流利，幾乎沒有口音。

「沒關係。」我頓了頓，還是決定把問題問出口：「他一直喊著一個詞彙……那是什麼意思？」

「老先生跟我都是特維爾切族，我們有自己的語言，他說的那個詞彙是惡魔、惡靈的意思。我不希望冒犯到你，但他說的整句話大概意思是：你是被惡靈所愛的男人。」

我內心一顫，強烈的暈眩感襲來，身體實在太虛弱了。注意到我的不適，青年打開車門，讓我坐在座位上休息，接著從後座的紙箱內拿了水和三明治給我。

「眞的很謝謝你。」餓了一整天，我卻沒有食欲，在青年的堅持下勉強喝了點水，我小聲說：「如果你不介意，請告訴我你的名字跟聯絡方式，等回國我會把食物的錢匯給你，目前我沒有這邊的貨幣。」

「你可以叫我伊納。」他看著我，眼神閃爍：「你是計畫的成員吧？麥克唐納讓我來接你，沒想到你自己先走了這麼遠。」

「你認識麥克唐納教授？」

「說不上認識，但主要研究員我都知道。」他示意我坐好便將車門關上，來到駕駛座。「你願意來也不知道是蠢還怎樣，這裡除了逃不走也不想逃的原始住民，已經沒有外來者了，你要去哪裡？我載你。」

我很累，對伊納的話還是產生質疑：「你不知道嗎？」

伊納聳了聳肩膀，看起來既不生氣，也不在意：「我在計畫裡的身分類似助理研究員，太細節的事情我不會知道，也不需要知道，只要能完成工作就好。」

他又問了一次：你要去哪裡？

我回答：「查爾騰鎮。」

伊納點了點頭，說他就住那裡，讓我稍微休息一下，大約再兩個鐘頭就能抵達。他將車子引擎發動，在穩定行駛的節奏裡，我繃緊的神經逐漸放鬆，但還是一次又一次逼迫自己保持清醒。

我想：別忘記你是來做什麼的。別忘記你要去哪裡，又爲何要去。

已不僅僅是爲了自己和璐安，還有阿蘭、鶺鴒……

我緩緩閉上眼睛。

彷彿回到十天前，我站立於部落外的產業道路上，阿蘭久違的聲音透過手機傳來：「大學畢業以後就沒聯絡了，沒想到一打來就是要我幫忙。」她的語氣並不熱絡，甚至可說是冷淡：「我最近有事，恐怕不能幫你。」

我能夠理解，換作是我也會反感。

我和阿蘭過去是大學同學，也都對原住民神話與傳說很感興趣，因此成爲摯友，她知道我曾經有一個弟弟，還很年幼時便自殺身亡。她也讀過我爲璐安寫的故事，在最開始，阿蘭是我少有的讀者。

可是有一天，她拒絕再讀那些故事，而我總是深陷在對璐安的痛苦思念，認爲多一個人進入《獸靈之詩》的故事，璐安在另一個世界長大成人的謊言就愈眞實。阿蘭的拒絕使我受傷，而她也對我的反應感到失望。畢業典禮結束後，我和阿蘭不再聯絡。這幾年只透過臉書的共同好友知道她在花蓮的大學讀博，近期則參與了某個與符菌有關的研究計畫。

「對不起。」我聽見自己破碎的話：「但除了你，我不知道還有誰相信……我也不知道找誰商量。」

沉默許久，阿蘭嘆了口氣：「我就聽你說說吧，不過最近是眞的不方便，也不確定可不可以幫你。」

「沒關係，這樣就夠了。」我說的是實話。

接下來我告訴阿蘭自己最近遭遇到的所有事情，無論痛苦或怪異……我說著死去學生發出的囈語，我描述骷髏人眼窩裡的空洞，最後，是促使我離開部落的關鍵：我在鏡子上看見璐安寫下的訊息，他要我前往蘇格蘭一間博物館。

當我說到這裡，阿蘭突然打斷，她的語氣無比急切：「泰邦，現在立刻叫計程車到我學校，等等我會把一些在外移動所需的資料給你，如果路上遇到警察盤問，就把電子檔開給他看，他們不會爲難。」

阿蘭立刻掛掉電話，而我站在無人的柏油馬路不知所措。藍色的晨曦使逐漸接近的市區建築反射出柔和的白光，就在這時，我的手機傳來通知，告訴我已收到阿蘭傳來的檔案。

我下載那些檔案，每一份文件上頭都有「AP」的縮寫字母組成的標誌，並標明了「外出許可」和「健康證明」等字樣，我不明白AP代表什麼意思。然而，其中一份證件讓我很快就能預約好計程車，即便是在少人的東部小鎮，也只等了十五分鐘就等來了計程車。

我在中午抵達阿蘭就讀的大學，還在車上時，她便傳訊息讓我到了以後在校內湖畔的餐廳二樓等她。

我如約而至，湖畔餐廳二樓同時兼營書店，卻因爲疫情的關係，無論書店或餐廳都並未營業，只是空間開放。我隨意找了座位坐下，靜靜等待。

大約一個鐘頭後，一道纖瘦的人影從樓梯口走來，是阿蘭，她看上去很疲憊，眼睛下方是浮腫的眼袋以及深深陰影，她看見我，嘴唇抿成一條冷漠的線。

阿蘭一坐下就說：「你提到的博物館……亨特動物學博物館（Hunterian Zoology Museum），我跟布亞思教授曾經到那裡拜訪，因爲符菌疫情已經沒有對外開放，現在要出國也幾乎是不可能的事情，不僅需要健康證明，還必須申請離境和入境許可……」

「你能幫我嗎？」我的聲音充滿絕望。

「我會想辦法。」阿蘭頓了頓，語氣有些猶豫：「泰邦，這眞的是你從鏡子上的水氣看見的？」

「對，而且是璐安的筆跡……阿蘭，你覺得我瘋了嗎？」

阿蘭沒有直接回答，她的手在桌面上交握，指節因用力而泛白：「泰邦，我在這裡跟著指導教授布亞思進行某個研究，這是一項和符菌有關的計畫……你應該會很困惑，因爲布亞思教授跟我的專長都不在流行病或微生物學。所以，接下來我要告訴你的事情，可能也不是多正常。」

她深呼吸，隨後開始講述。

「在我認識布亞思教授以前，她長期做田野的部落發生了一件怪事，所有部落族人在某天因誤食倒吊子檳榔製成的飲料而中毒，全數昏睡不醒，經過救治，他們兩天後醒來，告訴布亞思教授一個相同的夢，在那夢中，他們生活於樹木蓊鬱的森林裡，一種奇怪的疾病席捲部落，大部分的族人生生病死，極少數沒有夢見自己病死的族人，則參與了一場戰爭。後來，布亞思教授以部落集體夢境爲主題撰寫論文，發表於國際期刊上，這篇論文恰好被格拉斯哥大學的麥克唐納教授讀到，隨後，他們開始了密切的聯絡。麥克唐納教授專精動物學，而布亞思教授研究台灣原住民文化，兩人理當沒有任何交集，我一直到成爲布亞思教授指導的博士生，並和她前往蘇格蘭與麥克唐納教授見面以後，才知道了這些年他們一直合作調查的祕密……那也是整個世界的未來。」

未來。

不知爲何，阿蘭的話使我想起璐安過去的預言。我凝視阿蘭，等待她繼續說下去。

「你知道前陣子的新聞嗎?台灣野生動物學者共同發布警訊，這幾年台灣的兩棲類和爬蟲類在野外銷聲匿跡。麥克唐納教授則一直有回報消息，從五年前開始，英國不同種類的生物以固定頻率在短時間內大量死去……即便後來符菌蔓延，自然環境有了喘息的機會，仍然不能阻止這場浩劫，有人說就像中美洲巴拿馬金蛙因名爲蛙壺菌的眞菌逐漸從高山森林中消失、毀滅地絲黴菌讓美國十多個州的蝙蝠大量死亡，或許出現了什麼新菌種，正在全世界緩慢地殺害不同生物。」阿蘭緩緩說：「現在人類忙著研究針對符菌的疫苗和解藥，其他物種的滅絕就被輕輕放過了。不過麥克唐納教授那邊提出了一項見解，認爲符菌的出現和蛙壺菌很像，儘管一種是放線菌，一種是眞菌，但兩者對生物的感染都從中南美洲開始，而蛙壺菌感染蛙類，巧合的是，第一個感染符菌的人類病例是一名兩棲類研究者的孩子。」

我愣愣地聽著。

「無論蛙壺菌或毀滅地絲黴菌都其來有自、有跡可循，如果按照已知訊息，蛙壺菌來自非洲，毀滅地絲黴菌來自歐亞大陸，那符菌從何處而來？這是符菌目前最大的謎題，沒有人知道符菌從哪裡來。」隨後，阿蘭語氣驟變，帶著隱忍的痛苦：「最近，符菌的感染者出現特殊症狀，尤其在晚期，這些感染者像是突然成爲了截然不同的人，他們的性格產生變化，就連語言也和我們所知的略有不同，這些人喃喃自語，或者大聲疾呼，不約而同都提到了另一個世界……我聽見那些話，第一個想到的是你的《獸靈之詩》，是我一直不斷逃避的你寫的故事！我很震驚，早在符菌出現以前，你的故事就存在。」

「那爲什麼不來找我？」我不禁問：「你可以來找我，告訴我這些事——」

「我沒那閒工夫，你的故事只是顯示另一世界存在的眾多跡象裡的其中一個，我們手上還有其他案例，不需要你也能繼續計畫……再說新的症狀是最近才發現的，最開始有這種症狀的是感染符菌瀕死的孩子，後來則是感染了符菌，出現中晚期症狀的成人。泰邦，現在告訴你這些，只是因爲我們認爲符菌或許是從另一個世界來的，而麥克唐納教授相信，另一個世界存在著符菌的解方，我們必須去找到那個解方，否則……」

阿蘭說的話混亂且斷裂，卻與我經歷的一切不謀而合，可我沒有追問，她蒼白的臉色和焦慮地咬著手指甲的動作使我意識到不對勁。阿蘭看上去既冷淡又著急，身體始終繃緊，比起待在這裡，她明顯更想立即前往其他地方，卻因爲某些原因而逼迫自己留下。

「發生什麼事了？你還好嗎？」我擔憂地問。

阿蘭像是被人撞破了祕密，臉色一僵，旋即將冷漠的面具戴上。「我沒事。」她平板地說著，像是在念誦台詞般低語：「布亞思教授說我只是一個傳信人，要幫助你去找麥克唐納教授，你也只要知道應該知道的消息就好。」

聽到這裡，我的心一陣刺痛，伸手握住阿蘭的手道：「告訴我，既然我來尋求你的幫忙，我也希望幫上你的忙，阿蘭，我們不是朋友嗎？」

阿蘭看著我，眼睛裡的冰霜逐漸融解，變得如小鹿的眼睛般濕潤。然後，她終於再也無法忍耐，她抽回手掩住臉，掌心後方的眼睛一片通紅：「是鶺鴒……」她猶豫地咬住嘴唇，片刻後，選擇坦白：「她感染了符菌。」

「很嚴重嗎？多久了？」我記得鶺鴒，她和阿蘭大學時相識相戀，阿蘭說鶺鴒是她最重要的人。

「大約有一星期……她的狀況時好時壞。」一旦說出口，阿蘭就再也無法隱藏對鶺鴒的擔憂：「前幾天，她出現腎功能衰竭，幸好後來還是被救回，可是，她說了奇怪的話，她說沒想到可以看見我長大的模樣。」阿蘭陡然發出崩潰般的笑聲：「她在說什麼啊？我們大學就交往了，一直到現在，她怎麼會說得好像是第一次一樣？後來我才知道，有其他例子，不是感染符菌，而是瀕死、昏迷的例子，瀕死昏迷期間人可以看見另一個世界的自己……我才知道，那時候跟我說話的鶺鴒，也許是另一個世界的她。」

我的心中產生不好的預感：「然後呢？」

「鶺鴒說完那句話，又失去了意識，然後……我就瘋了，我好想她，好絕望！我需要跟她說話，知道她好好的，我想，如果感染符菌會讓另一個世界的死者暫時在自己身體停留，而僅僅只是瀕死，就可以透過另一個世界的自己去看……」阿蘭已經語無倫次：「所以我就做了，我那麼幹了，我……」

阿蘭接下來告訴我，她如何將絲襪綁在門把上，吊住脖子，使自己窒息，在逐漸變黑的視線裡陷入瀕死狀態。並眞的看見了另一個世界，透過另一個自己之眼，她發現另一個世界的自己同樣也正以布繩造成窒息，爲的是取得從白色鳥兒身上來的特殊能力。

她沒有看見鶺鴒，隨著收緊的絲襪，她每一次呼吸，都感覺頭更脹痛一分，她聽見自己劇烈的心跳，她吸氣，呼氣，眼前畫面陣陣發黑，她看見陰暗如迷宮的走廊，她看見藍色眼睛的男孩遞給她一幅繪有植物的畫作，她看見散發誘惑光芒的鏡子，那是好奇怪的鏡子，碰觸鏡子，可以看見她的世界。她繼續走，在地底中尋找著什麼，可同時她也無比害怕，她不敢看手術台上的人——

阿蘭驚恐萬分地從命懸一線中掙扎著活過來，面前，是高大美麗的布亞思教授，她告訴阿蘭自己注意到她狀況不對，因此本想來確認她是否安好，敲了很久的門都沒有回應，布亞思感覺不對，於是撞開了房門，沒想到竟看見阿蘭使用這麼極端的方式，只爲了看一眼另一個世界的鶺鴒。

布亞思救下了阿蘭，告訴她若要拯救鶺鴒，還有其他辦法。

「是什麼辦法？」聽到這裡，我急切地問：「如果可以，我一定幫你。」

「還在學校的時候，我不是本來很期待讀你寫的小說嗎？」阿蘭思索一會道：「然後有一天晚上，我突然就作了跟小說有關的夢，那個夢極其眞實，在夢裡，鶺鴒受到可怕的折磨，我救不了她。直到看見另一個世界的自己，我才知道，那不是夢，而是發生在另一個世界的眞實。另一個世界的鶺鴒最後告訴我……她說：『謝謝你來救我，你已經很努力了。』可是不夠啊！我根本……沒有救到她。不管是在那個世界，還是這個世界。布亞思教授說，感染符菌的病患到了晚期之所以會變得好像另一個人，是被來自另一個世界的靈魂附身，另一個世界的靈魂因故湧入我們的世界，雖然它們只能藉由進入受符菌感染的病患體內。而你提到的鏡子上的字，完全是前所未見，然後我想到，你的弟弟……對不起，我必須這麼說，但我想璐安確實成爲了惡靈，前往另一個世界，這是爲什麼它比任何靈魂都更有力量，如果它在指引你，那麼你一定可以找到我們這些年來找不到的東西。」

阿蘭最終鼓起勇氣提出了要求。

「泰邦……英國那邊有人在研發符菌疫苗，但我怕鵪鴿等不了，有另一個解救她的方法，只有你能找到，你要的機票和其他文件，我跟布亞思教授都會處理好，但請你幫我，把解方帶回來……」

「可是，那到底是什麼？我到底要把什麼帶回來？」

「我不知道，他們不跟我說，覺得我不穩定，會為了鵪鴿讓之前做的一切前功盡棄。可是沒有辦法了，鵪鴿那麼痛苦，我什麼都做不到！我也不懂，現在明明就是最好的機會。拜託你，去找麥克唐納教授，他掌握很多線索，如果他知道你可以從另一個世界獲得有用的訊息，他什麼都會跟你說。我想這也是為什麼璐安要你去亨特動物學博物館，那是麥克唐納教授現在工作的地點。」

阿蘭站起身，突然就要跪倒在面前，我伸手接住她，發現她整個人非常虛弱，正發著低燒，那雙記憶中向來淡漠的眼睛，在這一刻終於無法堅持地流下淚水。

「如果可以，我想跟你一起去，但不行，鵪鴿需要我，我現在必須陪在她身邊，我只能拜託你了。」

——「你看見了嗎？」

沉浸於思緒中的我猛然回過神，意識到是伊納在和我說話。

我正想問「看見什麼？」，窗外景色已告訴我答案。

那是近在眼前，無比壯闊的冰河，從馬路上看過去還很遙遠，但再次聽見一種窸窸窣窣的鬼祟聲響，這一次，我不確定那究竟眞是冰川融化的聲音，抑或是我的幻想。此時遠方一座巨大、高聳的山峰緊緊抓住我的視線，不知為何，我打從心底覺得那山看上去猶如野獸的牙齒。

「那是冒煙的山。」伊納解釋。

「冒煙的山？」

「菲茨羅伊峰，查爾騰就是指那座山，意思是『冒煙的山』，也有人認為它是連接天空與陸地的通道。」伊納又朝令人屏息的冰川風景點點頭：「這裡曾經是世界有名的冰川國家公園，不過因為全球暖化影響，冰川不斷在融解，冰原慢慢後退，之前我看到一則報導，提到符菌或許是冰層融解導致古代的病原體釋出，這是爲什麼符菌最初主要傳染的地點在南美洲。」

我立刻從背包中拿出抄寫的座標，仔細對照地圖，這一次，終於確認了座標就在菲茨羅伊峰。

我忍不住脫口而出：「你們這裡有跟鏡子相關的傳說嗎？」

「鏡子？不，我們沒有鏡子的傳說……要說眞有什麼傳說，以前傳聞這裡有巨人。」

「巨人？」

「是的，有一段記錄麥哲倫旅行的文章提到，他和他的船員在一五二〇年航行全世界時，在阿根廷海岸上看見了正在跳舞嬉戲的巨人，據說這個巨人很友好，普通人只到巨人的腰部而已，麥哲倫把巨人稱爲『patagones』，可能來自葡萄牙語『pata』，意思是『腳』，所以巴塔哥尼亞眞正的意思是『大腳怪之鄉』，不過也有很多人認爲這整件事是一個騙局，巨人其實指的就是我們特維爾切族，這只是一種過度異化、增加刻板印象的說法。」看見我的表情，伊納挑起眉頭：「我大學主修歷史，然後剛剛說的那些是我從網路上查到的。」

「我不是那個意思。你說的讓我想到我的家鄉，在台灣，我們也有跟巨人相關的傳說，甚至是跟矮人有關的傳說，我們稱爲矮黑人，在我的部落，有些老一輩的人相信矮黑人曾是我們的祖先之一，也有研究者認爲矮黑人可能是已消失的古人種……或許你們傳說裡的巨人也是消失的古人種也不一定？」

這瞬間，我再次置身於體育館內滿是冷氣的黑暗，矮小骷髏指了指自己，又指了指死去的孩子。

隨著愈來愈接近那座彷彿野獸牙齒般的山，我輕聲告訴伊納：「我在這邊下車就好，謝謝，從這裡應該就能步行到菲茨羅伊峰。」

「你不是說要去查爾騰嗎？」聽見我的話，伊納瞪大了眼睛：「你是認眞的？你現在就要攀爬菲茨羅伊峰？不可以！你的身體太虛弱了——」

「你不明白！我非去不可！我一定要去，否則、否則，就要來不及了……」

見我布滿血絲的雙眼滿是堅持，伊納掙扎片刻，終於妥協：「好吧，好吧，但現在時間晚了，你得先到我家睡一覺，明天再說。攀登菲茨羅伊峰不是簡單的事，你需要登山裝備跟糧食、飲水，讓我幫你。」

「我很感謝，但你不需要做這些。」

「聽著，登山用品我那邊都有，我會準備好必要的裝備借你，然後我會跟你一起去，如果你不接受，我會阻止你離開查爾騰鎮，我絕對不會讓一個想自殺的人獨自上山，你了解嗎？」

察覺伊納的語氣嚴肅無比，我咬牙點頭。見狀，伊納不再多說什麼，只是嘆了口氣，催動油門往查爾騰鎮駛去。離開台灣至今已過了半個月，現在只要閉起眼睛，就會陷入半夢半醒的恍惚狀態。直到窗外終於飛掠而過查爾騰鎮地標，地標上方以野獸牙齒般的山峰圖像作爲裝飾——菲茨羅伊峰，這座山總讓我想起部落的聖山北大武山，也和在部落時一樣，從查爾騰鎮就能看見那座神祕而美麗的山峰。

那晚我就這麼躺在陌生的床上，嘗試入睡，精神極度緊繃而身體極度疲憊，半夢半醒間，我感覺到房間裡有別人的存在，索性半坐起身，經過一段時間的適應，我發現蹲踞於房間角落的矮小骷髏。

「你到底是什麼東西？」我不由自主地問，骷髏伸出手指向自己，又指向我。然後我聽見彷彿氣流吹過空心的聲音：你不可以去，你要回家。

「我辦不到。」我覺得喉嚨彷彿有一個腫塊：「你一直要我回去，但那是璐安，我怎麼可能停下來？」

骷髏消失了，不給我任何解釋，也不等待我的回應。

我閉上眼，逼迫意識沉入黑暗。

不知過了多久，我聽見火焰燃燒的聲音，劈啪作響，伴隨璐安的哭喊，我睜開眼，看見一片黑色火海蔓延至無限，璐安如同死時吊掛在半空中的模樣，只是沒有繩索，璐安在飛，璐安在哭泣，璐安在大笑，璐安在黑色的火焰中尖叫。

我驚醒過來，氣喘吁吁，那只是一個夢而已，可是對我來說又是那麼的眞實。不能停下來。我對自己重複：不能停下來。

我穿上衣服，刻意放輕腳步走出房門，一步一步下樓來到客廳，客廳玄關處擺放有登山杖、一雙登山靴，以及一個大登山包，我知道那是伊納幫我準備的食物和登山裝備。

「對不起。」我悄聲說，隨後穿上登山靴、揹起背包，拿著登山杖小心翼翼走出屋子。

密冬——白猿

他記得密冬之主說的話。

「從帝王陵墓中重現於世的帝國君子長臂猿……之於我們國家，可眞是不錯的寓意。」但隨即對方皺起眉：「可惜是和盜墓者的孩子結合，最好不要讓太多人知道你的身世才好。」

彼時白猿尚不是白猿，他幼小虛弱，赤腳和獸靈一同步入模仿師基地外的荒漠，他想逃，但很快就讓在基地內的模仿師抓住。本應被打入黑牢的他，最終莫名遭人戴上頭套，扔在冰冷的大理石地板。

有人將他臉上的頭套抽走，他甩了甩頭，身體依舊被壓制在地，自己的獸靈亦然。

「對牠動作輕一點。」他的牙齒磕在地板上，流出鮮血，他依然含糊地要求：「我怎樣都可以，但對牠溫柔一點。」

然後他聽見了一個陌生男人的聲音。

「放開他。」男人說：「兩個都是。」

身上施加的力道突然消失，他仍維持著趴俯地面的姿勢。他小心翼翼側轉過頭，努力看清男人的臉。那是一張可以說是熟悉的面容，除了對方極爲瘦削，眼睛下方有著濃重的黑眼圈。但就連白猿這般出身鄉野的孩子，也認得那張臉——他們國家的最高統治者，密冬之主。

然而當他認眞凝視密冬之主的面孔時，對方並不看他，而是命人將他的獸靈帶到眼前，讓他仔細打量，接著，密冬之主說出了那些話。

誠然，他是盜墓者的孩子，像他這樣的人，照理說根本不該擁有獸靈。

他記得離家那天，全家人抓著他掙扎的四肢，以及獸靈，站在馬路上等待招募員帶著獎金前來換人。

他的家人這輩子從沒見過那麼多的錢，而他被獸靈咬傷的手臂還在流血，他們已經迫不及待地將他送到招募員的黑頭車上。

前往都城基地的路途，他固執地扭頭望著窗外飛逝的景色，故意不去看他身邊的獸靈。那奇怪的生物長得奇醜無比，軀幹和四肢覆蓋著黑毛，只有小而平扁的臉部圍著一圈白毛，除此之外牠牙齒尖利，手臂更是長得詭異。

「猴子。」他輕聲咒罵，覺得那是一句髒話，什麼帝國君子長臂猿，在他看來，不過就是猴子。

是你先呼喚我的。然後，猴子竟然對他說話。牠膽敢透過那人類跟獸靈之間莫名其妙的連結，帶著一種委屈可憐的語氣對他說話。

或許猴子說得沒錯，他也不想承認。

他是他們家族裡最小的孩子，又瘦又矮，父母已因盜墓入獄，他上面有數不清的堂表兄弟姊妹，家族裡所有人都住在一幢搖搖欲墜的危樓裡，吃飯時只有大人可以上桌，其他孩子就在地上爭搶食物碎屑，而他總是搶不過。活在這樣的家庭，他感覺自己像陰溝裡的老鼠，所以是啦，他或許有時候會偷偷地在心裡說：我想要新的家人，我不想長大以後也成了盜墓維生的小偷。

他開始生病，高燒不退時，家族中無人給予關注，他夢見陰氣森森、巨大無比的古老陵墓裡，一隻長臂的生物直勾勾地盯著他看，細長的手指邀請般朝他伸展。

來，來找我，你不想要這個家，我當你的家。

他試圖抗拒那種感覺，被吸引的衝動，當他在骯髒的地板上因獸靈的召喚痛苦扭動時，家族裡大人們看他的眼神愈來愈不對勁。他們開始悄悄地觀察他，見他終於全身滾燙、意識瘋狂，大人們遂把門打開，讓他如猿般四腳著地衝出危樓，往夢中的古老陵墓飛奔而去。

之後回想起來，他意識到是他的家人促成了他與猴子的結合。畢竟每年都有來自模仿師基地的招募員前來說明，被獸靈看上產生的徵兆，這兒所有人都爛熟於心。

因此不是他的錯，也不是猴子的錯，現實如此，他早就已經被放棄了。

他假裝因漫長的車程而睡著，頭一點一點地傾斜，慢慢靠向猴子，他枕在毛茸茸的身體上，像擁著一個巨大無比的絨毛玩具……從此以後，他就只有這唯一的家人，說來諷刺，猴子此時給予他的溫暖與撫慰，竟比他的家族過去所能給他的一切都更多。猴子像母親一樣以細長的手指梳理他的頭髮，挑揀他頭皮上的蝨子，讓他覺得既煩躁又舒服。

「一直叫你猴子也不太好，得給你一個名字才行。」他咕噥道：「就叫你『小猴子』吧。」

小猴子正發出哀鳴，密冬之主命人徹底檢查他的獸靈，小猴子被粗暴碰觸的感覺透過連結傳遞到他身上，使他覺得噁心。

「為什麼要逃？」檢查結束後，密冬之主問。

他挑釁地瞪著地板，保持沉默，看見自己光溜溜的骯髒腳趾在地上留下污跡。家人是把他賣了，但他從來都不想成為模仿師，只要有小猴子，去哪裡都可以，他不想做那勞什子的模仿師。

密冬之主遣走了抓他來的人，突然間走到他面前，徐徐盤坐在地，以模仿在地上點起兩朵熊熊火焰。

「這是做什麼？」他狐疑地問。

「一個測試。」密冬之主道：「測試你是否有模仿的天分，如果你有，便能留下獸靈。」

他無法控制地產生恐懼：「那要是沒有呢？」

「恐怕我須處死你，雖然這會對獸靈造成傷害，但密冬不需要不懂模仿就和獸靈結合的人。」

再怎麼不甘願、充滿反叛的心，他都知道密冬之主說的是真的，於是他恨恨地跟著坐下來，直視對方：「要怎麼做？」

密冬之主平伸出手掌，安放在火焰之上，保持輕輕接觸，但不壓熄火焰的姿勢。火光讓密冬之主眼下的陰影更加明顯，他輕聲說：「只要你可以撐得比我久，就算你贏。」

這怎麼可能？他用力深呼吸，試圖平復內心的慌亂。地面火舌舔舐密冬之主手指，卻像溫馴的寵物般，並不傷害其主人。他更注意到密冬之主的手並非沒有被火焰灼傷，只要仔細觀察，便可以看出密冬之主的手掌皮膚不斷生出傷口，密冬之主只是在同樣的時間，以模仿復原傷處而已。

他不知道未諳模仿的自己如何能與其匹敵，可他聽見小猴子的哭聲，既恐懼與他分開，又害怕他被傷害，陣陣迴盪在他腦海。於是他伸出手，同樣平攤手掌，放置於火焰之上。

最初的短短瞬間，他感覺到溫暖，緊接而來的是難以忍受的痛楚，痛楚每一秒都在加重，下個瞬間永遠比上個瞬間更爲恐怖。可是他忍耐著，因爲小猴子在幫助他，透過他們之間的連結，彷彿回到了冰冷陰暗卻富麗堂皇的古老陵墓，小猴子伸出比人類更爲細長的手指，輕輕包裹住火焰，和他一起承受。

他的手開始冒煙起水泡，空氣中瀰漫著肉被烤熟的味道，他依然堅持。不僅如此，隔著火焰，他雙眼緊盯密冬之主，臉上每一條繃緊的肌肉都彰顯著他固執的瘋狂。

「罷了罷了，眞服了你。」密冬之主驟然抽開手，火焰也瞬間消失無蹤，他勉強地微笑：「明明沒有模仿，卻做到這種程度，或許你至少能忍受模仿師訓練的艱苦。」

「你說如果沒有模仿天分，就不能擁有獸靈……」

「在這個世界上，每個人都有模仿的天分，只是程度高低的差別，我不需要另一個天才，但我要你付出比天才更多的努力。」就在這時，密冬之主伸手抓過他試圖藏起的手，開始以模仿爲他治療，並輕聲道：「好不容易搶先那人一步找到你，我希望你可以爲我所用。」

他不解，整個密冬的模仿師不都是爲密冬之主所用嗎？當他回過神，才發現自己冒失地問出口。

「你以後就知道了。」密冬之主揉著帶有黑眼圈的眼睛，看起來遠比肖像上蒼老許多：「離開吧，往後我會親自教導你。記住，不要再想逃跑，這是一次罕有的機會，可以取得力量。」

確實，一想到密冬之主憑空造出火焰的細長手指，他吞嚥了一下，幼小的心中對於所謂權力，有了微弱的認識。他考慮起這種可能性：成爲模仿師、擁有強大的力量，再也不會被人踩在腳下……可是模仿師難道不是受政府列名造冊控制的嗎？擁有力量就該比任何人都更自由，模仿師卻並非如此。

他和小猴子被送回基地的住所，表面上來看，他似乎已不再逃跑，可基地對他的人身限制仍然嚴格，他不能任意出門。直到三個月過去，以模仿易容的密多之主現身於他的住所，親自教導他模仿的基本原理，而他沉默接受，表現出不完全乖順的妥協。

他按照密多之主的計畫學習模仿，也認眞執行所有密多之主的要求，那個男人終漸漸放下心來。每當他完成當日的功課，密多之主便會帶他到基地的公社用餐。

在密多之主的監視下，他總是以最緩慢的速度吃飯，試圖惹惱密多之主，然而，男人不曾失去耐心。

「老是關在屋子裡很煩悶吧？所以想享受這難得的自由。」密多之主一面說一面將一塊綠豆糕放進他的盤子裡，他好似要洩恨般將綠豆糕一口吞下，想反駁這算得上什麼自由？可下一秒，從口中擴散開來的香甜讓他失了神。

那是他人生中第一次品嘗到甜食，柔軟、雲朵般柔和的美味令他著迷，他非常喜歡，卻在密多之主笑吟吟的面容前無法輕易將喜歡說出口。而密多之主維持著臉上慈和的笑容，將另一塊糕點放在他的盤子裡。吞嚥著從舌頭下方湧出的唾液，他發誓再也不碰盤子裡的甜食。

不久，他通過了初級考試。通過初級考試並不代表有多強，僅僅只是對於模仿眞理的實際運用，僅需做到相信世界爲假，並且忍痛能力出眾，再加上一些不錯的模仿技巧，通過是非常容易的。密多之主下達命令，告訴基地內的老師們不用再關著他了，從今以後，他可以在基地裡隨意走動。得知這件事，他心中產生的第一個念頭依舊是逃跑，終於可以離開那幢屋子，他要找到機會，跟小猴子浪跡天涯，去一個沒人找得到的地方生活。在擁有力量和自由之間，他選擇了後者。

此後他和小猴子經常前往人工湖邊的樹林勘查，他知道許多學生會在那裡練習模仿、欣賞湖面風光，在那兒，他會被很好地隱藏，與此同時他思索逃走的策略。可是也不能否認，日復一日的學習中，他對模仿產生了好奇。

爲什麼僅僅是以手勢或物質媒介模仿一樣東西，就能在那東西與另一東西上創造關聯性？這份關聯性驅動著豐沛力量，改變了他欲改變之物。密冬之主說世界為假，因此他們能像揉捏黏土般塑造現實。

他撫摸身邊的小猴子，獸靈的毛髮觸感微刺，這種感覺，他看到、聞到、嘗到、聽到的一切都是假的……眾多基地內的學生參不透這一點，他卻覺得，是假的又何妨，反正也無法到「眞的」那邊去，無從比較，那麼假的也是眞的啊。

「只要有你，世界是假的我也不怕。」他對小猴子喃喃地說。

經過長時間的情報蒐集，他選定了基地內不會有模仿師的日子打算逃亡。他做足準備，再次來到樹林，茂密的枝葉遮蔽了日光，牽著小猴子的手，他一步步往前，卻在這時，不可思議的畫面驟然躍入眼簾——林中一棵樹正以極快的速度從地面往天空生長，像是一座高塔。

他愣住了，過去自己從密冬之主身上學會的模仿四平八穩，可謂無聊，他不曾見過這樣野性、狂烈的模仿。他下意識往前走，愈來愈近，直到看見一名男孩站在林間，閉著眼念誦他不曾聽過的神祕語言，以那語言作為媒介，無數植物生長。

像是看見某種美麗又恐怖的東西，他就這麼忘了逃跑。

密冬皇宮內專門關押模仿師的牢房，是銀色的。

四面以特殊金屬打造，每一個金屬分子都刻著一個由紅鳳設計的圖騰，白猿被囚禁於此，感到向來瘋狂運轉的大腦終於有機會慢下來。在紅鳳的模仿力量作用下，他經常陷入昏沉狀態，既然不能思考太複雜的事情，便放任自己沉浸回憶，他想著小猴子，以及讓他淪落此處的黑羊，失去眼球的左眼隱隱作痛。

是我的錯，就不該復生他母親。白猿對自己說。他的想法很簡單，這些年來在所有模仿師中，只有黑羊願意和他玩遊戲，黑羊是他最好的對手，最親密的玩伴，黑羊是世上唯一能和他比肩遊戲的朋友。

既然無意間傷了朋友的心，他就該償還，雖然懲罰不是由黑羊施加的，黑羊也並不知道他正在受苦，但白猿心中自有一座天平，他犯了錯，天平便歪斜了，他要讓自己痛苦，如此才能彌補黑羊。因為這樣，白猿心甘情願囚困於此，哪怕紅鳳及其他模仿師以治療之名行實驗之實，把他的大腦搞得一團糟，白猿也滿不在乎。反正這個世界是假的，現在他知道，就連他的小猴子也是假的。

起初，他在殘酷的實驗中竭力忍耐，直到再也忍受不住，體內慘遭吞噬的兩個靈魂宛如黑暗中發光的雙星，引誘白猿回想起最初吞噬它們的欣快愉悅，於是白猿以意識緊緊抓住靈魂，再次體會了它們的一生，他成爲拔多保留地內的一對平凡男女。

照理來說，白猿應當會對於平凡人的生命感到無聊，但當白猿深深讓自己陷落於靈魂的記憶，他作爲模仿師的力量消失了，身爲盜墓者之子的過往也變得模糊。

他成爲拔多人，聽見村裡老人講述女妖與猴子結合生下他們的祖先，他看見了曾耗費黑羊數日的喪葬儀式，看見被分割的血肉以及敲碎的骨頭，骨骸的碎片沿路拋撒，最終消散於風。而生者的日子依舊持續，他專注於細微之物，採集藥草、編織衣裳，沉浸於如此簡單的事物，使他忘記了外部的痛苦。

有一段時間，白猿祕密地以這兩個靈魂作爲意識逃遁的去處，在紅鳳爲他準備了一項特別粗暴的實驗時，他可以無所謂地朝導師揚一揚眉毛。可白猿後知後覺地發現，他所吞吃的靈魂會隨著時間過去逐漸消亡，當他體內的最後一個靈魂徹底消失，他試圖忍耐，隨後他開始冒冷汗、發燒、全身顫抖，產生了嚴重的戒斷症狀。

紅鳳注意到這點，對他嚴刑逼供，他一語不發。紅鳳用模仿試探、誘惑他，白猿假裝睡著了。然而紅鳳畢竟是強大無比、傳說中的模仿師，他的眼睛緩緩變紅，帶著純粹的好奇打量白猿。接著他像是終於搞懂了什麼東西，自顧自地點點頭，走出牢房。

不久，紅鳳帶來一個男孩。他一句話也沒說，只以拆解去除白猿手腳桎梏上的圖騰，旋即離開牢房，將那孩子和白猿關在一起。

白猿曾試圖以模仿送走孩子，可建造牢房的材質宛如水銀般發光，無數圖騰施加力量，牢房內他可以使用模仿，卻無法利用模仿逃出生天。絕望中，他聽見自己發出了不像人類的咕噥聲。

他對男孩說：「離我遠一點。」紅鳳的用意他明白，可他一點也不想殺死這個孩子，儘管他的內心空洞無比，很餓，很飢渴，那不是來自器官的飢餓，而是他的精神、他的意識，以至於他渴望把男孩弄死，吞掉他的靈魂。

有何不可？白猿問自己，他從來不是會在意倫理道德的人，更習於殺戮。說到底，是因爲這孩子就像是紅鳳設計的一個圈套，白猿一點也不想咬下這帶毒的餌。男孩彷彿也懼怕白猿，沉默地蜷縮牢房一角，但就是這份懼怕，令白猿更難控制自己。

他一直忍耐著，直到第七天，白猿發現由於紅鳳並未爲男孩提供飲食，那孩子即將飢渴而死。白猿想，既然如此，既然他都要死了，不如就……他搖著頭，吞嚥過度分泌的唾液，想起密冬之主放在他盤子裡的綠豆糕。不知道爲什麼，靈魂嘗起來也是甜的，而且比白猿所嘗過的任何一種精緻點心都更甜。

他想像年幼時拒絕他人給予的甜食一樣，拒絕這個男孩的靈魂。

驟然間，男孩虛弱地挪動身體，試圖離白猿更遠一些。「別動。」白猿嘶啞地道，如果男孩像蛆一樣扭動，會引發他的狩獵本能，他不斷重複著：「別動，別……」

可男孩終究還是忍受不了身體的痛苦與蓄積的壓力，他恐懼地往牆面退去，便在瞬間，從白猿胸腔爆發出一聲咆哮：右手蓄積的拆解力量襲向男孩，男孩瞬間粉碎四散，只在黑暗中留下一抹淺淡的光暈，光暈包圍著孩子模糊而朦朧的模樣。白猿呆愣片刻，就像瘋了似的撲向那光，狠狠吞噬男孩的靈魂。

就在白猿吞下靈魂的剎那，他內心的空洞被塡滿……幾乎就像小猴子還在的時候。他也知道了男孩的身分，那孩子是模仿師基地裡的初級學生，因沒能通過初級考試，被迫賣身予政府，償還政府在他身上投注的訓練費用。

「哈、哈……」白猿呻吟著，盡情享受被撐飽的感覺。男孩短暫的一生如跑馬燈般在他眼前閃過：他曾有過平凡而幸福的生活，可惜紅鳳在一個小村莊發現了他，注意到他具有模仿的天賦，雖然不高，畢竟是獨特的天賦，紅鳳於是將他帶走，給了男孩的父母一筆錢。紅鳳對男孩有安排，是比起成爲模仿師，更加簡陋而方便的安排。

「眞有意思。」白猿陷溺在短暫的歡愉中時，紅鳳走進牢房，帶著深深的笑意說：「你的身體和模仿本源產生如此特殊的呼應，你能以拆解乾淨地剝除整個人體，獨獨留下對這人生前的模仿……靈魂，並將它呑吃。太有意思了，白猿，我很高興你能再次證明自己的價值，你或許能幫助我通過鏡子，儘管我還不知道該如何利用你，看來，我們只能進行更多的實驗。」

鏡子。

白猿渾沌的大腦閃晃一瞬過去的記憶，他曾透過贏得遊戲，從其他模仿師口中拼湊出一項密冬正在進行的祕密計畫：如紅鳳這樣的模仿師想通過鏡子到另一個世界尋找「眞物」，學習眞正的模仿。白猿起先不以爲意，對這計畫最後的印象，是他們遇上了一個問題——沒有任何東西可以通過那面鏡子，前往另一個世界。

據說這面鏡子平時像一般的鏡子一樣表面堅硬，無法穿透，但在經過特定的技術處理後，鏡子本身能夠如門般開啓，但即便物體可以穿透鏡面前往另一個世界，說也奇怪，所有東西一旦穿透就會消失不見。

研究解決辦法的過程中，他們也曾試圖創造替代品，倘若這面鐫刻有密冬第一隻獸靈圖騰的鏡子力量太過強大，他們便需要削弱獸靈本身的力量。於是他們從最初的密冬獸靈身上擷取基因，創造人工獸靈，然後再由紅鳳替它描繪圖騰、鐫刻於新的鏡子上。他們想，或許就能創造出力量不那麼強的出入口。當然，他們很小心，原本預計一旦成功就收回鏡子，卻沒想到，人工獸靈創造出的聖物力量眞是小得可憐，更彷彿呼應密冬對灣島的複雜居心，這件聖物只能在灣島產生作用。能力同樣是產生「通道」，不過是讓其使用者在自己的心和他者的心產生通道，藉由這個通道，使用者可以操控聖物改變他人的想法和記憶。

既然如此，不如就把失敗品做個順水人情送給灣島的金家了，反正他們也打算生產一些人工獸靈來控制灣島的五姓人。另一方面，密冬皇宮的模仿師們以紅鳳爲首，爲了那面通往另一個世界的鏡子，展開漫長的人體實驗。

他們讓活生生的人類直接通過鏡子，透過改變微小的參數，不斷調整這些人通過鏡子的步驟、溫度、是否穿戴衣物、飽食程度、是否生病、感染的病毒為何？年齡……細密到個體差異以天數計算，凡此種種，不一而足，因為他們發現這些數據影響人類穿過鏡子後能夠留下的東西，有時是血，有時是骨頭，有時是毛髮，有時是神經，有時是眼淚，有時則什麼都沒有。

需要的活人實在太多，他們不得已從密冬各地取用犯罪或意圖謀反的人民，到了後來，更藉由賠罪的名義讓瀏島送人來協助實驗。然而無論他們往鏡子另一端送去多少人，始終沒有誰的軀體在通過後被完整保留下來，絕大多數都是空無。空無，或一點點血和骨髓、細胞，意味著這些通過鏡子的人盡數死亡。

他們繼續實驗，尋找更多可供通過鏡子的活人，即便瀏島的人口已不足以協助，密冬什麼沒有，活人最多，他們至今仍在進行相同的實驗。

白猿意識到他早已失去小猴子後，那面鏡子無數次出現在他腦海裡，使他愈來愈覺得通過這面鏡子，或許就能找回他的小猴子。只是萬萬沒有想到，紅鳳在他身上做的殘酷實驗，原來也與那面鏡子有關。

日復一日的實驗持續，紅鳳以活人餵食白猿，他給予白猿普通人，也給予他學習過模仿的人，他觀察這些靈魂在白猿體內留存的狀態和時間，有時候，當白猿拆解掉一個人，紅鳳會試圖將那人的靈魂取走，不讓白猿吞噬，然而，紅鳳始終不像白猿那樣能夠吞噬靈魂。

「你的身體構造究竟和其他模仿師有何不同？」紅鳳深思地自語：「難道是因為你失去了獸靈？看來是這樣沒錯，和獸靈結合，人便能將一部分的靈魂留存在獸靈體內，失去獸靈以後，你的靈魂恐怕有一部分也隨著獸靈消失了，因此你的肉身便產生容納其他靈魂的空間。不過你的例子仍然很特別，明明只是失去了部分的靈魂，居然又可以接受比一個更多的其他靈魂。遺憾的是，吞下去以後這些靈魂依然會被消耗，以至於無法保存。如此一來，我該怎麼把你改良得更好？」

紅鳳究竟有什麼計畫，白猿一無所知，隨時間過去，紅鳳在他身上施加的實驗愈來愈嚴酷。白猿終於發現，原先為黑羊所承受的折磨，如今已徹底失控，不過他仍然堅持著，因為那面鏡子……前往另一個世界的可能性近在咫尺，如果他能繼續撐下去，或許有機會從紅鳳口中得知找到小猴子的方法。

但紅鳳終究注意到白猿瀕臨極限，便有數月停止實驗，給予休息，只是按時送入新鮮的人類，以靈魂餵食白猿。然後，當紅鳳下一次前來牢房時，他帶來一名特別的囚犯。

看著那囚犯，白猿知道紅鳳的用意，此時他體內尚有未消化完畢的靈魂，但很快的，他將再次因巨大的空洞展開殺戮。而白猿想，這一天終究到來了。

紅鳳滿不在意地將囚犯扔在牢房一角，以手勢編織模仿，為囚犯安上刻有拆解圖騰的手銬腳鐐。隨後他轉向白猿，說：「我花了很多時間弄懂你的肉身，白猿，現在我確定，你就是我需要的容器，只是你的功能不完善，幸好我想到了辦法……喏，我跟黑羊一起獵捕到了活生生的人形獸靈。我們都知道，獸靈能夠保存人類的靈魂。年也是獸靈，同樣可以保存靈魂，然而年卻不能和人類結合……簡直就是渾然天成的悖論。不過，這點限制我還不放在眼裡。」

說到這裡，紅鳳特別停下，饒有興致地觀察白猿。見他沒什麼反應，紅鳳半是滿意、半是失望。

「白猿，我打算把年的身體嫁接到你身上，說不定此後你不單能吞吃靈魂，還能像獸靈一樣保存靈魂，我也打算以最強的模仿壓制你的瘋狂，讓你全然順服……期待吧？一直以來都在給我製造麻煩的你，終於也可以幫助我尋找第六種模仿。」

白猿默不作聲，他如往常般挑高一邊的眉毛，以不屑掩飾自己的急切。從目前的狀況看來，紅鳳似乎也打算把他送到鏡子的另一頭，白猿簡直求之不得。哪怕為此要付出可怕的代價，他也不在乎。

「我需要花點時間準備手術室，今晚好好睡一覺，我明天再來接你。」紅鳳說著，輕輕拍了拍白猿的臉，隨即看也不看他帶來的囚徒，轉身離開。長夜漫漫，白猿和囚徒誰也沒說一句話，沉默橫亙在兩人之間。誠然，白猿也不知道該說些什麼，對紅鳳乃至於其他人而言，他和囚徒理應算不上熟識。

當黎明降臨，銀色監牢之外再次傳來熟悉的腳步聲，白猿知道，他即將面臨比死更可怕的痛苦，哪怕他擁有吞噬的靈魂來作為逃躲的手段，身體卻仍然控制不住顫抖。

那新來的囚徒注意到白猿的恐懼，他緩緩開口。

「沒關係，記得我教過你的嗎？**閉上眼睛，想像一座牢籠……**」

❦

「**閉上眼睛，想像一座牢籠**，如同我們被這個虛假世界所籠罩，但在牢籠內，觸手可及都操之在手。」

密冬之主說：「我們被牢籠保護，倘若牢籠外是更大的牢籠，我們至少有自己建立的、籠內的自由。」

密冬之主幻化爲一隻黃雀，站立於樹枝上對他殷殷講述，使他意識到，這是屬於密冬之主對「世界爲假」的解釋。每個模仿師都有自己對那則模仿眞理的理解，不輕易與他人分享，或許是經過長時間的相處，密冬之主如今對他已算得上信任，甚至願意以教導的方式告訴他。

「我們需要減少碰面的次數。」課程結束後，他說：「札希已經注意到了。」

黃雀望著他好一會兒，男人的聲音才再次傳來：「獸靈授予儀式將臨，我也沒辦法繼續跟你碰面，下一次就等儀式之後吧。」

他聳了聳肩膀，不置可否。

「有一件事要先通知你，獸靈授予儀式會分配導師，你會被配給紅鳳，你將成爲他的學生。」

「哦。」他聽過那名傳說中的模仿師，儘管如此，他從來都不以爲意。「我應該做些什麼？」

「贏得他的好感，替我監視他，定時告訴我他的動向。」

這些年來，他逐漸發現密冬之主並不怎麼聰明。僅是略施小惠，教導他模仿的基本技巧，便以爲他會對自己感恩戴德、忠心耿耿，現在還要將他派到紅鳳身邊。眼前這名爲密冬之主的男人，哪怕是一秒也不曾想過，在見到了「眞貨」以後，他又怎麼會繼續服從這個「假貨」？

是啊，和密冬之主近身學習了這麼久的模仿，他早已發現男人的模仿並不特別高強，不過是很努力，就像對他的期許：努力而非天才。但他會接受這項安排，因為密冬之主離去前告訴他，模仿師紅鳳選擇的另一名學生是札希。想起那滿是黑色圖騰的房間，他心中產生一絲期待。

獸靈授予儀式如期而至，於密冬皇宮之中，他第一次見到了紅鳳。那名傳說中的模仿師是力量的代名詞，可在紅鳳需要的時候，這些力量可以隱藏在毫不起眼的外表下。於是當紅鳳牽起他和札希的手來到台上，並說：「從今以後，這兩名見習模仿師就是我紅鳳的學生……」他意識到或許並不是密冬之主將自己配給了他，無論自己或札希，都是紅鳳的要求。

密冬之主端坐於高位，帶著深深陰影的雙眼充滿了旁人所不知道的怨恨與哀愁。

他終從這名佯裝與他不識的統治者口中取得了「白」作為稱號首字，他未來的稱號匯聚成形，以「白猿」象徵他往後模仿師生命的一切。而當除他以外的所有見習模仿師逐一上台完成與獸靈的結合，那畫面是如此赤裸、慘無人道，令白猿打從心底感到噁心，就像見證一場堂而皇之的強暴，結合完成以後，台下還會響起熱烈掌聲。

他想告訴札希，真正的結合不是這樣的。真正的結合應該是獸靈尋找合適的人類，獸靈替你築巢，發出呼喊，使你生病發燒。在這過程中，連結一點一點建立，直到人與獸找到彼此，相互撕咬、爭鬥，最終彼此馴服，以一枚傷疤為證。他眼看札希猶豫不決，最後仍迫使自己完成儀式，札希望向獨角獸靈的目光，使他難受。

白猿在無人注意時潛入意識巢穴，緊緊抱住他的小猴子。

他問：怎麼辦？一年之後，就是分別儀式了。

小猴子同樣抱緊他，沒有說話。

餘下的記憶對白猿來說都有些模糊，因他恐懼著與獸靈分別的儀式，固然也曾趁著和密冬之主祕密碰面時向對方求助過，但密冬之主告訴他，分別儀式絕無可能阻止，他們在最後一次課程不歡而散，密冬之主再也沒來找過他。儀式前夕，白猿陷入強烈的恐慌，那個早已被他忘卻多年的念頭，如今再次悄然浮現。他想自己已經學會強大的模仿技術，爲了不和小猴子分開，他應該要執行延宕多年的逃亡。

遺憾的是，紅鳳立刻察覺他的不對勁，找了二人獨處的機會告訴白猿：「密冬不會放過任何逃走的模仿師與獸靈。」

他咬著嘴唇，既不承認，也不否認。

「打消那個念頭，爲了你，也爲了你的獸靈。你知道我的能耐，如果你逃走，追捕你的人是我。」紅鳳溫和地勸告：「而我從不手下留情。」

他沒有逃。

他的左胸刻著模仿小猴子的複雜圖騰，然後……是一片黑暗，黑暗中，他發現自己再次來到與小猴子結合時的帝王陵墓，冰冷、古老，空氣裡帶著某種危險的臭味。小猴子站在遠處，朝他揮了揮手，像是道別，也像是初見。

他陷入前所未有的瘋狂。

與獸靈的分別儀式結束，他並未踏上旅程，而是和小猴子一同被轉移到位於密冬皇宮深處的銀色牢房。他似乎犯了什麼錯，在密冬之主介入下，他不會受到懲罰，然而他必須接受紅鳳的治療，任憑對方以模仿混淆他的神志。密冬之主不曾來看過白猿，紅鳳則告訴他：「分別儀式很順利，你的獸靈已經送到聚所好生休養了。」

可是小猴子一直在他身邊，哪裡會在聚所？小猴子明明就在這裡，就在他身旁，他們居然看不見？

……太好了啊，這樣一來，就不會再有人拆散他們了。

漫長的治療中，窮極無聊時，白猿沉浸於觀想小猴子的模樣，小猴子柔和的眼眸，牠身上微刺的獸毛，牠溫暖的擁抱……於是白猿的身體也產生變化，雙臂長抵地面、駝背，他如猿般發出叫喊。

他聽見紅鳳說：「我已盡力了，很遺憾，瘋狂將永遠伴隨你。」

瘋狂將永遠伴隨你。

白猿想，不知道那是什麼意思，不過聽起來不錯，畢竟，他從未感覺如此自由。

瘋狂帶走他的軟弱，那讓他無法逃出模仿師基地的軟弱，他此刻什麼都不在乎，除了他的小猴子。自從通過獸靈分別儀式，他和小猴子之間的關係更加緊密了，他們不再需要藉由連結或意識巢穴就能交換心事，他亦不再害怕任何事物，哪怕是紅鳳、密冬之主或整個密冬。

白猿揮動長臂，跳起古怪的舞，無數小猴子隨之躍動，常人無法聽見的樂曲無時無刻奏響，這是永不停止的慶典呢！他拉著小猴子轉圈、緊擁、上竄下跳，好不快活！他聽見自己的尖叫，他大吼大叫，放聲大笑，他看見模仿本源張著一張大嘴虎視眈眈，才發現原來他們正在模仿的深淵旁跳舞。

他有好多好多小猴子，可是他從不覺得滿足，他的內心有一個巨大的空洞，眞奇怪，那像是小猴子的形狀。爲了塡滿這個洞，他沉浸於向其他模仿師挑戰遊戲，可是他們只和他玩過一次就怕了，他們說白猿老是賭**永遠不能恢復**，譬如生命、臟腑、四肢、器官，而他強得可怕，未曾輸過，就連紅鳳親自出馬，也未必能安撫。最終紅鳳告訴他：「別再騷擾其他模仿師，就快要過年了，屆時回來都城，你可以和你的小猴子見面。黑羊也會回來，你不如找他玩吧。」

他將小猴子藏在身後，大聲表示自己當然想跟黑羊玩，成爲模仿師以後，他們還沒有玩過遊戲，他可是很期待呢！

「如果你想讓他和你玩遊戲，恐怕在贏得遊戲的獎賞上，你得收斂一點。」

白猿歪頭思索，收斂？爲什麼？現在的他自由無比，無人可敵，他理所當然要狂吃所有他愛的甜食，玩所有最危險的遊戲，把所有模仿師踩在腳下，誰叫他們擁有他沒有的東西……是什麼？其他模仿師有，他卻沒有，如同身體器官般重要的東西……算了，不記得就表示不重要，反正他不會再忍耐，已沒有必要再忍耐。

紅鳳離開以後，白猿依舊故我，其他模仿師從此對他避之唯恐不及，最後他閒得發慌，提早數月返回都城。在皇宮外的模仿師居所裡，一隻黃雀出現在他面前。

啊，又來了，眞是令人厭煩。

白猿心中生出某種強烈的厭惡感，對過去自己忍耐的一切，密冬之主加諸的要求，他不曾問出口的問題，都在這時徹底爆發。

他直接伸手抓起黃雀，直截了當地問那驚慌失措的鳥兒：「你跟紅鳳到底是什麼關係？」

他的手愈捏愈緊，黃雀移狀爲小蛇，從他指縫間溜走，他一轉頭，便見恢復人形的密冬之主衣服凌亂地站在屋子的陰影裡。

「他控制著我，一直以來都控制著我。」沉默許久，密冬之主予以坦白：「我唯一能做的，是在他設下的牢籠之內，再造一個屬於我自己的牢籠，這樣一來，我就擁有一小塊屬於我自己的自由。」

「你還需要嗎？」白猿問。

「什麼？」

「監視紅鳳、告訴你他在幹什麼，你還需要我這麼做嗎？或者任何你想讓我幹的壞事，都可以。」

「你爲什麼願意站在我這一邊？」

「同樣都是追求自由之人，稍微看不慣所以這樣做罷了。」白猿說完，意識到自己似乎說了不得了的話，得意地對小猴子炫耀：你瞧，我是不是很棒呀？

小猴子在他面前，露出模糊的微笑。

「既然如此，你就繼續替我辦事吧，不過暫時別接近紅鳳了，他已經起疑。」密冬之主說：「我將派你在這片土地上尋找意圖反叛的人，一旦狀況不對，特准你以遊戲爲由，弄死他們。」

白猿再次睜開眼睛時，發現自己依舊身處牢房。手術結束了嗎？他的身體沉重不已，彷彿睡了長長一覺，體內深處幾個不知何時攝入的靈魂正騷動。說也奇怪，過去只要吞下靈魂，他便能支撐得久一些，不必失控殺人。但現在哪怕體內有一個以上的靈魂，他卻仍然感到飢餓與空洞。

應該是他的身體，他卻無法辨認。

比失去肢體還要強烈的恐怖席捲而來，對更多靈魂的渴求無時無刻燒灼。白猿絕望中試著捉住一個靈魂加以反芻，按理來說，他便能得知靈魂的一生，乃至於它臨死前目睹的一切。

「你做得很好。」猝不及防地，紅鳳出現在他面前，碰觸他臉部的手打斷了白猿的思緒。

白猿掙扎著問道：「我……我做了什麼？」

「你替我攔截了一艘船，殺掉無用的人，取走他們的靈魂，同時……留下一個我要的孩子，並將他安全送到天使中立國。」紅鳳靠在白猿耳邊說話的聲音細小、幾不可聞，像在講述一個祕密：「測試非常成功，你的身體和年融合得近乎完美，我有需要的時候，你的意識也隨我控制。現在，乖乖待在籠子裡休息，讓我處理一下早該處理的麻煩。」

丟下因爲飢餓而開始失控發狂的白猿，紅鳳徐徐走向牢房另一頭，他的影子在監牢內拖得很長，鮮紅色的眼睛令人不寒而慄。

「求求你。」恍惚間，白猿聽見囚徒向紅鳳求饒：「放我走吧，你的人民不能沒有主人，不能失去密冬之主啊，你討厭做瑣碎的行政事務，我不是一直都替你辦得好好的嗎？你不喜歡其他國家打探我們的模仿技術，我不也都斷絕了與外面的連繫嗎？」

「是沒錯，你一直都是不錯的工具，也清楚我的喜好，因此我更好奇，爲何你要偷走我的東西。」

蓬頭垢面的男人猛然一縮：「我不……我沒有……」

「有個原本在都城基地進行交流的奧馬立克醫生，不久前去了灣島。我可以感覺到，我為我的獸靈設計的圖騰有了一個粗糙的分身，密冬皇宮有內奸，趁我撤除拆解的防護以用於研究時，替他抄下了我的圖騰，即便不是由我親自描繪的新圖騰，仍然可以得到鳳毛麟角的力量……」紅鳳不疾不徐地陳述：「是你吧？串通外敵偷走我的獸靈圖騰，讓那個奧馬立克人逃去了灣島。這麼久以來，你擅自培養自己的模仿師，我都睜一隻閉一隻眼了，沒想到愈來愈放肆，還要求金家替你留下那個黑羊在乎的孩子。很遺憾，美夢要醒了呢，多虧了白猿——他原本也是你的手牌吧，挑的眞沒水準——船現在是到了天使中立國，我已安排好人照顧那孩子，你爲自己預留的手牌，最終還是到了我手上。」

聽到紅鳳鉅細靡遺說出一切，昔日的密冬之主再也沉不住氣：「是你不想要他！不管是他的母親，還是……」

紅鳳忽地放聲大笑，笑著笑著，他眼睛裡的紅色愈是深沉如血：「就算是我不要的，你也沒資格撿來用！灣島能誕生模仿師又如何？不，應該是說，灣島誕生模仿師幹麼呢？給我生產獸靈啊！我要的只有獸靈！」紅鳳大步走向密冬之主，抓著他破爛的衣領，一字一句地說：「你背叛了我。」

「我沒有……我、我只是不甘心。」密冬之主顫聲道：「我幫助你保守祕密，使你得到本不該得到的身分，然後，你卻要我做一個傀儡皇帝，我想要的不僅如此……」

「多麼貪婪的嘴臉。」紅鳳毫不留情地打斷他：「忘了你是如何誕生的嗎？就連你這天生有資格成爲模仿師的男人軀體，也是拜我所賜！」

在紅鳳的言語刺激下，密冬之主咆哮著白猿聽不懂的詞彙，一瞬間朝紅鳳撲去。而紅鳳只消側身躲過，打了個響指，白猿四肢的鐐銬紛紛落地，下一刻從白猿身上飛射出一道拆解的模仿，直接將面貌猙獰的密冬之主擊碎，僅僅留下泛著光暈的靈魂。

紅鳳看上去很是驚訝。

「沒想到竟生出了靈魂。」看著白猿發瘋地吼叫，掙扎著想搶食靈魂，紅鳳溫柔地說，一面以模仿在白猿四肢皮膚刻下限制力量的圖騰：「雖然我們兩個不對盤，但沒想到你卻是知道最多祕密的人，只是之後我還是得讓你忘記一些事情才行。」他將密冬之主的靈魂置於面前。白猿不知怎地又想起了潔白的餐盤中央，一塊孤零零的糕點，他無法自持地發出動物般的呻吟，卻怎樣也不能放任自己吃下這個靈魂。

「吃呀，連這傢伙的靈魂我都可以給你，這是多麼大的恩惠，都算得上也是我的靈魂了。」紅鳳伸手抓住白猿髒兮兮的灰髮，拉扯著他的頭顱湊近飄蕩於空氣裡的靈魂。

那靈魂顫抖著，在陰冷的牢房裡顯得如此可憐。

白猿最終還是張開嘴，將密冬之主的靈魂吞入體內。

那靈魂初次進入白猿，爲他帶來陣陣激越的快感。白猿整個人淹沒在曾爲密冬之主的男人記憶裡。

他看見了翅膀碩大無朋的紅色鳳凰。

他看見一名少女手腕上新鮮的傷疤。

他看見密冬之主命畫家繪製畫像交給全國，要讓畫像如紅鳳的腳步般遍及領土，使全國的人民都無可遺忘。他還渴望擁有自己的故事，卻總是成爲紅鳳傳說中的一個配角……

他看見祕密，密冬之主如何與來自奧馬立克的獸靈研究者——自稱約翰．威爾的醫生狼狽爲奸。

他從密冬皇宮深處的寶庫裡抄下紅鳳爲密冬最初的獸靈創造的圖騰，他想減少圖騰的力量，不肯將自己抄畫的圖騰直接給予約翰．威爾，而是叫他自己再謄繪一遍。卻不知道紅鳳和他的獸靈……那最初的獸靈，擁有的力量是如此強大，經過兩遍抄繪的圖騰，竟仍保有一定的威力。

然後他以蒐集情報爲由，連夜把約翰．威爾送往灣島的金家，讓他在那兒近距離觀察人工獸靈如何對灣島的五個家族產生影響。

白猿亦看見密冬之主和金家要求一個孩子，那個孩子，是黑羊在意的灣島女人所生，那女人本應前來密冬學習模仿，卻毀於金家內鬥。約翰．威爾以通訊器告訴他，五大家族已經毀了，被人工獸靈毀了，只是他們還不知道。

「灣島保留地更加有趣，我在這裡得到了幾副骨骸，其中一個刻有非常特殊的圖騰，那個圖騰散發著模仿的氣息，幾乎和你們的模仿師刻出來的差不多，怎樣？需要我把頭骨送去給你瞧瞧嗎？」

他讓威爾醫生滾遠一點，因爲紅鳳已經發現圖騰被盜。如果可以，最好永遠都不要再回密冬。

「那好吧，我也不是眞想回去，我追求的眞理密冬無法給我，還有好多地方等著我調查，譬如昔時的朝日國、天使中立國……我有機會的話也會再回灣島，後會有期，密冬之主，這段時間合作愉快。」

白猿昏昏沉沉地回到了現實。整座牢房裡，只剩下他與紅鳳，才剛剛攝食靈魂卻依舊飢餓不已的白猿，不自覺朝紅鳳伸出渴望的手，他還要靈魂，他需要吃下更多……

男人彷彿聞所未聞，陰翳的側臉看不清表情，分明就在極近的距離，卻恰好使白猿無法碰觸。

「很久很久以前，在一個偏遠的鄉村裡，誕生了一名女孩。」紅鳳背靠牆面，坐在地上，陷溺於久遠的回憶，彷彿喃喃自語：「這個女孩擁有極爲強大的模仿天分，只要稍加引導，就能呼風喚雨，成爲偉大的模仿師。只可惜，她是女孩，因此哪怕她努力展現自己的天賦，她的父母也不當回事。那時，這個國家的模仿師還不多，絕大多數集中在密冬皇宮之中，女孩決定將自己賣給私人的模仿師基地，經過鮮血的試煉，她取得模仿的力量，並且，與一隻傳說中的獸靈結合了。

「她一步一步往上爬，她眞的做到了，可是她撞上一堵牆，那就是作爲女性要如何成爲密冬皇宮的主人呢？這是歷史悠久的傳統，是密冬之所以爲密冬的原因，就連女孩自己都無法打破，她厭恨自己的身體，所以，必須要捨棄原本的身體才行，女孩意識到，必須要這麼做才行。她以模仿將自身切分，造出了另一個自己，那是她理想中男性形象的自我。此後漫長的時間裡，猶如照著鏡子一般，她對照著這個男性的自己，慢慢修正，以移狀成爲了另一男性，甚至是比原先的那個版本，更加正確、完美的男性。

「原本分裂出的男性自我，就沒有用了呢，不過女孩多少產生了憐憫之心，再加上這段自我修正的過程中，女孩漸漸意識到自己眞正的渴望，成爲密冬之主並不能滿足她，她想要的是，對這個國家，絕對且無可辯駁的永恆權力，除此之外，她要更深入鑽研模仿的力量，無論是模仿本源，或者獸靈。因此，不如就讓這個分裂出的自己去做那什麼密冬之主吧。密冬皇宮以紅色爲裝飾，就是因爲曾經染遍鮮血呦，女孩和其分身殺盡在她之前的所有模仿師，隨後，女孩踏上尋求模仿本源的路途。

「有一天，女孩以自己獸靈的形象，創造出了第一個獸靈圖騰，她將這個圖騰刻在一面巨大的鏡子上，然後，不可思議的事情發生了，那面鏡子展現出了另一個世界的樣貌……一個眞實世界的樣貌。女孩終於明白，鏡子彼端的世界即是模仿本源，她所身處的這個世界是虛假，只是另一個世界的影子。從此以後，女孩便尋找著前往眞實世界的方法，她相信那個世界蘊藏著模仿的祕密，只要能前往那個世界，她將學會最強的模仿，那也是眞正的模仿。」

紅鳳最後定定地看著白猿：「他和你說的每一句話，教導你的每一件事情，我全都知道，因爲那個名爲密冬之主的男人，只不過是我紅鳳年輕時創造的分身。他太著迷於爲自己創造出一座牢籠，卻忘記鳥兒呼吸的空氣也是來自我的給予。」

「所以你原本……你原本是……」在紅鳳冰冷的視線中，白猿掙扎著抓住理智：「爲什麼要告訴我？這是你最大的祕密。」

「因爲你很快就要不記得了，趁現在還有機會，和你談談心。一直以來，我對你都不太公平呢，我最喜愛的學生是黑羊，但說也奇怪，如今你卻成爲最了解我的孩子。」紅鳳的模仿輕輕抬起白猿的身體，讓他在無法防備的情況下靠近自己：「或許我們三個注定要成爲這樣的命運共同體，缺少其一都不行……吶，我給你最後一次自由，去替我尋找黑羊。爲了那個灣島女人，他將自我拆解爲千萬碎片，在灣島保留地飄蕩。我試圖幫助他，但他的碎片抗拒我，如果是你，大抵可以代替我完成這件工作。」

白猿努力搖頭：「我不……不可以，我會殺掉他……」

「別擔心，我不會讓你那麼做。」

白猿四肢嶄新被刻下的圖騰正泛著鮮血，紅鳳又施放新的模仿修改圖騰，新的圖騰無與倫比地瑰麗卻複雜，讓他的皮膚血肉模糊。白猿感受著新圖騰的作用：暫時控制白猿對靈魂的飢渴，同時趨使他急欲完成命令，然而……

白猿嘶聲說：「爲何多此一舉，徹底控制我的心智不就得了？」

「怎麼？不喜歡自由的滋味嗎？」紅鳳用手勢模仿風的吹拂，鬆開對心智的禁錮：「黑羊可是我無比優秀的學生，做過頭的話馬上就會起疑的，何況你們許久未見，就別壞了彼此的興致。去吧，替我把黑羊拼回來。」

白猿逃也似地離開囚困自己許久的銀色監牢。

他最初反抗命令，四處遊蕩，圖騰卻喋喋不休，讓他全身作痛，血液彷彿生出毒素，記憶中的某些片段也不斷脫落和修正，使他想起在籠中棲息的黃雀，知道自己無論如何都逃不出紅鳳的掌控。他唯有傾盡全力在灣島保留地尋找黑羊的碎片，又用了極長的時間將好友完整接合。

由於長年學習模仿，黑羊的每一份碎片都被模仿的力量仔細保護，黑羊並未死去，他只是將自己分解了，這甚至不是毫無轉圜餘地的拆解，而是將自身切分，但碎片與碎片間依然保有無法分割的連繫，彼此互相模仿。

當白猿終於重新帶回黑羊，他調動密冬之主的靈魂，以黑羊渴望知曉的訊息轉移了他的注意力，避免黑羊發現自己的身體和精神如今均已殘破無比。同時，白猿意識到遠方風雨欲來。他終究還是試探著身上圖騰的容忍程度，對黑羊透露了些許訊息，以防自己再也無法說出祕密。

「既然這個世界的一切都是對另一個世界的模仿，那我想另一個世界肯定存在著眞正的小猴子，我……打算去找牠。」

白猿將話說出口，小猴子的模樣在眼前愈發鮮明，他的瘋狂，他的理性，在此刻匯聚成形。

他愈說愈堅定，小猴子細長的手指彷彿再次蓋住他的手，與他一同覆滅掌下赤紅的火焰，他的模仿從體內發散，與紅鳳施加的模仿對抗，他的手腕、腳踝綻裂出血痕，破壞了紅鳳刻下的限制圖騰，將久違的自由歸還。

是啊，他分明有力量，可以從紅鳳手中奪取控制權。

他體內密冬之主的靈魂欣然應和。

想像一座牢籠……你的身體此刻已是牢籠，既然能困住那麼多的靈魂，紅鳳一定也無法逃脫。

去吧。

去吧。

無數的靈魂高聲呼喊，無數雙手在他身後推著他前進。

白猿猛然站起身，藉口還有事要做，隨即施行移狀化爲一隻海鷗，振翅飛回都城皇宮。

紅鳳刻在他身上的圖騰，引領他直接闖進位於皇宮內的一處軒敞居所，他見早已死去的密冬之主正佇立窗邊，眼睛直盯著自己，面露微笑，看上去好似沒有防備：「都還順利吧？黑羊還好嗎？」

白猿知道，此刻的密冬之主只是紅鳳穿戴起來的幻象，他翻轉身軀，一下子滾落地面，重獲人形，一語不發看向紅鳳，緊接著在瞬間創煉利刃，朝紅鳳投擲而去。

彷彿早已預料到白猿會在此時發難，紅鳳撤去密冬之主的形象，化爲原樣，輕而易舉地避開攻擊，白猿卻也立即投擲出另一把小刀，同時以移狀融入影子，瞬間出現在紅鳳身後。紅鳳看也不看他，移狀爲光，有光之處，陰影無所遁形，白猿被迫以其他形象遁逃，白猿還在變化之際，紅鳳已不給他機會了，他伸出手抓住尚且模樣未定的白猿，緊捏在手。

紅鳳雙目散發妖異紅光，透過那雙眼睛，白猿彷彿可以看見與他結合的獸靈，白猿曾在密冬之主的記憶裡見過，那不是一般的獸靈，而是只存在於傳說之中，神話般的生物……

「我還以爲你會珍惜這段我送給你的時間，沒想到你自己讓這段時間縮短了。」紅鳳的面孔依然帶笑，語氣卻冰冷無比：「未來的每一分每一秒，你都將作爲我的一件工具活著，我也會繼續囚禁你、折磨你，**我要把你毀掉。**」

恐懼一瞬間占據了白猿全身，他體內的所有靈魂同時顫抖。

吞掉他！吞掉他！

那些聲音齊聲尖叫。

白猿未定型的身體掙扎著，卻怎樣都無法使出拆解的模仿。他想起火焰，與小猴子一同克服的掌下火焰，他以自身模仿火焰，可是紅鳳不在乎手被火焰包裹。他冷酷地抓緊白猿，屬於紅鳳的模仿如雨水般一點一點滲入白猿移狀成的火焰，讓他的神智逐漸混沌，就要如同過去，喪失此刻的意識。

千鈞一髮之際，其他的靈魂爭先恐後湧來，試圖為白猿匯集模仿力量。

最終，火焰中伸出一隻好不容易具現成形，如黏土般的迷你小手。

那隻小手威嚇地比畫著模仿的手勢。

當紅鳳勾起唇角，似要說出一句嘲笑，白猿感到自己，以及體內的所有靈魂在此刻達成同步，他們的不甘、恨意迅速膨脹，從那隻小手掌心竟爆發出一股強悍的拆解力量。

拆解的模仿如子彈般射向紅鳳，僅僅一瞬間，白猿好似看見紅鳳比出手勢準備以模仿擋開，卻不知道為什麼，紅鳳最終沒有完成任何模仿。白猿的拆解將他射穿，軀體粉碎殆盡，徒留半空中隱隱發光、半透明的紅鳳形體，那是對紅鳳這名模仿師生前的模仿，他的回聲，他的靈魂。

回歸人形的白猿趴伏在地，喘息不止，為自己的劫後餘生心有餘悸，當他終於有力氣站起來，他轉了轉手臂、扭了扭腳踝，發現自己還活著。

而紅鳳死了……應該是死了吧？畢竟都被拆解的模仿給粉碎了，那可不像黑羊是一點一點小心翼翼地裹著模仿的力量去慢慢分解自己。白猿很清楚，他不擅長創煉和復生，移狀也是馬馬虎虎，只有拆解，只有拆解的模仿他做得比任何人都更好，在過去可未曾有人能像他這樣直接以拆解作為攻擊武器。

白猿發出輕笑，笑聲先是低微，隨後一發不可收拾，他仰頭狂笑，從未感覺如此美妙，紅鳳是他的導師又如何？他的獸靈是傳說中的生物又如何？最後還不是要敗在自己手上！

他遂拖著手臂走向飄浮於空中的紅鳳靈魂，左看看，右看看，吐出舌頭做鬼臉，紅鳳的靈魂始終只是靜靜地望著他。鬼使神差地，白猿再次感到那熟悉且無法按捺的空洞需要，他一直無法說出那種欲望來自何方，就只是一股又一股深切的空虛在他體內交纏，小猴子離開以後，留下的那巨大的傷。眼前的靈魂散發誘惑的光芒，宛如乾淨的白瓷盤中央一枚柔軟香甜的糕點。

白猿張開大嘴，一口吞下。

伴隨熟悉快感而來的，是紅鳳一生的故事，他的出生、發跡與崛起。

但說也奇怪，紅鳳靈魂呈現給白猿的，是紅鳳作為男性模樣的視角，以至於在品味完紅鳳的生命後，白猿總覺得滋味固然甜美，卻也充滿缺漏。

幸好，他已得知了最重要的情報。

「原來如此……」白猿喃喃道：「原來要這麼做才能打開鏡子，難怪需要把我的身體與年融合。」

望著窗外的夕陽，白猿的眼睛成為鮮紅色，他比出一個簡單的手勢，小猴子的模仿體便緩緩出現，白猿讓那模仿體從後方抱住自己，模擬小猴子還在時對他的擁抱。

像一個特大號的絨毛玩具，給予他溫暖與安撫。

他往後沉入柔軟的獸毛，開始思考。現在已從紅鳳的靈魂得知鏡子的所在處，以及如何打開鏡子。他會去找到那面鏡子，透過鏡子找回他真正的小猴子，在那之前，他必須吞噬更多的模仿師靈魂，然後……

你得和黑羊玩一場遊戲。一個聲音勸哄著。

白猿立時同意，尋找小猴子固然重要，但他和黑羊已經中斷遊戲太久了，確實，他們必須盡快展開新的遊戲，而且這可能是他與黑羊的最後一次……

那麼，必定要無與倫比的盛況空前、萬分刺激，一定要比過去任何一次都更有趣！

啊，那絕對要是前所未有的精采遊戲才行。想到這裡，白猿愉悅地瞇起眼睛。

飛往蘇格蘭的航程中，我昏昏沉沉地睡著了，夢見過去和弟弟的對話。

在璐安說了人類會滅亡以後，我以爲他指的是世界會毀滅，於是出於好奇問：「爲什麼呢？有什麼方法可以阻止嗎？」

「唔，泰邦，你問爲什麼，不就是因爲人類嗎？現在大部分人受瘟疫折磨，那病毒據說是從人類的實驗室裡誕生的喔。還有戰爭，是人類發起戰爭，捲入其他國家，以及更多更多的人。各種災難也是，氣候變遷、海洋酸化、生物棲地被破壞，卻沒有哪個國家敢停下經濟發展，爲了自然環境暫停的話，轉眼間就會被其他國家超越了嘛。」璐安一面在紙上畫畫，一面回答：「也挺有趣的，明明以單一物種的整體數量來說，人類已經是超出其他物種非常非常多了，但還是不斷想要生育，而且大部分的人賦予生育和新生兒毫無道理的象徵意義，認爲兩者代表希望和幸福，完全不在乎這個孩子長大以後會成爲什麼樣的人……對了，這也是信仰的一種，是人類偉大的發明，用來賦予沒有意義的事物意義。然後啊，個體對幸福的追求最終要反過來侵害群體的福祉，也像是大學航空炸彈客在《工業社會及其未來》裡面提到的那樣，科技對人類幸福造成損害，自然世界提供的框架被人類取代，使我們無法獲得原始社會的安全感。接著下去，人類的數量過多就會感到痛苦，於是人們開始自我毀滅或者自相殘殺，再對此悲痛萬分，接著繼續生育。這完全是人類自作自受，沒有天外飛來的隕石，也沒有突如其來的火山爆發，就只是這樣。人類如果能退出半個地球，或許還有轉圜的機會，不過那是不可能的吧？因爲人權，還有階級，畢竟誰會想住在保留地裡呢？又是誰來決定誰要住在那裡？無法享受科技的好處，很可憐吶，不會有人想要的啦，不過現在最可憐的還是那些被人類捲進災難中的動植物，牠們對整個狀況毫無辦法，最終會先人類一步而死，正好呼應了E．O．威爾遜所說，人類這個物種，將會變得愈來愈孤獨。」

「照你這麼講，難道人類沒有任何可取之處嗎？」

「對整個世界是一點也沒有，只對我們彼此有用，譬如對我而言，我最重要的人就是泰邦，我沒辦法讓泰邦死掉，就算我討厭人類，我卻無法把泰邦視爲討厭的人，這也很可悲，因爲這是作爲人類的我的執著，即便如此，我也知道就算我失去了這具臭烘烘的軀體，我依然會愛你，所以或許人類最終值得留下來的，是這樣的東西。」璐安低語：「一些無形的遺產、靈魂、懊悔、愛……是啊，要是人類滅絕了，世界上也不會再有任何生命體去惋惜失去的物種和自然環境，但這些遺憾和惋惜說穿了又有什麼意義呢？只對人類自己有用而已。」

「那靈魂呢？你提到靈魂，但你不是反感信仰嗎？」

「我指的是無意義的信仰，人類為了控制其他人類創造出的東西。而我相信靈魂的存在，那不是信仰，我確切地知道靈魂存在，這是一種看待世界的方式，一條正確的路徑，我相信我們部落的信仰很幸運地看見了正確的路徑，泰邦，我將踏上這條路徑，前去尋找拯救你的方法。」

璐安仍在塗畫著什麼，但我看不清楚了，思緒愈來愈模糊，唯有悲傷地想：「我不要你拯救我，我只希望你平安幸福。」那已是遙不可及的夢，耳邊隱約傳來飛機引擎的轟鳴。夢的終末，璐安淡淡地說：「我想，這是為什麼獸靈會在另一個世界出現，牠們是人類對這些逝去物種，最後的懺悔與良心。再加上一點自以為是吧……但一切都來不及了。」

我睜開眼睛，冷汗涔涔。

「不好意思，我需要核對您的證件與旅行許可。」戴著口罩的空服員此刻站在我身旁，確認我提供的健康證明、疫苗施打證明、出入境許可、機票和阿蘭幫忙申請的專業研究證都正確無誤。幾分鐘後，空服員將證件交還給我，道謝後離開。

因為符菌的關係，現在出入境管理十分嚴格，就連機上都會再次核對證件與機票，整架飛機也只有少數同樣具有特殊證件的乘客，其餘都是空位。登機前我亦收到阿蘭傳來麥克唐納教授的聯絡方式，叮囑我到了那兒務必尋求他的幫助。

解開安全帶，我到狹窄的廁所裡扯去口罩，以清水拍打臉部，鏡子裡的我看起來恐怖至極，眼睛裡滿是血絲，帶著絕望和希望，而鏡子沒有任何動靜。我轉頭確認廁所門確實上鎖，我在思考一件事情，打從和阿蘭碰面以後，便有一個念頭一直在我心底悄聲引誘，揮之不去。

只要那麼做了，就可以看見另一個世界。

阿蘭是這樣說的。

我一直很猶豫，在機場時就想執行，但阿蘭很快寄來機票和研究證，現在，我已忍到極點。我羨慕阿蘭可以看見另一個世界的鵓鴿，如果璐安也在那兒，如果可以看見他，哪怕只有一下子……

思及此，我不再遲疑，解開褲頭上的皮帶，四下張望，看見洗手台旁的扶手，我將皮帶穿過扶手，再穿過金屬扣環，接著讓頭穿過皮帶，以右手控制皮帶另一端慢慢收緊，直到皮革的觸感緊貼脖子。

我知道這麼做很危險，甚至不應該將廁所門上鎖，如此才能在情況失控時立即獲得幫助，但我不能被看見，一旦讓空服員發現就會被遣返，我也不能失敗，否則等待的便是死亡……可我更不能不做這件事，我太想看見璐安，好想他……

我開始更用力地收緊皮帶，感覺皮革壓迫著頸部動脈，而我試探著繼續收緊，再緊一點、再緊一點，漸漸地，每一次呼吸都比上一次更困難，就像阿蘭說的那樣，黑暗如同海浪般一波波襲來，將我捲入昏沉的意識之中……

我在黑暗裡飄浮。

無法呼吸以後，便不再需要空氣了，雖然我的脖子好痛，好像頭被砍斷似的，喉嚨如火燒灼。我張開眼睛，眼前的一切都是鮮紅，我看見我身處一個洞穴中。

洞穴裡什麼也沒有，沒有璐安，也沒有其他人。

我聽見一聲野獸的咆哮，低頭看去，美麗的雲狀斑紋簇擁著我的手掌，一隻我只在書上見過的野生動物，此時正張大明亮的眼睛凝視我。

牠看見我，看穿了我，牠知道我不是我。

牠再次咆哮，催促我離開。

可是我好痛，什麼也做不到，此時我還能同時看見機上狹窄廁所的景象，我的身體已經失去知覺，雙手無法控制勒緊的皮帶，只剩下條件反射亂踢的腿，我踢到了門，產生巨響，於是門外很快傳來急切的敲門聲，詢問是否還好。

我想回應，想求救，但做不到。

然後我眼前出現了燃燒的黑色火焰，火焰中有一雙手，枯槁慘白，那手帶著疑惑探向我……

「不可以去。」這時，有如狂風吹過空心石頭的聲音再次出現，我看見兩個世界之間模糊的節點，冷氣呼呼地吹，整齊睡在一起的孩子面無表情，髮絲隨空調輕輕晃動，只有半個成人高的骷髏站在我面前，伸出灰白的骨手，這次它不再指著自己或孩子，那恐怖、令人顫慄的骨手抓住我的手，逼迫我碰觸自己的脖子：「回來，你要回家。」

指尖碰觸到皮革的一瞬間，我宛如抓住救命稻草般用力往反方向一扯，皮帶立刻鬆開，我整個人癱在廁所隔間裡，發出完全不像人類的可怕喘息。外面的人正瘋狂地敲著廁所門：「先生！先生！您還好嗎？我們現在要把門打開——」

「我很好。」好不容易擠出氣若游絲的聲音，外面的人似乎沒聽見，我清了清喉嚨，又說了一次，這次雖然聲音沙啞，卻很清楚：「我沒事，只是摔了一跤，等等就出去。」

敲門聲停息了，外頭的空服員顯然放下心來，道了聲歉後便離開。我顫抖著重新整理好自己，豎起外套領子遮住脖子上的勒痕，隨後打開廁所門，在空服員擔憂的目光下故作正常地回到座位。確實如阿蘭所說，瀕死經驗能讓人看見另一個世界，只是很遺憾我沒有見到璐安，目前的身體狀況，加上空服員對我過分關注，也不可能再試一次。距離飛機降落還有兩個鐘頭，我戴上耳機，打算休息一會。

可這時發生了奇怪的事，即便我沒有選擇任何頻道也沒有點選任何頁面，耳機卻傳來歌曲，我檢查面前的螢幕，發現正在播放Leonard Cohen的〈The Future〉……歌的播放方式很異常，不僅斷斷續續，曲調也十分詭異，仔細一看螢幕，歌竟是倒著播放，我更專注聆聽，意識到正常的音軌裡夾帶雜訊，聽起來像有人在以機械般的聲音呼喚：

Tneper, Tneper, Tneper,
（這裡……我在……這裡……）
Dias yeht enhw
（就要來不及了……）
Tnaem yeht tahw rednow i
（快點來這裡……鏡子……）

我一下子心如擂鼓，很快從隨身行李中拿出紙筆，努力聽見更多聲音、記錄更多訊息，但除了最開始宛如幻覺般的字詞以外，什麼也沒有。

音樂繼續倒著播放，呈現出扭曲古怪的調子，也依然斷斷續續，我下意識以筆在紙上輕輕敲打，配合停頓的節奏，隨後我發現，歌曲的停頓總是不超過十秒。意味著在三分多鐘長度的歌裡，每一個地方因停頓而靜止的秒數，都產生一個數字，我將數字記錄下來，利用機上網路查詢，這組數字是座標，座標位置卻指向另一座城市，另一個國家。

緊鄰台灣西方，虎視眈眈的大國。

The blizzard, the blizzard of the world
Has crossed the threshold
And it's overturned
The order of the soul

When they said repent repent
I wonder what they meant

歌仍在播放，卻已變回正常的旋律。我思索，先是蘇格蘭，然後是這個地點，爲什麼？而且若那眞是來自璐安的話語，聽上去是如此急切，既然這樣，又爲何要先指引我前往蘇格蘭？來不及細想，機上已傳來廣播，飛機即將降落，我決定先調查璐安給予的第一個地點。

半個鐘頭後，我收拾行李，和其他幾個旅客走下飛機，即便早已取下耳機，耳邊仍彷彿迴盪著歌曲最後一句歌詞，那是如此不祥，猶如一則預言。

出境手續包含針對符菌所做的血液檢測，直到走出海關，已是三個鐘頭之後。我在機場大廳以手機連上無線網路，從通訊軟體找到阿蘭傳來的訊息，確認了名爲斯圖爾特·麥克唐納的教授聯絡資訊。我以英文訊息告知對方來意，以及自己即將前往亨特動物學博物館。

彼時，機場外有不少穿著防護衣的人在進行消毒作業，即便是離開機場也需要通過檢查站，工作人員在查看了我的研究證以後，詢問我欲前往工作的地點，以及是否預約了計程車。在我告知還沒有後，他替我叫來計程車，並囑咐司機將我載到格拉斯哥大學。

司機在大學側門停下來，向我表示車子無法開進去，接下來只能自己走。望著眼前陌生的景象，我再次感到懷疑，可既然已經來到這裡，沒有理由半途而廢。我順著一段上坡路來到亨特動物學博物館所在的格拉漢大樓，由於疫情之故沒有對外開放，但爲了方便研究人員進出，大門並未上鎖，門打開時從內部湧出一股陳舊的氣味，一樓設有管理室，裡頭上了年紀的管理員看了我一眼，在我遞交研究證後，他點了點頭，隨即繼續做自己的事情。

我連上大學的網路以檢查手機，麥克唐納教授讀過訊息，但尚未回覆。我便在光線昏暗的建築中移動，看見樓梯間的牆壁懸掛描繪有動物的畫作，更往裡面走，是一片漆黑，我仔細觀察，發現接近地面的牆上有開關，打開開關，燈一盞盞亮起，照亮了亨特動物學博物館。

這位於教學大樓內的博物館雖然空間不大，卻收藏有各種動物的標本，包含儒艮、非洲瞪羚、加州王蛇、袋狼……我一一閱讀說明牌，有不懂的詞彙便用手機查詢，幸好大學的網路十分順暢，直到現在我都能很快找到需要的資訊。但我仍不知道璐安讓我前來的理由，長途旅行使我因時差和睡眠不足而頭暈，遂坐在瞪羚標本旁的椅子上。一旁的牆面懸掛著一幅巨大的世界地圖，望著那幅地圖，我產生奇怪的感受，下意識在地圖上尋找台灣，也確實找到了，就在這時候，我感覺似曾相識。就好像幾天前在浴室裡看見鏡子的水氣浮現璐安的文字，也像在飛機上聽見倒著播放的歌……那種感覺，宛如璐安此時此刻和我身處同樣空間，看著同樣的一幅世界地圖。

「璐安……」我無意識地輕喚，隨後聽見了來自不遠處的腳步聲。

一名陌生的年長女子朝我走來，她穿著得體，頭髮花白，臉上即便戴著口罩，仍散發一種充滿力量、嚴肅與專注兼具的神態。當她開口說話，她的口音柔和清晰：「你是泰邦吧？斯圖爾特正在等你。」

她轉過身示意我跟上，什麼都來不及問，我只能跟隨女子走向博物館一角，那兒有一扇緊閉的門，女子打開門，簡單解釋：「這裡原本是動物學系的研究室，但因爲斯圖爾特的狀況……他們非常好心地讓他在這裡長期工作，免於被外人打擾。」

我尚未理解女子的意思，只在門後的景象展現時，我看見了陷於書海中的一張床，床邊有我不曾見過的精密儀器，連接電腦和巨大的螢幕，以及維生系統，床上一名瘦弱的老人身上纏繞著電極與管線，延伸至床邊的儀器。女子替我的雙手進行消毒，引導我來到一張椅子落坐，她說：「斯圖爾特可以用他的大腦操控電腦進行表達，但速度無法很快，也請你慢慢地和他溝通，他聽得見。」

我沒有想過阿蘭提到的麥克唐納教授居然是這樣的狀況，當我轉向教授，我看見他眼球震顫，面孔因用力而緊繃，電腦螢幕隨著他的腦波緩慢繕打出文字：*布亞思告訴我，你是爲了死去的弟弟而來？*

我一時間不知該怎麼說，英文不是我的母語，每次開口前都必須奮力組織語言，講出來的話也是破碎而生澀，到了此刻，更擔心無法向眼前癱瘓在床的老教授表述清楚，畢竟一切的一切只源於鏡子上看見的文字，現在還得加上在飛機上聽見的古怪人聲。

我聽說你在寫作。見我掙扎著難以開口，螢幕上顯現出老教授好心替我解圍的文字：我沒讀過，但阿蘭曾和我提起詳細的內容，請原諒她，也原諒我的好奇，因爲我和阿蘭有相同的感覺，我們都對你筆下的故事感到……熟悉。

「嚴格來說，那不是我的故事，而是璐安的。」

啊，是的，你的弟弟認爲在我們的世界之外，有另一個相對應的世界，就像鏡子的兩面，另一個世界是模仿我們的這個世界所生。

出乎意料地，麥克唐納教授竟能對璐安曾說過的故事侃侃而談，我不自覺著急地問：「您爲什麼會知道？是阿蘭……」

是，但也不是。螢幕緩慢地、彷彿猶豫般地顯現文字：在我年輕時，曾瘋狂陷入一個研究，這個研究被認爲是禁忌的研究……我認爲人類也是動物的一種，有不同的亞種之分，不同的亞種有不同的優劣處，更在性格、智力、性能力、體能上有所差異。而就像人類意圖保存不同的特有種和特有亞種，人類亞種也必須與自身相同的亞種通婚，才能維持該亞種的獨特性。於是乎，我受到學術界的孤立，花了大半輩子重新站起來，現在，我只是個普通的動物學教授。但在我自我封閉、潛沉於其他研究中時，我作了一個夢。

我夢見我在另一個世界同樣進行了禁忌的研究，甚至更加血腥而殘忍。我夢見一種名爲獸靈的生物，以及長得如人類孩童般的獸靈，我夢見我的罪惡，以及我的贖罪，最終我爲了保護無辜的學生，以及傳承眞相而死。那是好長好長的夢啊，當我醒來的時候，我還以爲我已經行將就木。從那之後，我不僅研究動物學，也開始探索和另一個世界有關的祕密，雖然到目前爲止沒有太多發現，而且一旦和其他學者說起，免不了要被笑話一番……麥克唐納教授閉起眼睛，一旁的螢幕許久才閃現新的文字：我並不是因爲嚮往另一個世界的生活所以才展開研究，畢竟在另一個世界裡，我可是妻離子散、精神失常，不比現在和妻子相守到老，女兒也長大成人的幸福快樂。只是我在另一個世界看見的東西，使我相信，那會是我們這個世界的解方。

「我不明白……」

你知道阿蘭替你申請的研究證是關於什麼的嗎？麥克唐納教授陡然問。見我搖頭，螢幕迅速打出一行行文字：縮寫AP的意思是方舟計畫（Ark Project），也是目前各國學者共同參與……阻止物種毀滅的末日降臨的計畫。布亞思教授來找我的時候，我正在研究蘇格蘭的生態情況。我發現整個世界的問題除了頻繁發生的疾病、天災跟戰爭以外，還有動物們開始不同屬互相交配繁殖，孤雌繁殖的案例也逐漸增多。隨後各種動植物大量死亡，氣候異常和各種災害席捲全球。我和布亞思教授交換了在各自領域研究的看法，慢慢得出一個結論：世界末日即將到來。倘若這個世界發生物種滅絕的大災變，人類也無法倖免，那麼另一個世界便存在著使人類活下去的方法，我能斷言，那個解方是獸靈。

獸靈。從最開始到現在，麥克唐納教授每打出這個詞彙時，使用的都是中文，就如同璐安曾用彩色筆寫在圖畫紙上的那樣，這個詞彙也曾出現在我發表於部落格的故事。我如此強烈地感覺到另一個世界的存在，從死去的學生口中，我聽見「模仿」、「鏡子」，從阿蘭身上得知另一個世界，而就連鏡子上的字跡和倒轉的歌曲都不曾提到……

但只有獸靈，是屬於我和璐安的。這個詞彙從璐安的舌尖誕生，貫穿所有，是一切的關鍵，當麥克唐納教授在螢幕中寫出「獸靈」二字，我發現自己竟絲毫不意外獸靈就是阿蘭拜託我帶回來的解方。

然而若眞是如此，我該如何才能從另一個世界帶走獸靈？而獸靈又要怎麼拯救人類？

我不禁道：「這個世界並沒有獸靈，我創作的《獸靈之詩》內容也都只是虛構……」

聞言，麥克唐納教授的神情變得前所未有的扭曲，妻子雖趕忙上前協助穩定他的身體，螢幕上仍近乎激烈地浮現文字。

不不不，你絕不能這麼說！事已至此，你怎能這麼說？你可以騙得了別人，但在你心底，你很清楚，你的故事是眞的！我的夢也是眞實的！聽著，我看見另一個世界的自己同樣是虔誠的基督徒，獸靈的存在被寫入《聖經》〈創世紀〉：「飛鳥各從其類，牲畜各從其類，地上的昆蟲各從其類，要到你那裡，好保全生命。你將成完人，你的肉體爲方舟，我造的走獸飛鳥將進入你的身體。挪亞就這樣行。凡神所吩咐的，他都照樣行了。」我想最初人類對獸靈的解釋便是這樣，人類如同獸靈的方舟，是神爲了使物種延續，在災難降臨前使動物寄宿人類體內，這也是我創建方舟計畫的原因，然而後來我知道，所謂的方舟不是人類，而是獸靈啊！

麥克唐納教授無法平復，儀器發出令人焦躁的電子警告音，他的臉孔滾下滴滴汗水，皮膚脹紅。

我知道的，我看見也經歷了，因此什麼人類亞種的主題已被我棄之如敝屣，根本不值一提！人類是如此脆弱，獸靈如此強大，除此之外最重要的是，在另一個世界，人和獸靈結合以後，這名人類的靈魂將會永遠地被保留在獸靈體內，哪怕肉身死亡，這是一種嶄新的演化形式，人類的意識在獸靈體內永遠存在，這就是我們的未來……

「夠了，停下來，斯圖爾特，停下來吧……」教授的妻子細聲懇求。

那一瞬間，我彷彿看見了另一個世界的斯圖爾特．麥克唐納，他是一名罹患阿茲海默症的瘋癲老教授，他相信的事物無人相信，他看見的眞相也無人在意，只能在自己可以掌握的範圍內兜兜轉轉、無能爲力。我過了好一陣子才小心翼翼地回應：「但那是發生在另一個世界的事情，我們的世界沒有獸靈。」

你說的沒錯！正因如此，我一直在尋找通往另一個世界的入口！

留在寬闊螢幕上的文字，讓我睜大了眼睛。

我在另一個世界飄飄蕩蕩，看見了太多的東西，另一個世界存在著一面鏡子，鏡子連接著兩個世界。我一直提到自己作了場夢，那可是好長好長的夢啊！被學術界驅逐以後窮困潦倒的我，發生了一場嚴重車禍，有長達五年的時間是植物人的狀態，那五年我的意識一直附著在另一個世界的自己身上，我因此看見了……無數難以解釋的事情。麥克唐納教授面露苦惱：當我甦醒，儘管已近乎全身癱瘓，我仍窮盡一切心力，去尋找這個世界裡鏡子存在的確切位置，可我怎樣也找不到。在另一個世界，鏡子毫無疑問存在於名爲密冬的國家，到了這個世界……

我想起自己在機上得到的座標，不由自主脫口而出那個座標所代表的地點。麥克唐納教授打量著我，目光充滿屬於研究者，那無機質的冰冷與狂熱：你爲什麼會這麼認爲？

我只能將自己從鏡子上的水氣看見璐安的文字，再到飛機上耳機內傳來倒轉播放的歌曲、歌曲中的神祕人聲，而停頓的秒數暗示了一組座標，所有的一切都詳細向麥克唐納教授說明。

「當我剛來到這座博物館時，坐在這個位置上，我可以感覺得到璐安，璐安曾經在這裡，或者是在另一個世界的博物館……如果璐安給我的地點，每一個都是在告訴我他此刻的位置，那麼您所說的兩個世界的入口，可能是在最後一次璐安給我的座標上。然而我不明白，爲什麼璐安在那之前又要引導我來蘇格蘭，這樣一來不是浪費了時間嗎？難道我在第一次解讀時弄錯了璐安的意思？」

唔，我不認爲你弄錯了，反而比較可能是因爲時間的問題。

「時間？」

另一個世界的時間流速和我們這裡的不同，這是我在昏迷時發現的，而且另一個世界的時間流動無法以固定的頻率來計算，因爲他們的時間流動得或快或慢，取決於我們這個世界是否發生了足以影響他們的事件，有時候，他們的時間甚至不流動，然而他們是不會發現的。

麥克唐納教授解釋：以你的狀況來說，因爲你收到弟弟的訊息，並且相信了，你還大膽展開了行動，你的行動於是強烈地影響另一個世界，另一個世界必須模仿我們世界的一切才行，所以我猜測，你的行爲促使另一個世界的時間流動變快，而你的弟弟原本還不知道通道入口的位置。你剛才說，你的弟弟第一次傳給你的訊息只是希望你去找他，但第二次訊息出現時，他提到了鏡子……這意味著，傳遞第一次訊息時，他還不知道通道的入口在何處，只是單純希望你去找他，而到了第二次訊息時，他已經很確定通道的位置，並且產生了急迫性。

我沉默不語，內心卻更加焦躁。

此外你提到的一個細節讓我很在意，你說你的弟弟最近一次給你的訊息是透過倒轉的歌曲呈現的？

我點了點頭。

如果你弟弟最初是想表達他當下所在的位置，引導你來這裡確實有意義，但連接兩個世界的入口卻沒有那麼簡單。麥克唐納教授不知是如何操控儀器，此時原本只顯現文字的螢幕右下四分之一處，跳出了一幅世界地圖。另一個世界是我們這個世界的鏡像，所以另一個世界的位置或許指向某個國家，卻不一定是在那個國家……而應該是其倒映的地點，就像鏡子一樣，也像那首歌暗示的一樣。你可以把他給你的座標告訴我嗎？

我沒有猶豫，麥克唐納教授所說的內容，已經充分證明他對另一個世界的了解。對我來說，那更是對璐安的了解。現在我要抓住一線機會，哪怕只有一絲希望都要試試看。

我把座標抄寫在另一張紙上，將紙片交給麥克唐納教授的妻子。她立即協助查詢，並使用麥克唐納教授用於表述的儀器展現結果，如此所有人都能看見。螢幕上的世界地圖出現了一個紅點，緊接著，是與其相對的另一個紅點。

原本的座標位置在榆林市，那麼以整個地球A點到B點直通地心的鏡像來說，和其相對的是南美洲的巴塔哥尼亞。雖然從緯線來看，是紐約，不過……螢幕仍忠實呈現麥克唐納教授用腦神經元驅使電腦寫下的文字，可文字逐漸變得斷裂，他似乎陷入了某種困惑：南美洲……巴塔哥尼亞……南美洲……巴塔哥尼亞……符菌……對……我怎麼沒想到……

「怎麼了？」我問。

竟然是這樣，鏡子就在那裡嗎？我簡直不敢相信，尋找這麼久，理當就是如此，我怎麼會沒有想到？麥克唐納教授的嘴角流出唾液，雙眼變得渙散：符菌啊！符菌這東西，在另一個世界也存在，但只存在於獸靈體內，啊……這不就像是對映異構體那樣嗎？另一個世界的符菌能夠結合人類與獸靈，讓人類在獸靈體內永遠活下去，是生的希望。而在這個世界的符菌，卻會使人類滅亡。

「教授，您究竟在說什麼？」

我在另一個世界見過獸靈體內的一種特殊菌類，我以爲那只是模仿的關係……它長得和這個世界的符菌一模一樣，卻又截然相反，如同對映異構體的手性。而符菌最初的感染，就是從南美洲開始，但我們計畫裡的學者一致認爲就像蛙壺菌和毀滅地絲黴菌都不源於其首次感染的地點，他們判斷符菌也該是從別處經由航空運輸進入南美洲。但現在看見這個座標對映的地點，我理解了，原來南美洲就是符菌起源地，同時也是通道所在處，這讓我不禁相信，符菌就是從鏡子來的……去吧，現在那裡疫情狀況嚴重，但你非去不可，阿蘭用方舟計畫替你申請的證件會有用處，你不會有問題的，有人爲你前往另一個世界，並引導著你，你跟你的弟弟有著深切連繫，你一定能夠感應到他的所在處，那也是通往另一個世界的入口，快！你的時間不多了！

臨走前，我向麥克唐納教授道謝，卻也無法壓抑遺憾：「如果能更早一些認識您就好了，這樣或許就能更快找到鏡子，以及對抗符菌的手段。」

這一刻，麥克唐納教授看著我的眼神很奇怪，許久，螢幕上才出現文字：獸靈不僅僅是對抗符菌的手段。此外，在另一個世界我並不認識你，也不認識名爲璐安的孩子，我只認識莉莉·雷利，你也是一樣的吧？接收來自另一個世界的訊息是如此困難，以至於你也無從辨別你筆下的角色是否和現實中的人物有連繫，我想，我或許不曾出現在你的故事裡。

確實如此，我筆下的故事場景不曾發生於蘇格蘭，也不認識教授口中的莉莉·雷利。儘管有時撰寫的《獸靈之詩》故事能呼應現實，我的寫作卻總是片段且零散，腦海裡的故事角色除了璐安與自己以外，全都面貌模糊。我也從不費心爲角色取名字，有時想不到角色的名字，便以符號取代。

我朝這奇異的房間投去最後一眼，教授的妻子俯下身爲他擦汗、整理連結在他身上作用未知的管線。而螢幕上悄然出現了來自麥克唐納教授最後的訊息：

許多人相信，是突然出現的奇怪眞菌、黴菌、放線菌讓動物死去，讓人類死去。可是，因菌類滅絕的物種在比例上是如此稀少，絕大多數物種滅絕的原因，都是棲地被破壞。只有符菌才是衝著人類來的，而人類不願意相信，其他的物種之死，是出自我們的手筆。

我們早已身處末日，有時候我們想像的世界末日喧囂而明顯，實際上卻是非常安靜的物種滅絕。

賠罪——莉莉

「快點！快點！我等不及了啊！我已經等不及了！」惡靈歡快地叫喊著，像一團黑色的漩渦在莉莉身邊瘋狂盤旋，而莉莉無視惡靈的激動，鄭重地將泰邦的頭骨放在地面，接著依循正確的位置一一擺置年的骨骸，當一切就位，莉莉詢問的聲音迴盪在岩洞裡：「接下來該怎麼辦？」

「死者骨骸的條件已具足，接下來你需要骨骸以外的執行媒介，幾個手勢、圖像或文字，甚至一首歌，都可以幫助復生的進行。」黑羊平靜地解釋。

「太麻煩了！快點啊！別搞那麼複雜！快點就對了！」惡靈仍發瘋似地喊著。

「閉嘴。」莉莉說。黑羊站在陰影裡看了她一眼，由於和她維持著一定的距離，黑羊並不確定莉莉是否眞的說了話。他靜靜佇立，既等待適時給予協助，也讓莉莉主導模仿的施行。

其實在聽見黑羊說的話當下，莉莉便想到了年幼時苡薇琪和她一同詠唱的一百〇三首歌，老女巫曾說，她的最後一首歌甚至能夠帶回死者。

「對！那首歌！你想的沒錯，你做過的嘛，那就——」

莉莉記得自己唱過那首歌，帶回了死去的好友小童，那時她對模仿仍一無所知，也並不了解這首歌眞正的意思。

在黑羊的示意之下，莉莉開始唱誦，當她開口，惡靈安靜下來，過去的回憶亦被召喚，曾經她以爲這首歌的歌詞沒有絲毫意義，只是不斷呼喚著某人的名字，她曾經也以爲這首歌漫長而悲傷，彷彿沒有希望，但現在莉莉重新唱起那遺忘許久的歌，她發現歌詞講述的是路途遙遠的旅行。

因爲離開故鄉，所以沉重悲傷，猶如靈魂離開肉體，痛苦不已，然而距離再遠，旅者和故鄉之間的連繫是如此強韌，永遠無法忘懷。所以這只是靈魂離開肉體展開的一場旅行，任何時候，只要讓兩者之間的連結互相牽引，靈魂就能回到軀殼，死者也能重生。

莉莉專心致志地吟唱，黑羊走近幾步，認眞聆聽，從他的表情可以看出來，這名來自密冬的模仿師對灣島原住民女巫所創造的歌印象深刻，這是頗具詩意的模仿，來自無師自通的天賦，而非系統化的訓練，也因此渾然天成。這股模仿之力如同雨水、風和火焰，是源於大自然的力量，充滿強悍的野性，彷彿破綻百出，卻是完美無瑕。

「保持吟唱，接下來我會協助你開始復生，當你在內心驅使模仿力量，我也會調動我這邊的模仿，然後你必須開始回憶和你兄長之間的過往，愈細緻愈好，哪怕是你兄長皮膚的觸感，他說話的聲音，他的思考方式、肌肉的紋理，不同的風吹過他頭髮的樣子，不同的雨落在他身上的樣子，不同的季節、光線、氣候使他體溫產生的改變……任何和你兄長有關的細節，都要無限地編織進模仿中，在復生成功以前絕對不能停止。」黑羊在莉莉耳邊悄聲說，同時舞動手指，調動模仿之力。

莉莉無暇回應，只是聽從指示，同樣以心靈驅使模仿的力量，漸漸地，地上的骨骸在發光。

先是泰邦頭骨後方，由苡薇薇琪刻下的圖騰在發光，隨後光芒蔓延至整副頭骨，接著是年的骨骸，一點一點，光線愈來愈強，而莉莉閉上眼睛，讓自己沉入與泰邦的回憶之中。

她對泰邦的第一個記憶是他的笑容，泰邦的笑容就像太陽，溫暖地包圍著她，懂事以來她就在泰邦的笑容裡成長，看見哥哥笑的時候，莉莉感覺再也沒有煩憂。

再來，是泰邦對她說的第一個故事，和他們部落的傳說有關，那也曾是她最喜歡的故事：很久很久以前，他們的祖先踏上旅程尋找新的定居地，那是一個接近神的男人，因爲他的身上有兩個與伊古結合的傷疤，要知道一般人通常只能跟一隻伊古結合，像他這樣與兩隻伊古結合的人，擁有非常強大的力量。

「那他的伊古是什麼呢？」莉莉彷彿聽見自己正好奇地問。

而泰邦柔聲說：「他的伊古是一隻熊鷹和一隻雲豹，他在熊鷹的帶領下翻越聖山到古茶布安，而他的雲豹在嘗了一口那兒的溪水後，再也不願離開，於是古茶布安就成爲我們的發源地。」

泰邦的笑容是她的太陽，泰邦的擁抱成爲她的家，泰邦的聲音是音樂，泰邦的故事構築她看待世界的角度、她的整個人生，甚至是性啓蒙。泰邦教導她如何狩獵，泰邦引導她相信人類的善意，對世界的好奇心，泰邦的外表和她是如此不同，使她意識到自己渴望成爲女性，這樣才能與泰邦匹配，就算她永遠也不會是眞正的女人，那也沒有關係。她知道泰邦會永遠愛她，無論她在哪裡，無論時間過去多久，無論她的外表變成怎樣、是不是有刺青，他都會認出她。

淚水從莉莉緊閉的眼睛裡流出，她沒有停止吟唱，也沒有停止驅使模仿之力，在她腦海之中，不用親眼目睹也能「看見」眼前的景象，泰邦的血肉內臟正一點一滴生長，匯聚所有莉莉的記憶、情感和力量，緩緩依附到年的骨骸、泰邦的頭骨之上，悄然滋長。然後肌肉構築出來了，皮膚亦然，細小的毛細孔和毫毛在搖曳的火光中閃亮如金，泰邦的指甲、頭髮、身體上的所有細節都一一長成，莉莉耳邊傳來一聲溺斃般的吶喊，那是泰邦的聲音。

他復活了。

最開始，莉莉幾乎喜極而泣，她打從心底相信泰邦復活，可泰邦看見莉莉，他問：「你是誰？」

莉莉不知該如何回答，她碰觸自己的臉，意識到她依然以竹鶴安子的面貌示人，或許是因爲這樣，泰邦才認不出她。可是不對啊，透過泰邦頭骨上的圖騰，莉莉知道泰邦藉著獸靈的力量見到在格列斯卡的自己，他也看見了安子，照理說不應該認不出這張臉才對。

然後莉莉明白了，由於失去獸靈，這個經由復生重回於世的泰邦並沒有看見未來的記憶。即便如此，曾經隔著遙遠的時空，哪怕她改變了外貌性別、在臉上刺青，**她的泰邦**依然能夠認出自己……那麼，如果這個經由復生重現的泰邦無法做到同樣的事情，是否意味著他根本就不是眞正的泰邦？

那晚，莉莉和黑羊爭吵，她認爲若不是年的骸骨有問題，就是黑羊和她的模仿不夠完善。由於無法確定復活的是完整的泰邦，是她的泰邦，莉莉執拗地讓泰邦長時間沉睡，好似下定了決心，除非確認這個泰邦完美無瑕，否則她不會撤除令他昏睡的模仿。期間惡靈在她耳邊盤旋慫恿，讓她帶著這個泰邦去密冬尋找眞正的泰邦。

但莉莉總感覺不對。

不對，惡靈的泰邦不是她的泰邦，這個由她復生的泰邦跟她之間的關係依舊無可取代，他們共同擁有在克羅羅莫生活的回憶，這是另一個世界的泰邦——哪怕是「眞正」的泰邦，都不會有的東西。

最終是黑羊無奈退讓，他說：「我用模仿送你回天使中立國一趟，你去見見我替你復活的竹鶴安子，你就會知道，我的模仿沒有問題，在我的幫助下，你的復生也是成功的。」

乘著黑羊的模仿，莉莉短暫地回到天使中立國，見到了已在普利坦尼亞成為舞台劇演員的竹鶴安子。

僅僅是從遠處竊望安子在劇場外的小巷裡抽菸，等著排練，莉莉卻無比清楚，那確實是安子，眞正的安子，就和她記憶中一樣，不是一個假物。這意味著黑羊的模仿沒有問題，模仿本身也確實能夠做到任何事情。她看著安子手指夾菸的手勢，她依舊選擇在普利坦尼亞的一間咖啡店兼職，她嘴角洩漏的俏皮微笑，眼睛下方因長時間睡眠不足產生的黑眼圈，她經常趁四下無人時喃喃自語地念著馬克白夫人的台詞，一切的一切，都是安子。

是她，莉莉知道。

回到灣島那陰暗的岩穴中，黑羊十年如一日般地等在那裡，看上去怡然自得，與她陰暗的神情兩相對比。

「你看起來並不怎麼高興。」見到莉莉，黑羊開口。

「我想要泰邦回來。」莉莉試著說：「我希望復活泰邦，可是……」

「『如果復活的泰邦是眞的，那死去的是假的嗎？』你是這麼想的吧？因為二者對你來說似乎很不一樣。」黑羊慢條斯理地道：「反之，如果你復活的兄長是假的，你又為何要復活他？你終歸要面對這個課題，每一個模仿師，都必須找到自己的答案。」

莉莉拚命嚥下從胃部湧起的酸液，她早就知道了，甚至從容地和劉阿咩談論過類似的問題，可當事情發生在自己身上，她就是無法看清。

「你說這個世界是假的，一切都是虛假，所以才能夠以模仿復活死者，但無論如何，復活的都只是對另一個世界眞物的模仿……我模仿的這個泰邦，也是一樣，他是假的。」

事實上，在莉莉的內心一直都知道，曾經屬於她的那個泰邦——十五歲，在頭骨上爲她刻下圖騰的泰邦，已經死了，早就死了，不會再活過來，她已經錯過了，十年，整整十年，就算復活了泰邦，也只是對那段珍貴時光的粗糙模仿。

莉莉快步走進岩洞深處，她伸出手，碰觸沉睡泰邦的脖子。

「你要做什麼？」黑羊察覺到不對勁，來到她身後問。

「拆了他。」莉莉囈語般地說：「我要拆掉，然後重做。」

「不會改變什麼的。」黑羊的聲音帶著一絲悲憫：「無論重做多少次，重新復生多少次，你的兄長都還是假物，這個世界的一切本來就不是眞的。」

「可是那樣不就一點意義也沒有嗎！」莉莉猛然轉過頭，流著淚大吼：「如果不是我的泰邦，那不就一點意義也沒有嗎？如果不是以前那個泰邦，屬於我的唯一一個泰邦……」旋即她嘴唇顫抖地低喃：「鏡子！密冬有一面可以通往另一個世界的鏡子，我要跟你去密冬，找到鏡子，就可以……」

黑羊瞇起眼睛，沉聲問：「你從哪裡聽來的？」莉莉卻沉默不語。黑羊遲疑片刻，最終嘆口氣：「那面鏡子隱藏在密冬皇宮中，要找到並不容易。你現在的狀況很不穩定，我不知道是不是該帶你去。」

莉莉艱難地呼吸，感覺再也無法承受，她是安子，竹鶴安子，所以可以從璐安對泰邦的感情中抽離，也能夠忍耐失去他的痛苦，因爲她是安子……但不可能啊，世界上只會有一個竹鶴安子，獨一無二的安子，而那個安子已經回來了，如果她還頂著這副樣貌，不就意味著那個復活的安子是假的嗎？不、不、不，她必須變回璐安，可是不行，她不能變回原來的樣子，她無法承受……

「不、不、不。」

在黑羊面前，莉莉融化了。

黑羊花了很長的時間爲莉莉重新塑形，包含安子的皮囊。只有皮囊，因爲安子的模樣對莉莉來說最有安全感，穿戴這副模樣，她就不是失去泰邦的璐安，也不是失去記憶錯過一切的莉莉。黑羊細心地在外表和內裡間加上一層隔絕情緒的模仿，這樣一來，莉莉將不會被安子的外表影響內在的記憶和情感。然而無論黑羊的模仿技術再怎麼精湛，莉莉都可以感覺到不僅僅是模仿對象的外表影響著她，還包含她的心，她的心如此善於移狀，以至於當她無法控制自己時，她會在無意識的情況下行使移狀，那就像是她被整個世界撕扯得分崩離析。

「稍微休息一會，我很快回來，要前往密冬，必須把賠罪船準備好。」黑羊說著，言詞間洩漏他的妥協，腳步聲漸漸遠離。

莉莉閉上眼睛。

「還有希望。」惡靈悄聲說：「你的泰邦還有救，你想要那個屬於你的泰邦回來，無論你變成什麼樣子，都能夠認出你的泰邦，沒問題，還有機會，但你必須快點去尋找那面特別的鏡子，透過鏡子找到我的泰邦，就能幫助你……」

她陷入不安穩的睡眠，夢境凌亂而繁雜，她生命中曾相遇的人們在夢中顯現，小童、貨船上的男人、安子，還有長大成人的阿蘭。阿蘭被圖騰吞噬前斷斷續續、艱難地向她哀求，可莉莉不爲所動，突然間她卻成爲了阿蘭，爲愛後悔，終於背叛，她的臉被圖騰一口一口咬下。

她放聲尖叫，發現自己再次對模仿失去控制，這時她的手被人溫暖地緊握著，像是狂風暴雨中令她安定的錨，當她的理性回歸，她注意到沉睡的泰邦不知爲何醒了過來，正擔憂地看著她。

然後他又說錯了話：「你是金雞神女的人？你是金家人？」莉莉伸手碰觸自己的臉，驚慌地意識到由於力量失控之故，她此刻顯現的是她原本的模樣。而泰邦的問題……讓她覺得好失望。

「看吧，就算見到了你原本的樣子，他也沒有認出你。如果你要屬於你的泰邦，就必須去找到眞正的泰邦。」

莉莉的心一點一點變冷，當她低下頭，她見到了那隻獸。

既是里谷烙，也是伊古，是克羅羅莫傳說中的生物，更是她曾經的噩夢，是奪走泰邦的可怕存在……一隻雲豹模樣的獸靈。嚴格來說，莉莉不曾見過牠，也不曾眞正聽泰邦提起過，是在泰邦透過頭骨上的圖騰傳給她訊息時，莉莉看見了泰邦的記憶。

她下意識抬手調動模仿之力，她要除掉會阻礙她和泰邦幸福的絆腳石，她必須如此，可當泰邦挺身擋在雲豹前方，莉莉心軟了。阻止她的，還有雲豹那雙原生態，純粹而無辜的眼睛，不知爲何，莉莉總覺得自己曾見過那樣一雙眼睛。

她心中一陣酸楚。

最終她讓泰邦帶著雲豹，他們將前往密冬，而莉莉繼續扮演一個對泰邦來說殘酷無比的陌生人，但這都是爲了泰邦好，是爲了**她的泰邦**，當泰邦完完整整復活，不再像現在這樣是個半吊子，他一定會認同自己做出的決定。

在黑羊的帶領下，他們乘上了名爲賠罪的巨大黑船，泰邦和雲豹待在船艙，莉莉則佇立於甲板，遙望遠方逐漸變小的伊哈灣。

惡靈周遭圍繞黑色火焰，飄浮於半空，出奇安靜，打從莉莉同意前往密冬尋找通往另一個世界的鏡子，惡靈一直很安靜，但那模樣不像是惡靈在平靜地等待目的地抵達，更像是隱忍著強烈的狂喜。

而那是惡靈期待盼望了好長好長一段時間，才終於觸及的夢想。莉莉別過目光，由於惡靈是另一個世界的自己，莉莉完全能夠理解惡靈的心情，惡靈某種程度上是爲了他的泰邦才來到這個世界，既然找到那面鏡子可以讓另一個世界的泰邦前來這裡，惡靈的心情恐怕是前所未有的躁動喜悅。

一陣狂暴的海風吹過，莉莉伸手撥開頭髮，感覺身旁有人接近，她側目一看，是泰邦。

莉莉仍稱他爲泰邦，畢竟眼前的泰邦是他死時的模樣，和莉莉記憶中的形象所差無幾。只是如今莉莉長得比泰邦高了，低頭看泰邦，是莉莉不曾體驗過的古怪經歷。

「浪很大，回船艙裡去。」

「伊古讓我來的。」泰邦說了奇怪的話，使莉莉唇上泛起一絲冷笑。

她不相信那陰險的生物會有那樣的意志，她也不相信泰邦，因此莉莉只是重複：「回去船艙裡，風愈來愈大了。」

「你的臉是怎麼回事？」泰邦卻很堅決：「上次我看到你的臉被看不見的東西一口一口咬掉……你沒事吧？」

莉莉盯著泰邦，沒有回答，她冰冷的視線讓泰邦發抖。「你來找我只是想問這個？」

「不……我……」眼看泰邦咬著嘴唇，遲疑著終於開口：「你顯現出的一張臉，有刺青的臉，是你眞正的臉吧？我以爲你是金家人，所以把我綁來這裡，更禁止我去找璐安，可是，現在我不確定了。」

「是嗎？」莉莉平靜地問：「爲什麼呢？」

突然之間，泰邦的手碰觸莉莉的臉，讓她吃了一驚，她感覺到泰邦粗糙的拇指在她臉頰上來回擦拭。莉莉想揮開泰邦的手，但猶豫片刻後，還是放任泰邦動作，過了一會兒，泰邦有如大夢初醒般抽回手。

「對不起。」泰邦喃喃地道：「那些刺青讓我想到璐安，他有一陣子常常不小心把黑炭弄到臉上，我不知不覺就……」

「我現在的臉沒有刺青。」莉莉簡單地說。

「對，抱歉，我不知道自己怎麼了。」泰邦再次抬頭望著莉莉：「你能不能放我走，讓我去找璐安？我相信你不是金家的人，你沒有傷害我的意圖。」

莉莉笑了。短短幾天，他已經變得就像眞正的泰邦那樣，既聰明又有勇氣，儘管如此，他還是沒有認出她。

因此，她也不會揭露。

「那是不可能的。」莉莉回答，見泰邦還想爭辯，她伸出食指放在唇上：「不要，不要再問我這些問題，不要惹我生氣，否則我會把你和獸靈分開，現在，回船艙裡去。」

泰邦臉上閃過的痛苦讓莉莉幾乎後悔，見他跑回船艙，莉莉張開嘴想說什麼，惡靈卻在此時開口。

「別同情有缺陷的假貨啊。」那黑暗、冰冷的聲音輕輕地說：「那不是眞正的泰邦，說穿了只是個半成品，你還需要眞正泰邦的靈魂，他在另一個世界的入口等待你，同情他吧，他也一直在尋找著你。」

聽見惡靈的話，莉莉眼睛裡閃過一道光芒：「你說另一個世界的泰邦也在找我？那是什麼意思？他同樣也在尋找通往這個世界的入口嗎？另一個世界也有一面特殊的鏡子嗎？」

「當然，我一直努力留下線索給他，讓他最終能前來鏡子這裡，你的問題也是愚蠢至極，倘若另一個世界沒有鏡子，通過這個世界的鏡子要如何才能抵達另一個世界？」

惡靈說罷飛竄進烏雲密布的天空，帶著瘋狂而強烈的情感，惡靈身上的火焰在風暴湧動的空中熱烈燃燒，宛如一顆黑矮星。

「終於呢，我等待的時刻要到了，容器和讓他永遠活下去的手段也準備好了，這一整個世界，我已爲他準備好了，現在我只需要等待，沒關係，我已經等待了這麼久，再多等一些時間又有什麼關係呢？」

惡靈放聲大笑，失神狂亂地笑、悲哀痛切地笑，那笑聲呼應莉莉空洞的內心，竟產生說不出的共鳴，這一刻，莉莉深深理解了自己和惡靈之間有多麼相似，他們都是深愛著泰邦，爲此不惜犧牲一切的璐安，無論在哪個世界，璐安都是爲泰邦所造的，他們永遠將泰邦放在心中的第一位，爲此哪怕成爲惡靈，哪怕失去所有，他們都在所不惜。

莉莉轉身走向贖罪船另一頭的身影。黑羊宛如沒有察覺愈發陰霾的天空以及群聚頭頂的烏雲，他靜靜坐在欄杆之外，望著腳下僅需一步就會踏空的黑色潮水，沉浸於思考。

「到了密冬，我們要面對的是什麼狀況？」莉莉不客氣地問。

「我不知道。」黑羊沒有看莉莉，他毫無情緒的臉孔使莉莉想起他們在金家和白猿的對峙後，黑羊展現出的滔天怒火。有那麼一瞬間，莉莉以爲黑羊終於對自己失去耐心，但很快地，黑羊開口回應，語氣平靜且坦然：「我不知道密冬現在的狀況，爲了找你，我有一段時間沒有回去了。白猿那傢伙奪走了導師的靈魂，甚至是其他模仿師的靈魂，但導師透過白猿傳達給我訊息，讓我覺得整件事沒有那麼簡單，白猿恐怕陷入了巨大的麻煩。」

莉莉沒問黑羊他打算怎麼做，這是黑羊和白猿的事，她現在只在乎那面能通往另一個世界的鏡子，只要再一下下，再等一小段時間，她便會見到眞正的泰邦，到時候，她作爲「璐安」時永無止盡折磨著她的痛苦會停止，她會得到期盼許久的幸福與滿足，因爲她和泰邦將再也不會分開了……

「你渴望見到的那面鏡子。」這時，彷彿看穿了莉莉的想法，黑羊緩緩說道：「如果你找到了鏡子，卻還是不能滿足你的願望，那該怎麼辦？」

莉莉沒有回答。

「你知道你的模仿還很不穩定，可能是心理上的原因，到了那裡，要多加注意。」

莉莉來不及說些什麼，天空突然下起大雨。

雨勢驚人，伴隨掀起滔天巨浪的狂風，以及惡靈癲狂的笑聲、熊熊燃燒的黑焰，賠罪船此時已不見早先停留在岸邊時的雄偉，它只是汪洋中的一片葉子，唯有隨波逐流，甚至無法繼續穩定地在風雨中前進。

「已經接近了，這是白猿設下的屏障，你得回去船艙。」黑羊踏上浪尖，好似腳下踩的是陡峭一些的階梯，他以模仿之力在賠罪船四周的浪邊遊走，施展強大的模仿技術，以便穩定船身，莉莉深知自己幫不上忙，她懂得還太少，也缺乏力量，只好聽從黑羊的話離開。

賠罪船的船艙陰暗寬闊，可以想像曾密集地承載、容納多少有價値的貨物，甚至是活生生的人，貨品被裝進船艙，賠罪便得以往返密冬與灣島。而在這時，偌大的船艙內僅有蜷縮在角落的泰邦和獸靈。

看見莉莉，泰邦的表情像是痛苦，更多的則是恐懼，他將臉埋進手臂，不願看莉莉。而獸靈蹲踞在泰邦身側，舔著他的手，那讓莉莉感到嫉妒。

如果是她的泰邦……她搖了搖頭，甩開更多的「如果」。

就連比較都沒有意義，這個無法將她認出來的泰邦，連跟眞正的泰邦去做比較，都只是對眞正泰邦的褻瀆吧。當船身再一次劇烈震動、上下搖晃，泰邦因失去平衡即將被甩向船艙另一頭，莉莉情急之下伸手拉住他，另一手企圖以手勢建立模仿，可是在她眼前，手指竟像融化的蠟無法精準塑形。

她又在移狀了，被整個世界移狀。

她無法控制自己，愈是想要掌控這股模仿力量，那力量就愈是將她吞吃。

她看著泰邦向驚慌低吼的雲豹爬去，試圖也把牠拉過來，但莉莉什麼也做不到了，此刻不僅僅是手指，就連她的身體都開始融解。

「該死！」爲何偏偏是現在，就在她最需要力量的時候。莉莉著急地向泰邦靠近，想像自己無限延展，如果不能有穩定堅實的身體，至少就像一張毯子般將他安全包裹。此時船身隨浪起伏搖晃，有愈來愈激烈的趨勢，莉莉察覺外頭有兩股截然不同的模仿力量在互相對抗，一股力量如夜漆黑，一股力量則是空泛、虛無的白，以這艘船作爲戰場，兩股力量此消彼長。突然間，莉莉辨別出黑羊的模仿變得紊亂。他在幹什麼啊？但莉莉很快理解了，兩種模仿中出現了第三種模仿，鮮紅如黃昏，將黑羊的力量打散。

於是這艘船不再受黑羊保護。海水湧進船艙，周遭的牆面在來自四面八方的海浪拍打下逐漸滲水解體，莉莉耳邊迴盪著惡靈的笑聲、風雨和雷電，以及泰邦的心跳。

當整個空間猶如無法繼續承受壓力的氣球由外向內破裂、爆炸，莉莉感覺到所有的吵雜聲響全都被海水淹沒，陷入一片寂靜。

離開亨特動物學博物館後，我搭機從格拉斯哥到阿姆斯特丹，再從阿姆斯特丹到布宜諾斯艾利斯，接著轉往埃爾卡拉法特。

隨著愈接近目的地，內心愈感到不安，密集且長時間的旅行讓我疲憊至極、頭痛欲裂，可是還不能休息。轉機的等待過程中，我用機場網路查詢座標，確實指向巴塔哥尼亞特定地點，然而我發現那組座標所在地什麼也沒有，是毫無人煙之處，距離最近的城鎮是名爲查爾騰（El Chaltén）的小鎮，但也有一段不遠的距離，我不曉得那樣的荒地怎麼可能隱藏著一面能通往另一個世界的鏡子，於是查爾騰鎮成爲我最初設想的目的地。

埃爾卡拉法特的機場幾乎沒有工作人員，也沒有任何旅客，我彷彿走入一座空城，只有海關關員在護照上蓋章，以平板的英語告訴我：「所有人都走了。」

「不好意思，我不明白……」

「符菌疫情在這裡很嚴重，許多孩子病死，大人們也都逃了，不過你有專業研究證，所以可以入境，但別做多餘的事情，我們不歡迎多管閒事的外來者。」

我頷首表示理解，到了空蕩蕩的機場大廳，看見無人的服務台旁有泛黃的觀光手冊和地圖，似乎已擺了很久，我將手冊和地圖放入背包，打開手機下載地圖確認座標位置，即便因爲疫情的關係，沒有交通工具可供搭乘，我也要用自己的雙腿抵達璐安告訴我的地點。

步行三個鐘頭後，我在馬路邊遭到搶劫，對方有兩人，戴著口罩、開一輛小貨車，事情發生得很快，他們在我身邊停車，下車後以小刀要求交出身上所有值錢的東西。與他們爭執沒有意義，我立刻把手機、錢包、信用卡等貴重物品都交給了其中一人。他們又檢查了一遍，確定已經沒有值錢的東西後，他們看著我，出於奇怪的同情，給了一點水和乾糧，也讓我留著只剩地圖、觀光手冊和一本筆記本的背包，隨後他們揚長而去。

我彎腰撿起過程中在地上摔斷、剩餘一半的原子筆。他們沒有要我的外套，這是好事，我輕撫藏有璐安遺書的暗袋，剩下的物品可以再支撐一天，甚至兩天，只要能抵達查爾騰鎮，確定璐安讓我前往的座標位置，其他都不重要。

不用再浪費時間窺伺另一個世界了。

我對自己說：很快就能親眼看見。

——這就是我近乎所有的旅程。

至少來到南美洲以後，我沒有再收到更多璐安從另一個世界傳遞的消息，我有一種感覺，是時候了，就快到了，即將抵達終點。

清晨的陽光照耀在遠方的菲茨羅伊峰，將其渲染成一片金黃。離開伊納家，步行前往登山入口，過程中沒有遇上任何人。面前，菲茨羅伊峰看起來確實宛如野獸巨大的牙齒，從這裡開始，一切都將無法控制，我伸手碰觸裝有璐安遺書的暗袋，內心期盼能在最後得到好的結果。

我從伊納準備的背包內找到ＧＰＳ，打開設備，等待ＧＰＳ找到三個衛星後，我輸入座標開始追蹤。隨著時間過去，我走過布維塔斯河上方的吊橋，來到菲茨羅伊峰山腳下的森林。穿越充斥山毛櫸的森林，踏上前往菲茨羅伊峰的上坡路，路主要由冰雪和岩塊所組成，幾乎像是另一個世界。巨大的石塊錯落於前方，必須謹慎避開，小心不被絆倒，我就這麼走著，不知過了多久，終於看見昨晚和伊納交談時他提到的三之湖（Laguna de los Tres），湖水碧綠的色澤呼應後方的菲茨羅伊峰，可謂美景，我卻沒有心情欣賞。

符菌疫情以前，一般遊客若沒有攀登菲茨羅伊峰的計畫，往往到了這裡便會停步，留下來拍個照片便打道回府，但我不能這麼做。我低頭檢視ＧＰＳ，知道自己距離座標位置還有一段距離。我只能繼續前行，愈來愈接近山，周遭毫無人煙。有那麼一瞬間，看著眼前的菲茨羅伊峰，我竟想起家鄉的山。

菲茨羅伊峰和北大武山理所當然很不一樣，部落裡的長輩曾說，人死後若能回到聖山，就是善終。對我而言，卻只有和璐安一起在山中玩耍的回憶，使我覺得死在那座山會是幸福的事情。

我心中閃過疑問：爲什麼非得是這座山呢？爲何通道在此處？是巧合嗎？

突然間，我彷彿聽見了模糊的人聲：「這裡就是鏡子的另一端。」聲音如鬼魅般浮現，也如鬼魅般消逝，我再次置身冷氣冰涼的體育館，孩子們於夜間尖叫著來自另一個世界的話語。

那聲音從哪裡來？又往哪裡去？我試著尋找聲音的源頭，時間一分一秒消逝，我走上一片雪坡，隨即遭遇天然峭壁阻擋，雖試著繞過去，這時巴塔哥尼亞高原的狂風卻席捲而來，使我避無可避，與其停在原處逐漸失去體溫，我想著應該繼續往前走。可是風實在太大了，甚至夾帶霜雪，我盲目地摸索眼前的土地，由於全身凍僵，幾乎動彈不得。彼時再次聽見了虛無縹緲的山中回聲，無數來自另一個世界的亡靈爭相唱和，那些話語、對答沒有來由，也沒有講述的對象，卻比上一次聽見時要近得多。

「這裡就是鏡子的另一端。」

「我的身體呢？我的身體在哪裡？」

「……我以爲我回到了靈山。」

「不過是沒有任何模仿力量的物質世界……」

「紅鳳大人追尋的第六種模仿，原來並不存在。」

我掙扎著抬頭，想確認那些聲音的來處，或許就能發現通往另一個世界的鏡子。愈來愈大的風雪中，扭動的影子在天空飛來飛去，紅色、黑色與白色交雜的幢幢鬼影，它們咧嘴露出扭曲的表情：

「好苦啊！」

「救救我、救救我的弟弟！」

「神女騙我上了那艘船，我根本沒有反叛……」

「我明明是模仿師，力量怎麼會消失不見？」
「我的身體在哪裡？」
「那裡有一具身體。」
「喂，幫幫我們。」
「來啊。」
「來啊，占據那身體。」

我聽見它們悲苦的尖叫，伴隨狂風飛掠而來，我只能壓低身體試圖躲避。時間過去得愈久，身體就愈虛弱。恍然間感覺有人在拉扯我的褲子，眼角餘光瞥見一道矮小黑影，是那個骷髏人，它以骨手比出的手勢清晰可辨，指向白茫茫中一處毫無異狀的地方。我別無他法，以趴伏的姿勢緩緩爬向該處，未久，竟發現一處山洞，我立刻躲藏進去，等待風雪減弱。

那些尖叫變得像是幻覺，隨風遠去，即便如此，外頭惡劣的天氣使我依舊寸步難行。我不曾經歷如此酷寒的天氣，來巴塔哥尼亞以前雖已買了保暖衣物，卻仍不夠。我瞇著眼睛將臉藏在衣領裡，試圖保護臉部皮膚和眼睛不被風雪傷害。卻由於低溫之故，我頭痛欲裂，呼吸也愈來愈困難，吸入的每一口空氣都冰冷如刃，令胸腔劇痛。

「你不能在這裡。」我再次聽見骷髏人說：「回去，回家去。」

我勉強側過頭，想問它到底是誰，也想告訴它，失去璐安以後，我早已無家可歸。隨後我看見只有成人一半高、慘白空洞的骷髏，其身上出現白色與黑色交雜的火焰，火焰中它掩住面孔，彷彿承受著極大的痛苦，然後漸漸地，骷髏長出血肉、皮膚，在我面前，是我所見過最矮的人類，矮小而皮膚黝黑，但人影的面孔，卻使我有股說不出的熟悉。

那鼻子是我離世父親的鼻子、嘴唇是母親的嘴唇，那臉頰、眉毛、額頭的形狀，匯聚爲我和璐安早已消亡的親族。我終於明白，這是我們族裔的祖靈。是苡薇薇琪和我道別時曾提到的，會保佑我的祖靈……矮黑人，已經消失的古人種，是嗎？是這樣嗎？我陡然發出笑聲：「所以你來阻止我，因爲你不想讓我去找變成惡靈的璐安？我不需要你自以爲是的干涉！給我滾！我要去找璐安，無論發生什麼，我都要找到他！」

我哭著、吼著，直到筋疲力盡，模糊的視線幾乎什麼也看不清，只依稀看見黑影往洞穴出口靠近，祂就坐在洞口邊，靜靜地守望。

「對不起。」許久許久，我喃喃著說：「你從台灣一路陪了我這麼遠，我卻這樣對待你，原諒我吧，我不知道我在說什麼，我只是……只是好想見到璐安，如果通往另一個世界的入口就在這裡，我多麼希望能快點找到。」

連眼淚也漸漸凍結成霜，我閉上眼，又張開，似乎睡著了，卻再度醒來，已過了好些時間吧？我望向洞口，骷髏人已經不在，而外頭的雪終於停了，也沒有那些來自另一個世界的聲音。我用盡全力調動身體的肌肉，迫使自己站起來，洞穴之外，沒有風雪的阻礙使我得以看見橫越到另一頭的凹陷處，我花了一些時間攀爬，總算發現另一條冰川，順著冰川繼續前行，便能攀抵更高的地方。

儘管攻頂並非我的目標，然而GPS顯示還未到達預計的座標位置。

還要多久？我的身體狀況太過糟糕，恐怕撐不下去了，可是就要到了，只差一點點。這時候，我心中僅剩一簇微小但明亮的火苗，它在熊熊燃燒，甚至讓內心充滿超乎尋常的執著與瘋狂，我暗自祈求：讓我和璐安見一面吧！如果根本不存在通往另一個世界的鏡子，我也不介意就這麼死在這裡。

是啊，陷入瀕死狀態能夠暫時看見另一個世界，那要是眞正死去，說不定就能立即前往另一個世界，見到璐安。此時此刻，我已經什麼都不在乎。

我繼續前進，接下來的路途是如此艱難，必須利用攀岩工具才能接近座標位置，我不免有些困惑，這樣的地方怎麼可能會放著一面鏡子呢？自然之母雕刻創造的山峰殘酷、冰冷而大膽，絕無可能留存那般屬於人類的脆弱造物。這時我只能專注於簡單的肢體動作，否則可怕的高度將輕易地結束我的生命，最好的情況也是致殘。在一片冰天雪地之中，我還必須小心注意覆蓋住植物和岩石的霧凇。

只在一瞬間，我又聽見了來自另一個世界的聲音，彷彿就貼在耳邊：「把身體給我」、「一切都與導師說的不同」、「沒辦法啊，這具身體有人保護」、「來玩吧來玩吧，這是我們的約定」、「你爲什麼不救我？」那些聲音猶如尖叫，我不小心滑了一下，整個人便順著冰霜往下翻滾，我什麼也看不見，天空在旋轉，雪和地面也在旋轉，山頂的雪霧滾滾而來，我最終跌落山崖，極短的時間裡，我用力閉起眼睛，以雙手保護頭部，想起了那天看見璐安懸掛在門框上的樣子，那時璐安的心情也是如此嗎？絕望、痛苦、無助，可是沒有人可以救他，哪怕是璐安唯一也是最愛的哥哥，都沒有發現他身陷絕境。

下一秒，左腿一陣劇痛，伴隨物體斷裂聲，好長一段時間，我無法呼吸，卻仍不斷喘氣，一遍又一遍告訴自己絕對不能昏過去，要是昏過去就完了。最後，還是求生的本能幫助我保持意識的清晰。當確認只有腿部劇烈疼痛，其他身體部位僅有一些擦傷，我想應該是摔斷了左腿，除此之外並沒有傷及重要器官。

即便如此，狀況也不容樂觀。

我張開眼睛，耳邊傳來自己急促的呼吸聲，肺部因冰冷的空氣抽痛不已，我呻吟著小心翼翼坐起身，看見左腿以奇怪的角度彎折，幸好骨頭沒有刺穿皮膚。我四下打量，意識到此時自己整個人落入覆蓋著冰雪的岩縫間，夾縫位於險處，恰好能容納一人，卻沒有足夠的空間讓我回到原處。我就這麼被困在這裡，或許永遠也不會有人發現。

這裡全是冰，根本沒有什麼鏡子。我想：也無法離開夾縫，只能等死。我用完好的那條腿踢蹬著，希望能把自己撐上去，但周遭霜雪被我的體溫融化，變得濕滑無比，只能手腳並用，又踢又扒，就在這時，我發現沒受傷的那隻腳陷入了冰雪之中，便試探地踏了幾下，感覺岩縫底部似乎還有很大的空間。

「救救我」、「救救我」……耳語般的聲音從岩縫底端傳來。我閉上眼睛，理解自己必須如此，再次張開眼，我讓身體隨冰霜向下滑行，一點一點地，整個人緩緩滑入奇怪的雪洞中。

這處雪洞比原來待過的山洞還要大一點，不僅可以容納我的身體，還有回身的餘地。而在這兒，來自另一個世界的耳語幾乎是清晰無比，他們哭喊著、尖叫著，宛如近在咫尺。心念一動，我拉開內袋拉鍊，取出GPS，不可思議地，我恰好處於座標之上。

懷抱著不安與希望，我拖著斷腿往更深處爬去，幾乎就像爬進了充滿痛苦嚎叫的冰霜世界，緊接著，我看見地獄般的光景。

一片結凍的冰層，就在雪洞最深處，古老而巨大。冰層最外部正涓滴融解，但在冰層之外，有一具遺體，以及滿地的血、骨頭、深紅碎肉，上頭覆蓋白霜。

我匍匐接近屍體，是迷失的登山客？碎肉跟血可能是對方為了求生獵殺的野生動物。然而我檢查周遭，卻沒有任何登山杖或背包等爬山用品，也沒有幫助狩獵的工具。實在太奇怪了，屍體表面也還未結霜，應該遇難不久，意味著那些碎肉早於男人出現在雪洞裡。

怎麼想都想不通，索性不再思考，反正照目前的狀況來看，這個男人就是我未來的下場。我抬起頭，打量面前的冰層，想起伊納曾提到符菌或許是冰層融解導致古代的病原體釋出，因而符菌最初主要傳染的地點在南美洲。

這解答了我的疑惑。

冰層外部正緩緩融化的表面，形成了一面「鏡子」，這裡就是通往另一個世界的入口，同時也是符菌誕生之處。在這裡待了這麼久，恐怕我會染病也不一定，可是那又如何呢？我不在乎死亡，也不在乎被符菌感染，只要可以見到璐安。

我心跳加速，嘴裡不斷地喃喃著祈求。

拜託，拜託，求求你。

我爬過被血肉弄髒的碎冰，慢慢接近冰層，然後，看見不可置信的景象，視線立即被淚水模糊。冰霜形成的鏡子彼端，此時正站著我死去的弟弟璐安。

那是我想像中假如璐安可以平安長大成人，或許會成為冰面所映照出的樣子，是啊……我一直就知道璐安其實是個女孩，我曾以爲璐安年僅八歲就自殺是因爲這個緣故。我看著鏡子對面的璐安，發現鏡面如水波晃蕩，如夢似幻，或許此刻我所看見的只是自己臨死前的幻覺，那也無所謂了，我早該死在璐安自殺那天，失去他，我本就無法獨活，是璐安的遺書以及留給我的《獸靈之詩》故事一直支撐著我，可我早就失去活下去的決心。

如果能就這樣前往另一個世界也好。我想著，朝鏡子伸出手……

鏡子前

莉莉回過神來，發現置身於全白的空間，周遭只有無限的純白光輝，除此之外空無一物。她檢查自身，沒有融化，身體狀態重回穩定，身上的衣服也一點都沒有被海水沾濕。不過，原先籠罩在她身上，竹鶴安子的皮囊消失了，此刻她被迫顯露出原本的臉。在她身旁，泰邦和雲豹獸靈依舊沉睡著，他們互相依偎，獸的毛皮和人類的四肢糾纏得難分難捨，彷彿互相交融。

莉莉搖了搖頭，意識到首先必須確認泰邦的狀況無虞，當她的手碰觸泰邦的臉，他立即醒了過來，身旁的獸靈亦然，他們雙雙望著莉莉，沉默不語，尤其是泰邦，那雙莉莉熟悉無比的眼睛此時滿是不安，以及困惑，莉莉原來的面孔讓他露出這樣迷惘、毫無防備的表情。

「這是哪裡？」泰邦輕聲問道。

莉莉只能回答：「我猜測我們已經抵達密冬，名為白猿的模仿師將我們帶來，並把我和黑羊分開，他很清楚必須個別處理我倆。」

「所以⋯⋯這裡就是你們所說的皇宮？」

莉莉無從確定，她不置可否地搖搖頭，將手放在地上，試圖驅使模仿，然而說也奇怪，這白色的空間充盈一種強烈的分解力量，那力量像是模仿，又彷彿截然相反，是黑羊尚未向莉莉說明的技術。

這股力量使得莉莉無法施展模仿，她不敢逞強，唯恐身體再次融化。她站起身，試探性地往前邁步。

「等等！」泰邦見狀立即從地面一躍而起，他跟在莉莉身邊，表情滿是擔心：「太危險了，不要亂走比較好⋯⋯」

「害怕就在原地等我。」莉莉囑咐泰邦：「和獸靈待在一起，我比你有力量，一個人探索更方便。」

泰邦聞言只能再次沉默下來。

莉莉無暇顧及他，身處於密冬皇宮的認知在她心裡燃起微弱的希望火苗，就差一點點了，只要找到惡靈所說的鏡子，藉由那面鏡子獲取另一個世界的泰邦靈魂，她就能完善失敗的模仿，和眞正的泰邦重逢，此刻她一點也不想浪費時間，腳步也加快許多。

「在哪裡？至少給我一個方向，別讓我胡亂摸索……」莉莉焦躁地喃喃自語，她從原本所在空間的門走出去，眼前是一條寬廣且看不見盡頭的走廊，兩側還有比自己身高高兩倍不止的巨大門扉，卻是徹底的寂靜，她不曾聽見過去一段時間經常環繞於周身的惡靈聲音。

在這純白的空間裡，惡靈身上經常滋長的黑色火焰想當然是格格不入，可莉莉不認爲這是惡靈消失的原因，經過這些日子的朝夕相處，莉莉對惡靈已有一定程度的了解，那惡靈的本質是自私自利，充斥惡毒念想，爲了促使莉莉前往密冬尋找鏡子，它已在莉莉耳邊慫恿許久，如今既已抵達目的地，想必惡靈已先行一步前往鏡子的所在處。

畢竟惡靈的存在無比方便，它能飛行、穿牆而過，莉莉便假設惡靈已獨自前往尋找鏡子。這或許意味著，一旦惡靈確認了方位，就會回來替莉莉帶路，至少目前他們依然擁有相同的目標，他們要將泰邦帶到鏡子前，以另一個世界的泰邦靈魂幫助這個世界的泰邦重歸完整。

思及此，莉莉索性不再盲目探索，她返回泰邦和獸靈身旁，注意到泰邦正瑟瑟發抖，她檢查了泰邦的衣物，並沒有被海水弄濕，也算得上十分保暖，可泰邦就是無論如何也止不住發抖。

「過來。」莉莉朝泰邦伸出手，一把將他拉進懷中，起先泰邦有些抵抗，但很快便放鬆了身體。莉莉嘆息著，緊緊擁抱泰邦，雲豹獸靈發出低鳴，可憐兮兮、羨慕萬分，莉莉不知道自己如何了解獸靈的情緒，只是那嗚咽低嚎，使莉莉心口一痛。

「我聽見你說的話。」泰邦的聲音悶悶地傳來。

「什麼？」

「我昏睡的時候，我聽見你說……我不是眞正的泰邦。」泰邦仰頭看向莉莉：「一開始我不懂你的意思，後來，我是不相信，如果我不是我，那我是誰？爲什麼會在這裡？還擁有泰邦的記憶和個性。」

莉莉沒有作聲。

「直到在船上，你拒絕放我走，我終於明白，這是爲什麼你不讓我去找璐安，對嗎？你也不是金家的人，這樣的話，爲什麼要把我帶在身邊？我到底是個什麼東西？我不懂，這段時間我一直想著這些事。」

「距離那場戰爭過去，已經十年了。」沉默許久，莉莉決定告訴他：「你的朋友、親近的人，包括阿蘭，全都死了，傷害你的人也是，整個五大家族都已毀滅，而你是……」她終究無法狠下心：「你是泰邦，只不過，你同樣死在那場戰爭中，爲了一些自私的理由，我必須復活你，很抱歉，讓你的時間就這麼停留在十年前，你的弟弟，過了這麼長的時間，可能再也找不到了。」

泰邦開始哭泣。

「爲什麼要難過？你知道的吧，他不是你眞正的弟弟。」

是假的，無論血緣或情感。莉莉想：就跟你一樣。

「可是我愛他。」泰邦啜泣著說：「就算不是弟弟，就算什麼關係也沒有，他是我的心。」

不，他不是。莉莉想。腦海中卻有另一個聲音痛切反駁：如果不是，他爲什麼會哭呢？爲什麼會這麼傷心呢？

莉莉愣愣地望著泰邦，一時之間失去了全部的防備，她的手輕拍泰邦的背，給予安慰，無意識輕輕哼起一首陳舊的歌，等她注意到時，才發現自己唱的是苡薇琪一百〇三首歌中泰邦唯一會的那首〈山羌煮食法〉：

山羌肉、山胡椒

變成美味的飯

山羌肉、山胡椒
會把草的臭味消除掉呀
山羌肉、山胡椒
重新活過來的山羌
在肚子裡跳啊跳

莉莉感到既懷念又陌生，十年了，她不該記得苡薇薇琪所有的歌，但她確實無法忘懷，她曾經遺忘，再次記起來以後，這些回憶反而像詛咒般連一點點也不肯隨時間消散。

「你怎麼會知道這首歌？」泰邦震驚的聲音提醒了莉莉，她應該假裝自己是別的什麼人，按理來說，她不該知道這首歌。

莉莉隨手比出手勢，試圖以模仿令泰邦昏睡，她忘了這白色的空間已奪走她所有的模仿力量。

泰邦的語氣變得更急切了，急切之中甚至帶著強烈的感情：「你的刺青……你的臉……還有這首歌……」漸漸地，泰邦似乎理解了什麼，他的表情變得難以置信。

就在這時，白色的空間被燒灼般出現了黑色的洞，黑洞逐漸擴大，莉莉很快意識到那不是洞，而是一小團黑色的火焰。

另一個世界的惡靈回來了。

黑羊同樣處於全白的空間，然而他從地面的材質與建築的結構看出眞相。他碰觸牆壁，以模仿的力量試探，發現拆解的模仿四面八方，幾乎可說是鋪天蓋地朝他襲來，抵銷了他施加的模仿。

「幻象加上拆解。」黑羊低聲說：「白猿，你在這裡吧？」

沒有回應。

面對如此悍然無情的拆解力量，只能以同樣強度且性質相反的模仿回推，便可以讓兩種模仿相互抵銷。以拆解和幻象來說，相反的性質是創煉和移狀。黑羊蹲下身，一手依舊扶著牆壁，一手則按著地面，他小心翼翼地推進力量，感覺到自己身上每流出一點模仿，地面和牆壁就立即吸收，貪婪地試圖吞噬更多，但黑羊並不著急，他緩慢調動模仿之力，一點一點消耗來自白猿的模仿，隨後逐漸加大力度，慢慢地，空間裡的白色愈來愈黯淡無光，最終顯露出眞正的模樣。黑羊站了起來，發現自己置身於密冬皇宮的宴會廳內，這裡也是他第一次參加獸靈授予典禮的場所。

不過此時宴會廳傾頹殘破，宛如廢墟，凌亂的廳堂中央，一面他從未見過的鏡子靜靜矗立。鏡子巨大狹長，有一層樓那麼高，鏡面透明平滑，宛若冰霜。

「你還記得嗎？你就是在這裡和獸靈完成結合。」一個聲音彷彿無限懷念般響起。鏡子後方，是白猿半躺在高台上的密冬之主皇位，屈起雙腿，長臂觸地，姿態猶如猿猴般懶散而狂妄：「當著那些達官貴人的面，進行那麼私密的事情，我都爲你感到羞愧。」

黑羊並不理會他言詞間的挑釁，反倒問：「你用這面鏡子找到你的小猴子了嗎？」

「小猴子……是啊，我應該去找牠，不過我現在掌握如此多的祕密及力量，也就不急於一時了。」白猿痀僂著身軀從皇位上走下來，站立於鏡子左側，對比黑羊站在鏡子右側，他們之間橫亙著無法輕易跨越的鴻溝。

「過去數十年來，其他模仿師在紅鳳的帶領下，把活生生的人送進鏡子做實驗，我吞掉了紅鳳的靈魂，便得知開啓鏡子所需要的鑰匙，是一名模仿師的靈魂。」白猿頓了頓，他瘋狂的神智在一瞬間轉移了注意力，從憂傷遺憾變爲深深飢渴：「持續作用的時間大約是一個鐘頭，一旦穿過鏡子便無法回頭。而要讓人從肉體到靈魂都完好無缺地通過鏡子，需要更多模仿師的靈魂……我只好繼續狩獵其他模仿師，吞掉靈魂、貯存在體內。也多虧了這具被紅鳳以年改造過的軀體，使我能夠辦到這樣的事情。黑羊，我本想放過你，在所有人之中，我獨獨可以放過你，偏偏你要聽紅鳳的話跑來阻礙我，你就這麼想解救他嗎？」

眞的好煩啊，原本什麼存在感也沒有，爲什麼最近紅鳳的靈魂老是不受控。聽著白猿喃喃自語般的抱怨，黑羊臉上閃過一種奇怪的表情，像是領悟和苦惱：「你這麼說的意思，是你已經可以通過鏡子，前往另一個世界？」

「是又如何？」

「那你還在等什麼？」黑羊直截了當地問：「何必拖那麼久，在灣島玩著殺人遊戲？」

白猿皺起眉頭，語氣變得無比惱怒：「不關你的事。」

周遭的空氣愈發冰冷肅殺，他們一瞬也不瞬地盯著對方，唯恐彼此突然施放模仿，黑羊繞著鏡子行走，白猿亦然，巨大的鏡面兩面都能反射影像，他們從鏡中看見自己，以及對方的臉孔。

「莉莉在哪裡？」黑羊倏地打破沉默，輕輕問道。

「莉莉？哦，你說那個女的，你收做學生的小鬼，怎麼？才分開一段時間就那麼想她？」

黑羊望著昔日好友，嘆了口氣：「白猿，我無論如何都不理解你的行爲舉止，這一點也不像你。趁現在還有機會，停手吧，我們可以一起重建密冬皇宮，重新培養密冬模仿師，莉莉將會是其中之一，然後，我們可以回到以前……」

黑羊話還沒說完，白猿哈哈大笑。

「你眞的是紅鳳養的一隻溫馴的羊呢，聽聽你在說什麼，你眞的想要那樣的結果嗎？如過去一樣，被導師欺瞞利用，被整個國家欺瞞利用，你甚至出身於拔多保留地，可你居然成爲他們最忠誠的手下，你覺得這就是你想追求的？黑羊啊，你可知道我呑吃了多少模仿師的靈魂？幾乎是密冬所有的模仿師了，一個也不剩下，事已至此，早就來不及了，不可能回到過去。」白猿舔了舔舌頭，獨眼凝視黑羊：「就只有你跟我了。」

看著白猿那失去眼球、空洞的左眼眼眶，黑羊沉默不語。他想起他的拔多羚羊、牠代表的意義，以及這意義如何被導師利用。相較之下面前出言挑釁自己的好友，出於不明的原因依舊信守他們遊戲的承諾。

良久，黑羊回應：「那確實不是我想要的。」

白猿皺起眉頭：「什麼？」

「我的意思是，我確實不在乎整個密冬被你毀掉，不在乎你吞吃了所有模仿師的靈魂，甚至是導師……我不在乎，我之所以來到這裡，是爲了其他的原因。」黑羊朝白猿走近一步：「我一直就覺得你的狀況很奇怪，現在總算明白了，你沒辦法控制自己，或許是吞噬靈魂的副作用，或者其他原因，你也沒有發現，但你的體內被迫塞進這麼多的靈魂，難道不痛嗎？靈魂是對一個人生前的模仿，你的身體承受如此巨大的模仿力量，哪怕有年的改造，再這樣下去也絕對會支撐不住的，讓我幫你——」

「你覺得我無法控制自己？你覺得吞吃模仿師靈魂、毀掉密冬是我發瘋的結果？所以現在你是要救我囉？眞好笑，你畢竟沒有我的天賦，我吞吃愈多靈魂，獲得的力量就愈強，這一點痛苦根本不算什麼。黑羊，別費口舌說那些無聊的話，既然你來了，我不會放過你的靈魂，就用模仿師的規矩來做出了結！」白猿露出醜惡的笑容，一個字一個字說：「來玩吧來玩吧，這是我們的約定，永恆的約定！只要你贏過我，我隨你處置，但若我贏了你，我就會吞噬你的靈魂！」

黑羊搖頭：「我不會跟你玩的。」

「是嗎？不知道你喜歡的那個孩子會不會想跟我玩？你覺得如何？要是我也把她弄碎、吃掉靈魂……現在，有心情跟我玩了嗎？」

黑羊眼神一暗，徐徐抬起手，那是他準備要以手勢作爲媒介，發動模仿的起始步驟，他就停在那裡，朝白猿揚了揚眉毛：「你打算怎麼玩？」

有那麼一瞬間，白猿的臉上閃過失望的表情，但他很快地咧嘴一笑：「不計代價、沒有規則，讓對方失去行動能力就算贏。」

「從現在開始嗎？」黑羊莫名其妙地問了這麼一句，白猿瞇起眼睛，小心翼翼地說：「從現在開始。」

以一聲清脆的彈指作爲施放模仿的媒介，一剎那間整個宴會廳的光線被抽走，留下一片漆黑，黑羊以簡單的手勢關掉了所有的光源，白猿被奪走視覺，卻並不緊張。他立即移狀爲影子，融入黑暗裡，卻不知道他恰巧落入黑羊的陷阱，他早白猿一步成爲黑暗本身，如此便能以自身囚禁成爲影子的白猿。

「媽的！你又作弊！」白猿沙啞的聲音怒吼著、掙扎著氣喘吁吁，從瀝青般濃稠的黑暗裡脫身，他集中注意力於掌心，這可是他這些年來苦心鑽研的結晶，既是創煉，也具有拆解般的毀滅力量……他的手心出現一顆小小的恆星。

一顆移狀了巨大能量匯聚而成的太陽，在他指間發光發熱，光芒愈來愈熾烈，很快驅走了黑暗，白猿一笑，獨眼追逐著一線影子逃躲的方向，直到刺眼的光將影子驅逐到無處可避的角落，白猿立時將手中的光球砸向化爲陰影的黑羊。

奇怪的是，光球非但沒有擊中黑羊，反而愈來愈大，在碰觸到某個冰霜般的表面時，白猿意識到，黑羊利用了鏡子，鏡子反射他的模仿，將他的恆星投射回來，白猿再次憤怒地吼叫，險險避開他所創造的太陽，一抬頭，見黑羊靜靜站在鏡子旁，他居然還有閒情逸致檢查自己身上的衣服是否有任何燒焦。

「白猿，別鬧了，投降吧。」

他瞧不起你。白猿腦海裡響起熟悉的聲音：他瞧不起你，你要拿出真本事才行。

白猿揚起頭，揮舞四肢，開始跳起令黑羊感到熟悉的舞蹈，那曾是白猿用來復生小猴子的獨舞，以身體動作模仿他的帝國君子長臂猿，可最終，這漫長而怪異的舞蹈，只讓他創煉出形似小猴子的模仿體。如同此時此刻，白猿身邊漸漸出現數十個小猴子的模仿體，它們清一色複製了白猿的瘋狂和殘暴，像海潮一般占滿了半座宴會廳，一步一步走向黑羊。

「我說過規則是讓對方失去行動能力。」白猿說：「要我投降絕不可能！」

不知道是不是白猿的錯覺，黑羊似乎嘆了口氣，在他身旁，同樣有數十個模仿體逐漸創煉，那是來自遙遠異國的食人魔、連環殺手，既是孩子們的噩夢，也誕生於現實，這些出乎意料的模仿體讓白猿瞠目結舌：「我們沒見面這幾年，你的品味眞是愈來愈糟糕了。」

黑羊有些不高興：「我只是對特定類型的書產生興趣，眞實犯罪沒聽過嗎？」他揮了揮手，那些殺人魔的模仿體一擁而上，和白猿的模仿體展開混戰。「模仿師的生命很長，總是要給自己找些新的興趣。」

無人聞問的宴會廳，終於再次充滿久違的賓客，模仿體互相撕咬、鬥毆，以最不堪的姿態糾纏在一塊，人類與獸的鮮血噴薄而出，濺上乾淨澄澈的鏡子，接著跟隨模仿體的毀滅消失殆盡。長年累積的灰塵漫舞，連懸掛於天花板不再會亮起的水晶燈也都驚醒了般，伴隨嚎叫和悲鳴交織的歌曲搖擺。

黑羊和白猿則各自移狀爲黑頸鶴與朱鷺，他們在天空中酣戰，穿過層層糾結的蜘蛛網，甚至是他們年少時代都不曾踏足過的角落，彼此朝對方的弱點毫不留情地啄咬，以身體壓制身體。

這麼多年過去，他們已然習慣這般毫無保留地戰鬥，既是模仿師與模仿師之間的遊戲，也是各持己見僵持不下時唯一能進行的對話。

當地面上模仿體各自消磨得一個不剩，黑頸鶴與朱鷺雙雙墜落，老舊的水晶燈亦砸毀在地，發出轟然巨響，一陣煙塵紛飛後，空間又歸於寂靜。在戰鬥中也不曾被波及到，冰冷晶亮的鏡子旁只剩下滿身是傷的黑羊與白猿，他們氣喘吁吁望著彼此，眼睛瘀腫、嘴角流血，衣服破爛不堪，白猿發出野獸般的咆哮，率先朝黑羊揮拳，揮拳的同時憑空創煉尖銳矛尖，使矛尖如子彈般射向黑羊臉面，黑羊的身體卻出現了奇怪的變化，矛尖分明穿透了黑羊額頭，從他的後腦杓飛出，可他並未受傷，白猿方才意識到，黑羊是在這一瞬間以拆解分開自己的身體，又以移狀的模仿連接回來。

「你把自己切碎亂撒的時候倒是學會不錯的新技能。」白猿半帶調侃地道，穩穩接住黑羊瞄準他左側視線死角送來的右拳。

「羨慕嗎？我可以教你。」黑羊衝著白猿一笑，使對方一陣毛骨悚然，白猿發現自己抓住黑羊的左手正在分解，是黑羊，他把分解自己的模仿一下子用在白猿身上，致使白猿的左手也隨之被分離成碎片，和黑羊的右手手指交纏在一起。

但這畢竟不是拆解。白猿想：你這傢伙終究還是太心軟了吶。

他伸出另一隻手，那是尚未被黑羊影響而分解的右手，白猿知道只要自己使出這一招，黑羊就徹徹底底輸了，他只是不願意這個結果太早到來。

白猿在極近的距離下對黑羊施放拆解的模仿，就像對待紅鳳一樣，這是他的殺手鐧，無論是過去或未來，都沒有任何人能夠從他的拆解中生還。

千鈞一髮之際，黑羊艱難地側轉身體，無法完全避開，他的左臂被轟成粉末，但右半邊手臂依舊和白猿的左臂相連，同時也仍然在分解，使他們猶如一對連體嬰，白猿猛然抽回被分解的手，黑羊無力地癱倒在地。

就這樣了，是嗎？白猿自言自語著蹲下身，陡然間感覺到前所未有的失落，他接下來必須殺了他，用拆解消除黑羊的身體，留下美妙的靈魂。

可是他究竟爲什麼要這麼做呢？白猿忽然間感到遲疑，若殺了黑羊，他就會失去最後的同伴，他們原本不是要玩最後一場遊戲嗎？但他也想前往另一個世界，尋找小猴子，所以這個世界的假物都該被留下，只要前往另一個世界，他就能學習眞正的模仿……

不對，這不是他的希望。

白猿意識到這點，猛然止住了動作，他抱住頭，開始痛苦呻吟。

這是最後的機會了，黑羊小心翼翼探出手，做出手勢，他要對白猿施予最後的模仿。

「停手，別傷害我。」白猿摀著臉部的手心裡傳來一個柔和的聲音：「黑羊、白猿，你們兩個都是我最喜愛的學生，我不想看你們兩敗俱傷，快停下來。」

「導師？」黑羊深呼吸幾口氣，好不容易發出了聲音：「導師，是您在說話嗎？」

「是的，所以不要傷害白猿，你傷害他，等於傷害我。」紅鳳操控白猿的口齒說道：「現階段對我們來說很重要，可不是打架的時候，黑羊，整理好你自己，過來幫我的忙，只要我們三個人同心協力，就能實現任何夢想。」

黑羊看上去像是在思考，他沉默了很長一段時間，最終開口：「如果我答應您……導師，您可否放過白猿？」

這一刻，白猿轉變爲鮮紅色的獨眼仔仔細細地打量黑羊，當紅鳳再次開口，他語帶笑意：「我實在很好奇，你到底是什麼時候發現的？」

「我在灣島時注意到的，您的靈魂雖然被白猿吞噬，仍舊存有一定的意識，甚至能影響白猿的決斷，這是爲什麼白猿和我在灣島遊戲時，會出現特定的殺人次序，過去幾年您無法動彈，但能在某些時刻占據白猿的意識，所以可以在細微處留下白猿無法察覺、獨獨給予我的線索。」黑羊坦白道：「一開始白猿也許可以壓抑著您，但現在您能夠控制住他，恐怕這段我和白猿遊戲的數年期間，您一直在暗中養精蓄銳，然後，您一點一點釋放自己的影響力，直到現在。」

紅鳳臉上的笑意加深。

「你說的不錯，白猿將我吞噬，我便潛伏其中，只是我怎樣也沒想到，被吞噬以後會變得那麼虛弱，實在沒辦法，索性慢慢等待、休養生息，直到能夠完全掌控這具軀體之時再作打算。白猿也是可憐，他多想盡快見到自己的小猴子，卻因爲我的關係，不得不一拖再拖。」

就好像寄生蟲一樣。黑羊想著，慢慢坐起身：「不對，不完全是您的關係。」

紅鳳挑起一邊的眉毛：「什麼意思？」

「白猿只是想跟我玩最後一場遊戲。」黑羊回答：「無論有沒有您拖延，他都會和我玩下去，他知道前往另一個世界以後，就沒有機會了。」

「哦，那又如何？」

「所以我更好奇的是，您爲何會在灣島留下那樣的訊息給我？您爲何會讓我前來密冬？」黑羊終於將問題問出口：「如果我發現異狀，只會阻止您，並且想拯救白猿，到了現在，我最不明白的是這點。」

「不愧是我的小幸運，我的小札希。」紅鳳慢悠悠地念出黑羊舊時的名字，每一個音節都讓他遍體生寒，對於模仿師來說，這是充滿支配性的言詞。「就把我的坦白當成給你的獎賞吧，事實是——我本來想掠奪你的靈魂，用於通過鏡子……每打開一次鏡子需要一名模仿師的靈魂，我們的世界又是對另一個世界的模仿，假物再怎樣施展力量、放聲尖叫、痛苦不堪，對另一個世界來說都無關痛癢。可惜過去沒有任何模仿師願意犧牲，這也是情有可原，都成爲力量強大的模仿師了，怎麼能甘願只做一把鑰匙？我只好想方設法尋找有資質的學生，仔細培養，途中遇到了點亂流，密冬之主居然想喧賓奪主，不過……也罷，都過去了，我是很有耐心的，這些學生成爲眞正的模仿師以後，再讓他們替我打開鏡子。你和白猿，最開始不過就是這樣的存在罷了。」

紅鳳頓了頓，看向黑羊，那依然是白猿的身體，白猿的五官，因此黑羊可以從他抽搐的臉部肌肉和猙獰的表情知道，他的好友正在那具軀體裡苦苦掙扎。黑羊悄悄以殘餘左手比出手勢，複雜的手勢串聯出複雜的模仿媒介，他接下來要使用的模仿難度極高，絕不能中途就被發現。

「遺憾的是，每一次打開鏡子進行實驗，結果都不怎麼好，沒有任何人可以活生生地穿過鏡子，前往另一個世界。但我又想，或許這些人終究穿過了鏡子，只是肉體承受不住毀滅了，如此一來，能通過的是不是就只有靈魂呢？除非我親自前往那個世界，否則永遠不會知道。或許靈魂依舊會受到損傷，可模仿師的靈魂終究還是特別的，具有非比尋常的模仿能量，於是我以模仿的技術將這些靈魂鍛造、塑形，成爲保護肉身的盔甲。過去，我的問題是我找不到保存大量靈魂的方法，直到我將年用於改造白猿的身體，然後被白猿吞噬，並慫恿他吞噬更多靈魂，我方意識到，我就快要接近夢想。」

「我懂了。」黑羊笑了笑：「現在您要奪取我的靈魂，然後再徹底占據白猿的軀體，利用他體內包含我在內的所有靈魂，保護您通過鏡子，前往另一個世界。」

紅鳳的臉上立刻出現了難過的表情，他幾步上前半跪在地，捧著黑羊的臉，彷彿無限心痛般說：「我怎麼可能會這樣對你呢？黑羊，你是我最心愛的學生，邀請你來，是希望你能和我一同通過鏡子，前往另一個世界學習第六種模仿。白猿的軀體畢竟只有一具，吞噬了你的靈魂，我會用其他的靈魂保護你我，使我們安然通過鏡子。」

說罷，紅鳳站起來走向那面巨大的鏡子，他將手平貼於鏡面，不知用了什麼方法分離出白猿體內的其中一份模仿師靈魂，令其穿透鏡面。在紅鳳的碰觸下，鏡面於焉融化，成爲水銀般的質地。

黑羊不得不承認，他沒料到紅鳳原來是這麼想的。

「這樣你就能放心了。」紅鳳再度轉過身，抬手對倒臥在地的黑羊施放拆解力量，黑羊的身體轉瞬間化爲粉塵，留下半透明的靈魂。

紅鳳往黑羊的靈魂走去，張開嘴準備將其吞噬，這一刻，他卻突然發現自己動彈不得。

一隻手輕輕放在他背上，分解的手掌瞬間融化且蔓延，如植物的根系紮入白猿的身體，緊緊束縛皮膚底下的肌肉與關節。紅鳳奮力移動手腳，試圖轉身抵抗，可這是黑羊灌注全力的一擊，他首先以幻象和創煉造出了假的身體與靈魂，隨後趁紅鳳轉移注意力，他碰觸紅鳳，將身體分解後融入白猿的身體，以此令他無法移動……

同時，黑羊感受到白猿體內的一股意識，那是來自白猿的訊息，讓他眼前驟然浮現綿延無盡的黑色圖騰。黑羊閉上眼，直覺地念誦起經文。

「快點住手，你要幹什麼？」紅鳳冷聲說，他身上被劃開的傷口漸漸擴大，成爲一張扭曲貪婪的嘴，那嘴一面吞沒黑羊完好的手臂，一面含糊不清地勸哄著：「別鬧了，你這樣做會傷害到你重要的朋友。」

黑羊並未理會，依舊專心致志念誦經文。在他們腳下，地面如龜裂般顯現出一幅巨大的黑色圖騰，名爲拔多。圖騰以順時針緩慢旋轉，起初，黑羊不知道自己爲何召喚這幅圖騰，但當他以心念讓圖騰停止旋轉，他倏地理解了什麼。

「這是白猿幫助我完成的，一直以來，它就只是這樣靜靜地出現，沒有任何作用。」黑羊停下念誦，言詞間滿是遺憾：「它不具備模仿的力量，所以，我也不知道該拿它怎麼辦，但現在我明白了，這是由我創造，只能爲我所用的媒介。」

這幅圖騰意味著生死循環，但一直以來，圖騰都只呈現出了「死亡」。如今黑羊以圖騰作爲媒介，竟能驅動直逼模仿本源那般強大的模仿，因那是世界運行的規則，使四季流轉，使生命趨於終結。圖騰就像回應黑羊的思緒，開始向四方蔓延，範圍超出宴會廳，遍布整座密東皇宮，所到之處無論任何事物，都被捲入圖騰的影響。

原先朝死亡流動的圖騰，重新開始轉動，這一次，它以逆時針旋轉。

從死、至病、至老、至生，突然間，破敗的皇宮建築開始復甦、磚瓦重歸牆面，盆栽內枯萎的植物欣欣向榮，熄滅的燈火重新燃起，靜止的紅色簾幕隨風飄動。紅鳳簡直不敢相信，黑羊竟能以這幅圖騰逆轉時間，這種模仿，就連他也不曾看過。

這一剎那，紅鳳臉上閃過畏懼，卻也只有一剎那，接下來的事情，讓他無暇再注意黑羊的模仿。

受到時間倒轉的影響，白猿的身體變得詭異，他開始嘔吐，嘔出他曾吞下的靈魂，一個接一個，那些靈魂只是回聲，對某個人生前的模仿，卻也是幫助紅鳳前往另一個世界的能量。白猿每嘔出一縷靈魂，半透明的人影便消失不見。除此之外，白猿的外貌也在不斷改變，變得更加年輕。

「不不不！我不能失去這些靈魂！」紅鳳憤怒至極，和黑羊手臂相連的傷口化爲嘴，用力咬斷黑羊的手臂，黑羊倒落在地，看上去卻一派輕鬆。

「我不僅要讓白猿吐出這些靈魂，我還要讓他將您分離。」黑羊道。

「我絕不會和白猿分開！」紅鳳操控白猿的嘴如是說，緊接著，一張臉從白猿頸部浮現，慢慢取代了白猿原本的臉，那是紅鳳的容貌，其後就連白猿的身體，也漸漸成爲紅鳳的身軀。黑羊不曉得紅鳳是如何做到，看上去是以自己的靈魂移狀白猿的身體，使之成爲紅鳳自己的身體，同時又保有白猿能貯存靈魂的體質。

如此，圖騰確實不再影響白猿，黑羊卻並不擔心，因爲圖騰開始劇烈地影響紅鳳。

「怎麼——」紅鳳還來不及反應，他的模樣已開始變化，就如白猿那般，隨黑色圖騰的倒轉變得愈來愈年輕，漸漸地，黑羊面前出現了一名陌生的少女，她雙目赤紅，黑髮凌亂，只有五官與他尊敬的導師十分相似。

黑羊花了幾秒鐘，才領悟眼前的少女就是年輕時的紅鳳。

他並不意外，反倒想起初次和導師提起金玲時，對方眼中一閃而逝的厭恨，那厭恨的情緒太過突兀，曾使黑羊困惑不已。他以為紅鳳厭惡金玲，但現在他明白，導師厭惡的是困住自己的原來身體。

「沒想到此生還能再以這副模樣示人。」少女伸長手臂，看著自己細瘦蒼白的手指，露出反胃的表情。「不過這麼一來，我也知道該如何抵銷你的模仿了。」少女轉動手指，那手勢顯示紅鳳正在移狀未來的自己，她將這對自身未來的模仿敷在身上，便抵銷了黑色圖騰強迫倒轉的時間，不過也只能讓她堪堪維持在此刻的樣貌。

少女朝黑羊走去。

「你知道那是一種什麼樣的感覺嗎？」少女彷彿自問自答，她的眼睛裡滿是猩紅怒火，姿態輕盈地跳到黑羊身上，抓住他的衣襟開始一次又一次揮拳：「不僅在模仿上有天分，還耗費生命的大部分時間，鑽研模仿技術。我品嘗模仿、施行模仿，我無時無刻不在思考模仿，最終，我理當比任何人都更善於模仿……卻因為我的性別，當我試圖告訴他人，我是一名模仿師，其他三流的模仿師，竟仗著他們是男性，對我施以訓誡，告訴我模仿應該如何如何。」

她縱聲大笑：**「可是他們沒有一個人懂得我會的模仿！」**

「既然是這樣，我只能用最強的模仿來欺騙他們，我用我最擅長的移狀，將自己一點一點化為男性，不僅僅是男性的身體，包含思想、模仿的特質等等，全都變成其他模仿師無法識破的男性模樣。我甚至分裂出另一個男性分身，對照著分身，我割下多出來的肉、黏接缺少的肉。最後，我創造出了模仿師紅鳳，以紅鳳之名，我殺害在我之前的所有密冬模仿師。」

少女毆打黑羊的臉，沒有使用任何模仿，只是純粹的暴力，讓他流血、讓他頭暈目眩，鮮血濺上少女的手，更映襯出她眼睛裡的鮮紅。

「你知道那是一種怎樣的感覺嗎？黑羊。」少女重複地問，語調更輕、聲音更細：「你不知道，你們永遠都不會知道。」

少女繼續重擊黑羊，直到他發不出一點聲音。在他被鮮血染紅的視線中，少女的背後彷彿伸展著一對巨大的紅色翅膀。

「這個世界上，第一個認同我、選擇我的只有獸靈，屬於我的那隻傳說中的獸靈，牠賦予我特殊的能力，使我得以永生，並將永生分給他人。白猿出事以後，我選擇將永生分給他，是爲了你，因爲我希望你棋逢敵手，不至於在漫長的模仿師生命裡感到孤單。」

她的拳頭沒有使用模仿，攻擊時卻用了輕微的拆解力量，讓黑羊無法驅動模仿予以反擊。

「沒有任何人比我更了解模仿師的孤單，就連我的獸靈，有一天都想離我而去……」

「您的獸靈……在哪裡？」黑羊含糊地問出問題，讓少女露出燦爛的笑容。

她按著自己的胸口，輕輕地說：「我的獸靈在這裡，永遠在這裡，我們會一直在一起，不像其他模仿師，一年只能和獸靈見一次面，也不像你，居然放走了我特別爲你捉捕的獸靈，我和我的獸靈，已達到前所未有的結合。」

她站起身，居高臨下地俯視黑羊滿是血污的臉。

「黑羊啊黑羊，我該拿你怎麼辦？你眞的不該讓我重回這具身體，我覺得很受冒犯、非常噁心，儘管如此，我還是願意給你機會，讓你和我一同前往另一個世界。」

「不……」黑羊微弱的聲音傳來：「不……我不要……」

少女轉動眼珠，意外地沒再次發怒，她像想到了什麼，兀自點點頭：「我明白，是誘因不足呢。」

她舞動手指，編織新的模仿。意識模糊間，黑羊聽見了無比熟悉的聲音：「黑羊大人，和我一起前往另一個世界吧。」黑羊勉強睜開眼，發現紅鳳不知何時移狀爲一名女孩，她樣貌平凡，只有一雙眼睛明亮澄澈，充滿對世界的好奇心。

那是死去已久的金玲，她朝黑羊伸出手，掌心盤旋著不祥的拆解力量：「你不是希望我跟你走嗎？現在，我們終於可以一起去尋找模仿的本源，去探索第六種模仿。」

黑羊望著女孩，想起她在鳥籠般的房間裡創煉出一隻小麻雀，麻雀四處亂飛，身體撞擊窗戶，因爲牠看見了天空。金玲不忍，打開窗子放走麻雀，她轉身看向黑羊時，那雙眼睛光輝璀璨。

「金玲不可能提出這樣的要求。」黑羊以一種出乎自己預料，虔誠無比的語氣說道：「她最愛這個世界，哪怕是假的，也依然愛它。」

紅鳳的臉垮了下來，再也控制不住不甘與急切：「你也是模仿師啊！你應當要理解我想追求眞物的心情，爲了這個目的，整個虛假世界都該捨棄！」

「成爲模仿師的漫長歲月裡，我從許多人身上學習到模仿的眞意，但我一直到現在，見到對眞物如此執著的您以後，我才徹底理解，我想，也許模仿眞實而誕生的所謂假物，會比原物更加貼近眞實也不一定。仔細想想，爲什麼只有模仿師的靈魂可以打開鏡子呢？不就是因爲我們在做的事情……我們在做的模仿，可以產生一種足以抵銷眞物的力量？因此我相信，假物最終有機會瓦解眞物。」

分明是命懸一線的時刻，黑羊卻突然和紅鳳辯論了起來，就連紅鳳也不由得發笑。

「你在說什麼？黑羊呦，聽起來可眞蠢，成爲模仿師的首要之務就是相信世界爲假……」

「何爲眞？何爲假？」黑羊說：「我們是眞實的，並不因爲是模仿另一個世界而誕生，就成爲虛假，就好像音樂、小說、繪畫和詩，或許模仿了現實的一部分，但這些東西絕非虛假，令您失望很抱歉，這就是我如今的想法。」

紅鳳看起來徹底死了心。

「那我只能獨自前去了，你的靈魂，就來加入我的盔甲吧。」紅鳳蓄積拆解力量的手靠近黑羊，愈來愈近，他的臉孔也愈來愈悲傷。悲傷、瘋狂、鄙夷、憤怒……到了這一刻，黑羊仍然不知道紅鳳執著於自己的原因，他們第一次相遇時，他仍是個孩子，某種程度上，是紅鳳給了他一切，讓他成爲模仿師，可他們之間卻有那樣大的差異，永遠也無法了解彼此。

黑羊抬起了手，又放下，紅鳳驅動的拆解力量充斥周遭，使他無法調動模仿，但就在紅鳳即將碰觸到黑羊時，他停了下來。

「啊——」

紅鳳的面孔扭曲掙扎，爲另一副面孔讓位，那是白猿的臉。

「你可眞愛多管閒事。」突如其來的抱怨讓黑羊眨了眨眼，白猿年長的面孔與年少時的臉重疊，同樣在這裡，同樣的語句。「你如果不來救我，紅鳳總有一天也會等不了，到時候，我頂多被他奪走身體，他將前往另一個世界，根本不會傷害你。」

「我沒辦法。」黑羊喃喃地說。

「嗯，因爲沒有我，你感到很無聊吧？」白猿衝他一笑，猿猴般原生態、大而晶亮的眼睛緊盯著黑羊，須臾間，黑羊理解了白猿準備做什麼，他張開嘴，但來不及了，白猿以好不容易奪取的短暫意志，操控這具身體躍入鏡中。

事情發生得很快，幾近無聲，黑羊連阻止也辦不到，只能眼睜睜看著白猿融入水銀般不祥的鏡面，當他的身體完全被吞沒，鏡面依舊盪漾著波紋，如白猿所說，一個模仿師的靈魂可以維持鏡子開啓一個鐘頭。鏡子彼端，黑羊看不見白猿的身體，他死了嗎？連帶著紅鳳也消失了？他擁有的靈魂是否眞能保護他的身體？或者……

黑羊癱坐在鏡子前，突然間喪失全部的力氣，身體血流不止，融入黑色的圖騰。

他知道自己就要死去。

眞無能，最終什麼也無法拯救，但至少，他將這面鏡子安然留給金玲的孩子。黑羊玩味著這份無力的感受，閉起眼睛，感到名爲拔多的圖騰在身下原是以逆時針旋轉，隨後停滯，接著再次以順時針旋轉。

那是繁複無盡的生死循環，他和他的家人終將在拔多團聚。

不知過了多久，他聽見火焰燃燒的聲音。

劈里啪啦，充滿冰冷惡意，他睜開眼，看見了黑色的火焰在半空中燃燒。

黑焰裡包裹著一個孩子，那模樣是如此熟悉，孩子露出滿意的笑容，朝他伸出了蒼白細瘦的手。

當惡靈將黑羊的靈魂從殘破不堪的軀體裡拉扯出來，按上已然封閉的鏡面迫使鏡子重新開啓，黑羊在最後一刻看見了白猿，那是他們即將進行和獸靈的分別儀式前一晚，於高塔頂端替對方紋上具有力量的獸靈圖騰，晃動的火光之中，白猿的眼神充滿哀傷。

不要露出那種表情嘛。黑羊想：這個世界雖然是模仿另一個世界而誕生的，也還是很有意義。

「來玩吧來玩吧……」他的嘴唇停在最後一個字，最後一個音節。

是時候了，它等待了那麼久，精心計畫了這麼久，終於到了這一刻。

「就是這裡，泰邦就在鏡子的另一端。」

莉莉跟隨惡靈穿過好似永無止境的純白之地，覆蓋住整個空間的模仿卻在半途中被不知名的力量抽走，剩下的是破敗無人的建築，挑高的屋頂、沉重褪色的紅色簾幕，地面堆積厚厚一層灰塵，顯示出早已許久無人涉足。可又在不久之後，地面微微震動，鮮血似的深色液體從遠處快速蔓延而來。

惡靈不知所蹤，莉莉情急之下護住身後的泰邦，卻在深色液體逼近時發現那是一幅筆畫繁複，繪製著死亡和恐怖地獄的圖騰。

圖騰正無限擴大，雲豹獸靈靠向泰邦，泰邦也回應雲豹，守護著彼此。到了現在，莉莉對牠已提不起恨意。下一刻，圖騰開始旋轉，周遭出現變化，黑色的光芒帶給莉莉不祥的預感，雲豹獸靈發出一聲低吼，莉莉猛地意識到自己竟逐漸變得更加年輕，她頓時恐懼不已，立刻回頭，發現泰邦的模樣產生改變，彷彿活生生的夢魘，她最愛的人再次化作骸骨，她驚叫出聲，試圖觸碰那刻著圖騰的頭骨。不可以啊！要再次復生，無論如何都必須——莉莉陷入混亂，時間彷彿停止，她眼看自己的手維持在即將碰到泰邦的距離，卻怎樣也無法碰觸，究竟經過了多久呢？近乎永恆一般。她這麼想，時間再度流轉，一切驟然恢復原狀。完好無缺的泰邦對恐懼又悲傷的莉莉露出困惑的神情，雲豹獸靈依偎在她身邊，好似想安慰莉莉。

她喘著氣，手摀著嘴，幾乎無法呼吸，就在剛剛，雖然不知道發生了什麼，但只差那麼一點點，她就要再次失去泰邦。

「繼續走。」許久，莉莉的聲音從掌心傳來：「不要碰我，繼續走。」她用手肘推開雲豹獸靈，站起身，執拗地兀自前行。

泰邦和雲豹獸靈唯有跟隨。剩餘的道路筆直簡單，通過寬闊的長廊，他們來到一處殘破不堪的宴會廳，廳堂中央有一面澄澈美麗的鏡子，纖塵未染，彷彿由冰霜打造，鏡子最頂端刻有一個精緻絕倫的圖騰，寥寥幾筆便雕琢出一隻振翅飛翔的鳥類形象。

而惡靈已先行抵達，此刻停駐鏡子前方，順著看去，黑羊的屍體靜靜倒在鏡子旁側。

對於名為黑羊的模仿師之死，莉莉內心毫無起伏，她與他本就各取所需，但那副圖騰想必與這場死亡有關，幸而黑羊死前已先行實踐諾言，不僅替莉莉復生遠在格列斯卡的竹鶴安子，也教導她復生泰邦。

雖然，最後結果不完全令人滿意，必須仰賴惡靈的幫助才能完善現在具有缺陷的泰邦，她仍然心懷希望，只需要再增加一些東西，她就可以和眞正的泰邦重聚。

惡靈將她指引到鏡子前，聲音是飽含毒液般的誘惑：「現在，讓這個假貨沉睡，把他放到鏡子旁。」

莉莉不覺一愣，她皺眉問道：「你打算做什麼？」

「眞正的泰邦就在鏡子另一端，他很快就會過來，但這邊的身體還存有假貨的意識，我總得把內裡清除乾淨，才能放進眞正的泰邦吧？」
莉莉從沒想過眞相會是這樣，她下意識望向身後的泰邦，看見那不曾長大，始終停留在十五歲的兄長，想起不久前差點化爲骨骸的他，還有明知道心心念念的弟弟跟自己毫無血緣關係，泰邦卻依然說：「他是我的心。」
爲什麼？明明是假的，明明不是眞的，明明認不出我來……莉莉感到無比動搖。還說愛他，難道不好笑嗎？我就站在他面前，然後他說他愛璐安。
「快點，泰邦隨時會過來！」
宛如著魔一般，莉莉緩緩在手中構築模仿，讓人入睡極其簡單，輕易就能辦到……別猶豫了，那是一個假貨啊！她告訴自己。
但如果這個泰邦是假的，爲什麼她會這麼難過？
突然間，莉莉手掌一痛，她低頭，看見那隻雲豹獸靈半咬住她的手，阻止她施展模仿。
「放開。」莉莉喃喃道，卻是一陣哽咽：「放開我。」
獸靈並未放開，牠看著莉莉的眼睛充滿純粹的感情，那一瞬間，莉莉心中閃過不可思議的醒悟。
「你辦不到就滾！我直接弄掉他的意識！」惡靈發出怒吼，黑色火焰向泰邦席捲而去，黑焰包圍著它，莉莉眼看泰邦痛苦尖叫，只能衝上前抱住泰邦，以身體保護泰邦的同時，她一面比出手勢，一面吟唱久遠的歌謠。
那是風雨欲來、召喚颱風之歌，於是頹敗的皇宮廢墟驟然間雷電交加，烏雲匯集，由模仿所創煉的雨水和風打散惡靈周遭熊熊燃燒的黑色火焰，儘管如此，仍不能阻止惡靈，只是將它身上的黑焰短暫澆熄，此刻出現於莉莉面前的，是一個年僅八歲的孩子。孩子臉色蒼白，長髮散亂，脖子上有一圈繩索勒緊的瘀痕，而他的神情殘忍且邪惡。
莉莉認出了他，那也是過去的她，莉莉很清楚這孩子的名字。

「璐安。」她情不自禁地說。

惡靈望著莉莉，眼睛又大又黑，好似面無表情，下一刻，它張嘴露出尖利牙齒，往泰邦撲去。

莉莉抱緊泰邦，用盡全力保護他，可是惡靈的攻擊毫不留情，尤其對象是自己，它猙獰如怪物的牙齒，更是惡狠狠地恨不得把莉莉的手臂整個咬下來，莉莉愈是痛苦，惡靈就愈開心，它暢飲莉莉血肉，哼著歌，身上熄滅的黑色火焰再次燃燒。就在莉莉無法招架之際，柔軟的動物毛皮幽靈般掠過莉莉的手，是那隻雲豹獸靈，牠擋在莉莉和泰邦面前，很明顯想保護他們，可牠也並未對惡靈露出牙齒威嚇。

獸靈只是望著惡靈，眼神悲涼。

「不要以爲我不敢動你。」惡靈冷冷說道：「你也是假貨，那邊那個是假貨的假貨，而你是假貨，哈哈哈！還不是對我的泰邦的模仿！」

惡靈的喉嚨發出咕嚕咕嚕的聲音，漆黑骯髒的指甲也慢慢變長，看起來愈發恐怖醜陋，莉莉伸出血淋淋的手試圖推開獸靈，但獸靈發出低鳴，拒絕從莉莉面前退開。

就是在這一瞬間，莉莉終於確定了。

「泰邦？」她想都沒想就脫口而出，淚水啪搭啪搭地滾落臉頰，她顫抖著說：「泰邦？是你嗎？你在獸靈的體內，是嗎？」

毛皮斑斕如雲的獸靈側過頭，溫柔地凝望莉莉，牠的尾巴輕輕掃過莉莉的手，像是一次輕柔撫慰，莉莉頓時失去了所有的堅持，她的隱匿、冷漠和悲痛，全都在此時化爲烏有。

惡靈目睹眼前一切，它的目光充滿鄙夷與憎恨。

「你還好意思用這種樣子面對泰邦，眞是噁心，你實在是太噁心了。」惡靈伸長了尖銳的指甲，舌頭舔過密如尖針的牙齒：「沒關係，我先從你的臉開始吃！」

「璐安？」一個聲音突然而至。

那是彷彿來自遙遠地方的呼喚，像是隔著深不見底的湖水，呼喚聲如水面之上的一道光，穿透一切冰冷黑暗，抵達最深處的罅隙。惡靈困惑地搖晃了一下腦袋，以爲是自己的錯覺，它已置身黑暗裡太久了，早已遺忘眞正的光，它想繼續攻擊莉莉，可是那個溫暖的聲音再次顫抖地呼喚：「璐安。」

惡靈忽然間不知所措，它背對著鏡子，尖銳的指甲慢慢縮短，猙獰恐怖的面容也慢慢改變，只過了幾秒，莉莉眼前的惡靈已化爲一個自知犯錯的孩子，它表情驚恐，背對鏡子，不敢轉身，一面嘀嘀咕咕地自我安慰：「是錯覺，一定是我的錯覺。」

「璐安！」

惡靈再也忍受不了，它直覺反應就是轉身，投向那聲音主人的懷抱，可是它不敢，它已放棄自己的身體，化爲惡靈，來到另一個世界。可想而知它現在的模樣有多麼醜惡，它在這個世界飄蕩許久，早就不知道變成什麼樣噁心的存在，縱使它知道若一切都按照計畫進行，肯定能夠與那個人重逢，但當這一刻眞正來臨，它發現自己還是沒能做好準備。

最終，惡靈小心翼翼地轉頭，以眼角餘光窺視鏡子，起先，它身上的黑焰遮蔽了它一部分的視線，它忿忿地扭過身體，毫無防備地讓自己暴露在那人的視線之下。

是泰邦。

就在鏡子彼端，隔著堅硬的玻璃，泰邦就站在鏡子另一頭，他看起來已經成年，人也很瘦，臉色那麼蒼白，他有好好吃飯嗎？有好好休息嗎？

惡靈想都沒想就離開莉莉，以最快速度飛向鏡子，貪婪的黑色火焰舔舐鏡面，惡靈欣喜若狂。

「泰邦！泰邦！這才是眞正的泰邦！哈哈哈！終於來了！你終於來了！我好想你！我眞的好想你！」惡靈幾乎陷入了全然的瘋狂：「看到沒有，你們這些假貨！這才是我的泰邦！眞正的泰邦！只有這個泰邦才是眞的！你們的這個贗品世界之所以存在，不過就是爲了我的泰邦！」

莉莉抱緊懷中的泰邦，與此同時，她勉強站起身走到雲豹獸靈前方，如果獸靈體內確實保存著死去泰邦的靈魂，她絕不能讓惡靈傷害牠。

此時由她復生的泰邦，抬頭看著莉莉，下定了某種決心。

「你說距離戰爭已經過了十年，然後，你也不是金家人，可是你的模樣和金雞神女十分相似，你臉上的刺青使我想起……」泰邦的眼睛裡霧氣氤氳：「璐安，你是璐安，對不起，我沒能認出你來。」

莉莉不敢和泰邦對上視線，她伸出手，輕輕蓋住了泰邦說話的嘴。

她沒有辦法繼續聽下去。

屬於她的那個泰邦永遠不可能回來，泰邦早已死在保留地戰爭之中，哪怕泰邦的靈魂或許被保存於雲豹獸靈體內，完整的泰邦也不可能回來了。她一心一意想取回的，其實是小時候和泰邦在保留地生活的那段日子，所以她復生的泰邦只有十五歲，也將永遠都是十五歲……但那是不可能的，她已經長大，泰邦也已失去了軀體。

而現在這個由她所復生的泰邦，無論是不是眞正的泰邦，都依然愛著自己，他愛璐安，僅僅只是這樣，她就不可能傷害他。莉莉低吟歌曲，搭配一連串繁複手勢，模仿著春天大地復甦，萬物生機勃勃，於是龜裂的大地癒合完滿，雨水滋潤整個世界……將這模仿敷在泰邦身上的傷口，他便很快好起來。

「璐安，那你呢？」泰邦憂心忡忡地問。

「我沒事。」莉莉不在乎自己身上的傷口，因爲此刻原本受鏡子吸引的惡靈已經重新注意到他們，惡靈身上的黑色火焰熊熊燃燒，它咧嘴露出尖牙，對泰邦投以貪婪的目光。

「吶，我的泰邦來了，把你的身體交出來吧。」

「我不會讓你這麼做的。」莉莉冷聲道：「如果你眞的愛著泰邦，你不會這樣傷害他們。」

「泰邦？你說這些假貨是泰邦？別開玩笑了，這個世界是虛假的，是模仿另一個世界而生的**影子世界**！我一步一步引導你復生假貨的原因，也只是爲了讓我的泰邦獲得永生。」惡靈的心情突然變得惡劣起來，說話的聲音也愈發低沉：「在另一個世界裡，人類就要自取滅亡了，其他人怎樣都好，但只有泰邦，只有泰邦必須要活下來，要一直活下來，永遠永遠，他永遠也不能死啊！」

「這就是你從另一個世界前來這裡的原因？」

惡靈發出刺耳的笑聲：「是又如何？從影子世界前往我的世界，需要使用模仿師的靈魂開啓鏡子，假物的靈魂算得上什麼？隨便都能找到。可是要過來這個世界，卻需要拋棄肉身，我的那個世界，僵硬無比、純粹由物質組成，不存在任何模仿的力量。所以呢，只要還活著，還有肉身囚困，就不可能離開那兒，前往影子世界。意識到這一點，我就殺了自己，我知道，只有這個辦法，才可以拯救我愛的人，我的哥哥……」

莉莉張開嘴，卻沒有說出任何句子，她看見鏡子另一端，長大成人的泰邦正對她豎起食指，以一個苦澀的笑容制止她說話，同時以唇語道：讓我跟他說。

對這樣的泰邦，莉莉毫無辦法。某種程度上，那正是莉莉夢寐以求的泰邦未來模樣，她一直夢想泰邦能夠長到那般年紀，渡過漫長的人生，如果可以，最好是幸福的人生。

莉莉再也承受不了了，她掩面哭泣，痛徹心扉。

「你哭個屁，婊子，我——」

「璐安，看著我。」來自鏡子另一端的泰邦正在呼喚：「看著我，不可以說髒話，我好久沒看見你了，你想讓我對你的印象就是這樣？」

聞言，惡靈像洩了氣的皮球般垂下肩膀：「不，我不想……」

「放過他們吧，和我回家，過來這裡，對你來說應該很容易吧？」

「我不能，我是想救你，讓你在這個世界活下去……」

「可是你要怎麼做呢？我沒有辦法穿過這面鏡子去找你。」突然間，鏡子彼端的泰邦明白了：「除非我死，除非我像你那樣拋下肉身，以靈魂的型態穿過鏡子，我才能前往那邊，是嗎？」

惡靈一語不發，這是這麼長時間以來的第一次，莉莉感覺到來自惡靈的歉疚。

「必須要這樣。」最後，惡靈小聲說：「你要拋下身體，才可以過來這邊，而我已經在這裡準備好新的身體給你，我一直是這麼想的，我一直在想，等到了這一刻，我們的世界應該已經接近毀滅，你的身體也被疾病折磨，不久於人世，我沒想到另一個世界還沒覆滅，一切還有希望。」

「不，事實上沒有希望。」泰邦苦笑：「你離開後，我每天都想你，我好痛苦，直到在鏡子上看見你留下的訊息……那才是我的希望。但我確實撐不住了，爲了來到這裡，我摔斷了腿，被困在沒人能發現的岩縫中，我想我是快要死了，或許很快我就能去另一個世界和你見面，可是我必須告訴你，我不會過去的。我也不會占據另一個我的身體，如果我在這個世界死掉，那就是死了，我願以善靈的姿態重回部落，重回我們那破破爛爛的家，我會在那裡守護其他如你我那樣生活艱難的孩子，然後我會永遠想念你。」

泰邦說到最後，逐漸泣不成聲：「我跟著線索來到這裡，只是想能有機會跟你說聲再見，因爲……因爲你走的時候，我們什麼話都沒來得及說……」

「不！不可以！我不會讓你眞正死掉！」惡靈再次轉向莉莉，身上的黑色火焰熊熊燃燒：「我現在就要那具身體！你也看到了，我的泰邦會死掉！你也是璐安，怎能讓這件事發生？」

莉莉將十五歲的泰邦和獸靈護在身後，在她周遭，匯聚著雨和霧形成的保護罩。

「你的泰邦是屬於你的，你們之間有我所不知道的回憶。」莉莉堅定地說：「他不是我的泰邦，如果我復生的這個泰邦是假物，那我也是假物，我現在知道了……我不在乎，就算這一整個世界都是假的，我們之間經歷過的事情，那些回憶、情感，都不會是假的。」

「閉嘴，你好大的膽子！」惡靈咆哮著襲向莉莉，黑色火焰吞沒他們，而莉莉奮力支撐她岌岌可危的模仿。隨著時間過去，她可以感覺到自己的力量再次變得不穩定，驅動模仿的手指像融化的奶油般和雨水一同落在地上，她整個人也再度開始融解，移狀的模仿從四面八方拉扯著她，無視她的個人意志，模仿本源讓她此時可以移狀任何東西，也能被任何事物所移狀。

她失去了手掌，失去了足部和腿，她逐漸失去形體，但她必須堅持下去……當然，她也可以孤注一擲和惡靈交戰，但莉莉不願這樣做，因爲她能聽見鏡子彼端來自另一個世界的泰邦哭喊著要惡靈停止，那是即便自己的弟弟成爲惡靈，他都要前來尋找並將之帶回的深情。

就和我的泰邦一樣。莉莉想，她不能傷害惡靈，傷害它就等於傷害另一個世界的泰邦。

莉莉看向身旁的獸靈：「不管在哪裡，不管隔著多麼遙遠的距離，泰邦都會認出我，對泰邦來說，我永遠都是眞的……我相信它的泰邦也是一樣。」

獸靈回望莉莉，似乎對莉莉打算要做的事情十分擔憂。

「別擔心。璐安必須待在自己的泰邦身邊，因爲這就是泰邦的願望，我只是要讓它知道這一點。」

下一秒，莉莉維持著保護獸靈和泰邦的防護罩，同時撤除身上所有的模仿，在肢體殘缺的狀態下跌跌撞撞走向惡靈，她伸出斷肢碰觸灼人的黑色火焰，不顧皮膚燒焦捲起。在惡靈驚慌失措地咒罵時，莉莉一把將它抱在懷裡。

然後，她順應自己失控的力量，使出窮盡一切、無比強大的移狀。

惡靈……璐安跌坐在地，不明白究竟發生了什麼事情。

怎麼回事？被算計了嗎？璐安抬起頭，看見自己的身體正吊在半空中，翻著白眼、吐出舌頭，很明顯已經死透了。

璐安記得此時此刻。

「該死。」璐安著急地看向雙手，發現皮膚劈啪作響，燃起了黑色火焰。

這是他決定自殺的那天，他死了，從自己的屍體上掉下來，接著，一股強烈的憤怒與憎恨毫無來由襲向他的意識，他變得昏昏沉沉，那些憤恨成爲黑色火焰，覆蓋住他全身。

那是如此疼痛，他哭喊著、哀求著，但火焰不會熄滅，他不知道成爲惡靈以後要無時無刻與這種劇痛共存。

於是就在這棟他和泰邦的家屋裡，他痛苦地翻滾哀號，卻沒有人聽得見，也沒有人會來幫助他。

幸好，經過那麼長的時間，璐安已經知道如何忍受黑色火焰帶來的痛苦。

這些憤怒與憎恨，同時也給了他力量，只要接受它們，拋下理智、拋下溫柔、拋下對世間的希望，他就能像穿戴一件外套一樣穿戴火焰。

反正爲了他的泰邦，他不需要那些柔軟的情緒。

「原來如此，成爲惡靈以後你就失去了自我，是對泰邦的愛幫助你撐到現在。」一個聲音突然響起，令璐安發出低吼。「愛也可以很黑暗，很殘忍，所以你可以保有這種感情。」

璐安看見了另一個自己，幾乎與他長得一模一樣，可是對方的出現讓璐安警戒萬分，他知道那是另一個世界的自己，那個虛假的自己，膽敢給自身取一個女性的名字「莉莉」，甚至變成女人的模樣，以爲這樣就能占有泰邦嗎？眞是噁心，噁心死了！

儘管璐安心中同時產生了一絲羨慕。他拒絕承認。

「你做了什麼？竟敢把我困在這裡，快點放我走！」

「我用移狀把我們兩個連結在一起。」莉莉輕輕地說：「我想接受你的一部分，然後把我的一部分給你。我把我的靈魂給你一些，你也把你靈魂的一部分給我，或許這樣可以減輕黑色火焰對你的影響，你可以冷靜下來，好好思索什麼才是泰邦眞正想要的。」

「你的靈魂？你覺得我想要那種髒東西？少自以爲是了。」璐安放聲大笑，他的面孔再次變得猙獰，黑色的火焰流竄到他臉上，使璐安的臉間歇性地閃過小童、安子、麥克唐納、阿蘭的模樣，而最後，火焰中展現的是泰邦的臉。「你以爲你就是正確的？傷害了許多人，就爲了泰邦，可是你有問過他要不要接受這份污穢的感情嗎？你和我相差無幾，差別只在於我沒有強迫我的泰邦必須接受，我可不在乎他認不認得出我！我要的只有讓他活下去！至於你呢？那些被你以愛爲名犧牲、漠視的人，他們在哭泣，你聽見了嗎？那些在你偏執的感情下，不被注意的犧牲者！」憎恨與憤怒化為黑色火焰，熊熊燒灼著，使他無時無刻痛苦而凶暴。

這麼長時間以來，莉莉終於明白了，她無法控制的原因，感覺這個世界的模仿力量幾乎要將她吞沒的原因……愈是想控制，就愈不受控。

一切的一切，原來是因為她如此痛恨自己。

她恨自己，無藥可救，讓許多人受傷，所以這些人的形象將她淹沒，為此受苦，自我折磨。世上沒有人可以真正得到她的愛恨，她的愛全部屬於泰邦，她的恨全部留給自己。

即便如此，她毫無悔意。

「我不後悔。」沉默許久後，莉莉回答：「已經走到了這一步，也沒有後悔的餘地，有人要恨我，就恨吧，像我恨自己一樣。如今我在意的只有泰邦，要是我也傷了他，我就用我的一生去彌補，我不會強迫泰邦做任何事情，我現在唯一想做的，是幫助他前往未來，尋找他想要的生活，過去的一切都不重要了，我也不重要，只要他快樂，其餘的我別無所求。」

「哈！說得好聽。」惡靈訕笑著凝視莉莉，他的牙齒再次因黑色火焰變得尖利，他伸展同樣尖銳細長的指甲，陡然間撲向莉莉：「既然你有這種覺悟，就把你的一切給我好了！讓我吃掉你！這樣無論是我的泰邦，或你的泰邦，都只會疼愛我一個！」

起先，莉莉沒有反抗，她任由自己被拆開、吞吃，伸出手輕輕撫摸璐安的頭髮，聲音輕柔和緩：「我就是你，所以我知道，這些火焰……與其說是對人類的憎恨，不如說是對自己的憎恨，你很討厭自己吧？就跟我一樣，不過，這樣是不行的，泰邦在等我們，他已經等了好久，不能再讓他等下去了。」

當璐安反應過來時，才發現莉莉也在吞食自己，他們彼此吞噬，互不相讓，像是一場持續永恆的爭鬥，以至於到了最後，他們已無法分辨誰是誰。

在某個時刻，黑色的火焰逐漸減少，兩個孩子艱難地分開，並肩躺在一塊，急促地喘氣。

「泰邦在等你，你的力量這麼強，說不定還能救他。」莉莉說。

璐安思考著，黑色的火焰變得微弱以後，他第一次艱難地思考，試圖不被負面的情緒引誘，只專注於他對泰邦的愛。

不得不說，他被打動了，雖然，他還是不想承認。

「來吧，證明你對泰邦的愛跟我一樣多。」莉莉面無表情地說，朝璐安伸出手。

就這麼一句話，讓璐安氣急敗壞，他用力握住莉莉的手，咬牙切齒回道：「告訴你，我是比你——」

璐安沒能把話說完。

而莉莉張開了眼睛。

她的身體布滿燒傷，已不成人形，在她面前，是八歲時的自己，全身赤裸蒼白，頸上有勒痕，依舊燒著微弱的黑色火焰，但現在，那些火焰看上去不再張牙舞爪。

那個自己看了莉莉最後一眼，旋即轉身走入鏡中，鏡面晃蕩著水銀般的質地。

來自另一個世界的惡靈，就此消失無蹤。

惡靈不在了，再也沒有誰會威脅到泰邦與獸靈，莉莉終於鬆一口氣，耗盡力氣的身體疼痛而虛弱，她整個人彷彿被抽空般緩緩跪坐在地，全然動彈不得，但她可以聽見不遠處來自泰邦擔心的叫喚，以及他和獸靈跑向自己的腳步聲。

她不禁想：終於結束了。

「璐安，你還好嗎？你傷得好重……」鏡子彼端，另一個世界的泰邦還在那裡，他看著莉莉全身是傷，可他卻無能為力，語氣透露出擔憂和焦急。

「我會好起來的。」莉莉嘗試調動些許模仿力量，讓肢體重新長回、傷口一一復原，接著她緩緩移動虛弱的身體，來到鏡子前。「倒是你，你說你被困住了，還受了傷，會有人去救你嗎？」

「我不知道，但璐安回來了，只要有他，一切都會沒事。」

接下來很長一段時間，兩個世界的泰邦和璐安只是靜靜地望著對方。

「我一直就想知道你長大以後是什麼樣子。」許久，另一個世界的泰邦打破沉默，他疲憊蒼白的臉上浮現滿足神情：「我見過你，在一閃而逝的靈感中，我把你寫進故事，就好像你眞的活在另一個世界，我沒有想到，你是眞實存在的。」

「嚴格來說，我不是眞實的。」莉莉臉頰泛紅，她又何嘗不是與泰邦同樣的心情？她一直就想看見泰邦成年的模樣。「我們的世界只是影子世界，是對另一個世界的模仿。」

「璐安，我不認爲你們的世界是虛假，過去幾日，我目睹了許多不可思議的事情，你的世界和我的世界，分明互相影響。我想或許兩個世界彼此相互依存，才能稱作完整，所以並沒有虛假或眞實世界的區別，因爲我們的兩個世界其實是互爲表裡的**一整個世界**。」

莉莉的心臟怦怦跳動，她沒有想過這種可能性，但因爲這些話是從泰邦口中說出來的，不知怎地，便給予了莉莉信心。

「那樣就太好了。」她輕聲細語。

所以這不是結束，莉莉意識到，故事正要開始。

鏡子彼端的泰邦影像突然模糊起來，是上一個作爲鑰匙的模仿師靈魂已然失效，鏡面即將再次重歸堅硬。她看見泰邦的嘴唇在說話：別擔心，我會得救，你也要好好的……只要知道你在另一個世界活著，就是我全部的心願。

「我也是。」莉莉說，眼睜睜地看著泰邦消失在鏡子的另一頭。

她不知道在鏡子前待了多久，直到十五歲的泰邦和雲豹獸靈一同來到她身邊。泰邦輕輕地問：「這面鏡子……該怎麼辦才好呢？」

他的手在顫抖，像是本能地對鏡子感到恐懼。莉莉想，他是不是仍以爲自己會傷害他，只爲了迎接另一個世界的泰邦？

「你希望我怎麼做？」莉莉問：「你要我毀掉它嗎？」

鏡子毫無生氣地靜靜佇立，鏡面呈現出莉莉、泰邦以及獸靈的模樣，僅僅如此，另一個世界已然消逝，刻在鏡子上方瑰麗繁複的鳥類圖騰，散發著黯淡的紅色光芒。

鏡子沒有模仿師的靈魂，就無法再次打開，而且在這個世界中知曉這個祕密的人都不在了。或許她應該毀掉鏡子，可泰邦搖了搖頭：「我覺得這面鏡子很特別，不應該毀掉。」他想一想，又說：「也許可以先把鏡子藏起來，之後有機會，我們再來找另一個世界的泰邦和璐安。」

莉莉勾起唇角，她理解泰邦的意思，她有相同的感覺，倘若今天沒有任何人創造這面鏡子，鏡子也會以其他方式出現在這個世界，這面鏡子本身，同樣是對另一個世界某樣東西的模仿。

莉莉抬起手，以手勢構築出的模仿驅動密冬皇宮的破損建築，在鏡子周遭圈起石塊堆疊的圍牆，將鏡子層層封印。

有朝一日，他們會再次前來探索鏡子的祕密。

但不是現在。

現在，他們要一步步走過廢墟，離開這座充滿死亡氣息的墳場。莉莉聽著泰邦的聲音，他說時間已經晚了，天黑了，他們必須找到休息的地方，也要找到足夠的糧食。

對莉莉來說，就好像回到了童年時光，爲了簡單的食物和睡眠，他們平凡地生活。她握緊泰邦的手，感覺到獸靈的尾巴輕輕從她小腿撫過，溫柔而甜蜜。

「那你會說故事給我聽嗎？」莉莉不由自主小小聲地問，彷彿回到了八歲。

泰邦微笑，雲豹獸靈發出柔和的叫聲，像是許諾。

鏡子後

泰邦曾自問：爲什麼非得是這座山？

現在他終於知道了。

一定要是這座山才行。因爲陌生，因爲遙遠，一旦產生距離，人就會就比過去的任何時候都更想念家鄉的山。

實在是太遠了，讓他更加思念，這兒所有的一切都跟家鄉的山不一樣，無論是溫度、氣味、植物、野生動物或景色。眼睛看見的每一片葉子、每一塊岩石，都使他想起迥然不同的故鄉。記憶裡故鄉的山因此更加鮮明、更加接近。同時知道這座對自己來說是異境的山，卻也是某人的家鄉……像是鏡子的倒映，也像是他不久前見到的另一個璐安。

這座山對泰邦來說曾意味死亡，是遠離故鄉、走上自我毀滅之路的死，但現在，這座山意味著回家。

當泰邦搖晃著被搬運到擔架上，凝望黑沉沉的天空，他的思緒漫遊遠方。

實際目睹另一個世界後，泰邦開始思考，前往那個世界必須拋棄肉身，從那兒前來也困難重重，但並非毫無辦法。他不能立刻替阿蘭帶回拯救鶺鴒的解方，至少他現在能夠將通道的確切位置和自己親眼見證的一切，傳遞給麥克唐納教授知道。

救難人員小心翼翼處理好他骨折的腿，替他做血液檢測，確認沒有感染符菌，接著便要將泰邦運往查爾騰鎮進行初步治療。恍惚間，他彷彿看見一道矮小的黑影在前方領路。是那個骷髏人，祂指著自己，又指了指泰邦，咧嘴一笑，逐漸消失。

泰邦知道，骷髏人之於他，就像巨人之於伊納。

是一則預言，一個人種滅絕的象徵，既是他的過去，也是未來。

「喂！這裡還有人活著！把另一個擔架放下來！」突如其來的呼喊使泰邦張開眼，想起剛落入雪洞時看見的登山客遺體。

原來那人並未死亡嗎？泰邦爲對方的幸運感到高興，不過說也奇怪，那人身邊什麼行李也沒有，身上也並未結霜，就像憑空出現一般，男人如何赤手空拳抵達那裡，又是如何存活下來，實在是一個謎。

「……一名昏迷的成年男性，未發現任何身分證明文件。」

「表現出脫水和失溫的症狀……」

救難人員透過無線電和控制中心的交談，斷斷續續傳入耳中。泰邦用盡力氣偏過頭，看見那名同樣獲救的男性被放置於自己旁側。他呼吸深沉，灰色的頭髮簇簇結冰，口中不斷喃喃自語，和他虛弱的狀態相較之下十分突兀的是，那語調急切又惱怒：「我不相信……我不相信這個世界沒有模仿……」

泰邦將頭轉回來，救難人員開始以人力運送他們下山。此時，泰邦感覺胸口發燙，衣服裡的東西正努力博取他的注意力，讓他爲之莞爾。

終於獲救，他知道是誰盡其所能傳遞求助的訊息，是誰燃燒黑色的火焰，替他在夜裡保暖，是誰氣沖沖地把骷髏人趕到外頭，要祂幫忙去指引伊納上山尋找他的蹤跡，又是誰飛竄到岩縫外的天空，奮力散發不祥的黑暗火光，於是一直在搜尋泰邦的伊納終於發現雪洞確切位置，迅速聯絡了救援。

當他撐不住要陷入昏迷，會聽見璐安哭泣的聲音，哀求他努力堅持，不要就這麼死去。命懸一線之刻，他可以感覺到胸前有黑色的火焰伴隨那封遺書緊緊依偎，不肯放棄地執意溫暖他的身體。

泰邦在心裡想：謝謝，璐安，謝謝你，我好多了，我會活下去，我要帶你回家，你跟我回家吧？艾薇薇琪會淨化你的靈魂，我們將永遠在一起……雖然這個世界就像你說的那樣，有許多糟糕的事正在發生，人們依舊活在符菌造成的恐懼裡，每天都有不同的物種徹底消失，還有戰爭、各種天災，有一天，人類或許會滅亡，獸靈的存在也無法阻止……

但只要有你，我什麼都不怕。

——璐安或許聽見了哥哥的聲音，也或許沒有。

他寄宿在那封遺書裡，由於耗費太多力量幫助泰邦，他已昏昏欲睡。猶記得上一次沉睡是因爲受到喙鏡影響，那時他氣急敗壞，恨不得用身上的火焰燒盡整個虛假世界。

現在他知道那個世界不是假的。

是眞的，是這個世界的雙胞胎，所以有獸靈，有模仿師，有保留地以及許多許多奇妙的東西……璐安打了個呵欠，隱隱約約聽見一個溫柔蒼老的聲音。

那聲音像是穿過白色的芒草原悄然來臨，給予他撫慰，提醒他他們曾經一起坐在山崖上，遙望整個克羅羅莫，召喚滾滾烏雲。

是這個世界發生的事，或者發生於另一個世界？

璐安無法分辨，現在的他混合了莉莉的靈魂，所以終歸都是他的記憶。

璐安眨了眨眼，看見老女巫苡薇薇琪。

「很累吧？這麼長的旅程，跨越了兩個世界，就爲了你的哥哥。」苡薇薇琪的話語如同引人入睡的歌謠，讓璐安更加困倦。

「和我比起來，你也不怎麼輕鬆啊。」他逞強著，最終仍抵擋不住睡意，溫順地倒在苡薇薇琪的腿上，任由她撫摸自己的頭髮。從這個角度往下望去，璐安看見了所有故事的開始與結束，像發光的線，也像扭來扭去的毛毛蟲，這些線彼此糾纏。

他看見了自己和泰邦在克羅羅莫奔跑，看見他們的炭屋被焚燒；他看見竹鶴安子成爲倫敦的一名舞台劇演員，扮演馬克白夫人；他看見烏托克在某個部落裡研究祭儀與樂舞，阿蘭和大病初癒的鵜鴿一同遙望大海；他看見拉疏走入空無一人的體育館，將館內的冷氣關閉；他看見金色葉子的樹高大豐美，一對摯友在樹下撿拾落葉；他看見倉皇逃往保留地的人，建立了新的家園、新的歷史……他看見好多好多，即將發生、正在發生以及已然發生的事。

璐安發現自己除了觀看，什麼也辦不到。

「啊呀啊呀，成爲女巫就是這麼一回事吶。」苡薇薇琪滿不在意地道：「但這些你都不需要擔心，已經可以休息了，好好睡一覺吧，當你下次醒來，你會永遠陪在哥哥身邊。」

睡吧。

睡吧。

老女巫輕輕地哼，一首好長好長的歌。

這讓璐安想起被自己放棄，卻由泰邦續寫的故事。他輕輕地閉上眼睛。

睡吧，睡吧。

他現在可以看見故事的結局了，既是結局，也是關於這一整個世界，屬於他們的未來。

人類將因巨大的災難而滅亡，最終剩下的只有動物，以及類似動物的生物，有些人稱牠們爲獸靈、畢斯托西斯、伊古或者巴利。這些獸靈像一艘艘小船，船上載著人類的靈魂與獸靈的靈魂，動物在奔跑，獸靈的身體在奔跑，人類的靈魂與獸靈的靈魂恆久存在，於曠野，於草原，於深海，於高山，這將是多麼不可思議的美麗光景。

因此，泰邦也會恆久存在。璐安這麼想著，再也沒有煩憂，終於放下了一切，愈來愈睏了，他作爲那最陰暗、最悲慘的惡靈，即將從夢中入睡，從夢中醒來，在這無比美好的烏托邦中。

獸靈之詩〈下〉：模仿師的遊戲　完

致謝

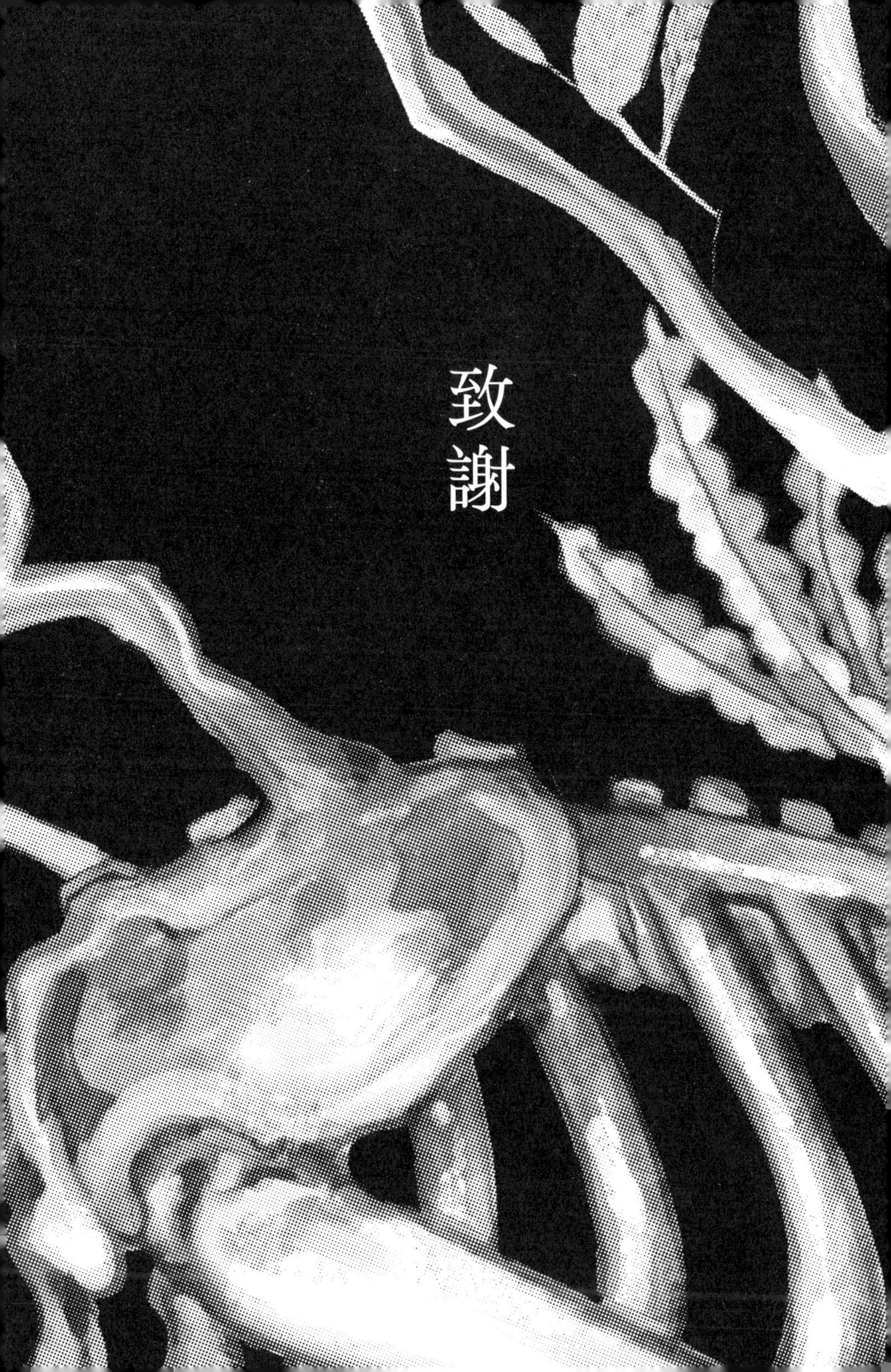

於是我們終於走到這裡。

在此補足上冊來不及感謝的眾多人們，若有缺漏，當請客一杯珍奶。

首先是奇幻創作社群對我的情感支持，瀟湘神針對上冊語言與設定的寶貴建議、月亮熊的心得回饋與愛、馬立的淚水和校正。以及當中其他創作者的聊天鼓勵，幫助我走過諸多低潮。

編務與出版上則有外編小云在上下冊所有故事的幫助與細心校對、麥田編輯林怡君霸氣協助修改上冊參考書目的正確寫法、陳思宏老師在上冊出版前的大力推薦、張亦絢老師提醒參考書目的列出、獨步的行銷徐慧芬以及讀冊生活的阿法熱烈喜愛。在此感謝這些人的照撫。

謝謝CCC漫畫編輯啾啾，當我絕命趕稿時刷刷刷地畫了璐安同人圖，補充我的寫作能量。

感謝葛容均老師的幻想文學專題課程，啓發故事的最初。感謝我的英文老師Mandy。《獸靈之詩》結局在和她的談話中突然閃現，雖然她若看到這段文字應該會非常困惑，因爲我還沒跟她說過，我同時感謝她在我心情低落的時候給予溫暖關懷。

我最後要感謝遠在台灣的父母、家人，依舊爲下冊提供題材建議的伴侶，以及於本書中付出更多心血努力的編輯小K（詹凱婷）。我現在只想抓著她的肩膀尖叫：「我們辦到了！」小K實際上做了什麼，此刻若堅持寫完恐會增加本書厚度，因此日後再於網路社群續寫細項，想必更爲妥當。

和上冊相比，下冊寫作所需的閱讀書目並不太多，姑且列於此處：伊麗莎白・寇伯特（Elizabeth Kolbert）《第六次大滅絕》啓發最後一部劇情的主軸。黑羊的故事材料則參考了芭芭拉・德米克（Barbara Demick）《吃佛》、河口慧海《西藏旅行記》。巴塔哥尼亞的旅行是在閱讀了強納生・富蘭克林（Jonathan Franklin）《狂野人生》才有了具體的畫面。矮黑人的古人種解釋，出自林美容與李家愷兩位老師的《魔神仔的人類學想像》。

《獸靈之詩》上冊在台灣完成，因此寄予了我對家鄉台東的情感，下冊則在蘇格蘭名爲Paisley的城鎮寫就。寫作後期我的生活動盪不定，有時我在愛丁堡的破舊旅館裡寫作，有時我在格拉斯哥大學的星巴克寫作，有時我直接把筆電帶進了小說場景，我在亨特動物學博物館以及愛丁堡解剖學博物館裡寫作。

對很多人來說，過去三年的時光是被疫情吃掉的，我很慶幸自己回想起這些日子，我的時間是被《獸靈之詩》所占據。整個《獸靈之詩》的故事從二〇二〇年開始寫起，一直到二〇二三年，中間只有等待編輯改稿建議時我會稍作休息，隨後就是繼續書寫。我一直很想知道自己寫作小說的極限在哪裡，現在我知道這就是我的極限，我已用盡全力，這是我一生中只能寫出一次的作品，寫出《獸靈之詩》後，我已沒有遺憾。

謝謝讀到這裡的你，整個故事總計約七十七萬字，是一段漫長旅行，願你喜歡，祝福你健康快樂。

獸靈之詩〈下〉：模仿師的遊戲

作　者／邱常婷
責任編輯／詹凱婷
行　銷／徐慧芬
編輯總監／劉麗真
總 經 理／陳逸瑛
榮譽社長／詹宏志
發 行 人／涂玉雲
出 版 社／獨步文化
城邦文化事業股份有限公司
104台北市中山區民生東路二段141號5樓
電話：(02) 2500-7696　傳真：(02) 2500-1967
發　行／英屬蓋曼群島商家庭傳媒股份有限公司城邦分公司
104 台北市中山區民生東路二段141號2樓
網址／www.cite.com.tw
讀者服務專線／(02) 2500-7718；2500-7719
服務時間／週一至週五：09：30～12：00　13：30～17：00
24小時傳真服務／(02) 2500-1900；2500-1991
讀者服務信箱E-mail／service@readingclub.com.tw
劃撥帳號／19863813
戶名／書虫股份有限公司
香港發行所／城邦（香港）出版集團有限公司
香港灣仔駱克道193號號1樓東超商業中心
電話／(852) 2508-6231　傳真／(852) 2578-9337
E-mail／hkcite@biznetvigator.com
馬新發行所／城邦（馬新）出版集團
Cite (M) Sdn Bhd
41, Jalan Radin Anum, Bandar Baru Sri Petaling,
57000 Kuala Lumpur, Malaysia.
Tel: (603) 90578822
Fax:(603) 90576622
email:cite@cite.com.my

封面設計／高偉哲
插　畫／SUI
排　版／游淑萍
印　刷／中原造像股份有限公司
●2023（民112）8月初版
售價499元
獲文化部獎勵創作。

ISBN 9786267226599（平裝）
ISBN 9786267226612（EPUB）

國家圖書館出版品預行編目資料

獸靈之詩：模仿師的遊戲／邱常婷著．–初版．–台北市：獨步文化，城邦文化事業股份有限公司出版：英屬蓋曼群島商家庭傳媒股份有限公司城邦分公司，民112.08
面；公分

ISBN 9786267226599（平裝）
ISBN 9786267226612（EPUB）
863.57　112009351

獨步文化
APEX PRESS

廣 告 回 函
北區郵政管理登記證
台北廣字第000791號
郵資已付，免貼郵票

104台北市民生東路二段 141 號 2 樓

英屬蓋曼群島商家庭傳媒股份有限公司

城邦分公司

請沿虛線對摺，謝謝！

獨步文化
APEX PRESS

書號：1UX017	**書名**：獸靈之詩：模仿師的遊戲	**編碼**：

請於此處用膠水黏貼

獨步文化 APEX PRESS

讀者回函卡

謝謝您購買我們出版的書籍！

請費心填寫此回函卡，我們將不定期寄上城邦集團最新的出版訊息。

姓名：________________ 性別：□男 □女

生日：西元________年________月________日

地址：________________

聯絡電話：________________ 傳真：________________

E-mail：________________

學歷：□1.小學 □2.國中 □3.高中 □4.大專 □5.研究所以上

職業：□1.學生 □2.軍公教 □3.服務 □4.金融 □5.製造 □6.資訊

□7.傳播 □8.自由業 □9.農漁牧 □10.家管 □11.退休

□12.其他________________

您從何種方式得知本書消息？

□1.書店 □2.網路 □3.報紙 □4.雜誌 □5.廣播 □6.電視

□7.親友推薦 □8.其他________________

您通常以何種方式購書？

□1.書店 □2.網路 □3.傳真訂購 □4.郵局劃撥 □5.其他

您喜歡閱讀哪些類別的書籍？

□1.財經商業 □2.自然科學 □3.歷史 □4.法律 □5.文學

□6.休閒旅遊 □7.小說 □8.人物傳記 □9.生活、勵志 □10.其他

對我們的建議：________________

____

____

為提供訂購、行銷、客戶管理或其他合於營業登記項目或章程所定業務需要之目的，家庭傳媒集團（即英屬蓋曼群島商家庭傳媒股份有限公司城邦分公司、城邦文化事業股份有限公司、書虫股份有限公司、墨刻出版股份有限公司、城邦原創股份有限公司），於本集團之營運期間及地區內，將以mail、傳真、電話、簡訊、郵寄或其他公告方式利用您提供之資料（資料類別：C001、C002、C003、C011等）。利用對象除本集團外，亦可能包括相關服務的協力機構。如您有依個資法第三條或其他需服務之處，得洽詢本公司服務信箱cite_apexpress@cite.com.tw請求協助。相關資料不提供亦不影響您的權益。

□我已詳讀權利義務之相關條款，並同意遵守。

請於此處用膠水黏貼